Harry Harrison und John Holm

Hammer of the North

Herrscher und Eroberer

MANTIKORE VERLAG

Titel der englischen Originalausgabe:
KING AND EMPEROR

1. Auflage
Veröffentlicht durch den
MANTIKORE-VERLAG NICOLAI BONCZYK
Frankfurt am Main 2016
www.mantikore-verlag.de

Deutschsprachige Übersetzung: Andrea Blendl
Lektorat: Nora Marie Borrusch
Satz: Karl-Heinz Zapf
Covergestaltung: Marta Wawrzyniak-Chade & Matthias Lück

VP: 134-106-01-08-0117

Printed in the EU

ISBN: 978-3-945493-46-5

Harry Harrison und John Holm

HAMMER OF THE NORTH

HERRSCHER UND EROBERER

Aus dem Englischen von
Andrea Blendl

Roman

Harry Harrison
(1925-2012)

Harry Harrison wurde 1925 als Henry Maxwell Dempsey in Connecticut geboren. Er ist der Autor vieler beliebter Serien, darunter die Zyklen „Stahlratte“ und „Bill, der galaktische Held“, sowie der Todeswelt-Trilogie. Man kennt ihn als leidenschaftlichen Verfechter von *Esperanto,* der bekanntesten künstlichen internationalen Sprache, die in vielen seiner Romane auftaucht.

Er hat über ein halbes Jahrhundert viele Romane veröffentlicht und ist am bekanntesten durch seinen bahnbrechenden Roman über Überbevölkerung, *New York 1999,* der als Vorlage für den Film *Soylent Green* diente. Er starb 2012.

Stamford –
März, Anno Domini 875

„Nur ein Dorf", sagten sie. „Ein paar Hütten am Straßenrand. Hauptstadt des Nordens! Es ist nicht einmal die Hauptstadt des Sumpfes. Es war nie bedeutend und wird nie bedeutend sein."

Die Einwohner von Stamford, sowohl die Alteingesessenen als auch die viel zahlreicheren Neuankömmlinge, ertrugen die Neckereien ihrer Nachbarn mit Leichtigkeit. Sie konnten es sich erlauben. Denn was auch immer seine Geschichte war, was auch immer sein angestammter Wert – oder dessen Fehlen – war, Stamford war nun die Hauptresidenz des Königs des Nordens, einst Mitkönig, einst ein Jarl, davor ein bloßer Huskarl der mittlerweile zerstörten Großen Armee, davor wiederum beinahe ein Knecht in einem Dorf im Sumpfland. Jetzt nannte man ihn den Einen König, denn als das hatte er sich erwiesen, und an seinen Namen und Titel, König Shef, hängten seine nordischen Untertanen den Spitznamen *Sigrsaell*, seine englischen mit derselben Bedeutung und beinahe demselben Wort *Sigsaelig*: Der Siegreiche. Wahrlich, er war ein König, der allein mit seinem Wort regierte. Wenn er das bescheidene Stamford zur Hauptstadt des Nordens erklärte, dann musste es so sein.

Nach seinem mittlerweile legendären Sieg über die Ragnarssonbrüder in der großen Schlacht von Braethraborg im Jahre 868 nach Zählung der Christen, der wiederum seinem Sieg über den König der Schweden im Kampf Mann gegen Mann an der Königseiche in Uppsala folgte, hatte Shef der Eine König auch die Unterwerfung all der kleineren Könige in den skandinavischen Ländern Dänemark, Schweden und Norwegen entgegengenommen. Nachdem seine Flotte gefüllt war mit den Tributzahlungen der Unterkönige, unter denen Olaf von Norwegen und sein eigener Kamerad Guthmund von Schweden herausstachen, war er mit einer gewaltigen Streitmacht auf die Insel Britannien zurückgekehrt und hatte die Macht nicht nur über das Königreich der Ost- und Mittelangeln zurückerlangt, die ihm schon zuvor gewährt worden war, sondern auch schnell die Kleinkönige von Northumbrien und den südlichen Hügelländern überwältigt und nach ihnen außerdem Unterwerfung von den Schotten, Pikten und Walisern verlangt. Im Jahre 869 hatte König Shef die große Umsegelung der Insel Britannien begonnen, die im Hafen von London startete, entlang der englischen und schottischen Küste nach Norden segelte, wie eine finstere Wolke über die ungläubigen Piratenjarle von Orkney und Shetland hereinbrach, sie gezüchtigt und voller Furcht zurückließ und sich dann wieder nach Süden und Westen wandte, durch die vielen Inseln der Schotten und entlang der gesetzlosen Westküste hinunter bis Land's End selbst. Erst dann traf die Flotte wieder auf eine freundliche Macht, zog ihre Klauen ein und segelte nach Osten, zusammen mit den Begleitschiffen von Alfred, König der Westsachsen, bis sie wieder den Heimathafen erreichte.

Seitdem konnten sich die Einwohner von Stamford damit rühmen, dass sie einen König beherbergten, dessen Macht von den westlichsten Inseln von Scilly bis zur Spitze des Nordkaps selbst unbestritten war, dreitausend Meilen nach Norden und Osten. Unbestritten und – wie die meisten sagten – nur theoretisch mit König Alfred geteilt, dessen Grenzen König Shef weiterhin achtete, weil er der Vereinbarung über die gemeinsame Königsherrschaft folgte, die die beiden in den dunklen Tagen der Bedrohung fast zehn Jahre zuvor eingegangen waren.

Was die Einwohner von Stamford nicht sagen konnten, und nicht einmal zu denken wagten, war, warum der größte König, den der Norden seit der Zeit der Cäsaren gekannt hatte, seinen Sitz im ländlichen Matsch von Mittelangeln nehmen sollte. Die Ratgeber des Königs hatten viele Male dasselbe gesagt. Herrscht von

Winchester aus, sagten manche, nur um ein wütendes, einäugiges Starren zu ernten: Denn Winchester blieb die Hauptstadt Alfreds und des Südens. Herrscht von York aus, schlugen andere vor, von den Steinmauern aus, die der König selbst erstürmt hatte. London, sagten andere, seit langem ein armseliges Nest ohne König oder Hofstaat, um es zu füllen, aber jetzt zunehmend das reiche Handelszentrum zwischen den Pelzländern des Nordens und den Weinbergen des Südens, voller Schiffe beladen mit Hopfen, Honig, Getreide, Leder, Talg, Wolle, Eisen, Wetzsteinen und tausenden von Luxusgütern: Alle bezahlten Zoll an die Verwalter der beiden Könige, Shef am Nordufer und Alfred am Südufer. Nein, sagten viele Dänen unter seinen Beratern, herrscht in der alten Festung der Skjöldungkönige, in Hlethraborg selbst, denn sie ist das Zentrum Eures Herrschaftsgebietes.

Der König wies sie alle zurück. Er hätte eine Stadt im Sumpfland selbst gewählt, wenn das möglich gewesen wäre, denn er war ein Kind der Sümpfe. Aber für einen Großteil des Jahres lag Ely unzugänglich im Morast, in Cambridge war es wenig besser. In Stamford war er wenigstens an der Großen Nordstraße der Römer, die jetzt nach seinen eigenen Anweisungen neu mit hartem Stein gepflastert wurde. Genau dort, erklärte er, würde er das *Wisdom-hus*, das Haus der Weisheit, einrichten, das die zentrale Errungenschaft seiner Herrschaft sein würde: Das neue Kollegium des Asgardweges, das das alte in Kaupang in Norwegen nicht ersetzen, sondern überstrahlen sollte. Dort wären alle Priester des Weges willkommen, um ihr Handwerk zu unterrichten oder Kunstfertigkeiten von anderen zu lernen.

Es war Bestandteil der Gesetze für die Männer des Weges, dass alle Priester ihren Lebensunterhalt durch Arbeit bestreiten und nicht von den Zehnten und Kirchensteuern leben sollten wie die Priester der Christen. Trotzdem hatte der König dem Kollegium einen geschickten Zahlmeister zur Verfügung gestellt, der einst selbst ein christlicher Priester gewesen war, Vater Bonifaz, damit er jedem Priester des Weges Geld für seinen Lebensunterhalt geben konnte, das wiederum bei Gelegenheit durch Arbeit, Wissen oder bares Silber zurückgezahlt werden konnte. Jetzt kamen von überall im Norden Priester, um die Kunst des Mahlens mit Wassermühlen oder Windmühlen zu lernen, und verteilten sich wieder, wobei sie das Wissen über das Mahlen von Korn mitnahmen, aber auch, wie man Eisen mit angetriebenen Hammerwerken und Blasebälgen bearbeitete und wie man die neue Kraftquelle an viele Aufgaben anpasste, die einst einzig von Sklavenmuskeln ausgeführt worden waren. Vater Bonifaz verlieh oft, mit Erlaubnis des Königs, aber ohne sein direktes Wissen, Geld an solche Besucher im Austausch für einen Anteil an den Einkünften einer neuen Mühle für fünf, zehn oder zwanzig Jahre in der Zukunft.

Das Silber, das in die Truhen des Königs und in die Truhen des Weges floss, hätte einst zehntausend Wikinger auf die Jagd nach Beute gebracht. Aber überall im Norden baumelten nun nicht einmal viele bärtige Leichen als Warnung für ihresgleichen von Galgen an den Küsten. Königliche Kriegsschiffe patrouillierten die Meere und Hafenzufahrten, und die wenigen Städte und Fjorde, die sich an ihre alten Piratensitten hielten, wurden eine nach der anderen von überwältigenden Flotten heimgesucht, die aus der Macht zu vieler Unterkönige eingezogen wurden, um ihnen zu widerstehen.

Was Stamford nicht wusste, und nicht wissen wollte, war, dass ausgerechnet seine Bedeutungslosigkeit und das Fehlen an Geschichte eine Empfehlung für den König gewesen waren. Am Ende hatte er zu seinem wichtigsten Ratgeber, Thorvin, dem Thorspriester, den er als Direktor des Kollegiums eingesetzt hatte, gesagt: „Thorvin, der richtige Ort für neues Wissen ist ein Ort, wo es keine alte Geschichte, keine alte Tradition gibt, die die Leute imitieren, befolgen und missverstehen können. Ich habe immer gesagt, dass genauso wichtig wie neues Wissen das alte Wissen ist, das niemand erkannt hat. Aber schlimmer als alles andere ist altes Wissen, das heilig geworden ist, nicht in Frage gestellt werden darf und bei allen so wohlbekannt ist, dass niemand mehr darüber nachdenkt. Wir werden neu anfangen, du und ich, irgendwo an einem Ort, von dem noch niemand gehört hat. Wo kein Gestank von Tinte und Pergament in der Luft liegt!"

„Es ist nichts falsch an Tinte und Pergament", hatte Thorvin geantwortet. „Oder Vellum, was das betrifft. Der Weg hat seine Bücher mit heiligen Liedern. Sogar dein Stahlmeister Udd hat gelernt, niederzuschreiben, was er weiß."

Der König runzelte die Stirn und überlegte erneut, was er meinte. „Ich habe nichts gegen Bücher und Schreiben als Handwerk", sagte er. „Aber Menschen, die allein Bücher studieren, beginnen zu glauben, dass es außer ihnen nichts in der Welt gibt. Sie machen ein Buch zur Bibel und dann wird altes Wissen zu alter Überlieferung. Ich will neues Wissen oder altes Wissen, das anerkannt werden kann. Also werden wir hier in Stamford im Haus der Weisheit Folgendes als Regel aufstellen. Jeder, Mann oder Frau, Befolger des Weges oder Christ, der uns neues Wissen bringt oder uns einen neuen und nützlichen Weg zeigt, altes Wissen zu nutzen, wird fürstlicher entlohnt werden, als er es für Jahre der Plackerei je würde. Oder Jahre an Wikingerzügen. Ich will keine Helden nach Art der Ragnarssons mehr. Sollen die Leute ihren Schneid auf eine andere Weise zeigen!"

Im Jahre Unseres Herrn 875 – denn die Chronisten des Asgardweges hielten sich an die christliche Zählung, wenn sie auch den christlichen Herrn zurückwiesen – war seine Hauptstadt etabliert und seine Politik trug Früchte: Manchmal süß, genauso oft sauer.

Kapitel 1

Hoch am Himmel jagten kleine weiße Wolken vor dem starken Wind aus dem Südwesten her. Ihre Schatten rasten über das helle Grün des jungen Grases, über das kräftige, reichhaltige Braun der Pflugscharten, wo die schweren Pferdegespanne langsame Linien über die frühlingshaften Felder zogen. Dazwischen schien die Sonne durch, heiß und willkommen, herab auf das England, das gerade aus seinem Winterschlaf erwachte. Das auch, wie viele sagten, aus der langen Dunkelheit in einen neuen Tag und einen neuen Frühling unter seinem jungen Herrscher und dessen bilderstürmerischer, aber verheißender Herrschaft erwachte.
Auf dem Marktplatz von Stamford waren wohl bis zu zweitausend Menschen versammelt, um das seltsame Experiment zu bezeugen, das man ihnen versprochen hatte. Die Lehnsmänner und Freisassen strömten von den Feldern herbei, ihre Frauen und Kinder im Schlepptau, schoben ihre Kapuzen zurück, um die Sonne zu genießen, und legten sogar, mit gebotener Vorsicht vor der Rückkehr der Frühlingsschauer, ihre Mäntel ab. Die müßigen, schweren Gesichter zeigten Vergnügen, Verwunderung, sogar Aufregung. Denn heute würde jemand eine neue Art von Mut zeigen, den wohl nicht einmal Ivar der Knochenlose oder sein Bruder Sigurd das Schlangenauge aufgebracht hätten. Heute würde ein Mann vom großen Steinturm des Hauses der Weisheit selbst springen. Und fliegen!
So wurde es zumindest gesagt. Die Menge wäre damit zufrieden, einen Flug zu sehen und ihren Kindern und Enkeln auf ewig davon zu erzählen. Aber sie wären auch damit zufrieden, einen dramatischen Sturz zu sehen. Sie mampften Brot und gute Blutwurst in gleichgültiger Erwartung eines der beiden.
Das Ertönen von Hörnern ließ die Zuseher langsam an die Seiten des Platzes zurückweichen, weil aus der großen Halle des Königs

der König selbst auf sie zukam, zusammen mit seinen Gästen und seinem Hofstaat. An der Spitze, wo sie im wohlüberlegten Zeremoniell direkt hinter der Truppe an Vorkämpfern schritten, die aus ihren riesigen, lang bewahrten Auerochsenhörnern eine Herausforderung bliesen, kamen die beiden Könige selbst, Shef und sein Gast und Partner, der Sachse Alfred. Diejenigen, die sie zuvor noch nie gesehen hatten, starrten die unterschiedlichen Gestalten unsicher an und fragten sich – bis ihnen ihre besser informierten Nachbarn die Wahrheit in die Ohren zischten –, welcher der Mächtige und welcher der tolerierte Partner war. In der Tat war es Alfred, der ins Auge stach, gekleidet wie ein König in einem scharlachroten Mantel, einer himmelblauen Tunika, einem Goldreif auf blondem Haar, während seine linke Hand locker auf dem goldenen Heft eines uralten Schwertes ruhte.

Der Mann neben ihm trug auch Scharlachrot, einen Mantel aus Wolle, die so fein gewoben war, dass sie so weich wie ihre herrliche seidene Umrandung schien. Aber Tunika und Hose darunter waren in einfachem Dunkelgrau. Der König trug kein Schwert, tatsächlich überhaupt keine Waffe, und schlenderte mit seinen Daumen an seinem Gürtel daher wie ein Freisasse, der vom Pflügen heimkam. Und doch, wenn man genauer hinsah, schien es möglich, dass dies doch der Mann war, den die Nordmänner *Ivarsbani, Sigurtharbani* nannten, der Mann, der sowohl Ivar den Knochenlosen als auch Sigurd das Schlangenauge mit seinen bloßen Händen getötet hatte, und dazu noch König Kjallak den Starken der Schweden. Außerdem hatte er die Macht von Karl dem Kahlen und seinen fränkischen Rittern im Jahre Unseres Herrn 866 in Hastings zu Fall gebracht.

Der König war jetzt in seinen späten Zwanzigern und hatte den Körper eines Schwertschmiedes in seinen besten Jahren: breite Schultern, kräftige Hände, einen Gang, der in den Hüften schwang und eine so schmale Taille, dass er seinen Gürtel mit seiner Frau hätte tauschen können – wenn er eine gehabt hätte. Trotzdem war sein Gesicht das eines viel älteren Mannes. Das schwarze Haar war strähnig und an den Schläfen hatte es viele graue Schlieren. Noch mehr Grau zeigte sich im kurz gestutzten Bart. Das rechte Auge des Königs wurde von einer einfachen schwarzen Klappe bedeckt, aber um sie herum konnten die Männer sehen, dass das Fleisch nach innen gezogen war, vernarbt, und eine Wange hohl war. Sorgenfalten zogen sich über seine Stirn, ein Ausdruck andauernden Schmerzes. Oder war es Reue? Man sagte, dass er ohne Freunde und allein aus seinem Duell mit dem letzten der Ragnarssons zurückgekehrt sei, nachdem er sein Leben und seinen Sieg mit dem Verlust des anderen erkauft hatte. Manche sagten, er habe sein Glück bei seinen toten Freunden auf dem Schlachtfeld zurückgelassen. Andere, die besser informiert waren, sagten, dass sein Glück so gewaltig sei, dass er es aus anderen gesaugt und denen, die ihm zu nahe kamen, den Tod gebracht hatte.

Was auch immer die Wahrheit war, der König verspürte keinen Bedarf, Reichtum, Rang oder Macht zur Schau zu stellen. Er trug keine Krone oder feinen Schmuck und gab gierigen Goldschmieden keine Arbeit. Um seine Arme legte sich allerdings ein Dutzend goldener Armreifen, glatt und unbearbeitet: getragen ohne Schau, als seien sie einfach nur Geld.

Hinter den beiden Königen kam ihre Gefolge, Kammerherren, Leibwächter, Shefs Schwertträger, nordische Unterkönige und englische Ratsherren aus Grafschaften, die darauf aus waren, dem Machtzentrum nahe zu sein. Dicht auf Shefs Fersen schritt ein Mann, der die Bauern, die gerade von den Feldern gekommen waren, zu einem bewundernden Murmeln brachte, ein Mann, der eher sieben als sechs Fuß groß war, und einer, der die zwei Zentner nicht mehr wiedersehen würde, geschweige denn drei, ein Mann, der mit Kopf und Schultern alle bis auf die stärksten der ausgewählten Leibwächter überragte: Brand der Wikinger, nun Vorkämpfer von ganz Norwegen und nicht nur seiner Heimat Hålogaland, über den sogar tief in England Gerüchte geflüstert wurden, dass er mit Trollen verwandt und ein Angehöriger

der Marbendillen aus der Tiefe sei. Wenige kannten die Wahrheit darüber, was passiert war, als der König in den höchsten Norden gejagt worden war, und wenige wagten es, nachzufragen.
„Aber wo ist der Mann, der fliegen soll?“, flüsterte ein nervöser Bauer seinem in der Stadt lebenden Vetter zu. „Der Mann, der wie ein Vogel gekleidet ist?“
„Bereits im Haus der Weisheit bei den Priestern“, kam die Antwort. „Er hat befürchtet, dass sein Federkleid, sein Mantel aus Vogelfedern, im Gedränge zerdrückt würde. Folgen wir jetzt den Königen und wir werden schon sehen.“
Langsam schloss sich die Menge hinter der königlichen Prozession und folgte ihr über das Steinpflaster der großen Nordstraße selbst. Nicht bis zu den Stadtmauern, denn als Machtdemonstration hatte Stamford keine: Seine Verteidigungsanlagen lagen weit draußen auf See, auf den mit Katapulten versehenen Kriegsschiffen, die Wikinger und Franken gleichsam vernichtet hatten. Aber bis zum Rand der Holzhütten der gemeinen Bürger, hinter denen auf einer Wiese der große Hof mit Schlafsälen, Werkstätten, Schmieden, Ställen und Lagerräumen stand, der das Kollegium des Weges in England war, über den sich weit oben die Segel der Windmühlen erhoben. In seinem Zentrum war der Steinturm, den Shef befohlen hatte, um die Werke der christlichen Könige zu übertreffen: sechzig Fuß hoch und vierzig breit, seine Steinblöcke so massiv, dass Freisassen, die zu Besuch waren, nicht glauben konnten, dass sie von Männern mit Kränen und Gegengewichten aufgerichtet worden waren, sondern seltsame Geschichten von Teufeleien erzählten, die von Magie zusammengehalten wurden.
Die Könige und Würdenträger traten durch das hohe, mit Eisen beschlagene Portal. Die gemeine Menge verteilte sich in einem erwartungsvollen Halbkreis und starrte nach oben.
Als er ganz oben im Treppenhaus ankam, trat Shef zum ersten Mal vor seinen Mitkönig und ging auf das von Mauerzinnen umgebene Flachdach hinaus. Thorvin wartete dort auf ihn, wie

immer in das einfache, aber glänzende Weiß eines Priesters des Weges gekleidet, mit einem silbernen Hammer als Zeichen seiner Ergebenheit vor Thor um den Hals und einem echten doppelköpfigen Hammer als Erinnerung an sein Handwerk an seinem Gürtel. Hinter ihm, aber umringt von anderen Priestern, war der Mann, der fliegen sollte.

Shef ging nachdenklich auf ihn zu. Der Mann war in einen wollenen Anzug aus einfachster handgesponnener Wolle gekleidet, aber nicht in die gewöhnliche Tunika und Hose. Stattdessen schien das, was er trug, als ein Stück zugeschnitten und vernäht worden zu sein, damit es so eng wie möglich anlag. Aber um ihn herum und über seinem Anzug war ein Umhang. Shef sah genauer hin und sagte immer noch nichts. Tausende und abertausende an Federn, die nicht in irgendein anderes Material, Wolle oder Leinen, gesteckt waren, sondern eng, Federkiel an Federkiel, aneinander genäht waren. Der Umhang wurde mit Sehnen an Hand- und Fußgelenke geschnallt und außerdem an der Schulterlinie und den Rücken hinunter festgesteckt. An der Seite des Mannes aber hing er locker.

Plötzlich streckte der Mann, als ihn die Blicke des Königs trafen, seine Arme weit auseinander und spreizte seine Beine. Der Umhang nahm wie ein Netz, wie ein Segel, seine Form an. Shef nickte, als er erkannte, was geplant war. „Woher kommst du?"

Der Vogelmann nickte respektvoll in Alfreds Richtung, der einen Schritt hinter Shef stand. „Aus dem Land von König Alfred, Herr. Aus Wiltshire."

Shef nahm davon Abstand, zu fragen, warum er in das Land eines anderen Königs gekommen war. Nur ein König zahlte für neues Wissen mit Silber, und das zu einer Rate, die Experimentatoren aus überall in den Nordlanden anzog.

„Was hat dich auf die Idee gebracht?"

Der Vogelmann richtete sich auf, als hätte er eine Rede vorbereitet. „Ich wurde als Christ geboren und getauft, Herr, aber vor vielen Jahren habe ich die Lehre des Weges gehört. Und ich habe die Geschichte vom größten aller Schmiede gehört, von Wölund dem Weisen, den wir Engländer Wayland den Schmied nennen. Es kam mir der Gedanke, dass, wenn er sich erheben und seinen Feinden davonfliegen konnte, ich es vielleicht auch könnte. Seither habe ich keine Mühen bei der Herstellung dieses Umhangs gescheut, dem letzten von vielen, die ich versucht habe. Denn so heißt es im Wölundlied: ‚Lachend stieg er in die Luft, flog im Federmantel.' Und ich glaube, dass die Worte der Götter wahr sind, wahrer als die Geschichten der Christen. Seht, ich habe mir einen Anhänger als Zeichen meiner Ergebenheit gemacht."

Vorsichtig zog der Mann ein silbernes Flügelpaar hervor, das an einer Kette um seinen Hals hing.

Als Antwort zog Shef unter seiner Tunika das Zeichen hervor, das er selbst trug, den *Kraki*, die Leiterstange seines eigenen Patrons und vielleicht Vaters, des wenig bekannten Gottes Rig.

„Niemand hat zuvor die Schwingen Wölunds getragen", bemerkte Shef zu Thorvin.

„Auch nur wenige trugen die Leiter von Rig."

Shef nickte. „Der Erfolg verändert viele Dinge. Aber, erzähl mir, Gefolgsmann von Wölund – was lässt dich glauben, dass du mit diesem Umhang fliegen kannst, abgesehen von den Worten des Liedes?"

Der Vogelmann sah überrascht aus. „Ist das nicht offensichtlich, Herr? Vögel fliegen. Sie haben Federn. Wenn Männer Federn hätten, dann würden sie fliegen."

„Warum wurde es zuvor nie gemacht?"

„Andere Männer haben nicht meinen Glauben."

Shef nickte erneut und sprang plötzlich auf die Mauerzinnen hinauf, wo er auf der schmalen Steinbrüstung stand. Seine Leibwächter drängten sich nervös nach vorn, wo sich ihnen der hünenhafte Brand entgegenstellte. „Ruhig, ruhig", brummte er. „Der König ist kein Halogaländer, aber er ist mittlerweile ein passabler Seemann. Er wird nicht am helllichten Tag von einem flachen Vorsprung stürzen."

Shef blickte hinunter und sah zweitausend Gesichter, die hinaufstarrten. „Zurück“, rief er und winkte mit seinen Armen. „Zurück da unten. Gebt dem Mann Raum.“
„Glaubt Ihr, ich werde fallen, Herr?“, fragte der Vogelmann. „Wollt Ihr meinen Glauben auf die Probe stellen?“
Shefs eines Auge sah an ihm vorbei und erblickte in der Menge hinter Alfred das Gesicht der einen Frau, die sie auf den obersten Treppenabsatz begleitet hatte: Godive, Alfreds Frau, jetzt allen als Herrin von Wessex bekannt. Seine eigene Kindheitsfreundin und erste Liebe, die ihn für einen freundlicheren Mann verlassen hatte. Die Eine, die andere nicht danach beurteilte, ob sie sie benutzen konnte. Ihr Gesicht machte ihm Vorwürfe.
Er senkte seinen Blick, packte den Mann am Arm und passte auf, dass er seine Federn nicht störte oder in Unordnung brachte.
„Nein“, sagte er. „Überhaupt nicht. Wenn sie zu nahe am Turm sind, können sie es nicht gut sehen. Ich wünsche, dass sie ihren Kindern und Kindeskindern etwas zu erzählen haben. Nicht nur ‚er flog so schnell, dass ich es nicht sehen konnte‘. Ich wünsche dir viel Glück.“
Der Vogelmann lächelte stolz, trat zuerst auf einen Steinblock und dann vorsichtig auf die Mauer, wo Shef gestanden hatte. Ein erstauntes Japsen kam von der Menge weiter unten. Er stand da und breitete seinen Umhang weit im kräftigen Wind aus. Er blies von hinter ihm, wie Shef bemerkte, so dass er die Federn an seinen Rücken drückte. Er glaubte also, dass der Umhang ein Segel war, das ihn mitreißen würde, als wäre er ein Schiff. Aber was, wäre er stattdessen ein …?
Der Mann ging in die Hocke, sammelte seine Kraft und sprang dann plötzlich gerade hinaus, während er mit lauter Stimme schrie: „Wölund hilf mir!“
Seine Arme schlugen durch die Luft und der Umhang flatterte wild. Einmal, dann, als sich Shef vorlehnte, noch einmal, und dann … Ein dumpfer Knall kam vom gepflasterten Hof herauf und gleichzeitig ein langes Stöhnen aus der Menge. Als er hinun-

terblickte, sah Shef den Körper vielleicht sechzehn Fuß von der Grundmauer des Turms entfernt liegen. Priester des Weges rannten schon auf ihn zu, Priester von Idunn der Heilerin. Shef erkannte unter ihnen die kleine Gestalt eines weiteren Kindheitsfreundes, Hund des einstigen Sklaven, der mit ihm den Namen eines Hundes teilte, aber jetzt als bester Aderlasser und Heilgehilfe auf der Insel Britannien bekannt war. Thorvin musste ihn dort stationiert haben. Also hatte er seine eigenen Befürchtungen geteilt.

Sie blickten jetzt hinauf und riefen: „Er hat sich beide Beine gebrochen, schlimm zertrümmert. Aber nicht seinen Rücken."

Godive sah jetzt neben ihrem Ehemann über die Mauer. „Er war ein tapferer Mann", sagte sie mit einem Hauch einer Anschuldigung in ihrer Stimme.

„Er wird die beste Behandlung erhalten, die wir ihm geben können", antwortete Shef.

„Wie viel hättet Ihr ihm gegeben, wäre er, sagen wir, eine Achtelmeile weit geflogen?", fragte Alfred.

„Für eine Achtelmeile? Einhundert Pfund in Silber."

„Werdet Ihr ihm jetzt etwas geben, als Ausgleich für seine Verletzungen?"

Shefs Lippen pressten sich plötzlich zu einer harten Linie zusammen, als er spürte, wie sich der Druck um ihn aufbaute, der Druck, Wohltätigkeit zu zeigen und gute Absichten zu würdigen. Er wusste, dass ihn Godive wegen seiner Unbarmherzigkeit verlassen hatte. Er sah sich selbst nicht als unbarmherzig. Er tat nur das, was er tun musste. Er hatte viele unbekannte Untertanen, die er so gut beschützen musste wie diejenigen, die vor ihm erschienen.

„Er war ein tapferer Mann", sagte er und wandte sich ab. „Aber er war auch ein Narr. Alles, wonach er sich richtete, waren Worte. Aber im Kollegium des Weges sind es Werke allein, die zählen. Ist das nicht so, Thorvin? Er hat dein Buch der heiligen Lieder genommen und es in eine Bibel verwandelt wie die Evangelien der Christen. Etwas, an das man glaubt, und über das man nicht nachdenkt. Nein. Ich werde meine Heiler zu ihm senden, aber ich werde ihm nichts bezahlen."

Eine Stimme hallte erneut vom Hof nach oben. „Er ist wieder bei Bewusstsein. Er sagt, sein Fehler war es, Hühnerfedern zu benutzen und dass sie nur an der Erde kratzen. Nächstes Mal wird er es nur mit Möwenfedern versuchen."

„Vergesst nicht", sagte Shef lauter und zu allen, womit er immer noch eine unausgesprochene Anklage beantwortete, „ich gebe das Silber meiner Untertanen für einen Zweck aus. All das könnte uns in jedem Sommer weggenommen werden. Denkt daran, wie viele Feinde wir dort drüben haben." Er deutete im rechten Winkel zum Wind, hinaus über die Wiesen in den Süden und Osten.

Wenn irgendein Vogel oder Vogelmann dem Winken des Königs über Meer und Land tausend Meilen hätte folgen können, über den Ärmelkanal und den ganzen Kontinent von Europa, dann wäre er am Ende bei einem Treffen angelangt: einem lang vorbereiteten Treffen. Für viele mühselige Monate waren Boten über matschige Straßen geritten und über stürmische Meere gesegelt, um vorsichtige Fragen in den Sprachen von Byzanz und von Rom zu stellen.

„Ob es möglich wäre, dass der *Imperator* in seiner Weisheit vielleicht bereit wäre, dies und jenes in Betracht zu ziehen; und ob er versuchen könnte, welch geringfügigen Einfluss er bei Seiner Heiligkeit dem Papst habe, zu nutzen, um ihn davon zu überzeugen, sich diese und jene Formulierung noch einmal zu überlegen; dann (wenn man das Vorstehende als Möglichkeit für die Erarbeitung in Betracht ziehe oder, falls ich Eure so flexible Sprache nutzen dürfte, als *Hypothese*) könnte es so sein, dass im Gegenzug der *Basileus* seine Gedanken diesen und jenen Ideen zuwenden könnte?" So sprachen die Römer.

„Werte Kollegen, wenn man Eure interessante Hypothese nur für den Moment beiseitelässt, wenn es denn so wäre, dass der *Basileus*

– jederzeit unter Bewahrung seiner Orthodoxie und der Rechte des Patriarchen – ein funktionierendes und vielleicht temporäres Arrangement in Erwägung ziehen könnte, dürften wir dann fragen, wie die Einstellung des *Imperators* hinsichtlich der leidigen Frage der bulgarischen Botschaft und der unglücksseligen Versuche früherer Administrationen wäre, unsere neu getauften Konvertiten von ihrem Glauben abzuwenden und sie in ein Bündnis mit Rom aufzunehmen?" So antworteten die Griechen.

Langsam hatten die Gesandten sich unterhalten, miteinander gefochten, einander ausgetestet und waren dann zurückgekehrt, um sich weitere Anweisungen zu holen. Die Gesandten waren immer höherrangiger geworden, von bloßen Bischöfen und zweiten Sekretären zu Erzbischöfen und einflussreichen Äbten, die Männer des Militärs, Grafen und Strategen hinzuzogen. Generalbevollmächtigte waren ausgesandt worden, nur um festzustellen, dass, wie umfassend ihre Vollmachten auch sein mochten, sie sich nicht trauten, ihre Kaiser und Kirchen allein mit ihren Worten festzulegen. Schließlich hatte es keine Abhilfe mehr gegeben, als ein Treffen der höchsten Mächte zu arrangieren, der vier größten Autoritäten der Christenheit: des Papstes von Rom, des Patriarchen von Konstantinopel, des Kaisers der Römer und des Kaisers der Griechen.

Das Treffen war monatelang durch die Entdeckung verzögert worden, dass sich der *Basileus* der Griechen in seinen Augen als wahrer Erbe der Cäsaren betrachtete und der Kaiser der Römer das ebenso tat, während der Papst sich bitterlich darüber ärgerte, dass die Endung „von Rom" seinem Titel angefügt wurde, weil er sich als Erbe des Heiligen Petrus und Papst aller Christen überall sah. Rücksichtsvolle Formulierungen waren arrangiert worden, Übereinkünfte erreicht, nicht nur dazu, was gesagt werden dürfe, sondern auch, was *nicht*, unter keinen Umständen, gesagt werden dürfe. Wie paarungswütige Igel näherten sich die Mächte einander an: feinfühlig, behutsam.

Sogar der Ort des Treffens hatte eines Dutzends an Vorschlägen und Gegenvorschlägen bedurft. Doch nun, endlich, blickten die Verhandelnden wohl über eine blauere See hinaus, als jegliche Barbarenkönige des Nordens je erblicken würden: die Adria, über die man nach Westen auf Italien sah, an den Ort, wo einst der mächtigste der römischen Verwalterkaiser seinen Palast für seinen Rückzug erbaut hatte – Salonae des Diokletian, das bereits von den Slawen, die in die Region einwanderten, Split genannt wurde.

Am Ende, und nach Tagen voller erschöpfenden Zeremoniells, hatten die beiden militärischen Führer die Geduld verloren und all ihre Gefolgsleute an Ratgebern und Übersetzern und Protokollbeauftragten weggeschickt. Sie saßen jetzt auf einem Balkon, der die See überblickte, zwischen ihnen ein Krug mit harzigem Wein. Alle ernsten Themen waren beigelegt, den Vereinbarungen wurde in diesem Augenblick Gestalt gegeben von Scharen an Schreibern, die einen gewaltigen Vertrag in mehrfacher Ausführung in goldener und purpurner Tinte schrieben. Die einzig mögliche Störung konnte jetzt noch von den religiösen Führern kommen, die sich zurückgezogen hatten, um unter vier Augen zu sprechen. Und jeder einzelne hatte von seinem irdischen Kollegen und Zahlmeister die strengste und grimmigste Warnung erhalten, keine Schwierigkeiten zu verursachen. Denn es gab schlimmere Dinge, die der Kirche passieren konnten, wie *Imperator* Bruno zu seiner Kreatur Papst Johannes gesagt hatte, als ein Missverständnis über die genaue Natur des Bekenntnisses von Nicäa.

Die Kaiser saßen dann ruhig da, jeder mit einem Ohr auf die Rückkehr der Kirchenmänner lauschend, und diskutierten ihre persönlichen Probleme, wie ein absoluter Herrscher mit einem anderen. Es war vielleicht das erste Mal, dass jeder von ihnen frei und offen über solche Angelegenheiten sprach. Sie sprachen Latein, das für beide nicht die Muttersprache war, aber ihnen zumindest erlaubte, ohne Vermittler miteinander zu kommunizieren.

„Wir sind uns in mehrfacher Hinsicht also ähnlich", überlegte der Kaiser der Griechen, der *Basileus*. Der kaiserliche Name, den er gewählt hatte, Basilius I., zeigte einen gewissen Mangel an Fantasie, der bei jemandem mit seiner Vorgeschichte wenig überraschend war.

„*Hoc ille*", stimmte der *Imperator* des Westens zu, Bruno, Kaiser der Römer, wie er behauptete, aber in Wahrheit der Franken, der Italiener und hauptsächlich der Deutschen. „Das ist es. Wir sind neue Männer. Natürlich ist meine Familie alt und angesehen. Aber ich bin nicht vom Blute Karls des Großen."

„Noch ich aus dem Haus von Leo", stimmte der *Basileus* zu. „Korrigiert mich, wenn ich falsch liege, aber wie ich es verstehe, ist niemand vom Blute Karls übrig."

Bruno nickte. „Nicht in der männlichen Linie. Manche wurden von ihren eigenen Vasallen getötet, wie König Karl der Kahle, wegen ihres Scheiterns in der Schlacht. Gegen andere musste ich selbst Maßnahmen ergreifen."

„Wie viele?", wollte Basilius wissen.

„Etwa zehn. Es wurde mir leichter gemacht, weil sie alle dieselben Namen zu haben schienen. Ludwig der Stammler, Ludwig der Deutsche. Drei Söhne für jeden von ihnen und immer noch mit denselben Namen. Karl und Ludwig und Karlmann. Und natürlich noch ein paar andere. Aber es ist nicht ganz wahr, dass nichts vom Blute Karls des Großen übrig ist. Er hat noch Ururenkelinnen. Eines Tages, wenn all meine Aufgaben erledigt sind, könnte ich mich wohl mit einer davon verbünden."

„So dass Eure Position noch stärker wird."

Eine noch grimmigere Miene zog sich über Brunos schroffes, steinernes Gesicht. Er richtete sich auf seinem Stuhl auf und fasste hinter sich nach dem Gegenstand, der ihn nie verließ, weil kein Verhandlungsführer ihn dazu überreden konnte, ihn zurückzulassen. Die Lanze mit der blattförmigen Klinge, deren einfache Spitze jetzt erneut vor eingearbeiteten, goldenen Kreuzen schimmerte, auf einen Schaft aus Eschenholz gesetzt, der unter goldenem und silbernem Draht kaum zu sehen war. Seine breiten Schultern streckten sich, als er sie vor sich schwang und ihren Schaft auf den Marmorboden stieß.

„Nein! Meine Position könnte in keinster Weise stärker sein. Denn ich bin der Träger der Heiligen Lanze, der Lanze, mit der der germanische Zenturio Longinus das Herz unseres gesegneten Retters durchbohrte. Der, der sie trägt, der ist der Erbe von Karl dem Großen, durch mehr als Blut. Ich habe sie in der Schlacht gegen die Heiden errungen und der Christenheit zurückgebracht."
Ehrfurchtsvoll küsste Bruno die Klinge und legte die Waffe mit gewissenhafter Sorgfalt neben sich. Die Leibwächter, die sich nur Meter entfernt angespannt bereit gemacht hatten, entspannten sich und lächelten einander misstrauisch an.
Der *Basileus* nickte nachdenklich. Er hatte zwei Dinge gelernt. Dass dieser seltsame Graf aus der entferntesten Ecke des Frankenreichs seine eigene Fabel glaubte. Und dass die Geschichten, die man über ihn erzählte, wahr waren. Dieser Mann brauchte keine Leibwache, er war seine eigene. Wie typisch für die Franken, als ihren König denjenigen zu wählen, der am beeindruckendsten im Kampf war, nicht einen *Strategos,* sondern einfach einen Vorkämpfer. Und dennoch war er vielleicht auch ein Stratege.
„Und Ihr", bohrte Bruno im Gegenzug nach. „Ihr … habt Euren Vorgänger, Michael den Säufer, wie er genannt wurde, vom Thron gestoßen. Ich nehme an, er hat keinen Samen zurückgelassen, woraus eine Rebellion erwachsen könnte."
„Keinen", antwortete Basilius knapp, während sein bleiches Gesicht über seinem dunklen Bart errötete.
Basilius' angeblicher zweiter Sohn, Leo, war in Wahrheit das Kind von Michael, hatten Brunos Spione berichtet. Basilius hatte den Kaiser, seinen Meister, getötet, weil er ihm Hörner aufgesetzt hatte. Aber auf jeden Fall brauchten die Griechen einen Kaiser, der lange genug nüchtern bleiben konnte, um eine Armee zu befehligen. Sie wurden bedrängt von den Slawen, den Bulgaren und sogar von seinen eigenen Feinden, den Wikingern, die entlang der großen Flüsse im Osten plünderten. Vor nicht einmal zwanzig Jahren hatte eine Wikingerflotte Konstantinopel bedroht, das sie Byzantium nennen. Wir wissen nicht, warum Basilius Leo

leben ließ. „Also. Wir sind sozusagen neue Männer. Aber keiner von uns hat alte Männer, die darauf warten, uns herauszufordern. Und trotzdem wissen wir beide, dass wir viele Herausforderungen, viele Bedrohungen haben. Wir und die Christenheit zusammen. Sagt mir", fragte Bruno mit neugierigem Gesicht, „wo Ihr die größte Bedrohung für uns, für Christus und seine Kirche seht. Ihr selbst, meine ich, nicht Eure Generäle und Eure Ratgeber."

„Eine einfache Frage für mich", antwortete Basilius, „auch wenn ich vielleicht nicht die Antwort gebe, die Ihr erwartet. Ihr wisst, dass unsere Feinde, die Heiden des Nordens, die Wikinger, wie Ihr sie nennt, Ihr wisst, dass sie vor einer Generation Ihre Schiffe bis vor Byzanz selbst brachten?"

Bruno nickte. „Es hat mich überrascht, als ich davon erfuhr. Ich dachte nicht, dass sie ihren Weg über das italienische Meer finden könnten. Aber dann hat mir Euer Sekretär erklärt, dass sie das nicht getan hatten, sondern irgendwie ihre Schiffe die Flüsse im Osten herunter gebracht hatten. Denkt Ihr, dass sie die größte Gefahr sind? Genau das hatte ich gehofft ..."

Eine erhobene Hand unterbrach ihn. „Nein. Ich glaube nicht, dass diese Männer, so grimmig sie auch sein mögen, die größte Bedrohung sind. Wir haben sie bezahlt, wisst Ihr. Das gemeine Volk sagt, es war die Jungfrau Maria, die sie in die Flucht geschlagen hat, aber nein, ich erinnere mich an die Verhandlungen. Wir haben ihnen ein wenig Gold gegeben. Wir haben ihnen unbegrenzte Nutzung der städtischen Badehäuser angeboten! Sie haben es angenommen. Für mich sind sie grimmige und gierige Kinder. Nicht ernst zu nehmen.

Nein, die wahre Gefahr kommt nicht von ihnen, bloße *Pagani*, die sie sind, unreife Bauern. Sie kommt von den Gefolgsleuten des Muhammad." Der *Basileus* hielt inne und trank Wein.

„Ich bin nie einem begegnet", bemerkte Bruno.

„Sie kamen aus dem Nirgendwo. Vor zweihundertfünfzig Jahren kamen diese Gefolgsleute des falschen Propheten aus der Wüste. Zerstörten das persische Reich. Nahmen uns all unsere afrikanischen Provinzen und Jerusalem." Der *Basileus* beugte sich vor. „Nahmen die Südküste der italienischen See ein. Seither ist diese See unser Schlachtfeld. Und wir verlieren darauf. Wisst Ihr, warum?"

Bruno schüttelte den Kopf. „Galeeren brauchen ständig Wasser. Ruderer trinken schneller als Fische. Die Seite, die die Wasserstellen kontrolliert, kontrolliert die See. Und das bedeutet die Inseln. *Kypros* haben sie eingenommen, die Insel der Venus. Dann Kreta. Nachdem sie Spanien erobert hatten, besetzten sie die Balearen. Nun drängt ihre Flotte gegen Sizilien. Wenn sie das einnehmen – wo wird Rom sein? Also seht Ihr, mein Freund, dass sie Euch genauso bedrohen. Wie lange noch, bis ihre Armeen vor den Toren Eurer heiligen Stadt stehen?"

Aufgehende Türen, erhobene Stimmen, schlurfende Schritte, dann wurde gesagt, dass das Gespräch des Papstes und des Patriarchen beendet war, dass sich die Kaiser des Ostens und des Westens erneut dem Zeremoniell und den Verträgen zuwenden mussten.

Bruno tastete nach einer Antwort unter mehreren. Der *Basileus* ist aus dem Osten, dachte er, wie Papst Nikolaus, den wir getötet haben. Ihm ist nicht bewusst, dass das Schicksal im Westen liegt. Er weiß nicht, dass die Menschen des Weges nicht die gierigen Kinder sind, die zur Zeit seines Vaters mit Geld aufgehalten werden konnten. Dass sie schlimmer sind als die Gefolgsleute des Propheten, weil sie ihren Propheten immer noch unter sich haben: den Einäugigen. Ich hätte ihn töten sollen, als ich mein Schwert an seiner Kehle hatte.

Und trotzdem gibt es hier vielleicht keinen Bedarf, zu streiten. Der *Basileus* braucht meine Stützpunkte. Ich brauche seine Flotte. Nicht gegen die Araber. Nur um den Ärmelkanal zu säubern, so dass ich meine Lanzenreiter übersetzen kann. Aber ich lasse ihn zuerst seine Meinung durchsetzen. Denn er hat die eine Sache, die die Gefolgsleute des Weges nicht haben …

Die Kaiser waren auf ihren Füßen, die Kirchenmänner kamen näher, breit lächelnd. Ein Kardinal sprach, während er sich verbeugte, der Kardinal, der einst der Erzbischof Gunther von Köln gewesen war. Er sprach in fließendem Niederdeutsch, seiner und Brunos Muttersprache, der weder der Papst noch der Patriarch oder irgendein Grieche oder Italiener folgen konnten. Gleichzeitig brach aus einem der Gefolgsleute des Patriarchen ein Schwall an umgangssprachlichem Griechisch heraus, ohne Zweifel mit derselben Intention.

„Es ist abgemacht. Sie haben zugestimmt, dass wir die Formel ‚und dem Sohn' an das Bekenntnis von Nicäa anhängen dürfen – das macht einen großen Unterschied –, solange wir darauf keine Schlüsse über die doppelte Prozession des Heiligen Geistes ziehen. Unser Narr, der Italiener, wurde angewiesen, dass er seine Bischöfe von den Bulgaren abziehen muss und Sankt Kyrill freie Hand dabei geben muss, wie er sie zu lesen und zu schreiben lehrt. Alle Seiten haben übereinstimmend den ehemaligen Patriarchen, Photius den Bücherwurm, verurteilt, da gibt es kein Problem. Es ist erledigt."

Bruno wandte sich zu Basilius, während Letzterer sein eigenes geheimes Informationsgespräch zu Ende anhörte. Die beiden Männer lächelten gleichzeitig und streckten ihre Hände aus.

„Meine Stützpunkte in Italien", sagte Bruno.

„Meine Flotte, um Sizilien zu unterstützen. Und dann die gesamte italienische See", antwortete Basilius.

Und dann den Atlantik, dachte Bruno. Aber er hütete seine Zunge. Immerhin konnte er bis dahin die Griechen und ihren Kaiser bereits losgeworden sein. Falls er oder seine Agenten die Waffe finden konnten, die Konstantinopel vom Meer aus unantastbar machte. Das Geheimnis, das keiner aus dem Westen kannte, Römer oder Deutscher oder Mann des Weges.

Das Geheimnis des Griechischen Feuers.

Kapitel 2

Halim, *Amir* der Flotte des Glücksseligen Gottes, bin-Tulun, Kalif von Ägypten, seit Kurzem unabhängig vom schwachen Kalifat von Bagdad, fühlte sich nicht unwohl, als seine Galeere ihre hunderten von Kameraden in der dunkelsten Stunde vor der Morgendämmerung auf See führte. In wenigen Augenblicken, sobald ein gutes Auge genug sehen konnte, um einen weißen Faden von einem Schwarzen zu unterscheiden, würde sein Muezzin die Gläubigen mit dem traditionellen Ruf zum Gebet rufen, der *Shahada:*

Gott ist groß!

Ich bezeuge, dass es keinen Gott gibt außer Allah.

Ich bezeuge, dass Muhammad der Gesandte Allahs ist.

Und so weiter, mit der Formel, die Halim vierzigtausendmal gehört, wiederholt und befolgt hatte, seit er den Status eines Mannes und Kriegers erreicht hatte. Er und seine Männer würden ihre Matten auf den schaukelnden Decks ausbreiten und ihr *Rakat* ausführen, das vorgeschriebene Gebetsritual. Aber die Männer an den Rudern würden das nicht tun, sondern seine Flotte weiter in die Schlacht bringen. Denn sie waren Christen, die Sklaven aus zahlreichen verlorenen Feldzügen. Halim hatte keine Zweifel über den Ausgang des gegenwärtigen. Seine Soldaten waren satt und ausgeruht, seine Sklaven getränkt und erfrischt. Am Ende des Sommers würde der unorganisierte Widerstand der *Rumi* sein Ende finden, wie immer. Und diesmal würde die gesamte Insel Sizilien erneut unter die Herrschaft seines Meisters und darüber hinaus durch seinen Meister unter die Herrschaft des *Dar al-Islam*, des Hauses der Unterwerfung unter den Willen Gottes, gebracht werden.

Halim hörte den Ruf vom Ausguck im selben Augenblick, als das rituelle Gebet, das *Salat*, begann. „Schiffe seewärts von uns!

Schiffe mit dem Licht hinter ihnen!“ Es machte ihn wütend, aber es überraschte ihn nicht, geschweige denn dass es ihn nervös machte. Über die Jahre hatten die Christen, diejenigen, die Götter zu Gott hinzufügten, von den Ritualen ihrer Feinde erfahren und trachteten von Zeit zu Zeit danach, sie sich zunutze zu machen. Sie lagen falsch, wenn sie das als Vorteil betrachteten. Im Kampf für den Glauben war es gestattet, sogar löblich, das Gebet zu verpassen. Es durfte später nachgeholt werden. Falls die *Rumi* gerade versuchten, ihn zu überrumpeln, brachten sie damit nur ihr eigenes Ende umso näher.

Halim rief seinen Steuermännern zu, dass sie die Schiffe auf das Licht der Dämmerung zulenken sollten, und hörte, wie der Sklavenmeister den Backbordruderern Befehle zuschrie, dass sie das Rudern aufhören und dann auf Rammgeschwindigkeit beschleunigen sollten. Halims Schiff war eines von der uralten Bauart, die das Mittelmeer beherrscht hatte, die italienische See, wie die närrischen *Rumi* es nannten seit den Tagen der griechischen Philosophen, noch ehe der Sohn der Dame Miriam gekommen war, um die Welt ins Chaos zu stürzen. Lang, schmal, mit wenig Freibord, war es vorne kräftig verstärkt, um einen eisenbeschlagenen Rammbock zu halten, dazu hatte es oberhalb der Ruderbänke Laufstege, so dass Kampftruppen jede Seitenwand bemannen konnten.

Halim verließ sich nicht allein auf seinen Rammbock. Sein Meister, bin-Tulun, war kein gebürtiger Araber, sondern ein Türke aus den Steppen Zentralasiens. Er hatte ein Dutzend seiner Landsmänner für jedes Schiff zur Verfügung gestellt. Als sie die Seitenwände bemannten, fingen sie an, ihre Bogen zu spannen: die Kompositbogen aus Zentralasien, Holz im Zentrum, Sehnen an der Außenseite, auf die sich der Bogen schwang, ehe er gespannt wurde, hartes Horn auf der Innenseite, alles mit fanatischer Sorgfalt geklebt und verbaut. Wieder und wieder hatte Halim gesehen, wie die *Rumi* niedergeschossen wurden, ehe sie überhaupt zu einem Handstreich kamen, weil ihre eigenen schwachen Holzbogen um hundert Meter außer Reichweite waren und es nicht einmal schafften, gutes, festes Leder zu durchschlagen.

Als das Licht über das Wasser strömte, wurde Halim bewusst, dass die Schiffe, die sich ihm jetzt mit Rammgeschwindigkeit näherten wie seine eigenen, nicht die Bauart waren, die er erwartete. Ihre Büge waren rot bemalt und ragten höher aus dem Wasser als alles, was er je zuvor gesehen hatte, und an den Hüllen der Kriegsschiffe konnte er nicht die Kruzifixe der *Rumi* hängen sehen, sondern vergoldete Bilder, Ikonen.

Also nicht die Flotte der Sizilier, oder ihres Heiligen Vaters in Rom, sondern die Rote Flotte der Byzantiner, von der Halim nur gehört hatte. Er spürte etwas in seinem Herzen – keine Furcht, denn das war dem wahren Gläubigen unmöglich, nicht einmal Überraschung, sondern intellektuelle Sorge: Wie konnte die byzantinische Flotte hier sein, fünfhundert Meilen von ihren Heimathäfen entfernt, mehr Tage, als man ohne Erschöpfung rudern konnte? Außerdem bedachte er, dass diese Nachricht und was sie bedeutete seinem Meister mitgeteilt werden musste.

Aber sie würde weitergegeben werden. Halim signalisierte seinem Steuermann, den angreifenden Feind nicht Bug an Bug zu treffen, sondern zur Seite zu steuern, auf die größere Agilität zu vertrauen, eine Reihe an Rudern im Vorbeifahren wegzureißen und von seinen Bogenschützen einen tödlichen Pfeilhagel niederregnen zu lassen, von denen jeder fähig war, einen Pfeil pro Sekunde abzuschießen und nie daneben zu zielen. Er selbst rannte über die Steuerbordlaufstege nach vorn und zog seinen Säbel, nicht mit der Absicht, selbst einen Hieb zu setzen, sondern um seine Männer zu ermutigen.

Es würde einen Moment der Gefahr hierbei geben. Denn wenn er zur Seite drehte, konnte der Grieche, falls er schnell genug reagierte, beschleunigen und mit seinem Bug die Flanke treffen, ihn unterhalb der Wasserlinie durchstoßen und sofort zurückrudern lassen, um das kleinere Schiff abzuschütteln und seine Mannschaft im Wasser kämpfen zu lassen, während die angeketteten Sklaven in der Falle saßen und verzweifelt ertranken. Aber das wussten die Sklaven auch. Als das Schiff kaum fünfzig Meter vom weißen Wasser am Bug ihrer Feinde abdrehte, bremste die Steuerbordseite mit ihren Rudern wie ein Mann, die Sklaven auf der Backbordseite schwangen die Ruder mit aller Kraft ihrer Körper. Dann gab es einen besorgten, kurzen Blick beider Seiten zueinander, um den richtigen Moment zu finden, und das Schiff schoss vorwärts, als wäre es der erste Ruderstreich, den die Männer an diesem Tag taten. Die Bogenschützen spannten ihre Bogen und suchten sich unter den Gesichtern, die die Reling bemannten, ihre Ziele aus.

Da war etwas in der Mitte des Bootes. Halim konnte nicht deutlich sehen, was es war, aber er konnte eine metallene Vorrichtung sehen, wie eine Kupferkuppel, die hell erleuchtet war, nicht nur von der aufgehenden Sonne, sondern von irgendeiner Fackel oder Flamme darunter. Über das Wasser, über das Zischen der Ruder und den Hall der Trompeten kam ein brüllender Lärm, wie der einer großen Bestie, der von einem hohen und gespenstischen Pfeifen abgeschnitten wurde. Er konnte sehen, wie zwei Männer verzweifelt an einem Griff pumpten und zwei weitere einen Schlauch über die Seite hoben. Griechische Schiffe und das Griechische Feuer. Halim hatte von dieser Waffe gehört, aber sie nie gesehen. Wenige Männer, die sie sahen, überlebten, um zu erzählen, wie man sie bekämpfen sollte. Jedoch hatte er eine Sache gehört, die besagte, dass, wenn man ihre Mannschaft töten oder ablenken konnte, während sie ihren Einsatz vorbereitete, sie dann genauso gefährlich für ihre eigene Seite wie für den Feind wurde. Halim begann, den Türken auf seinem eigenen Schiff Befehle zuzubrüllen, und wünschte sich vergebens, als er es tat, dass er den hunderten Schiffen, die in seinem Kielwasser folgten, um, wie er jetzt sehen konnte, nicht mehr als zwanzig der Byzantiner anzugreifen, dieselbe Warnung zurufen könne.

Als der Atem seine Lungen füllte und die ersten Pfeile zu fliegen anfingen, steigerte sich das Pfeifen in Halims Ohren zu einem

Kreischen und ein gebrüllter Befehl kam von dem Schiff, das auf ihn zuraste. Halim sah, wie der Schlauch in seine Richtung schwang, roch einen seltsamen Gestank in der Luft, sah ein Glühen an der Schlauchmündung. Dann war die Luft voll Feuer, versengte seine Augäpfel, verbrannte seine Haut, so dass ihn der Schmerz wie eine Keule aus allen Richtungen gleichzeitig traf. Halim atmete den Tod ein, als er zu schreien versuchte und sich seine Lungen sofort mit Flammen füllten. Als er nach hinten in den Feuersturm stürzte, der sein Flaggschiff war, hörte er die simultanen Todesqualen von hundert Sklaven und nahm sie mit dem letzten Flackern seines Bewusstseins als den Tribut eines Kriegers für den Einzug ins Paradies auf.

Die Suchboote der Tuluniden, die vorsichtig die Gewässer durchkämmten, wo ihre Flotte kaum drei Tage zuvor gewesen war, fanden nichts, was deren Verschwinden erklären konnte. Abgesehen von schwimmenden, verkohlten Holzplanken, die kopflose Leiche eines beschnittenen Gläubigen, der das Feuer überlebt hatte, nur um den Tod zu finden, weil er die Taufe verweigerte. Und immer noch an die Planke gekettet, die er in einer panischen Hektik von seinem gesunkenen Schiff losgerissen hatte, einen Sklaven, der vor Durst halb wahnsinnig geworden war. Die Geschichte, die er herauskrächzte, ließ die Suchboote ohne weitere Verzögerung in Richtung der ägyptischen Küste eilen.

Nachrichten über das Desaster segelten nicht schneller als die Flotte, die es verursacht hatte. Kaum zwei Wochen später konnte Ma'mun bin-Khaldun, Kommandeur der Gläubigen auf der neueroberten Insel Mallorca, nur grimmig von der Küste aus zusehen, wie die byzantinische Flotte die Abfangversuche seiner eigenen, stets bemannten Küstenschwadron abwehrte und dann langsam entlang der Reihen seiner versammelten Invasionsflotte glitt, die dreißig Meter vor der Küste ankerte, und sich ihre *Iblis*-Flamme darüber ergoss. Seine Armee war vor Monaten an Land gegangen, um die Insel zu erobern, und hatte ihre Schiffe mit nicht mehr als einer Ankerwache und einem Ausguck gegen Überraschungen der Einheimischen zurückgelassen. Als die Griechen in Sicht kamen, hatten seine wenigen Bootsleute schnell ihre Posten verlassen und ruderten jetzt hektisch auf Booten in Richtung Küste. Er würde wenige Männer verlieren, abgesehen von denen, die er dafür exekutieren würde, dass sie ohne Befehl geflohen waren. Trotzdem waren die Schiffe ein bedeutender Verlust.

Dennoch war Ma'mun nicht sonderlich besorgt. Hinter sich hatte er eine große und fruchtbare Insel, deren eingeborene Bewohner mittlerweile durchwegs gezähmt waren. Er hatte gewaltige Lager voller Getreide, Oliven, Wein und Rindfleisch und konnte, wenn es sein musste, sich und seine Armee endlos mit den Produkten von Mallorca selbst ernähren. Er hatte außerdem noch etwas Wichtigeres als das, den Atem des Lebens selbst für jeden Araber: Er hatte Wasser. Und während die Byzantiner zwar die See in Brand gesetzt hatten, würden sie bald für Wasser an Land kommen müssen. Keine Flotte aus Galeeren konnte lang ohne es durchhalten. Sie mussten bereits am Ende ihrer Kräfte sein, wenn sie die lange Überfahrt von ihren Stützpunkten auf den griechischen Inseln aus gemacht hatten.

Obwohl da etwas nicht stimmte, überlegte Ma'mun still. Falls die Byzantiner tatsächlich die lange Überfahrt über das Mittelmeer gemacht hatten, wären sie jetzt nicht am Ende ihrer Ausdauer, sie wären bereits seit Tagen darüber hinaus. Deshalb hatten sie das nicht getan. Sie mussten irgendwo viel näher an Land gegangen sein. Nach seinen Informationen war dies unmöglich. Deshalb musste seine Information falsch sein. Das war das gefährliche Element in dieser Situation, schloss Ma'mun daraus. Wo hätten die Griechen Wasser holen können? In Sizilien? Nach seinem Verständnis wurde Sizilien von den Streitmächten der Tuluniden, des Kalifen von Ägypten, schwer bedrängt. Ma'mun selbst hatte nichts als Verachtung für Tulun und sein Gefolge übrig, bloße Türken, Barbaren aus dem Nirgendwo, auf jeden Fall Nachfolger – bis sie rebellierten – der verräterischen Erben von Abdullah. Er selbst war ein Umayyade und ein Mitglied des Stammes Quraysh, blutsverwandt mit dem Kalifen von Cordoba, beide von ihnen Nachkommen des Abd er-Rahman, der dem Massaker in Persien entflohen war, als die Macht der Umayyaden gebrochen wurde. Trotzdem, auch wenn die Ägypter nicht mehr Zuneigung für ihn hegten als er für sie, war er überrascht, dass die eine oder andere Information ihn nicht erreicht hatte, wenn Sizilien zurückerobert worden war. Es sah den bleichen Gefolgsleuten Yeshuas, den sie fälschlich Christus nannten, nicht ähnlich, so schnell zu handeln.

Er würde weitere Informationen sammeln müssen. Doch was auch immer die wahre Sachlage war, es konnte keinen Zweifel geben, dass diese Bote da draußen in der ruhigen Bucht von Palma bald versuchen würden, die eine oder andere unbewachte Quelle zu finden. Ohne Zweifel hofften sie, dass er, Ma'mun, es nicht schaffen würde, jeden Fuß Küstenlinie auf dieser zerklüfteten Insel zu bewachen. Nun wären sie an der Reihe damit, falsch zu liegen.

Als er sich geringschätzig von den letzten Momenten der Zerstörung seiner Flotte abwandte, bemerkte er einen Aufruhr am äußersten Rand seiner Wachen. Ein junger Mann wehrte sich gegen den Griff zweier Krieger und schrie wütend auf. Wütend, nicht ängstlich. Ma'mun signalisierte dem Hauptmann seiner Wache, den jungen Mann durchzulassen. Wenn er ein Wort zu sagen hatte, sollte er es sagen. Wenn er die Zeit des Kommandeurs der Gläubigen verschwendete, konnte er als Warnung für andere gepfählt werden.

Der junge Mann, der hektisch seine Kleidung wieder zurechtzupfte, hatte auch das Gesicht eines Qurayshi, bemerkte Ma'mun. Ein Großteil seiner Armee stammte mittlerweile von Berbern, konvertierten Spaniern und sogar Goten ab. Ma'mun war dazu gezwungen gewesen, Neckereien über die Schweinefleischesser zu verbieten, so empfindlich waren die Söhne früherer Christen in seinen Rängen. Aber dieser junge Mann hatte keine Anzeichen der Verschleppten an sich, er war so drahtig und dunkelhäutig wie Ma'mun selbst. Er sprach auch wie ein wahrer Araber, ohne Ausflüchte und Ehrerbietung.

„Kommandeur, die Männer auf diesen Schiffen sind keine Griechen, selbst wenn ihre Schiffe das Griechische Feuer werfen. Nicht alle von ihnen. Viele sind *Ferengi,* Franken."

Ma'mun hob eine Augenbraue an. „Wie war es dir erlaubt, das zu sehen? Ich habe es nicht gesehen und meine Augen sind scharf genug, um den Reiter der Sterne zu sehen." Er meinte den Stern in Orions Schwertgürtel, der, unsichtbar für alle außer den Scharfsichtigsten, einen winzigen Begleiter hat, der im Licht seines Nachbarn gebadet wird.

Der junge Mann lächelte mit irritierender Herablassung. „Ich habe das, was mich befähigt, noch besser als das zu sehen."

Der Hauptmann der Wache, der am Ellbogen des jungen Mannes stand, trat vor, wohl wissend, dass sein Meister kurz davor stand, den Pfahl für die Hinrichtung aufstellen zu lassen. „Der junge Mann hier, Herr, ist Mu'atiyah. Ein Schüler des bin-Firnas."

Ma'mun zögerte und strich über seinen Bart. Er selbst war nach dem großen Kalifen von vor fünfzig Jahren benannt worden, der die große Bibliothek und das Zentrum der Weisheit in Bagdad eingerichtet hatte. Er hatte den höchsten Respekt für gelehrte Männer. Und es bestand kein Zweifel, dass Abu'l Qasim Abbas bin-Firnas mit seiner Weisheit und seinen vielen Experimente die Zierde Cordobas war. Mit weniger Ungeduld in seiner Stimme sagte er: „Dann zeig uns die Weisheit deines Meisters."

Erneut lächelnd zog der junge Mu'atiyah ein Objekt wie eine kleine Flasche, die mit Leder überzogen war, aus seinem Ärmel. „Wisst", sagte er, „dass mein Meister, als er in fortgeschrittenen Jahren war, bemerkte, dass eine Trübheit über seine Augen kam, so dass er nur noch das sehen konnte, was weiter entfernt als die Länge seines eigenen Armes war. Seit vielen Jahren hatte er die Wissenschaft der Glasherstellung und die Steine studiert, aus denen es gemacht werden könnte. So hat er durch Zufall eines Tages entdeckt, dass, wenn man durch Steine einer bestimmten Art und Form blickte, das, was zu nahe für seine Augen war, aussah, als wäre es weit entfernt, so dass er es lesen konnte. Und nicht durch Zufall, sondern mit Absicht, studierte er viele Stunden, bis er eine Glasform finden konnte, die Ähnliches für ihn tun konnte und ihm die Freiheit seiner Bücher zurückgab."

„Aber das ist dazu da, das Nahe weit entfernt zu machen", antwortete Ma'mun. „Hier brauchen wir das Gegenteil."

Erneut lächelte der junge Mann, erneut provozierte er Ma'mun mit seiner selbstbewussten Ausstrahlung. „Genau das habe ich, Mu'atiyah, entdeckt. Dass, wenn man nicht eines, sondern *zwei* Gläser nimmt, und erst durch eines und dann durch das andere blickt, das weit Entfernte näher kommt."

Nachdenklich streckte Ma'mun seinen Arm aus und nahm das lederne Objekt aus der Hand des jungen Mannes, wobei er einen alarmierten Blick und ein plötzliches erklärendes Gebrabbel ignorierte. Er legte es an sein Auge, sah einen Moment lang hindurch und senkte es.

„Ich sehe nur ein winziges Bild."

„Nicht so, mein mächtiger Herr." Zumindest zeigte der junge Mann nun zum ersten Mal Erregung. Es war oft so mit den Gelehrten, gab Ma'mun grimmig zu. Was sie am meisten aufregte, war nicht ein drohender Tod, sondern die Furcht, dass sie nicht die Gelegenheit bekämen, ihre Fähigkeiten vorzuführen. Er erlaubte dem jungen Mann, das Objekt aus seiner Hand zu nehmen und es umzudrehen, so dass er durch das blickte, was wie der Flaschenhals aussah.

„Ja, Herr. An Deck des vordersten Schiffes sehe ich einen Griechen mit einem krausen Bart, der bei einem Bild eines Heiligen steht."

Ma'muns Gesicht verzog sich angeekelt und er spuckte rituell aus, um die Verunreinigung abzuwenden, die durch jegliches Bildnis des Göttlichen geschaffen wurde. „Aber neben ihm ist da ein hellhaariger Franke, ganz in Metallrüstung. Sie streiten gerade und deuten in verschiedene Richtungen."

„Was sagen sie dabei?"

„Meine Kunst beschäftigt sich mit der Sicht, nicht mit Klang."

„Also gut." Ma'mun winkte dem Hauptmann der Wache. „Nimm diesen jungen Mann aus seiner Stellung in den Rängen und halte ihn bei dir. Wenn ich Bedarf an seiner Kunst habe, werde ich nach ihm schicken. Wenn ich es nicht tue, haben die Armeen Spaniens mehr Bedarf an weisen Männern als an tapferen. Wir müssen ihn sicher halten. Und, Mu'atiyah, wenn du mir sagst, wo der griechische *Amiral* zum Wasser holen landen will, ehe ich es selbst sehen kann, werde ich deinen Mund mit Gold füllen. Wenn du mir etwas Falsches sagst, werde ich es zuerst schmelzen."

Er wandte sich ab und rief seine Divisionskommandeure zu sich. Hinter ihm hob der junge Mann sein Fernglas wieder und schien zu versuchen, eine bessere Sicht zu bekommen, indem er sein Auge vom Rohr weg und wieder vor bewegte.

Von Zeit zu Zeit warf der mallorquinische Dorfbewohner in seinem plappernden Redefluss einen ängstlichen Blick zur Seite. Er hatte einen Grund, Furcht zu fühlen. Der Dorfbewohner hatte die Flotte aus großen roten Galeeren um die Landzunge steuern sehen, nachdem sie die Schiffe, die die Beschnittenen Monate zuvor nach Mallorca gebracht hatten, bis zur Wasserlinie verbrannt hatten. Ihm war bewusst geworden, dass sie auf der Suche nach Wasser sein mussten, und er hatte sich überlegt, dass, wer auch immer sie waren, die Feinde Muhammads seine Freunde sein mussten. Also war er, nachdem sie an Land gekommen waren und anfingen, ihr Lager aufzuschlagen, schüchtern und langsam hervorgekommen, um seine Dienste anzubieten, in der Hoffnung auf irgendeine Belohnung, die ihn vor dem Hungertod bewahren würde. Auch in der Hoffnung auf Rache gegen die feurigen, dunkelhäutigen Plünderer, die ihm seine Frau, seinen Sohn und seine Töchter gestohlen hatten.

Dennoch hatte er nicht damit gerechnet, derart seltsame und bedrohliche Verbündete zu finden. Der Dorfbewohner hatte keine gemeinsame Sprache mit den griechischen Seeleuten oder den deutschen Soldaten, die diese transportierten. Er war aber weitergeschickt worden, von Wachposten zu Wachposten, bis sie einen Latein sprechenden Kaplan gefunden hatten. Wenn er langsam sprach und genau zuhörte, konnten er und der Mallorquiner einander verstehen, weil der eigentümliche Dialekt des Mallorquiners nichts anderes war als das Vulgärlatein aus alten Zeiten, das seit Generation um vergessene Generation schlecht und ohne Schulmeister gesprochen worden war. Soviel hatte der Mallorquiner erwartet. Er hatte nicht erwartet, jemanden wie den Mann zu treffen, der mit finsterem Gesicht neben dem christlichen Priester und seinem runzeligen Informanten stand.
Agilulf, Ritter des Lanzenordens, einst Begleiter des großen Kaisers Bruno selbst, und nun Befehlshaber auf dem Feldzug gegen die Mauren, war einen Fuß größer als der Priester und der Dörfler. Seine Größe wurde noch gesteigert von dem Eisenhelm mit Visier, den er trug, und dem schwarzen Helmbusch darauf, der seinen Rang markierte. Doch was der Dorfbewohner nicht verstehen und kaum glauben konnte, war nicht der Mann selbst, sondern seine Kleidung. Von Kopf bis Fuß schien Agilulf aus Eisen zu bestehen. Er trug einen Helm, ein Kettenhemd, das bis zu seinen Knien hing, Beinschienen über seinen Waden und darunter eisengepanzerte Stiefel. Seine Panzerhandschuhe waren mit Eisen beschlagen und hielten den Schild, den er trug: den Schild eines Reiters, in Trapezform langgezogen, um das linke Bein des Lanzenreiters zu schützen, wenn er angriff, aber von Agilulf zu Fuß getragen, als würde das Gewicht ihm nichts ausmachen. Auch die Hitze nicht. Unter dem Eisen trug er Leder, um die Plattenränder davon abzuhalten, sich in sein Fleisch zu schlagen, unter dem Leder trug er Leinen, um den Schweiß aufzusaugen. In der Hitze des Spätnachmittags auf den Balearen im Frühling strömte der Schweiß unter seinem Haaransatz hervor und tropfte stetig in seinen Bart hin-

unter. Er bemerkte es nicht, als wäre es unter seiner Würde, Unannehmlichkeiten zu bemerken. Für den Dorfbewohner, der nie in seinem Leben mehr Eisen gesehen hatte, als man bräuchte, um die Zacken an seinem primitiven Pflug zu verkleiden, wirkte der Deutsche wie eine Kreatur aus einer anderen Welt. Das Kreuz, das auf seinen Schild gemalt war, bot wenig Trost.

„Was sagt er?“, wollte Agilulf wissen, der es müde war, dem langsamen Austausch in einer Sprache, der er nicht folgen konnte, zu lauschen.

„Er sagt, es gibt eine halbe Meile entfernt eine gute Quelle, wo wir so viele Wasserfässer füllen könnten, wie wir wollen. Aber er sagt, die Moslems wissen davon und nutzen sie auch. Sie werden uns schon gesehen haben. Die Hauptarmee der Eindringlinge ist kaum zehn Meilen entfernt. Sie bewegen sich mit der Schnelligkeit des Windes, sagt er. Auf diese Weise hat er seine Familie verloren: entführt, ehe irgendjemand in seinem Dorf wusste, dass die Plünderer gelandet waren.“

Agilulf nickte. Er zeigte nichts von der Betroffenheit, die Pedro, der Dörfler, erwartet hatte. „Weiß er, wie viele Männer die Moslems haben?“

Der Priester zuckte mit den Achseln. „Er sagt zehntausendmal Tausend. Das könnte alles über ein paar Hundert bedeuten.“

Agilulf nickte wieder. „Also gut. Gebt ihm etwas Getreide und eine Flasche Wein und lasst ihn gehen. Ich erwarte, dass noch viele wie er sich in diesen Hügeln versteckt halten. Sagt ihm, wenn die Moslems eingebrochen sind, wird es eine Belohnung für Köpfe geben. Sie könnten für uns die Nachzügler einfangen.“

Agilulf wandte sich ab und brüllte seinen Männern Befehle zu, um den Trupp zum Wasserholen zu bilden. Wie üblich gab es Proteste und Vorhaltungen von den griechischen Seeleuten, die sich an Land unwohl fühlten und überzeugt waren, dass jeden Augenblick eine Horde *Ghazis* aus dem Wald stürmen und sie überwältigen würde. Agilulf hielt einen Moment inne, um dem griechischen Befehlshaber seinen Plan zu erklären.

„Natürlich werden sie uns angreifen“, sagte er. „Zur Dämmerung. Meine Armbrustschützen und Eure Ruderer werden sie für ein paar Minuten in Schach halten. Dann werde ich sie von hinten mit meinen Rittern und Kameraden angreifen. Ich wünschte, wir hätten Pferde, um unseren Ansturm schneller zu machen. Aber es wird am Ende auf dasselbe hinauslaufen.“
Der Grieche sah dem eisernen Mann hinterher, als er sich auf seinen Weg machte. Die Franken, dachte er. Ungeschickte, analphabetische, ketzerische Bauern. Warum sind sie so plötzlich so selbstbewusst? Sie sind vor zweihundert Jahren aus dem Westen gefegt wie die Gefolgsleute von Muhammad aus dem Osten. Ich frage mich, ob wir sie irgendwie besser als die Weinhasser finden werden?

Ma'mun machte sich nicht die Mühe, seinen Angriff in der Dämmerung zu verbergen, als seine Männer einmal in Stellung waren. Er hatte die Schiffe des Feindes gezählt: kaum zwanzig. Egal, wie voll besetzt mit Männern sie waren, sie konnten nicht mehr als höchstens zweitausend enthalten. Er hatte zehntausend. Jetzt war der Augenblick gekommen, um Rache für die Zerstörung seiner Schiffe zu nehmen. Das Griechische Feuer konnte, wie er wusste, nicht über Land transportiert werden. Er fürchtete nichts sonst. Er erlaubte seinen Priestern, zum morgendlichen *Salat* zu rufen, ohne Rücksicht auf die Warnung, die es darstellte, und führte seine Männer in ihren zeremoniellen Gebeten an. Dann zog er seinen Säbel und signalisierte seinen Kommandeuren über je tausend Mann, den Angriff einzuleiten.
Im vollen Tageslicht rannte die Armee der Gläubigen mit der Taktik vorwärts, die sie über eine Armee der Christen nach der anderen zum Sieg geführt hatte: in Spanien, in Frankreich, in Sizilien, vor den Toren Roms selbst. Eine lockere Welle an Männern mit Speeren und Schwertern, ohne die verkeilten Schilde und schweren Panzerungen des Westens, aber angetrieben von einer Todesverachtung und Sicherheit, dass diejenigen, die im Kampf gegen

die Ungläubigen fielen, auf ewig unter den Jungfrauen im Paradies leben würden.
Ma'mun wusste, dass die Christen den einen oder anderen Trick auf Lager haben würden. Ansonsten hätten sie es nicht gewagt, an Land ein Lager aufzuschlagen. Er hatte viele Tricks gesehen, und er hatte sie alle scheitern gesehen. Das plötzliche Erscheinen von einer Reihe behelmter Köpfe und erhobener Armbrüste unter ihnen überraschte ihn nicht. Er hatte das metallische Klirren der Armbrüste nie zuvor gehört und beobachtete interessiert, als seine erste Welle an Angreifern fiel oder vom Einschlag der Armbrustbolzen aus kurzer Distanz von den Füßen gerissen wurden. Waffen, die man gegen Panzer nutzen konnte, vermutete er, das hartnäckige Laster der fränkischen Taktik: begierig, zu töten, unwillig, zu sterben. Sie würden nur langsam neu laden können, was auch immer sie waren. Die Gefolgsleute des Islam liefen unbeirrt weiter, erreichten die niedrigen Palisaden und fingen an, auf die Verteidiger einzuhacken und zu stechen. Ma'mun konnte hören, wie seine Priester rituelle Flüche auf diejenigen herabriefen, die Götter zu Gott hinzugaben. Er ging langsam vorwärts und wartete darauf, dass der Widerstand brach.
Der Hauptmann seiner Wache berührte seinen Arm und deutete wortlos hinter ihn. Ma'mun runzelte die Stirn. In der Tat, ein weiterer Trick! Aus einer felsigen Schlucht zu seiner linken Flanke kam, bereits in einem großen Bogen herumschwingend, um ihm den Rückzug – seinen Rückzug! – abzuschneiden, eine Reihe von Männern.
Eisernen Männern. Grauer Stahl glitzerte an ihren Waffen, ihren Panzern, ihren Schilden, sogar ihren Händen und Füßen. Nicht viele von ihnen. Sie schienen kaum zwei Reihen tief zu kommen und ihre Reihe war gerade einmal zweihundert Meter lang. Sie kamen langsam näher. Warum sahen sie so seltsam aus? Während er an seinem Bart zupfte, erkannte Ma'mun, dass jeder von ihnen die gleichen Waffen trug, sie auf die gleiche Art und sogar im gleichen Winkel trug: einen kurzen Spieß in der rechten Hand, einen

trapezförmigen Schild auf der linken Seite. Hatten sie keine linkshändigen Männer in ihren Rängen? Was konnte Männer dazu bringen, so nebeneinander zu marschieren, als wären sie eine Maschine, so gleichmäßig wie die Schaufeln einer *Noria,* eines Wasserrads? Mit Unglauben sah Ma'mun, dass jeder Mann gleichzeitig seinen Fuß vorsetzte, so dass die Reihe herbeikam wie ein einzelnes Tier, wie die Beine einer kriechenden hundertbeinigen Bestie. Er konnte eine laute Stimme etwas in der barbarischen Sprache der *Ferengi* brüllen hören, das gleiche Wort, das immer wieder wiederholt wurde: „*Links ... links ... links.*" Bei jedem Wort kamen die Füße wieder herunter.

Ma'mun schüttelte sich, schickte Läufer, um die Nachhut derer, die die Palisade angriffen, umkehren zu lassen, rief seine Wachen um sich und rannte selbst mit gezogenem Säbel vorwärts, um die eisernen Männer anzugreifen. Ein Moment der Verzögerung und seine Männer würden drehen, um die Franken ausschwärmen, die sich nun im offenen Gelände befanden, und sie von allen Seiten zu Boden zerren. Schwer atmend, denn er war ein Mann von fünfzig Wintern, erreichte er die langsam vordringende Reihe und hackte mit seinem Säbel aus bestem Toledostahl auf eine eiserne Gestalt ein.

Der Deutsche, der sich ihm entgegenstellte, kein Ritter, sondern nur ein armer Bruder des Lanzenordens, ignorierte den Hieb und hielt einfach seinen Helm dagegen. Er konzentrierte sich darauf, im Gleichschritt, in Reih und Glied zu bleiben und befolgte den Schlachtdrill, den ihm sein Kommandeur eingebläut hatte. Linker Fuß vor, mit dem Schild stoßen, den Mann vor sich zurückdrängen. Rechter Fuß vor, mit dem Spieß zustechen. Nicht auf den Mann vor dir, ignoriere ihn. Bruder Manfred zu deiner Linken wird den Mann vor dir töten, du bringst den Mann vor Bruder Wolfi zu deiner Rechten um. Stich in seine Achselhöhle, wenn er seine Waffe erhebt.

Ma'mun setzte einen Hieb gegen die Ungläubigen und starb, getötet von einem Stich, den er nie sah. Seine Wachen wurden niedergemetzelt und unter den Füßen einer Reihe zertrampelt, die nicht einmal ihr Marschtempo anpasste. Die Welle, die sich von der Palisade abwandte und auf die eisernen Männer zustürmte, brach nicht und konnte sich nicht zurückziehen, sondern wurde entgegengenommen und zerquetscht wie Halme unter einer Sichel. Ihre Schreie der Ermutigung und des Lobs für Gott wurden nur vom heiseren Brüllen der Feldwebel beantwortet: „Links ... links. Da drüben geraderichten! Näher heran, näher heran! Zweite Reihe, haltet eure Spitzen unten, stich noch einmal auf ihn ein, Hartman, er ist nur verwundet! Rechte Flanke, rechte Schultern dorthin!"

Als der Staub über der tosenden Schlacht aufstieg, hörte Mu'atiyah, der Ma'mun und seiner Wache nicht in den ruhmreichen Tod gefolgt war, wie die seltsamen Maschinensoldaten der Franken wie Arbeiter grunzten, die auf den Kornfeldern schwere Lasten zu tragen haben. Von den Palisaden bereiteten gerade die fränkischen Schützen eine zweite Salve vor, während die leicht bewaffneten griechischen Ruderer ausschwärmten, bereit dazu, einen demoralisierten Feind auf die Spitzen der eisernen Linie, die jetzt vollständig hinter ihnen war, zu treiben.

Es war die Pflicht eines gelehrten Mannes, zu lernen und über das Gelernte zu berichten, überlegte Mu'atiyah, während er sich zwischen die Felsen und das Unterholz am Hang duckte. Einige der Männer von niedrigerer Geburt aus der Armee folgten seinem Beispiel, bloße Berber und Goten. Er rief ein Dutzend von ihnen zu sich, um als Wache gegen die christlichen Bauern zu dienen, die sicherlich kommen würden, um ihre gestohlenen Felder und Kinder zu rächen. Sie gehorchten, weil sie seine Kleidung und das reine Arabisch eines Nachkommen der Quraysh erkannten.

Irgendwo auf der Insel würde es ein Boot geben. Er würde die Nachrichten zu seinem Meister bin-Firnas bringen. Und zum Kalifen von Cordoba selbst. Aber lieber wollte er erst mit seinem Meister sprechen. Es wäre weise, nicht als jemand zu erscheinen, der aus der Schlacht geflohen war, sondern als jemand, der Gefahren auf sich genommen hatte, um die Wahrheit zu erfahren. In einer sicheren Entfernung drehte sich Mu'atiyah um, holte sein Fernglas hervor und sah wieder zum Hang hinüber, wo Agilulf das erbarmungslose Abschlachten einer Masse an Männern leitete, die von ihren Feinden zu dicht zusammengedrängt wurden, um auch nur eine Hand gegen die Spieße und Streitäxte zu erheben.

Eiserne Franken, dachte er. Und Griechisches Feuer. Es wird mehr als den Mut der *Ghazis* brauchen, um diese gemeinsam zu besiegen.

Weit weg, im Schlaf, fühlte der König des Nordens einen plötzlichen, warnenden Schmerz, eine Kühle, die aus dem Boden unter seinem gedrungenen Holzbett und die Matratze entlang aufzusteigen schien. Er warf sich im Schlaf herum und versuchte, aufzuwachen, wie ein Schwimmer vor Haien versucht, sich aus dem Wasser zu werfen. Genauso ergebnislos. Über die Jahre hatte Shef gelernt, die Unterschiede zwischen einer Art an Vision und einer anderen zu erkennen.

Diese würde eine von der schlimmsten Art sein: der Art, die ihn nicht über die Oberfläche der Erde nahm, wie einen Vogel, oder zurück in die alten Geschichten der Menschen. Eine, die ihn hinunter in die tiefsten Festungen der Götter führte, die Höllenwelt, am *Grind* vorbei, dem Graben, der die Lebenden von den Toten trennt.

Er schien nun tiefer und tiefer zu sinken, unfähig, irgendetwas außer Erde und Fels zu sehen, mit einem Gestank von Schimmel in seiner Nase. Trotzdem warnte ihn irgendein Gefühl, dass er an einen Ort reiste, den er schon zuvor gesehen hatte. Zuvor erblickt hatte. Nicht einen Ort, den bloße Menschen besuchen konnten.

Die Dunkelheit hob sich nicht, aber ein Gefühl von Raum wuchs um ihn, als wäre er in einer riesigen Höhle. Licht dort drüben, oder zumindest ein Leuchten. Er glaubte nicht, dass sein Vater und Patron ihn gehen lassen würde, ohne ihm etwas zu zeigen. Plötzlich verwandelten sich die Schatten in eine Gestalt. Eine Gestalt, die ohne Warnung nach seinem Gesicht schlug, aus der Finsternis mit einem so feurigen Zischen voll Hass ausholte, dass es wie ein Kreischen klang. Shef zuckte krampfend in seinem Bett, als seine Muskeln versuchten, ihn zurückzuschleudern. Zu spät erkannten seine Augen den Kopf einer monströsen Schlange, die ihn anfunkelte und erneut zustieß, wobei die Giftzähne nur Meter von seinem Gesicht entfernt herunterzuckten.

Die Schlange war gefesselt, erkannte er. Sie konnte ihn nicht erreichen. Sie stieß erneut zu, aber diesmal nicht auf ihn. Wieder auf ein Ziel, das sie nicht erreichen konnte. Nicht ganz erreichen.

Unter sich konnte Shef nun eine gewaltige menschliche Gestalt ausmachen, die in der Finsternis ausgestreckt war. Sie war mit gewaltigen eisernen Fesseln an eine Steinplatte gekettet. Shefs Fleisch bebte, als ihm bewusst wurde, was er gerade sah. Denn dies konnte nur Loki sein, Balders Verderben, Vater der Monsterbrut, Feind von Göttern und Menschen. Hier auf Befehl seines Vaters Odin angekettet, um bis zum jüngsten Tag in ewigen Qualen zu leben. Bis Ragnarök.

Das harsche Gesicht verzog sich vor Pein, als Shef zusah. Er konnte sehen, dass die Schlange, wenn sie ihren angeketteten Feind auch nicht erreichen konnte, ihre Fangzähne auf Zentimeter an seinen Kopf heranbringen konnte. Das Gift aus ihnen strömte heraus, spritze auf das Gesicht, das er nicht abwenden konnte, und fraß Haut und Fleisch weg, nicht wie Gift, wie – etwas, das Shef nicht benennen konnte.

Aber während sich das Gesicht verzog, veränderte sich etwas daran nicht. Ein fester Vorsatz, ein Hauch an Geschicklichkeit. Als er sich sorgfältig umsah, bemerkte Shef, dass der große Körper seine Kraft konzentrierte und die gesamte Zeit stemmte, sich gegen die scheinbar unbeweglichen, tief verankerten Fesseln an seiner rechten Hand stimmte. Er hatte dies zuvor gesehen, erinnerte sich Shef. Und er hatte gesehen, dass die Fessel locker wurde.

Ja, nun war sein Vater da. Er wirkte neben der Gestalt Lokis wie ein Zwerg, neben der großen Schlange, aber stand dort mit perfektem

Selbstbewusstsein und ignorierte die Fangzähne, die jetzt hasserfüllt nach ihm schlugen.
„Bist du gekommen, um dich an meinem Schmerz zu laben, Rig?" Ein heiseres Flüstern von Loki.
„Nein, ich bin gekommen, um mir deine Fesseln anzusehen."
Das Gesicht des gequälten Gottes verschloss sich, als wäre er fest entschlossen, weder Furcht noch Enttäuschung zu zeigen.
„Keine Fessel kann mich für immer halten. Noch wird mein Sohn, der Fenriswolf, auf ewig von Gleipnir gebunden sein."
„Ich weiß. Aber ich bin gekommen, um die Dinge zu beschleunigen."
Ungläubig sah Shef, wie sein Vater, der Täuschergott, sich hinunterbeugte, ein metallenes Instrument aus seinem Ärmel holte und anfing, die Stelle zu bearbeiten, wo die Fessel von Lokis rechter Hand in den Fels verankert war. Der gefesselte Gott schien ebenfalls unfähig, zu glauben, was er sah, und beobachtete es unbewegt, bis das ätzende Gift von oben direkt in seine Augen lief.
Als er fühlte, wie er selbst weggesogen wurde, zurück in die Welt der Menschen, hörte Shef ein weiteres heiseres Flüstern. „Warum tust du das, Täuscher?"
„Glaube, wenn du es willst, dass ich finde, es dauert zu lange, bis Ragnarök kommt. Oder dass ich Freiheit für Loki genauso wie für Thor ersehne. Auf jeden Fall gibt es jemanden, von dem ich will, dass du ihn triffst …"

Shef erwachte plötzlich mit hämmerndem Herz. Mich?, dachte er. Nicht mich. Nicht mich.

Kapitel 3

Shef sah grübelnd seine königlichen Gäste an, als sie aus der Gästehalle traten, die er für sie erbaut hatte. Der Schrecken der Nacht saß ihm immer noch in den Knochen. Er hatte die ganze Welt in einen dunkleren Schatten getaucht. Er stellte sogar fest, dass er vorsichtiger ging, misstrauischer, als könnte sich jeden Augenblick die Erde auftun und ihn zu dem hinunterschleudern, von dem er wusste, dass er darunter lag.

Und trotzdem schien alles in Ordnung zu sein. Da war sein Freund und Partner Alfred, der sich auf der Treppe umdrehte und seine Arme ermutigend zu dem stämmigen Kleinkind hinter ihm ausstreckte. Der kleine Edward rannte halb und fiel halb in die Arme seines Vaters. Hinter ihnen beiden trat mit einem zufriedenen mütterlichen Lächeln und einem zweiten Säugling vertraut an der Hüfte das Gesicht hervor, das Shef nicht vergessen konnte. Seine eigene Liebe, nun lange für ihn verloren, Godive, einst seine Jugendliebe aus den Sümpfen, jetzt bekannt und fern und nah beliebt als Herrin von Wessex. Sie konnten ihn für einen Augenblick lang nicht sehen, weil er im Schatten des seltsamen Gerätes stand, das er an diesem Tag vorführen wollte. Er konnte unbeobachtet beobachten.

Unbeobachtet von denen, die er beobachtete. Nicht von seinen eigenen Männern, die sich nervös umherschoben und einander Blicke zuwarfen, als sie seine stille Konzentration sahen.

Er sollte, das wusste er, sie zumindest fürchten oder hassen. Pläne machen – wenn nicht für ihren Tod, dann doch ihre Absetzung. Um sie sicher für ihn zu machen. Viele sagten, auch wenn sie es nicht wagten, das dem König ins Gesicht zu sagen, dass es die erste Pflicht eines Königs war, an seinen eigenen Nachfolger zu denken. Vor Jahren, in den finsteren Tagen der doppelten Invasion durch die Franken Karls des Kahlen und die Heiden Ivars des

Knochenlosen, hatten Shef und Alfred abgemacht, ihr Glück und ihre Königreiche zu teilen, falls sie sie jemals wieder erringen sollten. Sie hatten auch abgemacht, dass jeder der Nachfolger des anderen sein sollte, wenn er ohne Erben starb, und dass der jeweilige Erbe des einen in derselben Situation von beiden erben würde. Zu dem Zeitpunkt hatte der Handel nicht wichtig gewirkt. Keiner von beiden hatte eine große Chance, den nächsten Winter noch zu erleben, vom nächsten Frühling gar nicht erst zu reden. Und Godive hatte in Shefs Zelt geschlafen, wenn nicht in seinem Bett. Er hatte gedacht, wenn sie überlebten, wäre es nur eine Frage der Zeit, bis ihre Liebe und sein Verlangen zurückkehrten.

Er hatte falsch gelegen. Wenn er nun starb, fiel sein Königreich an Alfred. Und nach ihm an das lachende Kleinkind, das jetzt auf ihn zugetragen wurde, Baby Edward. Die Unterkönige würden die Vereinbarung natürlich ignorieren. Es bestand keine Chance, dass die skandinavischen Könige, Olaf oder Guthmund oder irgendeiner des Dutzends weiterer einverstanden damit wären, einem englischen Christen zu gehorchen. Es war sogar zweifelhaft, ob die Engländer in Mercia oder Northumbrien die Herrschaft eines Sachsen aus Wessex akzeptieren würden. Der Eine König des Nordens war wahrlich der Eine König. Niemand sonst würde vom Rest akzeptiert werden.

Eine instabile Situation. Konnte dies der Auslöser für das Ragnarök sein, von dem sein Vater wollte, dass er davon wusste? Er sollte eine Frau nehmen und so schnell wie möglich einen Sohn zeugen. Jeder sah das so. Der Hof war voll mit Töchtern von Jarls und Prinzessinnen aus dem Norden, die in der Hoffnung herumspazierten, die flüchtige Aufmerksamkeit des Königs zu erhaschen. Ragnarök oder nicht, er würde es nicht tun. Er konnte es nicht tun.

Als er aus den Schatten hervortrat, um seine Gäste zu grüßen, verzog Shef sein Gesicht zu einem einladenden Lächeln. Selbst für diejenigen, die er begrüßte, sah es wie ein schmerzhafter Krampf aus. Alfred riss sich zusammen und schaffte es, seiner Frau keinen

Seitenblick zuzuwerfen. Er wusste seit Jahren, dass sein Mitkönig kein Knabenliebhaber war, wie es viele flüsterten, sondern stattdessen in seine eigene Ehefrau verliebt war. Manchmal wünschte er, dass er es in sich hätte, sie ihm zu übergeben oder sie zu teilen. Aber auch wenn er es vielleicht in sich hätte, so wollte sie es nicht. Aus irgendeinem Grund schien sie ihren Kindheitsfreund mit jedem Jahr, das verging, noch tiefer zu hassen. Ihre Abneigung wuchs mit seinem Erfolg – vielleicht, weil sie darüber nachdachte, was hätte sein können.

„Was habt Ihr uns heute zu zeigen?", fragte Alfred mit falsch klingender Fröhlichkeit.

Shefs Gesicht erhellte sich, was es immer tat, wenn er eine neue Sache erklären durfte. „Es ist ein Pferdewagen. Aber einer, der Menschen transportiert."

„Wagen haben immer schon Menschen transportiert."

„Drei Meilen zum Markt und zurück. Rumpeln in ein Schlagloch und kriechen wieder heraus. Fahren nicht schneller als ein Spaziergänger, oder die Passagiere würden herausgeschleudert. Selbst auf den guten Steinstraßen, die wir gebaut haben, Ihr und ich" – die letzten drei Worte waren reine Schmeichelei, wie jeder wusste –, „wäre es Folter, darauf zu reisen, wenn die Pferde zu rennen anfingen. Aber nicht hiermit. Seht." Shef tätschelte einen stabilen Holzpfahl, der von einem Rahmen über die Achsen nach oben führte. „An diesem Pfahl ist eine Metallfeder." Er deutete darauf.

„Wie der Stahl, den Ihr für Eure Armbrüste nutzt."

„Ja. Über die Feder ziehen wir Riemen aus dem festesten Leder. Und an die Riemen hängen wir – das." Shef tippte an den Körper der Kutsche, der aus Flechtwerk bestand und sanft schaukelte. „Einsteigen."

Vorsichtig kletterte Alfred hinauf, setzte sich auf eine der beiden Bänke in der Kutsche und bemerkte, wie sie wie eine Hängematte schwang und schaukelte.

„Herrin." Shef trat vorsichtig zwei Schritte zurück, um jede Berührung mit Händen oder Kleidern zu vermeiden, und winkte

Godive nach ihrem Ehemann hinein. Sie kletterte hinein, hob den kleinen Edward von dem Platz weg, den er sich neben seinem Vater geschnappt hatte, und setzte sich direkt neben Alfred. Shef stieg auch ein, hob das heulende Kind hoch und setzte es neben sich selbst. Er winkte dem Fahrer vor ihnen, der seine Peitsche schwang und mit einem dramatischen Ruck losfuhr.

Als die Kutsche in unerhörtem Tempo hinter ihren vier Pferden die Straße entlangschoss, sprang Alfred überrascht von seinem Sitz auf. Von hinter der Kutsche kam ein grausames Kreischen, das sich zu einem fürchterlichen Lärm steigerte, als würden Schweine geschlachtet. Ein Gesicht mit einer Zahnlücke schob sich grinsend ins Blickfeld, das von der Anstrengung, in einen Dudelsack zu pusten, blau angelaufen war.

„Mein Lehnsmann Cwicca. Wenn sie den Dudelsack hören, wissen die Leute, dass sie die Straße freimachen müssen."

Und tatsächlich raste die Kutsche, die auf ihren Federn von einer Seite zur anderen schaukelte, bereits auf den Stadtrand von Stamford zu. Alfred bemerkte, dass sich an der Straße jubelnde Freisassen und ihre Ehefrauen aufreihten, die alle im Geschwindigkeitsrausch mitgerissen wurden. Hinter ihnen drängte die königliche Eskorte ihre Pferde in einen Galopp und jubelte vor Aufregung wie die Eichelhäher.

Godive drückte ihre kleine Tochter an sich und sah Edward ängstlich an, der vom eisernen Griff König Shefs an seiner Hose davon abgehalten wurde, hinauszuklettern.

Über den Lärm der Straße brüllte Alfred: „Ist das das nützlichste neue Ding, das Euch das Haus der Weisheit gebracht hat?"

„Nein", rief Shef zurück. „Es gibt viele. Hier kommt gleich eines, ich werde es Euch zeigen. Halt an, Osmod", schrie er zum Fahrer, „halt an, um Himmels Willen, ich meine um Thors Willen, halt an, kannst du das nicht, was ist los?"

Ein weiteres grinsendes Gesicht lugte nach hinten. „Entschuldige, Herr, die Pferde werden aufgeregt, also, von der Geschwindigkeit."

Alfred sah zweifelnd nach unten. Der Hof in Stamford war ein seltsamer Ort. Die Menschen nannten Alfred *Esteadig,* „der Gnädige“, für seine Freundlichkeit und Gutmütigkeit. Trotzdem sprachen ihn seine Lehnsmänner und Ratsherren mit so etwas wie Respekt an. Sogar Freisassen sprachen oft mit seinem Mitkönig, als wären sie beide Schuljungen, die gerade Äpfel stehlen wollten: Und sowohl Cwicca als auch Osmod, mochten sie auch Lehnsmänner genannt werden, hatten an ihren Gesichtern und Körpern immer noch die Zeichen einer Sklavengeburt. Vor nicht langer Zeit wäre ihr einzig möglicher Kontakt mit einem König im Angesicht ihres Schicksals auf einer Richtstätte gewesen. Es war wahr, dass Cwicca und Osmod beide Überlebende der seltsamen Reise des Einen Königs in den Norden waren und er ihnen deshalb viele Freiheiten erlaubte. Und trotzdem …

Der Eine König war bereits aus der Kutsche gesprungen, hatte ihre Tür offen stehen lassen und marschierte von der Straße zu einer Gruppe Bauern, die nicht weit entfernt knietief im Matsch standen. Sie unterbrachen, was auch immer sie gerade taten, und berührten respektvoll mit der Hand ihre Stirn. Und trotzdem grinsten auch sie.

„Seht Ihr, was sie gerade tun? Was ist die härteste Arbeit, wenn man ein neues Feld anlegt? Nicht das Fällen der Bäume. Jeder Narr kann das mit einer guten Axt. Nein, die Stümpfe herauszubekommen. Früher hat man sie weit unten abgeschnitten und dann versucht, sie auszubrennen. Eine langwierige Mühe und Eiche oder Esche oder Ulme wachsen alle beinahe aus dem Nichts wieder nach. Aber was wir hier haben“ – Shef schnappte sich einen langen Stab, der aus einem komplizierten Gerät mit eisernen Rädern und Flaschenzügen hervorstand –, „das sind Seile, die an den hartnäckigsten Stumpf auf diesem Feld gebunden sind. Man bindet die anderen Enden um einen schwächeren Stumpf. Dann wirft man sein Gewicht darauf …“ Shef ließ seinen Worten Taten folgen, riss den Stab zurück und warf sein Gewicht immer wieder nach vorn. Zwanzig Meter entfernt begann sich

ein Stumpf mit knackenden Geräuschen aus der Erde zu heben. Ein Freisasse sprang vor und fügte sein Gewicht dem seines Königs dazu. Mit Schwung um Schwung kam der Stumpf zu lautem Jubel der Untertanen und der zusehenden Eskorte frei.
Der König wischte seine matschigen Hände an seinen grauen Hosenbeinen ab und winkte den Freisassen zu, dass sie den Stumpf freizerren und die Seile an das nächste Opfer binden sollten.
„England ist ein Land der Bäume. Ich verwandle es in ein Land des Getreides. Diese Zugmaschine wurde im Haus der Weisheit von den Priestern von Njörd – sie sind Seemänner, sie wissen alles über Flaschenzüge – und einigen meiner Katapultbesatzungen gemacht. Sie kennen sich mit Zahnrädern aus. Mein Stahlmeister, Udd, ist dafür zuständig, die Räder herzustellen. Sie müssen klein, aber stark sein."
„Und Ihr lasst alle diese Maschine benutzen?"
Shef war mit dem Grinsen an der Reihe. „Wenn sie es mir überließen, vielleicht. Aber das tun sie nicht. Mein Zahlmeister im Haus der Weisheit, Vater Bonifaz, vermietet sie an die, die Land zu roden haben. Sie zahlen eine Gebühr für die Maschine. Aber das gerodete Land dürfen die Arbeiter einfach behalten. Nicht für immer. Für drei Leben. Dann fällt das Land wieder an die Krone. Ich werde durch die Miete für die Maschinen reich. Meine Nachfolger" – Shef nickte dem kleinen Edward zu. „Sie werden reich, wenn das Land wieder an sie fällt."
Er deutete über die flachen Felder von Stamfordshire zur jetzt vertrauten Form einer Windmühle, deren Flügel sich in der Brise schnell drehten. „Noch ein neues Ding dort drüben. Nicht die Windmühle, die kennt Ihr schon. Woran sie hängt. Noch eine Art, Land zu gewinnen. Kommt mit und ich werde es Euch zeigen."
Der Pferdewagen wurde ruckartig langsamer, als der Fahrer Osmod von der Großen Nordstraße mit ihrem Belag aus Stein und Kies abbog und ihn einen der alten Feldwege hinunterlenkte. Shef nutzte die Gelegenheit der relativen Ruhe, um erneut über die Erfolge des Hauses der Weisheit zu sprechen.

„Wir sind unterwegs, um eine große Sache zu besichtigen", sprach er weiter, während er sich in seinem Sitz nach vorn zu Alfred lehnte, „aber es gibt auch einige Kleinigkeiten, die einen großen Unterschied gemacht haben. Ich habe Euch zum Beispiel nicht gezeigt, wie dieses Ding vorne angespannt ist. Aber als wir von Brand und seinen Männern erfahren haben, wie man ein Pferd einschirrt, damit es ziehen kann, haben wir nach einer Weile herausgefunden, dass der Pferdezug manchmal zu stark sein kann. Wenn man sie drehen lässt, reißen sie oft ihre Leinen ab, weil der Zug nur von der einen oder anderen Seite kommt, nicht von beiden. Also haben wir damit weitergemacht, dickeres Leder zu nutzen. Aber dann hat ein Arbeiter auf einem Bauernhof bemerkt – ich habe ihm dafür seinen eigenen Hof und Tiere gegeben –, dass man die Pferde nicht direkt an die Kutsche spannen muss. Man spannt sie stattdessen an zwei Enden eines stabilen Balkens und den Balken spannt man in der Mitte an die Kutsche. Auf diese Weise wird der Zug gleichmäßig. Und das spart nicht nur am Leder! Nein, ich habe es nicht sofort bemerkt. Aber oft ist die wahre Veränderung, die eine Maschine bringt, nicht das erste Gute, was sie bewirkt, sondern das zweite. Das Ortscheit, wie wir es nennen, bedeutet, dass Männer kürzere Scharten und kleinere Felder pflügen können, weil sie ihre Gespanne leichter umdrehen können. Und *das* bedeutet, dass sogar arme Leute, die nicht mehr als ein oder zwei Morgen Land haben, ihre eigenen Felder pflügen können, statt von ihren Herren abhängig zu sein."

„Und sie danken ihrem König dafür", antwortete Alfred nachdenklich. „Sie werden Eure Männer, nicht die ihrer Lehnsherren. Das ist eine weitere Sache, wie die Miete für Eure Maschinen, die Euch stark macht."

Godive schob sich auf ihrem Sitz herum. „Genau deshalb hat er es getan. Er tut nichts ohne Grund. Das habe ich vor Jahren gelernt."

Shef wurde still und starrte seine matschigen Finger an. Nach einigen Augenblicken durchbrach Alfred die Stille.

„Dieses neue Ding, zu dessen Besichtigung Ihr uns bringt. Erzählt uns davon."
Shef antwortete in einem glanzloseren, stumpferen Tonfall. „Also. In dieser Gegend, wie Ihr wisst, wird das Land schnell zum Sumpf. Einiges davon ist schon immer Sumpf. Natürlich versuchen die Leute, ihn trockenzulegen. Aber wenn man einen Kanal gräbt, kann man nicht immer sagen, in welche Richtung das Wasser fließen wird, nicht hier, oder ob das Wasser überhaupt in den Kanal fließen wird. Aber wir wussten eine Sache." Langsam kehrte die Lebhaftigkeit in seine Stimme zurück. „Jeder, der viel Bier braut, weiß, dass man, um es herauszubekommen, entweder das Fass weit unten anstechen kann – und dann muss man es sorgfältig zustöpseln, sonst läuft alles heraus – oder man kann etwas durch einen Schlauch ansaugen und dann das Ende des Schlauchs in seinen Krug oder Eimer legen. Das Bier läuft immer weiter, auch wenn man gar nicht mehr saugt."
„Das wusste ich nicht. Warum?"
Shef zuckte mit den Achseln. „Niemand weiß es. Noch nicht. Aber sobald wir das erfuhren, wussten wir, was wir brauchten. Große Rohre, größer als das, worum irgendein Mensch seinen Mund legen könnte. Und etwas, um das Wasser hindurch zu saugen. Wie einen umgekehrten Blasebalg. Dann könnten wir das Wasser dazu bringen, aus einem Sumpf in einen Kanal zu laufen, sogar in einen Kanal in einiger Entfernung."
Der Wagen und seine Eskorte fuhren vor der Mühle vor, zu der sie unterwegs waren, und Shef sprang heraus, wobei er die Tür wieder weit offen stehen ließ. Um die Mühle verlief ein Wirrwarr an matschigen Gräben, hie und da lag eine Röhre aus geteerten Planen, die scheinbar einfach von einem Graben zu einem anderen führte.
„Wieder, seht Ihr, neues Land." Shef senkte seine Stimme, so dass nur seine königlichen Gäste ihn hören konnten, nicht die Eskorte. „Ich weiß nicht, wie viel. Manchmal glaube ich, es könnten da noch ein halbes Dutzend Grafschaften liegen und darauf

warten, trockengelegt zu werden. Und dieses Land gebe ich nicht weg. Ich baue die Mühlen, ich zahle die Müller. Was gewonnen wird, bleibt Kronland und wird gegen Einkommen für die Krone verpachtet."

„Wieder für Euren eigenen Profit", unterbrach ihn Godive, ihre Stimme scharf wie eine Peitsche. Alfred sah, wie sein von Narben übersäter Mitkönig erneut zusammenzuckte. „Erklärt mir, von all diesen Dingen, was habt Ihr für die Frauen getan?"

Shef zögerte, begann, etwas zu sagen, dann unterbrach er sich. Er war sich unsicher, was er zuerst benennen sollte. Die Mühlen selbst, die zehntausende an Sklavinnen von der immerwährenden Fron des Kornmahlens mit einem Mühlstein befreit hatten? Die Experimente, die im Haus der Weisheit durchgeführt wurden, um einen besseren Weg zu finden, Garn zu spinnen, als den Spinnrocken, den beinahe jede Frau im Land immer noch mit sich trug, wo immer sie hinging, und beständig drehte? Nein, beschloss Shef, das entscheidende Ding für Frauen waren die Seifenwerkstätten gewesen, die er eingeführt hatte, wo man eine raue und kernige Seife aus Asche und Tierfetten herstellte: Keine neue Sache an sich, aber eine, die, wie Hund der Heiler beharrte, die Zahl an Frauen, die am Kindbettfieber starben, halbiert hatte – sobald der König den Befehl gegeben hatte, dass alle Hebammen die Seife mitnehmen und immer ihre Hände waschen mussten.

Er brauchte zu lange, um sich zu entschließen. „Das dachte ich mir schon", sagte Godive und wirbelte fort, wobei sie ihre Kinder mitzerrte. „Alles ist für Männer. Und alles für Geld."

Sie machte sich nicht die Mühe, ihre Stimme zu senken. Als sie zum Wagen eilte, starrten ihr alle nach, die beiden Könige, Cwicca und Osmod, der Müller und seine Frau, die beiden Truppen an königlichen Eskorten. Dann wandten alle außer Shef ihre Blicke wieder auf ihn.

Er senkte seinen Blick. „So ist es nicht", murmelte er und in ihm stieg derselbe Zorn auf, den er verspürt hatte, als der Mann aus dem Turm gestürzt war und man ihn gebeten hatte, für sein

Scheitern trotzdem zu zahlen. „Man kann nicht alles machen. Man muss zuerst das tun, was man kennt, und dann sehen, wo es einen hinführt. Die Frauen bekommen ihren Anteil von dem, was wir getan haben. Mehr Land, mehr Essen, mehr Wolle."

„Aye", stimmte Cwicca zu. „Vor einigen Jahren hat man jeden Winter kleine Kinder in Lumpen und barfuß gesehen, jeden Winter, die vor Kälte und Hunger weinten. Jetzt haben sie zumindest Mäntel und heißes Essen in ihrem Inneren. Weil der König sie beschützt."

„Das stimmt", sagte Shef und blickte auf, seine Miene plötzlich grimmig. „Denn all dies" – seine Arme deuteten auf die Mühle, die Felder, die Entwässerungskanäle, den wartenden Wagen –, „all dies hängt von einer Sache ab. Und das ist Macht. Wenn vor wenigen Jahren irgendein König, der gute König Edmund oder König Ella, eine kluge Sache getan hätte, wären die Wikinger über ihn gekommen, sobald er genug Silber zur Verfügung gehabt hätte, hätten es mitgenommen und das Land wieder in Armut gestürzt. Um es zu behalten, wie es ist, müssen wir Schiffe versenken und Armeen zerschmettern!"

Ein Brummen der unmittelbaren Zustimmung kam von seinen Männern und denen von Alfred, von denen alle ihr gutes Leben allein durch die Schlacht gewonnen hatten.

„Ja", sprach Shef weiter, „all das ist gut genug. Und ich wäre froh, wenn ich sehen könnte, dass die Frauen ihren Anteil haben. Aber was ich am meisten brauche, wofür ich Gold und nicht Silber zahlen würde, ist nicht eine neue Art, Pferde anzuspannen oder Sümpfe zu entwässern, sondern eine neue Möglichkeit, den Kaiser dort draußen zu besiegen. Bruno den Deutschen. Denn auch wenn wir ihn hier im Sumpf vergessen haben, hat er uns nicht vergessen. Rig, mein Vater" – Shefs Stimme schwoll zu einem Schreien an und er zog sein silbernes Leiteremblem von seiner Brust unter seiner Tunika –, „sende mir etwas Neues, um uns den Sieg in der Schlacht zu bringen! Ein neues Schwert, einen neuen Schild! Neue Armbrüste, neue Katapulte. Es gibt keine andere

Weisheit, die wir mehr brauchen. Wenn Ragnarök kommt, lasst es uns bekämpfen und siegen!"

Als ihr König für einen langen Vormittag sicher aus dem Weg war, hatten seine nächsten Ratgeber und Freunde die Gelegenheit ergriffen, um über ihn zu diskutieren. Sie saßen da, alle drei, Brand, Thorvin und Hund, beinahe ganz oben im großen Steinturm des Hauses der Weisheit, in Thorvins privater Kammer, und blickten über die belebte und fruchtbare Landschaft hinaus, die grünen Felder, die von der langen weißen Linie der großen Nordstraße geteilt wurden, über die beständig Reiter und Wagen passierten. Bei ihnen allerdings saß auf Thorvins Drängen hin ein vierter Mann: Farman, Priester des Frey, einer der zwei großen Visionäre des Weges. Eine wenig beeindruckende Gestalt und jemand, der die gefährlichen Abenteuer der anderen nicht geteilt hatte, aber tief eingeweiht in die Geheimnisse der Götter, so beharrte zumindest Thorvin.

Brand, der riesige Norweger, hatte Farman für eine Weile fragend angesehen, aber er kannte zumindest die anderen lange genug, um offen zu sprechen. „Wir müssen uns der Tatsache stellen", begann er. „Wenn er geht, ich meine Shef, dann wird alles kaputtgehen. Es gibt Leute wie Guthmund, der dem Einen König alles verdankt und absolut verlässlich ist, was ihn betrifft. Aber wäre Guthmund damit einverstanden, mit Olaf oder Gamli oder Arnodd oder irgendeinem der anderen Könige in Dänemark oder Norwegen zusammenzuarbeiten? Das wäre er nicht. Seine eigenen Jarle würden ihn nicht lassen, wenn er es wäre. Was es betrifft, einem Engländer zu gehorchen … Nein, das ist ein Geschäft für nur einen Mann. Das Problem ist, dass dieser Mann verrückt ist."

„Das hast du schon früher gesagt", sagte Hund der Heiler tadelnd, „und bist wiederlegt worden."

„Na gut, na gut", gab Brand nach. „Vielleicht ist er nicht verrückt, nur seltsam, das war er immer schon. Aber ihr wisst trotzdem, was ich meine. Er hat viele Schlachten gewonnen und viele seltsame Ereignisse überlebt. Aber jedes Mal scheint es etwas aus ihm herauszureißen. Und es kommt nicht zurück."

Die anderen drei dachten über die Angelegenheit nach: Hund der Heiler, Priester der Idunn und Engländer, Thorvin der Schmied, Priester von Thor und Däne, Farman der Visionär, ein Mann, dessen Rasse in Vergessenheit geraten war.

„Er hat etwas verloren, als er Sigurd getötet hat", meldete sich Hund. „Er hat diese Lanze verloren. Keiner von uns weiß genau, wie er sie erhalten hatte, aber aus irgendeinem Grund hat er sie wertgeschätzt. Man sagt, es ist diese Lanze, die der neue Kaiser immer bei sich trägt, und Hagbard sagt, er sah die beiden kämpfen und Bruno floh damit. Vielleicht ist sie der Glücksbringer, für den sie die Christen halten, und genau das hat er verloren."

Brand schüttelte entschieden seinen Kopf. „Nein. Wir haben hier Experten für Glück und das hat er nicht verloren. Er hat so viel Glück wie immer. Nein, es ist etwas anderes. Etwas, das damit zu tun hat, wie er über sich selbst denkt."

„Er hat an diesem Tag in Braethraborg auch Freunde verloren", schlug Hund wieder vor. „Den jungen Mann aus dem Ditmarsch und Cuthred, den Vorkämpfer. Könnte er sich – vielleicht – schuldig fühlen, weil er überlebt hat und sie nicht?"

Brand, der erfahrene Krieger, kaute auf dem Gedanken herum und er schmeckte ihm nicht besonders. „Ich kenne solche Dinge", gab er schließlich zu. „Aber ich glaube nicht, dass es das ist. Um die Wahrheit zu sagen" – er sah sich um, ehe er weitersprach. „Ich glaube, es hat mit dieser verdammten Frau zu tun."

„Godive, Alfreds Ehefrau?", fragte Hund schockiert. Er kannte sie beide, seit sie alle drei kleine Kinder gewesen waren.

„Ja, mit ihr. Sie spricht mit ihm, als wäre er ein Hund, und er zuckt zusammen wie einer, der zu oft geschlagen wurde. Aber nicht nur sie. Es gab auch noch die andere, Ragnhild, die Königin in Norwegen. Sie hat ihm etwas weggenommen. Er hat sie nicht umgebracht, aber er hat ihren Tod und den ihres Sohnes verursacht. Falls er sich schuldig fühlt, ist es nicht wegen der Männer, die er verletzt hat, sondern wegen der Frauen. Genau deshalb will er sich auch keine mehr nehmen."

Stille. Diesmal war Hund damit an der Reihe, auf einem Gedanken herumzukauen und den Geschmack nicht zu mögen.

„Spricht mit ihm wie mit einem Hund", sagte er am Ende. „Mein Name ist ‚Hund', wie ihr wisst. Mein Meister, Shefs Stiefvater, dachte, das wäre alles, was ich für ihn je sein würde. Aber er gab auch Shef aus Hass den Namen eines Hundes. Wir sehen andauernd Neuankömmlinge grinsen, wenn sie uns ‚König Shef' sagen hören, als würden wir ‚König Krummbein' oder ‚König Reißzahn' sagen. Nordmänner können es nicht einmal aussprechen. Wisst ihr, dass König Alfred ihn mehrfach gebeten hat, einen anderen Namen anzunehmen, einen, den sowohl Engländer als auch Nordmänner sagen und ehren könnten: Offa oder Atli, irgendeinen Heldennamen aus der Vergangenheit. Dennoch sagst du, sein Name sei ein Heldenname, Thorvin? Vielleicht ist es Zeit, dass du uns das erklärst. Denn ich habe das Gefühl, dass das, was auch immer hier gerade passiert, das Geschäft der Götter genauso ist wie unseres. Erzähl uns die ganze Geschichte. Und erzähl uns, warum ihn der Weg am Ende akzeptiert hat, als den Einen, der kommen wird. Die drei von uns hier wissen immerhin mehr von seiner Geschichte als irgendjemand sonst auf der Welt. Und Farman ist unser Führer zu den Göttern. Vielleicht können wir vier es gemeinsam beurteilen."

Thorvin nickte, aber zögerte eine Weile, um seine Gedanken zu ordnen.

„Es ist so", sagte er schließlich. „Es gibt eine sehr alte Geschichte, die die Dänen erzählen. Sie ist nie in ein Gedicht verwandelt worden und sie ist kein Teil unserer heiligen Bücher, oder zumindest nicht in einem, das alle anerkennen. Ich habe früher auch wenig davon gehalten. Aber umso mehr ich darüber nachdenke, umso mehr scheint mir, dass sie etwas in sich hat, einen Hauch der alten Zeiten. Ich glaube, es ist eine wahre Geschichte und dass sie auf dieselbe Weise eine Bedeutung hat, wie es die Lieder von Wölund oder vom Tode Balders haben.

Eine Art, wie man sie erzählt, ist diese. Vor vielen Jahren – ungefähr zu der Zeit, wo laut den Christen ihr Christus geboren wurde – fanden sich die Dänen ohne König wieder. Sie hatten den letzten ihrer königlichen Linie vertrieben, jenen Hermod, von dem man sagt, dass er Odins liebster Krieger in Walhalla ist, wegen seiner Grausamkeiten. Aber ohne König wurden die Grausamkeiten sogar noch schlimmer. Es war ein Zeitalter, als Brüder einander abschlachteten und keines Mannes Leben sicher war, außer wenn er eine Waffe in der Hand hielt.

Dann fand man eines Tages an der Meeresküste einen angespülten Schild und auf dem Schild lag ein neugeborener Junge. Sein Kopf ruhte auf einem Bündel Gerste, aber ansonsten hatte er nichts. Man nahm ihn auf und zog ihn groß und nach einiger Zeit wurde er der mächtigste König, den der Norden je gekannte hatte. Er war so kriegerisch, dass er im ganzen Norden Frieden herstellte. Zu seiner Zeit, so sagt man, konnte eine Jungfrau ohne Begleitung von einem Ende des Nordens zum anderen spazieren, mit Gold an jedem Finger und einer Börse davon an ihrem Gürtel, und kein Mann hielt sie auf oder sagte ihr auch nur ein faules Wort. Dänische Könige, zumindest einige von ihnen, behaupten immer noch, von seiner Linie zu sein, die Skjöldungar, die Schildinge, denn er wurde nach dem Schild, auf dem man ihn fand, Skjöld genannt.

Das ist die eine Geschichte“, fuhr Thorvin fort, „und ihr könnt sehen, dass sie einen gewissen Sinn ergibt. Der Schild gibt den Namen, die Schildinge. Und weil der Junge aus dem Nirgendwo kam, sagen die Leute, dass ihn die Götter sandten, weil sie das Unglück der Dänen sahen und Mitleid hatten.

Aber auf eine andere Art ergibt sie nicht viel Sinn und deshalb glaube ich, dass sie echt ist. Ja, Brand, ich sehe, dass du die Stirn runzelst, aber was ich euch sagen will, ist, dass die Vernunft der Götter nicht dasselbe ist wie die Vernunft der Menschen. Bedenkt: Die Götter hatten Mitleid mit dem Unglück der Dänen? Seit wann haben unsere Götter Mitleid mit irgendwem? Wir würden sie nicht verehren, wenn sie das hätten. Und überhaupt, was ist mit dem Getreidebündel? Es ist immer in der Geschichte, aber niemand weiß, warum. Ich glaube, das ist der Schlüssel zum Verständnis.

Ich glaube, dass die Geschichte, wie wir sie kennen, mit den Jahren falsch erzählt wurde. Ich glaube, der Name des Königs wurde einst als Skjöld Skjefing, oder auf Englisch Scyld Sceafing, gehört. Ein Geschichtenerzähler irgendwo nahm den Namen und machte eine Geschichte daraus. Er sagte, der König hieß Skjöld wegen – na ja, weil er auf einem Schild an Land getrieben war. Und er hieß Sceaf-ing, weil – weil ein Getreidebündel, ein *Sceaf,* bei ihm gewesen sein musste. Die Namen kamen von den Dingen. Sogar die Geschichte darüber, wie er an Land getrieben wurde, kam vom Gedanken an den hohlen Schild. Aber ich glaube nicht, dass irgendetwas davon wahr ist.

Stattdessen glaube ich, dass es einen echten König namens Skjöld gab. Viele von uns haben solche Namen. Dein Name, Brand, bedeutet ‚Schwert'. Ich habe Männer getroffen, die Geirr, ‚Speer', oder Franki, ‚Streitaxt', hießen. Es gab einen König namens Skjöld. Er wurde Skjefing genannt, nicht weil er seinen Kopf auf einem Getreidebündel hatte, sondern weil er der Sohn von Skjef war. Oder Shef."

Thorvin schien zu glauben, dass er damit seine Erklärung beendet hatte. Nach einer Weile bedrängte Hund ihn weiter. „Aber was soll diese Geschichte, diese alte Geschichte, bedeuten?"

Thorvin befingerte seinen Hammeranhänger. „In meiner Sichtweise – und das wird nicht von den anderen im Kollegium geteilt, tatsächlich würden mich einige einen Ketzer nennen, wenn sie es mich sagen hörten, Farman, wie du wohl weißt. In meiner Sichtweise bedeutet es drei Dinge. Erstens, man erinnerte sich an diese Könige oder erfand sie mit einem guten Grund. Ich glaube, der Grund ist, dass sie die Welt in eine Spur gebracht haben, auf einen

Weg, den sie nie zuvor beschritten hatte. Ich glaube, der Kriegerkönig, der den Frieden schuf, Skjöld, er war derjenige, der die Menschen in Nationen organisierte und dem Norden ein Gesetz gab: ein besseres Gesetz als den Kampf Bruder gegen Bruder, den man zuvor hatte. Ich glaube, der Friedenskönig, Skjef, schenkte uns Gerste und Korn und Felder und brachte uns von den Wegen unserer Vorfahren ab, die wie die Finnen lebten und im Ödland jagten. Oder wie deine Vettern, das Huldufolk, Brand. Fleischesser und Wanderer.
Zweitens glaube ich, der Weg, auf den sie uns gebracht haben, war der richtige Weg und die Menschen haben das nie ganz vergessen. Aber seitdem sind wir wieder auf die falsche Spur geraten, auf die Spur von Hermod, dem Liebling Odins. Krieg und Seeräuberei. Wir geben ihm stolze Namen und nennen es *Drengskapr*, den *Hermanna Vegr*, Tapferkeit, den Weg des Kriegers. Du tust das, Brand, das weiß ich. Aber es läuft darauf hinaus, dass die Starken die Schwachen ausrauben."
„Ich ziehe es vor, die Starken auszurauben", knurrte Brand, aber Thorvin ignorierte ihn.
„Ich glaube, König Shef wurde uns geschickt, um uns wieder auf die richtige Spur zu bringen. Aber diese Spur ist nicht der Weg Hermods oder Odins. In der Tat glaube ich, dass unser König Odin feindlich gesonnen ist. Er will ihm nicht opfern. Er will nicht Odins Zeichen tragen.
Und jetzt komme ich zu dem, was einige Ketzerei nennen würden. Ich kann nicht anders, als mich daran zu erinnern, dass all das zur selben Zeit passiert sein soll, als, wie die Christen sagen, ihr Weißer Christ kam. Und warum ist er gekommen? Warum sind Skjef und Skjöld gekommen? Ich kann nur dies sagen, und das ist die dritte Meinung, die ich habe.
Ich glaube, zu einer gewissen Zeit erlitt die Welt einen großen Schaden, eine große Wunde, die man nicht heilen konnte. Balder starb, sagen wir, und das Licht ging auf der Welt aus. Die Christen haben ihre närrische Geschichte von einem Apfel und einer

Schlange, aber es läuft auf denselben Punkt hinaus: Die Welt wurde verwundet und brauchte einen Heiler. Die Christen sagen, ihr Heiler war Christus und die Heilung ist vollbracht, und so können wir alle auf unseren Hintern sitzen und auf unsere Rettung warten. Hah! Wir sagen vielleicht – oder haben das früher gesagt –, dass zwei Könige kamen, um uns auf den Weg zu bringen. Dann haben wir uns verirrt. Es ist meine Ansicht, dass der König, den wir haben, der nicht durch Zufall Shef heißt, gekommen ist, um uns wieder auf den richtigen Weg zu bringen, wie sein entfernter Urvorfahre. Denn ich glaube, dass sowohl er als auch sein alter Namenspatron die Nachkommen eines Gottes sind, des Gottes Rig. Nicht älter als Odin vielleicht, aber weiser."
Nach einer Pause sagte Hund, der seinen Idunanhänger tätschelte: „Ich kann nicht sehen, worin da die Ketzerei läge, Thorvin. Nicht dass wir wären wie die Christen, die den Menschen sagen, was sie denken sollen."
Thorvin starrte in die Entfernung hinaus, über Straßen und Felder. „Ich fange gerade damit an, vorzuschlagen, dass die Geschichten des Weges und die Geschichte von Christus von derselben Art sind. Beide falsch, beide verzerrt. Oder, vielleicht, beide wahr. Aber wahre Bruchstücke eines größeren Ganzen."
Brand lachte plötzlich. „Und du hast vielleicht Recht, Thorvin! Aber auch wenn du zwar mich und Hund hier überzeugen kannst, und vielleicht sogar den Priesterrat des Weges, wenn du lang genug mit ihnen sprichst, bezweifle ich, dass du weit damit kommst, den Papst der Christen in Rom zu überzeugen, dass er dir folgt und zustimmt, dass der Weg vielleicht auf seiner Seite auch ein Stück Wahrheit hat!"
Thorvin lachte mit ihm. „Nein, ich will nicht nach Rom gehen und um eine Audienz bitten, um meine Sichtweise zu schildern. Auch werde ich nicht vergessen, dass, was auch immer man von den Christen denkt, die Kirche unser Todfeind bleibt. Und nun auch das Kaiserreich, das sie unterstützt. Man sagt, dass unser König an jenem Tag Bruno den Deutschen im Ziel seiner Arm-

brust hatte. Er hätte am Abzug ziehen sollen." Zum ersten Mal sprach Farman, dessen bleiches Gesicht von Emotionen unberührt war.
„Die Wunde", wiederholte er. „Die Wunde, die die Welt erlitten hat, zu deren Heilung der zweite Shef, oder der zweite Retter, gesandt wurde. In unseren Mythen ist das der Tod Balders, verursacht durch die List von Loki. Aber wir wissen alle, dass Odin versuchte, Balder aus Hel zu holen, scheiterte und aus Rache Loki unter Schlangenzähnen festkettete. Rache mag ja gut sein, aber wie könnte man daraus eine Heilung ersehen?"
„Falls es eine Heilung gibt", sagte Thorvin, „wird sie durch etwas kommen, das bloße Vernunft nicht voraussagen kann. Aber unser Freund Shef – er ist weise, und doch steckt oft keine Vernunft in ihm."
„Und so kommen wir zurück zu unserer eigentlichen Frage", schloss Hund. „Ob er nun Mann oder Halbgott ist, verrückt oder getrieben, was sollen wir mit ihm tun?"
Farman sah hinaus, auf die Form der rasenden Kutsche auf der Straße, der eine Staubwolke und dreißig galoppierenden Pferde folgten. „Ich kann nicht sicher sein", sagte er. „Ich habe nichts hiervon in meinen Träumen gesehen. Aber nach allem, was ich gehört habe, würde ich sagen, dass dieser Mann noch unvollendete Geschäfte mit den Göttern hat. Vielleicht ist es sein Schicksal, die Heilige Lanze wiederzuerlangen, vielleicht, die Tore Roms niederzubrennen, ich weiß es nicht. Aber solange er hier sitzt, weist er es zurück und wendet seinen Blick ab."
„Weil er sich über Frauen aufregt, die er vor Jahren zurückgelassen hat", stimmte Brand zu.
„Vielleicht hat er die Gelegenheit gebraucht, Luft zu holen, oder sogar zum Mann zu werden", fuhr Farman fort. „Aber er wird nicht weiter wachsen, wenn er hier bleibt und im Matsch mit Bauerntölpeln spielt."
„Wir müssen ihn an Bord eines Schiffes kriegen", sagte Thorvin. „Vielleicht wird ihn das dorthin bringen, wo ihn die Götter

haben wollen, wie das nackte Kind, das in der Geschichte angespült wurde."

„Aber diesmal darf er nicht allein gehen", sagte Farman. „Ihr seid seine Freunde. Ihr müsst mit ihm gehen. Was mich betrifft – ich werde auf eine klarere Anweisung warten."

Von draußen kreischten die Noten des Dudelsacks ihre misstönende Warnung.

Kapitel 4

Ghaniya, Halbbruder des Kalifen von Cordoba, verstand die Wichtigkeit seiner Mission im Norden gut, bei den wilden, halbnackten, feuerverehrenden *Majus*, den Teufelsmenschen, wie er über sie dachte. Das hielt ihn nicht davon ab, jeden Moment davon zu hassen. Er war ein Mann mit einer sicheren und bedingungslosen Loyalität. Wäre er das nicht gewesen, hätte er natürlich nicht die Thronfolge seines Bruders auf den *Divan*, den Kissenthron von Cordoba, überlebt. Sein Bruder mochte zwar zu Ehren seines großen Vorfahren Abd er-Rahman der Diener des Barmherzigen genannt werden, aber in seiner Natur lag keinerlei Barmherzigkeit.
Als er seinem Vater auf den Thron folgte, waren das Schwert und die Bogensehne vielbeschäftigt gewesen. Die männlichen Kinder aus dem Harem seines Vaters waren sorgfältig und aufmerksam beurteilt worden. Die Kinder von wahren Araberinnen, Nachkommen der Quraysh, waren bald gestorben: Sie hätten vielleicht Zentren für zukünftige Rebellionen bilden können. Die Nachkommen christlicher Sklavinnen waren auch gestorben, wenn sie unnütz schienen: Einige der Besten hatten Posten im Exil erhalten, unter Aufsicht, oft an der Grenze gegen die schwachen christlichen Fürstentümer und Herzogtümer im bergigen Norden Spaniens. Ghaniya allerdings war der Sohn einer Berberin. Sein Blut war nicht rein genug, um Anhänger anzulocken, dennoch war er auch nicht das Kind einer *Mustarib*, kein Möchtegernaraber, wie man die Kinder von Christen verächtlich nannte, die für Essen oder Vorteile zum Islam konvertierten.
Ghaniya wusste, dass er gut genug war, um genutzt zu werden. Nicht gut genug, um gefürchtet zu werden. Das befriedigte seinen Ehrgeiz, zumindest für den Augenblick. Er hatte nicht vor, den Lederteppich erneut zu riskieren, der vor dem Divan lag, da-

neben die riesigen Sklaven, die immer ihre Krummsäbel gezogen hatten.

Es war außerdem ein gutes Zeichen, dass er auf diese Mission gesandt worden war. Er wusste, wie ernst sein Halbbruder es nahm, als er die Nachrichten aus Mallorca und Sizilien erhalten hatte. Nicht dass ein Kalif von Cordoba die Aktivitäten der Christen fürchten konnte, seien es Griechen oder Franken. Im Jahre 875 hatte die Stadt Cordoba eine satte halbe Million Einwohner: Mehr als die Dörfer von Rom und Byzanz und all die Hauptstädte aller Franken zusammen. Jeden Tag riefen dreitausend Minarette die Gläubigen zum Gebet. Jeden Tag rollten eintausend Wagen in die Stadt, beladen mit Nahrung für die Bürger, geholt aus dem unglaublich fruchtbaren Tal von Guadalquivir und ganz Andalusien dahinter. Die Christen konnten Cordoba nicht einmal erreichen, wenn alles, was die Gläubigen taten, war, sich einfach vor sie zu stellen, um ihren Weg zu blockieren.

Und dennoch hatte er-Rahman, sein Bruder, mit großer Konzentration dem Bericht von Mu'atiyah, Schüler des bin-Firnas, gelauscht: Genauso hatte er den Berichten seiner Händler zugehört, die aus Ägypten zurückkehrten und von der Panik und Furcht unter den Tuluniden dort erzählten. Er hatte sich sogar dazu herabgelassen, seinem Halbbruder seine Gedanken zu erklären.

„Wir brauchen die Inseln", hatte er gesagt. „Sie schützen unsere Kaufleute, sie schützen unsere Küsten. Außerdem", fuhr er fort, „muss ein Kalif an die Zukunft denken. Seit vielen Jahren drängen wir die Ungläubigen zurück, seit dem Tag, als unser Vorfahr an der Küste von Jeb el-Tarik landete und seinen Männern erklärte, dass die See hinter ihnen und der Feind vor ihnen war und dass es nichts für sie gab außer Sieg oder Tod. Jetzt kommen wir zu einer Prüfung. Ist es eine Prüfung oder ist dies der Augenblick, wo sich das Blatt wendet?" Er-Rahman, der nur eine See ohne Gezeiten kannte, wusste nichts vom Bild des Gezeitenwechsels, aber wenn er es gekannt hätte, hätte er es genutzt. „Wenn unsere Feinde auch nur glauben, dass das Pendel in ihre Richtung aus-

schlägt", schloss er, „dann werden sie sich ein Herz fassen. Wir müssen sie erneut zurückdrängen.
Und noch eine Sache. Wir haben immer gewusst, dass uns die Christen in allen Künsten der Zivilisation unterlegen sind. Wo haben sie solch einen Mann wie bin-Firnas" – er streckte eine Hand zu seinem lauschenden Schüler aus – „und dennoch kommen sie jetzt mit Waffen an unsere Küsten, denen wir nichts entgegenzusetzen haben. Wir müssen mehr herausfinden. Unsere Feinde werden es uns nicht sagen. Aber unsere Feinde haben auch Feinde, oder so haben wir es gehört. Vor Jahren gab es Nachrichten über die Niederlage eines großen Heeres der *Ferengi,* der Franken, durch die Hände derer, die keine Christen waren. Suche sie, mein Bruder. Finde heraus, was sie wissen. Bring uns Hilfe oder Wissen. Nimm den Schüler des bin-Firnas mit, damit er von jeglichen mechanischen Künsten berichten kann, die die Wilden erlernt haben könnten."
Er hatte mit einer Hand gewunken. Und indem er das tat, hatte er Ghaniya mit seinen Wachen und Begleitern und dem Schüler des bin-Firnas als Ratgeber auf diese schreckliche Expedition ins Land des immerwährenden Windes und der Kälte gesandt.
Sie hatte schon schlecht begonnen, als sich das Schiff, das sie vom Hafen von Malaga aus genommen hatten, als nutzlos herausgestellt hatte, sobald sie die Straße von Jeb el-Tarik durchquert hatten. Die See wurde wilder, der Wind stärker, die Ruderer kamen gegen die Strömung nicht an, die vom Ozean in die zentrale See der Welt, das Mittelmeer, hereindrückte. Ghaniya war in Cadiz auf ein anderes Schiff umgestiegen, dessen Kapitän und Mannschaft auf ihren Gesichtern und in ihrem Handeln das Blut der Christen zeigten. Sie waren willens genug gewesen, gegen Gold nach Norden zu segeln, und ihre Familien blieben als Geiseln zurück, um ihre Loyalität zu sichern. Trotzdem hegte Ghaniya von Anfang an Zweifel an ihrem Respekt.
Selbst seine Schweinefleisch essende Mannschaft war aber still geworden, als sie weiter in die kalten Meere des Nordens vordran-

gen. Als sie sich dem näherten, was, wie sie gehört hatten, ihr Ziel sein sollte, dem Hafen Lon ed-Din, und graue Küsten begannen, sich auf jeder Seite zu zeigen, war ein seltsames Schiff aus den ewigen Regenströmen zu ihnen gekommen. Ein Schiff, das zweimal die Größe des ihren hatte, mit zwei Masten, die aus Baumstämmen gemacht waren, und Segeln, die in den Himmel aufragten. Hohe Burgen standen an Bug und Heck, auf ihnen waren große Maschinen und feurige bärtige Gesichter funkelten über Eisenplatten. Das Schiff hatte nicht angelegt, sondern war einfach an ihre Seite gefahren, und warf mit überlegter Routine zehn Meter vor Ghaniyas eigenem Bug einen großen Felsen in die See. Ein langes, geschrienes Gespräch in einer unbekannten Sprache, die wie das Bellen von Hunden klang, dann hatte das Schiff seine Segel gesetzt und war gemächlich davongezogen.
„Sie sagen weiterfahren", übersetzte der *Mustarib*-Kapitän. „Sie wollten nur sichergehen, dass wir keine Diener der Franken sind, des Reiches, mit dem sie in immerwährendem Krieg stehen."
Ein gutes Zeichen, war Ghaniya versucht, zu denken. Der Feind meines Feindes ist mein Freund, und diese hier sind wahrlich Feinde der Franken. Dennoch hatte ihm die achtlose Leichtigkeit nicht gefallen, mit der ein Schiff aus Cordoba abgewogen und abgetan worden war. Genauso wenig hatte ihm der seltsame Anblick des Schiffes gefallen. Sogar der hochmütige Mu'atiyah war, wie er bemerkt hatte, zu lange dagestanden und hatte ihm mit offenem Mund hinterhergestarrt.
Shefs Schiffsbauer hatten mehrere Jahre des Friedens gehabt, in denen sie die verzweifelten Behelfsmittel aus den 860ern entsorgen oder perfektionieren konnten. Mit ihrem König und den beratenden Experten des Weges, unter denen Hagbard, Priester des Njörd, hervorstach, hatten sie sich neue Entwürfe ausgedacht, die die besten Eigenschaften aufgriffen und die Probleme der alten lösten. Die Idee des Schlachtschiffes mit montierten Katapulten war geblieben und durch die ringförmige Halterung, die sich Stahlmeister Udd ausgedacht hatte, wesentlich verbes-

sert worden. Das Problem, dass der Schwerpunkt zu weit oben lag, hatte man gelöst, indem die Hülle verbreitert und mit Ballast versehen wurde. Die furchtbare Schwerfälligkeit von Shefs erster „Grafschaft"-Klasse an Schlachtschiffen wurde teilweise behoben, indem man die Entwürfe mit zwei Masten entwickelte und ausbaute. Die verdoppelte Segelfläche hatte bedeutet, dass die Idee eines Fischers, das Segel zu raffen und wieder herunterzulassen, fallengelassen werden konnte. Es gab immer noch Probleme, wie Shefs Kapitäne berichteten, wenn man vor dem Wind segelte, weil das hintere Segel dem Vorsegel den Wind raubte. Wenn sie konnten, segelten solche Schiffe immer mit dem Wind am Bug. Manche Skipper experimentierten gerade mit einem kleinen zusätzlichen Segel auf einem Topmast über dem Vordermast, wobei sie ein halbes Dutzend schlanker, leichter Burschen in ihrer Mannschaft behielten, die bei Bedarf hinaufkletterten und dieses Segel refften. Doch in der Zwischenzeit verblieb immer noch ein Problem, das zumindest Brand für unlösbar gehalten hatte: Schwäche am Kiel, der nun größer war, als dass man ihn aus einem einzelnen Baumstamm bauen konnte.

Stahlmeister Udd hatte sich damit beschäftigt und bestand darauf, dass Metall tun konnte, was Holz nicht schaffte. Schwache Kiele brauchten mehr Metallverstärkungen, das war alles. Am Ende hatte ein kombiniertes System aus Bronzebolzen – denn selbst Udd hatte zugeben müssen, dass Salzwasser tödlich für den stärksten Stahl war – und gewaltigen, vernieteten Holzrippen die zusammengefügten Kiele so verstärkt, dass sie selbst dem Atlantik trotzten. Zumindest seetauglich, überall fertig vorbereitet, mit schwenkbaren Onagern, die auf Bug und Heck montiert waren, und schweren Armbrüsten, die an jeder Wallschiene aufgereiht waren, hatten die neuen Schiffe der Marine der beiden Könige den Ärmelkanal sofort für alle Schiffe ohne Lizenz Ihrer Majestäten gesperrt. Handel von Friesland bis zur Loire bewegte sich nur mit ihrer Duldung. Zölle aus dem Handel bezahlten die Schiffsmannschaften. Und ohne ein Wikingerschiff auf See vom Anfang bis zum Ende der Atlantikküste verdoppelte sich der Handel Mal um Mal. Das andalusische Schiff, das langsam in die Ausläufer des Hafens von London ruderte, fand eine Szenerie voll Aktivität, die beinahe Guadalquivir hätte sein können, zumindest der Geschäftigkeit nach, wenn auch nicht nach Einwohnerzahlen.

Zumindest hatten sie keine Schwierigkeiten damit, Aufmerksamkeit zu erlangen. Sobald der Hafenmeister, der an Bord gekommen war, erfasst hatte, dass diese Männer um eine Audienz mit seinem Meister ersuchten und dass sie mit glänzenden goldenen Dirhams bezahlen konnten, hatte er den Gesandten Pferde zur Verfügung gestellt – armselige, struppige Tiere, wie Ghaniya mit Verachtung und einer gewissen Erleichterung bemerkte –, zusammen mit einem Führer und einer Eskorte, und sie tatkräftig auf ihren Weg die Straße hinauf geschickt, die in den Norden nach Stamford, in die Hauptstadt des Königs, führte.

Während die Truppe ritt, steigerte sich trotzdem Ghaniyas Nervosität. Für einen Sohn der Quraysh konnte nichts, was die Barbaren taten, gänzlich bewundernswert erscheinen, aber Ghaniya war intelligent genug, um die Zeichen zu deuten. Er würde seine eigene Baumwolle nicht gegen die tierischen Stoffe eintauschen, die die Einheimischen trugen. Dennoch konnte er bald genug fühlen, wie unpassend seine Baumwolle für die ständigen Winde und den ewigen Regen war. Er sah auch, wie die bloßen Bauern, die auf den Feldern arbeiteten, das in dichter Wolle taten. Die Nahrung, die sie aßen, war etwas, vor dem sich die Hunde in Cordoba angeekelt wegdrehen würden, Schwarzbrot und Schweinefett, saure Kuhmilch und beißend scharfes Gemüse, das den Atem raubte. Dennoch schienen sie reichlich davon zu haben. Er sah keine eingefallenen Gesichter, keine Hände, die sich nach Almosen streckten.

Am Straßenrand sah er auch immer wieder, wie sich die Räder drehten. Von den ersten zwei oder drei, zu denen er kam, wandte er sich mit einem herablassenden Lächeln auf dem Gesicht ab. Sie waren wie die *Norias* in seiner Heimat, nur dass die unglücksseligen Barbaren sie nicht nutzten, um Wasser zu heben, sondern um ihr Getreide zu mahlen; und sie taten das, indem sie die Räder in das langsam fließende Wasser steckten und jegliche Kraft nahmen, die sie daraus bekommen konnten. Die vierte Mühle, die sie sahen, ließ Ghaniyas Lächeln allerdings gefrieren. Hier war den Einheimischen ihr Irrtum bewusst geworden und sie hatten sich ein Gefälle zunutze gemacht, um den Wasserkanal über das Rad laufen zu lassen, so dass es vom vollen Gewicht des herabstürzenden Wassers angetrieben wurde, nicht vom fließenden Wasser. Und aus dem Inneren der Mühle kam nicht das raue Mahlen der Kornmühle, sondern das stetige metallene Krachen eines Schmiedehammers, der Eisen schmiedete. Es war kein Gedanke, den Ghaniya gleich ausformulieren konnte, aber in seinem Hinterkopf wuchs der Verdacht, dass, auch wenn die Barbaren eindeutig nicht besser waren als das, wofür er sie noch vor kurzer Zeit gehalten hatte, sie doch innerhalb weniger Jahre mehr Veränderungen erreicht zu haben schienen, als unter so vielen Kalifen stattgefunden hatten, wie man sich noch erinnern konnte.

Genauso wenig gefielen Ghaniya die Geschichten, die man ihm von dem seltsamen König überlieferte, der für all dies verantwortlich war. Es war gut, dass er kein Christ war. Es war akzeptabel, dass er die Christen nicht verfolgte: Genauso wenig tat dies der große er-Rahman selbst, weil er es vorzog, sie stattdessen zu besteuern, weil er die Gläubigen nicht besteuern konnte. Es war unmöglich, dass irgendjemand glauben sollte, dass er der Sohn Gottes war, noch ein zurückgekehrter Yeshua. Noch schlimmer, es konnte vielleicht sein, dass er nicht der Sohn des Einen Gottes war, an den Christen und Moslems gleichsam glaubten, sondern irgendeiner barbarischen Gottheit, einer unter vielen. Ghaniya fühlte den Schrecken des Monotheisten über die Götzenverehrer. Dies auch noch mit Angst vermischt: Eines Tages hatten sie auf der Straße ein schreckliches Kreischen auf sich zukommen gehört und dann gesehen, wie fünfhundert Mann miteinander auf der Straße marschierten, angeführt von Dudelsackspielern, das Banner mit dem Schmiedehammer über ihren Köpfen wehend. Kein christliches Kreuz war dabei, denn sie waren Männer des Weges, und ihre Allianz mit dem Christen Alfred wurde nicht länger angezeigt. Ghaniya, der sein Pferd zur Seite gelenkt hatte, hatte ihre Waffen betrachtet: Die normalen, in Metall gekleideten Fußsoldaten der *Ferengi,* starke Männer mit Schwertern und Äxten, aber in Bewegung bemitleidenswert langsam, aber bei ihnen waren andere, kleine Männer, von denen die meisten seltsame, schwere Bogen über den Schultern hatten, und hinter der Kolonne ein Dutzend Geräte, die von Mulis gezogen wurden, Objekte aus Seilen und Holz. Pfeilschleudern, erklärte sein Führer, oder Steinschleudern, Katapulte, die jede Wand niederschmettern, jede Rüstung oder Schilde durchschlagen konnten. Ganz besonders finster starrte Ghaniya die fröhlichen Gesichter und das andauernde Geplapper der marschierenden Männer an. Diese Männer besaßen etwas, das er verstand: *Iqbal,* die Erwartung des Erfolgs, die Erfolg gebiert.

Und doch spürte Ghaniya, als er zu der Stadt kam, die sie die Hauptstadt nannten, wie sein Gefühl der Verachtung und Überlegenheit wieder hochstieg, wie sich das Fleisch eines Kalifen in seinem Harem erhebt. Die Stadt hätte nicht einmal eine Vorstadt von Cordoba sein können. Ihr Steinturm war neu und gut gebaut, aber niedrig und ein einziger. Der Marktplatz selbst hatte weniger Männer darauf als ein einzelner Innenhof seines Meisters. Von einem Ende der Stadt konnte er das andere sehen! Statt dass die Menge an Bittstellern von Kämmerern aufgereiht und aufgelistet wurde, kam ein Mann heraus, um sie zu treffen, und machte keine Entschuldigungen, dass sein Meister zu beschäftigt sei, um irgendwelche Besucher zu empfangen. Sicherlich konnte sich der Herrscher eines solchen Ortes nur geehrt fühlen, wenn ihm ein Bündnis mit dem Kalifen von Cordoba, Nachfolger des Propheten, Gesandter Allahs auf Erden, angeboten wurde!

Ghaniya fühlte sich wieder selbstsicher, als er sich für seine Audienz bei dem Meister über Männer und Schiffe vorbereitete. Er musste sie beeindrucken, überlegte er, mit seinem eigenen Reichtum und mit dem Wissen von Mu'atiyah, weil die Barbaren beidem, da war er sich sicher, nichts entgegenzusetzen hatten. Es besorgte ihn nur, dass er sich in diesem weit entfernten Land auf Suleiman den Juden als Übersetzer verlassen musste.

„Was ist ein Jude?", murmelte Shef aus seinem Mundwinkel. Die Gesandtschaft der Fremden stand vor ihm in seiner großen Audienzhalle, einer aus ihrer Gruppe – nicht der Anführer, aber der Sprecher – stand vor den anderen. Er hatte sich gerade vorgestellt, aber das Wort, das er benutzt hatte, sagte Shef gar nichts.
Die Ratgeber, die hinter ihm standen, beratschlagten sich kurz. Dann, als Shefs eigener Übersetzer Vater Bonifaz wieder anfing, die Empfehlungen der anderen auf Englisch wiederzugeben, trat Skaldfinn, Priester des Heimdall, vor. Als Linguist und Übersetzer wusste er alles, was man im Norden über fremde Völker wissen konnte.
„Die Juden sind das Volk aus dem Osten, die den christlichen Gott gekreuzigt haben", sagte er. „Anscheinend sind immer noch einige von ihnen übrig."
„Die Römer haben Christus doch gekreuzigt", sagte Shef. „Germanische Soldaten aus einer römischen Legion." Er sprach mit völliger Gewissheit, als hätte er das Ereignis selbst beobachtet.
„Die Christen ziehen es vor, die Juden zu beschuldigen."
„Und diese anderen Leute, die in den langen, dünnen Roben. Was glauben sie?"
„Wir nennen sie Mohammedaner. Sie glauben an einen Propheten, der sich einige Zeit vor unserem erhob. Ihr Gott und der christliche Gott scheinen ziemlich ähnlich, aber sie glauben nicht, dass Christus göttlich war, und die Christen akzeptieren ihren Propheten nicht einmal als Propheten. Es gibt ständig Krieg zwischen den mohammedanischen und christlichen Königreichen. Trotzdem dulden die Mohammedaner christliche Untertanen und jüdische Untertanen und behandeln sie gerecht."

„Also wie wir."
„Ja. Nur dass ..."
„Nur dass was?" Shef lauschte immer noch mit einem halben Ohr Bonifaz' langer Übersetzung von dem, was wie eine exzessive, blumige Reihe an Eröffnungskomplimenten des jüdischen Sprechers wirkte.
„Außer dass sie sich alle drei, Mohammedaner, Juden und Christen, als ‚Völker des Buches' betrachten. Sie gestehen niemand anderem zu, dass er denselben Gott teilt, wie es diese drei Religionen tun, auch wenn sie unterschiedliche Glaubensansätze haben."
Shef dachte für eine Weile nach, während die doppelte Übersetzung weiterging und das Arabisch von Ghaniya gehört und von Suleiman dem Juden in eine Art Latein übertragen wurde; das Latein gehört und von Bonifaz in den nordisch-englischen Dialekt von Shefs Hofstaat übertragen wurde. Schließlich hob er eine Hand. Die Übersetzung hörte sofort auf.
„Erklär ihm, Bonifaz, dass man mir sagt, dass sie uns nicht als Volk des Buches betrachten. Nun, Thorvin, zeig ihm eines unserer Bücher. Zeig ihm dein Buch mit heiligen Gedichten, gänzlich in Runen geschrieben. Bonifaz, frag ihn, ob er nicht sagen würde, dass auch wir ein Volk des Buches sind."
Ghaniya strich über seinen Bart, als der große Mann in Weiß mit einem Hammer an seinem Gürtel auf ihn zukam und eine Art Buch vor sich hielt. Er ließ es Suleiman nehmen, für den Fall, dass irgendeine Verunreinigung darin lauerte.
„Woraus ist es gemacht?", murmelte er auf Arabisch.
„Sie sagen, es ist aus der Haut von Kälbern."
„Also keine Schweine, gelobt sei Allah. Sie haben also kein Papier?"
„Nein. Weder Papier noch Schriftrollen."
Beide Männer sahen die Schrift verständnislos an. Suleiman betrachtete sie näher.
„Seht, Herr, es gibt nirgends in dieser Schrift Kurven. Es sind alles gerade Linien. Ich glaube, sie haben ein System übernommen,

das sie dafür haben, Markierungen mit einem Messer in Holz zu schnitzen, und daraus eine Art Schrift entwickelt."

Shefs eines scharfes Auge sah das sehr schwache, verachtende Schürzen von Ghaniyas Lippen und er bemerkte zu den Männern hinter ihm: „Sie sind nicht beeindruckt. Seht ihr, der Sprecher wird es höflich loben und unsere Frage nicht beantworten."

„Der Gesandte des Kalifen sieht Euer Buch", versuchte Suleiman es mannhaft, „und bewundert Eure Schreibkunst. Wenn Ihr keine Handwerker habt, die die Papierherstellung beherrschen, wird er Euch Instruktionen senden. Wir verstanden diese Kunst auch nicht, ehe sie uns durch Gefangene aus einem fernen Reich gezeigt wurde, das wir vor vielen Jahren in der Schlacht besiegten."

Suleiman fand kein lateinisches Wort für Papier außer *Papyrium,* Papyrus, das Bonifaz bereits bekannt war, auch wenn er *Vellum* benutzte. Zu dem Zeitpunkt, als die Übersetzung Shef erreichte, war es zu „Kalbshaut" geworden, weder neu noch interessant.

„Akzeptiere höflich sein Angebot und frage, was ihn hierherführt."

All die Ratgeber, Engländer und Nordmänner, Christen und Wegemänner gleichsam, hörten aufmerksam zu, als sich die Geschichte entfaltete, von Angriffen auf eine Insel nach der anderen, von der griechischen Flotte und den fränkischen Soldaten, von den eisernen Männern und vom Griechischen Feuer. Als Suleiman den letzten Punkt erreichte, unterbrach ihn Shef erneut und fragte, ob es irgendjemanden in der Gesandtschaft gäbe, der es selbst gesehen hatte. Ihre Gruppe teilte sich und ein junger Mann wurde nach vorn geschoben: Ein junger Mann mit dem dunklen, markanten Gesicht seines Anführers, aber darauf, konnte Shef nur sagen, einen Ausdruck von selbstgefälliger Überheblichkeit, die zu verbergen er nicht diplomatisch genug war.

Langsam wurde der junge Mann durch seinen Bericht geführt.

„Du hast scharfe Augen", sagte Shef am Ende.

Mu'atiyah warf einen Seitenblick zu Ghaniya, erntete ein Nicken und zog langsam sein Fernglas hervor.

„Mein Meister, bin-Firnas", sagte er, „ist der weiseste Mann auf der Welt. Zuerst fand er heraus, wie er die Schwäche seiner Augen korrigieren konnte, indem er ein Leseglas in der richtigen Form nutzte. Dann entdeckte ich eines Tages unter seiner Anleitung und durch den Willen Allahs, dass zwei Gläser das weit Entfernte nahe bringen." Er richtete die dicke, lederbedeckte Linse zum offenen Fenster hinaus und schien wie immer Schwierigkeiten zu haben, den richtigen Fokus zu finden.

„Dort", sagte er schließlich, „eine unverschleierte Maid beugt sich über den Brunnen und zieht einen Eimer Wasser heraus. Sie ist von großer Schönheit, passend für den Harem eines Kalifen, und ihre Arme sind nackt. Um ihren Hals trägt sie – sie trägt einen silbernen Phallus, bei Allah!" Das Gelächter des jungen Mannes brachte ihm ein tadelndes Stirnrunzeln von seinem eigenen Anführer ein: Es war weiser, die Wilden nicht auszulachen, auch wenn ihre Frauen kein Schamgefühl hatten.

Shef blickte zu Ghaniya, erhielt ein erlaubendes Nicken, nahm dem jungen Mann das seltsame Objekt aus der Hand und ignorierte sein unwilliges finsteres Starren. Er sah sich das größere Ende an, nahm ein Tuch vom Tisch, das er vorsichtig über die Linse rieb, und fühlte ihre Form. Dasselbe tat er am kleineren Ende. Er hatte schon zuvor bemerkt, wenn er durch das dicke grüne Glas blickte – das das Beste war, was seine eigene Welt an Fenstern herstellen konnte, und das auch nur für die Reichsten –, wie Formen davon verzerrt wurden. Also konnte dies auch nützlich statt nur ein Hindernis sein.

„Frag ihn, warum ein Ende kleiner als das andere sein muss."

Eine gemurmelte Übersetzung. Die Antwort: Er weiß es nicht.

„Die Form am Ende wölbt sich nach außen. Was würde passieren, wenn sie sich nach innen wölben würde?"

Wieder das Murmeln, wieder die Antwort.

„Was passiert, wenn die Röhre länger oder kürzer wird?"

Diesmal war die Antwort sichtlich verärgert und die Übersetzung des Juden kürzer, als hätte er sie diplomatisch verändert.

„Er sagt, es reicht, dass es funktioniert", kam die gefilterte Antwort von Bonifaz.
Schließlich hob Shef die Röhre an sein eines Auge und sah dorthin, wo der junge Araber hingesehen hatte. „Ja", bemerkte er. „Es ist Alfwyn, Tochter von Edgar dem Pferdeknecht." Er drehte die Röhre um und sah durch das große Ende, wie es Ma'mun zuvor getan hatte, zu einem ungeduldigen Murren vom Araber, dann gab er sie ohne weitere Kommentare zurück.
„Nun gut", sagte er, „sie wissen einige Dinge, aber sie scheinen kein großes Streben danach zu haben, noch mehr herauszufinden. Völker des Buches, tatsächlich, die die Dinge tun, weil es ihnen ihr Meister befohlen hat. Du weißt, was ich davon halte, Thorvin." Shef sah zu seinen Beratern und war sich bewusst, dass nichts, was er sagte, von Suleiman oder den anderen verstanden werden konnte, wenn es nicht weiter ins Lateinische übersetzt wurde. „Gibt es irgendeinen guten Grund, warum wir uns mit ihnen verbünden sollten? Es scheint mir, dass sie uns mehr brauchen als wir sie."
Die Demonstration war schiefgegangen, wie Ghaniya bewusst wurde. Er hatte wenig von ihrem Buch gehalten. Sie hatten bemerkt – oder ihr König hatte es bemerkt –, dass Mu'atiyha ein Narr war, bei all der Weisheit seines Meisters. Dies war ein Augenblick, wo seine Mission in der Schwebe hing. Seine Stimme zischte ominös, als er Mu'atiyah und Suleiman gemeinsam zuflüsterte.
„Erzählt ihnen von der Pracht Cordobas, ihr Narren. Mu'atyiah, erzähl diesem ihrem König etwas über deinen Meister, worüber sogar er staunen wird. Und keine Tricks für Kinder! Er mag wohl ein Wilder sein, aber er ist niemand, den man mit Spielzeugen täuschen kann!"
Beide Männer zögerten. Suleiman reagierte schneller. „Ihr seid ein christlicher Priester?", sagte er zu Bonifaz. „Dennoch dient Ihr einem König, der nicht Eurem Glauben angehört? Dann erzählt Eurem Herrn, dass ich das auch tue. Erklärt ihm, dass es für

alle von uns, die wir Herren wie ihm und meinem Herren dienen, weise wäre, zueinander zu stehen. Denn ob wir nun Völker des Buches sind oder nicht – und ich glaube nicht, dass sein Buch ist wie meine Torah oder Eure Bibel oder der Koran meines Herrn –, dennoch sind wir alle Menschen. Unser Segen ist es, dass wir nicht danach trachten, andere mit Gewalt dazu zu zwingen, unseren Glauben zu teilen. Die Griechen verbrennen oder blenden die, die ihr Glaubensbekenntnis nicht bis auf das letzte Wort und jede Betonung teilen. Die Franken sagen zueinander: ‚Christen haben Recht und Heiden liegen falsch.' Sie akzeptieren kein anderes Buch als ihre eigene Bibel und ihre eigene Lesart davon. Für Euer Wohl und meines, Vater, fügt Eure eigenen Worte dem an, was ich gesagt habe, ich bitte Euch! Wir sind diejenigen, die als Erste leiden müssen. Sie nennen mich den Kreuziger ihres Herren. Was werden sie Euch nennen? Einen Verräter an ihrem Glauben?"

Shef hörte zu, als Bonifaz, der jetzt eher umschrieb als übersetzte, die Grundlage von Suleimans Appell wiederholte. Er bemerkte die Sorge auf dem Gesicht des Juden. Sein eigenes verriet keine Reaktion.

„Frage, was der andere zu sagen hat."

Mu'atiyah hatte Zeit, seine Gedanken zu sammeln, aber sie führten nur zu einer Wiederholung der vielen Tugenden seines Meisters: Tugenden in der arabischen Tradition. Er hatte eine Maschine gemacht, die die Takte von Musik vorzählte, so dass Musiker ihre Instrumente zur rechten Zeit spielen konnten. Sein Hof war das Schmuckstück Cordobas, mit dem Glasdach, das er über seinen Springbrunnen gebaut hatte. Er hatte herausgefunden, wie man aus Asche Glas herstellte. Seine Poesie – Mu'atiyah griff jetzt nach Strohhalmen – war auf der ganzen Welt berühmt.

Shef warf Seitenblicke zu seinen Ratgebern, bereit, die Audienz zu ihrem Ende zu bringen. Ghaniya funkelte den plappernden Mu'atiyah wütend an, der nun durch das fehlende Interesse auf all den Gesichtern erschüttert war.

„Soll ich dem einäugigen König eines der Gedichte meines Meisters vorsingen?“, schlug er vor. „Oder eines der Gedichte *über* meinen Meister?“
Shef grunzte, als er die Übersetzung hörte, stand auf und sah Ghaniya tief in die Augen. Als er Luft holte, um die Anhörung zu beenden, unterbrach ihn Bonifaz, dessen ruhige Stimme das arabische Geplapper des jungen Gelehrten abschnitt.
„Verzeiht, Herr. Er hat etwas Interessantes gesagt. Er bietet an, Euch ein Gedicht über den Moment vorzusingen, als sein Meister flog. Vom höchsten Turm in Cordoba flog. Und überlebte, wie es scheint.“
Shef sah den jungen Mann mit tiefem Misstrauen an. „Frag ihn, welche Federn er benutzt hat.“
Frage und Antwort, und Bonifaz’ Übersetzung. „Er sagt, keine Federn. Er sagt, nur ein Narr würde glauben, dass Männer wie Vögel fliegen können. Sie müssen wie Männer fliegen.“
„Wie dann?“
„Er will es nicht sagen. Sein Meister befiehlt ihm, nicht darüber zu sprechen. Er sagt, wenn Ihr es sehen wollt, kommt nach Cordoba und seht.“

Stunden später, nach einem privaten Treffen mit seinen Ratgebern und einem ausgiebigen Fest mit seinen eigenen Männern und ihren Besuchern ging Shef erschöpft in sein Bett. Das Fest war anstrengend gewesen. Seine Besucher hatten jedes Gericht hinterfragt, das man ihnen vorgesetzt hatte, sie verweigerten Schweinefleisch, Schinken, Würste, Wein, Met, Bier, Cider und sogar den „gebrannten Wein“, den Udd zu destillieren gelernt hatte, woran sie misstrauisch schnüffelten und ihn dann zurückwiesen. Am Ende hatten sie wenig gegessen außer Brot und Wasser. Shef fürchtete um ihre Gesundheit. In seiner Welt war das Trinken von bloßem Wasser ein Risiko, das wenige einzugehen wagten. Wassertrinker starben zu oft an den Bauchschmerzen und dem Durchfall.

Das Treffen war wenig besser gewesen. Die ganze Zeit hindurch war ihm bewusst gewesen, dass er unter Druck gesetzt und manipuliert wurde. Was ihn überraschte, war, dass seine Berater darin übereingestimmt hatten, dass sie wollten, dass er aufbrach. In der Vergangenheit waren sie ängstlich darauf bedacht gewesen, ihn von dem, was sie als unüberlegte Expeditionen betrachteten, abzuhalten. Jetzt – auch wenn sie es vorsichtig angingen – schienen sie darin vereint, dass sie ihn weg haben wollten. Ein Mann, der sich mehr für Politik interessierte als er, hätte wohl Verdacht geschöpft, dass sich eine Rebellion zusammenbraute.

Zuerst war es Brand gewesen. „Die Innere See", hatte er gemurmelt. „Das wurde schon zuvor getan. Ich schätze nicht, dass du das weißt, aber die Ragnarssons …" Er hatte ins Feuer gespuckt, als er ihren Namen erwähnte. „Sie haben es versucht, ehe du überhaupt zum Vorschein kamst. Vor fünfzehn Jahren, vielleicht, als ihr Vater noch am Leben war. Haben hundert Schifft mit hinunter genommen und sind zwei Jahre fort geblieben. Damals gab es noch fünf von ihnen …"

„Fünf?", hatte Shef gefragt. Er hatte nur vier gekannt.

„Ja. Sigurd, Ivar, Halvdan, Ubbi – und ihren älteren Bruder, Björn. Björn Eisenseite nannte man ihn. Ich mochte ihn ganz gern", überlegte Brand. „Nicht so verrückt wie die anderen. Er wurde von einem fehlgeleiteten Felsen getötet, als sie Paris belagerten.

Jedenfalls, das ist der Punkt: Sie fuhren dort hinunter und kamen zwei Jahre später zurück, als alle schon dachten, sie wären tot. Haben mehr als die Hälfte ihrer Schiffe und zwei Drittel ihrer Männer verloren. Aber, bei Hel, sie sind reich zurückgekommen! Das war der Anfang der Macht der Ragnarssons. Sie haben damit Braethraborg erbaut. Muss gute Beute da unten geben. Man findet sonst nirgendwo Gold."

„Wir brauchen kein Gold, wir haben genug Silber", hatte Shef geantwortet. Aber dann war es Hund gewesen, der die Chancen auf neues Wissen hochspielte. Eine ganz neue Wissenschaft des

Auges, hatte er vorgeschlagen. Und was war mit dem fliegenden Mann? Niemand wollte ihnen irgendwelche weiteren Details erzählen, aber nach der Weise, wie die Geschichte herausgerutscht war, unabsichtlich, als ein dummer Junge über Poesie sprach: Das ließ darauf schließen, dass etwas dran war. Etwas, das sich keiner von ihnen auch nur vorstellen konnte. Das war die nützlichste Art von neuem Wissen. Auf jeden Fall, hatte Hund angefügt, hatte er sorgfältig mit dem jüdischen Übersetzer gesprochen. Es war klar, dass sie in der Stadt Cordoba Heiler hatten, die nicht zweimal darüber nachdenken mussten, ob sie die Körper ihrer Patienten öffnen sollten, um sie zu heilen, etwas, das selbst Ingulf, Hunds Meister, nur wenige Male und Hund noch seltener getan hatte. Und er hatte beiläufig erwähnt, dass es dort Männer gab, die keine Skrupel hatten, den Schädel zu öffnen und das Gehirn abzusuchen. Er würde in den Süden gehen, hatte Hund erklärt. Es war seine Pflicht gegenüber Idun, seiner Schutzgottheit, Göttin der Heilung.

Thorvin hatte wenig gesagt, allerdings hatte auch er angeboten, sich jeglicher Expedition, die lossegeln könnte, anzuschließen. Wer würde das Haus der Weisheit für dich leiten, hatte Shef gefragt. Farman, sagte Thorvin ohne Diskussion, eine seltsame Antwort, denn Farman teilte keine von Thorvins Interessen für die Schmiedekunst. Seine Augen hatten den ganzen Abend ernst auf Shef geruht, als würde er sich wünschen, dass er aufbräche.

Shef taumelte in seinen Raum, schickte die Diener fort, die Lichter trugen, zog all seine Kleider aus und warf sie in eine Ecke, rollte sich in seine Decken ein und wünschte sich Schlaf. Selbst auf der Daunenmatratze, so anders als die Bretter und das Stroh, auf denen er den Großteil seines Lebens geschlafen hatte, kam der Schlaf nicht leicht. Und er kam mit Spuk.

In seinem Traum blickte er auf eine mappa *hinunter. Aber eine richtige* mappa, *auf Anhieb zu unterscheiden von derjenigen, die er selbst an der Wand seines großen Studierzimmers hängen hatte. Sogar noch unterschiedlicher zu vielen, die er in der christlichen Welt gesehen und gesammelt hatte. Die meisten christlichen Landkarten zeigten die Welt in T-Form, mit dem unbekannten Land von Afrika als vertikalem Teil, Europa als einem der Querbalken und Asien als dem anderen, die beiden gleich groß. Und der Treffpunkt, der Angelpunkt der Welt, war jedes Mal als Jerusalem markiert.*

Shefs eigene Karten waren in Richtung Norden und Westen detailliert und verkümmerten im Süden und Osten schnell zu Verschwommenheit, wo er sich weigerte, das einzuzeichnen, was nicht von verlässlichen Quellen bestätigt worden war. Die Karte in seinem Traum war weder ein christliches Schema noch eine lokale Aufzeichnung. Er wusste intuitiv, dass sie richtig war. Zu gezackt, unerwartet und voll von nutzlosen Anfügungen, um das Werk der Phantasie zu sein.

Auf der Karte wurden Unterteilungen farbig markiert. Zuerst sah Shef seine eigenen Herrschaftsgebiete, Britannien, Dänemark, Norwegen, Schweden, die Inseln dazwischen, in einer hellroten Schattierung. Dagegen begannen andere Länder, blau markiert zu erscheinen. Zuerst das Land der Franken, gegenüber von Britannien, dann das gesamte Innere von Europa, die deutschen Länder, dann strömte eine blaue Flut die Stiefelform von Italien hinunter. Das Kaiserreich von Karl dem Großen. Jetzt schuldete es erneut der Heiligen Lanze Gehorsam. Nur getragen in den Händen von Karls wahrem Nachfolger, wenn auch nicht seines Blutsnachfahren. Bruno, des neuen Kaisers.

Shef zuckte, als er eine kalte, ruhige Stimme hörte, die ihm mittlerweile nur zu vertraut war. „Keine Sorge", sagte sie. „Dies ist keine Vision aus Hel. Keine Schlange, kein Loki. Sieh dir nur die Karte an. Sieh dir die Grenzen darauf an.

Sieh, du hast nur eine Landgrenze mit dem Kaiserreich, an der Unterseite von Dänemark. Mittlerweile durch dich vom Ditmarsch bis zur baltischen See befestigt, entlang der Linie des alten Dannevirke, des Dänenwalls, den König Gudfrid gebaut hat. Aber Bruno hat viele Grenzen. Im Osten …" Und Shef sah, wie das Blau zu einer beinahe farblosen Blässe verblich, dann langsam grün wurde. „Das Land der Steppe und des Waldes. Daraus können jeden Moment große Armeen

kommen. Aber sie verschwinden so schnell, wie sie auftauchen. Bruno macht sich keine großen Sorgen um sie.
In den Südosten." Und plötzlich sah Shef eine goldene Flamme von oben am italienischen Stiefel bis in die Tiefen Asiens schießen. „*Die Griechen. Mit ihrer großen Stadt Byzanz, Miklagard, wie es Brand nennt, der Großen Stadt. Nicht mehr so reich wie die Länder der Araber. Aber die wahren Erben Roms und des römischen Wissens. Bruno fürchtet sie auch nicht, obwohl er Pläne für sie hat. Er wünscht, sie in eine vereinigte Christenheit zu bringen, mit den Talenten und der Raffinesse der Griechen und der Energie und Wildheit seiner eigenen Deutschen. Selbst die Krieger aus der Steppe würden davor verzagen. Aber nun sieh auf das Silber.*"
Und es war dort, strömte über die Karte wie ein Teppich, der ausgerollt wird, erstreckte sich über Länder, die sich Shef nicht einmal vorstellen konnte, weit in den Osten der Byzantiner und auch tief nach Afrika. „Die Länder des Dar al-Islam, Unterwerfung unter den Willen Allahs", sagte die kalte Stimme. „Allahs, des einen Gottes. Kein Wunder, dass der Hass am heißesten zwischen den beiden Seiten ist, die gleichermaßen an Einen Gott glauben. Vielleicht denselben Gott. Aber darauf kann sich keine Seite einigen.
„Sieh nun, wo das Dar al-Harb liegt. Das Haus des Krieges." Eine leuchtende Linie begann sich zwischen das Silber und das Blau zu winden, über die bergigen Länder Nordspaniens – „Räuberfürstentümer", sagte die Stimme, „aber nun vom Lanzenorden *gestärkt, den Kriegermönchen des Christus." Ein Flackern über Südfrankreich – „Räuberfestungen der Mohammedaner", sagte die Stimme, „aber jetzt durch das wiederbelebte Kaiserreich bedroht." Und dann ein Leuchten um Insel über Insel, Sizilien, Malta, Sardinien, Mallorca, die verbleibenden Balearen. „Sie sind der Schlüssel", sagte die Stimme. „Sie kontrollieren die Innere See." Langsam sah Shef, wie sich das Silber immer wieder zu Blau verwandelte. Wie Zangen, die die Flanke des arabischen Spaniens umgriffen.*
Vereine das Blau und Gold, dachte Shef. Schneide das Silber ab und mach es blau. Dort gibt es dann einen großen Block quer über

die Welt. Sein eigenes Rot kam wieder in den Fokus zurück – eine dünne Linie, ein Rand, der über eine Ecke des Blocks gezogen war. Sein Herrschaftsgebiet erstreckte sich von Scilly bis zum Nordkap. Es schien nicht mehr als eine Bleistiftlinie, so dünn war es.
„Dort ist nun der Angelpunkt", sagte die Stimme, die schon von weiter weg zu kommen schien, als würde sie sich zurückziehen. Die Karten der Christen zeigten immer Jerusalem als Zentrum der Welt, den Angelpunkt, die Achse des Schicksals. Als Shef es anblickte, schien ein Punkt in der Mitte zu leuchten, sich aus den verblassenden Farben seines Traums hervorzuheben, auf ihn zuzukommen. Ein Punkt im Herzen der Inneren See, der Norden gegen Süden balancierte, Osten gegen Westen. Aber er wusste nicht, wo er war.
Seine Gedanken streckten sich nach seinem verschwimmenden Mentor aus und riefen: „Wo? Wo?"
Und die Stimme kam zurück, aus einer eisigen und feindlichen Entfernung. „Rom", rief sie. „Geh nach Rom, mein Sohn. Und dort wirst du deinen Frieden finden …"

Shef wachte plötzlich auf und verkrampfte seine Muskeln, so dass sein Bettrahmen knirschte und seine verschlafenen Wachen auf dem Gang auf die Füße sprangen. Er will, dass ich gehe, dachte er. Das war der Ruf meines Vaters Rig.
Er nannte mich „mein Sohn". Von einem Vater wie ihm bedeutet das nur Schlimmes.

Kapitel 5

Als die Flotte ihre schnelle, von der Strömung unterstützte Fahrt zur Themsemündung hinunter beendete und sich für die längere Reise den Ärmelkanal entlang und über die Bucht von Biskaya nach Süden wandte, wunderte sich Shef erneut über seine wieder erwachende gute Laune. Die Omen waren schlecht. Er vertraute seinen Visionen nicht. Seine eigenen Freunde, das spürte er, verschworen sich gegen ihn. Dennoch hatte er beim ersten Schwanken des Decks unter seinen Füßen gespürt, wie ihm das Herz aufging.

Es könnte, überlegte er, an den ständigen Veränderungen liegen, die ihm jedes Mal bewusst wurden, wenn er an Bord eines Schiffes ging. Es war, als ob sich das Tempo der Veränderungen, an Land offensichtlich genug, oder zumindest in seinem Land, auf See beschleunigte. Er konnte nicht anders, als seine Reise mit derjenigen zu vergleichen, die er acht Jahre zuvor begonnen hatte, als er weit in den Norden gesegelt war, um am Ende die Ragnarssons zu besiegen und die Heilige Lanze an seinen Rivalen Bruno zu verlieren. Damals waren die Schiffe, die er mitgenommen hatte, nur Experimente gewesen, fähig zu genau einer Sache: Ein Katapult zu transportieren. Alles an ihnen war mühsam gewesen. Die erfahrensten Mannschaften der Welt konnten sie nicht davon abhalten, ständig leewärts zu kippen. Und seine Mannschaften waren ebenfalls Experimente gewesen. Fischer als Kapitäne und einberufene Bauern als Mannschaft. Zu tollpatschig und unsicher, als dass man auch nur das Entzünden von Feuer hätte erlauben können, egal, welche Vorsichtsmaßnahmen alle ergriffen, so dass es Tag um Tag kaltes Essen und schales Bier gab, und nur die Hoffnung, abends einen Ankerplatz zu finden, es wert machte, einen Kienspan mitzunehmen. Jetzt war es eine andere Geschichte. Shefs Flotte war nicht groß. Nach vorsichtigen Überlegungen hatte man entschieden, den Großteil der neuen zweimastigen, mit Katapulten versehenen Schiffe zurückzulassen, um die immer gefährliche Mündung der Elbe zu bewachen. Jeder wusste, dass das Kaiserreich immer bemannte Schiffe hatte, in der Hoffnung, herauszuschlüpfen und die Blockade zu durchbrechen und vielleicht sogar einen Brückenkopf auf englischem Boden zu etablieren und die gefürchteten, gedrillten, unbesiegbaren Kriegermönche des Lanzenordens hinüberzubringen – in der Tat ein riesiger Sprung von den wenig disziplinierten Rittern Karls des Kahlen, die neun Jahre zuvor in Hastings besiegt worden waren. Also blieben dreißig Schiffe bei ihrer stetigen Rotation zwischen der Station an der Elbe, ihrer Heimatbasis in Norwich und ihren kurzzeitigen Häfen an der dänischen Halbinsel. Shef hatte neben seinem Flaggschiff, der *Fafnisbane,* nur sechs von ihnen dabei.

Aber was für Schiffe das waren. Ihnen machte der Südwestwind nichts, der ihre Prototypen blockiert hätte, als sie beständig ohne Schwierigkeiten weiter den Ärmelkanal hinunterfuhren und die Mannschaften ohne Hektik oder Verwirrung mit den Doppelsegeln umgingen. Es war auch nichts vom alarmierenden Schwanken zu spüren, das Shef und seinen toten Kameraden Karli so erschreckt hatte, als sie zum ersten Mal als Passagiere auf einem echten Wikingerlangschiff mitgefahren waren. Anstatt auf jeder Welle hochzufahren und herunterzugleiten, schienen diese größeren, schwereren Schiffe durch sie zu brechen, weil sie durch ihre schwere Fracht und Ballast stabilisiert wurden und das Gewicht der Katapulte, die eineinviertel Tonnen wogen und hoch oben auf ihnen montiert waren, ohne Probleme aufnahmen. Sie hatten sogar – Brand hatte in einer Mischung aus Neid und Sorge den Kopf geschüttelt, als er es zum ersten Mal gesehen hatte – den gänzlich neuen Luxus von Decks. Kein Langschiff hatte irgendetwas über seiner Hülle, abgesehen von den Ruderbänken und dem Wetterschutz aus Tierhäuten, den man manchmal darüberschlang, um das Spritzwasser fernzuhalten. Während einer Überfahrt zu schlafen, hing davon ab, sich in eine Decke einzurollen und auf den Bodenbrettern zu liegen, zwischen den Ruderbänken, wenn man Glück hatte. Hier bedeutete die größere Breite und Tiefe der mit Bronzebolzen beschlagenen Hülle, dass permanente Holzdecks gebaut werden konnten, die unter dem Schutzdach Raum boten, um Hängematten für die wichtigen Leute, allen voran den König, aufzuhängen. Shef hatte wie ein kleiner Junge über diesen Luxus gegrinst, als ihm sein Kapitän, Ordlaf, die neue Erfindung gezeigt hatte. Und dann, als er wieder herauskletterte, hatte er bemerkt, dass das die Fähigkeit des Schiffes, für längere Zeit auf See zu bleiben, verbesserte: Wertvoll für die Blockademission.

„Er genießt nie irgendetwas", vertraute Ordlaf nachher seinen Kameraden an. „Denkt die ganze Zeit voraus. Gut für niemanden, wenn ihr mich fragt."

Aber Ordlaf lag falsch. Shef genoss jede Kleinigkeit zutiefst, als er schließlich auf dem Aufbau hinter dem Katapult stand und beobachtete, wie die Küste von England verschwand, während er die schrecklichen Würgegeräusche hörte, als der Botschafter des Kalifen und seine Männer sich erneut mit den Wogen des Atlantik auseinandersetzen mussten. Sein Auge bemerkte die gekonnte Weise, wie sich sein Dutzend Schiffe – sieben Schiffe mit Katapulten und fünf konventionellere von Wikingern bemannte Langschiffe, die als Späher mitkamen – in ein ausgebreitetes V verteilten, fünf Meilen von Arm zu Arm, so dass sie einander gut in Sicht behalten und gleichzeitig den Horizont ihrer eigenen Ausgucke erweitern konnten. Er nickte auch zustimmend zum neuen „Krähennest" ganz oben auf jedem Mast. Er hätte gerne in jedem von ihnen einen Mann gesehen, der mit einem Fernglas wie dem, das ihm der Araber gezeigt hatte, ausgestattet war, aber bisher hatte er das Geheimnis ihrer Herstellung noch nicht durchschaut. Priester des Weges waren in diesem Augenblick im Haus der Weisheit beschäftigt, bliesen Glas, machten daraus verschiedene Formen und versuchten genauso zu lernen, wie sie es gelernt hatten, besseren Stahl und bessere Waffen herzustellen: Nicht durch Logik, sondern durch überlegte, zufällige Veränderungen. Der Mann, der Erfolg hatte, durfte seine eigene Belohnung bestimmen.

Aber inzwischen hatten die neuen Schiffe sogar eine steinerne Feuerstelle mittschiffs, die vor dem Wind und der Brandung geschützt war! Shefs Nasenlöcher weiteten sich für den Duft von dicker Wurstsuppe, während er sich wieder an die schrecklichen Bauchschmerzen in seiner Vergangenheit erinnerte. Denn alle Männer sagen, dachte er wieder, wie er es oftmals zuvor getan hatte, dass in Elend keine Tugend liegt. Tugend lag vielleicht darin, fähig zu sein, es zu ertragen. Aber niemand wurde durch Übung besser darin.

Seine müßigen Überlegungen wurden von einem plötzlichen Aufruhr aus dem vorderen Aufbau abgeschnitten: Erhobene Männerstimmen und mitten unter ihnen – unmöglich auf See – etwas, das wie das Kreischen einer Frau klang. Einer wütenden Frau auch noch, so wie es sich anhörte. Shef drehte sich zur Reling und lief schnell die siebzig Fuß zur anderen Seite des Schiffes.

Es war eine Frau, ganz eindeutig, aber was Shef im ersten erstaunten Moment ins Auge fiel, war der Anblick seines Kindheitsfreundes Hund des Heilers, der vor Ordlaf dem Kapitän stand und ihn mit viel Körpereinsatz zurückschubste. Hund war einer der magersten Männer und außerdem beinahe zu ruhig und zu sanft. Zu sehen, wie er den hünenhaften Ordlaf zur Seite schob, war kaum zu glauben.

Noch weniger zu glauben war der Anblick der Frau selbst. Für einen Moment fiel Shefs Blick auf das kupferfarbene Haar, aufblitzende blaue Augen – sie brachten irgendeine Erinnerung zurück –, aber dann bemerkte er nichts mehr außer ihrer Kleidung.

Langsam nahm sein Gehirn das auf, was sein Auge bereits registriert hatte. Sie trug etwas, das sicherlich die Nachahmung der Bekleidung eines Priesters des Weges war. Weiße Wolle, immer wieder gebleicht. Um ihren Hals hing ein Anhänger, aber keiner, den er auf Anhieb erkennen konnte. Weder der Apfel des Heilers noch der Hammer des Schmiedes. Ein Ski für Ull? Nein: eine Feder, schlecht gearbeitet, aber trotzdem eine Feder. Und um ihren Bauch hing tatsächlich ein Gürtel mit den heiligen Vogelbeeren.

Shef wurde sich bewusst, dass Thorvin an seiner Seite stand. Er bemerkte auch, dass das Schreien und Schubsen aufgehört hatte, unterdrückt durch seine Erscheinung und sein fixiertes Starren.

„Ist sie mit dir gekommen?", fragte Shef Thorvin ungläubig. „Hast du jetzt Priesterinnen?"

„Nicht mit mir", kam eine grimmige Stimme als Antwort. „Sie hat kein Recht, irgendwelche unserer Zeichen oder Anhänger zu tragen. Sie sollten ihr vom Hals gerissen werden, aye, mit Unterkleid und allem."

„Und was dann?"

„Und dann über Bord mit ihr", mischte sich Ordlaf ein. „Wer hat je von einer Frau an Bord eines Schiffes gehört?" Er riss sich einen Augenblick später wieder zusammen. „Ich wollte sagen, einer Spinnrockenträgerin."

Shef hatte bemerkt, dass sich die Nutzung von *Haf*-Wörtern unter seinen Seeleuten verbreitet hatte, selbst unter den Englischen, die als Christen großgezogen worden waren, wie Ordlaf. Brand und seine Männer bestanden darauf, dass es auf See das schlimmste Unglück brachte, wenn man Frauen oder Katzen oder christliche Priester erwähnte, ganz zu schweigen von dem schrecklichen Unglück, das über einen käme, wenn man mit einem davon segelte. Sie wollten auch Teile ihrer eigenen Schiffe nicht mit ihren normalen Namen nennen, sondern nutzten vorsichtig besondere rituelle Ausdrücke. Jetzt tat es Ordlaf auch schon. Aber seine Überlegungen wurden erneut von einem genaueren Anstarren der Frau vor ihm unterbrochen. Abwesend winkte er Hund, der sich schützend vordrängte, zurückzutreten und ihn sie frei betrachten zu lassen.

„Ich habe dich schon einmal gesehen", bemerkte er. „Du hast mich geschlagen. Du hast mich verletzt. Ich erinnere mich jetzt.

Das war in Bedricsward, bei … beim Lager des Mächtigen. Du warst im Zelt, dem Zelt, das ich aufschnitt, dem Zelt …“ Shef zögerte. Er konnte sich an keine Regelung von Brand zu diesem Punkt erinnern, aber etwas sagte ihm, dass Ivar der Knochenlose ein Name war, der genauso wahrscheinlich die Seehexen von Ran, der Göttin der Tiefe, verärgerte oder anzog wie die Erwähnung von Frauen oder Katzen. „Im Zelt des bleichen Mannes“, endete er lahm.

Sie nickte. „Ich erinnere mich auch an Euch. Ihr hattet damals zwei Augen. Ihr habt das Zelt aufgeschlitzt, um das englische Mädchen zu retten, und mich gepackt, weil Ihr dachtet, ich wäre sie. Ich schlug Euch und Ihr habt mich losgelassen.“ Sie sprach Englisch mit einem starken nordischen Akzent, bemerkte Shef, so schlimm wie der von Brand. Aber sie sprach nicht ganz wie er und auch nicht wie so viele Gefolgsleute des Weges, die in Richtung einer Sprache gingen, die Nordmänner und Engländer gemeinsam hatten. Sie war Dänin. Eine reine Dänin, vermutete er. Wo war sie hergekommen?

„Ich habe sie an Bord gebracht“, sagte Hund, der es endlich schaffte, die Aufmerksamkeit aller zu erlangen. „Ich habe sie unter Deck versteckt. Shef, du warst Thorvins Lehrling. Ich war Ingulfs Lehrling. Jetzt ist Svandis hier mein Lehrling. Ich bitte dich, sie zu schützen – so, wie Thorvin dich beschützt hat, als die Hunde von Ivar dich getötet hätten.“

„Wenn sie dein Lehrling ist, warum trägt sie keinen Apfel für Idun, für die Heilkunst?“, fragte Shef.

„Frauen sind keine Lehrlinge“, knurrte Thorvin im selben Augenblick.

„Ich kann das erklären“, sagte Hund. „Aber es gibt andere Dinge, die ich auch erklären muss. Unter vier Augen.“

Shef nickte langsam. Bei all ihren Abenteuern hatte er es nie erlebt, dass Hund um irgendetwas für sich selbst bat, nicht seit dem Tag, als Shef ihm den Sklavenring vom Hals gerissen hatte. Dennoch hatte er Shef immer wieder Dienste geleistet. Er schuldete ihm eine Anhörung. Leise deutete Shef nach vorn auf den abgeschlossenen Raum, wo man seine Hängematte aufgehängt hatte. Er wandte sich an Ordlaf, an Thorvin, an die zusehenden Seeleute und die dunkelhäutigen Araber hinter ihnen.

„Ich will nichts mehr darüber hören, sie auszuziehen oder über Bord zu werfen“, befahl er. „Verteile das Essen, Ordlaf. Und schicke auch etwas nach vorn zu Hund und mir. Was sie betrifft, steckt sie in die Achterabteilung mit zwei deiner Seemänner, um sie zu bewachen. Du bist für ihre Sicherheit verantwortlich.“

„Meine Dame“, fügte er an, „geht dorthin, wo sie Euch hinführen.“

Für einen Augenblick sah sie ihn an, als würde sie ihn wohl gleich wieder schlagen. Ein feuriges Gesicht, ein vertrautes Gesicht. Als sie sich entspannte und ihre Blicke senkte, wurde Shef mit Schrecken in seinem Herzen bewusst, wo er es zuvor gesehen hatte. Als es ihn von einer Planke anfunkelte. Sie war das weibliche Ebenbild des Knochenlosen, den er getötet und zu Asche verbrannt hatte, damit sein Geist sich nie wieder erheben würde. Was war es, das Hund aus der Vergangenheit zurückgeholt hatte? Falls sie eine *Draugr* oder eine der Wiedergeborenen war, würde er doch Thorvins Ratschlag annehmen. Es würde die Mannschaft aufheitern, die sich jetzt gelangweilt ihrer Mahlzeit zuwandte.

„Ja, sie ist Ivars Tochter“, gab Hund in der dunklen, schwankenden Privatsphäre des Decks unter dem vorderen Katapult zu. „Ich habe das vor einer Weile bemerkt.“

„Aber wie konnte er eine Tochter haben? Oder überhaupt ein Kind? Er konnte mit Frauen nichts anfangen, deshalb nannte man ihn den Knochenlosen, er hatte keine …“

„Oh doch, das hatte er“, korrigierte Hund. „Du solltest das wissen. Du hast ihn umgebracht, indem du sie in deiner Hand zerquetscht hast.“

Shef wurde still und erinnerte sich an die letzten Augenblicke seines Duells mit Ivar.

„Zu dem Zeitpunkt, als wir ihn kennenlernten", fuhr Hund fort, „hast du, glaube ich, Recht, da konnte er keinen Verkehr mit Frauen haben. Aber als er jünger war, konnte er es – wenn er ihnen zuerst schlimme Schmerzen zufügte. Er war einer von diesen Männern – es gibt mehr von ihnen, als es sollte, selbst in deinem Königreich –, die durch Schmerz und Furcht erregt werden. Am Ende waren der Schmerz und die Furcht alles, was er wertschätzte, und ich glaube, dass keine Frau, die ihm überlassen wurde, darauf hoffen konnte, dass sie überleben würde. Du hast Godive davor gerettet, weißt du", fügte er mit einem durchdringenden Starren an. „Er hat sie eine Zeitlang gut behandelt, aber nach dem, was ich gehört habe, diente das nur dazu, es noch mehr genießen zu können, wenn sich ihr Vertrauen in Panik verwandelte, sobald der Augenblick gekommen wäre.

Aber es scheint, dass in früheren Jahren seine Bedürfnisse nicht so extrem waren. Frauen überlebten das, was er ihnen antat. Vielleicht hat er sogar ein oder zwei gefunden, die mit ihm kooperierten, die irgendeine Abartigkeit hatten, die zu seiner passte."

„Was, es gefiel ihnen, verletzt zu werden?", schnaubte Shef ungläubig. Er war selbst oft verletzt worden. Der Mann, mit dem er gerade sprach, hatte ihm mit einer rotglühenden Nadel sein rechtes Auge ausgebrannt, um Schlimmeres zu verhindern. Er konnte sich auch nicht die geringste Verbindung von Vergnügen mit Schmerz vorstellen.

Hund nickte und fuhr fort. „Ich glaube, im Fall von Svandis' Mutter könnte es sogar eine gewissen Zuneigung zwischen ihnen gegeben haben. Jedenfalls empfing die Frau sein Kind und überlebte, um es auszutragen. Allerdings starb sie kurze Zeit später, als Ivars Bedürfnisse stärker wurden. Nun schätzte Ivar Svandis extrem, vielleicht wegen ihrer Mutter, vielleicht, weil sie der lebende Beweis für seine Männlichkeit war. Er nahm sie beim großen Angriff auf England mit. Aber nach der Überraschung in Bedricsward sandten alle Ragnarssons ihre Frauen, ihre richtigen Frauen, nicht die versklavten Geliebten, die sie sich unter-

wegs geholt hatten, zurück in Sicherheit in der Braethraborg. Was dir bewusst werden muss, Shef, ist dies, und nun spreche ich als Heiler." Hund ergriff seinen Apfelanhänger, um seinen Ernst zu unterstreichen. „Dass diese junge Frau dreimal durch Furcht verletzt worden ist. Einmal in Bedricsward. Die meisten der Frauen in diesem Zelt wurden getötet, weißt du. Du hast Godive weggezerrt. Svandis packte sich eine Waffe und kroch zwischen die Zeltseile, wo die Krieger sie nicht so leicht erwischen konnten. Aber die meisten von ihnen wurden von Männern niedergemetzelt, die so blind vor Wut waren, dass sie kaum sehen konnten. Sie sammelte am Morgen die Leichen ein.
Dann in der Braethraborg, nachdem du sie gestürmt hast. Wieder hatte sie in Sicherheit gelebt, als Prinzessin, und man gehorchte jedem ihrer Befehle. Dann war wieder alles voller Blut und Feuer und am Ende war sie eine Bettlerin. Niemand würde die Tochter eines Ragnarssons aufnehmen. Wenn sie Gold vorzeigte, würde es ihr jemand wegnehmen. All ihre Verwandten waren tot. Wie, glaubst du, hat sie danach gelebt? Zu dem Zeitpunkt, als sie ihren Weg zu mir fand, war sie durch die Hände vieler Männer gegangen. Wie eine Nonne, die von einer Wikingerbande entführt und um die Lagerfeuer gereicht wurde."
„Und das dritte Mal?", fragte Shef.
„Als ihre Mutter starb. Wer weiß, wie das geschah? Wer weiß, wie viel das Kind sah, oder hörte, oder sich denken konnte?"
„Ist sie jetzt deine Geliebte?", wollte Shef wissen und versuchte, eine Entscheidung zu treffen.
Hund warf seine Hände angeekelt hoch. „Was ich dir gerade zu erklären versuche, du gehirnkranker Bettnässer, ist, dass sie von allen Frauen auf der Welt mit der geringsten Wahrscheinlichkeit die Geliebte von irgendwem sein wird. Soweit sie weiß, werden Frauen, wenn sie bei Männern liegen, wahrscheinlich langsam ausgeweidet, und der einzig gute Grund, um das zu tun, ist im Austausch gegen Essen oder Geld." Shef setzte sich auf seine Bank. Obwohl sein Gesicht auf dem dunklen, unbeleuchteten

Zwischendeck nicht zu sehen war, grinste er gerade schwach. Hund sprach mit ihm wie damals, als sie Kinder waren, der Sklavensohn und der Bastard zusammen. Außerdem regte sich in ihm eine schwache Aufregung bei dem Gedanken, dass die neue Frau *nicht* Hunds Geliebte war. Die Tochter eines Ragnarsson, überlegte er. Jetzt, wo ihr Vater, ihre Onkel und Vettern alle sicher tot waren, konnte es vielleicht keine schlechte Sache sein, sich mit dem Blut der Ragnarssons zu verbünden. Jeder gab zu, dass sie die Nachkommen von Göttern und Helden waren, egal, wie sehr er sie hasste. Das Schlangenauge behauptete, dass er von Völsi und seinem eigenen Namensvetter, dem Fafnirsbann, abstamme. Es bestand kein Zweifel, dass die Dänen, Schweden und Norweger ein Kind, das aus diesem Stamm kam, respektieren würden, selbst wenn sie ein weiblicher Knochenloser war.

Er zwang sich zurück in die Gegenwart.

„Wenn sie nicht deine Geliebte ist, warum hast du sie dann an Bord versteckt?"

Hund beugte sich wieder vor und seine Stimme wurde leise. „Ich sage dir, diese junge Frau hat mehr Verstand als jeder, den du oder ich je getroffen haben."

„Was, mehr als Udd?" Shef meinte den kümmerlichen, als Sklaven geborenen Streuner, der zu Shefs Stahlmeister und dem am meisten respektierten Schmied unter den Priestern des Weges aufgestiegen war. Allerdings würde er das Haus der Weisheit in Stamford nie mehr verlassen, weil seine Nerven von den Schrecken, die er im Norden erlebt hatte, zerstört worden waren.

„Auf gewisse Weise. Aber auf eine andere Weise. Sie ist keine Schmiedin, keine Metallverarbeiterin oder Maschinenbauerin. Sie denkt tiefsinnig. Irgendwann, nachdem sie aus der Braethraborg geflohen war, erklärte ihr jemand die Doktrinen des Weges. Sie kennt die heiligen Gedichte und Geschichten so gut wie Thorvin und kann sie lesen und schreiben. Genau deshalb hat sie sich entschieden, eine Feder zu tragen, obwohl ich nicht weiß, für welchen Gott sie sie trägt."

Hunds Stimme war jetzt ein Flüstern. „Ich glaube, sie erklärt die Geschichten besser als Thorvin. Ihre innere Bedeutung, die wahre Geschichte von Wölund oder von König Frodi und den Riesinnen, die Wahrheit hinter all unseren Fabeln über Götter und Riesen, über Odin und Loki und Ragnarök. Sie predigt seltsame Lehren für die, die ihr zuhören, erklärt ihnen, dass es kein Walhalla für die Guten und Naströnd für die Bösen gibt, keine Monster unter der Erde und in der See, keinen Loki und keine Hel ..."
Shef unterbrach ihn. „Sie kann bleiben, wenn du es wünschst", sagte er. „Sie kann auch ihre seltsamen Doktrinen predigen, das ist mir egal. Aber du kannst ihr das sagen: Wenn sie irgendjemanden davon überzeugen will, dass Loki nicht existiert, kann sie bei mir anfangen. Ich würde jedem viel Gold geben, der mir das beweisen kann. Oder mir versichern, dass seine Ketten fest sind."

Nicht weit weg, wie der Rabe fliegt, von der Spur der Kriegsflotte die französische Küste entlang bereitete sich der neue Kaiser des Heiligen Römischen Reiches mit Behagen auf die Beschäftigung eines Nachmittags vor.
Nachdem er von seinem Treffen in Salonae zurückgekehrt war, hatte sich der Kaiser mit seiner normalen wilden Energie der nächsten Aufgabe gewidmet, die er sich selbst gesetzt hatte, dem Gegenstück seiner Marineaktionen, die sein General Agilulf und der griechische Admiral der Roten Flotte auf See austrugen. Es war Zeit, hatte Bruno erklärt, sich endlich um die Moslemfestungen zu kümmern, die vor einer Generation an der südfränkischen Küste etabliert worden waren, ständige Bedrohung für Pilger und Beamte, die nach Rom reisten, und eine Schande für die Christenheit und den Erben Karls des Großen. Leichter gesagt als getan, hatten manche gemurmelt. Aber nicht viele. Ihr Kaiser ging nichts ohne einen Plan an.
Jetzt stand Bruno entspannt und leutselig da und erklärte, was passieren würde, an eine Gruppe von müden und misstrauischen, aber sehr interessierten Adligen gewandt: kleinere Herzöge und

Barone aus den Pyrenäen, auf ihre Weise das Gegenstück zu den Moslembriganten, die bald beseitigt würden, weil ihre eigenen Festungen am Rand des muslimischen Spaniens hingen, wie die derzeitige Moslemfestung an der Küste des christlichen Frankreichs hing. Von Zeit zu Zeit flog ein Pfeil oder Bolzen aus dem Himmel, abgeschossen aus der Festung, die auf ihrem Gipfel zweihundert Fuß über ihnen aufragte. Die Adligen bemerkten das völlige Fehlen von Besorgnis bei ihrem Kaiser, der von Zeit zu Zeit seinen Schild hob, um ein Geschoss abzulenken oder abzufangen, ohne seinen Redefluss zu unterbrechen. Das war nicht die Rede eines Schreibtischkriegers. Er war öfter beschossen worden, als er Wasser gelassen hatte.

„Sie bauen weit oben, wie ihr sehen könnt", erklärte er. „Das war für lange Zeit sicher genug. Man bekommt nicht einfach Steigleitern dort hinauf, sie haben viele Bogenschützen – und auch gute Bogenschützen", fügte er hinzu, während er wieder einmal seinen Schild hob. „Auf Stein gebaut, also kann man auch keinen Tunnel graben. Selbst unsere Onager kann man nicht hoch genug richten, um ihre Tore zu zerschmettern.

Aber die mohammedanischen Wilden mussten sich bisher noch nicht mit meinem guten *Secretarius* hier befassen!" Der Kaiser winkte mit einem Arm zu einer Gestalt, die die spanischen Barone bis dahin ignoriert hatten: ein kleiner, dürrer Mann in der unverwechselbaren schwarzen Robe eines Diakons stand an der Seite der riesigen Maschine, die von zweihundert Männern vorwärtsgezogen wurde. Als sie erneut hinsahen, bemerkten die Barone, dass immer zwei Männer in voller Rüstung mit Schilden in doppelter Größe neben dem Diakon standen. Der Kaiser mochte zwar mit seinem eigenen Leben Risiken eingehen, aber mit dem dieses Diakons ging er keine ein.

„Das ist Erkenbert, der Engländer, Erkenbert *Arithmeticus.*" Die Barone nickten nachdenklich. Selbst sie hatten von diesem Mann gehört. Die gesamte Christenheit hatte mittlerweile die Geschichte gehört, wie der große Kaiser in die heidnischen Länder

gereist und mit der Heiligen Lanze des Longinus zurückgekehrt war. Ein wichtiger Teil dieser Geschichte war die Erzählung darüber, wie Erkenbert *Arithmeticus* die Königseiche der Schweden, der Götzenverehrer, zerstört hatte.
Der kleine Diakon rief schrille Befehle und hielt jetzt eine Fackel in seiner Faust. Er blickte zum Kaiser hinüber, sah dessen Nicken, beugte sich über seine Maschine, streckte sich wieder und brüllte ein letztes Wort. Einen Augenblick später verfielen die Spanier alle in ein erstauntes Murmeln. Der große Arm der Maschine war nach unten geglitten, langsam und schwerfällig, von dem riesigen Kübel an ihrem kürzeren Arm gezogen. Im selben Moment war der lange Arm nach oben geschossen, so schnell wie der kurze langsam war, und schleuderte eine Spur aus Rauch in die Luft. Aber was das Ächzen hervorgerufen hatte, war die Größe des Geschosses, das er hochgeworfen hatte: Größer als jeder Fels, den Männer hochheben konnten, größer als ein Muli oder ein zweijähriger Bulle, flog es wie durch Magie hoch in den Himmel. Von hoch oben konnten sie Schreie der Warnung und des Zorns hören. Schon war die Mannschaft der Maschine hektisch um den Arm mit dem Kübel beschäftigt, einige von ihnen sprangen darauf und schleuderten Fels um Fels auf den trockenen Boden hinaus.
„Es ist sehr langsam“, sagte Bruno beiläufig, „aber es kann das Gewicht von drei Männern, oh, ziemlich leicht hundertfünfzig Meter weit werfen. Und es wirft es nach oben, wie ihr seht. Nicht flach wie die Onager. Was wir also mit den Schurken tun, ist, dass wir zuerst Feuer bei den hölzernen Gebäuden in den Festungsmauern legen – vierhundert Pfund von geteertem Stroh kann man nicht löschen, indem man darauf pinkelt – und dann, na ja, ihr werdet sehen. Sobald mein *Secretarius* ein oder zwei Schüsse gesehen hat, wird er das Gewicht am Startgerät senken – es ist schwierig, aber er ist der *Arithmeticus* – und nicht Stroh, sondern einen Felsblock genau auf das Tor dort fallen lassen.“ Er deutete hinauf auf das eisenbeschlagene Eichentor.

„Und dann, wie ihr sehen könnt …" Bruno deutete erneut auf die schwerbewaffneten Männer, die in Reih und Glied außer Reichweite der Bogenschützen warteten, „stehen die Helden des Lanzenorden bereit, um hineinzugehen und die Aufgabe zu beenden."

„Und wir mit ihnen", sagte einer der spanischen Barone, ein von Narben übersäter Veteran.

„Aber natürlich!", rief Bruno. „Und ich auch! Genau deshalb bin ich ja hergekommen!" Er zwinkerte verschlagen. „Eine Entscheidung müssen wir allerdings alle treffen. Meine Männer tragen immerhin ihre Kettenhemden, sie müssen das zweimal pro Woche tun. Aber diejenigen von uns, die nur ab und an eine Gelegenheit haben, nun, wir könnten es wohl für besser halten, leicht bewaffnet hineinzugehen. Ich selbst trage nur gepolstertes Leder, es erlaubt mir etwas mehr Schnelligkeit, und die Araber tragen auch keine Rüstungen. Um die Wahrheit zu sagen, finde ich, es ist eher wie Rattenfangen, als eine Schlacht zu schlagen. Aber das liegt daran, weil wir den Trick gefunden haben, die Ratten auszuräuchern."

Er grinste fröhlich seinen *Secretarius* an, der jetzt das Hochwinden des Ladearms an seinem Trebuchet überwachte, als Vorbereitung dazu, dass er erneut mit seinem Startgewicht aufgefüllt wurde.

„Und nehmt Ihr die Heilige Lanze in die Schlacht mit?", fragte einer der Spanier sehr herausfordernd.

Der Kaiser nickte, so dass der Goldreif, der an seinen einfachen Stahlhelm geschweißt war, in der Sonne aufblitzte. „Sie verlässt mich nie. Aber ich trage sie in meiner Schildhand und führe nie einen Hieb mit ihr. Was einst das Heilige Blut unseres Retters getrunken hat, darf nicht mit dem Blut eines schmutzigen Ungläubigen vergiftet werden. Ich verteidige sie mehr als mein eigenes Leben."

Die Spanier standen schweigend da. Dieser Angriff, das wussten sie sehr genau, wurde genauso als Demonstration für sie wie zur Auslöschung der Briganten durchgeführt. Der Kaiser wollte ihnen die Sinnlosigkeit von allem anderen als perfekter Bündnistreue und Gehorsam zeigen. Trotzdem freuten sie sich darüber. Seit Generationen hatten ihre Vorfahren einen aussichtslosen Kampf gegen die Flut des Islam geführt, scheinbar vergessen von den Christen in ihrem Rücken. Wenn jetzt ein starker König mit Armeen auf Abruf kam, waren sie bereit dazu, ihm den Weg zu zeigen und den Gewinn zu teilen. Die Reliquie in seiner Hand war nur ein weiterer Beweis seiner Macht, allerdings ein starker. Schließlich sprach einer der Barone, überzeugt und bereit, seine Loyalität zu zeigen.

„Alle von uns werden der Lanze folgen", sagte er im verstümmelten Latein der Bergvölker. Zustimmendes Gemurmel kam von seinen Kameraden. „Es kommt mir in den Sinn, dass der Träger der Lanze es verdient, die andere große Reliquie unseres Retters zu tragen."

Bruno sah ihn scharf und misstrauisch an. „Was ist das?"

Der Spanier lächelte. „Es ist nur wenigen bekannt. Aber in diesen Hügeln, so sagt man, ruht die dritte Reliquie, von der man neben dem Heiligen Kreuz und der Heiligen Lanze weiß, dass sie unseren Retter berührt hat." Er pausierte, mit der Wirkung seiner Worte zufrieden.

„Und das wäre?"

„Der Heilige Gral." Im Dialekt des Grenzlands kamen die Worte als *santo graale* heraus.

„Und wo und was ist das?", fragte Bruno sehr ruhig.

„Ich kann es nicht sagen. Aber irgendwo in diesen Hügeln, sagt man, ist er verborgen. Hier war er seit der Zeit der langhaarigen Könige versteckt."

Die anderen Barone sahen einander voll Zweifel an, unsicher, ob es weise war, die alte Dynastie, die der Großvater Karls des Großen ausgelöscht hatte, zu erwähnen. Aber Bruno kümmerte sich nicht um die Legitimität oder Illegitimität der Dynastie, die er selbst ausgelöscht hatte, sondern seine Aufmerksamkeit konzentrierte sich einzig auf das, was der Baron gerade gesagt hatte.

„Wer hat ihn dann, wissen wir das?"
„Die Ketzer", antwortete der Baron. „In diesen Hügeln sind sie überall. Nicht die Anbeter von Mohammed oder Allah, sondern Anbeter, wie man sagt, des Teufels. Der Gral fiel vor vielen Jahren in ihre Hände, so sagen die Leute, obwohl niemand weiß, was ein solches Ding sein könnte. Wir wissen nicht, wer die Ketzer sind, sie könnten sogar jetzt unter uns sein. Sie predigen, sagt man, seltsame Lehren."
Die Maschine hinter ihnen krachte erneut, ein Fels erhob sich langsam in die Luft und fiel zerstörerisch auf das Tor, hinter dem schwarze Rauchschwaden hochstiegen. Ein heiserer Jubel kam aus den Reihen des Lanzenordens, als sie vorwärts auf den Durchbruch zustürmten. Ihr Kaiser riss sein Langschwert hoch und wandte sich um, um sie anzuführen, während er die Heilige Lanze mit dem Schildgriff in seiner kräftigen Faust hielt.
„Erzählt mir später mehr", rief er über die immer lauteren Schlachtrufe. „Beim Abendessen. Sobald die Ratten tot sind."

Kapitel 6

Der Kalif von Cordoba, Abd er-Rahman, trug Sorge in seinem Herzen. Er saß mit überkreuzten Beinen auf seinem Lieblingsteppich im kleinsten und privatesten Innenhof seines Palastes und erlaubte seinem Verstand, seine Probleme sorgfältig durchzugehen. Wasser sprudelte beständig aus dem Springbrunnen an seiner Seite und beruhigte seine Gedanken. In Hunderten Töpfen, die scheinbar zufällig um den geschlossenen Innenhof platziert waren, blühten Blumen. Eine Plane schützte ihn vor der direkten Sonneneinstrahlung, die bereits im kurzen andalusischen Frühling heiß war. Überall um ihn wurde es flüsternd weitergesagt und die Diener wurden still und gingen mit ihrer Arbeit anderswohin. Auf nackten Füßen schlichen seine Leibwächter sachte zurück unter die schattigen Säulengänge und beobachteten, aber blieben ungesehen. Ein *Mustarib*-Sklavenmädchen aus seinem Harem, das eilig von seinem Haushofmeister herbeizitiert worden war, begann sehr vorsichtig eine sanfte Melodie auf ihrer Zither zu zupfen, so leise, dass sie fast unhörbar war, während sie auf das winzigste Anzeichen von Unmut achtete. Keines kam, als der Kalif tiefer und tiefer in seine Gedanken versank.

Die Nachrichten von seinen Händlern waren schlimm, überlegte er. Es stand außer Frage, dass die Christen jede Insel, die denkbar als Flottenbasis genutzt werden konnte, eingenommen hatten: Malta, Sizilien, Mallorca, Menorca, die anderen Balearen, sogar Formentera, alle weg, und hinter ihnen – obwohl dies nicht sein Problem war – die griechischen Inseln Kreta und Zypern. Seine Händler berichteten, dass alle Schiffsbewegungen, selbst entlang der afrikanischen Küste, nun der Belästigung von christlichen Plünderern unterworfen waren. Es war seltsam, dass sie so schnell gekommen waren, grübelte er. Es gab einen Grund, auch wenn ihn der Kalif nicht kannte. Bei all seiner Größe ist das

Mittelmeer in gewisser Weise eher wie ein See als wie ein offenes Meer. Wegen seiner vorherrschenden Winde und der beständigen Strömung, die sich aus dem Atlantik hineinergießt, um das ständige Verdunsten im beinahe vollständig von Land umschlossenen Meer zu ersetzen, ist es im Mittelmeer weitaus einfacher, von Westen nach Osten als von Osten nach Westen zu segeln, es ist auch einfacher, von Norden nach Süden als von Süden nach Norden zu segeln. Der erste Faktor war ein Vorteil für den Kalifen, der zweite für seine christlichen Widersacher. Sobald der Block an arabischen Flotten und Basen im Norden entfernt worden war, war der Weg einfach und offen für jedes christliche Dorf auf den Mittelmeerinseln, das ein Schiff ausstatten konnte, um es in den Süden zu schicken und zu versuchen, ihre langwierigen Verluste durch die Händler in Ägypten und Tunis, in Spanien und Marokko wiedergutzumachen.

Nein, dachte der Kalif. Die Unterbrechung des Handels ärgert mich, aber sie ist nicht die Quelle meiner Probleme. Spanien fehlt es an nichts. Wenn der Handel beschnitten wird, werden einige Männer arm werden und andere an ihrer Stelle reich, wenn sie liefern, was wir früher von den Ägyptern gekauft haben. Was den Verlust an Flotten und Männern betrifft, das erzürnt mich, aber es kann gerächt werden. Das ist es nicht, was meine Seele bedrückt.

Also die Nachrichten über die Franken? Der Kalif hatte keine persönlichen Gefühle für die Brigantenfestungen, die der neue Kaiser der Franken gerade ausräucherte. Sie zahlten ihm keine Steuern und enthielten keine seiner Verwandten. Viele von ihnen waren Männer, die vor seiner Rechtsprechung geflohen waren. Dennoch lag etwas darin, das ihn irritierte, falls es wahr war. Er konnte nicht die Worte des Propheten Muhammad vergessen: „Oh Gläubige, kämpft gegen die Ungläubigen, die euch am nächsten sind." Konnte es sein, dass er, Abd er-Rahman, seine spirituellen Pflichten vernachlässigt hatte? War er nicht aggressiv genug gegen die Ungläubigen an seiner nördlichen Grenze vorgegangen? War er nicht denen im Islam zu Hilfe gekommen, die dem Propheten gehorchten? Abd er-Rahman wusste, warum er die nördlichen Berge in Ruhe gelassen hatte: wenig Profit, schwere Verluste und die Entfernung von dem, was letztlich ein Schutzschild zwischen ihm und den Franken auf der anderen Seite der Berge war. Christen, Ketzer, Juden, alle zusammengemischt, leichter zu besteuern als zu regieren, hatte er gedacht. Dennoch hatte er vielleicht falsch gehandelt.

Nein, überlegte der Kalif wieder, diese Nachricht machte ihn wütend und ließ ihn darüber nachdenken, seine Politik in Zukunft zu verändern, aber es lag keine Gefahr darin. Leon und Navarra, Galizien und Roussillon und die anderen winzigen Königreiche, sie würden fallen, sobald er seine Hand nach ihnen ausstreckte. Nächstes Jahr vielleicht. Er musste sich das noch genauer überlegen.

Konnten es die Berichte sein, die ihm sein Kadi, der Bürgermeister und oberste Richter der Stadt, weitergab? Es lag in der Tat etwas in ihnen, das ihn zutiefst verstörte. Seit zwanzig Jahren wurde Cordoba von einem närrischen jungen Mann nach dem anderen aus der christlichen Minderheit gequält – oder einer jungen Frau. Sie warfen sich nach vorn. Sie beschimpften auf dem Marktplatz den Propheten, sie kamen zum Kadi und erklärten, dass sie Gefolgsleute des Propheten gewesen waren und sich nun dem wahren Gott zugewandt hatten, sie versuchten jeden Trick, den sie kannten, um sich den Tod unter dem Schwert des Scharfrichters zu verdienen. Dann verehrten ihre Freunde sie als Heilige und verkauften ihre Knochen – wenn der Kadi nicht ihre vollständige Verbrennung befahl und überwachte – als Reliquien. Der Kalif hatte die heiligen Bücher der Christen gelesen und war sich der Parallelen mit ihrer Erzählung über den Tod des Propheten Yeshua sehr wohl bewusst: Wie der *Rumi* Pilatus sein Bestes getan hatte, den Mann vor ihm nicht zu verurteilen, aber am Ende dazu gezwungen war, seinen Tod zu befehlen. Eine Sorge für die Welt, dass er nicht standhafter gewesen war. Und sie waren wieder dabei, so berichtete der Kadi, stachelten den Zorn ihrer muslimischen Mitbürger an und verursachten Aufstände auf den Straßen.

Dennoch war selbst dies nicht das Herz der Sache, dachte der Kalif. Sein Vorgänger hatte das Heilmittel für dieses Problem gefunden. Die Christen waren schnell genug dabei, den Tod für die Ehre des Märtyrertums zu begrüßen. Sie waren langsamer dabei, öffentliche Erniedrigung zu erdulden. Die richtige Vorgehensweise bei ihnen war das, was Pilatus selbst vorgeschlagen hatte: Zieh sie aus und peitsche sie öffentlich aus, wobei du die Bastonade benutzt. Dann schicke sie verachtungsvoll heim. Es befriedigte den muslimischen Pöbel, es erschuf weder Reliquien noch Märtyrer. Manche ertrugen ihre Prügel gut, manche schlecht. Wenige kamen wieder und wollten mehr. Der Schlüssel war es, nicht auf die Provokation zu reagieren. Ein wahrer Gläubiger des Islam, der ein Christ wurde, ein solcher musste sterben. Jene, die bloß ihre Bekehrung erklärten, um den Tod zu verdienen, sie sollten ignoriert werden.

Aber darin lag das Herz der Sache, wurde dem Kalifen bewusst. Er schob sich unbequem auf seinem Teppich umher und das Klimpern der Zither hörte sofort auf. Er setzte sich wieder zurück und sehr vorsichtig begann die Musik erneut.

Der Kern des Islam war die *Shahada,* das Glaubensbekenntnis. Wer auch immer sie einmal vor Zeugen ablegte, war dann für immer und unwiderruflich ein Moslem. Alles, was notwendig war, war, die Worte auszusprechen: Ich bezeuge, dass es keinen Gott gibt außer Gott und Muhammad ist der Prophet Gottes. *La illaha il Allah, Muhammad rasul Allah,* murmelte der Kalif zum vielleicht hunderttausendsten Mal vor sich hin. Dieses Zeugnis war vom Propheten selbst befohlen. Man konnte es nicht zurücknehmen.

Doch hatte der Prophet, gelobt sei sein Name, dachte der Kalif bei sich, es nie mit Christen zu tun gehabt, die sich ins Märtyrertum stürzten! Wenn er es hätte, hätte er das Glaubenszeugnis vielleicht schwieriger gemacht! Der Kalif ertappte sich. In der Tat, hier war das Herz seiner Schwierigkeiten. Er war kurz davor, den Propheten zu kritisieren und eine Veränderung im Islam zu akzeptieren. Er wurde im Herzen zu einem Ungläubigen.

Er hob einen Finger und machte die Geste von jemandem, der eine Schriftrolle aufrollt. Wenige Minuten später stand der Hüter seiner Bibliothek, der *Katib* Ishaq, schweigend vor ihm. Der Kalif nickte zu einem Kissen, um zu zeigen, dass sich der *Katib* hinsetzen sollte, und winkte mit einem Finger, dass man Sherbet und Datteln bringen sollte.

„Erzähl mir", sagte er nach einer Pause, „erzähl mir von den Mu'taziliten."

Ishaq starrte seinen Meister und Arbeitgeber misstrauisch an, während ihm eiskalt wurde. Welcher Verdacht rief diese Frage hervor? Wie sehr wollte der Kalif Informationen, wie sehr wollte er eine Rückversicherung? Informationen, vermutete er. Aber es wäre nicht weise, die angemessenen Ablehnungen zu unterlassen.

„Die Mu'taziliten", fing er an, „wurden von den unwürdigen Gefolgsleuten des Abdullah, Feinden Eures Hauses, gefördert. Selbst in Bagdad aber, dem Sitz der Unreinen, sind sie nun in Ungnade gefallen und wurden auseinandergejagt."

Ein leichtes Zusammenkneifen der Augen befahl Ishaq, schneller zu den Informationen zu kommen. „Die Grundlage ihres Glaubens", fuhr er fort, „war, dass der Glaube, so wie es die Griechen sagen würden, der Vernunft untergeordnet werden sollte. Und der Grund für ihren Fall war, dass sie argumentierten, dass die Lehren des Koran nicht ewig seien, sondern einer Veränderung unterworfen werden könnten. Nur Allah ist ewig, erklärten sie. Deshalb sei es der Koran nicht."

Ishaq zögerte, unsicher, ob er es wagte, weiterzusprechen. Er selbst, wie so viele der Gelehrten in Cordoba, sympathisierte mit Herz und Seele mit denjenigen, die freies Hinterfragen anboten, einen Bruch mit den Ketten der *Hadith*, der Tradition. Sie hatten gelernt, ihre Sympathien nicht zu verraten. Dennoch konnte er

sich wohl trauen, das *Dilemma* zu zeigen, wie es die weisen Denker der Griechen, die *Falasifah,* wohl ausgedrückt hätten.
„Der Kalif wird sehen, dass die Mu'taziliten eine harte Wahl provozieren", fuhr er fort. „Denn wenn wir ihnen beipflichten, stimmen wir zu, dass das Gesetz der *Shari'a,* der klare Pfad, verändert werden darf. Und wo ist dann unser klarer Pfad? Aber wenn wir ihnen nicht beipflichten, müssen wir glauben, dass der Koren sogar schon da war, ehe er überhaupt dem Propheten selbst verkündet wurde. Und wenn wir das glauben, nehmen wir dem Propheten die Ehre dafür weg, dass er es herausgefunden und verkündet hat."
„Was ist deine Sichtweise, Ishaq? Sprich frei. Wenn mir nicht gefällt, was du sagst, werde ich es nicht hören und dich auch nicht erneut fragen."
Der Bibliothekar holte tief Luft und sympathisierte mit dem berühmten Wesir des Kalifen Haroun, der gesagt hatte, dass er jedes Mal, wenn er die Präsenz verließ, nach seinem eigenen Kopf tastete, um zu sehen, ob er noch auf seinen Schultern war. „Ich glaube, die Mu'taziliten könnten vielleicht ein Körnchen Weisheit haben. Der Prophet war ein Mann, der als einer lebte und starb. Ein Teil von dem, was er sagte, war menschlich, ein Teil von Gott gesandt. Es könnte sein, dass die Teile, die aus seiner eigenen menschlichen Weisheit verkündet wurden, Veränderungen unterworfen sind, so wie es alle Werke der Menschen sind."
„Aber wir wissen nicht, was was ist", fasste der Kalif zusammen. „Und so wird der Samen des Zweifels gesät."
Ishaq senkte seine Blicke und hörte den eisernen Klang der Endlichkeit, der so oft von der Note des Todes gefolgt wurde. Er war wieder einmal an die Grenze der Toleranz gelangt.
Von außerhalb des ruhigen Hofs kam ein Patschen von Füßen, das den dünnen Strom des Liedes des Sklavenmädchens unterbrach. Der Kalif hob seine Augen, weil ihm bewusst war, dass er nicht gestört wurde, außer wegen etwas, das er bereits angedeutet hatte. Der Bote, der am Rand des Säulengangs stand, kam nach

vorn und atmete schwer, um seine Mühen und die Schnelligkeit, mit der er zu seinem Herrn gerannt war, zu zeigen. Er verbeugte sich tief.

„Die Abordnung, die ins Land der *Majus* gesandt wurde, ist zurückgekehrt“, kündigte er an. „Und nicht allein! Sie sind mit dem König der *Majus* und einer Flotte aus seltsamen Schiffen gekommen.“

„Wohin?“

„Sie haben die Mündung von Guadalquivir erreicht und rudern herauf in einigen ihrer Schiffe, in den kleinsten. Sie rudern schnell, fast so schnell wie Eure Pferde. Sie werden in zwei Tagen am Morgen hier in Cordoba sein.“

Der Kalif nickte, schnippte mit den Fingern zu seinem Wesir, dass er den Boten belohnen sollte, und murmelte Befehle, damit Gästequartiere vorbereitet würden.

„Ein König“, sagte er schließlich. „Ein König der Barbaren. Es bedeutet nichts, aber lasst uns besondere Sorgfalt walten lassen, um ihn zu beeindrucken. Findet heraus, was seine Vorlieben sind: Mädchen, Jungen, Pferde, Gold, mechanische Spielzeuge. Es gibt immer etwas, das die Kinder des Nordens ersehnen.“

„Ich will eine gute Schau“, sagte Shef zu seinen obersten Ratgebern. Er hockte gerade unbequem auf den untersten Brettern von einem von Brands fünf Langschiffen. Die sieben mit Katapulten versehenen Zweimaster hatten sich zur Überraschung der Araber als zu tiefgängig herausgestellt, um im Fluss weit zu kommen, und waren mit voller Mannschaft und Wachen zurückgelassen worden. Shef war nur mit den fünf Booten und so vielen Männern, wie bequem auf sie passten, den Fluss hinaufgefahren: Gerade unter zweihundert insgesamt. Er hatte außerdem seine Mannschaften durchgemischt. Zwanzig Männer auf jedem Schiff waren Nordmänner aus seiner regulären Besatzung. Der Rest war auf die Katapultschiffe versetzt und von einer ähnlichen Anzahl an Armbrustschützen, allesamt Engländer, ersetzt worden. Die

Engländer waren gerade mit Rudern dran, was für viel Amüsement sorgte. Trotzdem waren sich beide Seiten sehr wohl des zusätzlichen Schutzes bewusst, den ihnen die anderen gaben.
„Wie sollen wir das machen?“, fragte Brand. Wie die anderen war er heimlich schockiert über den Reichtum und Luxus, der überall um sie zu sehen war, und noch mehr über die enorme Anzahl an Menschen. Nach dem, was man ihnen gesagt hatte, enthielt allein die Stadt von Cordoba so viele Menschen wie ganz Norwegen. Den ganzen Weg entlang des Flusses konnten sie die Dächer von Villen sehen, sich drehende Wasserräder, Dörfer und Städte, die sich eine nach der anderen über die Ebene erstreckten, so weit das Auge sehen konnte. „Wir können uns schön anziehen, aber es wird mehr als eine seidene Tunika brauchen, um diese Leute zu beeindrucken.“
„Richtig. Wir versuchen nicht, reich auszusehen. Sie werden uns darin immer schlagen. Wir versuchen, fremdartig auszusehen. Und furchterregend. Ich glaube, das bekommen wir hin. Und es ist nicht nur das Aussehen, richtig? Es ist auch der Klang ...“

Die am Kai Wartenden zogen sich murmelnd zurück, als die Flotte der Wegemänner anlegte und anfing, ihre Leute abzuladen. Shefs Befehle waren sorgfältig umgesetzt worden und seine Mannschaften spielten ihre Rolle. Zuerst strömten die Wikinger von ihren Booten, jeder Mann glitzerte in frisch polierten und gesandeten Ketten. Kein Mann war kleiner als sechs Fuß, Speere strotzten hinter ihren hell bemalten Schilden, lange Äxte ruhten auf den Schultern. Sie hatten ihre seemännischen Ziegenlederschuhe gegen schwere Marschstiefel eingetauscht, die mit Eisen beschlagen waren. Sie stampften kräftig auf, während Brand und seine Kapitäne mit orkanartigen Stimmen Befehle brüllten. Langsam zogen sie sich in eine lange Linie aus vier Reihen.
Ein weiterer Befehl und die Armbrustschützen folgten ihnen: körperlich weniger beeindruckende Männer, aber mehr daran gewöhnt, sich im Gleichschritt zu bewegen. Sie rannten an ihre

Plätze und formierten sich ebenso, wobei jeder von ihnen ein seltsames Gerät über seine linke Schulter geworfen hatte. Shef sah, wie sie ihre Reihe bildeten, dann marschierte er selbst mit sorgfältigem Zeremoniell über die Gangway. Er trug ebenfalls ein Kettenhemd, einen Goldreifen auf seinem Kopf und so viel Gold, wie er tragen konnte, glitzerte von Armringen und Halsreifen. Brand folgte ihm mit Thorvin und den beiden anderen Wikingerpriestern des Weges, die sich der Expedition angeschlossen hatten, Skaldfinn dem Übersetzer, Priester des Heimdall, und Hagbard dem Seemann, Priester des Njörd. Die vier bildeten eine Reihe an der Spitze der Prozession, unmittelbar hinter Shef selbst, der allein marschierte. Hinter ihnen, und durch die hünenhaften Gestalten von Brand und Thorvin so gut wie möglich geschützt, gingen Hund und sein Schützling Svandis. Unter strengen Befehlen von Shef hatte sie einen Schleier über ihr Gesicht gezogen und warf ihm von dahinter stechende Blicke zu.

Shef sah den Boten an, der hinuntergesandt worden war, um sie zu empfangen, und deutete ihm, sie zu führen. Als der Mann, verwirrt und vom seltsamen Benehmen der *Ferengi* verunsichert, anfing, wegzugehen, während er ständig Blicke nach hinten warf, winkte Shef ein letztes Mal. Cwicca, sein loyalster Kamerad und Lebensretter, trat vor mit drei seiner Kameraden, die Armbrüste auf dem Rücken hängen hatten. Alle vier bliesen kräftig in die Pfeifen ihrer Dudelsäcke, erreichten die volle Lautstärke und begannen, vorwärts zu marschieren, während sie fröhlich im Einklang pfiffen. Die Zuschauer wichen sogar noch weiter zurück, als der unbekannte Lärm sie erreichte.

Die Dudelsackspieler marschierten hinter dem Anführer vorwärts. Shef und seine Kameraden folgten ihnen, dann die schwer bewaffneten Wikinger mit klirrenden Kettenhemden und stampfenden Stiefeln. Dann kamen die Armbrustschützen, die alle im Gleichschritt marschierten, eine Fähigkeit, die sie auf den neuen, ebenen, gepflasterten Straßen Englands trainiert hatten. Alle zwanzig Schritte hob der rechte Mann der vordersten Reihe seinen Speer und die hundert Wikinger hinter ihm riefen gemeinsam ihren Kampfschrei, den Shef zum ersten Mal ein Jahrzehnt zuvor aus der Armee von Ivar dem Knochenlosen auf sich zudröhnen gehört hatte.

„*Ver thik*", brüllten sie immer wieder, „*her ek kom,* hüte dich, hier komme ich." Die Araber werden es nicht verstehen, hatte Shef betont, sie werden nicht denken, dass wir sie herausfordern wollen. Lasst uns trotzdem etwas anderes rufen, schlug ein Kapitän vor. Irgendetwas Komplizierteres als das, hatte Brand geantwortet, und deine Truppe wird den Text vergessen.

Die Reihe bewegte sich weiter durch die vollgepackten Straßen der Stadt, wobei metallene Echos von den Steinmauern hallten und heulendes Pfeifen und brüllende Stimmen ihr vorauseilten. Ganz hinten hatten die Armbrustschützen angefangen, ein Lied zu singen, das ihre eigenen Siege pries. Während sie weitermarschierten, wurde die aufgeregte Menge dichter, so dass die marschierenden Männer anfingen, den Takt zu markieren, und mit ihren Schuhnägeln auf der Stelle stampften. Aus seinem Augenwinkel sah Shef, wie ein faszinierter Araber beobachtete, wie Brands gewaltige Füße hinauf und hinunter krachten. Zuerst blickte er nach unten, auf die Stiefel, die einen halben Meter lang waren. Dann starrte er nach oben und versuchte, die sieben Fuß lange Distanz zwischen ihnen und dem metallenen Halbrund von Brands Helm zu messen.

Gut, dachte Shef, als er wieder vorwärtsmarschierte, weil die Menge von der Eskorte des Kalifen zurückgedrängt wurde. Gut, wir haben sie erst einmal zum Nachdenken gebracht. Sie denken, ist er menschlich? Das ist nicht einmal eine schlechte Frage.

Der Kalif hörte den Aufruhr der Menge selbst in seiner schattigen und abgeschlossenen Empfangshalle. Er hob die Augenbrauen und lauschte, während die Neuigkeiten von einem Bediensteten in seine Ohren ergossen wurden. Als der Lärm näher kam, konnte er tatsächlich das Kreischen der seltsamen Instrumente der *Fer-*

engi ausmachen, dem genauso die Schönheit fehlte wie dem Jaulen so vieler Katzen. Er konnte auch das erstaunliche Krachen von Metall auf Stein hören, die lauten Schreie der Barbaren. Versuchen sie gerade, mich einzuschüchtern?, fragte er sich verwundert. Oder ist das immer ihr Brauch? Ich muss mit Ghanjya sprechen. Wenn man die Gebräuche der Fremden nicht versteht, kann man ihre Gedanken nicht erraten.

Der Lärm hörte abrupt auf, als Shef das Signal zum Anhalten gab und der rechte Äußere nach Absprache seinen Speer im Kreis schwenkte. Shefs Männer, Wikinger und Engländer, standen starr in ihren Reihen im äußeren Hof.

„Wie viele dürfen für die Audienz eintreten?", fragte Shef. Nicht mehr als zehn außer Euch selbst, kam die Antwort. Shef nickte und deutete auf die, die mit ihm kommen sollten. Brand und Thorvin, Hagbard und Skaldfinn. Er zögerte bei Hund. Niemand im Norden wusste mehr über die Heilkunst und Cordoba war dafür berühmt: Er würde vielleicht gebraucht werden, um etwas zu beurteilen oder zu antworten. Dennoch wollte er sich nicht von der irritierenden, aber immer noch gehorsam verschleierten Svandis trennen. Also nahm er sie beide mit. Schließlich rief er zwei der Wikingerkapitäne nach vorn, um Brand zu flankieren, beides Männer, die sich in einer Anzahl an Kämpfen Mann gegen Mann ihren Weg zu ihrem Kommando erkämpft hatten, dann nickte er stumm seinen langjährigen Kameraden Cwicca und Osmod mit ihren Armbrüsten zu.

Der Kalif, der hoch auf seinem Dais saß, beobachtete, wie die Fremden eintraten, und lauschte jetzt gemurmelten Kommentaren von Ghaniya, der nach vorn gekommen war, während sich die *Majus* draußen versammelt hatten. Der König war der Einäugige. Seltsam für die *Ferengi,* die Stärke und Größe so sehr respektierten. Der König sollte der Riese neben ihm sein. Allerdings hatte der Einäugige tatsächlich die Befehlsgewalt. Abd er-Rahman bemerkte die Art, wie er zuversichtlich vorwärtsschritt und sich direkt vor ihn hinstellte, dann sah er sich nach seinen Übersetzern um. Er bemerkte auch den Schweiß, der mittlerweile unter seinem Haar und dem Goldreifen herausströmte. Was trugen diese Männer? Metall, um die Sonnenstrahlen festzuhalten; Leder darunter, um die Haut zu schützen; und darunter, so schien es, Schafswolle? Im andalusischen Sommer würden derartig gekleidete Männer noch vor Mittag an Hitzschlägen sterben. Und dennoch zeigten der König und seine Männer kein Bewusstsein dafür, spürten keine Scham bei den Beweisen des Unwohlseins ihrer eigenen Körper, versuchten nicht einmal, ihre Stirnen abzuwischen. Meine Leute halten es für würdig, sich bei Unwohlsein zurückzuziehen, überlegte der Kalif. Sie halten es für würdig, es zu ignorieren, wie ein Sklave, der in der Sonne arbeitet.

Der Kalif stellte die erste und entscheidende Frage: „Fragt, sind irgendwelche von diesen Männern Christen?“

Er erwartete, dass die Frage an Suleiman den Juden gehen würde, der Latein sprechen und von einem gelehrten Mann unter den Fremden übersetzt werden würde. Er war überrascht, als Suleiman wirklich zu übersetzen begann und er sah, wie der König selbst seinen Kopf schüttelte. Er verstand also etwas Arabisch. Und die Antwort kam schon. Skaldfinn hatte als seine Berufung das Lernen von Sprachen und das Verstehen der Völker. Er hatte die Reise damit verbracht, von Suleiman zu lernen, und ihm im Gegenzug Anglonordisch beigebracht. Shef war auch einen Großteil der Zeit dabeigesessen und hatte zugehört. Skaldfinn sprach jetzt in langsamem, aber verständlichem Arabisch und übersetzte für seinen König.

„Nein. Keiner von uns ist Christ. Wie erlauben den Christen, ihrem Glauben zu folgen, aber wir folgen einem anderen Weg und einem anderen Buch. Wir kämpfen nur gegen diejenigen, die dieses Recht verweigern.“

„Ist Euch erklärt worden, dass es nur einen Gott gibt, der Allah ist, und dass Muhammad sein Prophet ist? Glaubt das und Ihr könnt eine reiche Belohnung von mir erwarten.“

„Es ist erklärt worden.“

„Ihr glaubt nicht an Allah? Ihr wählt, an Eure eigenen Götter zu glauben, welche auch immer dies sind?"
Anspannung und der Tonfall des Scharfrichters in der Stimme des Kalifen. Brand veränderte leicht seinen Griff an der Axt „Schlacht-Troll" und betrachtete die beiden Männer, die mit gezogenen Krummsäbeln hinter dem Kalifen standen. Große Männer, dachte er. Von der Sonne dunkler gebrannt, als ich es je zuvor gesehen habe. Aber nackt oberhalb des Bauches, keine Schilde. Zwei Hiebe und der dritte für den Araber auf dem Stuhl.
Als ihm bewusst wurde, dass er dem Arabisch, das der Kalif sprach, folgen konnte, antwortete Shef zum ersten Mal ohne Übersetzer. Mit lauter Stimme und im einfachsten Arabisch, das er konnte, rief er aus: „Ich habe Allah nicht gesehen. Ich habe meine eigenen Götter gesehen. Vielleicht, wenn ich zwei Augen hätte, würde ich auch Allah sehen. Ein Auge kann nicht alles sehen."
Ein Summen von Kommentaren lief über den Hof. Die Araber, die an metaphorische Sprache und die Kunst des indirekten Tadelns gewöhnt waren, verstanden den letzten Satz. Er meinte, dass diese, die an eine einzige Sache glauben, halb blind sind. Gotteslästerer, dachten manche. Weise für einen *Ferengi,* dachten andere.
Das ist kein Mann, mit dem man kämpfen sollte, dachte der Kalif. Er hat bereits gezeigt, dass er einen großen Auftritt versteht. Nun nimmt er mir meine eigene Empfangshalle weg.
„Warum seid Ihr nach Cordoba gekommen?", fragte er.
Weil du mich gebeten hast, dachte Shef, und warf einen Seitenblick auf Ghaniya, der seitlich zwischen den beiden Männern stand. Laut antwortete er: „Um Eure Feinde zu bekämpfen. Auch meine Feinde. Ghaniya erzählte mir, dass die Franken neue Waffen haben, um auf See und an Land zu kämpfen. Wir Männer des Weges verstehen neue Waffen. Wir haben neue Waffen und neue Schiffe mitgebracht, um zu sehen, ob unsere Feinde dagegen bestehen können."
Der Kalif sah schweigend zu Ghaniya, der einen aufgeregten Bericht über die Schiffe und die Katapulte der Flotte der Wege-

männer begann. Während sie nach Süden gesegelt waren, hatte Shef die Kapitäne mehrfach ermutigt, Ziele aus Flößen zu machen, sie über Bord zu werfen und sie dann auf eine halbe Meile Entfernung mit geschleuderten Felsen zu zerstören. Die Mannschaften waren begabt und gut trainiert und die Ergebnisse hatten den Gesandten beeindruckt. Tatsächlich konnte kein Schiff, das ihm bekannt war, mehr als ein oder zwei Treffer von den Onagern aushalten: Er hatte die gepanzerte, aber nahezu unsegelbare *Fearnought* aus der Schlacht an der Braethraborg nicht gesehen.
Als Ghaniya zum Ende kam, sah Abd er-Rahman den Gottesleugner erneut nachdenklich an. Er ist immer noch nicht beeindruckt, dachte er, während er das grimmige, emotionslose Gesicht betrachtete. Seine Begleiter auch nicht. Er gab ein Zeichen und einer der riesigen Scharfrichter trat vor und nahm seinen Krummsäbel von seiner Schulter. Noch ein Zeichen und ein Sklavenmädchen kam nach vorn, um sich neben ihn zu stellen. Als sie das tat, nahm sie den langen, durchscheinenden Schal ab, der ihren Oberkörper bedeckte, und stand dann, immer noch verschleiert, aber mit nackten Brüsten, vor den Männern.
„Ich höre viel von Euren neuen Waffen“, sagte er. „Wir haben auch Waffen.“
Er schnippte mit seiner Hand. Das Mädchen warf seinen Schal in die Luft. Langsam und sachte schwebte die dünne Seide nach unten. Der Scharfrichter drehte die Klinge seines Säbels nach oben und hielt sie unter den schwebenden Stoff. Der Schal traf auf die Schneide, wurde aufgetrennt und landete in zwei Teilen auf dem Boden.
Brand grunzte und murmelte den Kapitänen an seiner Seite etwas zu. Nun, dachte der Kalif, wird der König dem Riesen befehlen, etwas mit seiner großen, klobigen Axt zu zerschlagen.
Shef wandte sich um und sah zu Cwicca und Osmod. Keiner von ihnen der beste Schütze auf der Welt, dachte er. Osmod ist ein bisschen sicherer. Er deutete schweigend auf einer Marmorvase, die in einer Nische über dem Kopf des Kalifen hellviolette Blu-

men enthielt. Osmod schluckte sichtlich, sah zur Seite auf Cwicca und schwang seine Armbrust von seinem Rücken. Er lud sie mit einem Zug am Hebel aus einem Ziegenfuß. Er ließ den kurzen, eisernen Bolzen hineinfallen. Dann hob er sie hoch, zielte und zog am Abzug.

Osmod hatte richtig geschätzt und niedrig gezielt, um die höhere Flugbahn aus kurzer Distanz auszugleichen. Der panzerbrechende Bolzen krachte gegen den Stein und zerschmetterte ihn. Einige Splitter zischten durch den Raum, der Bolzen prallte aus der Wand zurück und klirrte auf den Boden. Die Blumen fielen in einer dekorativen Spur. Erde aus der zersplitterten Vase rieselte langsam hinunter.

Der Kalif strich schweigend über seinen Bart. Ich habe ihm mit meinen Scharfrichtern gedroht, dachte er. Aber dieser Eisenbolzen hätte mein Herz zerschmettert, ehe ich mich hätte bewegen können. Ghaniya hat mich nicht ausreichend gewarnt.

„Ihr wollt gegen unsere Feinde kämpfen", sagte er schließlich, „und Ihr sagt, dass Ihr genau deshalb gekommen seid. Wenn unsere Feinde Eure Feinde sind, mag das wahr sein. Aber niemand arbeitet nur für den Gott eines anderen. Es muss etwas anderes geben, das Euch hergebracht hat. Erzählt mir, was es ist, und bei Allah, ich werde mein Bestes tun, um dafür zu sorgen, dass Ihr es bekommt."

Zum dritten Mal schockierte ihn der fremde König. In klarem, aber einfachem Arabisch antwortete er erneut.

„Wir sind gekommen, um den fliegenden Mann zu sehen."

Kapitel 7

Shef schob sich ungeduldig durch die wachsende Menge, während das Leiteremblem seines Gottes an seiner Brust baumelte. Als die Tage des Wartens vergangen waren, hatten er und seine Männer langsam Schichten an Kleidung abgelegt. Zuerst die Kettenrüstung. Es war klar geworden, dass, auch wenn Shefs zweihundert Männer tatsächlich im Herzen einer potenziell feindlichen Macht waren, sie dennoch so in der Unterzahl waren, dass eine organisierte Schlacht sinnlos wäre, während die Straßen von Cordoba so streng überwacht wurden, dass kein Mann privaten Ärger fürchten musste. Shef hatte die Ketten der Wikinger und die Armbrüste der Engländer in einen Wachraum bringen lassen, weniger, um sie sicher aufzubewahren, wie er bemerkte, sondern um sie davon abzuhalten, ihre ausgegebenen Waffen für Getränke zu verkaufen.

„Es gibt keine starken Getränke irgendwo in Cordoba", hatte Hund eingeworfen. „Die Befehle von Muhammad verbieten es."

„Es gibt irgendwo etwas", hatte Shef geantwortet und die Übergabe der Waffen persönlich überwacht.

Dann waren die Jacken verschwunden. Ein paar Tage des Wanderns, mit offen stehenden Mündern, durch die engen, mit Steinmauern umgebenen Straßen von Cordoba hatten selbst die altmodischsten Nordmänner überzeugt, dass Leder eine Belastung, wenn nicht sogar eine Lebensgefahr darstellte. Mittlerweile trugen alle Wegemänner nur noch Hanfhemden und Wollhosen, und die, die so viel Glück hatten, noch etwas von ihrer Bezahlung übrig zu haben, zeigten grellbunte Baumwolle. In der Sonne blitzten und zuckten ihre Silberanhänger – niemand war bisher so unbesonnen oder gotteslästerlich gewesen, einen zu verkaufen – und ließen ihre Besitzer noch mehr unter den dunkleren Gesichtern und bunteren Kleidern um sie herausstechen.

Zuletzt war die Furcht verschwunden. Shef hatte erwartet, dass man ihm angesichts der Wichtigkeit seiner Mission sofort den großen bin-Firnas, den fliegenden Mann, zeigen würde. Es hatte Tage gedauert, nicht – das versicherte ihnen Suleiman der Jude – aus Streben nach Verzögerung, noch weniger als absichtliche Beleidigung, sondern wegen der Verehrung, die man dem Weisen hier entgegenbrachte. Der Kalif hätte tatsächlich ein Publikum und eine Demonstration befehlen können, aber er zog es stattdessen vor, Boten auszusenden, Geschenke zu präsentieren und den Weisen darum zu bitten, den Barbaren, die aus der Ferne von Gerüchten über ihn angezogen worden waren, den Gefallen zu tun, und befolgte so generell die althergebrachten Rituale der andalusischen Diplomatie. Auch bin-Firnas – das versicherte ihnen Suleiman des Weiteren – machte nicht absichtlich mit seinen Antworten Schwierigkeiten. Er war nur begierig, nicht zu enttäuschen, falls er unfähig wäre, den zweifellos übertriebenen Geschichten zu entsprechen, die durch Hörensagen in die weit entfernten Länder vordrangen; außerdem stellte sich heraus, während Botschaften in beide Richtungen reisten, dass er auf einen Wind wartete.

Shef und seine Männer hatten die Tage des Wartens damit verbracht, mit steigender Faszination durch die Straßen von Cordoba zu schlendern, wo jeder von ihnen zum ersten Mal die hunderttausend Kleinigkeiten einer entwickelten, kaufmännischen Zivilisation sahen: die Karren, die in jeder Morgendämmerung mit Waren hereinkamen, so viele von ihnen, dass die Hereinfahrenden eine Seite der Hauptstraße hatten und die Herausfahrenden die andere, während es Männer des Stadtkadis gab, die den ganzen Tag lang nichts anderes taten, als sicherzustellen, dass solche Regeln eingehalten wurden! Da waren die sich ständig drehenden Wasserräder, oder *Norias,* die Wasser aus dem Fluss schaufelten und es in steinerne Kanäle transportierten, aus denen selbst die Armen ihr Wasser holen konnten. Die strengen Regeln über Abwasser, die selbst die Reichsten befolgen mussten. Die Häu-

ser zur Behandlung der Kranken; die öffentlichen Diskussionen, wo weise Männer gleichzeitig vom Koran, der Gelehrsamkeit der Juden und der Weisheit der Griechen sprachen; die Chirurgen, die Moscheen, die Gerichte, wo strenges, unparteiisches Recht der *Shari'a* gesprochen wurde. Es gab für jeden etwas anzustarren. Nach einer Weile verlor selbst der Schüchternste seine Furcht vor dem Fremden, selbst die Wildesten und Gierigsten hörten auf damit, diese Welt bloß als noch eine Stadt zum Plündern zu betrachten. Wenn überhaupt, war das Gefühl, das geschaffen wurde, Ehrfurcht: Das Wort, das die Wikinger nutzten, wenn sie nicht Furcht meinten, sondern ein Gefühl, hoffnungslos unterlegen zu sein. Konnten diese Menschen alles tun?
Nur wenige erhoben sich darüber, um Schwächen und Unzulänglichkeiten zu beobachten. Shef zumindest strebte danach, das zu tun, war sich aber bewusst, dass es bloße Eifersucht sein konnte, die ihn dazu trieb. Und dann sandte der Kalif die Botschaft, dass es Zeit war, das Unmögliche zu sehen, den fliegenden Mann.
Das wird wieder ein Desaster wie das mit dem Mann mit den Hühnerfedern, sagte Shef zu sich selbst, als er sich dem Turm näherte, von dem der Start versprochen worden war, während sich seine Kameraden hinter ihm weiterdrängten, wie sie es sich im andauernden, unglaublichen Gedränge der Stadt angewöhnt hatten. Wahrscheinlich wieder ein Desaster. Aber man muss sagen, es gibt diesmal zwei gute Dinge, die nicht so waren, als König Alfreds Mann versuchte, von meinem Turm zu fliegen. Erstens, auch wenn es Gerede über den Wind gibt, genau wie letztes Mal, hat niemand Vögel oder Federn erwähnt.
Und zweitens: Wir haben Männer getroffen, vertrauenswürdig wirkende Männer, wenn Skaldfinn und ich ihre Worte beurteilen können, die darauf bestehen, dass sie vor fünfzehn Jahren diesen Mann fliegen sahen. Nicht davon hörten, nicht in der Nähe waren. Es selbst sahen. Und ihre Geschichten, auch wenn sie nicht darin übereinstimmen, was sie genau gesehen haben, sind sich einig, wann und wo.

Der Turmeingang lag jetzt vor ihm, gegen die drängelnden Zuschauer bewacht von Männern der Leibwache des Kalifen in Gelb und Grün. Die Speere wurden zur Seite gezogen, als die Wachen die Augenklappe und das Emblem des *Ferengi*-Königs und das Weiß der heiligen Männer hinter ihm erkannten. Shef musste im kühlen und dunklen Erdgeschoss des Turmes blinzeln.

Als sich seine Augen nach der Helligkeit draußen angepasst hatten, wurde ihm bewusst, dass der Besitzer des Turmes vor ihm stand, sich leicht verbeugte und gefaltete Hände vor sein Herz hielt. Er begann zu reagieren und verbeugte sich ebenfalls, dann stammelte er einen Gruß in einfachem Arabisch. Aber als er das tat, wurde ihm mit Schrecken bewusst, dass der Mann vor ihm ein Krüppel war. Er konnte für wenige Augenblicke aufrecht stehen, aber dann glitten seine Hände zurück auf den Holzrahmen vor ihm. Als er sich bewegte, schob er den Rahmen vor und zog sich selbst dann hinterher.

„Eure Beine“, brachte Shef heraus. „Wie wurden sie verletzt? Beim Fliegen?“

Der Araber lächelte, offensichtlich nicht beleidigt. „Beim Fliegen“, bestätigte er. „Der Flug ging gut, die Rückkehr auf die Erde weniger. Seht Ihr, ich hatte etwas vergessen. Ich hatte vergessen, dass alle fliegenden Kreaturen Schwänze haben.“

Als bin-Firnas, der Krüppel, begann, langsam auf seinen Weg zu schlurfen über die Treppen, die den Turm hinaufführten, sah sich Shef zu Thorvin, Hund und seinen Priesterkameraden um, während ein Ausdruck voller Zweifel und Enttäuschung in sein Gesicht kroch.

„Also doch ein weiterer Vogelmann“, murmelte er. „Wartet, bis er uns den Federumhang zeigt.“

Aber ganz oben auf dem Turm, auf der quadratischen, luftigen Plattform, die über die steilen Ufer des Guadalquivir blickte, gab es kein Anzeichen von Federn und keine Vorbereitungen für einen Sprung. Zurück im hellen Tageslicht konnte Shef sehen, dass bin-Firnas von Helfern und Dienern umringt war, unter ihnen der junge Mann Mu'atiyah, der mit der Gesandtschaft in den Norden gekommen war, und das immer anwesende Faktotum Suleiman. Einige standen neben etwas, das wie eine leichte Winsch oder Winde aussah, andere hielten lange Stangen und Planen. Hinter Shef reihten sich die Priester des Weges auf, die einzigen, für die er Zugang erlaubt bekam. Als er zum Rand des Turmes ging, blickte Shef nach unten und sah die meisten seiner Männer aus der Menge nach oben starren, wobei die riesige Gestalt von Brand sogar in dem Gedränge herausragte. Die immer noch verschleierte Svandis stand nahe bei ihm, bemerkte er, obwohl sich keiner zum anderen wandte. Brand hatte den Auftrag, auf sie aufzupassen, von seinem Freund und Heiler Hund angenommen, aber er hatte sich geweigert, mehr als unbedingt notwendig mit ihr zu tun zu haben: Das Gesicht Ivars gruselte ihm, hatte er gestanden, direkt an seiner alten Bauchwunde.

„Das Erste, was wir tun, ist das", sagte bin-Firnas, wie Shef bemerkte. „Wenn sich der König der *Ferengi* dazu herablassen könnte, zuzusehen? Seht …" Er gab einen Befehl und die Männer an den Winden ließen Seil nach. Ein Drachen hob sich in die Luft, erfasste den Wind und begann, in den Himmel aufzusteigen, während die Winden Seil nachgaben. Shef starrte es an. Er sah wie eine leichte Kiste aus, vier Wände aus Stoff zwischen Stäben, auf beiden Seiten offen, mit Streifen und Lüftungen, die hier und da in den Stoff geschnitten waren.

„Das ist natürlich nicht mehr als ein Kinderspiel", fuhr bin-Firnas fort. „Der Drachen trägt nicht mehr als sich selbst. Seht aber, dass das Seil sein offenes Ende in den Wind gerichtet hält. Kontrolle ist im Wind viel einfacher. Weg vom Wind scheint es einfacher, ein Schiff zu segeln, aber nein! Dann ist der Wind der Meister und nicht der Mann. Das habe ich herausgefunden. Ich würde es anders machen, wenn ich es erneut versuchte."

Shef konnte die Rufe der Menge von unten hören, als sie den Drachen sahen. Sie reihten sich am Flussufer auf, einige von ihnen beinahe auf einer Höhe mit dem Turm, weil der Hang von

den tausend Minaretten der Stadt weg anstieg. „Ihr versteht also den Drachen?"
Shef nickte und wartete auf den Befehl, ihn wieder einzuziehen. Stattdessen humpelte bin-Firnas zwei Schritte zur Winsch, zog ein Messer hervor und legte die Klinge an das Seil. Der befreite Drachen sprang nach oben, stieg auf und segelte im Abwind in erratischen Spiralen und Drehungen nach unten. Zwei der wartenden Diener sprangen auf ihre Füße und rannten die Treppen hinunter, um ihn zu verfolgen und zurückzuholen.
„Nun versuchen wir etwas Schwierigeres."
Auf einen Wink trugen vier Diener ein anderes Gerät nach vorn. Seine Form war ähnlich, die Stoffkiste zwischen Stäben mit offenen Enden, aber es war doppelt so groß und eindeutig schwerer gebaut. Außerdem befand sich im Inneren eine Art Schlinge aus Seilen und Stoff. Kurze Flügel standen auf jeder Seite heraus. Shef starrte es verwirrt an.
Ein Junge drängte sich zwischen den anderen Dienern vor und stand mit ernstem Gesicht vor dem neuen Drachen. Bin-Firnas legte eine Hand auf seinen Kopf und redete auf ihn ein mit einem Strom an Arabisch, der zu schnell war, als dass ihm Shef folgen konnte. Der Junge antwortete mit einem Nicken. Schnell hoben ihn zwei der großen, dunkelhäutigen Diener hoch und ließen ihn in die Öffnung des Drachens fallen. Shef trat näher und sah, dass die Schlinge ein Gurt war, in den der Junge passte. Sein Kopf blieb außerhalb der Kiste, seine Hände ruhten auf den Griffen. Als er sie drehte, rotierten die Stoffflügel an den Seiten der Kiste.
Vorsichtig hoben vier Diener die Kiste hoch, hielten sie in den Wind und marschierten an den Rand des Turmes. Die Männer an den Winden zogen ein wenig, dann gaben sie ein oder zwei Meter Schlappseil. Shef hörte ein ansteigendes, aufgeregtes Murmeln von draußen, das langsam erstarb.
„Ist das gefährlich?", sagte er leise zu Suleiman, weil er in diesem Moment seinem eigenen Arabisch nicht vertraute. „Ich will nicht, dass der Junge durch meine Schuld getötet wird."

Suleiman sprach schnell mit bin-Firnas, während das Kind mit dem ernsten Gesicht am Rand des Turmes platziert blieb und der Wind an ihm zerrte. Er wandte sich zurück. „Bin-Firnas sagt, natürlich, das ist alles der Wille Allahs. Aber er sagt auch, dass, so lange das Seil festgehalten wird, alles wohl sicher genug ist. Die Gefahr käme erst, wenn sie es loslassen und den Jungen versuchen lassen, frei zu fliegen."

Shef trat zurück und nickte. Bin-Firnas sah die Geste, drehte sich um und fühlte nach dem Wind, dann gab er selbst seinen Dienern einen Wink. Mit einem Ächzen hoben sie die Kiste eine Armlänge über ihre Köpfe hoch, fühlten, wie der Wind sie erfasste, und ließen sie komplett los.

Für einen Augenblick sackte der Drachen unter die Turmmauer, dann erwischte er einen Aufwind oder Luftstrom und stieg wieder. Die Männer an den Winden drehten an ihren Griffen, ließen das Seil fünf Meter, dann zehn nach. Langsam stieg der Drachen in den Himmel, das kleine Gesicht immer noch von seinem offenen Ende eingerahmt. Shef sah, wie sich die Flügel drehten und leicht bogen, dann rotierte die Kiste nach oben, drehte sich, richtete sich wieder gerade. Sie hob und senkte sich im Wind, aber der Junge schien fähig, sie zu kontrollieren und die Kiste in die gewollte Richtung gewandt zu halten. Wenn sie gefallen und abgestürzt wäre wie die vorherige, als man sie losgeschnitten hatte, wäre er vielleicht aus seinem Gurt geschleudert worden, vermutete Shef. Aber nein, er schien stabil zu fliegen. Nicht schlimmer als ein Boot auf rauer See.

Schweigend übergab bin-Firnas Shef ein Gerät wie dasjenige, das Mu'atiyah demonstriert hatte, ein Fernglas. Ohne Worte zeigte er, dass es sich von seinem Vorgänger unterschied: Es bestand aus zwei Hälften, wobei eine in einer Hülle aus geschmiertem Leder über die andere glitt. Das bedeutete, dass man die Länge der Röhre anpassen konnte. Bin-Firnas kniff die Augen zusammen, während er die untere Hälfte vor und zurück schob. Shef nahm ihm das Gerät ab, richtete es auf den Drachen und das Gesicht seines Fliegers und bewegte die Röhre vorsichtig vor und zurück, bis das Bild scharf wurde.

Da war es. Die Zunge des Jungen war zwischen seinen Zähnen herausgestreckt, er konzentrierte sich grimmig darauf, seine Flügel im Griff zu halten, und versuchte, den Drachen beständig in den Wind zu richten. Es bestand auf jeden Fall keinerlei Zweifel, dass der Drachen sein Gewicht tragen konnte.

„Wie weit könnt Ihr ihn senden?“, fragte er.

„Soweit das Seil reicht“, berichtete Suleiman.

„Und was passiert, wenn man das Seil abschneidet?“

„Er sagt, wünscht der *Ferengi*-König, es zu sehen?“

Shef senkte das Teleskop vor seinem Auge und runzelte die Stirn. „Nein. Wenn man es bereits einmal getan hat, würde ich gerne davon hören.“

Er sah wieder zu, während sich ein langer Dialog entspann. Schließlich sprach ihn Suleiman erneut an.

„Er sagt, vor fünfzehn Jahren ließen sie es zuerst mit einem Jungen darin frei fliegen. Als der Junge überlebte, riskierte er selbst, bin-Firnas, den Versuch. Er sagt, er lernte drei Dinge. Erstens, es ist viel einfacher, einen Flug gegen den Wind als vor dem Wind zu kontrollieren. Zweitens, es ist ein Talent, die Flügel zu kontrollieren, welches der Junge durch viele Testflüge an der Leine hatte, aber um das zu lernen er selbst keine Zeit hatte. Er sagt, man muss mit dem Körper reagieren, ehe der Verstand Zeit hat, einen Befehl zu geben, und das ist eine Kunstfertigkeit, die nur die Zeit bringen kann. Drittens, er lernte, dass er auch einen Flügel anbringen hätte sollen, um den Flug zur Seite genauso zu kontrollieren wie den nach oben und unten. Er sagt, der Drachen drehte sich auf die Seite, als er ins Tal des Flusses hinunterflog, und er konnte ihn nicht zurückdrehen. Also fiel er, statt elegant wie ein Wasservogel zu landen, kopfüber in die Felsen. Seitdem ist er nicht mehr ohne Hilfe zu Fuß gegangen, trotz allem, was die Chirurgen von Cordoba vermögen. Er sagt, seine Beine waren sein Opfer an Allah, um Wissen zu erlangen.“

„Zieht den Jungen herein“, sagte Shef. „Sag dem Herrn des Hauses, wie dankbar ich ihm dafür bin, dass er mir dies gezeigt hat, und wie sehr ich seine Bereitschaft, es selbst zu probieren, bewundere. Sag, dass wir gerne sorgfältige Zeichnungen seines Geräts anfertigen würden. Wir könnten vielleicht einen besseren Ort finden, um es auszuprobieren, als das Ufer des Guadalquivir. Und sag ihm außerdem, dass wir begeistert von seinen Glasröhren sind und gerne wüssten, wie wir sie selbst herstellen können. Wir fragen uns, wie er auf den Gedanken gekommen ist.“

„Er sagt“, kam die Übersetzung zurück, „dass die Linse, die kleine Schrift groß macht, hier schon seit Jahren bekannt ist. Danach war es nur eine Frage der mechanischen Geschicklichkeit und vieler Versuche.“

„Altes Wissen neu gemacht“, sagte Shef mit einem zufriedenen Strahlen. „Dies ist ein weiserer Mann als sein Schüler.“

In einer der unzähligen winzigen Mietwohnungen der Stadt saß ein Mann mit gekreuzten Beinen vor einem offenen Fenster. Seine Hände bewegten sich beständig, während er stickte, und der Saum, den er bearbeitete, bewegte sich durch seine Hände, als wäre er eine lebendige Schlange. Seine Augen blickten nie nach unten, verließen nie die Straße. Alles, was vorbeiging, wurde beobachtet. In der Ecke zu seiner Seite saß noch ein Mann, von draußen nicht im Sichtfeld.

„Hast du einen genauen Blick darauf bekommen?“, fragte der Schneider.

„Ja. Sie gehen die ganze Zeit durch die Stadt und starren wie die Affen. Sie tragen nicht mehr als eine leichte Tunika an ihren Oberkörpern und viele von ihnen nicht einmal das. Sie würden nackt wie Affen in der Sonne spazieren, wenn es der Kadi erlauben würde. Es ist leicht, zu sehen, was sie um ihre Hälse tragen. Und ich bin so nahe am *Ferengi*-König gestanden wie jetzt bei dir.“

„Was hast du also gesehen? Und was hast du gehört?“

„All die Fremden tragen einen silbernen Anhänger um den Hals. Oft ist es ein Hammer, vielmals ein Horn oder ein Phallus oder ein Boot. Es gibt einige Symbole, die nur wenige tragen: einen Apfel, einen Bogen, ein paar seltsame Stäbe. Für gewöhnlich werden diese von den größeren Fremden getragen, denjenigen, die die Stadt in Kettenrüstungen betreten haben, aber der Apfel wird nur von dem sehr Kleinen in Weiß getragen, der, wie sie sagen, ein Heiler ist."

„Und was trägt der König?"

„Er trägt ein *Graduale.* Daran besteht kein Zweifel. Ich habe so genau hingesehen, dass ich den Schweiß an seinem Hemd riechen konnte. Es ist ein *Graduale.* Es hat drei Stufen rechts und zwei Stufen links."

„Welche ist ganz oben?"

„Zwei sind oben gleich hoch, wie ein Kreuz. Darunter liegt aus unserer Sicht die rechte."

Die linke, wenn er es trägt, überlegte der Schneider, der immer noch nähte.

„Erzähl mir, was du über diese Symbole herausgefunden hast."

Der andere Mann rückte seinen Schemel verschwörerisch näher. „Wir haben schnell herausgefunden, dass all diese Männer sehr begierig darauf sind, starke Getränke von der Art, die der Prophet verboten hat, zu finden, und noch begieriger darauf als auf Frauen oder Musik. Wir sind an einige von ihnen herangetreten und haben gesagt, dass wir Christen seien, für die das nicht verboten wäre, und dass wir ein Lager voller Wein für unsere Gottesdienste hätten. Wir haben dann festgestellt, dass die Größeren schockiert waren, uns skeptisch ansahen und die Getränke wollten, sich aber nichts um Christus scherten. Einige der Kleineren aber sagten locker heraus, dass sie auch Christen gewesen waren und alles über die Messe und den heiligen Wein wussten. Diese haben wir zur Seite genommen."

„Christen *gewesen waren*?", murmelte der Schneider. „Also sind sie jetzt Apostaten?"

„Dem ist so. Aber sie haben eine klare Geschichte erzählt, soweit unsere Übersetzer folgen konnten. Sie sagten, dass ihr ganzes Königreich einst christlich gewesen ist, aber sie sprachen mit Schrecken von den Praktiken ihrer Kirche. Einige von ihnen waren Sklaven eines Abtes oder Bischofs gewesen und zeigten uns Striemen, um es zu beweisen. Dann wurden sie vom einäugigen König befreit, der das Land zu etwas konvertierte, das sie ‚der Weg' nennen. Es bedeutet ziemlich genau dasselbe wie *Shari'a.* Das Symbol dafür sind die Anhänger, die sie tragen, ein Symbol für jeden der vielen Götter, die sie haben."

„Und das *Graduale*?"

„Alle stimmen überein, dass es auch das Symbol eines Gottes ist, aber keiner war besonders sicher, welcher Gott es sein könnte. Der Name, den sie nannten, war ‚Rig', was, wie ich glaube, eines ihrer Wörter für ‚König' ist. Es ist wie unser Wort *rois* oder das *reje* der Spanier. Alle sagen ohne Ausnahme, dass kein anderer Mann es trägt, außer einige der Sklaven, die der Einäugige gerettet hat, die es als Zeichen ihrer Dankbarkeit für ihn tragen. Wenn er es nicht tragen würde, würde das Symbol niemals genutzt."

Beide Männer verfielen in eine nachdenkliche Stille. Schließlich legte der Schneider seinen Stapel aus Kleidern zur Seite und erhob sich steif auf seine Füße.

„Ich glaube, wir müssen vielleicht nach Hause zurückkehren, Bruder. Dies sind Neuigkeiten, die wir teilen müssen. Ein fremder König, der ein Symbol trägt, das nur ihm allein gehört, dasselbe wie unser Heiliges *Graduale,* auch wenn die Sprossen umgekehrt sind, als Zeichen seiner Ergebenheit für einen König. Sicher muss dies irgendeine Bedeutung haben."

Der andere Mann nickte mit mehr Zweifeln. „Zumindest können wir den Gestank des Flachlands aus unseren Nasen vertreiben und wieder frische Luft atmen. Und erwachen, ohne dass das *Salat* in unseren Ohren dröhnt."

Er pausierte. „Als sie betrunkener wurden, haben die kleinen Nordmänner immer wieder gesagt, dass dieser Mann nicht ein-

fach ihr König ist. Sie nennen ihn ‚den Einen König'." Er spuckte beinahe durch das Fenster. „Was auch immer er sein mag, sie sind Apostaten und Götzenverehrer."
„Für die Kirche", antwortete der Schneider, „sind wir das auch."

Brand lehnte seine gewaltigen Schultern mit einem zufriedenen Seufzen an die Wand des Raumes. Er war sich sicher gewesen, dass die Engländer es endlich geschafft hatten, irgendwie an starke Getränke zu kommen. Aber jedes Mal, wenn er einen von den Pygmäen angesprochen hatte, waren sie in ihren normalen Zustand von glasäugigem Leugnen verfallen. Schließlich hatte er seinen Stolz heruntergeschluckt, war zu Cwicca und Osmod hinübergeschlendert und hatte sich an sie als frühere Freunde, Gäste und Schiffskameraden gewandt, damit sie ihn in das Geheimnis einweihten.
„Aber dann nur du", hatte Cwicca endlich gesagt.
„Und du darfst Skaldfinn mitbringen", hatte Osmod angefügt. „Wir haben den Großteil der Zeit Schwierigkeiten damit, sie zu verstehen. Vielleicht kriegt er etwas mehr aus ihnen heraus."
Sie waren flink aus der Menge geführt worden und ließen die Flugvorführung hinter sich, dann wurden sie in einen kleinen, schäbigen Raum gebracht, wo, wie Brand zugeben musste, man ihnen fröhlich und ohne ein Wort über Bezahlung überraschende Mengen an Rotwein gegeben hatte – gut, soweit Brand es beurteilen konnte, weil er nicht einmal ein Dutzend Male in seinem Leben Wein getrunken hatte. Er leerte seinen Krug und gab ihn nach vorn, um mehr zu bekommen.
„Solltest du nicht auf diese Priesterin aufpassen?", fragte Cwicca. Skaldfinn sah ihn finster an. „Nenn sie nicht so. Sie sagt nur, dass sie das ist. Sie ist nicht angenommen worden."
Brand sah sich um, als wäre er überrascht, als er bemerkte, dass Svandis nicht anwesend war. „Schätze schon", murmelte er. „Es wird mir kalt, wenn ich sie nur ansehe. Tochter des Knochenlosen! Ich wusste die ganze Zeit, dass sie existiert, es gab eine Menge

Gerede darüber. Ich hatte nur gehofft, dass die ganze Familie der Höllenbrut tot sei."

„Aber du sollst doch auf sie aufpassen", drängte Cwicca weiter. Er und Hund, nur zwanzig Meilen voneinander geboren und aufgewachsen, hatten ein starkes Kameradschaftsgefühl. Wenn Hund und sein Meister Shef die Frau akzeptierten, würden bei ihm die Regeln und Rituale des Weges nicht viel zählen.

„Sie ist sicher genug", sagte Osmod. „Die findet ihren eigenen Weg zurück, würde ich sagen." Er schwenkte auch seinen Krug, damit ihn ihre lächelnden Gastgeber auffüllten. „In einigen Städten, die ich kenne, wird eine Frau, wenn sie weggeht, vergewaltigt und mit einem Sack über ihrem Kopf in einer Gasse landen. Nicht hier! Die hacken dir schneller die Hand ab, als du schauen kannst, und andere Teile auch. Und die Männer des Kadi sind überall."

„Verfluchte neugierige Frau", brummte Brand. „Unsicher, ob nicht sechs betrunkene Seemänner genau das sind, was sie braucht."

Skaldfinn holte Brands Krug zurück und kippte die Hälfte des Inhalts in seinen eigenen. „Ich mag die Frau nicht", sagte er, „aber da liegst du falsch. Sechs betrunkene Seeleute sind nicht ein Zehntel von dem, was sie bereits erlebt hat. Und es hat ihr überhaupt nicht gut getan."

„Aber sie wird trotzdem gut ihren eigenen Weg zurück in unser Quartier finden", fügte er friedlicher hinzu. „Sie hat keine Wahl. Spricht nicht ein Wort der Sprache. Jeder Sprache, die man hier spricht." Er wandte sich um und rief nach seinen Gastgebern in verstümmeltem Latein gespickt mit arabischen Worten, was er bereits als ihren einheimischen Dialekt erkannt hatte.

In einem kühlen Innenhof, nicht weit von dem heißen, abgeschlossenen Raum, wo die Männer gerade saßen, saß Svandis auf einer Bank und betrachtete den Kreis an Frauen, die mit ihr um einen Springbrunnen saßen. Langsam legte sie eine Hand an ihren Schleier, zog ihn von ihrem Gesicht und warf ihre Kapuze nach hinten. Ihr kupferrotes Haar fiel herab und umrahmte die bleichen, eisblauen Augen. Einige der Frauen um sie holten tief Luft. Andere taten es nicht.

„Du sprichst also Englisch", sagte eine von ihnen. Sie ließ ihren Schleier ebenfalls fallen, genau wie die anderen. Svandis sah diejenige an, die gesprochen hatte: Ihr wurde bewusst, dass sie fast so hellhäutig wie sie selbst war, mit Haar von der Farbe von bleichem Eschenholz und grünen Augen. Sie bemerkte auch, dass sie eine Frau von bewundernswerter Schönheit war. Seit sie ihrer Kindheit entwachsen war, hatte sich Svandis daran gewöhnt, alle Blicke auf sich zu ziehen. Wenn diese Frau im Raum war, das gestand sie sich ein, dann wäre das wohl nicht so.

„Ja", antwortete sie, ebenfalls auf Englisch. „Aber nicht gut. Ich bin Dänin." Die Frauen sahen einander an.

„Dänen haben viele von uns aus unseren Häusern entführt", sagte die Erste. „Haben uns in die Harems der Mächtigen verkauft. Einige von uns haben sich gut gemacht – diejenigen, die wussten, wie man seinen Körper benutzt. Andere nicht so gut. Wir haben keinen Grund, die Dänen zu lieben." Während sie sprach, gab es ein beständiges, übersetztes Geplapper auf Arabisch. Svandis bemerkte, dass die Frauen um sie aus verschiedenen Rassen und Sprachen kamen. Alle aber waren jung und schön.

„Ich weiß", sagte sie. „Mein Vater war Ivar Ragnarsson."

Diesmal verwandelten sich die Gesichtsausdrücke von Furcht zu Zorn. Hände bewegten sich in den alles bedeckenden Mänteln. Das aschblonde Mädchen zog nachdenklich eine lange Metallnadel aus seinem Haar.

„Ich weiß, was mein Vater war. Ich weiß, was er getan hat. Es ist auch mir geschehen – und Schlimmeres meiner Mutter."

„Wie konnte dir so etwas passieren? Einer Prinzessin der Dänen? Der frauenstehlenden Wikinger?"

„Ich werde es euch erzählen. Aber lasst mich eine Bedingung aufstellen." Svandis sah sich unter dem Dutzend Frauen im Kreis um

und versuchte, ihr Alter und ihre Rassen abzuschätzen. Die Hälfte von ihnen kamen aus dem Norden, das konnte sie sehen, aber einige hatten olivfarbene Haut wie die Männer von Cordoba, eine hatte beinahe gelbe Haut, bei anderen konnte sie es nicht sagen.
„Die Bedingung ist, dass jede von uns den anderen sagen soll, was das Schlimmste ist, was ihr je geschehen ist. Dann werden wir alle wissen, dass wir auf derselben Seite stehen. Nicht Engländerinnen oder Däninnen oder Araberinnen. Alle Frauen."
Die Frauen warfen einander Seitenblicke zu, während die Übersetzungen herausströmten. „Und ich werde anfangen. Und ich werde euch nicht von dem Tag erzählen, als ich meine Jungfräulichkeit für einen Kanten schimmliges Brot verlor. Nicht von dem Tag, als ich alle meine Freundinnen gleichzeitig begraben musste, im selben Grab. Nein, ich werde euch von dem Tag erzählen, als meine Mutter starb …"
Zu dem Zeitpunkt, als die letzte Frau mit ihrer Geschichte fertig war, hatte sich die Sonne vom zentralen Hof wegbewegt und die Schatten wurden länger. Das aschblonde Mädchen wischte sich die Tränen aus dem Gesicht, nicht zum ersten Mal, und winkte befehlshaberisch zu den gedeckten Gängen um den Springbrunnen. Schweigend erschienen Sklaven der Leibwache, stellten kleine Tische mit Tellern voll Früchten, Krügen mit kühlen Wasser und Sherbet auf und verschwanden wieder in den Schatten, um den Besitz ihres Herrn zu bewachen.
„Also gut", sagte sie. „Also sind wir alle gleich. Selbst wenn du eine Dänin und die Tochter eines Wahnsinnigen bist. Aber nun, erzähl uns, was wir wissen wollen. Was hat dich hergebracht? Wer ist der einäugige König? Bist du seine Frau? Und warum trägst du diese seltsamen Roben, wie die Priester, von denen man spricht? Haben sie dich zu einer Priesterin gemacht, und für welchen Gott?"
„Es gibt etwas, was ich euch zuerst erklären muss", sagte Svandis und ihre Stimme wurde leiser, obwohl sie sich sicher war, dass keiner der Männer in den Schatten ihre Sprache verstehen konnte.

„Es gibt keinen Gott. Nicht einmal Allah.“
Zum ersten Mal stoppte das übersetzte Murmeln. Die Frauen sahen einander an, unsicher, wie sie das, was sie gesagt hatte, in anderen Worten wiedergeben sollten. So nahe an der *Shahada:* Es gibt keinen Gott außer Gott. So weit entfernt. Und wenn das Sprechen der *Shahada* eine Frau unwiderruflich zur Muslima machte – dann musste es mindestens den Tod bedeuten, wenn man ihr Gegenteil aussprach.
„Lasst mich erklären.“

Kapitel 8

„Was meinst du, du weißt nicht, wo die Frau – möge Nidhöggr sie zerfleischen – ist? Ich habe dir befohlen, sie nicht aus den Augen zu lassen!“

Brand, der nicht mehr gewohnt war, dass man so mit ihm sprach, seit dem Tag, als sein Bart zu sprießen begonnen hatte, ballte seine gewaltigen Fäuste und fing an, eine Antwort zu stottern. An seiner Seite, beinahe zwei Fuß kleiner, stand Hund, sein Gesicht nervös, sowohl wegen Svandis' Verschwindens als auch wegen der wachsenden Konfrontation zwischen einem schuldigen, aber ungerührten Brand und einem wütenden, überlasteten Shef.

Überall um sie regierte das Chaos. Den Nordmännern war ein ganzer Hof zugewiesen worden, eine Art Kaserne am Ufer des Guadalquivir. Jetzt rannten Männer durch jede Tür hinein und hinaus, die Luft war gefüllt von zornigen und fragenden Rufen. Ausrüstung sammelte sich auf dem sandigen Boden des Hofes, wobei Männer daneben gegen Kameraden Wache standen, die dazu neigen konnten, ihre Verluste zum Nachteil von jemandem auszugleichen, der unvorsichtiger war. Wikingerkapitäne und englische Hauptmänner der Armbrustschützentruppe zählten ihre Männer und versuchten festzustellen, wer fehlte.

„Seht euch diesen Ziegendreck an“, brüllte Shef weiter. „Zwölf Männer fehlen, Skardi sagt, irgendein Bastard hat die Hälfte der Ruder an seinem Schiff verkauft – die Ruder, um Himmels Willen, ich meine, um Thors Willen –, und die Handtuchköpfe schreien mich die ganze Zeit an, dass wir uns auf den Weg machen sollen, dass wir zum Fluss hinunter sollen, dass die Christen mit einer Flotte und einer Armee und Loki weiß was kommen. Wir werden zurück zu den Schiffen kommen und feststellen, dass sie schon bis zur Wasserlinie verbrannt sind, ohne nur einen Felsen zu schleudern, weil alle schlafen. Und jetzt muss ich anhalten und nach einer nutzlosen Frau suchen, weil *du deine Hände nicht von der Bierflasche lassen konntest!*“

Brands Murmeln wurde zu einem Knurren, er stemmte beide Hände kräftig an seinen Gürtel, weil er versuchte, sich davon abzuhalten, seinen König, Herrn und früheren Mannschaftskarl zu erwürgen. Hund trat mutig zwischen die beiden viel größeren Männer und versuchte, sie zurückzuhalten: Shef bemerkte, dass die grinsenden Gesichter, die den Streit beobachteten, jetzt über seine Schulter blickten. Er drehte sich um.

Durch die Tore des Hofes, immer noch im frühmorgendlichen Schatten, trat Svandis. Ihr Schleier war immer noch diskret über ihr Gesicht gezogen. Als sie fünfzigmal feindlichem Starren begegnete, das sich in einer wachsenden Stille auf sie heftete, zog sie ihren Schleier zurück. Die bleichen, eisblauen Augen funkelten über zusammengebissenen Zähnen. Brand umfasste instinktiv mit einem leisen Knurren seinen Bauch.

„Na ja, sie ist wieder da“, sagte Hund beruhigend.

„Ja, aber wo ist sie gewesen?“

„Draußen herumgestreunt“, murmelte Brand. „Die ganze Nacht unterwegs. Wahrscheinlich hat irgendein Araber sie für seinen Harem mitgenommen und dann bemerkt, dass sie den Ärger nicht wert ist. Kann man ihm nicht verdenken.“

Shef betrachtete das wütende Gesicht vor ihm, dann warf er einen Seitenblick auf Hund. In seiner Kultur war jede Frau der Besitz irgendeines Mannes, Ehemann, Herr, Vater, Bruder. Wenn eine einen Seitensprung machte, war das vor allem eine Frage der Schande für den Mann. In diesem Fall, soweit er sehen konnte, wenn Svandis einen Besitzer hatte, war es der Mann, der sie als Lehrling angenommen hatte, Hund. Wenn er unbeeindruckt, oder nicht entehrt, wirkte, dann war kein Schaden angerichtet. Auf jeden Fall, überlegte Shef, hatte er das starke Gefühl, dass Svandis nicht einen unbeobachteten Moment genutzt hätte, um sich einen neuen Liebhaber zu suchen, was auch immer Brand denken mochte. Sie schien weitaus wütender als kokett, bei all

ihrer Schönheit. Nach dem, was Hund ihm erzählt oder angedeutet hatte, war das nur natürlich.
Svandis machte sich bereit für einen Strom an Beschimpfungen, und wahrscheinlich Schlägen, die normale Konsequenz dessen, was sie getan hatte. Stattdessen setzte Shef an, sich abzuwenden, drehte sich zurück und bemerkte: „Na ja, solang du in Sicherheit bist", packte Brand am Arm und fing an, ihn auf den Haufen gestapelter Ruder zuzuzerren, die Hagbard gerade erneut abzählte, weil er versuchte, eine endgültige Antwort zu finden.
Der Zorn, den sie als Schutz aufgebaut hatte, brach heraus. „Willst du nicht wissen, wo ich gewesen bin?", kreischte sie. „Was ich getan habe?"
Shef sah über seine Schulter. „Nein. Sprich mit Hund darüber. Eine Sache noch. Welche Sprache hast du gesprochen? Skaldfinn war sich todsicher, dass du außer für Latein, das du nicht beherrschst, keinen Übersetzer finden würdest."
„Englisch", zischte Svandis. „Wie viele Engländerinnen, glaubst du, gibt es in Cordoba? In den Harems?"
Shef ließ Brand los und marschierte zurück, um sie genauer zu betrachten. Svandis bemerkte, dass sein Gesichtsausdruck erneut grimmig geworden war. Als er sprach, schien es, dass er mit sich selbst sprach, auch wenn er die Worte an Hund richtete.
„Wir hätten es wissen müssen, hm? Ich habe sie auf dem Markt von Hedeby gesehen, Wikinger, die wendische Mädchen an Araber verkauften. Die Wachen erzählten mir, dass der Preis für Mädchen gestiegen sei, seit die englische Handelsroute nichts mehr brachte. Aber sie müssen hier unten schon seit fünfzig Jahren Mädchen verkaufen. Überall, wo wir hinkommen, Hund, finden wir sie. Bei den Hinterwäldlern in Norwegen, in Torfhütten auf Shetland, hier in Spanien. Es scheint keinen Ort auf der Welt ohne seinen Sklaven aus Norfolk oder Lincoln zu geben. Oder Yorkshire", fügte er hinzu, als er sich an den Berserker Cuthbert erinnerte. „Eines Tages müssen wir uns mit einem erfahrenen Sklavenhändler unterhalten, ich wette, wir haben ein paar,

die sich in unseren Reihen stillhalten. Finde heraus, wie sie sie früher aufgeteilt und die Preise für den Markt festgesetzt haben. Verbrauchte für die schwedischen Opfer, starke Arbeiter für die Bauernhöfe in den Bergen. Und die Schönen hier herunter, für Gold, nicht für Silber."

Shefs Hand schien nach einer Waffe zu greifen, aber wie üblich trug er keine, nicht einmal ein Schwert an seinem Gürtel.

„Also gut, Svandis, erzähl mir irgendwann davon. Ich gebe dir keine Schuld für das, was dein Vater getan hat, und er hat seinen Preis bezahlt. Jetzt müssen wir aufbrechen, wie du sehen kannst. Hole dir etwas Frühstück und packe deine Sachen zusammen. Hund, schau, ob wir irgendwelche Kranken haben."

Er ging zielgerichtet auf die Ruder zu und rief nach Skaldfinn, um zu sehen, ob einige davon ihren neuen Besitzern abgekauft werden konnten. Svandis starrte unsicher seinen Rücken an. Brand ging auch weg und murmelte in seinen Bart. Hund sah seinen Lehrling an.

„Hast du mit ihnen über deinen Glauben gesprochen?", fragte er leise.

„Die Ungläubigen spielen gerade wieder mit ihren Drachen", bemerkte der Meister des Flaggschiffs von Cordoba zum Kapitän der Marine.

Der Kapitän, ein Cordobaner, spuckte ordentlich in die See, um Ekel und Verachtung zu zeigen. „Sie versuchen, zum gelehrten Mann bin-Firnas aufzuholen, möge Allah ihm gnädig sein. Als ob die Söhne von Hunden aus dem entfernten Rand des Barbarenlandes es den Taten eines wahren Philosophen gleichtun könnten! Sieh, ihr Drachen sinkt bereits und er hat keinen Mann oder Jungen darin. Er fällt nach unten wie der Penis eines alten Scheichs. Ein gewaltiger Unterschied zu bin-Firnas. Ich sah seinen Drachen wie einen Vogel fliegen, mit einem kräftigen Jungen in seinem Leib. Ich wünschte, die Ungläubigen würden in Qualen vernichtet, für ihren Stolz und ihre Narrheit."

Der Meister warf einen Seitenblick auf den Kapitän und fragte sich, ob solcher Zorn weise war. „Der Fluch Allahs möge über sie kommen“, sagte er abwiegelnd. „Und über alle Leugner des Propheten. Aber möge er nicht über sie kommen, ehe wir sie ihre Steinmaschinen haben benutzen sehen.“
„Steinmaschinen!“, knurrte der Kapitän. „Besser, den Verehrern des Yeshua mit dem Säbel in der Hand entgegentreten, wie wir es immer getan und sie immer besiegt haben.“
Das ist es also, überlegte der Meister. Er sieht, wie ihm sein Geschäft weggenommen wird. „Wie Ihr sagt“, stimmte er wieder zu. „Und wenn es Allahs Wille ist, werden wir das tun. Aber eine Sache, Osman, werdet Ihr mir zugestehen. Lasst uns diese *Majus,* diese bücherlosen Heiden aus dem Norden, zumindest auf unserer Seite halten, bis wir die Griechen getroffen haben. Ihre Steinmaschinen können tun, was die tapfersten Säbel nicht vermögen. Und ich habe kein Verlangen, mich dem Feuer der Griechen auf See entgegenzustellen.“
Er wandte sich von der Reling ab, ehe der wütende Soldat eine Antwort formulieren konnte.
Über das klare, blaue Wasser des küstennahen Mittelmeers, eine halbe Meile entfernt, blickte Shef durch das Fernglas, das ihm der arabische Philosoph gegeben hatte, und beobachtete, wie der Drachen langsam am Himmel nach unten schaukelte. Er fühlte keinen besonderen Ärger. Sobald die kombinierte Flotte von Wegemännern und Andalusiern nach einer rasanten Fahrt über den Guadalquivir offene See erreicht hatte, hatte er zu experimentieren begonnen, fleißig unterstützt von Cwicca, Osmod und den Katapultmannschaften der *Fafnisbane.*
Shef hatte besonders darauf geachtet, dass große Mengen an Stäben und Stoffen, die bin-Firnas für seine Geräte benutzte, mitgenommen wurden. Nun machten sich er und seine Männer daran, Drachen nach jeder Art, die ihnen in den Sinn kam, zu konstruieren. „Wir wissen nicht, was diese Dinger oben hält“, hatte Shef dem wissbegierigen, aufmerksamen Kreis gesagt. „Wir können

genauso gut alles probieren und sehen, was funktioniert." Heute testeten sie die Auswirkungen einer geschlossenen Kiste aus Segeltuch, ohne Luftlöcher oder Einschnitte. Es schien ein totaler Fehlschlag zu sein. Bedeutete das, dass die Einschnitte doch notwendig waren, gegen alles, was einem der gesunde Menschenverstand sagte? Oder lag es an den zwei Kontrollseilen, die sie auch heute probierten? Die beiden Katapultleute, die sie hielten, versuchten vorsichtig, den Drachen zurück in den Himmel zu bringen, mit begrenztem Erfolg.

Es war egal. Immerhin hielt es die Männer bei Laune. Shef sah zum Mast hinauf und bemerkte, wie er es vermutet hatte, dass der Ausguck ständig den Drachen beobachtete, anstatt seiner Pflicht nachzukommen. Ein Ruf, ein Winken, und der Ausguck wandte sich schuldbewusst um und starrte wieder auf den Horizont.

Außerdem kam nach Shefs Erfahrung ein großer Teil an technologischen Durchbrüchen von zufälligem Herumprobieren, während die Männer, die mit einer Maschine arbeiten sollten, sich daran gewöhnten, ihre Probleme entdeckten und herausfanden, wie man gegensteuerte. Nichts funktionierte beim ersten Mal absolut perfekt. Er war jetzt ziemlich zufrieden damit, dass sich seine Männer amüsierten und sahen, ob sie zumindest den Standard erreichen konnten, den ihnen bin-Firnas gezeigt hatte, und dabei die Fähigkeiten lernten, die sie brauchen würden, wenn die Zeit kam, ihn zu verbessern. Bin-Firnas hatte wegen seiner neugierigen, spielerischen Weigerung, eine Theorie an ihre Grenzen zu bringen, eine Sache nicht bemerkt, die Shef bereits als Charakteristikum dieser Kultur identifiziert hatte: Mit bemanntem Flug oder mit Jungen zu experimentieren, wäre über ruhiger See wesentlich sicherer als über einem felsigen Abhang. Shef hatte schon nachgefragt, um herauszufinden, wie viele von Ordlafs Leichtgewichten schwimmen konnten.

Der Drache landete auf dem Wasser, begleitet von einem allgemeinen, enttäuschten Stöhnen. Eines der fünf Wikingerlangschiffe, das sie auf dem Guadalquivir nach Cordoba hinauf mit-

genommen hatte, fuhr zu ihm hinüber, während die Ruder in gemütlicher Geschwindigkeit schlugen, begann, den Drachen und das Seil einzuholen und brachte ihn zurück.
Das war eine Schwäche der Zweimaster, eine, die niemand je bemerkt hatte auf dem Atlantik, für den sie gebaut worden waren. Sie waren wahre Segelschiffe, schnell, kräftig, fähig, Onager und Armbrüste zu tragen und viele Tonnen an Nahrung und Wasser zu transportieren. In britischen oder skandinavischen Gewässern, wo der Wind buchstäblich nie aufhörte und öfter zu stark als zu schwach war, waren sie gegen fränkische Koggen oder Wikingerlangschiffe über das Meer geschossen, erstere zu langsam, letztere zu instabil, um mit ihnen mitzuhalten.
Aber niemand hatte je versucht, sie für mehr als die paar hundert Meter zu rudern, die man über die Hafenausfahrt benötigte. Und man ruderte mit gewaltigen Vier-Mann-Rudern, mit denen man gerade ein kriechendes Tempo erreichen konnte. Hier auf der Inneren See, wie heute, schien der Wind oft völlig zu ersterben. Mit beiden ausgebreiteten Segeln und dem wenigen Wind, der direkt vom Meer her blies, waren die *Fafnisbane* und ihre Schwesterschiffe aus der „Heldenklasse" – *Grendelsbane, Sigemund, Wada, Theodric, Hagena* und *Hildebrand* – kaum schnell genug, um sie zu steuern. Im Gegensatz dazu hielten die fünf Wikingerschiffe mit ihren Rudern im gemütlichen Tempo Schritt auf der ruhigen See und ihre Mannschaft freute sich, etwas überschüssige Energie damit zu verbrauchen, die Drachen zu holen und zu tragen.
Die Galeeren aus Cordoba hatten inzwischen, nach wiederholten Wutausbrüchen ihres Admirals, die Lage scheinbar akzeptiert. Die Routine war es jetzt, dass die Hauptflotte am Vormittag voranruderte, mittags ihre lange Siesta machte, und dann wieder ruderte, wenn die Sonne sank, um einen Platz zu finden, wo man über Nacht zelten und Wasser holen konnte. Die Ungläubigen holten eine gewisse Distanz während der Siesta auf und erwischten sie schließlich am Abend wieder. Inzwischen wurde der Kontakt zwischen der Vorhut und den Nachzüglern durch eine

Reihe an Botenschiffen gehalten. Scheinbar aus Höflichkeit – oder wahrscheinlicher, weil er ihnen nicht traute – blieb der Admiral selbst auf seiner eigenen grün bemalten Galeere mit einem doppelten Dutzend seiner größeren Schiffe zurück: Genug, um bei Bedarf Shefs eigene Flotte einzukreisen und zu entern. Es gab keine Möglichkeit, sich dagegen zu schützen, außer einen gewissen Abstand zu wahren, um Zeit zu gewinnen, damit die Onager arbeiten konnten. Nachdem er darüber nachgedacht hatte, hatte Shef die Situation akzeptiert. Wenn die Araber ihn und seine Männer in den Straßen von Cordoba nicht überwältigt hatten, würden sie das hier und jetzt wohl nicht tun, wo man auf die Begegnung mit einem gefährlichen gemeinsamen Feind zusegelte.

Hagbard bereitete sich gerade für die Mittagszeremonie vor, in der er den Sonnenstand mit seinem Seemannsstab maß und die Ergebnisse mit einer Reihe an Tabellen verglich, die er errechnete. Es hatte wenig praktischen Wert. Die Antwort konnte einem vielleicht sagen – wenn Shef die Theorie richtig verstand –, wie weit im Norden oder Süden man war, aber alles, was das in der Praxis bedeutete, war, dass Hagbard sagen konnte, mit welchem Flecken der Atlantikküste man nun auf einer Ebene war. Interessanter wäre es, wenn man diese Ergebnisse eines Tages mit einer guten Landkarte kombinierte. Solche Informationen, erkannte Shef, hätten ihm und seinen Kameraden auf ihrem langen Marsch durch die Breite Norwegens von der Atlantikküste ins Jarnberaland viel Ärger erspart.

Shef rollte die Karte aus, die ihm seine arabischen Gastgeber gegeben hatten, eine, wie er sich eingestand, weitaus bessere als alles, was er in seinem Leben je zuvor gesehen hatte. Sie hatten in der Nacht zuvor in Denia Wasser geholt, einem gut geschützten Hafen mit glatten Stränden an jeder Seite, wo man die Schiffe mit wenig Tiefgang hochziehen konnte. Der Kommandeur der örtlichen Garnison hatte berichtet, dass die christlichen Kriegsschiffe, und speziell die gefürchtete Rote Flotte der Griechen, in den letzten zwei Wochen weniger als einhundert Meilen weiter nördlich

gelandet waren. Sie konnten folglich jeden Augenblick am Horizont auftauchen.
Bei diesem Gedanken hob Shef seinen Kopf und rief nach dem Ausguck.
„Irgendetwas zu sehen?“
„Nichts, Herr. Der Admiral hat seine Planen ausgebreitet und das Rudern aufgehört, er fällt jetzt hinter uns zurück. Ein paar Fischerboote sind draußen auf See. Alle von ihnen haben diese komischen dreieckigen Segel. Der Himmel ist so blank wie ein Huren…“
Ein Brüllen von Hagbard schnitt den Vergleich des Ausgucks ab. Aus irgendeinem Grund hatte Hagbard beschlossen, dass die Reinheit ihres einen weiblichen Passagiers vor Verschmutzung bewahrt werden musste. All die Wikinger, hatte Shef bemerkt, waren unfähig, so sehr sie sie auch hassen mochten, gänzlich der Bewunderung zu widerstehen, die sie für das Ragnarssonblut empfanden.
Hagbard setzte sich mit gekreuzten Beinen auf das Deck neben Shef und die Karte, gefolgt von Hund und Thorvin, der sich überlegter auf einen Klappstuhl mit Planen setzte. Shef sah sich einen Augenblick lang um und fragte sich, wer sonst noch eingeladen werden sollte, an diesem improvisierten Rat teilzunehmen. Brand war nicht an Bord, er hatte darauf bestanden, auf sein eigenes Schiff, die *Narwhal,* zurückzukehren, die gebaut worden war, um die viel betrauerte *Walrus* zu ersetzen. Seine Ausrede war, dass er sich an Bord der stattlichen *Fafnisbane* ungeduldig fühlte und die Agilität seines eigenen kleineren Schiffes vorzog. Shef hatte den Verdacht, dass er einfach Svandis' Anwesenheit nicht ertragen konnte, sei es wegen ihres Vaters oder ihrer selbst. Skaldfinn stand mitten im Blickfeld an der Reling. Warum kam er nicht herüber? Shef bemerkte, dass Skaldfinn Suleiman den Juden bei sich hatte und ihn nicht verlassen wollte, sich aber nicht sicher war, ob Suleiman bei einer Konferenz willkommen wäre, die er mittlerweile sehr gut verstehen konnte.

Der Jude war eine seltsame, würdevolle, zurückgezogene Gestalt. Seit Wochen war Shef unfähig gewesen, ihn sich als etwas anderes als eine Maschine für Übersetzungen vorzustellen. Doch von jemandem eine Sprache zu lernen, gibt viele Einblicke. Shef hatte angefangen, zu glauben, dass Suleiman, bei all seiner beschworenen Loyalität für Abd er-Rahman und seine muslimischen Meister – nicht ganz vertrauenswürdig war? Fähig, auf die andere Seite gezogen zu werden? Eine Sache, die sich herausgestellt hatte, war, dass in der muslimischen Welt Juden, und Christen, Steuern zahlten, während es die Moslems nicht mussten. Das war zwangsweise eine Quelle von Unzufriedenheit, wenn nicht Abneigung. Shef winkte Skaldfinn und deutete an, dass auch Suleiman willkommen war, dazuzukommen.

„Also", sagte Hagbard. „Erzähl uns noch einmal, Herr, wie der Plan ist? Wir lassen Drachen in den Himmel fliegen, stehlen Griechisches Feuer von den Christen und lassen es aus dem Himmel herunterregnen."

Shef grinste. „Sag das nicht Mu'atiyah. Er wird behaupten, dass sein Meister als Erster darauf gekommen ist. Also gut. Wir sind ungefähr hier." Er tippte mit einem schmutzigen Finger mit abgekautem Nagel auf die Karte. „Die Christen können nicht weit weg sein, und alles, was wir hören, besagt, dass sie zu uns kommen, genauso wie wir zu ihnen kommen. Wir sollten ein direktes Aufeinandertreffen erwarten. Also werden wir genau das nicht bekommen. Sie wissen etwas, das wir nicht wissen, wir wissen etwas, das sie nicht wissen."

„Dann übernimm den leichten Teil", sagte Hagbard, der jüngste und unvorsichtigste der Wegepriester. „Sag uns, was wir wissen."

Shef grinste erneut. „Eine Sache, die wir wissen, ist, dass niemand von diesen Leuten, Christen oder Araber, weiß, wie man eine Seeschlacht kämpft."

Stille und Blicke wurden getauscht. Schließlich traute sich Suleiman, der sich zuerst umsah, um zu prüfen, ob irgendjemand an-

ders den Köder aufnahm, zu fragen. „Herr König? Die Flotten der Andalus haben viele Schlachten gefochten. Und genauso die Griechen. Meint Ihr – dass sie sie nicht richtig gefochten haben?"
„Nein. Ich meine, dass es keine Seeschlachten waren. Es ist aus der Weise offensichtlich, wie der alte Admiral Wie-heißt-er-doch-gleich arbeitet …" Shef deutete mit dem Daumen über seine Schulter auf die mit Planen bedeckten Galeeren, die zwei Meilen entfernt auf der glatten See ihre Siesta hielten. „Sein Hauptgedanke ist es, eine Landschlacht zu kämpfen, in der die Schiffe einen Flügel bilden. Seit wir uns getroffen haben, wo auch immer das war – Alicante? –, hat er nur versucht, mit der Landarmee, die die Küste entlangmarschiert, Schritt zu halten. Es ist wahr, unsere Schiffe halten ihn zurück, aber wir könnten mehr Strecke schaffen, wenn wir die ganze Nacht segeln würden, was für uns in Ordnung wäre. Aber er schlägt jede Nacht ein Lager auf, um in Kontakt mit seinem Landkollegen zu bleiben. Sie erwarten ein Zusammentreffen an der Küste, Armee gegen Armee und Flotte gegen Flotte. Sie entfernen sich nie weit von ihrem Wasser – das können sie nicht, mit all diesen Ruderern an Bord bei dieser Hitze – und sie entfernen sich nie weit von der Armee, Reitern und Fußsoldaten zusammen."
„Welchen Vorteil schenkt uns das?", fragte Thorvin vorsichtig. Was sein einstiger Schützling sagte, klang sehr nach verrücktem, übersteigertem Selbstvertrauen, aber niemand wagte es, das über den Sieger von Hastings und der Braethraborg zu sagen.
„Was ich gerne tun würde, ist es, den Feind zu lokalisieren, dann auf der Brise vom Land, die wir jeden Morgen bekommen, auf See hinaus zu segeln, und am Nachmittag von der offenen See her auf ihre Flanke und Nachhut zu kommen. Dann könnten wir die Katapulte bei Tageslicht arbeiten lassen, während sie zwischen uns und der Küste in der Falle sitzen."
„Ihr habt nur sieben Schiffe mit – wie nennt Ihr sie? – Mulis", beobachtete Suleiman aufmerksam. „Sind sieben genug, um eine große Schlacht zu entscheiden?"

„Der Admiral hier hat hunderte von Schiffen“, antwortete Shef. „Genauso, wie man uns erzählt, hatten das die Admiräle der beiden Flotten, die die Griechen bereits zerstört haben. Aber diese Flotten waren hilflos gegen das Griechische Feuer. Wir hoffen, dass die christlichen Flotten hilflos gegen unsere Mulisteine sein werden.“
„Es wird eine lange Zeit dauern, um hunderte von Schiffen mit Beschuss zu versenken“, sagte Thorvin skeptisch.
„Das ist der Punkt. Ich will nur die Schiffe mit dem Griechischen Feuer treffen. Die roten Galeeren, wie sie sagen. Vielleicht zwanzig von ihnen. In dieser Schlacht ist alles, was zählen wird, ihre zwanzig mit dem Feuer und unsere sieben mit den Mulis. Derjenige, der zuerst zum Zug kommt, wird der Sieger sein. All die anderen Schiffe werden, sobald das entschieden ist, Mastschweine für den Schlachter sein. Lämmer für die Schlachtbank, meine ich“, korrigierte Shef hastig, als er sich an die gemeinsamen seltsamen Ernährungsregeln der Muslime und Juden erinnerte.
„Ich verstehe“, sagte Skaldfinn. „Jetzt zur anderen Frage: Was wissen sie, das wir nicht wissen?“
„Ich weiß es nicht“, sagte Shef schnell, ehe jemand anders die offensichtliche Antwort geben konnte. Alle Nordmänner lachten, während Suleiman sie reglos beobachtete und über seinen Bart strich. Sie *waren* wie Kinder, dachte er, genau wie Abd er-Rahman gesagt hatte. Sie lachten über alles. Ständig Fröhlichkeit, ständig Scherze, Männer versteckten das Essen der anderen, versuchten, einander die Schuhbänder zusammenzubinden. Der König selbst ließ den ganzen Tag Drachen steigen und es war ihm egal, wenn sie ins Meer stürzten. Sie hatten keine Würde. Oder war es so, dass sie glaubten, ihre Würde war so groß, dass sie von nichts gemindert werden konnte, dem sie zustimmten? Mu'atiyah redete bis zur Heiserkeit darüber, wie dumm und ungebildet sie waren. Dennoch lernten sie mit fürchterlicher Schnelligkeit und Mu'atiyah wollte nichts lernen, das nicht mit der Autorität eines großen Mannes, oder noch besser eines großen Buches, zu ihm

kam. Was, fragte er sich, dachte der Einäugige wirklich?
„Ich hoffe, sie wissen nicht, dass wir hier sind", sagte Shef schließlich. „Niemand im südlichen Meer hat ein Katapult von einem Schiff schießen sehen. Sie mögen wohl erwarten, auf eine weitere, zu selbstbewusste Moslemflotte zu treffen, die sich ganz auf Zahlen und Tapferkeit verlässt. In diesem Fall haben wir sie wahrscheinlich. Aber falls sie wissen, dass wir hier sind, würde ich erwarten, dass sie nachts einen Angriff versuchen. Das genaue Gegenteil von dem, was wir wollen. Wir brauchen Licht, um aus einer Entfernung zu schießen, und wir wollen uns verteilen. Sie wollen in die Nähe kommen und einen dicht gedrängten Feind aus nächster Nähe treffen, wo das Licht egal ist. Auf jeden Fall werden sie ihr eigenes produzieren."
„Die Antwort darauf ist ziemlich offensichtlich."
„Richtig", stimmte Hagbard zu. „Wir ankern vor der Küste mit einer Reihe anderer Schiffe vor uns. Wenn sie sie in Brand stecken, haben wir Licht, um auf sie zu schießen, und Zeit, um die Maschinen zu spannen."
„Vielleicht gibt es noch etwas, das wir nicht wissen", wiederholte Thorvin.
„Ich weiß. Können sie eine *Fearnought* gebaut haben wie wir?"
Hagbard schüttelte seinen Kopf, immer noch mit einem leichten Hauch Traurigkeit. Die unhandliche, mit Stahl verstärkte, kaum segelbare *Fearnought*, die der Flotte der Ragnarssons sieben Jahre zuvor buchstäblich das Genick gebrochen hatte, war einst seine eigene *Aurvendill* gewesen, schnellster Segler im Norden, wie er behauptet hatte, vor ihrem kompletten Umbau. Aber auch ihr hatten Katapultsteine das Genick gebrochen und sie war nach der Schlacht nie wieder gesegelt. Sie war vor langer Zeit zu Feuerholz zerhackt worden.
„Sie können das nicht", sagte er rundweg. „Ich habe mir diese Galeeren auf der Inneren See angeschaut und gesehen, wie sie sie bauen. Sie bauen sie seit tausend Jahren auf die gleiche Art, sagen sie, und die griechischen Schiffe werden genauso sein. Sie legen

die Planken Kante an Kante, nicht versetzt, wie wir es tun. Und sie bauen einfach Planke an Planke, bis es fertig ist, ohne Rahmen, auf den gebaut wird. Schwacher Kiel, sehr schwache Rippen. An Bug und Heck verstärkt, um den Rammbock zu halten, aber selbst das ist nicht viel. Es braucht nicht viel, um in eines davon ein Loch zu schlagen. Ich will nicht sagen, dass ihre Schiffsbauer dumm sind, wohlgemerkt. Nur dass sie für ein flaches Meer ohne Gezeiten und ohne Wellengang bauen. Ich will damit sagen, dass man aus keiner dieser Galeeren eine *Fearnought* bauen konnte. Sie haben nicht die Rahmenstärke. Da bin ich mir sicher."

Eine lange, nachdenkliche Pause folgte, unterbrochen nur von Brüllen und Platschen aus der Nähe. Die *Fafnisbane* war nun in der Mittagshitze komplett zum Stillstand gekommen, die Segel hingen schlaff und boten nur willkommenen Schatten. Die Mannschaft hatte die Gelegenheit ergriffen, um sich zu entkleiden und sich in das verlockende blaue Wasser zu werfen. Shef bemerkte, dass Svandis an der Reling stand und ihre Nacktheit beobachtete, während sie abwesend ihre Seite unter dem langen weißen Wollkleid kratzte. Sie sah aus, als wäre sie kurz davor, sich ebenfalls zu entkleiden und einzutauchen. Das würde zumindest einige Aufregung verursachen, egal, was Brand vielleicht über den Zorn der Seehexen und Marbendillen der Tiefe sagen konnte. Seine Autorität in der Angelegenheit war paradoxerweise geschrumpft, seit die Männer wussten, dass er selbst ein Viertel Marbendill war.

„Wir werden uns also an unseren Plan halten", sagte Shef. „Hagbard, du und Suleiman sprecht heute Abend mit dem Admiral über nächtliche Wachschiffe. Morgen werde ich ihn bitten, leichte Schiffe vorauszuschicken, um den Feind zu finden und festzusetzen, so dass wir ihn flankieren können. Unsere Geheimwaffe, neben den Katapultsteinen, ist, dass wir weder die offene See fürchten, noch dass uns das Wasser für durstige Ruderer ausgeht. Genau darauf werden wir uns stützen.

Und es gibt noch eine gute Sache."
„Was wäre das?", fragte Hagbard.
„Die alte Jochschulter Bruno ist nicht da. Der Kaiser, meine ich."
„Woher weißt du das?"
Shef grinste schon wieder. „Ich hätte es gefühlt, wenn dieser Bastard in der Nähe wäre. Oder ich hätte Albträume mit ihm."

Viel weniger als einen Segeltag entfernt machten gerade auch die beiden Kommandeure der vereinten römisch-griechischen Expeditionsstreitmacht ihren Plan für die Schlacht. Nur die beiden Männer saßen in der hintersten Kabine der großen griechischen Galeere im heißen, nach Zedern riechenden Halbdunkel. Keiner glaubte daran, Untergeordnete zu konsultieren. Wie ihre Meister vor ihnen, die Kaiser Bruno und Basilius, hatten sie entdeckt, dass sie auf Lateinisch gut genug kommunizieren konnten, einer Sprache, die für keinen von beiden die Muttersprache war, aber die beide in ihrer Form verstehen konnten. Keiner sprach sie gerne: Georgios der Grieche hatte die italienische Variante davon von neapolitanischen Seeleuten gelernt, die er als Verweichlichte und Ketzer verachtete. Agilulf der Deutsche hatte die französische Variante von seinen Nachbarn jenseits des Rheins gelernt, die er auch als Erbfeinde und arrogante, kultivierte Möchtegernüberlegene hasste. Dennoch hatten beide gelernt, zu tun, was nötig war, um zu kooperieren. Jeder hatte sogar angefangen, einen gewissen, argwöhnischen Respekt für die Fähigkeiten des anderen zu hegen, der von Monaten der erfolgreichen Scharmützel und Siege herrührte.
„Sie sind einen Tag im Süden und kommen langsam näher?", erkundigte sich Agilulf. „Woher wisst Ihr das?"
Georgios winkte mit einer Hand zu der Szenerie außerhalb der kleinen Bullaugen, die in das scharfkantige Heck der Galeere eingebaut waren. Um seine eigenen zwanzig rotbemalten Schiffe, jedes einhundert Fuß lang, lag eine Heerschar an kleineren Schif-

fen von jeder Größe, die Gesandtschaften der christlichen Fischerdörfer der nordspanischen Küste und Inseln und des Grenzlandes zwischen Spanien und Frankreich.

„Die Araber sind so an Fischerboote gewöhnt, dass sie sie nicht registrieren. Außerdem können sie nicht Christ von Moslem oder Jude unterscheiden. Unsere Boote mischen sich unter ihre. Jede Nacht ist eines aufs Meer hinausgefahren und hat uns einen Bericht gebracht. Ich weiß seit Tagen genau, wo jedes Schiff von ihnen war."

„Vielleicht haben sie mit uns dasselbe getan."

Georgios schüttelte seinen Kopf. „Ich bin nicht so unvorsichtig wie der arabische Admiral. Kein Boot kommt bis auf fünfzig Stadien hier heran, ohne dass es geentert und inspiziert wird. Wenn sie Muslime sind …" Er ließ seine Hand auf die Tischkante fallen.

„Wie kommt es, dass Eure Spähboote so lange vor deren Flotte wieder hier sind? Sind sie schneller?"

„Sicherlich wendiger. Seht Ihr die Art von Segeln, die sie nutzen?" Georgios winkte wieder mit einer Hand über die Sammlung an Booten draußen. Eines, das mit irgendeinem Auftrag ruhig über das Wasser glitt, hatte sein Segel gesetzt und geriggt: ein dreieckiges Segel an einer abfallenden Rahe. „Hier in der Gegend nennt man es das lateinische Segel – *lateeno* in ihrer Sprache." Beide Männer stießen gleichzeitig ein scharfes Bellen aus abschätzigem Amüsement über die Ausländer aus. „Bei ihnen bedeutet *lateeno* etwas …" Georgios suchte nach einem Wort. „Etwas wie *aptus,* praktisch. Und es ist wirklich ein praktisches Rigg, schnell und nützlich bei leichtem Wind."

„Warum riggt Ihr sie dann nicht?"

„Wenn Ihr genau hinsehen würdet", erklärte der Admiral, „würdet Ihr sehen, dass, wenn man das Schiff von einer Seite zu anderen wenden will …" Weder sein Latein noch das von Agilulf reichte für das Wort „Halse" –, „man das nicht tun kann, indem man einfach die Rahe dreht, den Pfahl, auf dem das Segel ist. Man muss die Rahe über den Mast heben. Einfach bei einem kleinen Boot. Immer schwieriger, wenn der Mast höher und die Rahe schwerer werden. Es ist ein Rigg für kleine Boote. Oder für Schiffe voller Seeleute."

Agilulf brummte nicht sehr interessiert. „Also wissen wir, wo sie sind, aber sie wissen nicht, wo wir sind. Wie hilft uns das?"

Der Grieche lehnte sich auf seiner Bank zurück. „Also. Unsere Waffe ist Feuer. Ihre – wie Ihr mir immer wieder erklärt habt – ist Stein. Ihr sagt mir, dass Ihr gesehen habt, wie ein Schiff von ihnen, ein eisernes auch noch, eine gesamte Flotte in kürzerer Zeit versenkt hat, als es dauert, eine Messe zu lesen."

Agilulf nickte. Er war in der Schlacht an der Braethraborg dabei gewesen und hatte gesehen, wie die Flotte der Ragnarssons von Shefs eigener *Fearnought* zu Wracks zerschmettert wurde. Es hatte ihn sehr beeindruckt.

„Ich glaube Euch. Also werden sie aus der Entfernung kämpfen wollen, wir wollen aus der Nähe kämpfen. Sie werden wohl erwarten, dass wir versuchen, nachts anzugreifen. Ich habe eine bessere Idee. Seht Ihr, meine Männer auf den Spähbooten stimmen bei einer Sache alle überein. Diese Schiffe aus dem Norden, sagen sie, sind Segler. Sie haben niemals jemanden auch nur versuchen sehen, sie zu rudern, und sie sehen schwer und rundbauchig aus."

„Aber in diesen Gewässern flaut der Wind immer ungefähr um Mittag ab, wenn Erde und Wasser dieselbe Hitze erreichen. Kein Wind in jede Richtung. Genau dann werde ich sie angreifen."

„Sie können ihre Steine abschießen, ohne sich überhaupt zu bewegen", widersprach Agilulf.

„Nicht über Bug oder Heck. Auf jeden Fall ist es mein Plan, ihre unterstützenden Schiffe, die Araber, abzudrängen oder zu verbrennen. Und dann einen guten Blick auf die Nordmänner zu werfen. Wenn ich mich bewegen kann und sie nicht. Wenn es ganz ungünstig läuft – dann rudern wir einfach weg. Wenn sie eine Schwäche zeigen – dann nutzen wir sie."

„Also wollt Ihr die Flotte vertreiben, die Nordmänner in der Flaute liegen lassen, wenn es sein muss, und dann kommt Ihr mit

Euren Seemännern und Ruderern von See her zur Nachhut der arabischen Armee. Während ich von vorne die arabische Reiterei und Fußsoldaten angreife."

Georgios nickte schweigend. Beide Männer wussten, dass in ihrem Gesamtplan viele Abweichungen möglich waren. Jeder wusste nun, was der andere dachte und was der andere tun konnte. Sie hatten bisher nie eine Schlacht oder ein Scharmützel verloren und hatten das nordwestliche Mittelmeer von Küste zu Küste leergefegt.

Agilulf erhob sich. „Gut genug. Meine Abordnungen für Eure Schiffe sind bereits informiert. Ich werde sie mit vollen Vorräten eine Stunde vor Dämmerung an der Küste haben. Haltet nur die Boote bereit, um sie aufzunehmen."

Georgios erhob sich ebenfalls. Die beiden Männer schüttelten sich die Hände. „Ich wünschte, der Kaiser wäre hier", sagte Agilulf plötzlich. „Mein Kaiser, meine ich."

Georgios rollte seine Augen mit übermäßigem Unglauben. „Er ist Euer Kaiser, nicht meiner. Trotzdem würde nicht einmal mein Kaiser, nicht einmal der Idiot vor ihm, zu diesem Zeitpunkt in einem Krieg verschwinden, um Reliquien zu jagen."

„Es hat letztes Mal für ihn funktioniert", sagte Agilulf und zwang so viel Loyalität in seine Stimme, wie er aufbringen konnte.

Kapitel 9

„Erzählt mir noch einmal von diesem gottverdammten …"
Bruno, Kaiser des Heiligen Römischen Reiches, Beschützer des Glaubens, Bestrafer der Ketzer, Apostaten und Falschgläubigen, hielt inne. Es war ein schlechter Tag gewesen. Ein weiterer schlechter Tag. Hier im zerklüfteten Land, wo sich Frankreich an Spanien anschloss und beide von den hohen Pyrenäen getrennt wurden, hatte jedes Dorf eine Festung auf einem Gipfel, von denen scheinbar die meisten „Puigpunyent" hießen, „scharfe Spitze". Genau deshalb hatten es so viele Moslembanditen geschafft, sich einzurichten. Nicht länger. Er hatte sie vertrieben. Aber nun, wo er von den Christen, die er vor ihren Feinden gerettet hatte, Dankbarkeit und Kooperation erwartet hätte, kam stattdessen sturer Widerstand, verschlossene Tore, Herden, die man in die Hügel trieb, Menschen, die sich in ihre hohen Adlerhorste zurückzogen. Nicht alle von ihnen. Laut der Barone, die gekommen waren und sich ihm unterworfen hatten, waren die Menschen, die sich ihm widersetzten, nun Ketzer von irgendeiner Sekte, die seit langem im Grenzland lebten und gegen die die Katholiken im Privaten seit Generationen einen erbitterten Nachbarschaftskrieg führten.
Das Problem war, dass sich alle einig waren, dass die Ketzer das Geheimnis des Heiligen Grals besaßen. Falls er existierte – und Bruno glaubte leidenschaftlich, dass er das tat, genau wie die Heilige Lanze, auf der seine Herrschaft beruhte, existiert hatte, unter den Heiden verborgen –, war er auf irgendeinem Berggipfel, unter Ketzern versteckt.
Und so hatte er sich dem gewidmet, sie zu vernichten, verbrennen, zerschmettern, erschrecken, bestechen oder aus ihren Bergfestungen zu vertreiben. Manchmal ging es gut, manchmal schlecht. Heute war ein schlechter Tag gewesen. Verbissener Wi-

derstand, das Tor von den schweren Katapultfelsen unberührt und zwanzig gute Brüder vom Lanzenorden tot, zusammen mit vielen der Truppen, die die Barone in Südfrankreich eingezogen hatten.

Trotzdem hatte er fast eine Todsünde begangen, indem er schlecht über die wertvolle Reliquie sprach. Bruno hielt inne und sah sich überlegt um. Er setzte sich seine eigene Buße. In der Vergangenheit hatte er eine Handvoll Holzsplitter genommen, sie entzündet und in seiner offenen Handfläche verbrennen lassen. Aber die Brandblasen hatten ihn in der Schlacht behindert. Er hatte kein Recht, sich selbst bloß wegen seiner eigenen Sünden davon abzuhalten, Gottes Werk zu tun. Und es war sowieso nicht die Hand, die gesündigt hatte. Nein. Er zog einen Dolch, hielt dessen Spitze über eine Kerze und wartete, bis er sie glühen sah. Dann streckte er überlegt noch einmal seine beinahe sündige Zunge heraus und legte die rotglühende Dolchspitze daran. Hielt sie für lange Sekunden. Eine Träne lief langsam über die dicke Schmutzschicht an jeder Wange, aber ansonsten änderte sich sein stählerner Gesichtsausdruck nicht. Der Geruch von verbranntem Fleisch drang in seine Nase, der ihm in diesen Tagen der Belagerungen und Scharmützel vertraut geworden war.

Er zog den Dolch weg und betrachtete kritisch seine Spitze, um zu sehen, ob er ihre Temperatur beeinflusst hatte. Scheinbar nicht. Er blickte auf und traf das missbilligende Starren seines Vertrauten und spirituellen Ratgebers, des Diakons Erkenbert. Erkenbert mochte diese asketischen Praktiken nicht, weil er glaubte, dass sie zu spirituellem Stolz führten.

„Wenn dein Auge sündigt, reiß es heraus“, sagte Bruno und antwortete damit auf den unausgesprochenen Vorwurf.

„Befolgt besser die Instruktionen Eures Beichtvaters“, antwortete Erkenbert, „immer angenommen, er hat welche.“ Erkenbert hegte auch Groll gegen Brunos Beichtvater Felix, weil Felix, der ein Priester war, die Beichte abnehmen und die Absolution erteilen konnte, was Erkenbert, immer noch Diakon, nicht durfte.

Bruno verwarf den bevorstehenden Streit mit einem Wink. „Nun“, wiederholte er, „erzählt mir erneut vom Gesegneten Gral unseres Herrn. Mein Glaube braucht wahrlich erneut Stärkung.“

Erkenbert begann die Geschichte, immer noch mit einem Hauch widerwilliger Missbilligung. In gewissem Sinn war Erkenbert ein Mann, der durch seinen Erfolg in der Falle saß. Er war beim Kaiser gewesen, als der, ein bloßer Ritter des Lanzenordens, in die weiten Länder des Nordens ging, um mit der Heiligen Lanze zurückzukehren, die das kollabierende Reich Karls des Großen wieder vereint hatte. Und weil er die ganze Zeit beim Kaiser gewesen war, die Nachforschungen erledigt hatte, die sie am Ende befähigt hatten, die Lanze zu identifizieren, und außerdem den verzweifelten Kaiser getröstet hatte, als der das Gefühl hatte, dass seine Suche nie enden würde, wurde er nun als Experte für Reliquien und die Suche nach ihnen betrachtet. Aber die Lanze war vom Heiligen Rimbert, Erzbischof von Hamburg und Bremen, vorgeschlagen und authentifiziert worden. Diese Geschichte, von der der Kaiser nun überzeugt war, hatte einen ganz anderen Ursprung.

Dennoch hatte Erkenbert die wenigen Dokumente studiert, die man ihm bringen konnte: Er kannte die Geschichte so gut wie alle anderen. Vielleicht war es das Beste, wenn sie von jemandem erzählt wurde, der in keinster Weise von ihr verführt werden konnte.

„Wie Ihr wisst“, begann er, „erzählten die vier Evangelisten nicht alle dieselbe Geschichte von der Kreuzigung unseres Herrn. Und das ist natürlich ein Beweis für ihre Wahrheit, denn wie oft sehen wir es nicht, dass vier Männer, die dasselbe Ereignis beobachtet haben, es dennoch auf verschiedene Weisen berichten werden? Allerdings, wo sie tatsächlich übereinstimmen – so, wie sie bei dem Zenturio übereinstimmten, der das Herz Christi mit seiner Lanze durchbohrte und ihn von da an als Sohn Gottes verehrte –, dürfen wir sicher sein, dass das etwas Großes und Heiliges bedeutet, weil alle vier vom Heiligen Geist dazu inspiriert wurden, dieselbe Sache zu sehen und zu schreiben."

Bruno nickte mit demselben zufriedenen Ausdruck auf seinem bleichen, harten Gesicht wie ein Kind, das den Beginn einer wohlbekannten Gutenachtgeschichte hört.

„Dennoch kann auch große Weisheit oder großes Wissen in etwas liegen, das nur von einem Zeugen berichtet wird. Das Evangelium des Johannes erzählt uns nun viele Dinge, die in den anderen fehlen. Eine Sache, die er uns berichtet, ist seltsam, aber nicht unwahrscheinlich. Ich habe in anderen Werken gelesen, dass es der Brauch der Römer war, eines grausamen und gottlosen Volkes, dass sie, wenn sie einen Mann kreuzigten, seine Leiche dort ließen, damit ihn die Vögel fraßen."

Bruno, dessen Galgen überall in Europa voller unbegrabener Toter ächzten, nickte erneut, vielleicht aus Zufriedenheit, vielleicht aus kaiserlicher Zustimmung für diese Politik.

„Aber es war das Gesetz der Juden, dass kein totes Ding über ihren heiligen Tag von Pessach ausgestellt bleiben durfte. Genau deshalb wurden Männer gesandt, um Christus und diejenigen, die mit ihm gekreuzigt wurden, zu töten, nicht aus Gnade, sondern damit man sie vor Sonnenuntergang am Freitag, wenn der Sabbat der Juden beginnt, herunternehmen könne.

Was geschah dann? Nur Johannes sah es, aber die Geschichte ist nicht unwahrscheinlich und muss auch nicht allen bekannt gewesen sein. Er sagt, dass ein reicher Jude Pilatus um die Leiche bat, um sie in ein Tuch zu hüllen und in ein Steingrab zu legen – wie es der Brauch in steinigen Ländern wie diesen ist, wo man nicht in der Erde begraben kann, wie wir es tun. Er berichtet den Namen des Juden als Joseph von Arimathäa. Und dann geht die Geschichte weiter und erzählt von der Auferstehung, wie es alle Evangelisten auf unterschiedliche Weise tun.

Nun werden über diesen Joseph viele andere Geschichten erzählt. Mein eigenes Volk – nicht mein northumbrisches Volk, aber die Engländer weit im Westen – hat eine Geschichte, dass dieser Joseph nach Jesu Tod von der Küste des Heiligen Landes wegsegelte und am Ende nach England kam, das damals noch nicht England, sondern Britannien war. Und dort, sagt man, baute er in Glastonbury eine Kirche und wirkte viele Wunder. Man sagt auch, dass er den Heiligen Gral mitbrachte und dass er immer noch dort ruht."

„Aber wir glauben das nicht?", fragte Bruno, obwohl er die Antwort mindestens ein Dutzend Mal gehört hatte.

„Nein. Für einen reichen Juden könnte es zwar möglich sein, dass er das Heilige Land verließ, falls er der Feind seines eigenen Volkes geworden war. Aber Britannien war zum Zeitpunkt des Todes unseres Herrn noch kein Teil des Reiches. Es muss ein Ödland gewesen sein, bewohnt von wilden Walisern. Wer würde schon gerne dorthin gehen?"

„Warum glauben wir also, dass es einen Heiligen Gral gibt?"

Erkenbert schaffte es, ein missbilligendes Schnauben zu verbergen. Er zumindest glaubte nicht, dass es einen Heiligen Gral gab; aber er wusste aus Erfahrung, dass, wenn er das sagte, sein frommer, aber herrischer Meister so lange mit ihm streiten würde, bis er zugab, dass er falsch liegen könnte. „Hauptsächlich, weil so viele Leute daran geglaubt haben. Dennoch", sprach Erkenbert hastig weiter, ehe sein Herr auf eine bessere Antwort drängen konnte, „wenn man es korrekt betrachtet, lassen die Erzählungen über den Tod unseres Herrn tatsächlich Raum für Spekulation. Ich habe bereits gesagt, dass nur das Evangelium des heiligen Johannes die Geschichte von Joseph von Arimathäa erzählt. Nur dieses Evangelium erwähnt auch den Juden Nikodemus, und es erwähnt ihn dreimal: am Ende, als Nikodemus und Joseph dafür sorgen, dass Jesus begraben wird. Im Tempel der Juden, wo Nikodemus ein gerechtes Verfahren verlangt. Und als Nikodemus in der Nacht zu Jesus kommt, um ihm eine Frage zu stellen.

Und doch gibt es ein weiteres Evangelium, das ich gelesen habe."

„Neben den vier der Bibel?", platzte Bruno heraus.

„Ja. Es ist das *Evangelium des Nikodemus.* Die Kirchenväter beschlossen in ihrer Weisheit, es nicht in diese Werke, die man kanonisch nennt, einzuschließen. Dennoch ist es eindeutig ein Werk großen Alters. Und was es uns erzählt, ist die Geschichte darüber, was geschah, nachdem Christus starb. Und ehe er wieder auferstand."

„Als er in die Hölle hinunterstieg", hauchte Bruno mit andachtsvollem Gesicht.

„Genau dieses Evangelium erlaubt es uns, diese Worte im Glaubensbekenntnis zu haben, *descendit ad infernos,* er stieg in die Hölle hinab. Also sah dieser Nikodemus, wie Christus begraben wurde, wusste von seiner Auferstehung – und sprach mit denen, die Christus aus der Hölle befreite. Wie sonst konnte er diese Geschichte wissen? Er muss ein Mann gewesen sein, der tief in die Geheimnisse unseres Herrn eingeweiht war. Vielleicht sogar noch tiefer als Joseph. Solche Männer erkannten unseren Herrn als Gottes Sohn, beinahe so früh wie der Zenturio Longinus, der seine eigene Lanze als Reliquie behielt. Sie hatten viele Gelegenheiten, die Gegenstände zu erwerben, die Gottes Sohn berührt hatte, und einer davon könnte der Gral gewesen sein. Manche sagen, es ist der Kelch des letzten Abendmahls, manche sagen, der Krug, in dem das heilige Blut gesammelt wurde, nachdem die Lanze es vergossen hatte."

„Aber das liegt daran, dass sie verdammte Franzosen sind!", brüllte Bruno plötzlich und trieb seinen Dolch mit seiner üblichen beeindruckenden Schnelligkeit und Stärke in und durch den Tisch vor ihm. „Sie können ihre eigene verdammte Sprache nicht sprechen! Sie plappern und plappern einfach Latein, bis es wie nichts mehr auf der Erde klingt! Nehmen *aqua,* machen es zu *eau,* nehmen *caballerus,* machen daraus *chevalier.* Ich bitte Euch. Was könnte ein *graal* gewesen sein, ehe diese fehlgeborenen Bastarde ihre Zungen daran bekamen?"

Zwei Leibwächter kamen mit gezogenen Waffen ins Zelt und sahen ihren Herrn unbeschadet am Tisch sitzen. Bruno grinste plötzlich und sprach in seinem vertrauten Niederdeutsch. „Alles in Ordnung, Jungs. Ich sage nur gerade, was ich von den Franzosen halte." Seine Männer erwiderten sein Grinsen und zogen sich zurück. Als Brüder des Lanzenordens teilten sie die Meinung ihres Meisters: besonders nach heute, wo es auf beiden Seiten Franzosen gegeben hatte, und sie den Eindruck hatten, dass ihre eigenen halbherziger gekämpft hatten als die auf der Seite des Feindes.

„Nun ja", sagte Erkenbert und versuchte, die Frage zu beantworten. „Ein *graal* kann eine Art flacher Teller oder eine Schüssel sein."

„Man könnte kein Blut darin aufbewahren, oder?"

„Vielleicht ist es Blut. Vielleicht haben ihre Vorfahren, wo diese Leute *sancto graale* oder *saint graal*, Heiliger Gral, wie auch immer man es ausspricht, sagen, eigentlich *sang real*, Heiliges Blut, sagen wollen. Es wäre auch in Latein ziemlich genau dasselbe. Das eine ist *sanctus graduale*, das andere *sanguis regalis*. Vielleicht ist der Heilige Gral einfach das Heilige Blut."

Für einige Zeit blieb Bruno still und berührte meditativ die Blase auf seiner eigenen Zunge. Erkenbert beobachtete sein Gesicht mit wachsendem Interesse. Sie hatten dieses Thema mehrfach besprochen und was Erkenbert nicht verstehen konnte, war, warum Bruno so sicher über sich selbst und seine Mission schien. Es gab tatsächlich seltsame Elemente im Evangelium des Johannes und dem des Nikodemus. Es gab aber für den Gral nichts wie die starken, neuen Beweise, die es für die Heilige Lanze gegeben hatte, die noch zu Menschengedenken im Besitz Karls des Großen gewesen war. Außerdem gab es nichts wie den Brief des Zenturio, den Erkenbert selbst gesehen hatte. Erkenbert hatte schon zuvor den Verdacht gehegt, dass Bruno etwas verbarg.

„Wie bekommt man ‚Teller' oder ‚Kelch' aus *graduale*?", fragte Bruno schließlich.

„Es kommt von *gradus*, eine … eine Phase", antwortete Erkenbert. „Also erhält es die Bedeutung eines Ganges beim Essen und dann das, worauf der Gang serviert wird."

„Aber *gradus* bedeutet nicht eine verdammte Phase", knurrte Bruno. „Das sagt Ihr nur so. Es bedeutet eine verdammte Stufe. Es bedeutet etwas, auf das man tritt. Und ein *graduale* ist etwas mit vielen *gradus* darauf. Und Ihr und ich nennen das beide dasselbe, ob wir in meinem Deutsch oder Eurem Englisch sprechen. Dasselbe Wort in beiden Sprachen. Ich habe es überprüft. Ihr wisst, was es ist. Es ist eine verdammte …"
„Leiter", vervollständigte Erkenbert mit leiser und kalter Stimme. Zum ersten Mal konnte er sehen, wohin der Gedankengang seines Herrn führte.
„Leiter ist es. Genau wie Du-weißt-schon-wer um seinen Hals trägt."
„Aber wie konnte das ein heiliges Ding werden? Wie der Kelch des letzten Abendmahls."
„Habt Ihr je darüber nachgedacht", fragte Bruno und lehnte sich auf seinem Klappstuhl zurück, „was nach der Kreuzigung geschah?"
Erkenbert schüttelte stumm seinen Kopf.
„Na ja, die Römer haben unseren Herrn nicht genommen, oder? Ich vermute, dass mein Vorfahr Longinus …" Erkenbert bemerkte schweigend den Aufstieg von Longinus von Vorgänger zu Vorfahr. „Er marschierte zurück in seine Kaserne, sah sich seine Lanze an und wunderte sich, würde ich denken. Aber die Leiche, die Leiche unseres Herrn – na ja, Ihr habt es gerade gesagt, sie wurde den Juden übergeben. Den freundlich gesonnenen, heißt das, nicht denjenigen, die ihn kreuzigen ließen. Aber wenn man wissen wollte, was als Nächstes geschah, müsste man die Juden fragen. Nicht die Römer, die waren alle abmarschiert, nicht die Christen, die waren alle versteckt. Und was, glaubt Ihr, haben sie als Erstes getan?"
Erkenbert schüttelte schweigend seinen Kopf. Er hatte das furchterregende Gefühl, dass sich hier etwas aufbaute, etwas, das aus der Vergangenheit, aus Brunos eigener Vergangenheit herrührte, mit schrecklichen Konsequenzen für die Zukunft. Er hatte keine

Ahnung, was es war. Bruno schenkte zwei große Gläser Wein aus dem handlichen Krug ein und schob eines zu Erkenbert hinüber. „Das Reden macht durstig“, bemerkte er, während sein Gesicht einmal wieder sein unerwartetes Strahlen voll Freundlichkeit und guter Kameradschaft annahm.
„Also, habt Ihr jemals ernsthaft darüber nachgedacht, wie man jemanden kreuzigt? Und wie man ihn vom Kreuz herunternimmt? Hm?“

Shef lag in seiner Hängematte, die zwischen die Reling und den vorderen Katapultaufbau gespannt war. Eine schwache Brise mäßigte die Hitze, die immer noch aus den Holzdecks aufstieg, und das Schiff schaukelte sachte auf der beinahe unbewegten See. Um ihn herum schliefen noch siebzig Männer, manche in Hängematten, manche auf dem Deck ausgestreckt. Über ihnen strahlten die Sterne hell an einem klaren Himmel, klarer als alles, was sie je zuvor gesehen hatten.

In seinem Traum wusste Shef, dass er weit, weit unter der Erde, dem Meer oder dem Himmel war. Er war auf einer Art gigantischer Treppe. Einer Treppe, die so riesig war, dass er gerade noch die Kante der nächsten Stufe mit seinen Fingerspitzen erreichen konnte. Er konnte es vielleicht schaffen, abzuspringen, sich hochzuhieven, ein Knie über die Kante zu schieben und sich hoch auf die nächste Stufe zu ziehen. Wie oft konnte er das tun, ehe ihn die Erschöpfung überwältigte?
Und es kam etwas auf ihn zu, die Treppe herauf. Etwas riesiges, das ihn überragte, wie er eine Maus überragen würde. Er konnte die Erschütterungen durch den kalten, feuchten Stein fühlen, ein wumm – wumm – wumm von gewaltigen Füßen, die die Treppe heraufstiegen. Eine Welle an Bösartigkeit und Niedertracht kroch vor den Füßen die Stufen herauf. Wenn das Ding, das heraufkam, ihn sehen würde, würde es auf ihn niederstampfen, genauso sicher, wie er eine giftige Spinne zerquetschen würde. Ein schwaches Licht begann au-

ßerdem von unten zu leuchten. Das Ding, das heraufkam, würde ihn sehen.

Shef sah sich um und stellte sich schon vor, wie sein eigenes Fleisch und Blut über den Stein spritzte. Kein Weg nach oben, der nicht dazu führte, überholt zu werden. Kein Sinn darin, nach unten zu gehen. Auf die Seite. Er sprang hinüber und begann, ins düstere Licht an der Seite der Treppe zu tasten. Es war etwas da, eine Holzleiste oder Verkleidung. Und er war wie eine Maus. Shef erinnerte sich an seine eigene Vision Jahre zuvor von sich selbst als Wölund der lahme Schmied und Farman, Priester des Frey, der vom Boden zu ihm aufblickte wie eine Maus aus der Vertäfelung. Nun war er die Maus und Farman – das Trommeln der Füße auf den Stufen riss Shef aus seinen Gedanken an das ruhige Haus der Weisheit zurück in seine unmittelbare Realität.

Ein Riss im Holz. Shef begann, sich hineinzuquetschen, zuerst mit dem Kopf voraus, dann wurde ihm bewusst, dass er damit unfähig wäre, die Bedrohung hinter sich zu sehen, also stieg er hinaus und ging rückwärts hinein, wobei er die Splitter ignorierte, die seine Tunika zerrissen und sich in die Haut gruben.

Er war drin, zumindest aus dem direkten Blickfeld verborgen. Er zog seinen Kopf noch weiter zurück, weil er wusste, dass sich in der Dunkelheit nichts so gut sehen lässt wie bleiche Haut. Es gab immer noch eine Sichtverbindung. Als das wumm – wumm – wumm der Füße ohrenbetäubend wurde, sah Shef ein Gesicht in seinem begrenzten Sichtfeld.

Ein entschlossenes, grausames Gesicht, von Gift gezeichnet und vernarbt. Das Gesicht von Loki Baldersbann, befreit aus seinem ewigen Gefängnis, vom Gift der Schlange, das ihm beständig in die Augen tropfte, wenn seine loyale Frau es nicht auffing. Das Gesicht von jemandem, der nach Rache trachtet. Rache für unverzeihliche Ungerechtigkeit.

Das Gesicht glitt vorbei, die Füße setzten ihren stetigen Aufstieg fort. Und dann hielten sie an. Hielten auf Höhe von Shefs Kopf an. Er hielt die Luft an und wurde sich plötzlich seines eigenen Herzschlags bewusst, der wie eine Trommel in der kleinen, hallenden Kammer des schmalen Spalts im Holz zu pochen schien. Er erinnerte sich an Brands riesige Füße, die auf und nieder stampften, während der schockierte Araber zusah. Loki konnte sein zerbrechliches Versteck sicherlich mit einem Tritt zerschmettern.

Die Füße bewegten sich weiter und begannen wieder, hinauf zum Licht zu klettern. Als Shef wieder atmete, hörte er ein zweites Geräusch. Diesmal war es ein Schlittern. Das Schlittern von Schuppen über Stein. Er erinnerte sich an den schrecklichen Anblick, den er gesehen hatte, als der riesige Kopf nach ihm stieß, zustieß und ihn nicht erreichte, ehe er zu seiner endlosen Aufgabe der Folter zurückkehrte. Endlos frustriert von den Göttern, die ihn gerade außer Reichweite der Reißzähne angebunden hatten. Die Monsterviper, die nun hinter demjenigen herkletterte, der ihr so lange entkommen war, hatte Jahrhunderte in der Finsternis gehabt, um ihren Zorn zu steigern. Und ihre Augen waren näher am Boden als die eines Gottes. Und Vipern hatten andere Sinne als das Sehen. Sinne, die dafür gedacht waren, im Dunkeln Mäuse zu fangen. Shef erinnerte sich an das blaue, verschwollene Gesicht von Ragnar Lodbrok, Ivars Vater und auch Sigurds, als er in der Schlangengrube, dem Ormgarth von York, gestorben war.

Panisch zwang er sich zum Umdrehen, um zu versuchen, sich tiefer in das Versteck zu winden. Der Spalt wurde breiter, er drückte seine Schulter durch und fragte sich, was wohl auf der anderen Seite sein mochte. Alles Licht war verschwunden, aber das Schlittern hinter ihm kam immer näher.

Er war durch. Durch was, wusste er nicht, aber nun stand er in einer Grube und blickte nach oben. Und dort, weit über ihm, war ein bleicher Vollmond mit Zeichen darauf wie ein grausiger Schädel. Er konnte eine Mauer sehen, eine Mauer direkt vor ihm, weit niedriger als die Klippe hinter ihm. Aber immer noch viel zu hoch, als dass er hinaufspringen und die Kante greifen konnte, und dann hinausklettern, wie er es auf die nächste Stufe der Treppe hinter ihm gekonnt hätte. Aber als er sich bewegte, kam von überall um ihn, nicht nur von hinter ihm, ein durchdringendes und allbekanntes Zischen. Er erstarrte, als ihm überall um sich Schlittern bewusst wurde. Er war Loki und der Viper, die ihn verfolgte, entkommen. Aber nun war er auf einem kriechenden Teppich aus Schlangenkörpern. Er war im Ormgarth der Götter. Und es gab keine Möglichkeit, hinauszuklettern.

Als er stocksteif dastand, spürte er, wie ein Schlag seine Wade streifte, fühlte den ersten tiefen Biss der Reißzähne und das Gift, das sich in seinen Adern ausbreitete.

Shef sprang in einer einzigen, krampfartigen Bewegung aus seiner Hängematte, verfing sich mit dem Fuß an einem Seil und stürzte aufs Deck. Er war sofort wieder auf den Füßen, bereit, in jede Richtung zu schlagen, während sich ein lauter Schrei aus seiner Kehle bahnte. Als die Männer um ihn fluchten und auch auf ihre Füße sprangen, während sie nach ihren Waffen griffen, spürte er, wie sich ein kräftiger Arm um ihn legte und er augenblicklich von den Füßen gerissen wurde.

„Ruhig, ruhig", murmelte Thorvin. „Alles in Ordnung, der Rest von euch, geht wieder schlafen. Nur ein Traum. Nur ein Albtraum."

Er lehnte Shef an die seewärtige Reling, ließ ihn sich im Sternenlicht umsehen und sich wieder zurechtfinden.

„Was hast du diesmal gesehen?"

Shef kam wieder zu Atem und fühlte, wie der Schweiß auf seiner Haut trocknete. Seine Tunika war durchnässt, so nass, als wäre er im Meer gewesen. Das Salz stach in seiner leeren Augenhöhle.

„Ich habe Loki gesehen. Einen freien Loki. Dann war ich im Ormgarth, wie Ragnar." Shef begann seine Wade zu reiben, wo er den Biss der Giftzähne gespürt hatte.

„Wenn du Loki befreit gesehen hast, muss es das Kollegium erfahren", murmelte Thorvin. „Vielleicht könnte Farman in Stamford oder sogar Vigleik der Visionär in Kaupang einen Rat haben. Denn wenn Loki befreit ist, sind wir viel näher am Verderben der

Götter und dem Kommen der Skuldwelt. Vielleicht sind wir es, die das angezettelt haben."
„Loki ist nicht befreit", kam eine kalte, wütende Stimme von hinter ihnen. „Es gibt kein solches Ding wie Loki. Oder wie die Götter. Das Böse in der Welt kommt allein von den Menschen."
Im Sternenlicht zog Shef den Saum seiner Tunika hoch und starrte auf seine nackte Wade hinunter. Darauf, genau dort, waren zwei violette Punkte. Stichwunden. Svandis starrte, streckte eine Hand aus, zog sie zurück. Dieses eine Mal wusste sie nicht, was sie sagen sollte.

Zweihundert Meilen von der *Fafnisbane* entfernt, die auf der ruhigen See trieb, saß eine andere Gruppe Männer am Fuß einer anderen dunklen Treppe in einem Berg.
„Er wird wahrscheinlich morgen durchbrechen", sagte einer von ihnen.
Allgemeines Nicken, zustimmendes Murmeln. „Wir haben ihnen heute viele Verluste zugefügt. Morgen werden sie dieses große Katapult höher und etwas näher bringen, früher beginnen, wenn unsere äußeren Verteidigungsanlagen gefallen sind, und die richtige Schussweite finden. Dann wird ein Felsen oben auf das Haupttor fallen und ihre Sturmtruppen werden durchkommen. Natürlich werden wir drinnen Barrikaden aufbauen, aber …" Ein gallisches Achselzucken, im Kerzenlicht kaum sichtbar.
„Wenn wir uns morgen bei Sonnenaufgang ergeben, könnten sie uns vielleicht Bedingungen zugestehen. Man sagt, Kaiser Bruno ist gnädig, sie werden nur einen Eid verlangen, den wir mit gutem Gewissen falsch schwören können, dann …"
Die plappernde, verängstigte Stimme wurde von einer weiteren, wilden Geste abgeschnitten. „Was uns passiert, ist nicht von Bedeutung", sagte die erste Stimme. „Wir mögen Bedingungen erhalten, wir mögen überleben, wir mögen sterben. Was zählt, sind die heiligen Reliquien. Und falls der Kaiser glaubt, dass sie hier sind – und er glaubt bereits, dass sie hier sind, genau deshalb be-

lagert er uns gerade –, wird jeder, der morgen noch lebt, gefoltert werden, bis er alles erzählt, was er weiß."

„Sollen wir versuchen, sie wegzuschaffen? Sie haben Späher. Aber in den Schluchten des Puig könnten unsere Männer aus den Bergen hinausklettern."

„Vielleicht mit den Büchern und Aufzeichnungen. Mit dem *graduale* ..." Der okzitanische Akzent des Sprechers hatte das Wort zu *graal* gemacht. „... glaube ich es nicht."

„Schafft die anderen Dinge aus dem Weg. Lasst die heilige Reliquie einfach außerhalb der Mauer fallen. Sie hat kein Gold an sich, keine Zeichen der Verehrung, wie ihr die Katholiken geben würden. Sie werden es nicht wissen. Unsere Brüder werden sie später holen."

Eine lange Pause. „Zu riskant", sagte die erste Stimme. „Sie könnte im Schutt verloren gehen. Wem auch immer wir erklären, wie er sie später erkennt, der könnte sterben, er könnte gefoltert werden, er könnte gestehen."

„Nein. Was wir tun müssen, ist, sie hier zu lassen, unter dem Berg. Der Eingang zu diesem Ort ist nur uns und den *Perfecti* unter uns außerhalb der Mauern bekannt. Der Kaiser kann den Berg nicht einreißen. Er wird niemals den Eingang finden – außer jemand erzählt es ihm."

„Und keiner von uns wird es ihm erzählen", antwortete einer seiner Kameraden.

Ein plötzliches Blitzen im Kerzenlicht, ein Schlag, ein abgehacktes Japsen. Zwei Männer ließen einen Körper zu Boden fallen, den des Sprechers, der die Verhandlungen vorgeschlagen hatte.

„Geh zu Gott, Bruder", sagte einer der Mörder. „Ich liebe dich immer noch als Bruder. Ich würde dich keiner Prüfung unterwerfen, die du nicht ertragen kannst."

Die erste Stimme fuhr fort. „Also ist das geklärt. Die Reliquie muss bleiben. All die von uns, die die geheime Treppe kennen, müssen sterben. Denn niemand kann sicher sein, was er unter dem schrecklichsten Schmerz am Ende sagen wird."

„Ist es uns erlaubt, in der Schlacht zu sterben?“, fragte eine der dunklen Gestalten.

„Nein. Ein Schlag auf den Kopf, ein verkrüppelter Arm. Jeder könnte gefangen genommen werden, ohne es zu wollen. Wir würden später an der *Endura* sterben, aber das könnte vielleicht zu spät sein. Und leider haben wir keine Zeit für die *Endura.* Einer von uns wird die Treppe hinaufsteigen und Marcabru dem Hauptmann befehlen, für unsere armen Brüder, die *Imperfecti,* morgen die besten Bedingungen, die er bekommen kann, auszuhandeln. Dann wird dieser Bruder zurückkehren. Und wir werden gemeinsam den heiligen Trunk aus dem Kelch des Joseph einnehmen.“

Ein Murmeln voll Zufriedenheit und Zustimmung, dann wurden über den Tisch im Dunkeln Hände geschüttelt.

Eine Stunde später, als die stillen Perfekten die Schritte ihres Bruders hörten, der wieder die Treppe herunterkam, um den Gifttrank mit seinen Brüdern zu teilen, eine letzte Stimme in der Finsternis.

„Freut euch, Brüder, denn wir sind alt. Und was war die Frage, die unser Begründer Nikodemus dem Sohn Gottes stellte?“

Stimmen antworteten ihm im Chor und murmelten lateinische Worte in ihrem eigenen seltsamen Dialekt. „*Quomodo potest homo nasci, cum senex sit?* Wie kann ein Mann geboren werden, wenn er alt ist? Oder kann er wieder in den Leib seiner Mutter eingehen?“

Kapitel 10

Die feindliche Flotte war am Horizont, ehe Shefs Ausguck sie sah oder erkannte. Der griechische Admiral hatte seinen Zeitpunkt perfekt gewählt: Ein wenig nach Mittag, so dass die kombinierte Flotte von Arabern und Nordmännern in ihre drei Divisionen aufgeteilt war. Vorhut und Hauptflotte hielten Schritt mit der Staubwolke, die anzeigte, wie die Reiterei und Fußsoldaten entlang der Küstenlinie vordrangen, hatten aber bereits die Ruder eingezogen und waren bereit für ihre Siesta. Die Nordmänner lagen zwei lange Meilen zurück, wach, aber hoffnungslos in einer Flaute, so dass die Segel nur als Schutz gegen die feurige Hitze dienten. Eine weitere Meile hinter ihnen ließ sich der Admiral mit seinen Begleitschiffen zurückfallen, um seine Siesta zu halten, wobei er zuversichtlich über seine Fähigkeit war, die stagnierenden Segelschiffe später am Tag einholen zu können.

Jedenfalls war alle Aufmerksamkeit auf das Land gerichtet. Nur dumpf konnte Shef von dort, wo sie auf dem blauen Wasser lagen, einen schwachen Hall von schallenden Trompeten hören, hoch und schrill nach arabischer Art. War das ein antwortendes Brüllen? Die heiseren Kriegshörner der Deutschen oder der Franken? Alle auf dem Schiff drängten sich an die landwärtige Reling, lauschten angestrengt, versuchten, auszumachen, was gerade an der Küste passierte oder auch nicht passierte. Eine Staubwolke? Aufblitzendes Licht? Waffen, die die Sonne erfassten, das war sicher.

Als er sich von der Reling abwandte, blinzelte Shef mit seinem einen Auge, das vom Starren über das blitzende Wasser erschöpft war. Er sah hinaus aufs Meer, in den Dunst. Fischerboote, die auf sie zukrochen, wobei ihre dreieckigen Segel jeden Lufthauch, der dort sein mochte, aufnahmen. Viele von ihnen, überlegte Shef. Hatten sie eine Schule Thunfische gefunden? Sie benutzten auch ihre Ruder und bewegten sich schnell für Fischer in dieser Hitze.

Zu schnell. „Ausguck!“, brüllte er. „Draußen auf dem Meer. Was kannst du sehen?“
„Fischerboote, Herr“, kam der Ruf, ein wenig verwirrt. „Viele davon.“
„Wie viele?“
„Ich sehe … zwanzig, dreißig. Nein, da kommen mehr davon aus dem Dunst, sie rudern schnell.“
„Haben sie hier den *Grind*?“, fragte Thorvin, ein Veteran der Reise in den hohen Norden. Er meinte damit den Brauch aus Hålogaland, Schulen an Walen mit einer Flotte aus Booten an die Küste zu treiben, um sie im flachen Wasser zu schlachten.
„Das ist kein *Grind*“, rief Shef. „Und das sind auch keine Fischer. Das ist die feindliche Flotte, und wir schauen alle in die falsche Richtung. Wie lange beobachten uns diese Bastarde schon und wir sagen ‚Oh, das sind nur Fischerboote‘.“
Seine Stimme steigerte sich zu einem Brüllen, als er versuchte, die sonnige Lethargie zu durchdringen und die Gesichter, die sich ihm mit offen stehenden Mündern zuwandten, zu bewegen. „Cwicca, Osmod, bemannt die Katapulte! Alle an die Armbrüste. Hagbard, kannst du überhaupt irgendwie Fahrt aufnehmen? Thorvin, blas das Signalhorn, alarmiere den Rest der Flotte. Um Thors Willen, bewegt euch, alle von euch. Sie sind bereit und wir sind es nicht!“
Ein zusammenhangsloses Brüllen vom Ausguck und ein deutender Finger. Kein Bedarf für beides. Aus dem Hitzedunst, der Rumpf bereits über dem Horizont und mit schreckenerregender Geschwindigkeit näherkommend, sah Shef die rotbemalten Galeeren der Griechen in einem breiten Halbkreis heranrasen. Ihre Bänke mit weiß bemalten Ruderern blitzten und rasten durch die Sonne, jedes Schiff hatte einen Knochen in seinen Zähnen, eine weiße Bugwelle, die über den bedrohlichen Rammbock spritzte. Shef konnte die weiblichen Augen mit schwarzen Wimpern sehen, die unpassend über das hohe Vorderquartier gemalt waren, er konnte die Rüstungen ihrer Seeleute blitzen sehen, als

sie herausfordernd ihre Waffen schwenkten. „Wie weit weg sind sie?“ Hund fragte das, seine Augen waren schwach.

„Eine Meile vielleicht. Aber sie halten nicht auf uns zu. Sie zielen auf die Araber. Sie werden sie von den Flanken und von hinten angreifen.“

Die andalusische Vorhut hatte zu jeder Zeit kaum eine Chance. Tief in der Siesta, die Planen geriggt, dauerte es wertvolle Momente, um sie abzubauen und die Ruder wieder zu bemannen. Die schnelleren und wachsameren Schiffe drehten ergeben um, um zu versuchen, den Angriff abzuwehren, der mit zwanzig Meilen pro Stunde auf sie zufegte. Als sie versuchten, anzugreifen, sah Shef von beiden Seiten Speere und Pfeile über das Wasser fliegen. Wie als Antwort, ein dünner Rauchstreifen in der Luft, ein weit entferntes, unheimliches Pfeifen.

Und dann die Flamme. Die Beobachter auf der *Fafnisbane* schrien auf wie ein Mann, als die orange Flamme hinüberschlug und plötzlich zu explodieren schien. Nicht wie ein Feuer, das sich im Herd entzündet, nicht wie ein Baum, der in einem Waldbrand brennt: Stattdessen ein plötzlicher Feuerball, der sich auszubreiten und in der Luft zu hängen schien und dann in seinem Herzen ein bereits zerfallendes Schiff hielt. Shef glaubte, dass er winzige schwarze Gestalten sehen konnte, die darin kämpften und bereits brennend ins Meer stürzten. Aber dann war auch der Rest in Aktion.

Die roten Galeeren wurden langsamer, als sie den Hauptteil der feindlichen Schiffe erreichten, suchten ihre Ziele aus und dann schossen Flammen erst aus einem, dann aus einem anderen. Die ersten, die starben, waren die Mutigen, die zum Angriff gegengesteuert hatten, während die schwachen Geschosse, die von ihnen wegflogen, ignoriert wurden wie die Mücken, die so viele große rote Bullen plagen. Dann die unvorbereiteten Schiffe, die im Stillstand geblieben waren. Dann, als die roten Galeeren erneut auf Rammgeschwindigkeit beschleunigten, die Feiglinge, die sich zur Flucht gewandt hatten. Im Vorbeifahren hinterließ die griechische Flottille mehr als einhundert brennende Gestalten. In ihrem Kielwasser umringten Fischerboote aus den christlichen Dörfern, vollgepackt mit Männern, die sich für Verletzungen rächen wollten, und verstärkt mit Agilulfs Abordnungen, diejenigen, die den Flammen entkommen waren, begierig darauf, zu entern, schlachten und plündern.

„Sehr gut gemacht", bemerkte Georgios zum Kapitän seines eigenen Flaggschiffes. „Damit sind sie außer Gefecht. Nun lass uns die Steinwerfer ansehen. Halbe Fahrt jetzt, und wässrigen Wein für die Ruderer."

Als die roten Galeeren in einem großen Bogen umdrehten, gab Shef den Versuch auf, unter Segeln Fahrt aufzunehmen. Es dauerte fünf Minuten, die Segel zu raffen und davon abzuhalten, seine Katapultmannschaften zu behindern. Dann wurden die gigantischen Ruder über die Seiten gesteckt, nur ein Dutzend für jedes Schiff, jedes davon von vier Männern gezogen, alle, die man von den Katapulten entbehren konnte. Die Männer begannen zu rudern und zogen ihre schweren, rundbauchigen Schiffe durchs Wasser.

„Wenn sie nicht kämpfen wollen, müssen sie das nicht", sagte Hagbard angespannt. „Sie sind fünfmal so schnell wie wir. Vielleicht zehnmal."

Shef antwortete nicht. Er beobachtete die Entfernung. Vielleicht wusste die andere Seite nicht, was die Mulisteine tun konnten. Wenn sie noch etwas näher kamen – es war entscheidend, sie nicht nahe genug herankommen zu lassen, dass sie ihre Feuerwaffe nutzen konnten. Ihre Reichweite betrug höchstens hundert Meter. Ein Mulistein würde eine halbe Meile weit fliegen. Er konnte sie jetzt vielleicht erreichen. Lass sie noch etwas näher kommen – noch ein wenig. Besser, eine konzentrierte Salbe abzufeuern. Wenn alle Schiffe gleichzeitig schossen, konnten sie die Hälfte der Feuergaleeren mit einem Schuss versenken.

„Muli kann nicht schießen", rief Cwicca vom vorderen Katapult. Einen Augenblick später echote Osmod vom Heck: „Muli wird nicht schießen."

Schockiert erkannte Shef plötzlich die Falle. Seine Schiffe waren in einer langen Reihe ausgebreitet. Keines von ihnen konnte über Bug oder Heck schießen. Eine Galeere, die direkt auf ihn zukam, konnte die Distanz zwischen äußerster Katapultreichweite bis zur Einsatzfähigkeit ihrer Feuerwaffe in – er wusste es nicht genau, vielleicht in fünfzig Ruderschlägen zurücklegen. Und sie kamen gerade jetzt. Oder eine von ihnen tat das, nahm Geschwindigkeit auf und ließ die anderen zurück, während die Ruder im perfekten Einklang schlugen.

„Ruderer!", brüllte er. „Steuerbordruderer, fangt an zu rudern, Backbordruderer, rückwärts!"

Sekundenlange Verzögerung, während die Männer an den Rudern überlegten, was genau verlangt wurde, und ihre trägen, baumstammartigen Ruder in Position brachten. Dann begann sich die Front der *Fafnisbane* langsam zu drehen, während Cwicca, Mulihauptmann am Bugkatapult, angespannt über dessen metallverstärkten Schild starrte und sich bereit machte, seine Hand zu heben, um anzuzeigen, dass sein Ziel passte.

Als der Bug der *Fafnisbane* drehte, richtete sich die Galeere, die auf sie zukam, in dieselbe Richtung aus. Wenn es so weiterging, würde sie dem wartenden Muli ihre lange, empfindliche Seite präsentieren, jetzt nicht mehr als eine Viertelmeile entfernt, ein sicherer Treffer und ein sicheres Versenken. Aber mit ihrer schönen Geschwindigkeit und Agilität blieb sie ständig im toten Winkel der *Fafnisbane.* Sie wussten ganz genau, was sie da taten.

Vielleicht konnte eines der anderen Schiffe einen Schuss platzieren? Shef sah hinter sich und bemerkte, dass das wütende Brüllen, das er in seiner Anspannung ausgeblendet hatte, vom Kapitän der *Sigemund* dicht hinter ihm kam. Die *Fafnisbane* war direkt vor ihm gekreuzt und blockierte seine Breitseite vollständig. Und die griechische Galeere hatte ihre Vorbeifahrt beendet und raste zurück in Sicherheit, nachdem ihr erster Ansturm abgewehrt war.

Aber selbst während er beobachtete, hatte sich die gesamte Lage schon wieder verändert. Die anderen griechischen Galeeren waren nicht stillgestanden, während ihre Kameraden herbeirasten. Sie hatten sich aufgeteilt und fuhren jetzt zwei weite Bögen, gerade angenehm außerhalb der Reichweite der Mulis – jemand hatte sie sehr genau beobachtet, als sie ihre Übungsschüsse machten – und bildeten einen Ring um die Schiffe aus dem Norden. Eines drehte sich schon herum, um zu versuchen, hinter das Heck der *Hagena* zu kommen, des letzten Schiffes in der Reihe, und der Kapitän der *Hagena* schien es nicht bemerkt zu haben. Es würde nur eine Feuergaleere brauchen, die in Reichweite kam, und sie konnte dann die lange, zerstreute Reihe der englischem Zweimaster entlangsegeln, jeden einzelnen in Brand setzen und ihn als Deckung vor den Steinen des nächsten benutzen.

Sie mussten einander Deckung geben. Jedes Schiff musste seinen Bug und sein Heck von den Katapulten eines anderen Schiffes schützen lassen. Welche Formation brauchten sie dazu? Und während er nachdachte, musste er der *Hagena* Zeichen geben, die immer noch bewegungslos trieb, während die Ruder nicht einmal draußen waren und Ausguck und Kapitän immer noch angestrengt in die falsche Richtung starrten. Shef begann, zum Kapitän der *Sigemund* zu brüllen, damit er die Gefahr sah und die Botschaft weitergab.

Brand hatte es schneller erfasst. Als die gebrüllten Mitteilungen entlang der Reihe weitergegeben wurden, sah Shef die *Narwhal* plötzlich durch sein Blickfeld vorbeischießen, wobei ihre Ruder sogar schneller schlugen als die der Griechen. Ein anderes Wikingerlangschiff folgte ihm. Shef wurde bewusst, dass alle fünf nähergekommen waren und sich seewärts vor den größeren Segelschiffen sammelten, um sie gegen das Griechische Feuer zu schützen. Aber Brand hatte bemerkt, dass sie alle einen Schwachpunkt hatten. Er fuhr los, um ihnen Zeit zu erkaufen.

Während Shef das Herz bis zum Hals schlug, rannte er zum Heck, kletterte geschickt hoch und stellte sich auf den kaum bewegten Drachenschwanz, der sich sechs Fuß über das Deck erhob. Als er sich plötzlich daran erinnerte, zog er das Fernglas aus seinem Gürtel – wenn sie ein Dutzend davon gehabt hätten, hätten seine Ausgucke wohl eine frühere Warnung gerufen! Keine Zeit für Bedauern. Er öffnete es und versuchte, die Länge der gleitenden Röhre anzupassen, so dass er klar sehen konnte.

Durch die rauchige und verfärbte Linse sah er drei Schiffe, eines griechisch und zwei Wikinger, die sich einander mit ungeheurer Geschwindigkeit näherten, weitaus schneller, als ein Pferd rennen konnte. Der Grieche war doppelt so groß wie die beiden anderen Schiffe und konnte sie rammen und versenken, ohne sich überhaupt die Mühe zu machen, sein Feuer zu nutzen. Aber er musste aufgehalten werden. Shef sah, was Brand und sein Kollege zu tun versuchten. Sie zielten darauf ab, ihre Büge entlang der gesamten Reihe an griechischen Rudern zu steuern, so dass sie sie abbrachen und die Ruderer durch den Rückschlag töteten. Dann wollten sie vielleicht entern und sehen, wie die griechischen Seeleute Wikingeräxten entgegentraten.

Aber das Feuer, das Feuer. Zum ersten Mal konnte Shef etwas von dem seltsamen Gerät sehen, das Schiffe wie Zunder verbrannte. Eine Kupferkuppel mittschiffs, Männer, die sich um sie drängten, zwei schwitzten an den Handgriffen, die sie wie eine Saugpumpe in den Feldern von Ostangeln bearbeiteten …

Plötzlich wurden die pumpenden Männer weggefegt wie mit einem Besen und jene, die sich um sie drängten, schirmten sie ab. Shef drehte hektisch am Fernglas und versuchte, auszumachen, was gerade vorging. Dort war Brands Schiff und er konnte am Bug Brand sehen, der eine Axt schwenkte. Und ein Dutzend Armbrüste, die sich an der Reling aufreihten, alle gleichzeitig die Bolzen luden und an ihren Abzügen aus Ziegenfüßen zogen. Die Griechen hatten die schweren, panzerbrechenden Geschosse aus nächster Nähe nicht erwartet.

Aber ihr Kapitän wusste alles über das Ruderbrechen. Als Brands *Narwhal* an der entfernten Seite der Galeere vorbeifuhr, sah Shef einen Wald aus Rudern in sein Blickfeld springen. Die Ruderer hatten sie in einer gut eingeübten Aktion nach oben gehoben.

Während sie das taten, sah Shef im runden Feld des Fernglases Männer wieder an die Handgriffe der griechischen Feuerwaffe hasten. Er erhaschte einen Blick auf einen glühenden Schlauch, als er sich herumdrehte, um auf das zweite Wikingerschiff zu zielen, das fünfzig Meter hinter Brand und auf der nahegelegenen Seite war. Ein Mann stand daneben und schob etwas vor, das wie eine brennende Lunte aussah …

Shef riss das Fernglas gerade zu spät weg, um zu vermeiden, dass er die Flamme herauszüngeln sah, den Feuerball an ihrer Spitze. Und, genau im Zentrum davon, den Kapitän der *Marsvin,* Sumarrfugl, der Jahre zuvor mit Shef und Brand die Mauern von York erstürmt hatte, der einen Speer schleuderte und trotzig dem Verderben, das ihn gleich erwischen würde, entgegenbrüllte.

Ein großes Jammern erhob sich auf den Decks der *Fafnisbane,* als sie die *Marsvin* verschwinden sahen, Feuer höher als ihren Mast, wieder Gestalten, die sich ins Wasser stürzten, einige von ihnen strampelten noch in der brennenden See. Alles Männer, die sie gekannt und mit denen sie getrunken hatten.

Shef sah sich wieder um, ergriffen von Furcht bei dem Gedanken, dass wieder alle in die gleiche Richtung blickten und nicht nach dem Tod Ausschau hielten, der in rasender Geschwindigkeit aus jeder Richtung zu ihnen kommen konnte. Ihm wurde bewusst, dass er bereits zweimal das Klacken und Krachen der Mulis gehört hatte, Klacken, wenn das Seil losgelassen wurde, Krachen, als der Wurfarm seine gepolsterten Balken traf, was das ganze kräftig gebaute Schiff erschütterte. Dort im Meer, nicht so weit entfernt, waren zerstörte Planken und schwimmende Männer. Allerdings nicht die großen Galeeren. Nur Fischerboote. Der griechische Befehlshaber schickte sie herbei, um die Aufmerksamkeit auf sich zu ziehen und die Anzahl an Zielen zu vergrößern. Als würde man Fuchs-und-Hennen mit einfach zu vielen Füchsen spielen, als dass die Hennen Schritt halten konnten.

Sie haben keine Angst vor uns, dachte Shef. Genau deshalb geht das hier so schlecht. Wir haben Panik vor den Flammen, haben unsere Kameraden darin verbrennen sehen, und einige von ihnen sterben gerade immer noch dort im brennenden Wasser – wie kann Wasser brennen? Aber sie spielen nur mit uns. Diese Männer da draußen auf den Schiffswracks. Es ist nur etwas Schwimmen für sie, ein kurzes Warten, bis sie gerettet werden. Wir müssen sie dazu bringen, sich Sorgen zu machen. Wir müssen Panik verursachen.

Aber zuerst müssen wir uns in Sicherheit bringen. Wir müssen ein Quadrat bilden. Nein, sieben Schiffe, vier Seiten, es würde immer eine schwache Seite geben und sie könnten beschließen, dort anzugreifen und ein oder zwei Schiffe zu verlieren, während sie alle von uns versenken. Wir müssen so nah an eine Kreisform kommen, wie wir können, auf diese Weise wird jeder Angriff mindestens zwei Breitseiten gegen sich haben. Wenn es nur einen Lufthauch gäbe, hätten wir etwas Raum zum Steuern.

Er griff Hagbard bei der Schulter und erklärte ihm, was er wollte, dann überließ er es ihm, über die Reling mit den Kapitänen der *Sigemund* und der *Grendelsbane* dahinter zu brüllen. Er wandte sich um, um zu sehen, welches neue Desaster zur Szenerie hinzugekommen war.

Diese ganze Schlacht schien in einer Reihe an Blitzen voranzuschreiten, anders als jede andere, die er bisher geschlagen hatte. Er hatte immer im Vorhinein gewusst, was passieren sollte. Er hatte nicht einmal eine Ahnung, wie lange die gebrüllte Konversation mit Hagbard gedauert hatte. Irgendwie hatte es die *Hagena* in der Zwischenzeit geschafft, in Aktion zu treten. Nachdem sie für wertvolle Sekunden von der *Narwhal* und der *Marsvin* aufgehalten worden war, war die griechische Galeere zu langsam dabei gewesen, die Ruder wieder einzutauchen und im toten Winkel zu bleiben. Die *Hagena* hatte gewendet, ihr die Breitseite zugedreht und schoss gleichzeitig mit beiden Katapulten, von denen jedes einen dreißig Pfund schweren Felsen in kaum einer Viertelmeile Entfernung übers Wasser schleuderte. Wikingerlangschiffe, verplankt gebaut und an Kiel und Heck verbunden, zerfielen einfach in Stücke, wenn sie mittig getroffen wurden. Die Galeere hielt bei aller Verachtung von Hagbard für die Stärke ihrer Bauweise ein wenig besser. Nachdem ihr Kiel an zwei Stellen gebrochen war, versank sie, aber sie hinterließ eine Masse an Wrackteilen wie ein Floß, an der sich Ruderer und Seeleute festklammerten. Fischerboote kamen schon näher, die so manövrierten, dass sie im Schutz des Wracks blieben, und die Überlebenden aufnahmen.

Shefs Auge wurde hinter der Szenerie, die sich ein paar hundert Meter entfernt abspielte, von der nun vertrauten Gischt aus Flammen angezogen. Mit dem fatalistischen Mut seines Glaubens – und von Gedanken an die Pfählungen, die Feiglinge erwarteten, angespornt – hatte der arabische Admiral beschlossen, vorwärtszustürmen und die Griechen anzugreifen. Ein halbes Dutzend Galeeren hatte gewendet, um sich ihm entgegenzustellen, während der Rest von ihnen zurückblieb, um die Schiffe aus dem Norden zu bewachen und zu umkreisen, wie Wölfe einen verwundeten Elch. Immer wieder züngelten die Flammen wie Drachenfeuer heraus und am Ende jeder Zunge explodierte ein Schiff. Dennoch schien die Menge an arabischen Schiffen eine gewisse Wirkung zu erzielen, während sie durch die Wracks ihrer Kameraden steuerten. Shef konnte gerade noch sehen – er zog das Fernglas wieder hervor, um sicherzugehen –, wie Enterhaken flogen, als es die hinteren Reihen der Schwadron des Admirals schafften, zu einigen ihrer Feinde aufzuschließen. Zu nahe für das Feuer jetzt. Jetzt würde es heißen Säbel und Krummsäbel gegen Speer und Schild.

Shef fühlte, wie das hektische Pochen seines Herzens zum ersten Mal, seit sie die Fischerboote gesehen und realisiert hatten, dass sie feindlich waren, langsamer wurde. Er senkte das Fernglas. Er bemerkte ein tiefes Brummen an Zufriedenheit, das sich von den Decks der *Fafnisbane* erhob, ein Brummen, das zu Rufen und wilden Schreien wurde.

Brands *Narwhal* fuhr langsam am Wrack der griechischen Galeere vorbei, während ihre Armbrustschützen Salve um Salve auf die hilflosen Männer abfeuerten, sie sich an ihre Planken klammerten. Einige bekreuzigten sich, andere hielten ihre Hände um Gnade bettelnd hoch. Ein paar waren sogar auf die *Narwhal* zugeschwommen und versuchten, die schlagenden Ruder zu packen. Shef sah Brand selbst, der sogar aus einer Achtelmeile Entfernung leicht zu erkennen war, wie er sich über die Reling beugte und mit seiner Axt „Schlacht-Troll" hinunterschlug. Wo das Wasser nicht vor Asche und verbranntem Holz schwarz war, wurde es nun rot vor Blut. Die *Hagena* schloss sich ihnen auch an und ihre Mannschaft machte ununterbrochen Zielübungen mit ihren schweren, auf der Reling montierten Stahlarmbrüsten.

Shef bemerkte, dass Hände seinen Arm packten, und er sah nach unten. Es war Hund. „Halt sie auf!", rief der kleine Heiler. „Diese Männer sind nicht mehr gefährlich. Sie können nicht kämpfen. Das ist ein Gemetzel!"

„Besser gemetzelt werden als geröstet", knurrte eine Stimme hinter ihm. Es war einer der Schiffsjungen, Tolman, ein kleiner, unauffälliger Kerl, der eine Axt hielt, die größer war als er selbst.

Shef sah über die Reling. Die *Fafnisbane* war in einem Halbkreis herumgefahren, als Hagbard den Schutzring bilden ließ, den Shef verlangt hatte. Das, und eine kaum wahrnehmbare Strömung entlang der Küste, hatten die *Fafnisbane* in das Gebiet auf dem Wasser gebracht, wo die *Marsvin* verbrannt war. Immer noch trieb dort etwas auf dem Wasser, das wie verbrannte Ochsenhälften bei einem Gelage aussah. Shef deutete. „Einige von ihnen könnten noch am Leben sein, Hund. Nimm das Beiboot. Tu für sie, was du kannst."

Er wandte sich ab und ging Richtung Vordermast, wo er den Horizont überblicken und zum ersten Mal, seit das Chaos angefangen hatte, seine Gedanken sammeln konnte. Es war jemand in seinem Weg, jemand der kreischte und nach ihm griff. Svandis. Jeder schien heute zu schreien und zu kreischen. Er schob sie kräftig zur Seite und marschierte zum Mast. Eine Regel, dachte er. Es muss eine Regel geben. Sprich den Mann, der das Kommando hat, nicht an, bis er dich anspricht. Hagbard, Skaldfinn und Thorvin waren offensichtlich seiner Meinung. Sie hatten die immer noch kreischende Frau abgefangen, schoben sie gerade weg und winkten andere zur Seite. Damit er nachdenken konnte.

Er hielt sich am Mast fest, als er sachte im Rollen der kleinen Wellen schaukelte, und sah bedachtsam über den weiter entfernten Horizont. Im Süden: die Schiffe des arabischen Admirals, brennend, sinkend, geentert, auf der Flucht. Keines mehr im Kampf. Seewärts: vier griechische Galeeren, die in einem weiten Bogen weit außerhalb seiner Reichweite ruderten. Im Norden: zwei weitere und eine große Menge kleinerer Boote, wobei manche von letzteren vorsichtig näher kamen und mit ihren seltsamen, praktischen dreieckigen Segel vor und zurück kreuzten.

Landwärts: drei weitere Galeeren, die den Kreis komplettierten. Aber hinter ihnen? Shef zielte mit dem Fernglas und suchte vorsichtig weiter. Eine Staubwolke. Marschierende Männer. Sie marschierten nach Süden, im Eiltempo. Unmöglich zu sagen, welche Art von Männern den Staub aufwirbelten. Aber ... Ein weiteres Absuchen und dort, auf einen kleinen Hügel kletternd, in klaren Umrissen durch einen Trick in der trüben Linse des Fernglases abgebildet, konnte er sie sehen. Gerade Reihen aus Männern in Metall. Helme, Kettenrüstungen, Metall, das in der Sonne aufblitzte, wenn sich ihre Füße bewegten. Füße, die sich im Gleichschritt bewegten. Eine lange, beständige, disziplinierte Reihe aus gepanzerten Männern, die vorwärtsmarschierte. Der Lanzenorden hatte seine Landschlacht ohne Hindernis vom Meer gewonnen. Das war die Lage. Es war eindeutig, was zu tun war.

Shef hob seine Stimme in die entstandene Stille. „Hagbard. Wie lange, bis der Wind wieder auffrischt – eine halbe Stunde? Sobald wir genug Wind haben, um Steuergeschwindigkeit zu erreichen, werden wir entlang der Küste nach Süden fahren. Wir werden im Halbkreis fahren, fünfzig Meter auseinander. Wenn die Galeeren versuchen, das letzte Schiff von hinten anzugreifen, drehen wir alle um und versenken sie – es wird einfach sein, wenn wir erst einmal wieder unter Segeln stehen. Wir werden so viel Distanz zurücklegen, wie wir vor der Dunkelheit schaffen, und dann für die Nacht in einer Bucht ankern, die wir blockieren können – ich will nicht, dass uns in der Dunkelheit Feuerschiffe angreifen. Cwicca. Siehst du diese Boote, die versuchen, sich an uns anzuschleichen? Wenn vier von ihnen in Reichweite sind, sieh, ob du und Osmod sie alle versenken könnt. Sie werden da draußen zu fröhlich.

Thorvin. Ruf Brand herüber. Sobald Cwicca und Osmod die Fischerboote versenkt haben, soll er mit zwei seiner Schiffe dort hinüberfahren und alle Mannschaften töten. Keine Schwimmer, keine Überlebenden. Stellt sicher, dass die Christen sehen, was er tut."

Thorvin öffnete seinen Mund, um zu protestieren, zögerte und biss sich auf die Zunge. Shef starrte ihm direkt ins Gesicht. „Sie sind nicht *verängstigt,* Thorvin. Das gibt ihnen den Vorteil. Wir müssen ihnen das wegnehmen, verstehst du?"

Er drehte sich um und ging zur seewärtigen Reling hinüber. Hund und einige Helfer mühten sich gerade, einen Mann über die Reling zu heben. Als sein Gesicht auf gleiche Höhe mit der Wallschiene kam, augenlos, haarlos, verbrannt bis auf den schimmernden Schädel und die Wangenknochen, erkannte ihn Shef. Sumarrfugl, sein alter Kamerad. Er flüsterte etwas, oder röchelte es mit dem, was von seinen Lungen übrig war.

„Keine Hoffnung für mich, Kameraden. Es ist in meinen Lungen. Wenn es hier einen Freund gibt, schenkt mir den Tod. Den Tod eines Kriegers. Wenn das noch viel länger dauert, muss ich schreien. Lasst mich schweigend gehen, wie einen *Drengr.* Ist da ein Kamerad? Ist hier irgendein Kamerad? Ich kann nichts sehen."

Langsam ging Shef hinüber. Er hatte Brand so etwas tun sehen. Er legte einen Arm um Sumarrfugls Kopf und sagte laut: „Shef hier, *fraendi.* Ich bin dein Kamerad. Sprich in Walhalla gut von mir."

Er zog sein kurzes Messer, setzte dessen Spitze hinter das, was Sumarrfugls Ohr gewesen war, und trieb es tief in sein Gehirn. Als die Leiche zu Boden fiel, hörte er hinter sich wieder die Frau. Sie musste unter dem Deck herausgekommen sein.

„Männer! Ihr Männer! Das Böse auf der Welt kommt allein von den Männern. Nicht von den Göttern. Männer!"

Shef sah auf die verkohlte, hautlose Leiche zu seinen Füßen hinab, deren Genitalien auch verbrannt waren. Über die Reling konnte er Rufe und Schreie hören, als Brands Mannschaft einen weiteren Überlebenden von Wrackteilen wegjagte und ihn im Wasser harpunierte, wie sie es mit einem Seehund getan hätten.

„Männer?", antwortete er und starrte sie mit seinem einen Auge durchdringend an, als wolle er die Erde bis in die Unterwelt durchdringen. „Männer, glaubst du? Kannst du nicht spüren, wie sich Loki regt?"

Als die nachmittägliche Brise vom Meer her auffrischte, nahm die Flotte der Nordmänner Geschwindigkeit auf. Die vier verbleibenden Wikingerschiffe schwärmten aus mit ihrer normalen, geschmeidigen Bewegung über die Wellen, die Zweimaster durchpflügten sie, so dass Gischt über die hohen Büge brandete. Die griechischen Galeeren hatten angetäuscht, ihre Durchfahrt zu blockieren, aber waren dann vor der Bedrohung der Mulis zurückgewichen. Sehr bald hatten sie ihre ominöse, haiartige Verfolgung aufgegeben und in den Dunst abgedreht. Zum Glück für sie, bemerkte Shef zu Thorvin und Hagbard. Wenn sie sich länger gehalten hätten, hätte er gewendet und versucht, sie zu erwischen und die gesamte Flotte zu versenken. Galeeren hatten in einer Flaute einen Vorteil, Segelschiffe im Wind. Katapulte übertrumpften Griechisches Feuer bei Tageslicht und aus der Entfernung. Andersherum war es aus der Nähe und im Dunkeln.

Lange ehe die Sonne unterging, hatte Shef eine Bucht mit hohen Klippen an jeder Seite und einem engen Einlass ausgemacht und die gesamte Flotte hineingebracht. Zu dem Zeitpunkt, als die Dunkelheit kam, hatte er jede Vorsichtsmaßnahme getroffen, die er sich denken konnte. Brands Wikinger, die Erfahrung im Halten von Landeköpfen hatten, waren sofort landeinwärts marschiert, hatten die Zugänge erkundet und eine sichere Blockade errichtet am einzigen Pfad, der nach unten führte. Vier Katapultschiffe waren fest mit der Breitseite zur Buchteinfahrt hin verankert, so dass jedes Schiff, das hereinfuhr, acht Katapulten entgegenstand, in einer Entfernung, die weit außer Reichweite für das Feuer lag. Shef hatte zwei Trupps auf die Kippen an jeder Seite hinaufgeschickt, mit teergetränkten Strohbündeln und Befehlen, sie beim ersten Anzeichen, dass ein Schiff hereinzufahren versuchte, zu entzünden und nach unten zu werfen. Im letzten Augenblick war einer der englischen Seeleute, der für die Aufgabe eingeteilt war, herübergekommen und hatte unsicher um etwas von dem Drachenstoff gebeten. Wofür, wollte Shef wissen. Langsam hatte der Mann, eine verkrüppelte Kreatur mit einem schurkenhaften Schielen, seine Idee erläutert. Etwas Stoff, wie ein kleines Segel, an jedes der Bündel zu binden. Er glaubte, dass, wenn sie sie warfen, der Stoff die Luft halten würde, wie er es an den Drachen tat. Es würde länger dauern, bis die Bündel fielen. Shef starrte ihn an und fragte sich, ob er einen zweiten Udd gefunden hatte. Er klopfte dem Mann auf den Rücken, fragte ihn nach seinem Namen und befahl ihm, den Stoff mitzunehmen und sich in Zukunft als Drachenflieger zu betrachten.

Es wurde alles effizient erledigt, unter der treibenden Kraft der Zunge des Königs und des Wissens jeden einzelnen Mannes, was das Griechische Feuer anrichten konnte. Trotzdem war es langsam und zäh gewesen. Shef selbst fühlte sich völlig ausgepumpt und erschöpft, obwohl er keinen Hieb geführt oder ein Ruder geschwungen hatte. Es war Furcht. Das Gefühl, dass er diesmal einem klügeren Kopf als seinem eigenen entgegenstand, einem, der einen Plan gemacht hatte und ihn danach tanzen ließ. Ohne das Einschreiten von Brand und Sumarrfugl wäre jetzt vielleicht jedes einzelne Schiff und jeder Mann aus der Flotte auf dem Grund des Meeres oder würde wie ein verbranntes Stück Holz auf dem Wasser treiben, so dass ihn die Möwen fressen konnten. Shef hatte befohlen, dass eines der letzten Bierfässer der Flotte angebrochen und jedem Mann ein Viertel ausgeschenkt wurde. Wofür ist das, hatte jemand gefragt. „Es ist dafür, das *Minni-Öl,* das Gedenkbier, für die Männer der *Marsvin* zu trinken“, antwortete er. „Trinkt es und denkt daran, wo ihr ohne sie wärt.“

Nun, gut bewacht, von einem Feuer gewärmt, sein Bauch voll mit Schweinefleisch und Gebäck, gekocht ohne Vorsicht vor besiegten Streunern, die noch an der Küste entlangwandern mochten, saß Shef brütend vor seinem letzten Krug. Nach einer Weile sah er, dass über das Feuer Svandis' bleiche Augen auf ihn geheftet waren. Sie wirkte auf einmal und ungewöhnlicherweise – nicht zerknirscht, aber als ob sie zur Abwechslung vielleicht einer anderen Stimme zuhören würde. Shef hob einen Finger und winkte sie herüber, während er den wie gewöhnlich in ihren Augen aufblitzenden Zorn ignorierte.

„Es ist Zeit, dass du uns erklärst“, sagte er und deutete auf einen Stein, auf den sie sich setzen konnte, „warum du glaubst, dass es keine Götter, sondern nur böse Männer gibt. Wenn du das wirklich glaubst, warum dieser Mummenschanz mit weißen Roben und Vogelbeeren wie ein Wegepriester? Verschwende meine Zeit nicht damit, wütend zu sein. Erkläre mir die Antworten.“

Erschöpfung und Anstrengung verliehen Shefs Stimme eine Kühle, die keinen Trotz erlaubte. Im Licht des Feuers sah Shef hinter Svandis Thorvin im Sand hocken, einen Hammer am Gürtel, und die anderen Wegepriester neben ihm, und Suleiman den Juden neben seinem Kollegen Skaldfinn.

„Also gut. Muss ich Euch erklären, warum ich glaube, dass es böse Männer gibt?“

„Sei nicht dumm. Ich kannte deinen Vater. Ich habe ihn getötet, erinnerst du dich? Das Freundlichste, was man über ihn sagen konnte, war, dass er nicht von einer Haut war, *eigi einhamr,* wie ein Werwolf. Nur war er ein Werwurm, ich habe ihn auf der anderen Seite gesehen. Wenn man ihn als Menschen betrachten müsste

– na ja, was könnte man sagen? Er schnitt lebenden Frauen zum Vergnügen die Eingeweide heraus, die einzige Art, die er kannte, um Stärke in seinen Schwanz zu bringen. Böse?“ Shef schüttelte seinen Kopf ohne Worte. „Nein, erzähl uns, warum du glaubst, dass es keine bösen Götter gibt. Du sprichst gerade mit einem Mann, der sie gesehen hat.“

„In Träumen! Nur in Träumen!“ Shef zuckte mit den Achseln. „Meine Mutter hat einen an einem Strand gesehen, genau wie hier, und ihn auch gefühlt, sagt Thorvin. Ansonsten wäre ich nicht hier.“ Svandis zögerte. Sie hatte oft genug ihre Ansichten erklärt. Niemals im Angesicht solcher in Stein gemeißelter Sicherheit auf der Gegenseite. Dennoch lief das feurige Blut Ragnars in ihren Venen und erhob sich bei Gegenwind nur noch mehr.

„Betrachtet die Götter, an die die Leute glauben“, fing sie an. „Die Götter, denen mein Vater und seine Brüder opferten, Odin, Gott der Gehenkten, Betrüger der Krieger, immer auf Ragnarök und die Schlacht mit dem Fenriswolf vorbereitet. Was sind die Worte, die uns Odin in der heiligen *Havamal,* ‚Den Sprüchen des Hohen‘, sagt?“ Ihre Stimme wurde plötzlich zum Gesang der Wegepriester:

„Früh soll er aufstehen, der rauben will eines andern
Leben oder Länder oder Frauen.“

„Ich kenne die Sprüche“, sagte Shef. „Was soll das heißen?“

„Das soll heißen, dass der Gott wie die Männer ist, die an ihn glaubten. Er sagte ihnen nur das, was sie gerne hören wollten. Odin – der Hohe, wie Ihr ihn nennt –, er ist nur ein Sprachrohr für die Weisheiten eines Piraten, eines Mörders wie meines Vaters. Denkt an einen anderen Gott. Denkt an den christlichen Gott – ausgepeitscht, angespuckt, an ein Kreuz genagelt und ohne eine Waffe in seiner Hand getötet. Wer glaubt an ihn?“

„Diese bösartigen Bastarde von Mönchen“, sagte eine anonyme Stimme in der Dunkelheit. „Sie waren einst meine Herren. Sie konnten gut mit der Peitsche umgehen, aber niemand hat jemals einen von ihnen ausgepeitscht.“

„Aber wo haben die Christen angefangen?“, rief Svandis. „Unter den Sklaven des Römervolkes! Sie machten einen Gott nach ihrem eigenen Abbild, einen, der sich wieder erheben und ihnen in einer anderen Welt den Sieg bringen würde, weil sie in dieser hier keine Chance hatten.“

„Was ist mit den Mönchen?“, fragte die skeptische Stimme wieder.

„Wem haben sie ihre Religion gepredigt? Ihren Sklaven! Glaubten sie es selbst? Vielleicht schon, vielleicht nicht, aber es war nützlich für sie. Was hätte es ihnen schon gebracht, wenn ihre Sklaven an Odin geglaubt hätten?

Und was ist mit den Gefolgsleuten des Propheten hier?“, fuhr sie fort und nutzte ihren Vorteil. „Sie glauben an einen klaren Weg. Jeder kann beitreten, indem er wenige Worte sagt. Niemand kann ihn verlassen, ohne den Tod zu riskieren. Diese, die sich anschließen, zahlen keine Steuern, aber ihre Männer müssen auf ewig die Ungläubigen bekämpfen. Vor zweihundert Jahren waren die Araber Sandratten, niemand, von keinem gefürchtet! Was ist ihre Religion, wenn nicht ein Weg, um Stärke zu erlangen? Sie haben sich selbst einen Gott gemacht, der ihnen Macht verleiht. Genau wie meine Onkel einen Gott schufen, der ihnen Mut und Furchtlosigkeit gab, oder die Christen einen, der Gehorsam verlieh.“

„Gib Cäsar das, was Cäsar zusteht“, sagte die skeptische Stimme erneut, gefolgt von einem ausgedehnten Knurren und einem Spucken ins Feuer. „Schon wahr. Ich habe gehört, wie sie es sagten.“

Shef konnte endlich die Stimme einordnen. Nicht Cwicca, sondern Trimma, einer seiner Kameraden. Seltsam, dass er so frei sprach. Es musste am Bier liegen.

Eine andere Stimme mischte sich ein, die ruhige von Suleiman dem Juden, der mittlerweile die gemeinsame, gemischte anglonordische Sprache der Flotte mit kaum dem Hauch eines Akzents sprach.

„Eine interessante Ansicht, junge Dame. Ich frage mich, was Ihr über den Herrn, dessen Name nicht ausgesprochen wird, zu sagen habt." Er fügte hinzu, weil die Verwirrung groß blieb: „Der Gott meines Volkes. Der Gott der Juden."

„Die Juden leben in einem Korridor", sagte Svandis frei heraus. „Am anderen Ende dieser Inneren See. Alle Armeen der Welt sind dort hinauf- und hinuntermarschiert, Araber, Griechen, Römer, alle von ihnen. Die Juden waren, seit Anbeginn ihrer Geschichte, Kröten unter einer Egge, so wie man es mir erzählt hat. Habt Ihr die Kröten kreischen gehört, wenn die Egge sie trifft? Sie rufen aus: ‚Ich werde gerächt werden!' Die Juden haben einen allmächtigen Gott geschaffen, mit absolutem Gedächtnis, der niemals eine Verletzung seines Volkes vergisst und der es rächen wird – irgendwann. Wenn der Heiland kommt. Er soll schon seit langer Zeit kommen, und man sagt, Ihr habt ihn gekreuzigt, als er kam. Aber wenn Ihr das glaubt, was Ihr tut, ist es egal, dass der Heiland nie kommt, weil er immer kommen wird. Genau deshalb leben die Juden weiter."

Shef konnte Suleimans Gesicht im Feuerschein sehen und beobachtete es sorgfältig, ob er irgendeine Grimasse zog oder das Gesicht vor Wut verzerrte. Nichts, was er sehen konnte.

„Eine interessante Sichtweise, junge Prinzessin", sagte Suleiman bedächtig. „Ich sehe, dass Ihr eine Antwort auf alles habt."

„Nicht auf mich", sagte Shef und leerte seinen Krug. „Ich habe sie gesehen, in meinen Träumen. Und andere haben mich in denselben Träumen gesehen, also ist es nicht einfach meine Einbildung. Sie haben mir auch weit entfernte Bilder gezeigt, und diese sind wahr geworden. Genau wie sie es für Vigleik den Visionär, für Farman, Priester des Frey, und für andere vom Weg geworden sind.

Und ich sage dir, diese Götter sind nicht nach meinem Abbild geschaffen! Was hat mich denn gebissen, Svandis, du hast die Zeichen auf meinem Fleisch gesehen? Ein Tier von Loki, ein Tier von Odin? Kein Tier von mir. Ich mag nicht einmal meinen Vater Rig, falls er mein Vater ist. Die Welt wäre ohne Götter besser, sage ich. Wenn wir alle glauben könnten, was wir wollten, dann würde ich

Svandis glauben. Aber ich weiß es besser. Es sind die Götter, die teuflisch sind. Männer sind auch böse, weil sie es müssen. Wenn die Götter eine bessere Welt gemacht hätten, wären auch die Menschen besser."

„Es wird einmal eine bessere Welt geben", brummte Thorvin mit seinem tiefen Bass, „wenn wir den Ketten von Skuld entkommen können."

„Denk weiter darüber nach, Svandis", sagte Shef, als er aufstand. Er hielt inne, als er auf seine Decke auf dem Sand zuging. „Ich meine, was ich sage, und nicht als Scherz oder Beleidigung. Du liegst bei den Göttern des Weges falsch, oder zumindest hast du mir das, was ich weiß, nicht erklären können. Aber trotzdem mag darin irgendwo neues Wissen liegen, Wissen über die Menschen, wenn auch nicht über die Götter. Genau darum geht es dem Weg. Wissen, nicht die Vorbereitung auf Ragnarök."

Svandis senkte ihre Blicke, auf einmal still, wehrlos gegen sein Lob.

Kapitel 11

Die kleine Flotte aus dem Norden, die jetzt nur noch aus elf Schiffen bestand, trat am nächsten Morgen in dem Moment zum Appell an, als der höchste Ausguck das erste Licht am Himmel sah. Viele Männer hatten in der Nacht von Feuer geträumt, keiner wünschte sich, zwischen den roten Galeeren der Griechen und einer feindlichen Küste in der Falle zu sitzen.

Shef überließ die Details des Rückzugs Brands Organisation, der schon von vielen Stränden weggerudert war. Die schwerfälligeren Zweimaster fuhren voraus und nutzten ihre Ruder, während sie auf den ersten Hauch der Brise warteten, die jeden Morgen vom abgekühlten Land in Richtung der wärmeren See wehte. Die vier verbleibenden Wikingerschiffe legten ihre Ruder schon an, ihre Kiele berührten gerade noch den Strand. Ihr Spähtrupp, der den landseitigen Pfad blockierte, rannte gemeinsam herunter, ihr Anführer als Nachhut, schob die Boote hinaus und sprang im selben Augenblick an Bord, während Brand genau mitzählte, als sie an Bord gingen. Zehn Ruderschläge und die Langschiffe waren draußen im Fahrwasser und zogen gemächlich an der *Fafnisbane* vorbei.

Zwei letzte Gruppen waren noch abzuholen. Auf jeder der Landzungen an jeder Seite der Bucht hatte Shef ein Dutzend Männer postiert, mit ihren Bündeln an getrocknetem Gras und Stroh, damit sie jeden Feind anzündeten, der versuchte, sich die Einfahrt in die Bucht zu erzwingen. Die Wikinger hatten auch bei der Rückholung solcher Männer eine Routine. Auf der Klippe erschienen Seile und Männer begannen, wie Spinnen am Ende ihrer Fäden herunterzustürzen. Die Wikinger seilten ihre weniger erfahrenen englischen Kameraden ab, erkannte Shef. Sie berührten den Boden, wateten ins Wasser hinaus, packten die hinausgestreckten Ruder und wurden an Bord gezogen.

Nun taten es die Experten, mit dreifacher Geschwindigkeit, und bewegten sich so schnell, als würde eine feindliche Armee die andere Seite des Hügels hinaufstürmen. Die Seile waren um fest verankerte Stangen und dann doppelt um den Bauch geschlungen, und die Wikinger marschierten geschwind rückwärts die Klippe hinunter, während sie sich gegen den Zug stemmten. Im Wasser machten sie die Seile los.

Und sie hatten jemanden zurück gelassen! Als der letzte Mann auf die wartenden Schiffe zuhastete, sah Shef einen Kopf und einen winkenden Arm. Er konnte sogar das Gesicht, das Schielen erkennen. Es war der Erfinder vom Vorabend, der an die Fackeln Drachenstoff binden wollte. Shef wusste jetzt seinen Namen: Steffi, unter Freunden als Schielauge bekannt, von dem man sagte, dass er mit einer Armbrust der schlechteste Schütze der gesamten Flotte war. Er schien unbesorgt und grinste tatsächlich sogar breit. Shef erhaschte die Worte, die nach unten getragen wurden.

„Ich habe einen neuen Weg, um hinunterzukommen! Seht das an!“ Steffi stieg auf den höchsten Punkt der Klippe und sah auf das tiefe Wasser hinunter, während sich die Boote hunderte von Fuß weiter unten langsam bewegten. Er hatte etwas, das an ihm festgebunden war und hinter ihm flatterte. Shef schloss seine Augen. Wieder einer, der glaubte, er könne fliegen. Zumindest war er über dem Wasser. Falls er keinen Felsen erwischte. Falls er lang genug über Wasser bleiben konnte, um gerettet zu werden.

Steffi machte ein paar Schritte zurück, rannte unbeholfen wieder vorwärts und sprang dann direkt hinunter. Während er sprang, beulte sich hinter ihm etwas aus. Drachenstoff. Ein Rechteck daraus, acht Fuß im Durchmesser, das mit Seilen an einer Art Gürtel befestigt war. Als die kleine Figur nach unten schoss, schien es die Luft zu fangen und bildete eine Art Glocke über ihm. Für wenige Augenblicke wurde die Gestalt langsamer, hing wie ein Wunder in der Luft und Steffis Grinsen war erneut perfekt sichtbar.

Dann schien etwas schiefzugehen. Steffi begann in der Luft von einer Seite zur anderen zu taumeln, sein Grinsen verschwand, er zerrte vergeblich an seinen Seilen, seine Beine ruderten. Ein Platschen, kaum zwanzig Fuß von der Reling weg. Zwei von Brands Männern waren im Wasser und schwammen wie Seehunde. Sie tauchten mit Steffi zwischen ihnen wieder auf, aus dessen Nase Blut floss. Sie zogen ihn zur *Fafnisbane* und hievten ihn zu den wartenden Händen hoch, bevor sie zurück zu ihrer eigenen *Narwhal* kraulten.

„Es lief echt gut", murmelte Steffi. „Dann hat die Luft angefangen, wegzufließen, wie … Wie ein Krug, der zu voll ist. Ich habe den Stoff noch", fügte er an und zog an den Leinen, die am Gürtel hingen, den er nun in den Händen hielt. „Ich habe nichts verloren."

Shef klopfte ihm auf den Rücken. „Sag uns Bescheid, bevor du es das nächste Mal tust, Vogelmann."

Er drehte sich um und gab Hagbard einen Wink. Langsam ruderte und segelte die Flotte hinaus auf See, wo jeder Ausguck mit Ferngläsern den Horizont nach irgendeiner Spur der Galeeren, irgendeinem bedrohlichen Späher mit einem lateinischen Segel absuchte.

Keine Spur. Hagbard räusperte sich und stellte die entscheidende Frage. „Herr? In welche Richtung jetzt? In den Süden und zurück zum Stützpunkt?"

Shef schüttelte seinen Kopf. „Bring uns direkt hinaus aufs Meer, so weit weg vom Land, wie wir vor Mittag kommen können. Wenn der Wind abflaut und wir wieder hilflos sind, will ich, dass wir so weit weg sind, dass uns der entfernteste christliche Späher nicht finden kann. Sie werden in Kürze reihenweise die Küste absuchen. Wir müssen bis dahin hinterm Horizont sein."

„Konferenz um Mittag", fügte er hinzu. „Sag Brand, er soll dann an Bord kommen." Er ging weg und spannte seine Hängematte auf. Eine Nacht auf dem Sand mit den Sandflöhen hatte die meisten Männer müde gemacht. Die, die nicht eingeteilt waren, um sich um die Segel zu kümmern oder Wache zu halten, folgten seinem Beispiel.

Stunden später trafen sich Shef und seine Ratgeber auf dem hohen Deck der vorderen Katapultbühne der *Fafnisbane,* wo eine Plane sie vor der Mittagssonne schützte. Shef selbst saß auf dem Rahmen des Muli. Um ihn herum saßen oder hockten die vier Priester des Weges auf dem Deck, Thorvin, Hagbard, Skaldfinn und Hund, während Brand seinen breiten Rücken an den Drachenbug lehnte. Nach einiger Überlegung hatte Shef erneut Suleiman den Juden hinzugebeten, damit er ihnen lauschte. Einige Fuß entfernt, mit der Erlaubnis, zuzuhören, aber sich nicht einzumischen, außer wenn sie darum gebeten wurden, saßen Cwicca und Osmod, um der Mannschaft weiterzugeben, wenn man zu einer Entscheidung kam. Zwischen ihnen war mit einem gelangweilten Ausdruck auf seinem Gesicht der junge Araber Mu'atiyah. Er würde nur wenig oder gar nichts von dem verstehen, was im anglonordischen Dialekt des Weges besprochen wurde, weil er sich in seinen Wochen mit der Flotte nicht die Mühe gemacht hatte, auch nur irgendetwas davon zu lernen. Trotzdem wurde er vielleicht gebraucht, um Fragen zu beantworten.

„Also gut", sagte Shef ohne Formalitäten, „nur eine Frage: Wo fahren wir hin?"

„Zurück nach Cordoba", sagte Hagbard sofort. „Oder jedenfalls zurück zur Mündung des Guadalquivir. Dann erzählen wir dem Kalifen, was passiert ist. Er wird es wissen, ehe wir dort ankommen, irgendwelche Deserteure müssen davongekommen sein, aber zumindest können wir ihm erklären, dass wir nicht geflohen sind."

„Wir werden ihm aber erklären müssen, dass wir gescheitert sind", antwortete Shef. „Diese Mohammedaner haben keine Geduld für Fehlschläge. Besonders, weil wir ihm versichert haben, dass wir Erfolg haben würden."

„Wir können sonst nirgends hin", brummte Brand. „Wenn wir nach Norden fahren, finden sie es heraus und sagen es den Galeeren. Wenn wir aufs Meer hinausfahren, wie wir es gerade tun, na ja, man sagt, dass es das draußen Inseln gibt, aber alle in christlicher Hand. Sie würden uns erwischen. Aber ich stimme zu, es ist sinnlos, zurück zum Kalifen zu reisen. Warum fahren wir nicht einfach heim? Vielleicht könnten wir unterwegs noch ein paar Kleinigkeiten aufgabeln. Wir könnten durch die Meerenge zurück auf den offenen Ozean fahren, heimsegeln und sehen, ob wir unterwegs ein paar Dinge auftreiben, damit wir aus der Reise Profit machen. Von den Christen an der fränkischen Küste", fügte er hinzu, während seine Blicke auf die lauschende Gestalt Suleimans geheftet waren. „Falls wir beschließen, dass wir immer noch mit dem Kalifen verbündet sind, heißt das."

Shef schüttelte seinen Kopf. „Nein. Selbst wenn wir einen Profit machen würden, würden wir doch nach Hause fahren ohne das, weswegen wir gekommen sind. Nur für den Fall, dass ihr es alle vergessen habt, wir kamen wegen Wissen. Zumindest ich. Wissen über das Fliegen. Und jetzt Wissen über das Feuer. Vergesst nicht, wenn das Reich der Christen das gelernt hat, könnte das nächste Mal, dass wir uns begegnen, im Ärmelkanal sein. Daheim ist es nicht mehr sicher."

„Wir können nirgends sonst hin", drängte Brand hartnäckig. „Das einzig Sichere, was wir tun können, ist, in Bewegung zu bleiben. Es gibt keine sicheren Häfen mehr. Nicht hier auf der Inneren See."

Eine lange Pause, während das Schiff sanft auf dem friedlichen Wasser schaukelte. Die Sonne brannte über ihnen herunter, Mannschaftsmitglieder streckten sich auf ihren Decks aus und genossen die Ruhe und Wärme, neue Erfahrungen für fast alle von ihnen. Die Lager der Schiffe waren immer noch vollgepackt mit Vorräten und vollen Wasserfässern. Kein Grund zur Sorge, oder zumindest kein unmittelbarer Grund. Dennoch lastete das Gewicht der Entscheidung auf ihnen. Die Heimat war für Engländer und Wikinger gleichermaßen viele Meilen entfernt und zwischen ihnen und der Heimat lagen nur Heerscharen an Feinden: Feinde und ungewisse Freunde. Suleiman durchbrach die Stille. Während er das tat, begann er, den Turban abzuwickeln, ohne den sie ihn noch nie zuvor gesehen hatten. „Es ist möglich, dass ich einen sicheren Hafen für Euch finden kann", sagte er. „Wie Ihr wisst, gibt es viele von meinem Volk, den Juden, die unter der Herrschaft des Kalifen von Cordoba leben. Was ich Euch noch nicht erzählt habe, ist, dass es einige – viele – gibt, die, na ja, nicht direkt unter dieser Herrschaft leben."

„Am anderen Ende der Inneren See?", fragte Shef. „Im Land, wo Christus gekreuzigt wurde, wie es auch heißen mag?"

Suleiman wickelte seinen Turban fertig ab und schüttelte das lange Haar aus, das dieser gehalten hatte. Auf seinem Kopf war jetzt nur noch eine kleine, runde Kappe, die scheinbar mit Haarnadeln befestigt war. Aus seinem Augenwinkel bemerkte Shef, dass der junge Mu'atiyah halb auf seine Füße gesprungen war, jetzt aber von Cwicca und Osmod wieder heruntergezogen und nicht zu sanft zurückgehalten wurde. Etwas ging gerade vor, das er nicht verstand.

„Nein", sagte Suleiman. „An diesem Ende. Im Norden, zwischen dem Königreich der Franken und dem Kalifat von Cordoba. Dort, in den Bergen, leben seit vielen Jahren meine Leute zusammen mit anderen aus verschiedenen Religionen. Sie zahlen dem Kalifen eine Steuer, aber sie gehorchen ihm nicht immer. Ich glaube, Ihr wäret dort willkommen."

„Wenn es im Norden ist", sagte Brand, „dann müssen wir jetzt die Christen fürchten, nicht den Kalifen."

Suleiman schüttelte den Kopf. „Die Bergpässe sind beschwerlich und wir haben viele Festungen. Auf jeden Fall hat, wie die schöne Prinzessin gestern Abend gesagt hat, mein Volk viel Erfahrung darin … ein Korridor zu sein. Die Truppen des Kaisers sind mit Erlaubnis durchmarschiert und haben nie eine Stadt betreten. Es wäre ein größerer Feldzug für ihn, unser Fürstentum einzunehmen. Septimania nennen wir es, auch wenn die Franken unter uns Roussillon sagen. Kommt nach Septimania. Dort könnt Ihr einen neuen Glauben beurteilen."

„Warum machst du uns dieses Angebot?", fragte Shef.

Suleiman blickte zu Svandis hinüber, die außer Hörweite an der Reling stand. „Seit vielen Jahren bin ich ein Diener des Buches, Torah oder Talmud oder sogar Koran. Jetzt habt Ihr – oder einige von Euch – mir etwas anderes gezeigt. Jetzt teile auch ich Euer Streben nach neuem Wissen. Wissen außerhalb des Buches."

Shef ließ sein eines Auge zu Mu'atiyah hinüberwandern, der sich immer noch wehrte. „Lass ihn los, Cwicca." Er fuhr in seinem einfachen Arabisch fort. „Mu'atiyah, was du zu sagen hast, sag es. Sag es mit Vorsicht."

Der junge Mann wurde losgelassen und sprang sofort auf seine Füße. Eine Hand war am Griff des Dolches an seinem Gürtel, aber sowohl Cwicca als auch Osmod standen bereit, um ihn wieder zu Boden zu zerren, falls er sich bewegte. Shef sah, dass Thorvin den Hammer, den er immer an seinem Gürtel trug, losmachte. Aber Mu'atyiah schien zu wütend, um sich um Drohungen zu kümmern. Mit bebender Stimme zeigte er auf Suleiman. „Hund von einem Juden! Seit Jahren hast du das Brot des Kalifen gegessen, dein Volk hat seinen Schutz genossen. Jetzt willst du dich loslösen, willst den Shatt al-Islam verlassen, den Pfad der Unterwerfung unter Allah. Du würdest dich mit jedem verbünden, wie eine nasenlose Hure im Rinnstein. Aber hüte dich! Wenn du danach trachtest, die Christen nach Andalusien einzulassen, werden sie sich daran erinnern, dass ihr ihren Gott getötet habt – möge der Fluch Allahs über die kommen, die einen, der in einem Bett geboren ist, verehren! Und wenn du dich verbünden willst mit ...", er schwenkte einen Arm herum, „... mit *denen,* wisse, dass sie Barbaren sind, die kommen und gehen, wie die wilden Schafe scheißen, jetzt an diesem Ort, dann an jenem."

Gesichter wandten sich zu Shef und Skaldfinn und warteten auf eine Übersetzung. „Er nennt Suleiman gerade einen Verräter", beobachtete Shef. „Er hält auch von uns nicht viel."

„Warum werfen wir ihn nicht einfach über Bord?", fragte Brand.

Shef dachte eine lange Zeit nach, ehe er antwortete. Mu'atiyah, der den kurzen Wortwechsel nicht verstanden hatte, erriet trotzdem aus Shefs unbewegtem Gesicht und Brands gestrecktem Daumen etwas von dem, was vorging. Sein Gesicht wurde blass, er setzte zu sprechen an, hielt inne und versuchte, sich in einer selbstbeherrschten Haltung aufzurichten.

Schließlich sprach Shef. „Er ist sicher nutzlos, was Wissen betrifft. Aber ich mochte seinen Meister, bin-Firnas. Wir werden ihn behalten. Vielleicht kann er eines Tages als Gesandter dienen. Und er hat eine Sache für uns erledigt." Er sah sich um und traf Skaldfinns Blicke. „Er hat bestätigt, dass das, was Suleiman hier gesagt hat, wahr ist. Ansonsten hätten wir keinen Grund, es zu glauben. Eine jüdische Stadt, in Spanien! Wer würde das glauben? Aber wie es scheint, muss es wahr sein. Ich sage, dass wir dorthin segeln sollten. Eine Basis finden. Versuchen, die Pläne der Christen zu durchkreuzen. Nicht der Christen, wir haben keinen Streit mit ihnen. Der Kirche und des Heiligen Reiches, das sie unterstützt, und des Kaisers, der es unterstützt."

„Und sehen, was wir über das Griechische Feuer lernen können", bestärkte Thorvin.

„Und Steffi dort eine weitere Gelegenheit zum Fliegen geben", stimmte Shef zu.

Rundum im lauschenden Kreis nickten Köpfe und es gab ein zustimmendes Gebrumme. Suleimans dunkle Augen nahmen es auf und zeigten ein freudiges Leuchten. Von der Mastspitze kam ein Schrei. „Dort im Norden! Ein Segel. Ein dreieckiges. Sieht aus wie ein Fischerboot, vielleicht vier Meilen entfernt. Steuert nach Westen, hat uns vielleicht noch nicht gesehen."

Shef ging zum Bug, öffnete sein Fernglas und versuchte, ob er die Segelspitze, die am Horizont auftauchen musste, ausmachen konnte.

„Glaubst du, die *Narwhal* würde sie einholen, Brand, Ruder gegen lateinisches Segel?"

„In dieser Flaute locker."

„Dann fahr dort rüber, versenke das Boot und töte alle an Bord."

Brand zögerte. „Es macht mir nichts aus, Menschen zu töten, wie du weißt", sagte er. „Aber sie könnten einfach nur Fischer sein, die ihren Lebensunterhalt bestreiten."

„Und sie könnten Spione der Griechen sein. Oder beides gleichzeitig. Wir können dabei kein Risiko eingehen. Rudere einfach hinüber und tu es. Benutze die Armbrüste, wenn du dich zimperlich fühlst."

Shef wandte sich ab und ging weg, offensichtlich auf dem Weg zu seiner Hängematte, weil die Konferenz, soweit es ihn betraf, zu Ende war. Brand starrte ihm mit verblüffter Miene hinterher.

„Das ist der Kerl, der mir immer befohlen hat, Leute beim Plündern zu verschonen, und sich immer Sorgen um die Sklaven gemacht hat."

„Er kümmert sich immer noch um die Sklaven", bemerkte Thorvin.

„Aber er würde unschuldige Menschen wegen nichts töten, nur weil sie vielleicht ein Risiko darstellen könnten. Nicht einmal zum Spaß, wie es Ivar getan hätte, oder um sie zum Reden zu bringen, wie der gute alte Ragnar Lodbrok."

„Vielleicht ist Loki befreit", sagte Thorvin. „Geh besser und tu, was er sagt." Er ergriff schützend seinen Hammeranhänger.

Am selben Tag, zur selben Zeit, und nicht mehr so viele Meilen entfernt, hob Bruno, Kaiser der Franken, der Deutschen, der Italiener und der Burgunder, langsam und wiederwillig seinen Schild, um sein Gesicht nicht vor den Pfeilen zu schützen, die ihm den ganzen Tag entgegengeflogen waren, so dass ihre abgebrochenen Spitzen den Lederbezug seines Schildes übersäten. Nein, nur vor der Hitze, die anstieg und vom brennenden Turm vor ihm ausstrahlte. Er wollte die Sicht auf den Turm nicht verlieren, weil er entgegen jeder Hoffnung hoffte, dass irgendein letzter Schrei aus ihm hallen würde, dass sich das Glück irgendwie wenden würde, um den Tag zu retten. Doch selbst für seine asketische Gestalt war die Hitze nicht zu ertragen. Es war die ganze Zeit ein schlechter Tag gewesen, noch ein schlechter Tag. Er war

sich sicher gewesen, dass die Festung diesmal fallen würde, und sie war gefallen. Dennoch hatte er nach den Belastungen der vorhergehenden Tage gehofft, ja erwartet, dass die Verteidiger zur Vernunft kommen, sein Angebot annehmen und die Gnade akzeptieren würden, die sie kaum erwarten durften. Seine Taktik, um diese Bergfestungen zu schleifen, hatte immer wieder gegen die Moslems an der Küste funktioniert und seine Männer verstanden sie. Zuerst musste man das große Gegengewichtskatapult, das Erkenbert gebaut hatte, nahe genug bekommen, damit es seinen einen gigantischen Felsen oben auf das Tor schleudern konnte. Das Tor zerschmettern, Festung einnehmen. Aber das Katapult hatte fürchterliche Beschränkungen. Anders als die leichteren Onager oder Pfeilschleudern oder von Männern betriebene Waffen musste die Gegengewichtsmaschine im Flachen aufgebaut werden. Auf dem Flachen, und nahe an ihrem Ziel, nicht weiter als zweihundert Doppelschritte entfernt.
Hier, in Puigpunyent, gab es keinen flachen Ort, der auch nur in der Nähe des Tores lag, nur einen steilen Abhang. Grimmig hatten die Brüder aus dem Orden der Heiligen Lanze die Verteidiger in ihre Mauern zurückgetrieben, grimmig hatten sie aus dem blanken Fels eine Plattform herausgehackt. Die Verteidiger hatten gewartet, bis alles erledigt war, dann rollten sie Felsblock um Felsblock holpernd über den Abhang, den sie mit der Stärke von zwanzig Männern gleichzeitig über die Mauern schleuderten. Grimmig hatten die Brüder tiefe Pfeiler in den Fels getrieben, sie mit Holz verstärkt und einen Schutzschirm gemacht, hinter den sich das wertvolle Katapult kauern konnte. Hunderte von Trägern hatten sich mit der Maschine und den Felsen, die ihr Gegengewicht bildeten, den Berg hinauf gemüht. Die großen Felsblöcke, die sie warf, waren sogar ein noch größeres Problem gewesen und wurden am Ende auf hölzernen Platten von Scharen an schwitzenden, japsenden Männern hinaufgetragen.
Sie hatten es geschafft: Sie hatten die Maschine aufgebaut und einen ersten Felsen geschleudert, der über das Tor flog, so dass

Erkenbert, der Diakon, seine seltsamen Berechnungen anstellen und sagen konnte, wie viel Gewicht entfernt werden musste, damit der nächste Felsen genau auf dem hölzernen Bauwerk landete. Und dann, nachdem diese Arbeit erledigt und die Bedrohung sichtbar war, hatte Bruno einen seiner besten Männer, Bruder Hartnit von Bremen, ausgeschickt, um das Angebot zu unterbreiten. Das Leben und Freiheit für alle. Nur die Inhalte der Burg sollten übergeben werden. Bruno war sich sicher, fast sicher, gewesen, dass sie das Angebot annehmen würden, weil er wusste, genau wie sie wissen mussten, dass, sobald ein Durchbruch gelang, alle Gesetze Gottes und der Menschen besagten, dass es dann keine Gnade mehr für Mann, Frau oder Kind geben konnte, die die Angreifer in so viel Mühen und Risiko gezwungen hatten. Die anderen Brüder, selbst die vom Lanzenorden, hatten ihren Herrn schief angesehen, als er Hartnit ausgesandt hatte, weil sie wussten, dass das Angebot den Verlust ihrer traditionellen Privilegien bedeutete: töten und plündern, Rache und Vergewaltigung. Die Brüder hatten Keuschheit gelobt und konnten wie Mönche nicht heiraten. Die Keuschheit bezog sich allerdings nicht auf das, was während einer Eroberung passierte. Immerhin würden alle ihre Partnerinnern noch vor dem Morgengrauen tot sein. Die Brüder brauchten das Ventil, das ihnen der Brauch zugestand.

Dennoch hatten sie Hartnit losziehen lassen, im Wissen, dass ihr Herr irgendeinen treibenden Plan hatte. Sie hatten gehört, wie er sein Angebot im Vulgärlatein rief, das die meisten verstehen konnten. Sie, oder zumindest manche von ihnen, die sich des Temperaments der Verteidiger bewusster waren als Bruno, hatten sogar den Pfeilhagel erwartet, der die traditionelle Ablehnung eines Kapitulationsangebotes darstellte. Hartnit hatte es hinter seinem übergroßen Schild oder seiner Blende auch halbwegs erwartet.

Niemand hatte jedoch die große Marmorsäule erwartet, die über die Mauer schoss und wie die Keule eines wütenden Riesen herunterkam. Ein Ende davon hatte den Schild zerschmettert und Hartnit beinahe entzweigerissen, ehe sie weiterflog und in einer Staubwolke den Abhang hinunterrollte. Jeder Mann hatte das mitleiderregende Wimmern von Harnit dem Tapferen gehört, als seine zersplitterten Hüftknochen durch seinen Bauch getrieben wurden, bis ihn der Kaiser selbst mit seinem *Misericorde,* dem langen, dünnen Dolch, der die letzte Erlösung brachte, zum Schweigen gebracht hatte.

Grimmig hatten sie dann den nächsten Felsblock aus dem Gegengewichtskatapult geschleudert, das Tor zerschmettert, sich ihren Weg hinein und über die Barrikaden erkämpft, die wie erwartet im inneren Hof aufgebaut waren, und sich daran gemacht, jeden letzten Verteidiger aus Turm und Scheune und Treppen und Keller zu vernichten. Grimmig hatten sich die Verteidiger gewehrt, niemals einen Mann zurückgelassen und ihre eigenen Verwundeten getötet, während sie sich zurückzogen, bis sie in den einen letzten Turm gedrängt waren. Nur Männer darin. Bruno selbst hatte in den Innenräumen der Festung, als sie sich ihren Weg hindurch erkämpften, die Reihen an Frauen, alten Leuten und Kindern gesehen, die über ihren Bänken zusammengesunken waren oder mit gekreuzten Armen da lagen: vergiftet, tot, nicht ein Überlebender. Nur die letzten etwa zwanzig, die im letzten Turm in der Falle saßen, den seine Männer angezündet hatten.

Er senkte den Schild vorsichtig und wartete auf den sofortigen Pfeilhagel, dann trat er in zögerlichem Tempo vor. Er riskierte, dass er nun aussah wie ein Narr, aber es musste getan werden. Noch einmal rief er: „Ihr da drinnen! Ketzer! Wenn ihr die Flammen spürt, kommt heraus, ergebt euch. Ich gebe euch mein Wort, mein Wort als Ritter, als Kaiser, dass ihr nicht verletzt werdet! Niemand auf der Welt hätte besser kämpfen können. Ihr habt genug getan."

Nur das Knistern und Flackern der Flammen als Antwort, während ihn seine Brüder wieder einmal schief ansahen und sich fragten, ob der Kaiser verrückt war. Und dann rief aus dem Herzen

der Flammen eine Stimme. „Kaiser, wisse dies. Ich bin Marcabru, der Hauptmann, leider immer noch ein *Imperfectus.* Wir sorgen uns nicht um dich und nicht um die Flammen. Heute Nacht werde ich wie der gute Dieb bei meinem Herrn im Paradies sein. Denn Gott ist gnädig. Er wird uns nicht in dieser Welt und in der Nächsten verbrennen lassen."
Ein Krachen aus dem Turm, als seine Dachbalken einstürzen, eine Welle aus Staub und Rauch, und Stille, lange Stille, durchbrochen nur von den knisternden Flammen. Keines der vertrauten schrecklichen Geräusche einer Plünderung, die Schreie und die Tränen und die tiefen Rufe nach Erlösung. Nur das Knistern der Flammen und das Krachen von fallendem Stein.
Bruno wich zurück, sein Schild immer noch erhoben. Erkenbert war nun erschienen, wo das Kämpfen erstorben war, während seine Leibwächter einen Schritt hinter ihm standen. Er sah zu seiner Verwunderung ein aufgeregtes Leuchten und sogar gute Laune in den hellblauen Augen des Kaisers erstrahlen.
„Gut, jetzt wissen wir etwas", sagte er zu dem dürren Engländer.
„Was wäre das?"
„Die Bastarde müssen etwas zu verbergen gehabt haben. Alles, was wir jetzt noch tun müssen, ist, es zu finden."

Die *Fafnisbane* glitt durch die Nacht, ihre Begleitschiffe hinter ihr verteilt, während ihre Segel sie mit kaum einem Ton trugen. Shef saß nahe am Bug, ließ seine Füße über Bord baumeln und erhaschte von Zeit zu Zeit eine schwache Gischt vom Bug. Wie eine Vergnügungsfahrt, dachte er. Kein Vergleich mit dem Eis und Hunger auf seiner langen Seereise in den Norden. Er erinnerte sich an das verbrannte Gesicht und die Leiche von Sumarrfugl, die Art, wie die Haut unter seiner Hand geknistert hatte, als er den Dolch hineintrieb.
Eine Präsenz auf seiner blinden Seite. Er drehte sich entspannt herum. Halb entspannt. Es war Svandis in ihrem weißen Kleid, die sich neben ihn setzte.

„Brand hat diese Fischer nicht getötet, wisst Ihr", fing sie an. „Er hat ihr Boot versenkt, aber gab ihnen Zeit, um ein Floß zu bauen und Wasser darauf zu laden. Sie hatten ein Paar Ruder. Er sagte, sie sollten entweder das Festland oder eine der Inseln in etwa eineinhalb Tagen erreichen, Zeit genug für uns zum Verschwinden."

„Außer einer ihrer Freunde gabelt sie auf", murmelte Shef.

„Wollt Ihr zu einem Mann wie mein Vater werden?" Svandis zögerte wenige Augenblicke. „Immerhin sagt man, Ihr seid auch *eigi einhamr,* kein Mann von einer Haut. Wegen dem, was Ihr in Euren Träumen seht. Werdet Ihr mir von ihnen erzählen? Was war es, das Euch letzte Nacht diese Zeichen an Eurer Wade gab? Sie sahen wie der Biss einer Giftschlange aus. Aber es ist nicht angeschwollen und Ihr seid nicht gestorben. Und die Zeichen sind jetzt verschwunden."

Shef hob seine Tunika an und starrte im schwachen Sternenlicht auf seine Wade. Es war jetzt nichts mehr dort, jedenfalls nichts, was man sehen konnte. Vielleicht sollte er es ihr erzählen. Er konnte die Wärme ihres Körpers fühlen, die in der Kälte der Nacht tröstlich war, konnte den schwachen Duft der Frau riechen, so dass er sich für einen Moment fragte, wie es wohl wäre, sie zu umarmen und sein Gesicht zwischen ihre Brüste zu senken. Shef hatte nie in seinem Leben Trost von einer Frau gekannt, nachdem ihn seine Mutter auf Armlänge gehalten und das Schicksal ihm seine eine Liebe Godive genommen hatte. Er spürte die Versuchung, sich hineinzuentspannen. Er schüttelte die Versuchung sofort ab. Augen beobachteten sie, seinen Kopf zu senken und wie ein weinendes Kind um eine Umarmung zu betteln, wäre nicht *drengiligr,* kriegerhaft. Trotzdem konnte er reden.

Leise begann er ihr die Details seines letzten Traumes zu erzählen. Die Treppe. Sich wie eine Maus unter Menschen zu fühlen. Der Riese, der die Treppe heraufkam, seine stampfenden Stiefel. Die monströse Schlange, die nach ihm kam, die den Gott Loki verfolgte, der der Riese gewesen war, da war er sich sicher. Der Ormgarth der Götter, mit den Schlangen unter seinen Füßen und der einen, die ihn gebissen hatte.

„Genau darum glaube ich an die Götter", endete er. „Ich habe sie gesehen, habe sie gespürt. Deshalb weiß ich, dass Loki befreit und auf Rache aus ist. Als müsste ich es nach Sumarrfugl wissen."

Svandis blieb eine Weile still, wofür er dankbar war. Sie schien über das, was er gesagt hatte, nachzudenken, anstatt es einfach abzustreiten. „Sagt mir", fragte sie schließlich, „gab es irgendetwas in dem Traum, das Euch an etwas erinnerte, was Ihr zuvor gesehen hattet? Etwas, über das Ihr nachgedacht haben könntet, ehe Ihr eingeschlafen seid? Die Stiefel, zum Beispiel. Die Stiefel des Gottes, der die Treppe heraufkam. Ihr habt gesagt, Ihr habt sie gesehen."

„Die Stiefel? Die waren wie Brands Stiefel." Shef lachte und erzählte ihr, wie er, als sie durch Cordoba marschierten, einen erstaunten Araber gesehen hatte, der Brand von oben bis unten betrachtete, von seinen enormen Füßen bis zum Helm auf seinem Kopf. Wie der es kaum hatte glauben können, dass solche Füße zu einem Menschen gehörten.

„Also hattet Ihr ein solches Bild bereits in Eurem Kopf? Was ist mit den Schlangen? Habt Ihr je einen Ormgarth gesehen?"

Shef fühlte erneut ein Kitzeln von Zweifeln und Verdacht. Dies war immerhin die Tochter von Ivar, die Enkelin von Ragnar selbst.

„Ich habe deinen Großvater in der Schlangengrube sterben sehen", sagte er knapp. „Hat dir das nie jemand erzählt? Ich habe ihn sein Totenlied singen hören."

„Er hat mich früher immer auf seinen Knien gehalten und mir vorgesungen", sagte Svandis.

„Er hat früher immer seinen Daumennagel lang wachsen lassen, damit er damit Männern die Augen auskratzen konnte", antwortete Shef. „Mein Freund Cuthred hat ihn ihm mit einer Zange herausgerissen."

„Also habt Ihr auch schon eine Schlangengrube gesehen", fuhr Svandis fort, „und einen Mann darin sterben sehen. Hattet Ihr damals viel Angst? Habt Ihr Euch vorgestellt, Ihr wärt selbst in der Grube?“

Shef dachte eine Weile nach. „Was du mir damit zu erklären versuchst“, sagte er, „ist, dass diese Visionen von mir – ich nenne sie nicht Träume – überhaupt nicht von den Göttern kommen. Sie entstehen in meinem eigenen Kopf aus Dingen, die ich gesehen habe oder die mich erschreckt haben. Sie sind wie eine Geschichte, eine Saga. Eine, die von einem Narren erzählt wird, ohne Anfang oder Ende und nur Bruchstücke an Verbindungen zueinander. So fühlen sie sich nicht an. Sie fühlen sich … viel größer an als das.“

„Weil Ihr schlaft“, sagte Svandis. „Ihr denkt nicht richtig.“

„Jedenfalls sind die Visionen, die ich sehe – sie sind Visionen von den Göttern! Sie erzählen Geschichten, die ich von Thorvin gehört habe, über Wölund und Skirnir und Hermod und Balder.“

„Weil Ihr sie von Thorvin gehört habt“, sagte Svandis. „Wenn Ihr von Geschichten träumen würdet, die Euch Thorvin nicht erzählt hat, dann könnte das etwas bedeuten. Vielleicht nur, dass Ihr sie aus Dingen, die Ihr selbst gesehen und gefühlt habt, erfindet. Aber glaubt Ihr nicht, dass die Araber von Allah träumen, die Christen von ihren eigenen Geschichten über ihre Heiligen? Eure Visionen sind wie die Götter selbst. Die Menschen denken sich beides davon aus, damit es ihren eigenen Bedürfnissen und ihrem Glauben entspricht. Wenn wir mit dem Glauben aufhören würden – dann wären wir frei.“

Shef untersuchte die Idee mit Sorgfalt und Zweifeln. Es schien ihm, dass er manchmal die Vision gesehen *hatte,* ehe er die Geschichte kannte. Svandis würde sagen, dass er etwas vergessen, die Geschichte falsch herum in Erinnerung habe. Sicher hatte er keine Möglichkeit, das Gegenteil zu beweisen. Und sie konnte vielleicht Recht haben.

Jeder wusste, dass Träume manchmal von den Ereignissen des Tages oder sogar von Geräuschen, die Männer in ihrem Schlaf hörten und zu einer Geschichte machten, verursacht wurden.

Die tapfersten Wikinger hatten Träume voller Angst, er hatte oft Männer im Schlaf murmeln hören.
„Also gibt es vielleicht kein Ragnarök", fragte er sich. „Keinen befreiten Loki. Ich habe mich selbst die ganze Zeit getäuscht. Wenn ich das glauben könnte, wären die Dinge viel einfacher für mich. Und es gäbe keine Wahrheit in den Visionen."
„Es gibt keine Wahrheit in Visionen", sagte Svandis bestimmt, fest entschlossen, ihr Argument zu betonen und ihn zu konvertieren. „Götter und Visionen sind nichts als Illusionen, die wir erschaffen, um uns selbst zu versklaven." Sie drückte sich in der kühlen Nacht näher an Shef und beugte sich vor, um in Shefs Auge zu blicken, während ihre Brust seinen Arm streifte.

Weit im Norden, im Haus der Weisheit in Stamford in den englischen Midlands, war die Nacht noch nicht angebrochen. Stattdessen lag der Steinturm mit seinen vielen Nebengebäuden im langen grauen Zwielicht eines englischen Frühsommers. Aus den mit Hecken umgebenen Feldern in der Nähe wehte der schwere Duft von blühendem Hagedorn. Leises Gelächter kam vom Stadtrand, wo freie Bauern und Handwerker, nachdem das Melken und Graben und Handeln für den Tag erledigt war, für die letzte Stunde vor der völligen Dunkelheit mit Bierkrügen in den Händen zusammensaßen. Kinder spielten in der Dämmerung um ihre Väter und jüngere Leute, Männer und Frauen, tauschten Blicke und verschwanden manchmal in die Dunkelheit der umgebenden Felder.
Im Haus der Weisheit selbst waren die Schmieden still, auch wenn von den noch glühenden Feuern immer noch rotes Licht schien. Ein Priester schritt über den zentralen Innenhof, weil er plante, seine Freunde aufzusuchen und sie zu überreden, Glühbier zu trinken und ihre Experimente und Entdeckungen zu diskutieren. Als er um die Ecke am Steinturm bog, blieb er plötzlich stehen. Auf einer Bank vor ihm saß Farman, Priester des Frey, berühmtester Priester in England für die Anzahl seiner Gottesvisio-

nen, auf der Welt einzig von Vigleik dem Norweger übertroffen. Farman saß locker da. Seine Augen waren offen, aber es schien, als sähe er nichts. Vorsichtig trat der Priester, der auf ihn gestoßen war, näher und sah, dass sich Farmans Augen nicht aus ihrem fixierten Starren ohne Blinzeln lösten. Er trat leise zurück, ging wieder um die Ecke und winkte, dass dringend die anderen zu ihm kommen sollten. Nach einer Weile stand ein Dutzend Wegepriester im Halbkreis um ihren bewegungslosen Kollegen, während Lehrlinge und Laien weggejagt worden waren. Sie warteten ohne zu sprechen darauf, dass er sich regte.

Seine Augen blinzelten, er rührte sich auf der Bank und wurde sich derer bewusst, die um ihn standen.

„Was hast du gesehen, Bruder?“, fragte einer von ihnen.

„Am Ende – am Ende sah ich einen Baum und eine Schlange darin. Vor dem Baum stand eine Frau, eine von großer Schönheit. Sie hielt gerade einem Mann einen Apfel hin und er – er streckte seine Hand danach aus. Und die ganze Zeit sah die Schlange zu und ihre gespaltene Zunge zischte vor und zurück.“

Keine Reaktion von den Wegepriestern. Keiner von ihnen hatte die christlichen Bücher gelesen, sie wussten nichts von Satan, von Adam und Eva, und vom Fall der Menschen.

„Aber davor, davor habe ich etwas von mehr Bedeutung gesehen. Etwas, von dem der König hören muss.“

„Der Eine König ist nicht hier, Bruder“, erinnerte ihn ein Priester sachte, weil er wusste, dass diejenigen, die gerade aus einer Vision kamen, Zeit brauchten, um sich zu erholen.

„Sein Vertreter. Sein Partner.“

„König Alfred ist sein Partner. Er sitzt dem Rat der Stadtherren vor. Es gibt keinen Vertreter.“

Farman rieb sich die Augen. „Ich muss niederschreiben, was ich gesehen habe, ehe es verblasst, und dann muss die Nachricht dem König überbracht werden.“

„Kannst du uns irgendetwas von dem erzählen, was du gesehen hast?“

„Gefahr und Zerstörung. Feuer und Gift – und Balders Fluch befreit."
Die Priester erstarrten, weil sie wussten, wer es war, den Farman nicht beim Namen nennen wollte, der Gott, an den sie sich beim Strohfeuer in ihrem heiligen Kreis erinnerten.
„Wenn der Fluch Balders befreit ist", fragte einer von ihnen langsam, „was kann dann der englische König Alfred tun? Ob er nun im Rat der Stadtherren ist oder nicht?"
„Er kann die Flotte aussenden", antwortete Farman. „Jeden Mann und jedes Schiff an den Ort der Gefahr senden. Und das ist nun nicht die Mündung der Elbe, nein, auch nicht das Dannevirke. Der Fluch Balders ist überall frei, aber er wird sich zuerst im Süden zeigen, wo die Söhne Muspells am Tag von Ragnarök reiten."
Er stand auf, wie ein Mann, der von einer gewaltigen Reise unsagbar erschöpft ist. „Ich habe einen Fehler gemacht, Brüder. Ich hätte mit dem Einen König reisen sollen, als er aufbrach, um sein Schicksal zu suchen. Denn sein Schicksal betrifft uns alle."

Kapitel 12

Vom bis dahin kaum bekannten Felsen von Puigpunyent galoppierten die Reiter in alle Richtungen. Manche im schnellsten Tempo, das ihre Pferde erreichen konnten: Sie hatten nur eine kurze Entfernung zurückzulegen und standen unter dem Befehl, direkt zur Festung oder zum Felsenturm jedes Barons im Grenzland zu reiten und zu verlangen, dass sich jeder Mann, der reiten konnte, dem Kaiser anschloss. Sie würden sie nicht bekommen, denn in der komplexen Lokalpolitik der Bergmoore, wo Franken Spaniern und Christen Ketzern entgegenstanden, wo die Mauren ständig plünderten und jüdische Zöllner die Pässe und Mautstraßen überwachten, würde es kein Baron, nicht einmal diejenigen, die Brunos Informanten wegen ihrer Loyalität zur Heiligen Kirche ausgewählt hatten, in Erwägung ziehen, sich selbst wehrlos zu machen. Außerdem würde ihnen Bruno nicht vertrauen, wenn sie es taten. Aber sie würden den ersten Ring zur Verfügung stellen, bis sie von besseren Männern ersetzt wurden, in diesem Moment, wo das Reich und der Kaiser große Zahlen mehr brauchten als alles andere.
Andere Boten wählten ihr Tempo vorsichtiger und ritten in kleinen Gruppen mit einer Herde Ersatzpferde hinter sich. Sie mussten weiter reiten: viele hundert Meilen weiter, aber alle von ihnen wussten, dass es mehrere Tagesritte dauern würde, bis sie die sicheren Teile des Reichs erreichten, wo sie nach Vorzeigen der Marke des Kaisers ihre Pferde tauschen konnten. Diese, die am weitesten zu reiten hatten, waren diejenigen, die man ausgewählt hatte, damit sie zu den Festungen des Lanzenordens ritten, alle von ihnen in den deutschsprachigen Ländereien weit im Osten und Norden, über die Berge und über den Rhein: Freiburg und Worms, Trier und Zürich und sogar Bern hoch in den Alpen. Von dort würden die Männer kommen, denen Bruno am meisten ver-

traute, jeder einzelne Kriegermönch des Ordens, die Männer, die er brauchte, um seinen Krieg auszufechten und seine Mission zu Ende zu bringen. Es würde dort kein Zögern und keine Berechnung geben. Aber sie konnten nicht sofort kommen und sie würden nie in der Anzahl kommen, die er brauchte.

Dazwischen waren Reiter, die zu jedem Bischofssitz in den Sümpfen Südfrankreichs und Italien unterwegs waren: Massilia und Vercelli, Lyon und Turin und Carcassonne und Dax. Ihre Botschaft war die einfachste. Jeder Mann, den man entbehren konnte. Kein Bedarf an Rittern, kein Bedarf an schwer Bewaffneten und Aristokraten, obwohl auch sie kommen mussten, um den Rest zu befehligen. Schickt jeden Mann, der ein Paar Augen und einen Jagdbogen hat. Schickt die Wilderer und die Jäger, die Falkner und die Köhler. Die Beichtväter jedes Dorfes mussten wissen, wer die Männer waren, die im Dunkeln ihren Weg finden konnten, die die Hirsche über die Hügel und in die *Maquis* hetzen konnten. Bietet allen, die jetzt den Dienst für Kirche und Kreuz und Kaiserreich antreten wollen, Vergebung und Straferlass an. Vor allem, stellte Bruno heraus, brauche ich Eure *Bacheliers:* die Männer, die in richtigem Latein, wenn auch dem Latein des degenerierenden Reiches, *Vaccalarii,* die Männer der *Vaches,* gewesen wären. Die Kuhtreiber, die auf ihren wilden Pferden durch die Sümpfe der Camargue ritten, bewaffnet mit den zehn Fuß langen Ochsenspießen, die ihr Handwerkszeug waren, und Streifen von gepökelten Rindfleisch um ihre Hüte gewunden hatten, während sie die ganze Zeit auf die Angriffe der streunenden, leicht reizbaren wilden Bullen achteten. Zu flatterhaft und zu leicht bewaffnet für eine Schlacht, aber dazu fähig, die Landschaft abzusuchen, wie eine Küchenmagd, die mit Sand den Rost aus einer Kanne entfernt.

„Ich will, dass dieser Ort dichter abgeriegelt wird, als ein Abts… dichter als ein Schlafsaal in einem Konvent“, hatte Bruno gesagt und vergaß dabei seinen üblichen bedachten Respekt vor jeder Form des religiösen Lebens. „Wir haben jetzt nicht die Männer,

aber sobald sie anfangen herbeizukommen, instruiert sie und teilt sie ein. Bis dahin, Tasso", fügte er zum Kommandeur seiner Leibwache aus dem Lanzenorden an, „kannst du deinen Jungs sagen, dass sich niemand schlafen legt. Ich auch nicht. Hol sie raus und lass sie jeden Felsen überwachen."
„Wofür?", fragte Tasso.
„Du hast die Art gesehen, wie sie sich alle selbst umgebracht haben. Warum? Weil sie nicht wollten, dass uns irgendjemand irgendetwas erzählt. Uns erzählt, wo etwas Bestimmtes ist. Also muss es hier sein. Und du kannst sicher sein, dass jemand versuchen wird, es herauszuholen. Also werden wir den Ort abriegeln."
„Das wird uns nicht dabei helfen, etwas zu finden", sagte Tasso, ein alter Kamerad, der mit einem Bruder des Lanzenordens frei sprechen durfte, selbst wenn dieser Bruder sein Kaiser und Befehlshaber war.
Bruno packte ihn mit beiden Händen am Bart. „Es wird uns auch nichts verlieren lassen! Und jetzt, wo wir wissen, dass es hier ist, ist alles, was wir tun müssen, sobald wir alles abgeriegelt haben, einfach nur zu suchen."
„Wir haben schon gesucht."
„Das haben wir noch nicht unter jedem Stein. Und wir werden jeden einzelnen letzten Stein an diesem Hügel umdrehen und ins Meer hinunterwerfen, wenn wir müssen! Erkenbert!" Bruno rief nach seinem Diakon, der gerade geschäftig Boten ihre Anweisungen gab. „Befiehl den Bischöfen, dass sie auch Spitzhacken mitschicken sollen! Und Männer, die sie benutzen können."
Entlassen stapfte Tasso weg, um das Gebiet zu überwachen und seine zu weit verstreuten Spähposten einzuteilen. Als der Tag fortschritt, wurde seine Miene immer besorgter. Er, der selbst ein Bayer aus den Weinbergen des Südens war, fand die Schluchten und dichten Büsche der scharfkantigen, steilen Ausläufer der Pyrenäen befremdlich. „Man braucht tausend Männer, um diese Aufgabe zu erfüllen", murmelte er zu sich selbst. „Zweitausend. Und wo kommt die Nahrung her? Oder das Wasser? Trotzdem:

Befehl ist Befehl. Helmbrecht, Siegnot, Hartmut, bewacht diesen Pfad hier. Und denkt daran, niemand schläft, bis eine Ablösung geschickt wird. Kaiserbefehl, verstanden?“
Er stapfte in der Hitze weiter und verteilte hier und dort Abordnungen. Er wusste nicht, dass eine Viertelmeile außerhalb des Rings, den er aufbaute, jemand mit ihm Schritt hielt, so nah am Boden wie ein Wiesel durch die dichten Dornbüsche glitt, und Augen jede einzelne seiner Bewegungen beobachteten.

Der Schäferjunge hatte Furcht und sonderbare Dinge erwartet, als er hineinkam, um seinen Bericht zu erstatten, aber trotzdem räusperte er sich und schluckte krampfhaft, als sich seine Augen an das düstere Licht gewöhnten. Ihm gegenüber saß hinter einem unebenen Tisch ein Halbkreis von Männern. Zumindest konnten es vielleicht Männer sein. Jede Gestalt war in eine lange, graue Robe gekleidet und jeder Einzelne hatte eine Kapuze über seinem Kopf, die so weit nach vorn gezogen war, dass man die Gesichter nicht sehen konnte. Wenn er sie gesehen hätte, hätte er sie vielleicht erkannt. Denn niemand konnte sicher sein, wer die *Perfecti* sein mochten, obwohl es in den Dörfern der Ketzer ständig Gerüchte und Vermutungen gab: Er hat letztens Schafsfleisch verweigert, vielleicht isst er kein Fleisch, seine Frau und er haben zusammen geschlafen, aber sprechen miteinander wie Bruder und Schwester, sie hat seit drei Jahren kein Kind bekommen, obwohl ihr letztes Kind letzten Frühling entwöhnt wurde. Alles war vielleicht ein Anzeichen dafür, dass jemand in das zentrale Mysterium eingeweiht worden war. Aber in den Dörfern der Ketzer strebten alle danach, wie *Perfecti* zu leben, auch wenn sie diese Stufe vielleicht nie erreichen würden: Also konnten Fasten oder Keuschheit auch nur Ehrgeiz, keine Errungenschaft anzeigen. Die verhüllten Männer konnten jeder sein.
Der Schäferjunge kniete sich ungeschickt hin und stand wieder auf. Eine Stimme kam aus dem Halbkreis, nicht aus der Mitte. Es konnte sein, dass ein Sprecher ausgewählt worden war, weil

seine Stimme nicht erkannt werden würde. Auf jeden Fall sprach er nicht lauter als im Flüsterton.

„Was hast du in Puigpunyent gesehen?"

Der Junge dachte nach. „Ich bin ganz nah bis zum Felsen hinaufgegangen, von allen Seiten außer von Osten, wo die Straße liegt. Das Tor ist eingerissen, die Türme sind verbrannt und viel vom Stein ist eingestürzt. Die Männer des Kaisers schwärmen aus über die Burg, so dicht wie Flöhe auf einem alten Hund."

„Was ist mit der Umgebung?"

„Die Christen haben überall um den Felsen Männer postiert, so nah an seiner Basis, wie sie können, in einem Ring komplett herum. Es sind schwere Männer in Rüstungen und sie gehen in der Hitze sehr wenig umher. Essen und Wasser wird ihnen gebracht. Ich kann nicht verstehen, was sie zueinander sagen, aber sie schlafen nicht und sie scheinen sich nicht zu beklagen. Einen Großteil der Zeit singen sie ihre heidnischen Hymnen und Gebete."

Die *Perfecti* ignorierten, dass der Junge Christen und Heiden gleichsetzte: Genau das glaubten sie selbst auch. Die fragende Stimme wurde noch leiser.

„Hattest du keine Angst, dass sie dich erwischen?"

Der Junge grinste. „Männer in Rüstungen? Die sollen mich am Hang oder in den *Maquis* erwischen? Nein, meine Herren. Falls sie mich sähen, könnten sie mich nicht fangen. Aber sie haben mich nie gesehen."

„Sehr gut, nun erzähl uns eines. Könntest du – du und einige deiner Kameraden vielleicht –, könntet ihr ihren Ring durchdringen und über die Mauer in die Burg hineingelangen? Vielleicht einen von uns mitnehmen? Einen Mann aus den Bergen, aber nicht einen geschickten Jungen wie dich selbst?"

Das Gesicht des Jungen wurde zögerlicher. Falls er bejahte, würden sie ihn bitten, es zu tun? Er hatte nicht den Wunsch, sich zu den Leichen zu gesellen, die herausgetragen und auf der Grünfläche unter dem Burgeingang abgelegt wurden, wie er gesehen hatte. Doch mehr als alles andere wünschte er sich, dass die Männer, die alle respektierten, die ehrenhaften Männer, eine gute Meinung von ihm hatten.

„Ihre Posten sind schlecht platziert und die Späher erschrecken und schießen, wenn auch nur ein Fuchs im Dickicht raschelt. Ja, ich könnte mir einen Weg hindurch suchen. Und vielleicht drei oder vier meiner Freunde. Ein älterer Mann … Die Dornen im Gebüsch wachsen hoch, seht Ihr, vielleicht ein oder zwei Fuß vom Boden. Ich gehe nicht, ich gleite auf meinem Bauch, so schnell wie ein anderer Mann marschiert. Ein schwererer Mann, ein Mann, der nicht kriecht, der sagt ‚Oh, mein Rücken' …" Für einen Augenblick imitierte der Junge seinen Dorfpriester, einen Ketzer wie der Rest, aber einer, der mit der Kirche und dem Bischof in Kommunion blieb, um jeden Verdacht abzulenken. „… er könnte nicht durchkommen. Er würde erwischt werden."

Die verhüllten Köpfe nickten fast unmerklich, als sie die Endgültigkeit seiner Aussage feststellten.

„Und erwischt darf er nicht werden", bemerkte die flüsternde Stimme. „Vielen Dank, Junge, du hast uns einen Dienst erwiesen. Dein Dorf soll davon wissen. Unseren Segen für dich, und möge er wachsen, wenn du älter wirst. Sprich mit den Männern, die du draußen vorfinden wirst. Zeig ihnen die Spähposten, die du gesehen hast."

Nachdem er hinausgegangen war, wurde eine Zeitlang nichts gesprochen. „Schlechte Neuigkeiten", sagte einer der Verhüllten nach einer Weile. „Er weiß, dass dort etwas ist."

„Es war der Trotz von Marcabru, der ihn alarmiert hat. Wenn sie sich ergeben hätten und hinausmarschiert wären, hätte er gedacht, es wäre einfach eine weitere Belagerung und nach seinem Plan verlaufen. Es ist am besten, keine Aufmerksamkeit zu erregen. Sich zu ergeben, unseren Glauben zu leugnen, dem Papst Gehorsam zu schwören, wie wir es immer getan haben. Dann, wenn sie weg sind, zu dem zurückzukehren, was wir wissen."

„Marcabru kämpfte bis zum letzten Mann, weil er fürchtete, dass jemand reden würde. Und wer weiß? Das hätten sie vielleicht wirklich. Vielleicht hatte er seine Befehle. Immerhin wissen wir nicht, was in der Burg vorgefallen ist. Vielleicht gab es Anzeichen für Verrat."

Die Stille senkte sich wieder. Eine andere Stimme gab weitere Informationen preis. „Sie sagen, dass der Kaiser, nachdem er die Burg eingenommen hatte, alle Leichen darin hinaus auf die Ebene am Fluss tragen und sie dort verbrennen ließ. Aber ehe er das tat, entkleideten und durchsuchten seine Männer alle Toten. Durchsuchten sogar ihre Bäuche mit Messern, um sicherzugehen, dass sie nichts verborgen hatten. Nachdem sie verbrannt waren, siebten seine Männer noch einmal die Asche. Und alles in der Burg, jedes Stück Stuhl oder Tisch, wurde hinausgetragen und ausgelegt, damit es der Kaiser und sein schwarzer Diakon untersuchen konnten. Er ließ das auch verbrennen, vor Leuten aus den nahegelegenen Dörfern, während er deren Gesichter beobachtete. Er dachte, sie würden es verraten, wenn sie sähen, wie eine heilige Reliquie verbrannt würde."

„Er weiß also nicht, wonach er sucht."

„Nein. Er weiß auch nicht, wie er den Eingang zum Ort des Grals finden kann."

„Aber er reißt die Burg Stein um Stein ab. Wie lange wird es dauern, bis ein Schlag mit der Hacke die Tür oder die Treppe freilegt?"

„Noch eine lange Zeit nicht", sagte eine der Stimmen mit Sicherheit in ihrem Tonfall.

„Aber wenn er bis zum anstehenden Fels gräbt?"

Zum dritten Mal senkte sich Stille herab. Nach langer Zeit, als die Sonne immer längere Schatten über den Raum mit den kleinen Fenstern warf, sprach die sicherste der Stimmen erneut.

„Wir können das Risiko nicht eingehen. Wir müssen unsere Schätze wiedererlangen. Durch Krieg. Durch Heimlichkeit. Durch Bestechung. Wenn wir Hilfe von draußen brauchen, müssen wir sie finden."

„Von draußen?", kam eine Frage.

„Die Welt kommt jetzt gerade zu uns. Der Kaiser, Nachfolger Karls des Großen, den wir vor achtzig Jahren vertrieben. Aber auch andere. Seltsame Neuigkeiten aus Cordoba, wie ihr wisst. Wir müssen uns vor allem davor hüten, zu denken wie Menschen, als ob alles, was auf dieser Welt passiert, bloßer Zufall und menschliche Anstrengung sei. Denn wir wissen, dass sie ein Schlachtfeld ist, zwischen dem Einen Oberen und dem Einen Unteren. Wenn alles, was passierte, in dieser Welt passierte, wüssten wir, welcher von ihnen gewinnen würde."
„Und dennoch ist Er der *Princeps huius Mundi,* der Große Fürst dieser Welt."
„Und so müssen wir nach draußen gehen. Außerhalb unserer Welt, außerhalb dieser Welt."
Langsam begannen die *Perfecti* – die Männer, die glaubten, dass der Gott der Christen tatsächlich der Teufel war, der überwältigt werden sollte, wenn die Zeit ihre Vollendung erreichte – ihren Plan zu entwickeln, um diese Vollendung vorzuziehen.

Der alte Mann, der im Schatten der Weinreben saß, sah zweifelnd den König des Nordens an, der ihm gegenüber saß. Er sah nicht wie ein König aus und noch weniger wie der Gegenstand einer Prophezeiung. Er war nicht im Purpur von Bozrah gekleidet. Seine Männer verneigten sich nicht vor ihm. Er saß gerade auf einem kleinen Schemel und, gemäß der Sitte der Nordmänner, im vollen Sonnenlicht, als ob er nicht genug davon bekommen könne. Schweiß rann von seiner Stirn und tropfte beständig auf die Steinfliesen des Balkons, der gebaut war, um über die See und den Hafen weit unter ihnen zu blicken.
„Bist du sicher, dass er ein König ist?", fragte der alte Mann Suleiman erneut. Sie sprachen auf Hebräisch, während Shef geduldig, aber ohne zu verstehen den fremdartigen Silben lauschte, die in der Geschichte der Welt kein Engländer je zuvor gehört hatte.
„Ich habe ihn in seinem Heimatland, in seiner Halle gesehen. Er herrscht über ein weites Reich."

„Er wurde als Christ geboren, sagst du mir. Er wird also dies verstehen. Erklär ihm …“ Der alte Mann, Benjamin, Fürst von Septimania, Löwe von Juda, Herrscher über den Felsen von Zion, sprach weiter. Nach wenigen Momenten begann Suleiman – oder, in seinem eigenen Land, Solomon – zu übersetzen.

„Mein Fürst erklärt mir, dass Ihr verstehen werdet, was in unserem heiligen Buch steht, das auch Euer heiliges Buch war, in den Tagen, als Ihr zur christlichen Kirche gehört habt. Im Buch der Weisheit von ben-Shirach, das Ihr ‚Ecclesiasticus‘ nennt, steht ‚Die Kaninchen sind ein schwaches Volk, aber sie leben in den Felsen.‘ Der Fürst sagt, dass hier – und ich habe ihm erzählt, was Eure seltsame Frau über die Juden gesagt hat –, dass hier die Juden kein schwaches Volk sind. Dennoch leben sie immer noch in den Felsen, wie Ihr in alle Richtungen sehen könnt.“

Er deutete mit einer Hand auf die Berge, die nicht weit entfernt aufragten, und auf die hohen Steinmauern, die Hafen und Stadt schützten.

Shef starrte ihn ausdruckslos an. Die Annahme des jüdischen Fürsten, dass ein Christ das Alte und Neue Testament kennen musste, war weit gefehlt. Shef hatte nie von „Ecclesiasticus“ gehört, nie eine Bibel gelesen, tatsächlich sogar in seinem Leben keine Bibel gesehen, bis er Gast auf der Hochzeit seiner Liebe Godive und seines Partners Alfred in der großen Kathedrale von Winchester war. Der Priester seines Dorfes im Sumpfland hatte nur ein Gebetbuch besessen, mit Auszügen aus der Bibel für die verschiedenen Gottesdienste im Kirchenjahr. Alles, was Vater Andreas je zu lehren versucht hatte, war Respekt gegenüber Autorität, ob das nun das Credo, das Vaterunser, die Notwendigkeit der Kirchensteuer oder gesellschaftlich Höhergestellte waren. Er hatte auch nie ein Kaninchen gesehen, obwohl das keinen Unterschied machte, da Solomon das Wort als „Hase“ übersetzt hatte, weil er kein besseres wusste.

„Hasen leben nicht in den Felsen“, sagte er. „Sie leben auf offenen Feldern.“

Solomon zögerte. „Der Punkt, den mein Fürst anzubringen wünscht, ist, dass wir sehr starke natürliche und künstliche Verteidigungsanlagen haben."
Shef sah sich um. „Ja, das kann ich sehen."
„Er hat meine Bemerkung nicht verstanden", unterbrach Benjamin.
„Nein. Es ist so, mein Fürst, dass diese Menschen beinahe keine Bildung erhalten, selbst wenn sie als Christen geboren werden. Wenige von ihnen können lesen und schreiben. Ich glaube, der König hier kann es, aber es fällt ihm nicht leicht. Ich glaube nicht, dass er die Heilige Schrift überhaupt kennt."
„Sie sind also kein Volk des Buches."
Solomon zögerte. Dies war nicht der richtige Zeitpunkt, um die Lehren des Weges und seine Hinwendung zu neuem Wissen zu erklären. Sein Fürst und sein Volk hegten keine Loyalität gegenüber dem Kalifen, noch weniger gegenüber dem Kaiser, und waren bereit für jedes neue Bündnis, das eine Veränderung herbeiführen konnte. Es wäre unnötig, ihre Akzeptanz zu stören.
„Ich glaube, sie versuchen, eines zu sein", schlug er vor. „Mit Schwierigkeiten und auf sich allein gestellt. Ich habe ihre eigene Schrift gesehen. Sie wurde aus einer Technik entwickelt, mit Messern Zeichen auf Holzstücke zu ritzen."
Langsam schob sich der Fürst auf seine Füße. „Es ist lobenswert", sagte er, „die zu unterstützen, die nach Lernen streben. Komm. Lass uns dem König hier zeigen, was eine Schule ist. Eine Schule für diejenigen, die wahrlich ein Volk des Buches sind, nicht wie die Gefolgsleute von Mohammed, weil sie immer nur auswendig lernen, ohne zu verstehen, nicht diese von Yeshua, weil sie sich immer hinter Sprachen verstecken, die niemand außer ihren Priestern kennen darf."
Shef erhob sich auch, nicht unwillig, den Bitten seines Gastgebers zu folgen, aber zunehmend gelangweilt davon, Konversationen zu lauschen, wenn sich niemand die Mühe machte, sie zu übersetzen. Während Solomon den Zweck ihres Besuchs erklärte,

wurde sein Auge gegen seinen Willen davon angezogen, was sich unten im bevölkerten und sonnenbeschienenen Hafen abspielte. Auf der äußeren Mole, wo die Schiffe der Flotte aus dem Norden weit weg von der Küste und den einheimischen Schiffen vor Anker lagen, breiteten sie wieder die Drachen aus. Er warf einen Blick zur Seite, um zu sehen, ob der alte Fürst auf ihn wartete, und sah, dass er einige Schritte nach drinnen ins kühle Dunkel gegangen war. Er zog sein Fernglas aus seinem Gürtel und erhaschte einen kurzen Blick hindurch. Der Drachen flog auf einer frischen Brise gut los, während Steffi nun selbstbewusst die Handlungen lenkte. Und sie hatten Tolman, den kleinsten und leichtesten der Schiffsjungen, an der Reling stehen! Hatten die Bastarde vor, das nächste Experiment ohne ihn zu versuchen? Es war ein guter Tag dafür, und Tolman, der aus einer Fischerfamilie in Lowestoft stammte, war dafür bekannt, dass er schwimmen konnte wie ein Fisch.

Die Juden warteten schon auf ihn. Shef drehte das Fernglas zu und folgte Solomon, Skaldfinn, Fürst Benjamin und dem Rest der Eskorte und des Hofstaats missmutig in die Dunkelheit. Um sich dem Volk des Buches anzuschließen.

Als Shef entschieden und standhaft in der Festung der jüdischen Enklave, die vor langem, zum Zeitpunkt des Falls von Rom, besiedelt worden war, umhergeführt wurde, wuchs sein Gefühl der Fremdheit und Unterdrückung beständig. Nach dem Hof des Kalifen hatte er gedacht, er sei bereit für jegliche neue Erfahrung, aber die Festungsstadt schien angeordnet zu sein wie keine andere, die er im Norden oder Süden gesehen hatte. Es gab dasselbe dicht gedrängte und aktive Leben, mit dem er auf den Straßen und Märkten von Cordoba vertraut geworden war, darunter Leute, die auf ziemlich dieselbe Weise gekleidet waren und Sprachen plapperten, in denen er gelegentlich ein Wort Arabisch oder einen lateinischen Dialekt erkannte. Dennoch fehlte das Gefühl der Ausuferung, der Aktivitäten, die sich ohne Erlaubnis oder Kontrolle oder physische Grenzen abspielten. Der Fürst führte ihn zuerst auf einen umsichtigen Rundgang über die äußeren Verteidigungsanlagen der Stadt, eine Steinmauer, die geschickt natürliche Klippe und Abhang verband, so dass sie Bucht und Hafen in einem dreiviertel Kreis einschloss. Das Seltsame war, dass es in jeder anderen Festungsstadt, die Shef gesehen hatte, sei es York oder London oder Cordoba, immer und als wäre sie immun gegen Regulierung, eine zweite Stadt gab, ein äußeres Wirrwarr jenseits der Mauern, aus Hütten und Baracken, den Wohnungen derer, die nicht reich genug waren, um in den Schutz der Stadt zu kommen, die aber dennoch genauso vom Reichtum angezogen wurden, der sie wachsen ließ und langsam über ihre Grenzen tröpfelte. Wachsame Hauptmänner der Stadtwache ließen sie ständig einreißen, trieben die Bewohner weiter weg und versuchten, sich ein Sicht- und Schussfeld freizuhalten. Es funktionierte nie. Immer krochen die Huren und Hausierer und Bettler zurück und bauten ihr äußeres Dorf wieder auf.

Nicht hier. Nichts verdeckte die Mauern, nicht einmal ein Hundezwinger oder eine private Latrine. Es wuchs auch nichts in ihren Rissen – Shef sah, wie eine Truppe Männer an einem Abschnitt einige von ihnen über die Zinnen hinabließ, um Unkraut zwischen den Steinen auszurupfen. Obwohl er in der Entfernung gepflügte Felder und Olivenhaine sehen konnte, sah er nicht einmal eine Hütte für einen Wachmann. Die Gruppen, die er zwischen Feldern und Stadt marschieren sah, trugen ihre Werkzeuge bei sich: in beide Richtungen, wie er bemerkte. Sie ließen nicht einmal ihre schweren Pflüge und Getreidekörbe außerhalb der Mauern.

„Ich verstehe, was Ihr hier tut“, sagte er schließlich zu Solomon, der immer noch ernst die Bemerkungen seines Herrn übersetzte. „Ich verstehe nicht, wie Ihr die Leute dazu bringt, es zu tun. Ich könnte das mit meinem eigenen Volk nicht machen, nicht einmal, wenn sie Sklaven wären. Es gibt immer irgendjemanden, der versuchen wird, die Gesetze zu beugen, und zehn mehr, die ihm folgen. Selbst wenn man auspeitscht und brandmarkt, so wie es die schwarzen Mönche getan haben, wird es immer jemanden geben, der nicht versteht, was er tun soll, egal, wie oft man es ihm erklärt. Diese Leute da draußen, sind sie Eure Sklaven? Warum gehorchen sie so willig?"

„Wir halten keine Sklaven", antwortete Solomon. „Sklaverei ist uns nach unserem Gesetz verboten." Er übersetzte den Rest von Shefs Kommentaren, lauschte der langen Antwort und sprach wieder.

„Benjamin ha-Nasi sagt, dass Ihr Recht habt, wenn Ihr diese Fragen stellt, und dass er sieht, dass Ihr ein wahrer Herrscher seid. Er sagt, Ihr habt auch Recht, wenn Ihr sagt, dass es wundervoller ist, die Gesetze zu kennen, als den Gesetzen zu gehorchen, und erklärt, dass es seine Ansicht ist, dass es allein die Ungebildeten sind, die die Welt in Schwierigkeiten bringen.

Er möchte, dass Ihr versteht, dass wir Juden uns von Eurem Volk unterscheiden, genau wie von dem des Kalifen. Es ist unser Brauch, offene Debatten über jedes Thema zu erlauben – Eure Dame Svandis könnte in unserem Debattiersaal aufstehen und alles sagen, was ihr beliebt, und niemand würde sie unterbrechen. Aber es ist auch unser Brauch, dass, sobald eine Entscheidung getroffen und ein Gesetz verabschiedet ist, ihm dann alle gehorchen müssen, selbst die, die am heftigsten dagegen argumentiert haben. Wir bestrafen nicht für eine andere Meinung. Wir bestrafen dafür, nicht dem Willen der Gemeinschaft zu gehorchen. Genau deshalb gehorchen die Menschen willig all den Regeln. Weil wir nicht nur das Volk des Buches, sondern auch des Gesetzes sind."

„Und woher kennt Ihr alle das Gesetz?"

„Ihr werdet sehen."

Die Gruppe wandte sich von den Befestigungen ab und ging auf demselben Weg zurück ins Zentrum der vollgepackten, vierzig Morgen großen Fläche voller Steinhäuser, die durch Gassen, nicht breiter als zwei Männer, verbunden waren, die sich Treppenfluchten hinauf- und hinunterwanden, die manchmal die Steilheit von Leitern zu erreichen schienen.

„Seht“, sagte Solomon und deutete in einen engen Hof. Dort im Schatten saß ein schwarz gekleideter Mann, der feierlich ein langes, gleichmäßiges Dröhnen vor Dutzenden von Jungen verschiedenen Alters intonierte, die auf dem Boden hockten. „Das ist einer der *Geonim* des Fürsten. Der Fürst unterhält ein Dutzend davon, Gelehrte, die Jugendliche unterrichten ohne Bezahlung, nur für die Liebe zum Lernen. Seht, er wird nicht innehalten, obwohl er sieht, dass der Fürst, sein Herr, vorbeigeht. Denn das Lernen ist wichtiger als Fürsten.“

„Was lehrt er ihnen?“

Solomon lauschte dem stetigen Dröhnen für eine Weile, dann nickte er. „Er rezitiert für sie die Punkte der *Halakhah.* Das ist ein Teil der Mishnah. Die Mishnah ist das Gesetz unseres Volkes und basiert zuerst auf unseren heiligen Büchern, die die Christen das Alte Testament nennen. Aber die Mishnah ist alles, was über diese Bücher gedacht und gesagt worden ist, seit wir unseren Bund mit Gott eingegangen sind. In den *Halakhot* erfahren wir bestimmte Beschlüsse, die über bestimmte Themen gemacht wurden.“

„Wie zum Beispiel?“

„Im Moment erklärt der *Gaon* gerade, warum es, obwohl das Retten des Lebens eines Mannes Vorrang vor der Rettung einer Frau hat, angemessen ist, die Nacktheit einer Frau vor derjenigen eines Mannes zu bedecken.“

Shef nickte, marschierte grübelnd weiter und folgte der schlichten und unerwarteten Führung des Prinzen. Eine andere Sache begann, ihm ins Auge zu fallen. Bücher in der Menge. Er hatte gesehen, wie mehrere getragen wurden, und einen Mann, der kurzsichtig dasaß, die Nase beinahe zwischen den Einbänden von einem vergraben. Auf einem der Märkte hatte er, wie er glaubte, einen Blick auf einen Stand erhascht, wo ein Dutzend oder mehr wie zum Verkauf auslagen. Shef hatte nie davon gehört, dass ein Buch verkauft wurde. Die Wikinger stahlen sie und gaben sie, wenn sie konnten, gegen Losegeld an ihre Eigentümer zurück. Die Mönche von Sankt Benedikt machten sie für sich selbst und die Priester, die von ihnen abhängig waren. Niemand verkaufte je eines. Sie waren zu wertvoll. Thorvin wäre in seinen Stiefeln gestorben, ehe er seine Sammlung an heiligen Liedern verkauft hätte, die unter Schwierigkeiten in der eckigen Runenschrift niedergeschrieben worden waren. Wie viele Bücher hatten diese Leute? Wo kamen sie her?

Sie hielten wieder an, vor etwas, das Shef als Kirche identifizierte, wenn auch eine jüdische. Darin beteten gerade Männer und Frauen, beugten sich auf den Boden wie Mohammedaner, aber irgendwo im dunklen Inneren sah Shef eine Kerze leuchten, und in ihrem Licht las ein Mann aus einem weiteren Buch, scheinbar für zwei getrennte Gruppen von Männern und Frauen. Weiter vorn war ein Platz und darauf debattierten zwei Männer. Jeder lauschte dem anderen unbewegt, dann sprach er selbst, in Intervallen von vielleicht fünfhundert Worten. Aus dem Klang ihrer Stimmen schien es Shef, dass jeder damit begann, Worte zu zitieren, die nicht seine eigenen waren, und dann damit fortfuhr, sie zu erklären und gegen die Argumente des anderen zu interpretieren. Eine Menge umgab sie, konzentriert und still bis auf ein zustimmendes Brummen oder zurückweisendes Seufzen.

„Der eine sagt ‚Du sollst keine Wucherzinsen nehmen'", erklärte Solomon. „Der andere antwortet ‚Einem Fremden darfst du mit Wucherzinsen leihen'. Jetzt diskutieren sie über die Bedeutung des Wortes ‚Fremder'."

Shef nickte nachdenklich. Er kannte die Herrschaft mit dem Schwert, wie seine eigene und die der Wikingerherrscher, die er gestürzt hatte. Er kannte die Herrschaft durch Furcht und Sklaverei, wie die der Mönche und der christlichen Könige. Es schien, dass dies hier Herrschaft mit dem Buch und dem Gesetz war, und mit einem Gesetz, dass in Buchform niedergelegt war, nicht nach der Laune eines Königs oder Jarls oder Ratsherrn entschieden wurde. Das Gesetz des Buches schien jedoch nicht weiser als das des unmittelbaren Urteils seiner eigenen Gerichte zu sein. Es gab etwas, das er nicht verstand.

„Studiert euer Volk irgendetwas außer dem Gesetz?“, fragte er. Solomon übersetzte und hörte die Antwort des Fürsten, der immer noch vor ihnen ging. „Er sagt, alles Lernen ist entweder ein Kodex oder ein Kommentar.“ Solomon mühte sich darum, für die beiden Ideen Ausdrücke in Shefs anglonordischer Sprache zu finden, und wählte am Ende „Buch der Gesetze“ und „Buch der Entscheidungen“.

Shef nickte wieder mit gleichmütiger Miene. War dies neues Wissen? Oder nur altes Wissen, das immer wieder durchgekaut wurde, die Sache, gegen die er sich in seinem eigenen Land und seiner eigenen Hauptstadt gestellt hatte?

„Seht“, sagte Solomon und deutete schließlich noch einmal hinunter auf ein kleines Gebäude, das fast ganz unten am Hafen war. Im Hintergrund, zwischen den Mauern der Gasse, erhaschte Shef einen sekundenlangen Blick auf einen Drachen, der in der Luft schwebte, und starrte ihn verkrampft an. Sie waren ohne ihn losgeflogen! Und er war sich nach seinem Blick fast sicher, dass sie Tolman auch in die Luft geschickt hatten: Der Drachen hatte sich nicht frei in der Luft bewegt, er war unter Kontrolle gewesen.

„Seht“, sagte Solomon wieder, bestimmter. „Zumindest dies werdet Ihr für neues Wissen befinden.“

Widerwillig und immer noch mit gerecktem Hals folgte Shef seinen Gastgebern ins Gebäude. Darin standen Tische im Kreis um einen zentralen Freiraum. Männer saßen hinter den Tischen und von dort kam ein beständiges, kratzendes Geräusch, als sich ihre Hände bewegten, scheinbar alle im Einklang wie die Füße der marschierenden Soldaten des Kaisers oder Shefs eigener Truppen. Ein Mann in der Mitte stand da, hielt ein Buch und las daraus vor. Er las, was auch immer für eine Sprache, sehr langsam und machte alle paar Worte eine Pause.

Sie kopierten es, wurde Shef bewusst. Er hatte von solchen Orten selbst bei den Christen gehört. Ein Mann las langsam vor, die anderen schrieben seine Worte nieder und am Ende hatte man, abhängig davon, wie viele Kopisten man hatte, sechs oder sogar zehn

Bücher, wo es zuvor nur eines gegeben hatte. Beeindruckend, und es zeigte erneut, woher das Volk des Gesetzes sein Gesetz kannte. Dennoch war auch dies wohl kaum neues Wissen.
Ein Wort vom Fürsten und das Vorlesen hörte auf, der Vorleser und die Kopisten wandten sich zu ihrem Herrscher und verbeugten sich tief. „Es ist nicht das Kopieren, das neu ist", sagte Solomon, „und auch nicht das Kopierte, der Heilige bewahre. Stattdessen ist das neu, worauf sie es kopieren."
Auf ein Wort hielt der Vorleser sein Buch, seine Originalkopie, vor Shef hin. Er nahm es ungeschickt, für einen Moment unsicher, auf welcher Seite es sich öffnen konnte. Seine Hände waren an Hammer und Riemen, Seile und Holz gewöhnt, nicht diese kleinen dünnen Blätter aus Haut.
Haut? Falls es Haut war, wusste er nicht, von welcher Art von Tieren sie kam. Er hob das Buch hoch und roch sorgfältig daran. Er spürte das Blatt zwischen seinen Fingern und drehte es, wie er es mit einem Blatt Vellum getan hätte. Kein Vellum. Nicht einmal das andere Zeug, Papyrus, das aus seltsamem Schilf gemacht wurde. Das dünne Zeug teilte sich und der Vorleser trat mit zorniger Miene und einem Aufschrei wieder vor. Shef stoppte, hielt das Buch vorsichtig hoch, gab es zurück und starrte ohne den Hauch eines Gesichtsausdrucks oder einer Entschuldigung in die wütenden Augen des Mannes. Nur ein Narr glaubt, dass jeder weiß, was er weiß.
„Ich verstehe nicht", sagte er zu Solomon. „Es ist nicht die Kalbshaut, die wir nutzen. Es hat keine Fleischseite und keine Fellseite. Kann es Borke sein?"
„Auch nicht. Aber es ist aus Holz gemacht. Die Lateiner nennen es *Papyrium,* nach irgendeiner ägyptischen Pflanze. Aber wir machen unser *Papyrium* nicht aus dieser Pflanze, sondern aus Holz, das zermahlen und geleimt wird. Wir fügen andere Dinge hinzu, eine Art Lehm, der die Tinte vor dem Zerlaufen bewahrt. Wissen darüber kam von sehr weit weg, vom anderen Ende des arabischen Reiches. Dort, in Samarkand, haben sie eine Schlacht

gegen Soldaten aus einem anderen Reich weit jenseits der Wüste und der Bergländer geschlagen. Die Araber waren siegreich und brachten viele Gefangene aus dem Land Chin zurück. Diese, so sagt man, lehrten die Araber das Geheimnis des Papiers. Aber die Araber legen wenig Wert darauf, sie ziehen es vor, ihren Jungen nur genug beizubringen, so dass sie Abschnitte des Korans auswendig lernen. Wir sind es, die die Bücher gemacht haben. Mit neuem Wissen."

Neues Wissen, um die Bücher zu machen, dachte Shef. Kein neues Wissen – Solomon betete zum Heiligen, dass er das verbieten möge –, kein neues Wissen in den Büchern. Dennoch erklärte dies etwas. Es erklärte, warum es so viele Bücher, so viele Leser gab. Um ein Buch aus Vellum zu machen, brauchte man die Häute von zwanzig Kälbern, vielleicht sogar mehr, weil man nicht die ganze Haut nutzen konnte. Nicht ein Mann unter tausend konnte es erwarten, die Häute von zwanzig Kälbern zu besitzen.

„Was ist der Preis für ein Buch?", fragte er.

Solomon gab die Frage an Benjamin weiter, der dastand und beobachtete, seine Wachen und Gelehrten hinter ihm.

„Er sagt, der Preis der Weisheit ist höher als der von Rubinen."

„Ich meinte nicht den Preis der Weisheit. Ich meinte den Preis für das Papier."

Als Solomon wieder übersetzte, steigerte sich der wütende Blick auf dem Gesicht des zornigen Vorlesers, der immer noch seine zerrissene Seite glättete, zu offener Verachtung.

„Ich glaube nicht, dass wir viel Hoffnung für sie haben sollten", sagte Shef an diesem Abend zu seinen Beratern, während sie beobachteten, wie die Sonne hinter den steilen und zerklüfteten Bergen versank. Ziemlich genau dasselbe, hätte er es gewusst, wurde unter den Gelehrten und Weisen, die den jüdischen Hof dominierten, über ihn gesagt. „Sie wissen viel. Aber ihr Wissen betrifft gänzlich Regeln, entweder über ihren Gott oder über sie selbst.

Dennoch sammeln sie das, was sie brauchen, von weit her. Sie wissen einige Dinge, die wir nicht kennen, wie zum Beispiel dieses Zeug mit dem Papier. Aber wenn es um Griechisches Feuer geht …“ Er schüttelte seinen Kopf. „Solomon sagte, wir könnten bei den arabischen und christlichen Kaufleuten im Ausländerviertel fragen. Erzählt mir mehr vom Fliegen. Ihr hättet auf mich warten sollen.“

„Die Männer sagten, sie könnten in einem Tag schon wieder auf See sein, und der Wind war gerade stark genug, ohne eine Gefahr zu sein. Also haben sie Tolman in die Gurte gesteckt und den Wind ihn anheben lassen. Aber sie haben zwei Dinge getan, die bin-Firnas nicht getan hat …“ Ernst ging Thorvin die Details des Starts an diesem Tag durch, als der Junge, immer noch festgemacht, aber zumindest mit dem Versuch, seinen Drachen zu lenken, geflogen war bis zum Ende des längsten Seils, das sie zusammenspleißen konnten, fünfhundert Fuß weit. Am anderen Ende des Schiffes gab Tolman gerade vor den anderen Jungen und der Mannschaft mit seinem Können an, so dass sich von Zeit zu Zeit sein hohes Pfeifen über Thorvins Brummen erhob. Als die Nacht hereinbrach, erstarben die Stimmen, die Männer gingen zu ihren Hängematten oder streckten sich auf den warmen Decks aus, die die Sonnenwärme immer noch hielten.

Gewöhnlich wusste Shef in seinen Träumen, dass er träumte, und konnte die Präsenz seines Lehrmeisters fühlen. Diesmal konnte er das nicht. Er wusste nicht einmal, wer er war.

Er lag auf Stein, er konnte spüren, wie ihm dessen Kälte in den Rücken stieg. Es war auch überall in ihm Schmerz, am Rücken und an der Seite und an den Füßen, und etwas Tiefes, das in seiner Brust stach. Er ignorierte es, als würde es jemand anderem passieren.

Was ihn verängstigte, und ihm kalten Schweiß über das Gesicht strömen ließ, war, dass er sich nicht bewegen konnte. Nicht einen Arm, nicht einen Finger. Er war in Lagen über Lagen aus irgendeinem Stoff eingewickelt, der ihm die Arme an die Seite und die Beine zu-

sammenband. War es ein Grabtuch? War er begraben und noch am Leben? Wenn er es war, konnte er sich nach oben kämpfen und würde sich seinen Kopf am Sarg stoßen. Für lange Momente lag er da und hatte Panik, den Versuch zu machen. Denn falls er begraben war, konnte er sich nicht bewegen und konnte nicht schreien. Sicher würde er wahnsinnig werden.

Krampfhaft schoss er nach oben und spürte wieder in der Nähe seines Herzens den stechenden Schmerz. Aber es war nichts dort. Warum konnte er dann nichts sehen? Es war ein Band unter seinem Kinn, das ihm den Unterkiefer festband. Er war begraben. Oder zumindest hatte man ihn für tot gehalten.

Aber er konnte sehen! Oder zumindest war dort ein Licht, nein, ein Fleck Finsternis, der weniger dunkel als der Rest war. Shef starrte ihn an und wünschte sich, dass er größer würde. Und da kamen Bewegungen auf ihn zu. Im Schrecken, lebendig begraben zu sein, war die Furcht vor anderen Menschen verschwunden. Shef dachte an nichts anderes, als ihre Aufmerksamkeit zu erregen, wer auch immer sie waren, und sie anzubetteln, dass sie ihn losschnitten. Er öffnete seinen Mund und ließ ein schwaches Krächzen hören.

Aber wer auch immer es war, hatte keine Furcht vor den Toten oder davor, dass die Toten zum Leben erwachten. Es kam eine scharfe Spitze an seinen Adamsapfel, ein Gesicht, das auf ihn herabblickte. Das Gesicht sagte, langsam und deutlich: „Wie soll ein Mann geboren werden, wenn er alt ist? Oder erneut in den Leib seiner Mutter eingehen?“

Shef japste panisch. Er wusste die Antwort nicht.

Er bemerkte, dass er hinauf in ein Gesicht japste, ein Gesicht, das von Sternenlicht erleuchtet wurde. Im selben Augenblick wusste er wieder, wer und wo er war: in seiner Hängematte, die ganz vorne am Bug der *Fafnisbane* aufgespannt war, wegen der Kühle, die vom Wasser aufstieg. Und das Gesicht über ihm war das von Svandis.

„Habt Ihr geträumt?“, fragte sie leise. „Ich habe Euch krächzen gehört, als wäre Eure Kehle ausgetrocknet.“

Shef nickte und Erleichterung durchströmte ihn. Er setzte sich vorsichtig auf und spürte den kalten Schweiß, der seine Tunika getränkt hatte. Es war niemand sonst in der Nähe. Die Mannschaft gewährte ihm die kleine Privatsphäre im Raum hinter der Katapultplattform.

„Wovon?", flüsterte sie. Er konnte ihr Haar ganz nah an seinem Gesicht riechen. „Erzählt mir Euren Traum."

Shef rollte sich ohne Geräusche aus seiner Hängematte und hockte sich Gesicht an Gesicht mit dem Mädchen, der Tochter Ivars, den er getötet hatte. Er spürte, dass sein Bewusstsein über sie als Frau mit jeder Sekunde stärker wurde, als ob ihn die Jahre an Sorge und Impotenz nie heimgesucht hätten.

„Ich werde es dir sagen", flüsterte er mit plötzlicher Zuversicht, „und du sollst es für mich deuten. Aber ich werde es mit meinen Armen um dich tun."

Er umarmte sie zärtlich, spürte einen Augenblick des Widerstands, und hielt sie weiter fest, als sie den Angstschweiß an ihm fühlte. Ihre starre Haltung schien aufzutauen, sie ließ sich von ihm aufs Deck hinunterziehen.

„Ich lag auf meinem Rücken", flüsterte er, „in ein Grabtuch eingewickelt. Und ich dachte, dass ich irgendwo begraben und verlassen worden war. Ich war panisch …" Während er sprach, zog Shef langsam den Saum ihres Kleides hoch, zog ihre warmen Schenkel näher an seinen eigenen kalten Körper. Er zog das Kleid höher, das weiße Kleid einer Priesterin, das mit roten Beeren geschmückt war, zog es immer höher, während er weiter flüsterte.

Kapitel 13

Aus allen Richtungen versammelten sich die Einberufenen am Felsen von Puigpunyent, wo ein angespannter und tobender Kaiser sie bei ihrer Ankunft einteilte, entweder die Ringe über Ringe an Spähposten zu verstärken, die in der gesamten Umgebung an den Abhängen und in den dornigen Gebüschen eingerichtet waren, oder zu den stetig wachsenden Truppen an Spitzhackenarbeitern, die die Türme und Mauern der Ketzerfestung Stein um Stein abrissen.
Einhundert Meilen im Süden starrten sich Admiral Georgios und General Agilulf verblüfft an, als sie den Befehl verdauten, anzuhalten, zurückzukehren, den Druck auf die arabischen Truppen einzustellen und die Suche nach der verschwundenen Flotte aus dem Norden abzubrechen: Sofort mit jedem Mann und jedem Schiff zurückzukehren.
Ein wenig weiter im Süden drängte der Kalif selbst, der zum ersten Mal seit vielen Jahren im Dienste des Propheten persönlich ins Feld gezogen war, an der Spitze der größten Armee vorwärts, die Cordoba seit den Tagen ausgeschickt hatte, als die Kräfte des Islam versucht hatten, Frankreich und die Länder dahinter zu erobern, nur um von Karl, den die Franken „den Hammer" Martell nannten, zurückgeschlagen zu werden.
Und über die Bucht von Biskaya kam eine Streitmacht, die im Vergleich mit den anderen in der Zahl an Schiffen und Menschen kleiner, aber ihnen durch die neue Qualität an Reichweite und Gewicht der Geschosse überlegen war: die Flotte des Einen Königs Englands und des Nordens, eingezogen von all ihren Blockadestationen gegen das Reich und auf das Wort von Farman dem Seher nach Süden geschickt. Zwanzig mit Katapulten bewaffnete Zweimaster, dreißig Langschiffe, die ihnen folgten, vollgepackt mit den unbeschäftigten und ungeduldigen Kriegern des Nor-

dens, alle so hoch es ging beladen mit Rindfleisch, Bier und Gebäck für den Appetit von mehr als zweitausend Männern. Alfred hatte Farmans visionäre Warnung akzeptiert, aber den Oberbefehl über die Expedition verweigert, weil er sagte, dass England nicht ohne König zurückgelassen werden durfte: Die Flotte segelte unter Befehl von Gold-Guthmund, Unterkönig der Schweden, einst bekannt (und immer noch gut in Erinnerung) als Guthmund der Gierige.
Selbst in Rom, selbst in Byzanz, fiel nun die Aufmerksamkeit auf das entlegene Grenzland, wo der Kaiser der Römer nach der Gral-Reliquie suchte, die sein Reich vervollständigen würde, und wo der Shatt al-Islam seine erste Niederlage seit mehr als hundert Jahren erlitten hatte.
Aber der Eine König selbst saß im Sonnenlicht und hielt mit seiner Geliebten Händchen, während er einfältig lächelte.

„Völlig weibsnärrisch“, knurrte Brand zum Rest der königlichen Ratgeber, während sie das Paar an ihrem Tisch am Hafen aus angemessener Entfernung beobachteten. „Das passiert ihm immer. Behandelt Jahre über Jahre lang Frauen, als ob sie alle Schlangen unter ihren Röcken hätten, dann macht eine von ihnen irgendetwas mit ihm, kann mir nicht vorstellen, wie, und bumm! Man kann nicht einmal seine Aufmerksamkeit erlangen. Benimmt sich wie ein Vierzehnjähriger, den gerade eine Milchmagd hinter eine Scheune mitgenommen hat.“
„Es ist vielleicht gar nicht schädlich“, schlug Thorvin vor. „Immerhin, besser er hat eine Frau, als wenn er keine hat. Wer weiß, vielleicht macht er ihr ein Kind …“
„So, wie sie es treiben, müssten sie schon Drillinge haben, das ganze Schiff wackelt die halbe Nacht …“
„… und wenn das passieren würde, würde es den König vielleicht dazu bringen … seine Verantwortung ernster zu nehmen. Und sie ist, wer sie ist. Tochter von Ivar, Enkelin von Ragnar. Sie kann ihre Ahnenlinie zu Völsi selbst zurückverfolgen, und über ihn zu

Odin." Thorvin deutete auf das Schiff, das eine Achtelmeile entfernt im ruhigen Wasser vor Anker lag. „Fafnirsbann Sigurd, der Drachentöter, sein Blut läuft in ihren Venen. Niemand hat sich mehr gefreut als ich, als ihr Vater und ihre Onkel getötet wurden. Aber es war auch niemand am Leben, der sie nicht auf gewisse Weise respektierte. Sie ist eine der Gottgeborenen, und aus einer Familie, der Odin gewogen ist. Vielleicht wird das etwas vom Zorn des Gottes abwenden, den einige von uns für ihn befürchten."

Der Rat bedachte seine Worte. Insgesamt waren die Wikinger unter ihnen, Hagbard und Skaldfinn, sogar Brand selbst, beeindruckt. Cwicca und Osmod sahen einander schweigend an: Ihre Erinnerungen an Ivar den Knochenlosen waren nicht verblasst. Nur Hund ließ es zu, dass sich Sorge auf seinem Gesicht zeigte. Brand bemerkte es mit der Feinfühligkeit eines Kämpfers für Angelegenheiten der Ehre und Rangordnung.

„Sie war nie deine Frau", bemerkte er mit etwas, das so nahe an Freundlichkeit lag, wie es seine Stimme vermochte. „Hast du das Gefühl, dass er dir etwas schuldet, weil sie dein Lehrling war?"

„Nein", sagte er. „Ich wünsche ihnen alles Gute, wenn sie einander ausgewählt haben. Aber was soll das alles mit den Gottgeborenen und dem Blut von Helden?" Bitterkeit tränkte seine Stimme. „Seht sie da drüben an! Wer sind sie? Der Bastard eines Piraten, der den Großteil seiner Jugend in einer Lehmhütte verbracht hat. Und eine Frau, die eine Hure für halb Dänemark gewesen ist. Und das sind der Eine König und die zukünftige Eine Königin!"

Er stand abrupt auf und marschierte über den hellen und belebten Kai weg. Die anderen sahen zu, wie er ging.

„Was er sagt, ist wahr", murmelte Hagbard.

„Ja, aber er hat sich seinen Weg nach oben erarbeitet, oder nicht?", widersprach Cwicca, der bei jeder Kritik an seinem Herrn vor Zorn entbrannte. „Und ich vermute, sie hat auch nur getan, was sie tun musste. Ich finde jedenfalls, dass das genauso wichtig

ist wie königliches Blut. Osmod und ich sollten es wissen: Beim Tod von wie vielen Königen waren wir dabei, Osmod?“
„Sechs“, sagte Osmod knapp. „Wenn man den fränkischen König mitzählt, heißt das, wir haben ihn nicht getötet, sondern seine Männer haben das für uns erledigt, als wir ihn besiegt hatten.“
„Das Problem ist“, sagte Thorvin, „umso mehr du tötest, umso mehr Macht gelangt in die Hände derer, die du nicht tötest.“

Nur wenige Meter von den Nordmännern entfernt beobachtete noch eine andere Gruppe auf dem belebten Kai das Liebespaar. Sie hockten im Schatten einer Plane, wo ein Schneider seine Ware bewarb, wobei der Schneider selbst auf einem winzigen Schemel saß und ein Stück Stoff durch seine Hände zog, während er mit der Schnelligkeit einer Schlange stickte. Während seine falschen Kunden die Textilien betasteten und von Zeit zu Zeit überrascht oder erbost ausriefen, wie es Teil normaler Verhandlungen war, tauschten Händler und Kunden gemurmelte Kommentare aus.
„Das ist er ganz sicher“, sagte einer in der dichten und verschwitzten heimgesponnenen Wolle eines Schäfers aus den Bergen. „Das eine Auge. Der Goldreif. Der Anhänger um seinen Hals.“
„Das *Graduale*“, korrigierte ein besser gekleideter Mann mit grauen Haaren und grauem Bart. Die anderen warfen ihm Seitenblicke zu, ertappten sich und richteten ihre Blicke wieder auf den Stoff.
„Vor zwei Tagen ging er mit ha-Nasi durch die ganze Stadt“, sagte der Schneider, der seine Stimme und seine Blicke nie hob. „Im *Librarium* zerriss er ein Buch und fragte, was der Preis der Weisheit wäre. Die *Geonim* halten ihn für einen Idioten und haben ha-Nasi gebeten, ihn wegzuschicken. Gestern und heute war er mit der Frau zusammen. Seine Blicke lassen nie von ihr ab. Er kann seine Hände nicht von ihrem Körper weghalten, nur unter Schwierigkeiten.“
Der grauhaarige Mann sah zuerst ungläubig, dann traurig aus. „Es könnte sein, dass er immer noch an den Dienst des Bösen gebun-

den ist. Aber wer ist das nicht, wenn er geboren wird? Genau von dort müssen wir uns erheben. Thierry, glaubst du, er würde freiwillig mitkommen, wenn wir ihn darum bitten?"
„Nein. Er weiß nichts von uns."
„Können wir ihn bestechen?"
„Er ist ein reicher Mann. Seine Kleider würden einen Zwiebelbauern beschämen, aber sieh das Gold an, das er trägt. Man sagt ..."
„Was sagt man?"
„Man sagt, er fragt ständig nach neuem Wissen. Seine Männer sprechen in Tavernen vom Griechischen Feuer und sagen freiheraus, dass sie einen Weg suchen, ihm gleichzukommen. Jeden Tag, wenn der Wind auffrischt, lassen sie von den Decks ihrer Schiffe seltsame Drachen mit Jungen darin fliegen. Wenn man ihm erklären könnte, wie man Griechisches Feuer macht, würde er wohl mitkommen. Oder einen anderen senden."
„Ich weiß nicht, wie man Griechisches Feuer macht", sagte der Graubärtige langsam.
Der Schäfer sprach wieder. „Dann muss es wohl die Frau sein."
Um die entstandene Stille zu überdecken, hob der Schneider seine Stimme in einem Ruf der Zustimmung für seine eigenen Waren und Verwunderung über seine Preise.
„Es muss die Frau sein", sagte der Graubärtige schwermütig. „So ist es bei Männern. Ihr eigenes Verlangen führt sie in Gefahr und Tod. Ihre Lenden drängen sie, Leben zu spenden. Aber jedes Leben, das sie spenden, ist eine weitere Geisel für den Bösen. Gott den Vater der Christen."
„Jehovah der Juden", fügte der Schäfer an.
„Den Fürsten dieser Welt", sagten alle Männer am Stand zusammen. Rituell spuckte jeder Mann kurz und heimlich in seine Handfläche.

Shef, Gegenstand von so viel heimlicher Beobachtung, erhob sich schließlich vom Tisch, wo er gesessen war, und warf einen Silberpfennig mit seinem eigenen Kopf darauf als Bezahlung für den stärksten süßen Wein darauf: Die Juden hatten keine solchen Verbote gegen starke Getränke wie die Mohammedaner, auch wenn sie sie nicht in der alltäglichen Weise der Lateiner oder der entschlossenen Trunkenheit der Wegeleute konsumierten.

„Lass uns zurück zum Schiff gehen“, sagte er.

Svandis schüttelte ihren Kopf. „Ich will spazieren gehen. Mich mit den Menschen unterhalten.“

Shefs Gesicht zeigte Überraschung, Unwillen, Alarmiertheit. „Das hast du schon zuvor getan. In Cordoba. Du warst die ganze Nacht weg. Du wirst nicht ...“

Sie lächelte. „Ich werde dich nicht auf dieselbe Weise behandeln wie den armen Hund.“

„Es gibt hier keine Sklaven, weißt du. Welche Sprache wirst du sprechen?“

„Wenn ich niemanden finden kann, mit dem ich mich unterhalten kann, komme ich zurück.“

Shef starrte weiter auf sie hinunter. Seit sie sich kaum anderthalb Tage zuvor an Deck der *Fafnisbane* vereint hatten, hatte er an nichts als sie gedacht. Es schien ein Teil seines Naturells zu sein, dass, sobald er sich an eine Frau gehängt hatte, keine andere mehr ausreichen würde, dass kein anderer Gedanke mehr in ihn fahren konnte. Außer dem, was getan werden musste. Jetzt gab es nichts, was erledigt werden musste. Dennoch sagte ihm etwas, dass dies eine Frau war, die man nicht festhalten konnte, die nur bei dem Vorschlag rebellieren würde. Und bald würde der Wind auffrischen.

„Komm bald“, sagte er und ging weg, dann winkte er schon nach dem Boot und den Ruderern, die ihn zurück zur *Fafnisbane* bringen würden.

Als die nachmittägliche Brise aufzufrischen begann, bereiteten sich die Drachenlenker auf noch einen Flug vor. Eine kleine Elite von ihnen hatte sich herausgebildet. Cwicca und Osmod hatten rechtmäßige Plätze: Sie waren in all seinen Abenteuern Kameraden des Einen Königs gewesen. Noch wichtiger, beide von ihnen hatten jetzt den tiefen Glauben in sich verankert, dass es für jedes Problem eine technische Lösung gab. Technische Lösungen hatten beiden von ihnen aus der Sklaverei zu Reichtum verholfen – zuerst das Katapult, dann die Armbrust, dann gehärteter Stahl, dann Wasserräder, Windmühlen, die Steuernocke, das Hammerwerk und die mühlengetriebenen Blasebälge. Sie waren an die gewaltigen Schwierigkeiten gewöhnt, Ideen in die Praxis umzusetzen, Fantasie zu Technologie zu verwandeln. Sie wussten, dass es möglich war. Vielleicht noch entscheidender, sie wussten, dass es über Versuch und Irrtum getan werden musste, indem man das Wissen vieler kombinierte. Ein Fehlschlag an einem Tag hielt sie am nächsten nicht ab. Ihre Überzeugung war ansteckend.

Ein weiteres Mitglied der Truppe war Steffi, der Schieler. Er hatte auch Glaube – genug Glaube, wie die anderen erkannten, um sich selbst von einer Klippe zu stürzten und zu erwarten, dass er überlebte. Hama und Trimma waren die Lenker an den Seilen, Godrich und Balla zerschnitten und nähten den wertvollen Drachenstoff, den ihnen bin-Firnas gegeben hatte. Das ganze halbe Dutzend Schiffsjungen der *Fafnisbane,* ursprünglich von Ordlaf rekrutiert, um seine Segel zu bemannen, kämpfte begierig darum, durch die Luft fliegen zu dürfen, während ihre Gegenstücke auf den anderen sechs Zweimastern sie mit bitterem Neid beobachteten. Alle Drachenflieger waren Engländer, alle außer den Jungen waren Männer, die der Weg aus der Sklaverei gerettet hatte. Die Wikinger von Brands Schiffen zeigten eine gewisse Neugierde und waren eifrig genug dabei, ihre Ruder zu bemannen und als Rückhol- und Rettungsschiffe zu dienen. Aber ihr eigenes Ehrgefühl schien sie vom hektischen Drängeln und den ausprobierenden Aktivitäten der Experimentatoren abzuhalten.

Das wichtigste Mitglied dieser Elite war der König selbst, der zu oft gezwungen war, sich um andere Dinge zu sorgen, aber jedes Mal wie eine hungrige Biene zum Nektar des Fliegens zurückkehrte. Hagbard, Priester des Njörd, sah es, auch wenn er das gesamte Projekt als Bedrohung für die Seemannskunst halbwegs missbilligte, dennoch als seine Pflicht für den Weg, die Experimente aufzuzeichnen. Er fand es oft schwierig, nahe genug an den Apparat zu gelangen, um zu sehen, welche Veränderungen die Näher oder die Seillenker gerade machten.

„Seht“, sagte Cwicca schließlich, als die Vorbereitungen abgeschlossen waren. „Wir glauben, dass wir es jetzt absolut richtig geriggt haben. Und wir mussten zwei Veränderungen vornehmen, von denen dieser arabische Kamerad in Cordoba nichts wusste.“

„Ihr habt all die Hühnerfedern weggenommen“, schlug Shef vor, der sich an den totalen Fehlschlag des Sprungs vom Turm in Stamford erinnerte.

„Überhaupt keine Federn. Wie der alte Araber gesagt hat, man muss wie ein Mensch fliegen, nicht wie ein Vogel. Und der alte Araber hatte mit noch etwas Recht. Man muss aufhören, an ein ‚Segel‘ zu denken. Man möchte nicht, dass der Wind einen schiebt. Man möchte, dass er einen oben hält. Also muss man diesen Drachen hier …“ Cwicca kämpfte mit dem Konzept „Asymmetrie“ und entschied sich am Ende für: „An beiden Enden verschieden riggen. Oben breiter, unten enger.“

„Gut, also die beiden Dinge, die wir herausgefunden haben, sind folgende: Erstens, er ist so gestartet, dass der Junge in den Gurten in Windrichtung schaute. Gute Idee, um oben zu bleiben. Nicht so gut, wenn man sich je entschließt, frei zu fliegen.“

Der zwölfjährige Tolman, der beliebteste und begabteste der Flugschüler, hüpfte voll Eifer auf seine Füße, als Cwicca die Worte aussprach, und wurde sofort von einem eifersüchtigen Rivalen in die Leiste geboxt. Der König zog die beiden Jungen mit geübter Leichtigkeit auseinander und hielt sie eine Armlänge auf Abstand.

„Rede weiter“, sagte er.

„Es ist sozusagen …“ Cwicca hatte wieder Mühe mit der Idee, diesmal mit dem, was in einem späteren Zeitalter „kontraintuitiv“ genannt werde würde, und entschied sich für: „Nicht so, wie man es erwarten würde, aber wir haben versucht, mit dem Jungen in Windrichtung zu starten. Das bedeutet, dass er seine Blicke nicht auf das Schiff hält …"

„Ich beobachte das Meer und den Himmel", rief Tolman. „Ich beobachte, wo sie sich begegnen. So lange das gerade ist, und unter meinem Kinn, bleibe ich oben."

„Und die andere Sache, die wir herausgefunden haben", fuhr Cwicca entschlossen fort, „ist, dass man, ziemlich genau, wie es der Araber gesagt hat, zwei Kontrollen braucht. Eine für nach oben und nach unten. Das sind diese Flügeldinge, die der Junge mit seinen Armen lenkt. Aber wie die Vernunft sagt, braucht man auch rechts und links. Also haben wir sozusagen eine Schwanzfeder angebracht, wie man sie an Wetterhähnen hat. Er lenkt sie mit seinen Füßen."

Hagbard, der sie beobachtete, sah genau das doppelte Quadrat aus Segeltuch an, das jetzt am breiteren oberen Ende des Drachen angebracht war. Hagbard, so ein begabter Seemann er auch war, hatte nie ein Seitenruder gesehen. Alle Schiffe im Norden nutzten stattdessen das traditionelle Steuerruder. Trotzdem war ihm klar, dass man die Idee aufs Wasser übertragen konnte.

„Und heute ist der Tag, an dem wir freien Flug versuchen", bemerkte Shef. „Ist irgendeiner von den Jungen bereit, es zu riskieren?" Als das gegenseitige Boxen wieder ausbrach, schnappten sich die Männer der Drachenmannschaft jeder einen Jungen und hielten sie fest.

„Wir bleiben besser bei Tolman", sagte Cwicca. „Er ist der magerste und er hatte die meisten Versuche in der Luft."

„Und er ist wertlos", fügte Osmod an, Tolmans Vetter zweiten Grades.

„Richtig. Jetzt hört mal zu, Männer. Gibt es dabei irgendein Risiko? Ich will nicht einmal Tolman verlieren, selbst wenn er wertlos ist."

„Zwangsweise gibt es ein gewisses Risiko", sagte Cwicca. „Immerhin fliegt er fünfhundert Fuß hoch. Niemand kann aus der Höhe fallen und einfach wegspazieren. Aber es ist über Wasser. Warmem Meer. Rettungsboote sind in Windrichtung und beobachten alles. Wir hatten nie einen Drachen, der einfach ins Wasser gestürzt ist. Im schlimmsten Fall sinken sie langsam hinunter."

„Also gut", sagte Shef. „Jetzt zeigt mir, wie ihr das Seil löst."

Cwicca zeigte ihm die einzelne, dicke Ankerleine, die nach vorn bis zu einem Fleck neben der rechten Hand des Fliegers führte. Er zeigte ihm die Klemme von einer Hundeleine, die sie hielt, die praktische Vorrichtung, die ein paar Zentimeter Durchhang sicherstellte, wenn der Drachen vom Wind erfasst wurde.

„Wenn er auf dem Wasser auftrifft, wird er aus der Schlinge kommen müssen. Stellt sicher, dass er ein scharfes Messer hat. In einer Scheide, mit einer Kordel um seinen Hals. Also gut, Tolman, du wirst der erste Mann aus Norfolk sein, der fliegt."

Von einem plötzlichen Gedanken erschreckt, sah sich Shef um. „Dieser Araber, Mu'atiyah, wo ist er hin? Ich hätte gerne, dass er das sieht, damit er es seinem Meister erzählen kann."

„Der." Cwicca zuckte mit den Achseln. „Er ist dauernd herumgehangen und hat Sachen gesagt. Wir haben ihn nie verstanden, aber wir konnten es uns denken. Einer von diesen ‚Ich werde nie arbeiten'-Typen, man findet die überall. Jedenfalls hat er uns genervt und Suleiman, Solomon, wie auch immer wir ihn jetzt nennen sollen, der hat ihn an Land mitgenommen und eingesperrt. Er hat gesagt, er will nicht, dass er allzu bald nach Cordoba flieht und dort irgendeine Geschichte über verräterische Juden erzählt."

Nun zuckte Shef mit den Achseln und stellte sich an die Reling, während Hagbard das Kommando über die mittlerweile eingeübte Startprozedur übernahm. Die *Fafnisbane* kreuzte draußen eine gute Meile vor der Mauer, die den äußeren Hafen schützte, in der Brise vor der Küste. Zwei der schnellen und wendigen Wikingerlangschiffe positionierten sich in der Nähe, eine Meile in Windrichtung, bereit, zum Punkt der Wasserung zu rudern. Zwei mit Katapulten bewaffnete Begleitschiffe, die *Hagena* und die

Grendelsbane, fuhren eine weitere halbe Meile hinaus und verteilten sich weiter im Norden und Süden. Nicht, um den Start zu beobachten. Um zu beobachten und Wache zu halten, ob rote Galeeren aus dem Dunst schossen. Sie hatten scharfäugige Jungen mit Ferngläsern auf jedem Mast.

„Sie spielen wieder ihre Spielchen", sagte ha-Nasi der Fürst missbilligend zu dem schweigenden Solomon.

„Es wird nie funktionieren", knurrte Mu'atiyah vor sich hin, als er es durch ein vergittertes Fenster, das das Meer überblickte, beobachtete. „Wie können sich Barbaren mit meinem Meister, dem Ruhm Cordobas, messen? Sie sprechen Arabisch nicht einmal besser als Affen."

„Die Frau ist beim Brunnen", erstatte Thierry der Schäfer Bericht an Anselm, den graubärtigen *Perfectus.* „Sie versucht, mit den Frauen zu sprechen, die hinunterkommen, um Wasser zu holen, aber in keiner Sprache, die sie kennen."

Die Schiffe segelten über das ruhige Wasser hinaus, nur von der auffrischenden Brise geschaukelt.

Als der Augenblick des Starts näher rückte, fiel jeder an Bord der *Fafnisbane* in eine wohlgeübte Routine. Tolman wand sich in seine Schlinge. Vier der stärksten Männer an Bord hoben den ganzen Rahmen des Drachens auf die hintere Backbordreling. Hagbard, am Steuerruder, beurteilte die Brise. Im richtigen Augenblick, als sich die *Fafnisbane* in ihrem besten Tempo mit dem Wind querschiffs bewegte, brüllte er einen Befehl. Sofort zogen die Hände an den Seilen beide Segel hoch. Das zweimastige Schiff, immer noch unter Fahrt, schwang sich mit dem Bug in den Wind. Der Drachen füllte sich mit Luft und begann, sich von seinen Trägern zu erheben.

Cwicca stupste Shef an. „Sag das Wort, Herr. Das ist jetzt der große Augenblick."

„Sag es du. Du kennst den richtigen Moment." Cwicca zögerte, er beurteilte den Wind und die Schiffsbewegung. Dann rief er scharf: „Lasst ihn los!“ Der Drachen hob sich ruckartig vom langsamer werdenden Schiff weg. Die Anwender hatten angefangen, indem sie Seil von einer Spirale um Handfläche und Ellbogen nachließen. Sie wussten jetzt, dass das zu langsam war. Stattdessen liefen ihre Seile fast frei von praktischen Rollen an Deck und wurden hier und da gebremst, wenn sich verhornte Handflächen schlossen. Sie hielten gerade genug Spannung, um den Drachen gegen den Wind zu ziehen, so dass er weiteren Aufwind gewann.

Die Kiste aus Stoff und Stäben stieg sanft in den Himmel, beobachtet von tausend Augen. „Seil fast zu Ende“, riefen die Anwender.

„Was ist das Zeichen, dass er sich losmachen soll?“

„Zweimal ziehen.“

„Gebt es.“

Hoch am Himmel spürte Tolman, Sohn einer Handmühlsklavin und eines Aalfischers, die zwei plötzlichen Stopps in seinem Aufstieg. Er tastete nach der Klammer der Hundeleine, zog sie frei und ließ sie vorsichtig hinter sich fallen. Noch ein Ruck, als die Metallklammer sich durch die Schlaufe zwängte, durch die das Seil lief – sie hatten sie vorsichtig größer gemacht, damit sich nichts verfangen konnte.

Und jetzt war er frei, hing an nichts außer dem Wind im Himmel. Langsam, mit einer Vorsicht, die sein normales Benehmen am Boden Lügen strafte, fing Tolman an, seine Steuerung zu testen. Er stieg immer noch höher. Konnte er ausgleichen? Wachsam gegenüber jeder Veränderung am zerbrechlichen Rahmen probierte er die Armsteuerung, um den Wind zu fangen und zu sinken. Tolman hatte keine Theorie darüber, wie alles funktionierte. Seine Entscheidungen basierten auf Versuch und Reaktion. Das Fehlen vorgefasster Meinungen bei einem Zwölfjährigen kombiniert mit schnellen Reaktionen lehrten ihn grundlegende Aerodynamik.

Jetzt war der Horizont wieder gerade. Er hatte einen Augenblick, um nach unten zu sehen. Weit vor sich konnte er die Berge sehen, die hoch von der schmalen Küstenebene aufragten. Hie und da erfassten seine Blicke sogar Bewegungen, durch Lichtblitze, die Metall sein mussten. Und weit weg im Norden, in der Entfernung, ein schwarzer Fleck, der ein Brand sein musste. Wo war der Hafen? Mit einem leichten Sprung seines Herzens wurde Tolman bewusst, dass es beim freien Flug einen entscheidenden Unterschied gab im Vergleich dazu, an einem Seil zu hängen. Er wurde beständig weiter von der *Fafnisbane* und den Rettungsschiffen weggeblasen. Die Wikingerschiffe waren schon beinahe direkt unter ihm, eine bloße Achtelmeile vom Land. Er würde binnen Minuten über dem Land selbst sein und konnte sich vorstellen, dass er meilenweit in die Berge getragen würde.

Er musste umdrehen. Aber wie? Konnte sich ein Drachen im Wind drehen? Wenn es ein Schiff konnte ... Wenn er ihn dazu bringen konnte, nach unten zu drehen, würde sicherlich die Schnelligkeit des Falles das Zerren des Windes ausgleichen. Solange er nicht direkt in den Wind tauchte ...

Sachte arbeitete Tolman mit seiner Fußsteuerung, die ganze Zeit bereit für das erste Zucken einer unausgeglichenen Reaktion, spürte, wie sich sein Fluggerät nach rechts drehte, und stellte fest, dass er automatisch mit der Armsteuerung arbeitete, um die linke Seite zu heben und die rechte zu senken.

Eine Meile achtern sahen Shef, Steffi und die restlichen Beobachter, wie der scheinbar außer Kontrolle geratene Drache sich in einen langsamen und sanften Sinkflug drehte. Ruder schlugen, als sich die Rettungsschiffe bereit machten, ihm hinterherzurasen, jetzt, wo er wieder Richtung Meer drehte. Hagbard setzte an, Befehle zu rufen, Segel zu setzen und in dieselbe Richtung zu fahren.

„Wartet“, sagte Shef, der immer noch nach oben blickte. „Ich glaube, er weiß, was er da tut. Ich glaube, er hat vor, zu versuchen, umzudrehen und zu uns zurückzukommen.“

„Also eines steht fest“, sagte Steffi, während er sich trotzig nach Widerspruch umsah und durch sein Schielen noch trotziger wirkte. „Es gibt überhaupt keinen Zweifel, dass wir fliegen können. Und das komplett ohne Federn."

In den letzten Augenblicken seines Fluges schien Tolman, wie Steffi vor ihm, die Kontrolle über sein Fluggerät zu verlieren, und kam hart und schnell herunter. Er schlug mit einem Spritzen und einem Krachen der Stäbe kaum hundert Fuß von der *Fafnisbane* selbst auf das Wasser, während die Rettungsschiffe weit achtern von ihm waren. Shef, der einige Minuten zuvor seinen Goldreif und seine Armreifen abgelegt hatte, sprang hinein und schwamm hinüber. Ein Messer hing an seinem Handgelenk, bereit, den Jungen loszuschneiden, falls es nötig war. Im warmen Wasser tauchten er und ein halbes Dutzend weiterer Schwimmer um den immer noch treibenden Drachen auf. Aber Tolman hatte sich schon losgelöst, trat im Wasser wie ein Frosch und hielt sein Fluggerät schützend hoch.

„Habt ihr das gesehen?", rief er. „Habt ihr das gesehen?"

„Ich habe es gesehen", antwortete Shef und schwamm fröhlich durch das helle Sonnenlicht. Die Angst und Depression, die sich seit Jahren in ihm angestaut hatte, war verschwunden. Nichts war so angenehm, wie in der warmen Inneren See zu planschen, weit entfernt von den eiskalten Wassern Englands. Und das Problem des Fliegens war gelöst, oder zumindest hatte man gut damit angefangen. Und er war Svandis' Liebhaber.

„Ich schulde dir eine Belohnung", sagte er. „Die versprochene Belohnung für neues Wissen. Aber du wirst sie mit Cwicca und Steffi und der Truppe teilen müssen. Vielleicht auch mit den anderen Jungs."

„Ich sollte das meiste bekommen", schrie Tolman gellend. „Ich habe es hochgebracht und geflogen!"

An der Küste, bei einem der Tore, das aus der Festungsstadt der Juden führte, betrachtete Anselm der *Perfectus* die kleine Kolonne aus Mulis und Eseln.

„Habt ihr sie?", fragte er.

„In einen Teppich gewickelt, über das schwarze Muli geworfen. Du kannst sie nicht sehen, weil wir andere Ballen um sie gepackt haben. Die Torwächter werden sie nicht bemerken." Thierry der Schäfer zögerte. „Eine schlimme Sache, *mi dons.*"
„Was wäre das?"
„Wir haben Guillem verloren. Sie hat ihn getötet."
„Eine Frau gegen sechs von euch?"
„Wir dachten, wir hätten sie. Einer auf jeder Seite von ihr, wir kamen von hinten, haben den Saum ihres Kleides gepackt und ihn wie einen Sack direkt über ihren Kopf gezogen. Man würde erwarten, dass eine Frau ‚Vergewaltigung' kreischt und zu panisch wird, um zu kämpfen, wenn ihre Arme gefangen und ihre Beine nackt sind."
„Also?"
„Sie hatte eine Art scharfes Messer an ihrem Gürtel. Hat ihr eigenes Kleid direkt aufgeschnitten und Guillem mitten ins Herz gestochen, während er versuchte, ihren Arm zu packen. Dann habe ich ihr eins übergezogen und sie ging zu Boden. Hat aber weiter gekämpft, während wir sie geknebelt haben. Wir haben es in einer Gasse hinter dem Brunnen getan, nur Frauen in der Nähe, und ich glaube nicht, dass es irgendjemand gesehen hat. Ich hoffe, sie hat keine Brüder. Ich würde nicht gegen einen von ihnen kämpfen wollen, wenn schon die Frau so ist."
„Guillem hat seine Erlösung verdient", sagte der *Perfectus.* „Mögen wir alle die Erde auch verlassen und uns das Recht verdienen, aus ihr zu gehen. Zieht weiter, Thierry. Ich werde die Botschaft hinterlassen und euch dann folgen."
Die Mulikolonne trat durch das bewachte Tor, wandte sich über die Ebene und hinauf in die nahen Berge, während Svandis gefesselt, geknebelt und fast nackt, aber bei Bewusstsein, über das Leittier geschwungen dalag.

Kapitel 14

Als sich das Beiboot dem Kai näherte, bemerkte Shef, dass ein beträchtliches Empfangskomitee dort auf ihn wartete. Er konnte den Fürsten selbst, Benjamin ha-Nasi, nicht sehen. Aber Solomon war dort, und Männer, die er als Mitglieder des Hofstaats des Fürsten erkannte, und der Hauptmann seiner Leibwache. Ihre Gesichter waren ernst. Schwierigkeiten von irgendeiner Art. Konnte es sein, dass der Flug, den sie gesehen haben mussten, gegen irgendeine ihrer religiösen Regeln verstieß? Sie schienen keine aggressiven Absichten zu haben. Shef setzte eine Miene auf wie eine Maske aus steifem Ernst. Als das Boot die Stufen hinaufgezogen wurde, sprang er geschickt hinaus, streckte sich und marschierte hinauf, während ihm Skaldfinn der Übersetzer auf den Fersen war.

Solomon verschwendete keine Worte. „Wir haben in der Stadt einen toten Mann gefunden", sagte er.

„Meine Männer können das nicht getan haben. Sie waren auf See oder auf ihren Schiffen im Hafen."

„Eure Frau könnte es getan haben. Aber sie ist weg."

Shefs Gesicht wurde trotz all seiner erzwungenen Fassung bleich. „Weg?", fragte er. Es kam wie ein Krächzen heraus. „Weg?", wiederholte er kräftiger. „Wenn sie weg ist, dann nicht aus freiem Willen."

Solomon nickte. „Das mag sein. Dieser Brief wurde einem Jungen aus dem Christenviertel übergeben. Er wurde dafür bezahlt, ihn dem Hauptmann der Stadtwache zu bringen und zu sagen, dass er für den einäugigen ausländischen König ist."

Während eine üble Vorahnung über ihm hing, nahm Shef das Papier – tatsächlich Papier, wie er bemerkte – und entfaltete es. Er konnte mit einigen Schwierigkeiten lateinische Briefe lesen, als Ergebnis der Erziehung seiner Kindheit, so wirkungslos sie auch gewesen war. Dennoch konnte er sich aus dem, was er las, wenig zusammenreimen.

„*Nullum malum contra te nec contra mulierem tuam intendimus*", buchstabierte er sorgfältig. „Skaldfinn, was heißt das?"

Skaldfinn nahm den Brief ebenfalls, las ihn durch und runzelte die Stirn. „Da steht: ‚Wir wollen weder Euch oder Eurer Frau Böses. Aber wenn Ihr sie zurückhaben wollt, kommt zur zweiten Stunde des Tages, der diesem folgt, zum zehnten Meilenstein an der Straße nach Razes. Dort werden wir Euch sagen, was wir von Euch wollen. Kommt allein.' Danach steht in einer anderen Schrift – schlechter Schrift, wie mir scheint, und noch schlechterem Latein: ‚Sie hat einen Mann getötet, als wir sie gefangen haben. Ihr Blut ist verwirkt.'"

Shef sah sich um, wobei ihm die Menschenmenge plötzlich gewaltig vorkam, alle still, alle beobachteten ihn. Der Tumult des Marktes war erstorben. Seine eigenen Männer waren vom Boot heraufgekommen und standen dicht hinter ihm. Er wusste irgendwie, dass die Männer auf seinen Schiffen, die vor Anker lagen, gemerkt hatten, dass etwas nicht stimmte, und sich nun ebenfalls an der Reling aufreihten und ihn beobachteten. Vor Jahren hatte er impulsiv beschlossen, eine Frau, Godive, von den Sklavenhändlern zu retten. Aber damals hatte außer Hund und seinem Lehnsmann Edrich, der seit langem tot war, niemand gesehen, wie er es tat. Er hatte in seinem Kopf keinerlei Zweifel, dass er nun Svandis retten musste. Aber diesmal musste er Leute davon überzeugen, dass das, was er tat, das Richtige war. Als König war er weniger frei, als er es früher als Leibeigener gewesen war.

Über zwei Dinge war er sich sicher. Erstens, Brand, Thorvin und die anderen würden ihn nicht allein gehen lassen. Zu oft schon hatten sie erlebt, dass er einfach verschwand. Wenn er nicht allein kam, würden die Entführer ihre Geisel dann töten? Die andere Sache, über die er sich sicher war, war, dass es in der Menge Agenten der Männer, die sie entführt hatten, geben musste. Was er jetzt sagte, würde man berichten. Er musste es für sie vernünftig aussehen lassen. Für Brand und Thorvin akzeptabel. Er wandte sich um und sah nach hinten. Wie er vermutet hatte, waren ihm andere Boote herübergefolgt. Brand stieg gerade die Treppe herauf. Er sah böse, wütend und größer aus denn je. Hund wirkte mickrig und nervös. Cwicca und Osmod ebenso. Sie hatten ihre Armbrüste in der Hand und wirkten wie Männer, die ihre Ziele aussuchten. Jemand, auf den er sich verlassen konnte. Jemand, den er umstimmen konnte.

„Hast du den Brief gehört, den Skaldfinn vorgelesen hat, Brand?"

Brand ließ seine Axt „Schlacht-Troll" mit den silbernen Beschlägen als Antwort zucken.

„Brand, vor Jahren hast du mich den Weg des *Drengr* gelehrt, als wir nach York marschiert sind und es eingenommen haben. Verlässt der *Drengr* seine Kameraden?"

Brand verstand in einem Augenblick, in welche Richtung die Fragen gingen und worauf sie abzielten. Er selbst, das wusste Shef, hätte Svandis ohne Bedenken über die Reling geworfen, als Opfer für Ran, Göttin der Tiefen. Er betrachtete sie auch nicht als Kameradin, sondern als blinde Passagierin. Aber sobald sie als Kameradin, als Schiffskameradin, egal wie untergeordnet, betrachtet würde, war die öffentliche Meinung sowohl unter Wikingern als auch Engländern absolut strikt gegen jedes Zurücklassen oder Opfern, und am überzeugtesten unter denen mit dem niedrigsten Rang, den einfachen Mannschaften, den Ruderern und Schildträgern.

Ehe Brand eine Zeit schindende Antwort formulieren konnte, fuhr Shef fort: „Für wie viele Kameraden muss eine Armee marschieren?"

Brand hatte bei der Antwort auf diese Frage keine Wahl. „Für einen", antwortete er. Ein automatischer Stolz ließ ihn die Schultern strecken und die beobachtenden Südländer um sich herum anfunkeln.

„Und müssen auch die Anführer für diesen einen ihr Leben riskieren?"

„Ganz richtig", sagte er. „Du verfolgst sie. Aber nicht allein! Nimm die Flotte. Und wenn diese Schweinepriester versuchen, dich aufzuhalten ..." Er trat mit halb erhobener Axt nach vorne, sein Zorn darüber, ausmanövriert worden zu sein, verwandelte sich augenblicklich in Zorn über jede Form von Widerstand. Die Hand des Hauptmanns der Wachen fiel auf seinen Schwertgriff, Speere schnellten aus der Menge nach vorn.
Solomon hob eine Hand und trat zwischen die beiden Gruppen. „Wir haben die Frau nicht entführt", sagte er. „Der Mord und der Raub fanden in unserer Stadt statt, und wir haben auch einen Verstoß zu vergelten. Wenn Ihr unsere Unterstützung braucht, wird sie Euch gewährt. Aber was habt Ihr vor?"
Shef wusste es jetzt. Diesmal, als er seine Stimme hob, zielte er auf die Lauscher in der Menge ab, die dort sein mussten, diejenigen, die zurückgeblieben waren, um darüber zu berichten, wie die Botschaft aufgenommen wurde. Er sprach in seinem einfachen Arabisch, der Lingua Franca an dieser Küste. Es würde verstanden werden.
„Ich werde zu dem Meilenstein gehen, wenn mir jemand den Weg zeigt. Aber nicht allein! Ich werde als einer von dreizehn gehen."
Während Skaldfinn übersetzte, bemerkte Shef, dass Hund an seinem Ellbogen zupfte. „Wen wirst du mitnehmen?", fragte der kleine Heiler mit angespannter Stimme.
Shef legte seinen Arm um ihn. „Dich, alter Freund. Cwicca und Osmod. Skaldfinn muss mitkommen. Ich werde Hagbard und Thorvin zurücklassen, damit sie die Flotte befehligen. Und Brand muss auch hierbleiben, er ist für die Bergstraßen zu schwer gebaut. Aber ich werde ihn und Cwicca bitten, die besten Axtkrieger und Bogenschützen in der Flotte auszusuchen."
Solomon war auch dicht neben ihm. „Wenn Ihr bereit seid, mir zu vertrauen, würde ich auch gerne mitkommen. Ich habe zumindest eine Ahnung, worum es hier gehen könnte."
„Ich bin froh, dass das jemand weiß", sagte Shef.

Sie marschierten am nächsten Morgen aus der Stadt, als die ersten Lichtstrahlen an den Himmel krochen und die Vögel auf den Feldern ihre eifrigen Lieder anfingen. Die Männer waren zumindest satt und ausgeruht, sogar Shef, obwohl er in der Nacht zuvor kaum geschlafen hatte. Die langen Wochen der Seereise mit kaum Bedarf dafür, einen Finger zu krümmen, und wo die Bürde der Herrschaft zwangsweise weit weg lag, hatten ihm eine Schicht an Ausdauer gegeben, die noch nicht angekratzt war.

Solomon und Skaldfinn folgten ihm, während Hund, der seit der Nachricht von Svandis' Entführung kaum ein Wort gesagt hatte, an seiner Seite war. Hinter den vieren kamen neun weitere, von denen fünf Armbrustschützen waren, die unter den englischen Mannschaften ausgewählt worden waren. Cwicca und Osmod führten sie an, wie es ihnen zustand. Als er vor dem Aufbruch die Ausrüstung der Männer geprüft hatte, war Shef überrascht gewesen, das schurkenhafte Schielen von Steffi unter den ausgewählten Männern zu sehen.

„Ich habe gesagt, die besten Schützen der Flotte", knurrte er Cwicca an. „Steffi ist der schlechteste. Schick ihn zurück und hol einen anderen."

Cwiccas Miene veränderte sich zum glasigen Starrsinn, den er nutzte, wenn er mit einem direkten Befehl konfrontiert wurde, der ihm nicht gefiel. „Steffi ist in Ordnung", murmelte er. „Er war wahnsinnig scharf darauf, mitzukommen. Er wird dich nicht im Stich lassen."

„Armbrustschütze! Er könnte den Hintern einer Kuh nicht mit dem Hintern von einer treffen", fauchte Shef. Aber er bestand nicht auf seinem Befehl. Loyalität funktionierte in beide Richtungen.

Shef war zufriedener mit den Leibwächtern, die Brand für den Nahkampf ausgewählt hatte: alles Skandinavier, zwei Dänen, ein Schwede und ein Norweger, alles Männer mit langen Listen an Erfolgen gegen Männer, die so groß und stark wie sie selbst waren. Der Norweger war ein Vetter von Brand selbst. Als er ihn betrachtete, konnte Shef das Marbendillblut in ihm sehen, die Zeichen eines Seetrolls, an seinen Augenbrauen und den flachen Zähnen. Er sagte nichts dazu. Styrr, wie er hieß, hatte schon in England zwei Männer dafür getötet, dass sie über seine Art zu essen lachten, und war freigesprochen worden. Einer der Dänen diente als Anführer der kleinen Truppe, weil sich seine Erfahrung in seinem teuren Schmuck und den Narben an seinen Unterarmen zeigte. Shef hatte ihn nach seinem Namen gefragt.

„Bersi“, antwortete er. „Man nennt mich Holmgang-Bersi. Ich war fünfmal draußen.“

„Ich nur einmal“, sagte Shef.

„Ich weiß. Ich habe es gesehen.“

„Was hast du davon gehalten?“

Bersi rollte mit den Augen. Shef hatte seinen Holmgang vor den Toren von York gegen zwei Männer gewonnen, aber kaum im klassischen Stil. „Ich habe bessere Kämpfe gesehen.“

„Und ich habe größere Kämpfer getötet“, antwortete Shef, weil er nicht bereit war, ihm einen Vorteil zu überlassen. Aber Bersi und Styrr und ihre Kameraden waren eine Versicherung für ihn. Es bestand kein Zweifel am Mut der Krieger hier in den südlichen Ländern, aber Shef konnte nicht sehen, wie die schmal gebauten, in Baumwolle und Leinen gekleideten Spanier, seien es Juden oder Mauren oder Christen, sich für länger als bloße Sekunden gegen die scharfen Äxte und eisenbeschlagenen Speere, die neben ihm marschierten, behaupten sollten. Er war zumindest vor einem zufälligen Mord sicher. Und er hatte immerhin die Drohung von Rache für Svandis dabei.

Am Ende der zweiten Stunde steigerte sich die Hitze des Tages und Shefs Truppe sah weniger beeindruckend aus als am Anfang. Die Männer schnauften, weil sie seit der Dämmerung beständig mit fünf Meilen pro Stunde vorangetrieben worden waren und abwechselnd die überladenen Mulis ritten, die Solomon zur Verfügung gestellt hatte, oder neben ihnen hertrabten. Schweiß tropfte aus ihrem Haar und in ihre dicken Bärte. Bald würde die

Sonne direkt auf die Kettenhemden der Wikinger scheinen. Sie würden sich entscheiden müssen, ob sie sie ablegten oder geröstet wurden. Aber zumindest war nun der Meilenstein in Sicht und es war nicht mehr lange bis zum gesetzten Zeitpunkt. Shef sah sich um. Wenn es einen Hinterhalt geben sollte, war dies mit Sicherheit der geeignetste Ort dafür. Cwicca und seine Männer waren abgestiegen und gingen jetzt langsamer, mit erhobenen Köpfen und griffbereiten Armbrüsten, wobei sie auf jedes erste Aufblitzen von Lanzen oder Pfeilen achteten.

Aus dem Unterholz kam ein trillerndes Geräusch. Wie ein Vogelruf, aber weniger ungekünstelt. Der Klang einer Flöte. Während sich bei ihm die Nackenhaare aufstellten, ließ Shef sein eines Auge wandern, um zu sehen, woher er kam. Da stand ein Junge. Einen Augenblick vorher war er nicht da gewesen. War dies irgendeine Kreatur aus den Bergen, irgendein Halbgott, wie die Marbendillen aus dem nördlichen Ödland oder die finnischen Hexer aus dem Schnee? Fünf Armbrüste zielten jetzt auf den Jungen. Falls der Bub eine Ablenkung war, würde es nun aus irgendeiner anderen Richtung einen Angriff geben. Holmgang-Bersi hatte die Idee zumindest verstanden und war mit gezücktem Speer von der Straße getreten.

Aber es war niemand sonst da. Der Junge stand unbewegt da, bis er sicher sein konnte, dass ihn niemand aus Furcht erschießen würde, dann pfiff er wieder auf seiner Flöte und rief etwas zu Solomon. Shef verstand nicht ein Wort.

„Er sagt, wir sollen ihm folgen."

„Wohin?" Grimmig deutete Solomon auf den Berghang.

Stunden später fragte sich Shef, ob der Junge mit der Flöte nicht eine besonders teuflische Falle war und geschickt worden war, um sie langsam zu töten. Sie hatten die Mulis zurückgelassen und sich mürrisch den Hang hinauf aufgemacht. Jetzt, wo die Sonne direkt über ihren Köpfen stand, wurde kein Wort mehr gesprochen. Es war ein gnadenloser Aufstieg über eine Steigung, die so steil wie das gedeckte Dach eines Hauses, aber mit Dornbüschen und Geröll bedeckt war. Die Dornen hielten sie zurück, verfingen sich an jedem Stück Kleidung, während der Junge wie ein Aal unter ihnen durchzugleiten schien.

Aber die Dornen waren nicht so schlimm wie das Geröll. Nach einer Weile wurde Shef bewusst, dass er und all seine Männer Umwege machten und ihren Weg verließen, um die sengende Hitze der Steine im prallen Sonnenlicht zu meiden, die bloße Hände verbrannte und begann, durch die ledernen Schuhsohlen zu stechen.

Selbst das Gestein war nicht so schlimm wie der Hang. Keiner der Nordmänner war nach Wochen auf See im Marschieren besonders fit, aber selbst ein Finne aus den Sümpfen hätte Mühe damit gehabt, weiterzuklettern, nachdem seine Beinmuskulatur lange über die Schmerzgrenze hinaus war, nachdem jeder den Gedanken daran, danach je wieder zu marschieren, aufgegeben hatte und sich nur noch darauf konzentrierte, sich mit Armen und Beinen zusammen den Abhang hinaufzuhieven.

Aber es war der Durst, der sie umbringen würde. Der Durst und der Hitzschlag. Staub stieg vom Boden auf, in Nasenlöcher, die oft nur einen Fuß davon entfernt waren, bedeckte den Mund und verstopfte die Kehle. Alle hatten am Anfang Wasserschläuche mitgetragen. Der erste Halt war nach weniger als einer Meile gekommen. Sie waren stetig häufiger geworden, als die Kletterei weiterging. Beim dritten Halt hatte Shef, der bereits krächzte, den Wikingern als Vorsichtsmaßnahme befohlen, ihre Kettenhemden und das Leder abzulegen, zu Bündeln zu rollen und es auf ihrem Rücken zu tragen. Nun trug er das eines Mannes für ihn. Er hatte gesehen, wie Styrr, Brands Vetter, stetig immer röter geworden war, bis er die Farbe von Heidelbeersaft hatte. Aber jetzt war er totenbleich. Das Wasser war aufgebraucht. Und immer noch verschwand der verdammte Junge immer wieder, kehrte zurück, pfiff sie in diese oder jene Richtung. Shef wandte sich zu Cwicca, der sich ein wenig besser als die anderen hielt und ebenfalls die Ausrüstung eines Mannes neben seiner eigenen trug.

„Nächstes Mal, wenn dieser kleine Bastard zurückkommt", röchelte Shef, „wenn er wieder abhaut, erschieß ihn. Solomon …"
Der jüdische Übersetzer schien zumindest von der Hitze und dem Durst weniger betroffen als die anderen, obwohl auch er japste und vor Erschöpfung taumelte. „Sag ihm: Ruhe und Wasser. Oder er ist tot."

Solomon schien als Antwort etwas zu sagen, aber Shef ignorierte ihn. Der kleine Bastard war wieder da. Shef fasste unter Schmerzen nach seinem dünnen Hemd und wollte ihn packen, aber er wirbelte zur Seite, winkte ungeduldig mit einem Arm und begann, wieder vorzusprinten. Cwicca hatte ihn schwankend im Ziel. Und dort, direkt über ihnen, schien ein Bergkamm zu sein, über den der Junge schnell verschwand.

Mit letzter Kraft kämpfte sich Shef darüber. Sah vor sich ein kleines, verfallenes Dorf mit einem Dutzend Häusern aus Stein, das aussah, als ob es direkt aus den Felsen überall darum herum gewachsen wäre. Noch wichtiger als die Häuser war das flache Grün davor. An der Seite sprudelte aus dem Felsen eine Quelle, die in eine Steinzisterne lief. Plötzlich und ganz klar über dem gnadenlosen Lärm der Zikaden im Gebüsch konnte Shef das Plätschern von laufendem Wasser hören.

Er drehte sich um und sah seine Männer über hundert Meter am Abhang verteilt. Er versuchte, ihnen „Wasser!" zuzurufen, stellte aber fest, dass ihm das Wort in der Kehle stecken blieb. Der Nächste sah es in seinen Augen und kam mit erneuerter Energie näher. Weit unten am Abhang krabbelten Styrr und Bersi, Thorgils und Ogmund hoffnungslos weiter.

Shef glitt den Hang hinunter, packte den Nächsten, murmelte „Wasser" in sein Ohr und deutete vor ihm auf die Kammlinie. Dann glitt er zum Nächsten weiter. Styrr musste die letzten fünfzig Fuß halb gezogen werden, und als er den Gipfel erreichte, taumelte er selbst mit Shefs Schulter unter seinem Arm wie ein Betrunkener auf dem ebenen Boden. Sie boten einen fürchterlichen Anblick, wurde Shef bewusst, wer auch immer sie beobachtete.

Sie sahen weniger wie ein König und seine Leibwache aus als wie eine Truppe von Bettlern mit einem Tanzbären. Er hievte Styrr kräftig in die Aufrechte und knurrte ihm zu, dass er sich zusammenreißen sollte und wie ein *Drengr* wirken musste. Styrr stolperte einfach auf das Wasser zu, wo ihm Bersi mit einem Eimer entgegenkam. Er schüttete die Hälfte davon über den japsenden Riesen und goss den Rest in seine Hände.

„Er wird sterben, wenn er in diesem Zustand kaltes Wasser schluckt", bemerkte Solomon, der eine leere Kelle hielt. Shef nickte und sah sich um. Der Rest hatte getrunken und schien wieder fähig, über etwas anderes als Durst nachzudenken. Er selbst konnte das Wasser riechen und fühlte den Drang, sich dorthin und hinein zu stürzen, wie es die anderen eindeutig getan hatten.

Sie wurden beobachtet. Wenn dies eine Falle gewesen wäre, hätte es funktioniert. Für lange Minuten hätten seine Männer hier keinen Widerstand gegen Schwert oder Speer oder Pfeil geboten, außer es wäre zwischen ihnen und dem Wasser gelegen. Shef richtete sich stolz auf, nahm die Kelle voller Wasser, die ihm Cwicca weitergab, und zwang sich, sie ohne offensichtliche Begierde zu halten. Er marschierte mit erhobenem Kopf auf den Ring an beobachtenden Männern zu.

Sie hatten Bogen und Äxte, aber sie sahen nicht beeindruckend aus. Bloße Werkzeuge für Arbeit und Jagd, und die Männer, die sie hielten, vielleicht etwa dreißig, sahen wie Schäfer oder Vogelfänger aus, nicht Krieger. Keine Rangabzeichen waren sichtbar, aber Shef hatte gelernt, die Haltung von Männern zu beurteilen. Dieser eine dort, der Graubärtige ohne Waffen: Er war der Anführer. Er ging auf ihn zu und versuchte, sardonisch zu sprechen, zu sagen: „Ihr habt uns über einen schmerzvollen Weg hergebracht." Die Worte wollten nicht herauskommen. Er hob die Kelle, spülte den Staub aus seinem Mund und fühlte, wie es seine Kehle entlangstrudelte. Der Drang, zu schlucken, krampfhaft, fast überwältigend. Er würde ihnen zeigen, wer der Herr war, zumindest über sich selbst. Er spuckte das Wasser auf den Boden und sagte

seinen Satz. Kein Verständnis. Die Augen hatten sich geweitet, als er das Wasser ausspuckte, aber nur eine gerunzelte Stirn, während er sprach. Er sprach die falsche Sprache. Shef versuchte es in seinem einfachen Arabisch erneut.
„Ihr habt unsere Frau genommen."
Der Graubart nickte.
„Jetzt müsst Ihr sie zurückgeben."
„Zuerst müsst Ihr mir etwas erklären. Braucht Ihr kein Wasser?"
Shef hob die Kelle hoch, sah das Wasser darin an und warf sie auf den Boden. „Ich trinke, wenn ich es wähle. Nicht, wenn mein Körper es wählt."
Ein leises Murmeln von den lauschenden Männern. „Dann erzählt mir: Was ist es, das Ihr an Eurer Brust tragt?"
Shef blickte auf das Zeichen seines Gottes hinunter, die Steigleiter des Rig. Dies war wie die Szene, die er vor langer Zeit erlebt hatte, als er zum ersten Mal Thorvin begegnet war. Es wurde mehr gemeint, als gesagt wurde.
„In meiner Sprache ist es eine Leiter. In der Sprache meines Gottes und des Weges, dem ich folge, ist es ein *Kraki.* Ich habe einmal einen Mann getroffen, der es ein *Graduale* nannte."
Sie hörten jetzt sehr genau zu. Solomon war an seiner Seite, bereit, zu übersetzen. Shef winkte ihn zurück. Er durfte diesen intimen Kontakt nicht verlieren, selbst wenn alles, was sie beide sprechen konnten, gebrochenes Arabisch war.
„Wer hat es so genannt?"
„Das war der Kaiser Bruno."
„Wart Ihr ihm nahe? War er Euer Freund?"
„Ich war ihm so nahe, wie ich es Euch bin. Aber er war nicht mein Freund. Ich hatte sein Schwert an meiner Kehle. Man sagt mir, dass er mir jetzt wieder nahe ist."
„Er weiß vom *Graduale.*" Der Graubart schien gerade mit sich selbst zu sprechen. Er blickte wieder auf. „Fremder, wisst Ihr von der Lanze, die er trägt?"
„Ich habe sie ihm gegeben. Oder er hat sie mir genommen."

„Würdet Ihr dann ihm vielleicht etwas nehmen?"
„Sehr gerne."
Die Spannung in der Luft schien sich zu entladen. Shef drehte sich um und sah, dass seine Männer wieder auf den Füßen waren, ihre Waffen erhoben und aussahen, als seien sie fähig, einen Angriff abzuwehren oder sogar, als sie die begrenzten Möglichkeiten ihrer Gegner abwogen, einen anzufangen.
„Wir werden Eure Frau zurückgeben. Und Euch und Eure Männer verpflegen. Aber ehe Ihr zurückkehrt ..." Shefs Muskeln bebten bei dem Gedanken, zurückzugehen, den Berg hinunter oder weiter hinauf, „... zuerst müsst Ihr eine Prüfung bestehen. Oder scheitern. Beides ist für mich dasselbe. Aber sie zu bestehen, könnte gut für Euch und für die Welt sein. Sagt mir, Euer Gott, dessen Zeichen Ihr tragt: Liebt Ihr ihn?"
Shef konnte sich das Grinsen, das sich über sein Gesicht zog, nicht verkneifen. „Nur ein Idiot würde die Götter meines Volkes lieben. Sie sind da, das ist alles, was ich weiß. Wenn ich ihnen entfliehen könnte, würde ich es tun." Sein Grinsen verblasste. „Es gibt einige Götter, die ich hasse und fürchte."
„Weise", sagte der Graubart. „Weiser als Eure Frau. Weiser als der Jude an Eurer Seite."
Er rief einen Befehl und Männer begannen, Brot, Käse und etwas, das wie Weinschläuche aussah, herbeizubringen. Langsam steckten Shefs Männer ihre Waffen weg oder entspannten sie, dann sahen sie ihren Herrn fragend an. Aber Shef hatte gesehen, dass Svandis humpelnd auf ihn zukam, die nur die zerschnittenen und blutgetränkten Fetzen ihres weißen Kleides trug.

Für die jüdischen Gelehrten und Ratgeber im Stadtstaat von Septimania war die Abreise ihres Kollegen Solomon – irgendwohin in die Berge, als Begleiter des Königs der Barbaren auf irgendeiner sinnlosen Jagd – eine Erleichterung. Es bestanden bereits starke Zweifel, ob es weise von Solomon gewesen war, die Fremden zu ihnen zu bringen. Dennoch konnte man es als Dienst für den Kalifen, ihren nominellen Herrn, darstellen, die Männer, die einst seine Verbündeten gewesen und auf jeden Fall Feinde der Christen waren, deren Bedrohung jetzt so nah war, wieder mit Vorräten zu versorgen. Allerdings stand nun noch zumindest eine Angelegenheit aus, eine Sorge sowohl für den Fürst als auch für den Rat.

Die Angelegenheit des jungen Arabers Mu'atiyah. Es war eindeutig, dass er ein Untertan des Kalifen Abd er-Rahman war, genau wie sie, die Juden von Septimania, es zumindest theoretisch waren. Zahlten sie nicht dem Kalifen die *Kharaj* und die *Jizya,* die Landsteuer und die Wahlsteuer? Und bewachten sie nicht ihre Tore gegen seine Feinde und die seines Glaubens, die Christen und die Franken? Es war richtig, dass sich diese Wache in keinster Weise darauf erstreckte, den Handel mit ihren nächsten Nachbarn zu beschränken, und es war auch wahr, dass die Steuerzahlungen gemäß Berechnungen gemacht wurden, die der Rat selbst erledigte, und die einer Prüfung durch des Kalifen eigene Steuereintreiber nicht standgehalten hätten, von denen aber keiner mehr eine Blamage hervorrufen wollte, indem er in der Stadt erschien. Trotzdem – so sagte es die Mehrheit im Rat – gab es keinen Anlass, den jungen Mann einzusperren, nur um seine Rückkehr zu seinem Herrn zu verhindern.

Während er Rat debattierte, beobachtete der alte Fürst seine Gelehrten und strich sich über den Bart. Er wusste, was Solomon gesagt hätte, wäre er hier gewesen. Dass der Araber sofort zu seinem Meister fliehen und berichten würde, dass die Juden sich mit den Barbaren, den Polytheisten zusammengetan hatten, dass sie eine Basis für eine feindliche Flotte zur Verfügung stellten, die vor der Konfrontation mit den Griechen geflohen war und jetzt ihre eigenen Angriffe auf das friedliche Land plante. Wenig davon war wahr, aber genau so würde es präsentiert und so würde es geglaubt werden.

In jedem der christlichen Herzog- oder Fürstentümer im Grenzland wäre so eine Angelegenheit die einfachste Sache der Welt ge-

wesen. Zehn Worte und der Araber würde verschwinden. Wenn man je nach ihm fragte, würde höfliches Bedauern und Unwissen ausgedrückt. Und der Baron oder Herzog oder Fürst hätte nicht mehr darüber nachgedacht als über das Stutzen seiner Rosen.
In einer jüdischen Gemeinschaft war dies nicht möglich. Nicht einmal erwünscht. Benjamin ha-Nasi billigte das, was seine weisen Männer beschließen würden, obwohl er wusste, dass es ein Fehler sein würde. Ein Fehler auf kurze Sicht. Auf lange Sicht war die Festung der Juden der Ort, wo sie während der langen Jahrhunderte der Flucht und Verfolgung ihre Identität bewahrt hatten, die Torah und das Gesetz. So lange sie sich daran hielten, das hatte die Geschichte sie gelehrt, würden sie überleben – als Volk, wenn auch nicht als Einzelpersonen. Wenn sie es verließen, würden sie vielleicht für eine Weile erblühen. Dann würden sie sich mit dem Meer um sie herum vermischen und wären nicht mehr zu unterscheiden von den gesetzlosen, prinzipienlosen, abergläubischen Gläubigen des Christus, ihres falschen Messias.
Gelassen lauschte der Fürst den Diskussionen, die ebenso sehr geführt wurden, um allen Ratsmitgliedern zu erlauben, ihre Gelehrsamkeit zu demonstrieren, wie um die endgültige Entscheidung zu beeinflussen. Jene, die für eine fortgesetzte Gefangenschaft sprachen, auf die Weise, wie es Solomon wohl getan hätte, taten es leidenschaftlich, aber unaufrichtig, entsprechend einer Konvention, die alle verstanden. Gegen sie sprach der tiefe Unwille jeglicher jüdischen Gemeinschaft, das Gefängnis als Bestrafung zu befehlen. Die Freiheit, sich zu bewegen, wie es einem gefiel, war eine der Erbschaften aus der Wüste, die sie mit den Arabern, ihren Vettern, teilten. Es war die andere Seite des Schreckens des Ausschlusses aus der Gemeinschaft, der die ultimative Drohung des Rates gegen jemand aus den eigenen Reihen war.
Der Gelehrte Moishe fasste alles zusammen und bereitete seine abschließende Rede vor. Er war der Amoraim, derjenige, der die Mishnah interpretierte. „Und so“, sagte er und sah sich kämpferisch um, „werde ich nun von der Halakhah sprechen, die den

endgültigen Abschluss der debattierten Angelegenheit bringt. Zuerst wurde sie gesprochen und von Generation zu Generation weitergegeben, jetzt ist sie niedergeschrieben und auf ewig festgelegt. ‚Behandle den Fremden innerhalb deiner Tore wie deinen Bruder, denn dafür wirst du dreifach gesegnet'."

Er endete und sah sich um. Wenn seine Zuhörerschaft nicht durch die Würde ihres Aufenthaltsortes und der Angelegenheit zurückgehalten worden wäre, hätten sie applaudiert.

„Gut gesprochen", sagte der Fürst schließlich. „Wahrlich, man sagt, dass die Gelehrsamkeit der Weisen eine Mauer für die Stadt ist. Und dass es die Narrheit der Ungebildeten ist, die Leid über sie bringt."

Er pausierte. „Und doch ist dieser junge Mann leider ungebildet, oder nicht?"

Moishe sprach wieder. „Nach seinen eigenen Worten, mein Fürst, ist er an Gelehrsamkeit das Wunder der Welt. Auf seine eigene Art und in seinem eigenen Land. Und wer sollte die Gebräuche eines anderen Landes oder seine Weisheit verurteilen?"

Genau das, was du heute Morgen getan hast, dachte Benjamin für sich. Als du uns deine Meinung über die Narrheit der Schiffsbarbaren gesagt hast, mit ihrem König, der ein Buch zerreißt, um herauszufinden, was es ist, und nach dem Preis für Papier und nicht für die Inhalte fragt. Trotzdem …

„Ich werde tun, was der Eindruck des Rates anweist", sagte Benjamin förmlich. Er gab dem Hauptmann seiner Wache einen Wink mit einem Finger. „Lasst den jungen Mann frei. Gebt ihm ein Reittier und die Nahrung, die er braucht, um den Kalifen zu erreichen, und eskortiert ihn bis an unsere Grenzen. Zieht die Kosten von unserer nächsten Zahlung der Landsteuer an seinen Herrn ab."

Der junge Araber, der an der Seite des Raumes gehockt und der hebräischen Unterhaltung, die sein Schicksal bestimmen sollte, gelauscht hatte, ohne etwas zu verstehen, erkannte zumindest den Tonfall und die Geste. Er sprang mit funkelnden Augen auf seine

Füße. Für einen Moment schien es, als würde er mit Beschwerden und Klagen herausplatzen – wie er es in seiner kurzen Gefangenschaft bereits fünfzigmal getan hatte –, aber dann schluckte er es in einer offensichtlichen Änderung seiner Politik herunter. Es war klar, was er vorhatte: Schnell verschwinden, um jede bittere Denunziation zu machen, die ihm über die Zunge kam. Sich selbst mit Worten für jede Schmach rächen, die er erlitten hatte, echt oder eingebildet, durch die Barbaren, auf die er so eifersüchtig war. Eifersüchtig auf ihre fliegenden Drachen.

Der Fürst wandte seine Aufmerksamkeit dem nächsten Fall zu. Es stimmte schon mit den Gelehrten, überlegte er. Sie waren eine Stärke. Und die Ungebildeten waren eine Plage. Aber schlimmer als beide war leider die Klasse, zu der sowohl der Araber Mu'atiyah als auch Moishe der Gelehrte gehörten.

Die Klasse der klugen Narren.

Kapitel 15

Im kühlen Steinkeller des besten Hauses in dem winzigen Dorf diskutierten die *Perfecti* flüsternd, was getan werden sollte.
„Er spricht unsere Sprache nicht. Wie können wir ihn der Prüfung unterziehen?"
„Er spricht etwas Arabisch, genau wie wir. Das muss reichen."
„Es ist regelwidrig. Die Prüfung muss mit den Worten der Prüfung gestellt werden."
„Wir sind es, die die Regeln aufstellen, und wir können sie verändern."
Eine dritte Stimme mischte sich in das Wortgefecht ein: „Immerhin hat er die eine Prüfung schon bestanden. Und er hat sie bestanden, ohne zu wissen, dass er sie gemacht hat."
„Meinst du das Wasser?"
„Ich meine das Wasser. Ihr habt den Zustand gesehen, in dem seine Männer über den Hügel gekommen sind. Sie waren blind vor Erschöpfung und verrückt vor Durst. Sie sind Nordländer aus kalten Ländern und Seeleute, die nie marschieren. Der Große war dem Tode nah. Und der König selbst war so ausgetrocknet – wir haben das gesehen –, dass er nicht sprechen konnte. Dennoch warf er das Wasser auf den Boden."
Eine weitere Stimme bestätigte die dritte. „Und davor hat er es in seinen Mund genommen. Dann hat er es ausgespuckt. Das ist eine der Prüfungen. Dem Mann Wasser zu verweigern, bis er an nichts anderes mehr denken kann, und es ihm dann zu geben. Zu sehen, ob er es in seinen Mund nehmen und doch verweigern kann, als Zeichen des Sieges über den Körper. Den Tempel des Bösen, Fürst dieser Welt. Genau das hat der Einäugige getan."
Die erste Stimme beschwerte sich weiter. „Er hatte nicht lange genug gedurstet! In unserer Prüfung wird der Mann für eine Nacht und einen Tag ohne Wasser gehalten."

„Und sitzt ohne Bewegung im Schatten", antwortete einer seiner Antagonisten. „Unsere Regel besagt, dass der Kandidat trocken gehalten werden muss, bis er an nichts mehr außer Wasser denkt. Ich habe schon Kandidaten gesehen, die in besserem Zustand waren als dieser hier, als er über den Hügel kam."

„Auf jeden Fall", sagte eine Stimme, die bis jetzt nicht gesprochen hatte, aber nun mit dem Tonfall von jemandem sprach, der eine Entscheidung verkündete, „werden wir mit der Prüfung fortfahren. Denn während wir sprechen, reißen die Männer des Kaisers Stein um Stein ab. Über unseren heiligen Dingen und den Leichen unserer Kameraden."

Die grauen Kapuzen nickten langsam, am Ende ohne Widerspruch.

Draußen saß Shef mit seinem Fernglas in der Hand und ließ seine Beine über den Rand des beinahe senkrechten Abhangs baumeln, der das kleine Dorf im Norden abschloss. Als er und seine Männer erst einmal ihre Portionen getrunken hatten, war es möglich, sich umzusehen, die Lage der Landschaft zu verstehen. Das Dorf thronte hoch auf einem Abhang, auf einer bloßen Terrasse in einer Rinne aus heißem Geröll und Büschen. Von hoch oben konnte man hie und da weitere Terrassen sehen, jede mit ihren kleinen Flächen mit Bäumen und Getreide. Shef konnte sehen, wie die Leute hier oben beinahe mit Leichtigkeit leben konnten. Sein Fernglas hatte Dutzende von dürren Schafen erfasst, die an den entfernten Hängen das Gras absuchten. Schafe bedeuteten Schafsfleisch und Milch und Käse. Und auf eine Sache durften die Dorfbewohner zählen, und das war, dass sie von Steuereintreibern nicht belästigt würden. Nur von sehr harten und entschlossenen, und derartige würden woanders weitaus einfachere Quellen finden.

Ja. Es war eindeutig, dass man hier oben fast jeder Art von Autorität widerstehen konnte. König oder Kaiser. Oder Kirche und Kaiser.

Auf die kalte, objektive Weise, in der sein Verstand arbeitete, wenn er in Ruhe gelassen wurde, machte sich Shef daran, über die Informationen nachzudenken, die er erhalten hatte. Eine Sache hatte er während der Jahre seiner Herrschaft über sich selbst zu verstehen gelernt. Gut oder böse, er glaubte nicht alles, was man ihm erklärte, nicht einmal alles, was er selbst sah. Aber sein Unglaube bedeutete, dass er sich selbst nicht belügen musste, wie es so viele andere Leute, wie er wusste, die gesamte oder einen Teil der Zeit taten. Sie glaubten, was sie brauchten. Er musste nichts glauben und konnte die Dinge so sehen, wie sie waren.

Also musste er Svandis nicht glauben. Sie hatte ihn und seine Männer mit Tränen der Erleichterung begrüßt. Dann hatte sie sich, wie er gesehen hatte, plötzlich geschämt und harsch und wild gesprochen, um zu überspielen, wie groß ihre Furcht gewesen war. Er verurteilte sie nicht. Er hatte erlebt, wie Kriegerveteranen dasselbe taten. Und als sie ihm erzählte, was passiert war, hatte Shef, der zusammenpuzzelte, was er aus ihrer Vorgeschichte wusste, sowohl ihre Furcht als auch ihre Scham verstanden.

Eine Frau, die von beiden Seiten gepackt wurde, während ihr das Kleid über den Kopf gezogen wurde. Keine Frau trug etwas unter ihrem Kleid, egal, was sie darüber trug. Eine Frau, deren Arme fest saßen, die von der Brust abwärts nackt war, konnte an nichts als an Vergewaltigung denken. Genau deshalb war es in allen nordischen Gesetzeskodexen ein Verbrechen, die Kleider einer Frau über ihr Knie anzuheben. Aber Svandis hatte keinen legalen Hinweis gebraucht, um an Vergewaltigung zu denken. Sie wusste alles darüber. Shef war stolz, aber nicht verwundert, dass sie sich freigeschnitten und einen Mann getötet hatte: Er hatte ihren Großvater dasselbe tun sehen, der sich unbewaffnet und halb ertrunken gegen zwei Männer gewehrt hatte, die seine Arme festhielten. Sie hatte wahrlich das Blut von Ragnar.

Aber die Furcht hatte sich tief in sie gegraben. Was sie über ihre Entführer gesagt hatte, war davon befleckt. Und sie sagte, dass sie Wilde waren, schlimmer als die ärgsten Heiden unter den Schwe-

den, kalt und herzlos. Sie hatte von den Frauen in Cordoba Geschichten über sie gehört, sagte sie – und das musste zumindest wahr sein. Dass in den Bergen die Sekte lebte, wo die Männer alle Frauen hassten und die Frauen alle Männer. Wo jede Freude und jeder Genuss auf der Welt abgelehnt wurden. „Und genau so sind sie“, sagte Svandis immer wieder. „Du kannst es sehen, wenn sie dich anschauen! Als sie mich losgebunden haben, stand ich da, mit nackten Beinen, mein Körper wie bei einem Tanzmädchen zur Schau gestellt. Und sie haben mich angesehen. Und dann haben sie weggeschaut, alle von ihnen, sogar die Mulitreiber. Ich hätte lieber gehört, wie deine Männer die Dinge rufen, die sie schreien, wenn sie Frauen sehen. Sie vergewaltigen Frauen und verletzten sie, aber das liegt daran, dass sie sie wenigstens brauchen. Hier kann man den Hass in ihren Augen sehen.“
Die Furcht sprach, überlegte Shef, als er entspannt dasaß und über die Berge und die Pässe darunter hinausblickte. Dennoch konnte etwas Wahres darin liegen. Es stand in einer gewissen Beziehung zu dem, was Solomon gesagt hatte, nachdem er Svandis getröstet hatte und sie sich unter Bewachung und in die Sonne schlafen gelegt hatte. Nachdem er Solomon erzählt hatte, was sie über die Prüfung gesagt hatten. Solomon hatte lange Zeit nachgedacht und war dann zu ihm getreten, wobei er selbst zu seinem Kollegen Skaldfinn Abstand hielt.
„Etwas solltet Ihr verstehen“, sagte er. „Etwas, das wenige wissen. Ihr mögt geglaubt haben, dass diese Menschen Christen sind.“
Shef nickte. Er konnte ein Kruzifix an der Mauer eines Gebäudes sehen, das wie eine einfache Kirche schien. Leute, die daran vorbei gingen, knieten sich hin und bekreuzigten ihre Bärte.
„Das sind sie nicht. Oder, falls sie es sind, ist es eine Art, die mit den anderen nichts zu tun hat. Selbst mit meinem Volk nur wenig. Seht Ihr – die Gefolgsleute des Mohammed, die Gefolgsleute von Christus, mein eigenes Volk, die Juden. Sie bekämpfen einander, sie mögen einander sogar verfolgen, aber sie teilen viele Dinge. Für den Islam war Christus einer der Propheten, für die Christen

ist unser Gott auch ihr Gott, nur dass sie ihm einen Sohn gegeben haben. Die Mohammedaner glauben an einen Allah, so wie wir an einen Jehovah glauben, wie wir wollen sie kein Schweinefleisch oder Fleisch essen, das nicht geschächtet worden ist. Seht Ihr? Wir sind – wir begannen – auf derselben Seite.
Diese Menschen hier sind anders. Sie glauben überhaupt nicht an unseren Gott. Oder falls sie es tun, lehnen sie ihn ab."
„Wie kann man Gott ablehnen und das Kruzifix verehren?"
„Ich weiß es nicht. Aber man sagt – man sagt, dass für diese Leute der Gott Abrahams der Teufel ist und dass sie Bilder von ihm herstellen, nur um sie zu entweihen. Und man sagt auch …" Solomons Stimme wurde noch leiser. „… dass sie, weil Gott für sie der Teufel ist, den Teufel selbst zu ihrem Gott gemacht haben. Sie sind Teufelsanbeter. Das ist das Gerücht in den Hügeln. Ich weiß nicht, wie sie ihn verehren oder mit welchen Ritualen."
Auf Solomon konnte man sich auch nicht verlassen, überlegte Shef. Es war wieder das Volk des Buches. Im Grunde waren die drei großen Religionen, die aus dem Osten gekommen waren, alle Religionen des Buches. Verschiedener Bücher oder desselben Buches mit unterschiedlichen Zusätzen. Sie verachteten jeden, der sich nicht an ihr Buch hielt. Nannten ihn Teufelsverehrer. Sie hatten zum Beispiel auch ihn verachtet, er hatte den Blick in den Augen des *Geonim,* des Rechtsgelehrten gesehen. Wenn sie ihn und den Weg verachteten, und sie außerdem diese seltsame Sekte in den Bergen verachteten – dann hatten er und sie vielleicht etwas gemeinsam. Frauenhasser, sagte Svandis. Hasste er Frauen? Sie hatten ihm kein Glück gebracht, und er ihnen auch nicht.
Während sein Auge über weite Entfernungen wanderte, als sich der Nebel in der Sonne verzog und das Fernglas ihn bis zum Horizont sehen ließ, bemerkte Shef immer wieder das Aufblitzen von hellem Metall unten auf den Straßen, den Straßen über die Bergpässe. Er erinnerte sich daran, was Tolman darüber berichtet hatte, was er auf seinem Flug hatte sehen können. Metall, das sich bewegte, und am Rand seines Blickfeldes, hatte Tolman ge-

sagt, ein großes, brennendes Feuer. Sein Kopf leerte sich und sein Auge blickte weit in den Raum, dann fühlte Shef die seltsame Leere des Wachtraums über sich kommen: Ein besseres Gefühl als der letzte, den er gehabt hatte, den Traum mit der eingewickelten Leiche. Diesmal war sein Vater dort.

„Er ist frei, weißt du.“ Es lag immer noch ein fröhlicher Tonfall in der Stimme seines Vaters, voller geheimem Wissen, voller Klugheit, der er, wie er wusste, nichts entgegenzusetzen hatte. Daneben war aber ein neuer Tonfall, voll Unsicherheit, sogar Furcht, als ob dem Gott Rig bewusst würde, dass er etwas in Gang gesetzt hatte, das selbst er, bei all seiner Klugheit, nicht kontrollieren konnte.

Shef antwortete seinem Vater, schweigend, allein in seinen Gedanken. „Ich weiß. Ich habe gesehen, wie du ihn befreit hast. Ich habe gesehen, wie er die Treppe hinaufgestiegen ist. Er ist verrückt. Thorvin sagt, er ist sowohl Vater als auch Mutter der Monsterbrut.“ In seiner neuen Stimmung voller Unglaube und Trotz störte er sich nicht daran, die Frage hinzuzufügen: „Warum hast du es getan?“

Ein Bild begann sich vor ihm zu formen, nicht mit der gewohnten feurigen Schärfe, sondern verschwommen, als wäre es durch das schlechte Glas und die unebene Linse eines Fernglases. Während es sich bildete, sprach die Stimme seines Vaters darüber.

„Die Götter, siehst du, vor langer, langer Zeit, in der Zeit deines Namenspatrons, des ersten Königs Sheaf. Damals war Balder noch in Asgard. Balder der Schöne. So schön, dass alle Dinge auf Erden, bis auf eines, geschworen hatten, ihm kein Leid zuzufügen. Also was taten die Götter, mein Vater und meine Brüder, was taten sie, um sich zu amüsieren?“

Shef konnte die Antwort sehen. Der Gott in der Mitte, mit einem so wunderschönen Gesicht, dass es unmöglich war, ihn anzusehen, eine strahlende Schönheit. An einen Pfahl gefesselt. Und um ihn herum wilde Gestalten, kräftige Arme, die mit all ihrer Kraft Waffen auf ihn schleuderten. Eine Axt wirbelte von der Seite des Kopfs des Gottes weg, eine Lanze mit tödlicher, dreieckiger Spitze prallte von sei-

nem Herz ab. Und die Götter lachten! Shef konnte das vertraute rotbärtige Gesicht von Thor sehen, der sich zum Himmel wandte und den Mund in einer Ekstase aus Lachen geöffnet hatte, während er seinen tödlichen Hammer immer wieder gegen den Schädel seines Bruders krachen ließ.

„Ja", sagte Rig. „Bis Loki sie vorgeführt hat."

Ein weiterer Gott wurde nach vorn an die Wurflinie gebracht, ein blinder Gott, den Loki am Ellenbogen führte. Ein anderer Loki, bemerkte Shef. Dasselbe Gesicht, aber ohne die Zeichen des Giftes und des Zorns. Ohne den Blick voll bitterer Ungerechtigkeit. Immer noch klug und verschlagen, sogar amüsiert. Rigs Bruder, da bestand kein Zweifel.

Loki legte einen Speer in die Hand des blinden Gottes, den Speer aus Mistelzweig, der Pflanze, die so schwach und so jung war, dass sich die starken Götter nicht die Mühe gemacht hatten, sie um ihren Schwur zu bitten, dass sie ihrem Bruder Balder kein Leid zufügen würde. Die Götter lachten sogar noch lauter beim Anblick des blinden Mannes mit dem schwächlichen Zweig, der sich zum Wurf hinstellte. Shef konnte sehen, wie Heimdall, Frey, sogar der grimmige einäugige Odin einander zujohlten und sich vor Vergnügen auf die Schenkel klopften.

Bis der Wurf traf. Der Gott fiel. Das Licht der Welt verdüsterte sich.

„Du weißt, was dann passiert ist", sagte Rig. „Du hast Hermod reiten und versuchen sehen, Balder aus Hel zurückzubringen. Du hast gesehen, was sie Loki aus Rache antaten. Sie haben etwas vergessen. Sie haben vergessen, zu fragen, warum. Aber ich habe mich erinnert. Ich habe mich an Utgardar-Loki erinnert."

Utgardar-Loki?, fragte sich Shef. Er war mittlerweile an die Launen der englischen und der nordischen Sprache gewöhnt, die sich immer noch so ähnlich waren. Das bedeutete „Außerhalb-Loki". Wo es einen Außerhalb-Loki gibt, sollte es auch einen Innerhalb-Loki geben.

„Utgardar-Loki war der Riese, der die Götter zu einem Wettkampf herausforderte. Und sie verloren. Thor verlor im Ringen gegen Alter, schaffte es nicht, den Ozean leerzutrinken, schaffte es nicht, die Mid-

gardschlange hochzuheben. Sein Junge Thjalfi verlor das Rennen gegen Gedanke. Loki verlor das Wettessen mit Feuer."
Im Hintergrund konnte Shef, wieder wie durch das Fernglas, eine gewaltige Halle sehen, größer sogar als Odins Walhalla, und darin einen Tisch, auf dem sich Stücke von Rindfleisch und Bärenfleisch, Menschenfleisch und Walrossfleisch stapelten: einen Tisch, der aus dem Räucherhaus von Echegorgun bestückt worden war. Auf einer Seite saß ein mampfender Gott und stopfte mit schnellen Armbewegungen Essen in seinen Mund, das er nicht kaute, sondern wie ein Wolf verschlang. Unten auf der anderen Seite loderte ein Feuer. Schnell und tödlich wie das Feuer der Griechen.
„Welcher Loki verlor?", fragte Shef.
„Der Gott Loki. Nicht der Riese Loki. Siehst du, Loki war einst auf unserer Seite. Oder zumindest die Hälfte von ihm war es. Genau das wusste ich noch, aber die Götter hatten es vergessen. Aber wenn man vergisst … wird er der andere Loki. Der Loki außerhalb des Heimathofes. Das Monster in der Dunkelheit."
Ich verstehe das nicht, dachte Shef. Wenn das alles aus meinen Gedanken kommt, wie Svandis behauptet, dann ist das ein Teil, den ich nicht kenne. Innerhalb-Loki und Außerhalb-Loki? Und Loki im Wettstreit mit Feuer? Das Wort für „Feuer" ist logi, *auch wenn es Rig nicht sagte. Loki gegen Loki gegen Logi? Auch Innerhalb-Logi und Außerhalb-Logi? Und wer ist dieser erste König Sheaf?*

Er schüttelte in einer Art Verzweiflung seinen Kopf, und als er das tat, verblasste die Vision und er sah, wie die weit entfernten Berge anfingen, ihre Gipfel durch die Fetzen seines Traumes, der Szenerie in der Halle des Riesen, mit dem verschlingenden Gott und der verschlingenden Flamme, zu stoßen. Eine Hand auf seiner Schulter zog ihn vom beinahe senkrechten Abhang vor ihm zurück.
„Bist du in Ordnung?" Svandis' kupferfarbenes Haar und helle Augen, die in seine blickten. Shef blinzelte einmal, dann noch einmal.

„Ja. Ich habe etwas gesehen. Von einem Gott oder aus meinem eigenen Kopf, ich weiß es nicht. Welches davon es auch ist, ich werde es selbst herausfinden."

Shef schob sich auf seine Füße und streckte sich. Die Ruhe hatte ihm gut getan. Die Ruhe und die Erschöpfung am Vormittag. Er fühlte sich, als hätte er das verweichlichte Leben und die mentale Belastung der jahrelangen Herrschaft ausgeschwitzt. Er fühlte sich wieder wie ein *Drengr,* wie ein Kerl, der in der Großen Armee gewesen war: jung, stark und grausam.

„Cwicca", rief er. „Siehst du das Scheunentor dort drüben? Glaubst du, du kannst es treffen? Du und deine Kameraden, jeder von euch soll vier Bolzen in die Mitte davon schießen, so schnell ihr schießen könnt." Shef beobachtete regungslos, wie die Armbrustschützen, die ihn nicht verstanden, aber bereit waren, ihre Kunst vorzuzeigen, Eisenbolzen um Eisenbolzen tief in die Mitte des Tores krachen ließen. Die Dorfbewohner, die ruhig zugesehen hatte, ihre eigenen Bogen und Speere nie weit von ihren Händen weg, starrten unsicher drein.

„Styrr", rief Shef, als sie fertig waren. „Nimm deine Axt. Geh, hack diese Bolzen heraus und gib sie ihnen zurück."

Grinsend spazierte Styrr hinüber und ließ seine Axt locker baumeln. Er war froh über die Chance, seine Stärke zu demonstrieren, nachdem er am Morgen beinahe kollabiert war. Die Axt wirbelte und krachte herunter wie der Hammer der Götter, so dass bei jedem Hieb Späne aus altem Eichenholz flogen. Shef konnte sehen, wie sich die Dorfbewohner verunsichert anstarrten. Styrr sah nicht wie ein Mann aus, den eine Sammlung an halbwegs bewaffneten Schäfern zu Fall bringen konnte. Selbst Berufskrieger in Rüstungen würden sich lieber zurückhalten, als sich seiner Axt entgegenzustellen.

„Sie sind arme Leute", flüsterte Svandis, „und Holz ist hier oben rar. Du lässt gerade ihr Tor zerstören."

„Ich dachte, du hättest gesagt, sie wären Wilde und Teufelsanbeter? Also, was auch immer sie sind, eines weiß ich. Es ist Zeit, dass sie sich Sorgen über uns machen. Nicht dass nur wir uns Sorgen über sie machen."

Shef wandte sich von der Vorführung ab, als Styrr mit einem Haufen Bolzen in seinen gewaltigen Brand-ähnlichen Händen zurück zu Cwicca marschierte. Er tätschelte Svandis zärtlich, aber in ihren Fetzen alles andere als schicklich. „Ich lege mich jetzt schlafen. Komm und leg dich neben mich."

Die Sonne war nicht mehr weiter als eine Handbreit über dem Horizont, als der Anführer zu ihm kam: Ein kräftiger Mann in der verschwitzten Wolle eines Bergschäfers. Svandis fauchte ihn an, als er auf die Nordmänner zukam. „Das ist dieser eine Thierry", murmelte sie. Er sah auf Shef hinunter, der im Gras ausgestreckt lag, und sagte ausdruckslos: *„Viens."*

Shef stand auf und fasste nach seinem Schwertgürtel, der an der Scheunenwand lehnte. Für seinen Ausflug hatte er sich mit einer der Standardwaffen der *Fafnisbane* ausgestattet, einem einfachen Breitschwert mit Messinggriff. Der Anführer wackelte mit einem gestreckten Finger. *„Non."* Der Rest von dem, was er sagte, ergab für Shef keinen Sinn, aber der Tonfall war unmissverständlich. Shef legte die Waffe zurück, streckte sich und machte sich bereit, ihm zu folgen. Als die beiden Männer wegmarschierten, hörte Shef einen Ruf von Cwicca. Der Anführer drehte sich um, von der Drohung im Tonfall alarmiert. Cwicca starrte ihn an und deutete überlegt zuerst auf Shef, dann mit einer pauschalen Geste über das ganze Dorf. Er deutete wieder auf Shef und streckte gebieterisch einen Finger hoch. Dann winkte er mit seinem Arm über das Dorf und zog seine Handkante über seine Kehle. „Bring ihn zurück", bedeutete das. „Sonst …"

Der Anführer reagierte nicht, sondern drehte sich wieder um und führte Shef in schnellem Schritt über den kleinen Landfleck weg und dann unmittelbar über einen steinigen Pfad in die Berge. Ihm folgte Shef, dessen Beine von der morgendlichen Kletterei noch steif waren, aber langsam ihren Schmerz wegarbeiteten, als er sich mühte, Schritt zu halten.

Der Pfad, wenn man ihn einen Pfad nennen konnte, führte sie von steinigem Ausläufer zu steinigem Ausläufer und stieg leicht an, aber verlief größtenteils entlang der Flanke des Berges, über Felder aus Felsblöcken, rutschendes Geröll und immer wieder um die Münder von schroffen Schluchten. Von Zeit zu Zeit hoben die Bergschafe, die überall grasten, als wären sie Ziegen, ihre Köpfe oder hüpften weg, als sie vorbeigingen. Es erinnerte Shef an den Pfad, den er Jahre zuvor zum Haus von Echegorgun genommen hatte. Nur dass die Sonne hier die Steine wärmte, anstatt bloß ein blasses Licht darauf zu werfen, und dass die Luft vom Duft des Bergthymians erfüllt war. Die Sonne sank weiter, berührte den Horizont und kroch dahinter. Es war immer noch Licht am Himmel, aber es verblasste. Wenn er am Hang allein zurückgelassen würde, beschloss Shef, würde er nicht versuchen, zurückzugehen. Er würde ein ebenes Stück suchen und auf den Tag warten. Während er marschierte, begann er, mögliche Ruheplätze neben dem Pfad auszumachen. Kein guter Ort für Erkundungen in der Dunkelheit.

Seine Blicke streiften von Thierry weg, als der fünf oder zehn Schritte voraushastete. Abrupt bog der Pfad nach links, um die Flanke einer weiteren Felsmasse, die aus dem Berghang ragte. Shef trat außen herum. Er fand sich allein wieder, an der Kante eines steilen Absturzes über trockene Felsen unter ihm. Er hielt an und stand steif und alarmiert da. Wo war der Mann hingegangen? War das eine Falle?

Zu komplex, um eine Falle zu sein. Wenn Thierry ihn über eine Klippe schubsen wollte, hätte er bereits ein Dutzend Chancen gehabt. Und Thierry wusste, dass er Geiseln zurückgelassen hatte. Shef sah sich sorgfältig um. Ein Riss im Fels, eine schwarze Linie im verblasenden Licht. Natürlich, ein Höhleneingang. Und Thierry stand direkt darin und beobachtete ihn. Shef ging zu ihm hinüber und wies ihn mit einer Geste an, ihn weiterzuführen.

Im Höhleneingang, einer bloßen Spalte im Fels, die kaum drei Fuß breit war, hatte jemand eine Kerze aufgestellt. Thierry schlug mit einem Feuerstein Funken, zündete sie an und ging weiter, wobei er sich jetzt langsamer bewegte. Shef folgte dem kleinen Lichtfleck. Als er weiterging, begann er durch die abgenutzten Ledersohlen seiner Schuhe zu fühlen, dass er gerade auf loses Geröll trat. Loses Geröll mit scharfen Kanten. Er bückte sich, hob einen Stein auf und betrachtete ihn genauer im schwachen Licht der Kerze, die einige Fuß voraus war. Es war Flint, da war er sich sicher. Geformter Flint, Stein, der abgeschlagen und zersplittert wurde, um eine Art Spitze, wie eine Speerspitze, herzustellen. Echegorgun hatte dasselbe getan. Nur waren seine Spitzen und Werkzeuge viermal so groß, für die Rasse der Trolle hergestellt. Shef ließ es fallen und marschierte weiter.

Die Höhle führte immer weiter, wobei ab und an die schwarze Linie eines abzweigenden Durchgangs im Licht auftauchte. Shef begann, mehr Nervosität zu spüren, als er bisher gefühlt hatte. Falls er jetzt, in der Finsternis, verlassen wurde, bestand die Chance, dass er nie seinen Weg nach draußen finden würde. Seine Schritte im Dunkeln zurückzuverfolgen, mochte einfach scheinen, aber er würde sich seinen Weg ertasten müssen. Leicht, tatsächlich unvermeidbar, falsch abzubiegen. Dann würde er durch die Finsternis wandern, bis ihn der Durst einholte. Seine Lippen wurden schon bei dem Gedanken trocken, als er sich daran erinnerte, wie sich der Durst erst am Vormittag angefühlt hatte. Besser als das Schwert wären ein Wasserschlauch und ein Packen Zunder gewesen.

Thierry hatte angehalten, damit er aufholen konnte. Im Kerzenlicht sah Shef noch etwas anderes an den Wänden und deutete Thierry, das Licht näher dranzuhalten.

Malereien. Überall an der einen glatten Wand auf der linken Seite des Ganges, Abbildungen von Tieren, perfekt naturgetreu ausgeführt, nicht wie die halb abstrakten Drachen- und Tiergestalten des Nordens. Ein Bulle, wie Shef sehen konnte. Die Schafe der Berge, genau wie diejenigen, die draußen herumspazierten. Und dort, auf seinen Hinterbeinen, etwas, das wie ein gewaltiger Bär aussah, ein Schwarzbär, der so groß war wie die Weißen in der Arktis. Ein Speer ragte aus seiner Brust und um ihn herum stolzierten winzige strichartige Menschenfiguren.

„*Pintura*", sagte Thierry mit einem hallenden Brummen. „*Pintura de los vechios. Nostros padres.*" Seine Stimme enthielt einen Hauch von Stolz. Er marschierte weiter. Hielt am Ende der Galerie vor etwas an, das eine blanke, ungebrochene Wand zu sein schien. Er deutete auf sich und schüttelte verneinend seinen Finger. Er deutete auf Shef und machte eine schiebende Geste. „Ich stoppe. Du gehst weiter."

Shef sah die blanke Wand sorgfältig an. Ganz unten gab es wieder eine schwarze Linie, eine Öffnung. Sie schien nicht tief genug für einen Mann. Aber das musste der Weg hindurch sein. Ein Kriechen, kein Gehen. Als ihm bewusst wurde, was gemeint war, begann Thierry plötzlich wegzugehen und machte fünf Schritte, bis Shef begann, nach ihm zu fassen, dann blies er die Kerze aus und verschwand.

Sofort blieb Shef erstarrt stehen. Wenn er Thierry im Dunkeln hinterherrannte, würde er seine Orientierung verlieren und vielleicht niemals zurück zu der Wand und der Öffnung finden. Dennoch musste es einen Weg hindurch geben. Das war die Sicherheit oder zumindest der Weg zur Prüfung. Und wenn es eine Prüfung gab, gab es auch eine Möglichkeit, sie zu bestehen. Besser das, als sich in der Finsternis abzumühen.

Langsam drehte sich Shef um und verfolgte seine Schritte sorgsam genauso zurück, wie er sie in Erinnerung hatte, ertastete sich seinen Weg zurück an die Wand und suchte, bis er die Kanten des Spaltes berührte. Ganz schwach konnte er fühlen, dass Luft hindurchwehte. Also war etwas auf der anderen Seite. Er ließ sich auf den Bauch sinken und begann, sich unter die Felskante nach vorn zu quetschen.

Als er halb durch war, trafen seine tastenden Hände auf harten Fels. Er tastete nach jeder Seite. Ebenfalls Fels und keine Öffnung darunter. Die Kante des Felsvorsprungs, unter den er gekrochen war, grub sich schmerzhaft in die Unterseite seines Rückens. Er glaubte nicht, dass er sich jetzt noch zurückschieben konnte, seine Rippen würden sich verhaken. Wenn er keinen Weg hindurch fand, würde er hier unter dem Berg liegen, bis er verrottet wäre. Aber er war schon zuvor in dieser Lage gewesen. Die Erbauer des alten Königsgrabhügels, aus dem er einen Schatz und ein Zepter gerettet hatte, sie hatten denselben Trick genutzt. Vielleicht nutzten ihn alle Schatzwächter. Er war in einer Biegung von der Form einer U-Rune und es musste über seinem Kopf einen Durchgang geben. Und tatsächlich, die tastende Hand, die er einige Zoll über sich strecken konnte, traf auf keinen Widerstand. Dennoch konnte er nicht auf die Weise durchkrabbeln, wie er begonnen hatte, oder sein Rücken würde brechen. Er hätte sich auf dem Rücken, nicht auf dem Bauch hineinschieben sollen.

Der Angstschweiß hatte begonnen, bei ihm auszubrechen, Angst bei dem Gedanken, hier auf ewig gefangen zu sein. Das war ein Vorteil. Und unter ihm war kein Fels, sondern Sand oder Schiefer. Methodisch fing Shef an, das, was er konnte, unter seinem Bauch wegzukratzen und einen kleinen Hohlraum zu graben, in dem er sich drehen konnte. Er hielt die Luft an, um seine Körpermitte um jeden möglichen Zentimeter zu verkleinern, rollte sich und versuchte, sich auf die andere Seite zu zwingen. Stein grub sich in seine Flanken, sein Ledergürtel schien sich an irgendeinem Vorsprung zu verfangen. Er wirbelte mit der Wucht purer Panik herum, spürte, wie der Gürtel riss und nachgab, und fühlte, wie er herumrollte.

Nach wenigen Sekunden fand er einen Halt mit den Füßen und begann, seinen Rücken entlang der Felswand hinter sich nach oben zu zwängen. Wenige schmerzhafte Zentimeter, noch ein Augenblick der scheinbaren Unbeweglichkeit. Dann schaffte er es, ein Knie unter den Vorsprung des Felsens zu bringen, fand einen besseren Fußtritt und stieß mit seinem Kopf nach oben ins Freie. Hinter ihm war ein brusthoher Vorsprung. Er drehte sich erneut um, schob sich hoch, bekam ein Knie hinauf und kletterte aus der Grube. Als er das tat, hörte er völlig klar in der stehenden schwarzen Luft ein langes Zischen. Das Kratzen von Schuppen auf Stein. Er konnte nichts sehen, aber irgendwo in seiner Nähe, in der Schwärze, das wusste er, war eine Schlange.

Er schauderte unwillkürlich. Der Traum von Loki und der Schlange, die ihn über die Treppe verfolgte, war immer noch frisch in ihm, genau wie der Augenblick, als er sich im Ormgarth der Götter wiedergefunden hatte. Ja, Svandis hatte es erklärt. Die Zeichen auf seinem Fleisch, wo ihn scheinbar die Schlange gebissen hatte, kamen davon, dass ihm sein eigener Verstand Streiche spielte, wie wenn Frauen glaubten, sie seien schwanger. Der Traum über die steigenden Füße und den Ormgarth, sie kamen von einer Erinnerung an Brand und eine Mischung aus Schuld und Furcht beim Tode Ragnars.

Aber Shef hatte Ragnars Tod gesehen, hatte gesehen, wie ihn die Vipern bissen und sein Gesicht blau und verschwollen wurde. Das war kein Traum gewesen, und dies hier war auch kein Traum. Irgendwo in der Schwärze war eine echte Schlange. Schlangen hatten Sinne, die Menschen fehlten. Sie konnte ihn entdecken, konnte zubeißen, ehe er eine Hand heben konnte, um sich zu verteidigen.

Es war auch irgendjemand in seiner Nähe in der Finsternis. Jemand, nicht irgendein Untier. Shefs feinfühlige Ohren konnten ein schwaches Gleiten einer Sohle über Stein erhaschen. Im selben Augenblick fühlte Shef die Umarmung kalter Schuppen um seinen Hals. Eine Schlange, die so dick war wie sein Arm, war ihm um den Hals gelegt worden.

Es war der schwache Geruch von Schweiß, der ihn rettete. Wenn es nicht darum gewesen wäre, hätte er wohl aufgeschrien, ohne Erfolg nach dem Hals des Dinges um seinen Hals gegriffen, wäre immer wieder von der wütenden Pilotnatter gebissen worden und vielleicht sinnlos in die Finsternis gerannt, um dort zu sterben, nicht am Gift – denn die Pilotnatter hatte in ihren Giftzähnen nicht mehr davon, als sie für ihre Beute, Ratten, brauchte –, sondern an Durst und Verzweiflung. Aber der Schweißgestank war der von Thierry. Shef wurde im selben Augenblick bewusst, dass Thierry um die Felswand geschlichen sein musste, unter der er hatte durchkriechen müssen, ohne Zweifel die gesamte Zeit seine Fortschritte verfolgt hatte und nun gekommen war, um die nächste Stufe seiner Prüfung zu verabreichen. Nun wartete er darauf, dass der Fremde panisch floh.

Shef stand stocksteif und fühlte eine gespaltene Zunge über sein Gesicht huschen, als sich die Schlange orientierte, spürte, wie die Schuppen langsam über Hals und Körper und Beine glitten, als sie entschied, in welche Richtung sie kriechen sollte, und sich auf den Boden zurückschlängelte und dort verschwand, um sich um sich selbst zu kümmern. Nachdem sie weg war, stand Shef eine Weile bewegungslos da. Nicht aus Angst. Er begann gerade, wütend über die Art zu werden, wie er immer im Nachteil gehalten wurde, bei dem Gedanken an Thierry, der lautlos in der Finsternis lachte. Er beherrschte seinen Zorn und überlegte sich, was er bereits erfahren hatte.

Diese Menschen prüften ihn jetzt. Sie hatten nicht vor, ihn umzubringen, soviel stand fest. Hätten sie vorgehabt, ihn umzubringen, wäre er schon tot. Sie prüften ihn. Und sie wollten, dass er die Prüfung bestand. Wenn er das tat, würden sie etwas von ihm wollen, sobald er bestanden hätte. Das bedeutete nicht, dass sie ihn nicht töten würden, falls er scheiterte.

Das Vernünftigste war, langsam vorwärtszugehen und auf die nächste Prüfung zu achten. Sie würden versuchen, ihn zu überraschen. Nicht sofort reagieren, was auch immer sie taten. Er trat vorwärts, tastete bei jedem Schritt vorsichtig nach Halt und breitete seine Arme für sein Gleichgewicht und als Vorwarnung weit aus.

Jemand fasste um seinen Körper. Wieder konnte er ein Zucken nicht unterdrücken, das Schaudern vor Furcht. Aber dies war kein feindlicher Angriff. Die Arme, die sich von vorne um ihn schlossen, waren warm und nackt, eine Umarmung, kein Packen. Lippen küssten ihn plötzlich auf der Brust. Automatisch schloss er seine eigenen Arme um die Person, die ihn hielt. Eine Frau. Er konnte spüren, wie sich ihre Brüste an ihn drückten. Eine nackte Frau. Er ließ seine Hände sinken, tastete nach ihrem Hintern und spürte, wie sie sofort reagierte, sich nahe an ihn drückte und ihre Lenden an seinen rieb.

Eine Woche zuvor, versunken in die Zweifel über seine eigene Impotenz, hätte Shef vielleicht nicht reagiert. Seither hatte es Svandis gegeben. Sie hatte ihn erregt und ihm bewiesen, dass die Furcht und der Schrecken, die seit dem Tod von Königin Ragnhild auf ihm gelastet hatten, nicht körperlich, sondern nur geistig waren. Sie hatte es ihm seither ein halbes Dutzend Male gezeigt, sein Körper war erregt und voller unterdrückter Jugend. Ehe Shef auch nur darüber nachdenken konnte, hatte seine Männlichkeit reagiert und erhob sich drängend. Die Frau spürte es, packte ihn mit einem kehligen, triumphierenden Kichern mit ihren Händen und fing an, sich rückwärts sinken zu lassen. Er konnte sich mit ihr über die Steine rollen, sich in der Dunkelheit seinen Anteil an ihr nehmen, sie fest umschlingen und seinen Samen in sie spritzen, hier, wo die Sonne niemals schien.

Eine Prüfung. Nicht reagieren. Der Gedanke an die Finsternis und die verwirrenden Gänge überall um ihn biss sich kalt in Shefs Herz. Die Frau konnte ihm nicht entkommen, jetzt wo er seine Hände an ihr hatte, aber sobald er fertig wäre, was dann? Sie würde wie die Schlange in die Dunkelheit gleiten und er wäre verlassen, allein und gescheitert. Während die Prüfer, wer auch immer sie waren, beobachteten und sich über ihn lustig machten.

Shef streckte sich und zog sanft die Hand der Frau weg von sich. Sie kam zurück, drückte sich an ihn und stöhnte voll Leidenschaft. Sie log. Ihr Stöhnen war gespielt. Er wickelte ihre Arme von seinem Körper und schob sie auf eine Armlänge Abstand. Als sie sich wehrte, drehte er sie um, schlug sie heftig weit unten und schubste sie weg.

Er hörte ihre nackten Füße auf dem Stein, für einen Schritt oder zwei. Und dann, beinahe zu blendend für seine Augen nach dem langen Starren in die Schwärze, ein Kerzenlicht. Sie hatte eine Abdeckung von einer Kerze genommen und für einen Augenblick sah er sie, nackt, gedrungen und mittleren Alters, wie sie gerade in eine Felsspalte verschwand.
Shef wandte sich wieder in die Richtung, in die er zuvor gegangen war, und diesmal sprang er sofort zwei Meter rückwärts.
Ein Leichengesicht hatte aus nicht mehr als einem Fuß Entfernung in seines geblickt, gelb, verrottet, mit gebleckten Zähnen, die Augäpfel zu bloßen ledrigen Fetzen eingesunken.
Es hing von der Decke mit einem Dutzend weiterer. Er sollte sie im gleichen Augenblick sehen, als die Frau verschwand, wurde Shef bewusst. Aber weil das nächste vor seinem blinden Auge lag, hatte er es nicht gesehen, bis er sich umgedreht hatte. Vielleicht war ihm der erste Schock erspart geblieben. Und nun war der Schock vorbei: Es war eine Prüfung. Nicht reagieren. Zumindest hatte er jetzt Licht und konnte sehen. Shef ging hinüber und hob die Kerze hoch, ehe er irgendetwas anderes tat.
Die Leichen. Er glaubte nicht, dass diese von ihrem eigenen Volk waren und in einer Prüfung genutzt würden. Sie begruben hier oben ihre Toten in Stein, das hatte man ihm erzählt. Jedes Dorf hatte irgendwo seine geheimen Sarkophage, wie jedes englische Dorf seinen Kirchhof und jedes nordische seine Grabhügel und Orte der Verbrennungen hatte. Nein, sie sahen nicht wie Dorfbewohner aus. Einer dort hatte das Gesicht eines Mauren, ein anderer trug immer noch das Leder, aber nicht das Kettenhemd, eines fränkischen Lanzenreiters. Wegelagerer, vielleicht Steuereintreiber, die in den Bergen in einen Hinterhalt gerieten und zur Nutzung hier aufbewahrt wurden. Die Leichen baumelten an ihren Seilen wie die geräucherten Leichen im Haus von Echegorgun dem Troll. Aber diese hier waren trocken, trocken wie Zunder, in der trockenen Kälte der hohen Berghöhlen mumifiziert. Shef nahm ein Stück Stoff zwischen seine Finger und spürte, wie

es zerbröckelte. Ja, trocken wie Zunder. Er konnte diese Leute nicht begraben. Aber wer auch immer sie waren, sie verdienten es nicht, auf ewig hier zu hängen. Er konnte ihnen eine Art Begräbnis schenken.

Während er von einer Leiche zu nächsten trat, hielt Shef die Kerze an die Kleiderfetzen und beobachtete, wie sie Feuer fingen und entflammten und dann begannen, sich durch das trockene, verwitterte Fleisch darunter zu arbeiten. Als er weitermarschierte, erfüllte ein roter Schein die Höhle und zeigte ihm ihre volle Ausdehnung in jede Richtung und weitere Malereien an den Wänden.

Vor ihm war eine weitere Felswand, aber nicht höher als acht Fuß. Daran lehnte, wie eine Einladung, eine Leiterstange, bei allem in der Welt der ähnlich, die er auf seiner Brust trug.

Nichts Überraschendes daran, dachte er, während er darauf zuging. Eine echte Leiter, mit zwei Stäben und Sprossen dazwischen, das ist Arbeit für einen Schreiner, die Sprossen in gebohrte Löcher einzupassen. Aber jeder kann eine Leiterstange machen, sei es im Norden oder Süden, in Bergen oder Sümpfen. Nimm einen Baum, am besten einen Tannenbaum. Nimm seinen Stamm und säge die Zweige ab, lass nur die übrig, die abwechselnd auf jeder Seite wachsen, erst einen für den rechten Fuß, dann einen für den linken Fuß. Es braucht ein gutes Gleichgewichtsgefühl, um hinaufzuklettern, aber keine besondere Kunstfertigkeit bei der Herstellung. Einst mussten alle Leitern so gewesen sein. Wie die Steinwerkzeuge, denen wir entwachsen sind.

Shef marschierte zum Fuß der Leiter und begann entschlossen hinaufzuklettern, während die Leichen hinter ihm brannten und loderten.

Kapitel 16

Der Mann, der sich Shef ganz oben auf der Leiter entgegenstellte, der Jüngste der *Perfecti,* zögerte, als er sah, wie der Kopf des Barbarenkönigs dieselbe Höhe wie der Felsboden erreichte, auf dem er stand, und dann weiter aufstieg, Sprosse um Sprosse. Er wusste, was er tun sollte, hatte es ein Dutzend Male zuvor gesehen. Wenn der Kandidat zur Auswahl den Leib betrat, die Prüfungen der Schlange, der Frau und des Todes bestand und über das *Graduale* aus der Grube stieg, dann sollte er vom Jüngsten im Rat empfangen werden, demjenigen, der zuletzt die Prüfung selbst bestanden hatte. Und der Jüngste sollte ein gezogenes Schwert an seine Brust halten und ihm die rituelle Frage stellen: Wie kann ein alter Mann wiedergeboren werden? Und wieder in den Leib seiner Mutter eingehen?
Aber es sollte in der Dunkelheit passieren! Der Kandidat sollte nur die winzige Kerzenflamme haben, ein Symbol für das geheime Wissen, und sollte nichts sehen, bis das Schwert vor seinem Herzen war! Auf dieser Stufe war es nur noch ein Ritual, denn jeder Kandidat, ob er nun auf die Prüfung vorbereitet war oder nicht, kannte die Frage und die Antwort. Aber sie sollten weder den Prüfer noch sein Schwert sehen, bis sie Auge in Auge waren. Im grellen Schein der trockenen und brennenden Leichen konnte Shef den Mann, der ihm gegenüberstand, deutlich sehen, konnte das scharfe, spitze Schwert in seiner Hand sehen, konnte auch sehen, dass er keine Absicht hatte, es zu benutzen. Hinter dem Mann, der ganz vorne auf dem Felsvorsprung stand, saß ein Dutzend weiterer Männer mit grauen Kapuzen, in einem Ring ihm gegenüber. Auch sie sollten unsichtbar sein, bis sie sprachen. Als ihnen bewusst wurde, dass man sie sehen konnte, blickten sie in diese und jene Richtung, Männer wechselten die Position und brachen in unwürdiges Flüstern aus. Für den Prüfer und seine Ka-

meraden hinter ihm sah Shef selbst, als er sich mit jedem Schritt aus der Grube erhob, immer größer aus, sein Schatten streckte sich drohend vor ihm aus, als ob die Männer, die ermordet worden waren, um den Raum für die Prüfung auszustatten, einen Vertreter ausgeschickt hätten, um sich zu rächen. Der Goldreif auf Shefs Kopf und die goldenen Armringe um seinen Bizeps fingen das rote Glühen ein und sandten wütende Blitze durch die geheime Kammer.

„Warum habt Ihr das getan?", zischte der Prüfer. „Ich meine ..." Die Prüfung war bereits schiefgegangen. Er streckte das Schwert vor und stellte fest, dass sein Handgelenk mit Leichtigkeit von einem Mann, der ihm an Kraft weit überlegen war, gepackt wurde.

„Versucht es noch einmal", sagte Shef.

„Wie kann ein Mann wiedergeboren werden? Und erneut in den Leib seiner Mutter eingehen?"

Die Frage aus seinem Traum, dachte Shef. Er hatte damals die Antwort nicht gewusst. Aber er hatte sich gerade einer Prüfung unterzogen und sie bestanden. Die Antwort darauf musste etwas mit der Form der Prüfung zu tun haben. Etwas christliches, oder zumindest halb christliches. Wie hätte Vater Andreas geantwortet? Durchdacht, und indem er das Arabisch benutzte, mit dem man ihn angesprochen hatte, die gemeinsame Sprache im Grenzland, antwortete Shef: „Verstoße die Furcht. Und die Lust. Und die Angst vor dem Tod. Und dann steige aus dem Grab."

„Das ist nicht die Antwort! Nicht in den richtigen Worten."

„Es ist nahe genug dran", sagte Shef. Das Handgelenk, das er festhielt, war dünn, das eines Jägers oder Schäfers, oder sogar eines Priesters, aber nicht eines Bauern. Mit einer plötzlichen Anstrengung seiner in der Schmiede gestählten Muskeln bog er es nach hinten, hörte ein schmerzvolles Japsen und das Klirren des Schwertes auf dem Steinboden. Er ließ das Handgelenk los, bückte sich und hob das Schwert an. Leicht gebogen, eine Klinge, messerscharf. Die Waffe von jemandem, der einem den Dolch in den Rücken stößt. Er hielt es mit seiner rechten Hand, trat auf den sitzenden Halbkreis zu und stellte sich davor, dann blickte er grimmig auf sie hinab.

„Warum habt Ihr die … Männer in Brand gesetzt?", fragte die Kapuze im Zentrum.

„Weil sie Menschen waren. Wie Ihr und ich. Es macht mir nichts aus, Menschen zu töten, aber ich lasse nicht zu, dass sie im Tode verhöhnt werden. Unter den Männern des Nordens ist Verbrennen so gut wie ein Begräbnis.

Also: Ihr habt mich hergebracht, indem Ihr meine Frau gestohlen habt. Ihr habt mir eine Prüfung gestellt und ich habe sie bestanden. Ihr müsst mir etwas zu sagen haben. Sagt es. Ich erwarte, dass es hier einen leichteren Weg hinaus gibt als den, auf dem ich gekommen bin. Sagt Euren Teil und dann lasst uns alle nach Hause gehen. Und bei der Liebe zu allen Göttern, zündet einige Kerzen an! Ich habe nicht den Wunsch, in Finsternis oder unter den Flammen eines Scheiterhaufens zu sprechen."

Der Anführer der *Perfecti* zögerte, im Bewusstsein, dass die Initiative von ihm ausgegangen war. Dennoch konnte das vielleicht gut sein. Es zeigte zumindest, dass dieser Mann, dieser König, kein normaler Mann war. Es mochte vielleicht sein, konnte gut sein, dass er derjenige war, den sie suchten. Um einen Moment Zeit zu gewinnen, zog er seine Kapuze zurück, hob eine Hand und gab einen Wink, dass die Lampen aus ihren Verstecken im Stein gebracht und angezündet werden sollten.

„Was ist es, das Ihr um Euren Hals tragt?", fragte er.

„Es ist eine Leiter. Man sagt mir, Ihr nennt sie *Graduale.* Es war der Kaiser von Rom selbst, der mir das erklärt hat. Vor vielen Jahren und viele Meilen entfernt. Wir saßen auf einem grünen Hügel, außerhalb einer Stadtmauer."

Der *Perfectus* leckte sich nervös über die Lippen. Das Gespräch war bereits dabei, ihm zu entgleiten. „Es ist das Heilige Graduale", beharrte er, „das wir in unserer Sprache den *Seint Graal* nennen. Aber ehe ich Euch erkläre, warum das so ist, müsst Ihr schwören,

niemandem davon zu erzählen, was hier in dieser Kammer gesprochen wird. Ihr müsst schwören, einer von uns zu sein. Denn sollte das, was ich Euch zu sagen habe, an die falschen Ohren geraten, läge darin …" Er hielt inne. „Der Tod der Christenheit. Ihr müsst Verschwiegenheit schwören! Worauf wollt Ihr schwören?"
Shef dachte einen Moment nach. Diese Menschen schienen keine klare Idee zu haben, wie sie mit ihm umgehen sollten. Der Tod der Christenheit – das bedeutete ihm gar nichts. Sie hätten das verstehen sollen. Dennoch glaubte er nicht an das Schwören eines Meineids. Das mochte Pech bringen.
„Ich werde hierauf schwören", sagte er und legte seine Hand auf sein Amulett. Sein Vater im Himmel, oder in seinem eigenen Kopf, was von beiden er auch sein mochte, würde sich nicht um einen Meineid kümmern, oder um einen Schwur, der nur buchstabengetreu befolgt wurde. „Ich schwöre bei meinem eigenen Amulett und bei Eurem Heiligen *Graduale,* nichts von dem preiszugeben, was man mir in dieser Kammer erzählt."
Die Anspannung der sitzenden Männer begann sich zu lösen, auch bei dem einen Gesicht, das er jetzt sehen konnte: ein älterer Mann mit einem Gesicht voller gewitzter Gerissenheit, dem Gesicht eines erfolgreichen Händlers unter Bauern.
„Gut. Uns hat die Geschichte erreicht, dass Ihr dem Kaiser die Heilige Lanze, die er trägt, gegeben habt. Ihr müsst daher wissen, warum es die Heilige Lanze ist. Es war die Waffe des Zenturios, der Unseren Herrn am Kreuz erstach."
Shef nickte.
„Warum sollte zu der Lanze eine Leiter gehören? Ich will es Euch erklären. Nachdem der Zenturio unseren Herrn aufgespießt hatte und das Blut und Wasser über seine Hände strömten, baten fromme Männer die Römer um die Leiche unseres Herrn. Es waren Joseph von Arimathäa und sein Vetter Nikodemus."
Beim letzten Namen bewegten sich alle sitzenden Männer im Einklang und machten ein Zickzackzeichen über ihre Körper.

„Sie nahmen die Leiche vom Kreuz herunter. Und, natürlich, sie benutzten eine Leiter. Diese Leiter ist das *Graduale.* Sie banden die Leiche an die Leiter, um sie zu dem Steingrab zu tragen, das Joseph für den Mann reserviert hatte, den er als Propheten anerkannte.

Nun, König, muss ich Euch dies fragen. Man sagt mir, Ihr wurdet getauft und als Gefolgsmann Christi erzogen. Also sagt mir dies: Was ist es, das die Christen jenen, die glauben, anbieten?"

Shef dachte nach. Dies hatte nicht den Klang eines Rituals, sondern wirkte wie eine ehrliche Frage. Er wusste die Antwort nicht. Soweit er sich erinnern konnte, hatte Vater Andreas gesagt, dass Christen Christen sein sollten oder mit den Heiden in die Hölle kommen würden. Hölle? Oder Himmel? Vielleicht war das die Antwort.

„Sie bieten Leben", sagte er. „Ewiges Leben."

„Und wie können sie das anbieten? Wie wagen sie es, das anzubieten? Sie bieten es, weil, wie sie sagen, Christus selbst aus dem Grab auferstanden ist. Aber ich kann es Euch erklären. Er ist nicht aus Josephs Grab auferstanden. Weil er nicht am Kreuz gestorben ist! Er lebte."

Der *Perfectus* ließ sich in seinem Stuhl zurücksinken, um die Wirkung seiner Worte zu sehen. Nicht, was er erwartet hatte. Shef schüttelte mitfühlend den Kopf.

„Ein germanischer Zenturio hat ihn erstochen. Er hieß Longinus. Er hat ihn mit einem Infanteriespeer erstochen, einem *Pilum.* Ich habe die Waffe gehalten, ich habe den Stoß gesehen.

Der Stoß wurde geführt. Er ging daneben." Der *Perfectus* bedachte die seltsame Sicherheit des Mannes, der ihm gegenüberstand, und fuhr fort: „Es könnte sein, dass gekreuzigte Menschen, Menschen, die aufrecht und mit ihren Armen über ihren Köpfen gehalten werden, dass sie seltsam stehen und sich ihre Herzen verlagern. Es ist seltsam, dass Wasser aus der Wunde lief. Vielleicht durchstach Longinus irgendein anderes Gefäß. Aber als Joseph und Nikodemus nach Pessach gingen zu dem Grab, das sie gebaut

hatten, um den Körper einzubalsamieren: Da fanden sie Christus lebendig vor. Immer noch in sein Grabtuch gewickelt."
Nun war Shef mit dem Nachdenken an der Reihe und erkannte eine gewisse Wahrheit. Zehn Nächte zuvor hatte er einen anderen Traum geträumt, von dem Mann, der von den Toten erwachte, während seine Arme an seine Seite gebunden waren und er Schmerzen in seinem Herz hatte, ein Traum voller Schrecken. Aber es konnte passiert sein. Er hatte es erlebt, dass sich Männer auf dem Schlachtfeld erhoben, während sich ihre Kameraden dazu bereit machten, sie in eine Grube zu werfen, es war Brand selbst passiert. Und auch Brand hatte sich von einer tiefen Bauchwunde erholt. Es geschah nicht oft, aber es war möglich.
„Was ist dann passiert?"
„Sie erzählten wenigen Vertrauten die Wahrheit. Aber bald verbreitete sich die Geschichte, die man in den Evangelien findet, dass das Grab leer war und dass ein Engel erschienen war. Dass Christus in die Hölle hinabgestiegen sei, um die Patriarchen und Propheten zu retten. Die Christen sagen, diese Geschichte kam von Nikodemus, weil bekannt war, dass er mit Christus gesprochen hatte, nachdem man ihn vom Kreuz genommen hatte. Sie lesen die Geschichte bis zu diesem Tag in ihrem falschen Evangelium des Nikodemus. Aber sie ist nicht wahr.
Christus ist nicht gestorben. Es ist auch nicht zu seinen Jüngern zurückgekehrt. Sie haben ihn gesund gepflegt, Joseph und Nikodemus und die Frau, die man Maria Magdalena nennt. Dann hat Nikodemus der Reiche heimlich seinen Besitz verkauft, genau wie Joseph von Arimathäa, und sie und Jesus und Maria sind hierher in dieses Land gekommen. Sie haben Palästina den Juden und Römern hinterlassen, die darum kämpften, und kamen ans andere Ende der Inneren See, aber immer noch innerhalb des alten *Imperiums* der Römer.
Hier lebten sie. Hier starben sie. Hier bekamen sie ihre Kinder, die Kinder von Jesus und Maria. Und ihre Linie ist nicht ausgestorben. Denn wir hier, die Leute aus den Bergen, wir können

unser Blut zu ihm zurückverfolgen. Und genau deshalb sind wir die Söhne Gottes!"

Seine Stimme hob sich bei den letzten Worten triumphierend und die Männer, die um ihn herumsaßen, wiederholten sie.

Ja, dachte Shef. Das ist eine Geschichte, die den Christen gar nicht gefallen würde. Es gibt eine große Lücke darin, denn wenn der Jesus, von dem sie abzustammen behaupten, auch ein bloßer Sterblicher war, warum sollten sie sich selbst die Söhne Gottes nennen oder an ihn glauben? Sie haben einen guten Grund, nicht zu glauben. Aber sie werden immer eine Erklärung dafür haben, genau wie Thorvin oder Farman. Gläubige haben das immer.

„Was wollt Ihr dann also von mir?", fragte er leise.

„Den *Graal.* Wir haben ihn aufbewahrt. Er liegt in den tiefsten Tiefen von Puigpunyent. Aber der Kaiser weiß, dass er dort ist, und lässt jeden Tag Männer nach ihm graben. Bald, fürchten wir, wird er ihn finden, und damit unsere heiligen Schätze und Zeugnisse. Und er wird sie völlig vernichten und mit ihnen den Beweis für unser Wissen. Wir müssen sie herausholen. Den Gral und die Schriften. Oder den Kaiser vertreiben. Ihr – Ihr seid in unser Land gekommen, mit unserem heiligen Symbol um den Hals, Ihr habt ohne Hilfe oder Hinweise die Prüfungen unseres Mysteriums bestanden, einige von uns sagen, dass Ihr der auferstandene heilige Nikodemus seid! Wir bitten Euch, uns zu helfen."

Shef kratzte sich am Bart. Es war eine interessante Geschichte. Noch interessanter wäre der Weg nach draußen. Er war immer noch in der Gewalt dieser Fanatiker. „Ich bin kein Nikodemus", sagte er. „Aber sagt mir: Falls ich vollbringen kann, worum Ihr bittet – und ich sehe dazu keine Möglichkeit –, was könnt Ihr dann für mich tun? Euer Glauben ist nicht mein Glauben und Eure Furcht ist nicht meine Furcht. Was ist der Preis? Und Ihr müsst wissen, dass ich bereits ein reicher Mann bin."

„Reich an Gold. Man erzählt uns aber, dass Ihr ständig nach Wissen sucht, dass Ihr und Eure Männer ständig versucht, zu fliegen, und zu tun, was nie zuvor getan wurde. Man sagt uns, dass

Ihr nach dem Geheimnis des Griechischen Feuers sucht." Shef spannte sich an, weil sofort sein Interesse geweckt wurde.
„Ihr kennt das Geheimnis des Griechischen Feuers?"
„Nein. Das ist etwas, das wir nicht behaupten können. Wir glauben, dass es niemand weiß, bis auf einige wenige der Griechen und selbst sie womöglich jeder nur ein kleines Stück. Aber wir wissen etwas über Feuer, und was wir wissen, werden wir Euch erklären. Falls Ihr unsere Heiligen Reliquien für uns rettet."
Die roten Feuer hinter ihnen waren ausgebrannt, der Raum wurde jetzt nur noch vom klaren Licht eines halben Dutzends Lampen erleuchtet, wie jeder andere Raum, in dem Männer ihren Geschäften nachgehen mochten, abgesehen von den Steinwänden überall um sie herum.
„Ich werde tun, was ich kann", sagte Shef.

Der Kaiser der Römer lernte gerade, was so viele bedrängte Anführer im Lauf der Geschichte gelernt hatte: Dass die Anzahl der Helfer bei einer großen und schwierigen Aufgabe die Anzahl der Probleme steigert, außer diese Helfer sind so diszipliniert, dass sie nie für sich selbst oder für ihr eigenes Interesse handeln. Diejenigen, die ihn kannten, bemerkten die weiß angelaufenen Fingerknöchel und die Verspannung an seinem Nacken. Diejenigen, die ihn nicht kannten, bemerkten nur seine ruhige Stimme und die Sorgfalt, mit der er zuzuhören schien.
Der Baron von Béziers, so schien es, stand im Konflikt mit dem Bischof von Besançon. Beide Kontingente waren ungefähr gleich groß, einhundert Männer oder sechs Dutzend, und beide wurden als mittelmäßig in Loyalität und Sorgfalt eingestuft. Sie waren keine Einheimischen, also hatten sie in ihren Reihen wohl keine heimlichen Ketzer, aber sie waren auch keine Männer von Brunos eigenem Blut. Beide Kontingente waren zum mittleren der drei Ringe geschickt worden, die Bruno um Puigpunyent gezogen hatte, damit sie dort tagsüber im beinahe undurchdringlichen Gebüsch patrouillierten und ihre Nächte schwitzend in der Hitze

verbrachten, die vom versengten Boden ausstrahlte. Sie stritten um Wasser, genau wie alle in der Armee. Der Baron glaubte, dass die Männer des Bischofs ihre Patrouillen früher abbrachen, damit sie mit ihren Pferden und Mulis zuerst dorthin kamen, und dass sie seinen Männern nur faules Wasser zum Trinken übrig ließen. Nicht dass es im Umkreis von zehn Meilen noch irgendwelches Wasser gegeben hätte, das mittlerweile nicht faulig war.

Und die ganze Zeit, das wusste Bruno, kamen seine Gräber und Axtmänner dem Geheimnis immer näher. Erst an diesem Tag hatten sie einen geheimen Durchgang in der Steinmauer geöffnet, die sie gerade abrissen, einen, der von einer versteckten Latrine in der Mauer hinunter bis direkt an die Grundmauern der Burg führte, um in den Tiefen einer Schlucht wieder hervorzutreten – ein Fluchtweg, wenn die Burg umzingelt schien. Bruno war zuversichtlich, dass niemand ihn genommen hatte. Wenn sie es getan hätten, hätte die Garnison nicht bis zum letzten Mann kämpfen müssen. Aber wo es einen versteckten Weg gab, würde es noch mehr geben. Von Zeit zu Zeit erhob sich ein lautes Krachen über den Lärm des riesigen Zeltlagers, wenn wieder ein Stein von hundert Männern mit Hebelkraft aus seiner Lage gehoben und in die stickigen Rinnen weiter unten geschleudert wurde. Brunos Kopf schmerzte, Schweiß strömte seinen Hals hinunter und in seinem Inneren verlangte es ihn wütend danach, zu den Abbrucharbeiten zurückzukehren und die Mannschaften und Truppen anzuspornen. Stattdessen musste er zwei Narren lauschen, die in einer Sprache stritten, der er kaum folgen konnte.

Der Baron sprang plötzlich auf seine Füße und fluchte in seinem eigenen Dialekt. Der Bischof zuckte theatralisch mit den Achseln, verstand die Geste absichtlich falsch und nahm sie als Forderung auf, wegzugehen. Gähnend streckte er seine Hand über den Tisch, so dass der Bischofsring an seinem Finger blitzte: Küsse meinen Ring und verschwinde, stellte er so dar.

Der Baron schlug zornig die Hand zur Seite. Der Bischof, wie der Baron ein Spross von zehn Generationen an Kriegern, sprang nun ebenfalls auf die Füße und grapschte mit einer Hand nach der Waffe, die er nicht trug. Binnen eines Augenblicks hatte der Baron seinen eigenen Dolch gezogen, den langen *Misericorde,* der dazu geschaffen war, durch eine Rüstungsfuge oder Augenhöhle zu stechen.

Weit schneller als der Baron, schneller als das Auge sehen konnte, schoss die eigene Hand des Kaisers vor und packte das Handgelenk des Barons. Die muskulösen Schultern bewegten sich unter der Lederschuppenjacke, die der Kaiser immer noch trug, ein Drehen, ein Krachen von Knochen, und der Baron kauerte an der Zeltwand. Die Leibwachen zogen als reine Formalität ihre Breitschwerter, aber wechselten kaum ihre Haltung. Sie wussten aus vielen Schlachten und Scharmützeln, dass der Kaiser keinen Schutz brauchte. Er war mit seinen bloßen Händen gefährlicher als ein geübter Ritter in voller Rüstung. Tasso der Bayer runzelte fragend die Stirn.

„Bringt ihn hinaus", sagte der Kaiser knapp. „Er zog eine Waffe in der Gegenwart seines Kaisers. Lasst ihn einen Priester sehen und hängt ihn. Sagt dem Grafen seines Landes, dass er mich über die Thronfolge für Béziers beraten soll. Schickt seine Männer heim."

Er überlegte einen Moment länger. „Sie werden rebellieren. Nehmt zehn von ihnen, hackt ihnen die linke Hand und den rechten Fuß ab, und erklärt ihnen, dass dies die Gnade des Kaisers ist. Ihr, Euer Gnaden", fügte er zum Bischof gewandt an, „Ihr habt ihn provoziert. Ich verhänge eine Strafe von einem Jahreseinkommen Eures Bistums. Bis es bezahlt ist, habt Ihr unsere Erlaubnis, Euch der Disziplinierung zu unterwerfen, die Euer heißes Blut braucht. Zehn Schläge mit der Geißel des Chormeisters am Tag. Mein Kaplan wird sich darum kümmern."

Er starrte über den Tisch in das erbleichte Gesicht, das Gesicht, das nach einem sehr kurzen Intervall beschloss, den Kaiser nicht einen Moment länger zu provozieren. Der Baron verschwand auf seinem Weg zu den bereits vollbeladenen Galgen am Rand des

Lagers. Der Bischof ging rückwärts hinaus, verbeugte sich und fragte sich, wie schnell er wohl eintausend goldene Solidi auftreiben konnte.

„Was ist das für ein Lärm?“, fragte der Kaiser.

Tasso der Lanzenbruder sah genau hinaus über die Reihen aus Zelten und Pavillons.

„Agilulf“, antwortete er. „Endlich angekommen.“

Das Gesicht des Kaisers verzog sich zu seinem unerwarteten charmanten Lächeln. „Agilulf! Er hat sich Zeit gelassen, herzukommen. Aber das bedeutet tausend Männer, gute Deutsche mit Offizieren des Lanzenordens, um sie zu kontrollieren. Wir können diese Wilden, die wir die Westflanke bewachen lassen, abziehen und einige verlässliche Kameraden an ihrer Stelle hinschicken. Und ich würde sagen, Agilulf kann ein paar Dutzend gute Männer mit Seilenden aussuchen, um diese faulen Teufel auf den Felsen am Arbeiten zu halten. Ha, sie hatten einen netten Urlaub am Meer, jetzt werden sie bereit für etwas richtige Arbeit sein.“

Tasso nickte. Der Kaiser schien bessere Laune zu haben, wobei in diesen Tagen seine Stimmungen stark schwankten. Wenn die Idioten im Zelt ihn genau beobachtet hätten, hätten sie gesehen, dass es kein guter Zeitpunkt war, um ihn zu provozieren. Jetzt gab es vielleicht eine Chance.

„Diese Männer, Ihr habt mir befohlen, Ihre Hände und Füße abzuhacken“, wagte er sich vor. „Zehn, habt Ihr gesagt? Oder fünf? Hände *und* Füße waren es?“

Das Lächeln des Kaisers verschwand und er war quer durch das Zelt gesprintet, ehe Tasso blinzeln oder daran denken konnte, wie er sich schützen sollte. Nicht, dass er es versucht hätte.

„Ich weiß, was Ihr vorhabt, Tasso“, sagte er und blickte von seiner wenig mehr als durchschnittlichen Größe auf in die Augen seines strammen Hauptmannes. „Ihr glaubt, ich bin zu hart mit diesen Bastarden. Nun, ich werde hart, weil die Dinge hart werden. Es besteht kein Spielraum für Scheitern mehr. Nicht, wenn der Teufel los ist. Nicht, wenn der Teufel los ist.“

„Ist denn der Teufel los?“, unterbrach eine andere Stimme, die raue und feindliche Stimme von Erkenbert, dem Diakon, der seinem Meister von der Stelle berichtete, wo er ständig daran arbeitete, seine Belagerungskatapulte zu perfektionieren. „Wenn das passiert, können wir Zeichen und Wunder am Himmel erwarten.“

Auch im Lager des Kalifen fühlte sich die Leibwache unwohl. Zu jeder Abenddämmerung, wenn die Armee ihr Lager aufschlug, wurden die Pfosten zum Pfählen aufgestellt, jede Nacht wurde schrecklich gemacht durch die Schreie von Männern, die spürten, wie die Spitze nach oben durch ihre Eingeweide getrieben wurden, während sie darum kämpften, mit ihren Füßen Halt auf dem Eisenring zu finden, der sie vor dem Tod bewahrte. Ein tapferer Mann, so sagte man, konnte sich hinuntersinken lassen und den Pfahl seine Eingeweide und seine Leber von innen herausreißen lassen. Es war aber ein langer Weg vom Rektum zum Herz: zu lange für jeden gewöhnlichen Mut.

Der Kalif war in einer schwarzen Stimmung, verstört durch die ständigen Niederlagen, an die die Gefolgsleute des Propheten wenig gewöhnt waren. Seine Flotten brannten oder flohen, seine Armeen wurden unter den Füßen zertrampelt oder zögerten und griffen langsam und widerwillig an wie jetzt. Es würde weitere Schreie und Tote geben, wenn nicht bald gute Neuigkeiten kamen. Vielleicht sogar unter der Leibwache. Als sie den Lederteppich ausbreiteten und ihre Krummsäbel balancierten, beteten sie für eine Ablenkung.

Der Hauptmann der Kavalleriepatrouille näherte sich, Staub bedeckte seine Kleidung. Ein junger Mann wurde an den Handgelenken gefesselt hinter ihm hergezerrt, mühte sich, auf die Füße zu kommen, und kreischte Verwünschungen. Die Leibwächter sahen einander erleichtert an und winkten den Kavalleristen durch. Schon ein Opfer für diesen Abend. Vielleicht würde das die Stimmung des Meisters besänftigen. Mu'atiyah bemerkte das unheilvolle Starren des Kalifen nicht, als er seinen Halt wiederfand und wütend seine zerfetzte Kleidung zurechtzupfte. „Du bist der Schüler von bin-Firnas“, sagte er langsam. „Wir schickten dich aus, um die *Ferengi* aus dem Norden zu eskortieren und zu führen, die Flotte mit ihren seltsamen Maschinen, die die roten Galeeren der Griechen versenken sollte. Sie haben die Galeeren nicht versenkt, sondern sind geflohen, so haben es mir die Überlebenden erzählt, ehe sie zu ihrer Hinrichtung geführt wurden. Welche Geschichte hast *du* mir zu erzählen?“

„Verrat“, zischte Mu'atiyah. „Meine Geschichte handelt von Verrat.“

Kein Wort hätte besser zur Stimmung des Kalifen passen können. Er setzte sich zurück auf seine Kissen, als Mu'atiyah, dessen Zorn von Tagen des Schweigens und der Verachtung auf See, Tagen der Langeweile und Gefangenschaft bei den Juden angestachelt wurde, seine Geschichte erzählte: Wie die Nordmänner die Sache der Araber verraten hatten, ihre feige Weigerung, die Griechen anzugreifen, ihr ignorantes Spiel mit den Geheimnissen des Weisen. Am meisten aber der Betrug des Propheten und seiner Diener durch die verräterischen Juden, die durch die Gnade des Kalifen vor den Christen geschützt wurden und sie nur damit zurückzahlten, sich mit Schweinefleischessern und Weintrinkern zusammenzutun. Mu'atiyahs Aufrichtigkeit war offensichtlich. Anders als jeder andere, den der Kalif seit Wochen hatte sprechen hören, verschwendete er keinen Gedanken an seine eigene Sicherheit. Sein Bedürfnis war nur, so viel war klar, sich gegen die Feinde des Shatt al-Islam zu wenden und sie auszulöschen. Immer wieder gingen seine Worte in Richtung einer Kritik am Kalifen: Er war zu gnädig gewesen, er hatte seine heimlichen Feinde durch seine Duldsamkeit Mut fassen lassen. Es war Kritik, die der Kalif zu hören bereit war. Die Worte eines ehrlichen Mannes.

„Wann hast du zuletzt getrunken?“, fragte er schließlich.

Mu'atiyah schluckte und bemerkte über seinen Zorn seinen eigenen Durst. „Vor Mittag“, sagte er heiser. „Ich bin durch die Hitze des Tages geritten.“

Der Kalif winkte mit einer Hand. „Bringt diesem Getreuen Sherbet. Und lasst andere seinen Eifer bemerken. Wenn er getrunken hat, füllt seinen Mund mit Gold und bereitet ehrbare Kleidung für ihn vor. Und jetzt schickt nach meinen Generälen und Admirälen und dem Bewahrer meiner Karten. Lasst alle sich bereit machen, unseren Marsch gegen die Juden zu wenden. Erst die Juden, dann die Christen. Der Feind innerhalb der Tore und dann der Feind außerhalb."

Als sie die gute Laune des Kalifen bemerkten, zogen diejenigen, die Gefangene bereithielten, um sie hineinzubringen und verurteilen zu lassen, um die Stimmung des Meisters aufzuhellen, sich leise zurück. Schließlich wären sie am nächsten Tag auch noch gut genug.

Kapitel 17

Die Gruppe auf dem Deck der *Fafnisbane* starrte Solomon mit Gesichtsausdrücken an, die von Zweifel zu Schrecken reichten.

„Erzähl es uns noch einmal", sagte Brand. „Er will, dass wir den Drachen auseinanderbauen, ihn und genug Material für zwei weitere hinauf in die Berge mitnehmen, dazu eine Meile an Seil, Tolman und zwei weitere Jungen?"

Solomon nickte zustimmend mit dem Kopf. „Derartig sind die Instruktionen Eures Meisters."

Die Blicke wanderten zu Steffi, der mit einer tief beschämten Miene einen Schritt hinter ihm stand. Er verlagerte sein Gewicht, unfähig, dem konzentrierten Starren seiner Vorgesetzten mit mehr als einem Auge gleichzeitig entgegenzublicken. „Genau das hat er gesagt", murmelte er zustimmend. „Genug für drei Drachen und eine Wache, ladet sie auf die Mulis und bringt alles hoch in die Berge, so schnell ihr könnt, nur schneller. Genau das hat er gesagt, genauso."

Es bestanden keine Zweifel an Steffis Loyalität, obwohl es einige an seinem Verstand geben konnte. Zumindest waren diese Befehle keine Falle. Die Blicke begegneten einander und richteten sich am Ende zurück auf Solomon.

„Wir bezweifeln nicht, dass es das ist, was er gesagt hat", setzte Thorvin an, „aber hier haben sich Dinge ereignet, während er weg war. Dinge, von denen er nichts weiß."

Solomon verbeugte sich erneut. „Also ich weiß es. Immerhin hat mein eigener Meister Befehle ausgegeben, dass all unsere draußen lebenden Leute, unsere Händler und Bauern an den Berghängen, sofort aus Sicherheitsgründen in die Stadt kommen sollen. Wir wissen seit Wochen, dass der Kaiser der Römer gefährlich nahe ist, obwohl er mit seiner Armee an der Grenze vollauf beschäftigt schien. Aber jetzt ist der Kalif kaum zwei Tagesmärsche entfernt – weniger für einen schnellen Reiter. Und die Araber können schnell marschieren, wenn es ihnen beliebt, egal, wie langsam der Kalif selbst sein mag. Wir könnten am Morgen schon leichte Kavallerie vor unseren Toren haben. Sie könnten schon in den Hügeln sein."

„Leichte Kavallerie wird vor die Hunde gehen", kommentierte Hagbard. „Was mir Angst gemacht hat, waren diese roten Galeeren. Sind einfach aufgetaucht, ohne Warnung. Wie die Ragnarssons es früher getan haben. Da waren wir, ließen die Drachen steigen, ein halbes Dutzend Schiffe da draußen, und sie kamen aus dem Nebel, als hätten sie es so geplant. Nicht einmal überhastet, sind einfach mit zwölf Schlägen pro Minute gepaddelt. Haben uns trotzdem beinahe alle vom Hafen abgeschnitten. Wenn Tolman sie nicht zuerst gesehen hätte, wären wir vielleicht alle gegrillt worden."

„Wenn wir nicht Tolman hätten einziehen und zurückholen müssen, hätten wir es hinaus aufs offene Meer schaffen und sie vorbeiziehen lassen können", brummte Brand und setzte damit einen langen Streit fort.

„Egal. Sie kamen vor den Hafen, gerade nachdem wir drinnen waren, warfen einen Blick hinein, verbrannten ein Fischerboot, das sie nicht gesehen hatte – das war pure Teufelei, um uns zu zeigen, dass sie es konnten –, und paddelten weiter nach Norden. Aber sie sind nicht weit weg. Könnten vor Einbruch der Nacht hier sein."

„Wir glauben, es wäre weiser", schloss Thorvin und sprach für sie alle, „wenn der König hierher zurückkehren und Vorbereitungen für den Aufbruch treffen würde."

Solomon breitete seine Arme weit aus. „Ich habe Euch seine Anweisungen mitgeteilt. Er ist – oder so sagt Ihr es zumindest – Euer König. Ich debattiere nicht mit meinem Fürsten, sobald er sein Wort gesprochen hat. Vielleicht seid Ihr Nordmänner anders."

Eine lange Stille. Brand durchbrach sie. „Wird dein Fürst uns erlauben, die Stadt zu verlassen?"

„Er wird Euch die Stadt verlassen lassen. Ihr steht nicht unter seinem Schutz. Er wird mich Euch führen lassen. Ich bin jetzt in Ungnade. Ich habe meine Meinung gesagt, was die Freilassung des jungen Arabers betraf, und er ist bereit, mich zu verlieren. Keiner von seinen anderen Leuten darf gehen."
„Also gut", sagte Brand. „Wir müssen es tun. Thorvin, übergib Solomon etwas Silber, so dass er Mulis kaufen kann, Steffi, fang an, den Kram herzurichten und überlege dir, wie viele Mulis du brauchst. Such die Drachenmannschaften aus."
„Werdet Ihr mit uns kommen, Herr?", fragte Steffi.
„Nein. Ich bin nicht sehr gut darin, schnell zu marschieren, und etwas sagt mir, dass ihr diesen Berg wesentlich schneller herunterkommen werdet, als ihr hinaufsteigt. Wenn ihr Glück habt. Ich werde hierbleiben und darüber nachdenken, wie man diesen Hafen schützen kann. Gegen alles, einschließlich Feuer."

Meilen weiter oben in den Bergen wiederholte Shef gerade ein Experiment, auf seine normale peinlich genaue und skeptische Art. Er war vertraut genug mit dem weißen Pulver, das ihm der Anführer der *Perfecti* gezeigt hatte. Genauso war es jeder, der jemals einen Kuhstall oder Schweinestall ausgemistet hatte. Eine weiße Erde, die aus dem Urin der Tiere kondensierte, so sagten sie.
Was Shef noch nie zuvor gesehen hatte, war die kristalline Form, die sich daraus ableitete. Wie waren sie darauf gekommen?, hatte er gefragt. Die Antwort ergab einen gewissen Sinn. Unter englischen Bedingungen, wo die Erde die meiste Zeit feucht war und Erde aus einem Tierstall sogar noch mehr, war es unwahrscheinlich, dass man aus weißer Erde je ein Feuer entzünden würde. Hier, in der kalten, trockenen Luft des Bergwinters, wo Tiere oft drinnen aufgestallt wurden, war es ein natürliches Ereignis. Sobald die Bergbewohner festgestellt hatten, dass die weiße Erde gutes Feuer machte, hatte irgendjemand irgendwo dieses Wissen mit dem Wissen der Araber kombiniert, die bereits mit *al-kimi, al-kuhl, al-qili* und anderen seltsamen Konzepten vertraut waren.

Jetzt wussten sie, dass Wasser, das über die weiße Erde aus den Tierställen geschüttet wurde, vermischt mit der Holzasche aus den Feuern und dem Kalk aus zerstoßenem Kalkstein, abgekocht werden konnte, um diese Kristalle zu ergeben. *Sal Petri* nannten sie es, das Salz des Heiligen Petrus. Oder meinten sie Felssalz? Weder wusste Shef wusste es, noch kümmerte es ihn. Er hatte schnell genug gemerkt, dass das Peter-Salz nicht das Geheimnis des Griechischen Feuers sein konnte. Aber es war trotzdem interessant, genau wie die anderen Zutaten, die ihm die Kinder Gottes gezeigt hatten. Wieder einmal neues Wissen.

Er hatte einen Stoß aus Kleinholz gebaut, eine Reihe aus Holzstößen, und die Kristalle über jeden gegossen. Dann hatte er zu jedem separat etwas von den Materialien hinzugefügt, die ihm der graubärtige *Perfectus* Anselm gegeben hatte. Im normalen Leben hätte jeder davon mühsam mit Kienspänen entzündet und mit der Sorgfalt angepustet werden müssen, die Kinder von ihren Eltern lernten. Manche Leute konnten Feuer entfachen, manche Leute konnten es nicht, deshalb gab es die Volksweisheit: Die erstere Gruppe war für die Hölle bestimmt, wo sie der Teufel kommandieren würde. Aber diese Feuer waren nicht normal.

Shef wirbelte den halb verrotteten Stab ein paarmal um seinen Kopf, bis die Spitze hell glühte, beugte sich nach vorn und warf den Zündfunken ein paar Fuß auf den ersten Stoß Zweige. Ein leises „Wumm“, ein helles Strahlen, und das Feuer kollabierte sofort zu feuriger Glut.

Er nahm einen weiteren Stab, trat drei Schritte zur Seite und wiederholte den Prozess. Diesmal folgte dem „Wumm“ ein sofortiges helles Grün. „Kupferzugabe für Grün“, murmelte er vor sich hin. „Nun, was macht das Gelb?“

„Wir nennen es Orpiment, die goldene Farbe“, sagte Anselm an seiner Seite, der graubärtige Anführer der *Perfecti*. „Obwohl ihm die Griechen irgendeinen anderen Namen geben. Viel hiervon haben unsere Männer von griechischen Händlern erfahren. Genau das hat uns glauben lassen, dass es vielleicht das Geheimnis des Griechischen Feuers sein könnte. Allerdings machen auch die Araber solche farbigen Flammen, wenn sie Feuer entzünden, um ihre Anführer und ihren Propheten zu ehren. Sie haben viel Gelehrsamkeit in dem, was sie *al-kimi* nennen. Der Lehre von Verbrennung und Destillation."

„Es ist nicht das Griechische Feuer", wiederholte Shef geistesabwesend, während er sich seinen Weg an der Reihe aus Holzstößen entlangarbeitete und für jeden eine Farbe und eine Substanz murmelte. „Darin liegt nichts Schönes."

„Aber Ihr werdet nicht Euer Wort, uns zu helfen, zurücknehmen?"

„Ich werde nicht mein Wort zurücknehmen, es zu versuchen. Aber Ihr habt mir eine schwierige Aufgabe gestellt."

„Unsere Männer haben gesehen, dass Ihr seltsame Maschinen fliegen lasst. Wir dachten, Ihr könntet vielleicht wie ein Adler auf Puigpunyent hinabstoßen und unsere Reliquien durch die Luft wegtragen."

Shef entzündete die letzte Fackel, merkte sich das Ergebnis, wandte sich um und grinste auf den kleineren, älteren Mann hinunter.

„Vielleicht werden wir eines Tages wissen, wie das geht. Aber auf einem Berg landen? Nicht auf der freundlichen See? Und ohne die Seile und die Mannschaft und den Wind, der einen hochhebt, wieder wegfliegen? Außer dem Jungen noch Odin weiß was mittragen? Nein, das bräuchte die Kunstfertigkeit von Wayland, dem Schmied der Götter."

„Was werdet Ihr also stattdessen tun?"

„Da ist eine große Menge an Arbeit von uns allen nötig. Von Euch und von meinen Männern, sobald sie ankommen. Zeigt es mir noch einmal, zeichnet eine Karte in den Staub, wo das Lager der Christen ist und wie sie ihre Wachen postiert haben."

Anselm pfiff schrill und der Schäferjunge, der auf seiner Flöte aus Haferhalmen gespielt hatte, hastete herüber.

Am nächsten Tag, als die Sonne bereits zu sinken begann, rief Shef seine gesamte Truppe zusammen – Ketzer, Nordmänner und die Drachenmannschaften, die Solomon hastig hergebracht hatte – und ging noch einmal alle Teile seins Plans durch.

Die dreißig Männer und drei Jungen waren auf einem grasbewachsenen Felsvorsprung an der letzten Bergflanke, die über die Ebene hinausblickte, so dass der Felsen von Puigpunyent deutlich sichtbar war, selbst ohne Fernglas. In der kräftigen Sonne konnte jeder außerdem sehen, dass die Ebene dort unten vor Männern wimmelte: Reitertruppen bewegten sich hierhin und dorthin, Sonnenlicht blitzte aus jeder Lücke in den Büschen von Waffen oder Rüstungen. Es war ein unangenehmer Marsch gewesen, um diesen Ort zu erreichen, mit wiederholten Stopps und Umwegen: Anselm hatte jeden Mann, den er entbehren konnte, ausgesandt, um als Netz aus Spähern und Spionen zu wirken. Sie waren in ihrem eigenen Land und nahe an ihren geheimsten Festungen. Trotzdem waren alle paar Minuten Berichte über christliche Reiter hereingekommen, die in der Nacht unterwegs waren, und Shef, Anselm und ihre Männer dazu zwangen, von den Pfaden in die Felsen oder Dornbüsche zu verschwinden, bis ein weiterer leiser Ruf oder Pfiff sie wieder weitergehen ließ. Sie waren ausreichend sicher, wo sie waren, das dachte Anselm zumindest. Der Felsvorsprung war nur über zwei Pfade zu erreichen, und beide waren nun schwer bewacht. Aber trotzdem wäre es schlecht, Aufmerksamkeit zu erregen. Während er den ganzen Nachmittag über die Landschaft geblickt hatte, hatte Shef gut darauf geachtet, sich zurückzuhalten und tief in den Schatten eines Gebüsches zu liegen.

Er sprach zuerst mit den Männern seiner Truppe, den Fängern, wie er sie nannte. Es waren nur sieben, einschließlich seiner selbst. Der Schäferjunge, den Shef insgeheim „Stroh" getauft hatte, wegen seines endlosen leisen Flötens: Er sollte der Führer sein. Vier junge Männer, die wegen ihrer Agilität und Schnelligkeit ausgewählt worden waren: Sie sollten die heiligen Dinge tragen. Richier, der Jüngste der *Perfecti.* Shef hatte ihn misstrauisch beäugt, als ihn Anselm vorgeschoben hatte. Er war der Mann, der Shef herausgefordert hatte, als er aus der Grube geklettert war, und Shef hatte keine hohe Meinung von seiner Geistesgegenwart oder seinem Mut. Außerdem war er kein besonderes Leichtgewicht wie die anderen. Er mochte zwar der Jüngste der *Perfecti* sein, aber er war mindestens vierzig, ein alter Mann nach den Maßstäben in den Bergen oder bei dem Thema auch in den Sümpfen, niemand, der den ganzen Tag durch die Hügel streifte oder sich auf der Jagd nach Wild durch die Büsche schob. Dennoch hatte Anselm gesagt, dass er mit musste. Nur die *Perfecti* kannten den Weg in ihr innerstes Heiligtum. Nein, man konnte niemand anderem erklären, wie man es fand. Abgesehen vom Bruch ihrer wichtigsten Regeln zur Geheimhaltung war der Weg hinein nichts, was man beschreiben konnte. Nur zeigen. Also musste ein *Perfectus* mit der Truppe gehen und es musste Richier sein.

Schließlich Shef selbst. Shef hatte bemerkt, dass ihn Stroh mit ziemlich genau demselben Ausdruck ansah, den er annahm, wenn er Richier ansah, und er wusste warum. Unter den leicht gebauten Menschen aus den Bergen ragte Shef heraus wie Styrr unter normalen Leuten. Er überragte jeden anderen Mann in der Truppe, einschließlich Richier, um einen Kopf. Er war fünfzig Pfund schwerer als Richier und mindestens siebzig schwerer als jeder andere Mann oder Junge. Konnte er mithalten, wenn es auf Geschwindigkeit ankam? Konnte er ungesehen unter einer Deckung kriechen? Stroh glaubte das offensichtlich nicht. Shef selbst war zuversichtlicher. Es war nicht viele Jahre her, dass er und Hund gemeinsam im Sumpf Wildschweine gejagt hatten oder auf ihren Bäuchen gekrochen waren, um Fische aus dem Privatteich eines Freisassen zu klauen. Er war seitdem kräftiger und stärker geworden, aber wenig von dem Gewicht war, wie er wusste, Fett. Wenn irgendjemand den Spähern und Wachen entkommen konnte, dann konnte er es.

Er hatte tatsächlich keinerlei Furcht, dass er in der Nacht gesehen und getötet würde. Er hatte eine gute Chance und der Tod,

wenn er denn käme, würde sauber kommen, nicht wie er zu Sumarrfugl gekommen war.
Was in seinem Inneren schwer wog und es ihm kalt den Rücken hinunterlaufen ließ, war der Gedanke an Gefangennahme. Denn eine Gefangennahme bedeutete, dem Kaiser entgegenzutreten. Shef hatte ihn aus der Nähe gesehen, mit ihm getrunken und keine Angst verspürt, als er dastand und Brunos Schwertspitze an der Kehle hatte. Etwas sagte ihm jetzt aber, dass, wenn sie sich wieder begegneten, die freundliche Seite seines alten Kameraden verschwunden wäre, ersetzt von der fanatischen. Er würde kein zweites Mal einen Heiden und Rivalen verschonen.
Shef sah sich im kleinen, inneren Kreis der sieben um. „Also gut. Wir werden losreiten, sobald ich fertig bin, mit den anderen zu sprechen. Wir arbeiten uns hinter unseren Spähern in die Ebene hinunter vor und in der Abenddämmerung fangen wir an, in einem großen Kreis zu reiten. Dann kommen wir auf der anderen Seite des Felsens im Nordwesten von Puigpunyent heraus. Dort lassen wir unsere Pferde zurück und folgen Stroh hier durch die Schutzringe des Kaisers.
Ihr wisst, dass das viel verlangt. Aber ich verspreche euch eines. Die Wachen des Kaisers werden alle auf etwas ganz anderes schauen. Falls sie noch da sind."
Ein Murmeln voll Zustimmung, wenn auch nicht Glauben.
„Dann tretet zur Seite und macht euch bereit zum Aufbruch."
Shef wandte sich an die größere Gruppe, die weiter hinten bei ihren Maschinen stand. Cwicca und seine Truppe hatten leichte Winden mitgebracht, bloße Holzzylinder mit einem Drehgriff, und hatten eine lange Stunde damit verbracht, sie ohne den Lärm von Hämmern langsam am Boden zu befestigen. Bei jeder Winde standen ein halbes Dutzend Katapultmänner von den Schiffen, die jetzt Drachenmannschaften waren, und neben ihnen die muskulöseren Gestalten der Wikinger, die mitgeschickt worden waren, um im Nahkampf als Leibwächter zu dienen. Vor jeder der drei Gruppen stand ein Drachenjunge, Tolman in der Mitte

und an seiner Seite Ubba und … Helmi, das war sein Name, ein kleiner, bleicher Junge, wenig älter als ein Kind. Ein Vetter von irgendeinem Mannschaftsmitglied, der durch die Kriege verwaist und obdachlos geworden war. Alle drei Jungen sahen ungewöhnlich ernst und aufmerksam aus.

„Ihr wisst auch, was ihr zu tun habt. Bleibt hier, ruht euch aus, zündet keine Feuer an. Um Mitternacht, Cwicca, kannst du die Sterne lesen und die Drachen steigen lassen. Es wird von den Bergen hinter uns Wind herabkommen, so sagt man uns.

Dann ihr, Jungen. Wenn ihr am Ende eurer Seile seid und ruhig fliegt, holt eure Feuer heraus. Entzündet nacheinander alle eure Körbe und lasst sie dann fallen. Stellt sicher, dass die Stoffe aufgefaltet sind, bevor ihr beginnt, sie anzuzünden. Lasst sie einen nach dem anderen fallen und zählt dazwischen bis einhundert. Zählt langsam.

Steffi, du zählst die Körbe, wie sie angezündet werden. Sobald du gesehen hast, dass alle abgeworfen wurden, holt die Jungen herein. Haltet nicht inne, um die Winden loszumachen, lasst einfach alles zurück und folgt Meister Anselm, wo auch immer er euch hinführt. Am Morgen treffen wir uns wieder und gehen alle zurück zu den Schiffen. Irgendwelche Fragen?"

Es gab keine. Shef ging noch einmal herum und betrachtete die Ausrüstung genau, die sie den Tag über angesammelt hatten. Die grundlegende Idee war, Steffis Erfindung mit dem Tuch, das den Sturz verlangsamte, mit der Sache zu verbinden, die ihm die Ketzer gezeigt hatten, den farbigen Feuern aus Salpeter und der arabischen Alchemie. Bündel aus trockenen Zweigen, mit Salpeter getränkt und grob mit Wachs versiegelt. Ein Tuch an vier Ecken jedes Bündels gebunden, jedes davon hing an gebogenen Nägeln in den Stabrahmen der Drachen. Jedes Tuch hatte jetzt ein kleines Loch in seiner Mitte: Steffi, der ständig experimentierte, hatte entdeckt. dass das die gefangene Luft davon abhielt, zur Seite hin zu entweichen, und einen ruhigeren und sogar noch langsameren Fall verursachte. Der schwierigste Teil war es gewesen, den Jungen

Feuer zum Mitnehmen zu geben. Mitten in der Luft konnte man nicht Zunder und Stahl aneinanderschlagen. Am Ende hatten sie sich einen Seemannstrick von den Wikingern zu Nutze gemacht, die in ihren nicht überdachten Booten lange Überfahrten machten und nicht immer trockenen Zunder finden konnten: geteertes Seil, das entzündet wurde und in einem versteiften Stoffkästchen schmoren sollte.

Die Idee war gut. Shef wurde bewusst, als er die Flammenkörbe ansah, die wacklige Konstruktion der Drachen, wie viel wirklich von diesen drei Zwölfjährigen erwartet wurde, die am Ende von Seilen hoch in der Luft über der unnachgiebigen Bergflanke schaukeln sollten. Es war nicht nötig, sie an die Belohnung zu erinnern. Jungen dachten nicht weit genug, um Geld wertzuschätzen. Sie würden es für das Lob und die Bewunderung der Männer tun. Vielleicht auch ein bisschen aus Respekt vor ihm. Er nickte ihnen allen zu, tätschelte Helmi sanft die Schulter und drehte sich weg.

„Zeit zum Aufbruch", sagte er zu seiner eigenen Truppe. Als sie abmarschierten, sahen ihm die englischen Katapultmannschaften und die Wikingerleibwachen mit stiller Besorgnis hinterher. Zumindest Cwicca hatte schon einmal gesehen, wie dies passiert war, als der Eine König allein in ein unsicheres Schicksal marschiert war. Er hatte gehofft, es nicht noch einmal passieren zu sehen. Von dem Ort, wo Svandis allein dasaß, mit ihren Armen um ihre Knie geschlungen, beobachtete auch sie die abmarschierende Truppe. Sie konnte nicht hingehen, ihre Arme um ihn werfen und wie eine Frau schluchzen: Ihre Würde verbot es. Aber sie hatte viele Männer weggehen und nur wenige zurückkommen sehen.

Stunden später, als die Sonne endlich nach unten kroch, um den flachen Horizont zu berühren, führte der Junge Stroh die sieben Reiter in den seltenen Schatten einer Gruppe aus niedrigen und verkrüppelten Bäumen. Er pfiff leise und auf diesen Ruf hin erschienen Gestalten aus den Schatten, die die Zügel nahmen. Shef ließ sich langsam vom Pferderücken gleiten und stellte sich steif auf den Boden, während seine Wadenmuskeln zuckten und krampften.

Es war ein höllischer Ritt gewesen. Gleich am Anfang war Shef schockiert gewesen, als er nicht die winzigen Bergponies vorfand, die sie genutzt hatten, um von der Festung der Ketzer herunterzukommen, sondern größere Tiere, und nicht mit den normalen Decken auf dem Rücken, sondern seltsamen Ledersätteln mit hohen Knäufen und Eisensteigbügeln, die an jeder Seite baumelten. „Brunos *Baccalarii*", erklärte Richier knapp. „Kuhhirten aus dem Land im Osten. Sie sind hier überall. Einige von ihnen sind zu weit weg und in einer zu kleinen Gruppe geritten. Aus der Entfernung werden wir mit diesen Pferden und dieser Ausrüstung einfach wie ein paar mehr von ihnen aussehen. Niemand fragt, wo sie hinwollen. Sie reiten, wo immer es ihnen beliebt."

Shef war in den hohen Sattel geklettert und hatte sofort die Hilfe und Unterstützung geschätzt, die dieser einem unerfahrenen Reiter schenkte. Dann war ihm bewusst geworden, dass er wie die anderen in seiner rechten Hand den zehn Fuß langen Ochsenspieß tragen sollte, den jeder Kuhhirte dabeihatte, und das Tier mit seiner linken Hand allein mit den Zügeln kontrollieren sollte. Als er mit seinen Fersen trieb und versuchte, seine untrainierten Seemannsbeine dazu zu zwingen, sich am Bauch des Pferdes festzuklammern, bewegten sie sich hinaus in die Sonne und den Staub.

Es hatte sie tatsächlich niemand aufgehalten. Während sie über die zerklüfteten Ausläufer der Berge und in die Ebene dahinter ritten, hatten sie in der Entfernung immer wieder andere berittene Männer gesehen, aber oft, auf jedem Pfad und jeder Straße, Infanterietruppen, die die Kreuzungen bewachten. Stroh und seine Kameraden winkten den Reitern mit ihren Lanzen, achteten aber darauf, nicht in ihre Nähe zu reiten oder ihren Weg zu kreuzen, sondern lenkten weg, wenn sie es konnten. Zu den

Gruppen an Fußsoldaten riefen sie etwas in einer offensichtlichen Nachahmung der Sprache der Camargue, des Landes der Kuhhirten, aber ritten weiter und hielten nicht an, um zu tratschen. Shef war überrascht, dass niemand handelte und herüberkam, um ihnen den Weg abzuschneiden, aber es sah aus, als würde jeder erwarten, dass die unregelmäßigen Reiter ritten, wohin sie wollten, ohne Befehle oder Plan. Sicherlich würde zumindest jemand das unbeholfene Reiten von Shef und Richier bemerken und sehen, dass bei ihnen Männer waren, die zu alt oder zu kräftig für eine Patrouille der Kuhhirten waren. Aber selbst die Rufe, die zu ihnen drangen, schienen fröhlich oder einfach spöttisch. Der Kaiser hatte einen Fehler gemacht, schloss Shef. Er hatte zu viele Männer als Wachen abgestellt und zu wenige von ihnen kannten einander. Sie waren daran gewöhnt, Fremde auf Puigpunyent zu oder darum herum reiten zu sehen. Wenn der Kaiser ein völliges Verbot von Truppenbewegungen befohlen und nur wenige, ausgewählte Gruppen auf Patrouille gesandt hätte, wären Fremde sofort aufgehalten worden.

Die Pause im Gehölz aus verkrüppelten Bäumen dauerte nicht lang genug. Zeit, um die Schläuche mit stark verwässertem Wein zu nehmen und das erste Viertel und noch eins zu leeren, zu trinken, bis das Bedürfnis in der Kehle verschwunden war, und dann stetig weiterzutrinken, einen Schluck nach dem anderen, bis der Schweiß wieder zu strömen begann und sich der Körper anfühlte, als könne er nicht mehr aufnehmen. Dann zählte Stroh sie im tiefen Schatten ab und ordnete sie so an, wie er wollte: Er selbst als Führer, ein anderes Leichtgewicht als Nachhut, Richier als Vorletzter und Shef direkt vor ihm. Die anderen drei Ketzerjugendlichen folgten Stroh, einer direkt hinter ihm und die anderen ein wenig weiter links und rechts. Dann führte Stroh sie in die Tiefen des verzweigten und den Boden bedeckenden Gestrüpps. Den *Maquis* von Okzitanien.

Sehr bald fing Shef an, sich zu fragen, ob sie ihr Ziel jemals erreichen würden. Der Plan war immer klar genug gewesen. Die

Dornbüsche waren ein vollständiges Hindernis für jede Bewegung zu Fuß oder zu Pferd, solange man aufrecht blieb. Aber die Dornen begannen ihr Wachstum seitwärts ein oder zwei Fuß über dem Boden. Unter ihnen gab es immer einen Freiraum, genug für einen trainierten Mann oder Jungen, um hindurchzukriechen, völlig verborgen vor jedem Späher, solange man irgendein Gefühl für seine Richtung bewahren konnte.

Das Problem war das Kriechen. Stroh und seine Kameraden, leicht und jung, konnten sich in einem gewaltigen Tempo vorwärtswinden, hielten ihre Körper über dem Boden und schoben sich auf Händen und Zehen nach vorn. Shef schaffte dieselbe Bewegung für nicht mehr als hundert Meter. Dann gaben seine überanstrengten Armmuskeln nach und er fing stattdessen zu krabbeln an, mit dem Bauch auf dem Boden, und zog sich wie ein ungeschickter Schwimmer vor. Hinter ihm zeigte Grunzen und Japsen an, dass Richier dasselbe tat. Binnen Sekunden war der Junge vor ihm verschwunden, der sich dreimal so schnell vorwärtsschlängelte wie Shef. Er ignorierte sein Verschwinden und kroch weiter. Pfiffe von hinten und dann von vorne, die klangen wie die Rufe irgendeines Nachtvogels. Eine Gestalt, die zu ihm zurückkroch und eine Bitte um mehr Tempo murmelte. Sie verschwand wieder. Stroh erschien und murmelte dasselbe. Shef ignorierte sie alle und krabbelte weiter durch das Unterholz, schlängelte sich von einer Seite zur anderen, um die dichtesten Gestrüppe zu umgehen, während sich Dornen in seinem Haar verfingen, ihn in die Finger stachen und an seiner Kleidung zerrten. Ein Zischen und ein Huschen auf dem nackten Boden erwischten ihn auf dem falschen Fuß, er riss seine Hand weg. Eine der Vipern aus der Ebene, aber sie hatte ihn lange kommen hören, ehe seine Hand sie erreichte. Shefs Mund begann vom Staub auszutrocknen, seine Knie bluteten durch seine zerfetzte Wollhose.

Stroh packte ihn an der Schulter und zog ihn auf eine Seite – hinaus in eine Lücke im Gestrüpp, auf einen Pfad, der nur wenige Zoll breit war, aber um die Flanke eines Hangs führte. Shef stellte sich langsam auf seine Füße und spürte die Erleichterung in seinen protestierenden Wadenmuskeln, wischte sich die Haare aus seinem Auge und sah Stroh voll Zweifel und Fragen an. Auf die Füße? Besser weiterkriechen, als gesehen werden.

„Zu langsam", zischte Stroh im Arabisch der Händler. „Freunde gehen voraus. Wenn Pfeifen hören, weg vom Pfad! Wieder verstecken!"

Langsam, aber erleichtert, begann Shef in die angezeigte Richtung zu marschieren, während ein Rascheln im Gebüsch die Späher weiter vorn verriet. Er nahm sich einen Augenblick, um einen Blick auf die Sterne zu werfen, die hell am wolkenlosen Himmel strahlten. Nicht allzu lange bis Mitternacht.

Er war vielleicht eine halbe Meile den Ziegenpfad entlangmarschiert, der sich zwischen den niedrigen Hügeln wand, als vom Hang erneut Pfiffe kamen. Stroh war an seiner Seite, packte einen Arm und versuchte, ihn zurück ins Unterholz zu drängen. Shef sah die scheinbar feste Wand aus Dornen an, duckte sich und kroch darunter. Zehn Fuß hinein und kaum ein Lichtstrahl fand seinen Weg hinein, aber weiteres Japsen und Grunzen sagte ihm, dass auch der erschöpfte *Perfectus* in Sicherheit gezerrt wurde. Stroh zog immer noch an ihm, um ihn weiter hinein zu bringen, aber Shef wehrte sich. Er war ein Veteran vieler Märsche, vieler Schichten im Wachdienst. Anders als Stroh konnte er ein Risiko einschätzen. In dieser Art von Landschaft, ohne Alarm und ohne unmittelbare, offensichtliche Gefahr, glaubte er nicht, dass die Patrouille des Kaisers besonders wachsam sein würde. Sie würden ein Auge nicht sehen, das aus der dichten Deckung mitten an einer grauen Bergflanke lugte. Vorsichtig schob er sich auf die Füße, hielt sich unten an einem Zweig fest und zog ihn behutsam wenige Zentimeter nach unten, so dass er ein Guckloch hatte.

Da waren sie tatsächlich, keine zwanzig Fuß entfernt, marschierten den engen, unangenehmen Pfad entlang, zu beschäftigt damit, den Dornen auszuweichen, um sich umzusehen. Shef erhaschte ein leises Grummeln einer Unterhaltung, ein wütendes

Bellen eines Befehls von dem Mann, der die Führung hatte. Das Brummen hörte nicht auf. Niedriggestellte Truppen, dachte Shef. Einheimische Verpflichtete wie die *Fyrds* in seinem eigenen Land. Widerwillig, Probleme zu bekommen, dachten nur daran, nach Hause zu kommen. Leicht, ihnen zu entgehen, solange man nicht in der Finsternis einfach über sie stolperte. Es waren die stillen Männer, die sich nicht bewegten, die die Gefahr darstellten.

Zurück auf den Pfad, eine halbe Meile weiter, dann wieder ins Gebüsch und erneut das stetige Kriechen um ein Hindernis oder einen Spähposten. Weitere hundert Meter auf dem Ziegenpfad, und wieder kriechen. Immer weiter. Shef verlor die Orientierung und gab es fatalistisch auf, einen Blick auf den Himmel zu werfen und die Zeit abzuschätzen. Das Japsen von Richier wurde leiser, als auch er sich an ihren ungleichmäßigen Bewegungsrhythmus zu gewöhnen schien. Und dann kamen sie plötzlich zum Halten, alle sieben auf einem Haufen, und blickten aus den Schatten auf einen Flecken freien Boden und glimmende Feuer. Dahinter die große, zerklüftete Masse des Gipfels, die Burg des Graduale, Puigpunyent selbst.

Stroh deutete sehr sachte auf die Feuer. „Sie", hauchte er. „Letzte Männer. Letzter Ring. *Los alemanos.*"

Sie waren Deutsche. Shef konnte das Eisen blitzen sehen, als sie sich im Takt bewegten, Schilde und Kettenhemden, Helme und gepanzerte Handschuhe. Auf jeden Fall hätte er die Haltung der Lanzenbrüder erkannt, die er vor Jahren in der Schlacht an der Braethraborg zum Angriff ausschwärmen sehen hatte. Damals waren sie auf seiner Seite gewesen. Jetzt ... Es gab keine Chance, an ihnen vorbeizukriechen. Sie hatten das Gebüsch weggehackt, um einen freien Gürtel anzulegen, und aus dem Holz einen groben Dornenzaun gebaut. Die Späher waren keine fünfzig Meter auseinander und bewegten sich ständig. Sie waren außerdem wachsam, nicht wie die unzufriedenen Verpflichteten weiter draußen.

Plötzlich kam von der Felsmasse von Puigpunyent ein lautes Krachen und ein Donnern von Fels. Shef stutzte und bemerkte, dass

auch die Späher hinsahen, sich dann aber wieder ihren Pflichten zuwandten. Eine Staubwolke stieg kaum sichtbar vor der Schwärze auf und Shef konnte leise Schreie hören. Die Truppen des Kaisers arbeiteten durch die Nacht weiter in Schichten, rissen mit Hacken, Hebeln und Kränen die ganze Bergflanke ein, um dem Glauben der Ketzer das Herz herauszureißen. Um für den Kaiser seine Reliquie zu finden.
Shef sah wieder an den Himmel auf die Position des Mondes, der immer noch etwas vom Vollmond entfernt war. Es war jetzt Mitternacht. Aber es würde Zeit brauchen, das wusste er, Zeit, um die Drachen vorzubereiten und sie steigen zu lassen. Vielleicht würden sie auf Wind warten müssen, selbst dort oben am Berg. Stroh zupfte wieder an ihm, er war nervös und wollte sofort eine Antwort. Er war nur ein Junge. Im Krieg dauerte alles länger, als man es wollte, außer wenn es die andere Seite tat. Shef sah sich um und bedeutete allen, dass sie sich auf den Boden drücken sollten. Wenn es sonst nichts zu tun gab, sollten sie sich ausruhen. Falls sein Plan erfolgreich war, würde er es früh genug erfahren.
Unter dem Gebüsch ausgestreckt legte Shef seinen Kopf auf seine Unterarme und spürte, wie ihn die Erschöpfung übermannte. Es bestand kein Risiko, wo sie gerade waren, und die Jungen würden wach bleiben. Er ließ seine Augenlider zufallen und versank langsam in den Tiefen des Schlafes.

„Er ist jetzt nicht einfach los, er ist draußen", sagte die Stimme, die vertraute Stimme, die Stimme seines Vaters. „Draußen im Freien."
Selbst in seinem Traum spürte Shef, wie sich Widerwille und Unglaube in ihm aufbäumten. „Du bist nicht da", sagte er zu sich selbst, sprach mit sich selbst. „Svandis hat all dies erklärt. Du bist nur ein Teil meines Verstandes, genau wie all die Götter Teile des menschlichen Verstandes sind."
„Ist gut, ist gut", fuhr die Stimme mit trauriger Toleranz fort. „Glaube, was du willst. Glaube, was deiner Freundin gefällt. Aber glaube dies: Er ist frei. Ich habe keine Kontrolle über ihn. Die Dinge

könnten jetzt in jede Richtung gehen. Ragnarök – genau das will Odin, genau das will Loki. Sie glauben, dass sie es wollen.“
„Du willst es nicht?“
„Ich will das nicht, was danach kommen würde. Allmächtige Kirche, allmächtiger Weg, was auch immer. Es gibt eine bessere Lösung – zurück dorthin, wo wir zuvor waren, ehe Sheaf zu Schild wurde. Vielleicht mit etwas dazu, etwas Neuem.“
„Was wäre das?“
„Das wirst du sehen. Du wirst es ihnen zeigen. Die Priester haben es in ihrem heiligen Kreis, aber sie sehen es nur als Warnung, nicht als Segen. Kann beides sein.“
Shef hatte den Faden verloren und konnte den Hinweisen nicht folgen. „Wovon redest du gerade?“
„Wogegen Loki verloren hat. Was du für ihn zurückbringst. Seinen Namensvetter, seinen Beinahe-Namensvetter, Logi.“
„Feuer“, übersetzte Shef automatisch.
„Feuer ist es. Erwache und sieh, was du gerade in die Welt bringst.“

Shefs Kopf schoss in die Aufrechte, seine Augen waren augenblicklich weit aufgerissen. Ihm wurde bewusst, dass er bereits halb von einem ansteigenden Gebrabbel von Stimmen geweckt worden war, die aus dem Ring an Spähposten vor ihm kamen. Aber von überall auf der bewachten Ebene kamen Schreie und Rufe, der Hall einer Trompete, als jemand in Panik beschloss, seine Männer vor dem zu warnen, was sie bereits gesehen hatten. Feuer, das vom Himmel herabschwebte.
Nach wenigen Sekunden registrierten Shefs Auge und Verstand das, was er gerade sah. Unmittelbar vor ihm schwebte eine weiße Flamme nach unten, so strahlend wie die Sonne, und warf flackernde Schatten über die Dornen weiter unten. Darüber eine grüne. Nicht weit weg konnte Shef sehen, dass eine dritte und vierte nach unten zu schweben begann, und dachte für einen Augenblick, dass er sogar das winzige Glühen des Anzünders sehen konnte. Aber jedes solche Licht wurde sofort ausgeblendet von

den grellen Farben, die sich am Himmel ausbreiteten. Violett, gelb, rot. Immer mehr Flammen schienen mit jedem Augenblick zum Leben zu erwachen, obwohl Shef wusste, dass es nicht so sein konnte. Es war nur so, dass der Verstand einige Momente brauchte, um jede einzelne zu erkennen. Zu dem Zeitpunkt, als man es aufgenommen hatte, gab es schon wieder Neue, auf die man sich konzentrieren konnte. Alle drei Drachen mussten in der Luft sein und funktionieren. Die jungen Flieger taten ihre Pflicht besser, als er es geglaubt hätte.

Für die Truppen auf dem Boden, zwangsverpflichtete Einheimische, Männer der Bischöfe, halbe Ketzer und Lanzenbrüder gleichermaßen, von denen jeder Mann zutiefst abergläubisch und von Geburt an in einer Kultur voller Dämonen und Wunder, Drachen und böser Omen aufgewachsen war, waren die Flammen am Himmel sogar noch schwerer zu verdauen. Männer sehen nicht, was sie sehen. Sie sehen die beste Annäherung zwischen dem, was sie sehen, und dem, was sie erwarten. Überall auf der Ebene unter dem Felsen von Puigpunyent wurden Schreie laut, als Männer versuchten, eine Bedeutung für etwas zu finden, das jeder Erfahrung trotzte.

„Ein Komet! Der Schweifstern! Gottes Urteil über die, die die langhaarigen Könige gestürzt haben", jaulte ein Kaplan und verursachte eine sofortige Panik.

„Drachen am Himmel", schrie ein Lanzenritter aus dem Land des Drachenbergs, wo der Glaube an Drachen tief verwurzelt war. „Schießt auf seine weiche Stelle! Schießt, bevor das verdammte Ding auf den Boden kommt!" Ein Pfeilhagel schoss von denen, die ihn gehört hatten, in die Luft, weil sie erleichtert waren, irgendeinen Befehl zu hören. Die Pfeile landeten bei den Pferden einer Kavallerieeinheit, die zweihundert Meter entfernt umzäunt standen, und brachen in wilde Panik aus.

„Es ist der Jüngste Tag und die Toten erheben sich, um ihren Gott am Himmel zu treffen", jammerte ein Bischof, der viel auf dem Gewissen hatte, wofür er gehofft hatte, noch rechtzeitig Abbitte leisten zu können. Sein Schrei hätte wenig Überzeugungskraft gehabt, weil die Lichter fielen, statt aufzusteigen, wenn sie auch langsamer fielen, als von Natur aus möglich war. Aber als er aufschrie, erhaschte ein scharfsichtiger Mann die vage Gestalt eines der schwebenden Drachen, der über das Licht aufstieg, das er gerade losgelassen hatte, und kreischte hysterisch: „Flügel! Ich kann ihre Flügel sehen! Sie sind die Engel des Herrn, gekommen, um die Sünder zu geißeln!"

Binnen Sekunden breitete sich Gebrüll über die Ebene aus, als zehntausend Männer ihre Erklärungen schrien. Die Kuhhirten aus der Camargue, die leichteste Kavallerie, reagierten zuerst, waren binnen Augenblicken in ihren Sätteln und galoppierten zielgerichtet in Sicherheit. Panische Späher verließen ihre Posten im Gebüsch und begannen, sich zusammenzurotten, weil sie auf Schutz durch Zahlen hofften. Als sie sahen, wie sich die Infektion ausbreitete, verteilten sich die disziplinierten Deutschen aus dem Lanzenorden hier und dort, um zu befehligen und die zweifelhafteren fränkischen Truppen zu verstärken, begannen, die Fliehenden zu ergreifen, schlugen Männer mit ihren Lanzenenden nieder und versuchten, sie zu ihren Posten zurückzutreiben.

Shef spionierte vom Rand der Dornbüsche und achtete konzentriert auf eine Gelegenheit. Eine Sache hatte er vergessen. Während die Männer dort unten, der innere Ring der Wachen des Kaisers, sicherlich abgelenkt waren – sie waren jetzt zusammengedrängt, verließen ihre festen Wachmuster, deuteten auf den Himmel –, machten die Flammen selbst die gesamte Landschaft beinahe taghell. Wenn er versuchte, sich jetzt vorwärtszubewegen, über den freien Streifen, den die Wachen angelegt hatten, würden sie ihn sicherlich sehen. Wenn nicht während er sich bewegte, dann in den Sekunden, die es dauern würde, sich einen Weg durch die Barrikade aus gefällten Bäumen zu erzwingen. Er brauchte Deckung, um diesen Punkt zu erreichen. Dann die Zeit, um sich einen Weg hindurchzuhacken und hundert Meter durch das schützende Gebüsch auf der anderen Seite zu kriechen. Dann

wären sie am Rand einer der tiefen Schluchten, die zum Felsen und zur Burg selbst hinaufführten, der Schlucht, der sie laut Richier folgen mussten. In der tiefen Finsternis davon wären sie vielleicht sicher. Aber wie sollten sie sie erreichen?
Es war jetzt noch etwas anderes am Himmel, nicht das stetige Licht der Fackeln mit ihren gemischten Farben. Ein flackerndes Licht, ein rotes Licht. Ein Rot, das anschwoll und begann, das widerstreitende Weiß und Gelb und Grün zu überdecken. Keine Fackeln, sondern Feuer. Shef bemerkte, dass die Fackeln den ganzen Weg bis zum Boden gebrannt hatten und im dichten, dicken, staubtrockenen Gebüsch gelandet waren, durch das er gekrochen war. Sie hatten es sofort in Brand gesetzt. Die Schreie, die jetzt von überallher hallten, hatten eine zusätzliche Stufe an Furcht. All die, die in diesem Land lebten, kannten die Gefahren von Feuer während der *Grande Chaleur*, der großen Hitze des südlichen Sommers. Ihre eigenen Dörfer lebten geschützt von Feuerschneisen, die sorgfältig freigehalten und jeden Frühling erneuert wurden. Jetzt waren sie draußen ungeschützt und Feuer breitete sich überall um sie aus. Zum Lärm der Schreie kam nun das Trommeln von Hufen und das Patschen von rennenden Füßen.
Vom Ziegenpfad im Unterholz, fünfzig Meter von dort, wo Shef und die anderen lagen, brach ein Dutzend Männer heraus und rannte zielstrebig auf den bloßen Fels der Burg zu, wo nichts brennen konnte. Als sie den Ring, jetzt Klumpen, aus Spähposten erreichten, sah Shef Speerspitzen aufblitzen und hörte wütende Schreie. Der Anführer der deutschen Späher versperrte ihnen den Weg. Antwortende Rufe, geschwenkte Arme, die auf die Flammen hinter ihnen deuteten. Weitere Männer kamen aus unterschiedlichen Richtungen gelaufen. Shef erhob sich unter den Büschen in die Hocke.
„Kommt."
Sie starrten ihn an.
„Kommt. Seht aus wie Pferdeknechte, die sich verirrt haben. Rennt, als ob ihr panisch wärt."

Er wand sich noch einmal durch die Büsche, brach durch ein letztes Gestrüpp und rannte hinaus in den freien Raum, sah sich um und rief ein Schnattern, das aus Arabisch vermischt mit Nordisch bestand. Der Rest folgte ihm nach den langen Stunden des Versteckens zögerlich. Shef packte Stroh, hob ihn in die Luft und schüttelte ihn, als wäre er vor Furcht hysterisch, drehte sich um und rannte in die falsche Richtung, nicht auf die Lücke zu, wo sich die anderen Flüchtlinge drängten, sondern um die Bergflanke herum. Deutsche Augen sahen ihn, sahen nur einen weiteren verdammten Einheimischen, der außer Kontrolle war.
Nachdem er um eine Ecke gebogen war, hielt Shef an, schob den Jungen zur Seite, der gegen seinen Rücken geprallt war, und starrte das Gewirr aus Dornbüschen an, aus dem die Deutschen ihre Barrikade gebaut hatten. Da war eine Schwachstelle. Er trat vor und zog das kurze, einschneidige Schwert, das er hinten an seinem Gürtel hatte. Für ein paar Sekunden schnitt und zerrte er, dann warf er sich nach vorn und ignorierte die Kratzer, die durch Wolle und Stoff kamen. Die anderen folgten ihm, wobei Stroh und seine Kameraden auf der anderen Seite sofort in die Büsche verschwanden, während Richier wieder japste und sich die Seite hielt. Shef packte ihn, drückte ihn mit Gewalt auf den Boden und schubste ihn kräftig unter die Büsche. Dann folgte er ihm und nutzte all seine aufgesparte Kraft in einem letzten Ausbruch eidechsenähnlicher Bewegung. Durch bis in die Schlucht und zu den dunklen Felsen hinunter.
Als der Lärm hinter ihm erstarb und Shef endlich die schwarze, unbewachte Spalte sah, die genau unter den Felsen von Puigpunyent führte, ließ ihn wieder etwas aufblicken.
Dort, am Himmel, sah er zum ersten Mal einen Drachen über sich schweben und über den Fackeln, die er gesät hatte. Er war von Flammen umgeben. Flammen, die am Stoff der viereckigen Drachenform entlangzüngelten, entlang der Flügel zum Steuern. In der Mitte, wie eine dicke Spinne in ihrem Netz, das musste die Gestalt des Fliegers sein, Tolman oder Helmi oder Ubba. Sein ei-

gener Anzünder musste den Stoff erwischt haben. Oder vielleicht war eine Fackel nicht ordentlich gefallen, als er sie losgemacht hatte. Aber jetzt stürzte der Drachen nach unten, zuerst in einer verrückten Spirale, dann, als seine Stoffoberflächen verbrannten, schien er seine Schwingen wie ein Basstölpel zu falten und stürzte auf die Felsen zu, ein Meteor mit einem Flammenschweif.
Shef schloss sein Auge und wandte sich ab. Er stieß Richier weiter. „Jemand ist für Eure Reliquie gestorben", zischte er. „Jetzt führt uns zu ihr! Oder ich werde Euch als Opfer für den Geist meines Jungen die Kehle durchschneiden."
Der *Perfectus* begann ungeschickt über die dunklen Felsen zum Eingang, den nur er finden konnte, zu laufen.

Kapitel 18

Mit vor Zorn zusammengepressten Lippen wirbelte Kaiser Bruno sein Pferd auf dem engen, von Flammen erleuchteten Pfad herum, so dass der große Hengst stieg und automatisch mit seinen stahlbeschlagenen Hufen ausschlug. Ein flüchtender Soldat, der sich mühte, weiterzukommen, bekam einen davon an die Schläfe und fiel zur Seite ins Gebüsch, um dort unbemerkt zu liegen, bis ihn das Feuer verschlang. Hinter ihrem wütenden Kaiser schlugen seine Leibwachen und Offiziere mit Fäusten und Peitschen aus und versuchten, panische Soldaten zu zwingen, standzuhalten, ihren Befehlen zu gehorchen, und anzufangen, sich zu verteilen und entlang des Pfades eine Feuerschneise zu schlagen. Bruno selbst ignorierte den Kampf und die Verwirrung.

„Agilulf", brüllte er. „Finde einen von diesen Bastarden, der eine vernünftige Sprache sprechen kann. Ich muss wissen, wo dieses verdammte Ding heruntergekommen ist!"

Agilulf schwang sich von seinem Pferd, gehorsam, aber zweifelnd. Er packte den Mann, der ihm am nächsten stand, und begann, ihm das Latein des Lagers, das er bei den Griechen benutzte, ins Gesicht zu brüllen. Der Mann, den er gepackt hatte, der nichts außer seinem muttersprachlichen okzitanischen Dialekt sprach und nie jemanden getroffen hatte, der etwas anderes sprach, sah ihn nutzlos mit offenem Mund an.

Als er die Szene von seinem bescheidenen Muli aus überblickte, mischte sich Erkenbert der Diakon ein. Im Schwarm aus Flüchtigen, die jetzt mit Schlägen zum Stillstand gebracht wurden, erhaschte er einen Blick auf die schwarze Robe eines Priesters. Irgendein Dorfpfarrer, der zweifellos mit seinen Gemeindemitgliedern einberufen worden war. Erkenbert lenkte sein Muli auf ihn zu und zog den Mann aus dem Griff eines brüllenden Unteroffiziers von Agilulf.

„Presbyter es“, hob er an. *„Nonne cognoscis linguam Latinam? Nobis fas est …“* Langsam erstarb die Furcht des Priesters, er begann, Erkenberts fremdartige englische Aussprache zu erkennen und erlangte genug Fassung wieder, um den Sinn der Frage zu verstehen und zu antworten. Ja, sie hatten die Lichter am Himmel gesehen, sie hatten sie für Anzeichen des kommenden Verderbens und der Auferstehung der Toten gehalten, wenn die Seelen aufstiegen, um ihren Herrn im Himmel zu treffen. Dann hatte jemand das Aufblitzen von Engelsschwingen gesehen und seine ganze Truppe war panisch geflohen, vom Waldbrand, dessen Ausbruch sie sehen konnten, weiter angetrieben. Und ja, er hatte die brennende Gestalt gesehen, die herabgestürzt war.

„Und wie hat sie ausgesehen?“, fragte Erkenbert gespannt.

„Sicherlich war es ein Engel, der in Flammen vom Himmel geschleudert wurde, ohne Zweifel für Ungehorsam. Es ist eine schreckliche Sache, dass der Fall der Engel wiederkommt …“

„Und wo ist der Engel abgestürzt?“, fragte Erkenbert, ehe der Mann sein Klagen wieder beginnen konnte.

Der Priester deutete auf das Gebüsch im Norden. „Dort“, sagte er. „Dort, wo eine kleine Flamme brennt.“

Erkenbert sah sich um. Das größere Feuer kam aus dem Süden auf sie zu. Es sah aus, als ob die Männer des Kaisers es schaffen würden, es aufzuhalten entlang der Schneise, die sie gerade hackten. Sie hatten bereits hunderte von Männern an der Arbeit und der Befehl verbreitete sich wie Öl auf Wasser. Im Norden war ein kleines Feuer, das durch den Wind aus dem Süden dorthin geweht worden war. Es sah nicht gefährlich aus, weil es auf einem weniger bewachsenen Fleck der Bergflanke zu sein schien. Er nickte dem Priester zu, drehte sein Muli um und ritt damit am immer noch brüllenden Kaiser vorbei, der jetzt sein Schwert gezogen hatte.

„Folgt mir“, rief er über seine Schulter.

Nach einhundert Schritten wurde dem Kaiser bewusst, worauf Erkenbert zuhielt, und er zwang sein Streitross am Muli vorbei und stürmte ohne Rücksicht auf die Dornen und das Gestrüpp in die Büsche. Erkenbert folgte dem Trampelpfad in einem ruhigeren Tempo. Als er zur Quelle des Feuers kam, war der Kaiser abgestiegen, stand mit den Zügeln um einen Arm geschlungen da und blickte auf etwas am Boden hinunter.

Es war die Leiche eines Kindes, die zerschmettert auf den Steinen lag. Es bestand kein Zweifel, dass das Kind tot war. Sein Schädel war zersplittert und Beinknochen stachen durch das Fleisch seiner Schenkel heraus. Langsam fasste der Kaiser hinunter und hob das Kind mit einer Hand an der Vorderseite seiner Tunika hoch. Der Leiche hing herunter wie ein Sack mit Hühnerknochen.

„Er muss sich jeden Knochen im Körper gebrochen haben", sagte Bruno.

Erkenbert spuckte sich auf die Handfläche und zeichnete mit Spucke das Zeichen des Kreuzes auf die zerschmetterte Stirn. „Das mag eine Gnade gewesen sein", sagte er. „Seht, das Feuer hatte ihn erfasst, ehe er starb. Hier sind die Anzeichen der Verbrennung."

„Aber was hat ihn in Brand gesetzt? Und wie ist er gestürzt? Wovon ist er heruntergestürzt?" Bruno starrte in den Himmel hinauf, als wolle er in den Sternen eine Antwort finden.

Erkenbert begann, in den Trümmern und Teilen zu stochern, die auf dem Boden herumlagen und gut erleuchtet waren vom Feuer, das sich vor dem Wind stetig von ihnen wegbrannte. Stücke eines Holzstabs. Leichtes Holz, aus einer Art hohlen Pflanze gemacht, wie Erle, aber zäher. Und wenige verkohlte Stofffetzen. Erkenbert zerkrümelte einen in seiner Hand. Es war keine Wolle und auch kein Leinen. Die fremdartige Pflanze des Südens, dachte er. Baumwolle. Sehr fein gewoben. Fein gewoben, um den Wind zu halten, wie ein Segel.

„Es war eine Art Maschine", schloss er. „Eine Maschine, um einen Mann in der Luft zu halten. Aber nicht einen Mann. Einen Jungen. Einen kleinen Jungen. Es ist nichts Übernatürliches hierbei, nichts von der *Ars magica*. Es war nicht einmal eine besonders gute Maschine. Aber es war eine neuartige Maschine. Ich will Euch noch etwas anderes sagen", fuhr er fort und blickte wieder auf das tote Kind hinab, auf sein helles Haar und seine Augen, die blau gewesen sein konnten, ehe das Feuer sie erfasste. „Dieser Junge ist einer meiner Landsmänner. Ich kann es aus seinem Gesicht sehen. Wie ein Chorjunge. Es ist ein englisches Gesicht."

„Ein englisches Kind, das in einer neuen Maschine fliegt", flüsterte Bruno. „Das kann nur einen Mann bedeuten, und wir wissen beide, wer es ist. Aber wofür hat er es getan?"

Agilulf hatte sie eingeholt und die Frage des Kaisers gehört. „Wer kann das schon sagen?", antwortete er. „Wer kann den Plan dieses Teufels erraten? Ich erinnere mich an das seltsame Schiff in der Schlacht in Dänemark, ich bin bis auf zwanzig Fuß daran vorbeigerudert und ich wusste immer noch nicht, wofür es gut war, bis die Schlacht vorbei war."

„Die einfachste Methode, um einen Plan zu verstehen", sagte Erkenbert, der nun im muttersprachlichen Niederdeutsch des Kaisers sprach, das seinem eigenen northumbrischen Englisch so ähnlich war. „Die einfachste Methode, um einen Plan zu verstehen, ist es, anzunehmen, dass er funktioniert hat."

„Was meint Ihr damit?", fauchte der Kaiser.

„Also, hier ist der Kaiser der Römer und steht mit seinen Beratern in der Nacht in einem finsteren Dornenwald herum, und keiner von ihnen weiß, was gerade passiert oder was er tun soll. Vielleicht ist es genau das, worauf unser Feind abzielte. Ganz einfach, dass wir hier herumstehen sollten."

Die angespannte Miene des Kaisers hellte sich plötzlich auf. Er beugte sich vor und packte Erkenberts magere Schulter mit seiner üblichen sanften Vorsicht, als ob er fürchtete, sie zu zerquetschen.

„Ich werde Euch hierfür zum Erzbischof machen", sagte er. „Ich verstehe es. Dies ist eine Ablenkung, um uns in die falsche Richtung blicken zu lassen. Wie ein nächtlicher Angriff von der Seite, die von der richtigen Seite abgewandt liegt. Und es hat funktioniert! Und die gesamte Zeit stürmen die Bastarde auf das zu, was wir vor wenigen Stunden noch so dicht abgeschlossen hatten wie eine Mausefalle."

Er schwang sich mühelos zurück in den Sattel. „Agilulf, sobald die Feuerschneise fertig ist, will ich, dass du alle Lanzenbrüder von dort abziehst und sie zurück zur Burg schickst, im Laufschritt. Und schick sechs Männer im inneren Ring herum, um allen zu sagen, dass sie sich umsehen und in beide Richtungen wachsam bleiben sollen, nach innen und außen."

Er pausierte noch einen Augenblick, ehe er dem Pferd die Sporen gab. „Und schick einen Mann zurück, um die Leiche dieses Kindes zu holen. Er ist wie ein Held gestorben und soll wie einer begraben werden."

Die Sporen wirkten, der Hengst raste über den felsigen Berghang fort. Agilulf folgte ihm, um seine Befehle auszuführen. Erkenbert, der allein zurückgelassen worden war, stieg wieder auf sein Muli und trabte ihnen in einem weitaus langsameren Tempo hinterher.

Erzbischof, dachte er. Der Kaiser erfüllt seine Versprechen immer. Und es ist ein Erzbistum frei, in York. Falls die Kirche ihre Schwingen wieder über die Ketzer und Apostaten ausbreiten kann. Wer hätte gedacht, dass ich der Erbe von Wulfhere sein würde, er aus einer ehrwürdigen Familie und ich das Kind eines Dorfpriesters und seiner Konkubine? Seltsam, was mit Wulfhere passiert ist. In seinem Bad an einem Schlaganfall gestorben, sagte man. Ich frage mich, wie lange sie ihn unter Wasser drücken mussten. Der Kaiser ist wohltätig und kann Scheitern vergeben. Aber niemals Untätigkeit. All seine Hunde müssen bellen. Und auch beißen.

Licht schien hell über den Rand der felsigen Schlucht, die Shef, Richier, Stroh und die anderen hinaufstiegen, und erleuchtete die beeindruckende Felsmasse der Burg vor ihnen. In der Schlucht aber gab es nur schwarze Schatten. Für einige Momente waren sie vor Blicken geschützt. Schreie hallten in der Finsternis, sowohl von hinter ihnen, wo die Wachen immer noch die Lichter am Himmel beobachteten, als auch von den Burgmauern über ihnen, wo starrende Späher zurück auf ihre Posten geschoben und getreten wurden. Besser schnell außer Sicht kommen, dachte Shef.

Richier schob sich an ihm vorbei, als sie zur Unterseite der Mauer kamen, die wie eine Klippe aus dem natürlichen Fels zu wachsen schien. Er drehte sich um und sprach scharf in seinem Dialekt. Shef sah, dass ihnen Stroh und die anderen Jugendlichen den Rücken zudrehten und ihre Gesichter verbargen. Richier wiederholte seinen Befehl und winkte Shef eifrig. Umdrehen. Nicht schauen. Langsam gehorchte Shef.

Für ein paar Augenblicke. Er wusste, dass Richier ein oder zwei Mal nach hinten sehen, dann aber weitermachen würde, was auch immer er zu tun hatte. Es war, als würden sie das Spiel spielen, das man „Großmutters Fußtritte" nannte, bei dem das Kind, das näher kam, erraten musste, wann sich das Kind, das gejagt wurde, umdrehen würde. Shef drehte allein seinen Kopf und beobachtete Richier in der Schwärze.

Er schien etwas, das um seinen Hals hing, unter seiner Tunika hervorgezogen zu haben. Jetzt kratzte er an der Mauer und hielt das Objekt davor. Einen Schlüssel, einen eisernen Schlüssel. Shef sah zurück zu Stroh und den anderen, einen Augenblick, ehe Richier begann, sich umzudrehen, wartete, schaute wieder. Diesmal hörte er das Klicken. Etwas nahm den Dienst auf. Nun fasste Richier nach oben und schien Steine abzuzählen. Er fixierte sich auf einen, strich mit den Fingern über die raue Kante und zog. Der Stein kam aus der Mauer heraus und ragte gut einen Fuß aus der Oberfläche hervor.

Nichts passierte. Interessiert spazierte Shef langsam bis auf Armlänge hinüber und traf Richiers funkelnde, entrüstete Blicke, als er sich wieder umdrehte. Er ignorierte sie.

„Was jetzt?", flüsterte er leise.

Richier schluckte, dann pfiff er leise. Die fünf Jugendlichen schlichen vorsichtig herbei, aus der Finsternis der Schlucht. Richier schaute in alle Richtungen, als würde er eine plötzliche Entdeckung erwarten, dann entschloss er sich. Er bückte sich und drückte gegen einen der gewaltigen, unnachgiebigen Felsen unten an der Mauer.

Mit kaum einem Geräusch bewegte sich der Stein nach außen. Nach außen und innen gleichzeitig. Auf einem Drehzapfen, realisierte Shef. Normalerweise hielt ihn der Stein, den Richier aus der Mauer gezogen hatte, vom Drehen ab. Dieser Stein selbst wurde von einem Mechanismus, den der Schlüssel entsperrt hatte, an Ort und Stelle gehalten. Und das Schlüsselloch? Er sah es sich genauer an. Von Moos bedeckt, dem Moos, das gerade in diesem Augenblick weggekratzt worden war.

Richier hatte sich gebückt und kroch jetzt durch die Öffnung. Shef folgte ihm sofort und verdrehte seine breiten Schultern, um durch die Lücke, die nur zwei Fuß groß sein konnte, zu passen. Drinnen setzte er einen Fuß auf den Stein hinunter und spürte, dass er auf einem engen Vorsprung war. Einem Vorsprung, der in eine Richtung schmaler wurde. Er streckte eine Hand aus und ertastete vor sich eine Steinmauer. Er war auf einer Treppe, einer Wendeltreppe, die sich nach links hinunterwand. Vorsichtig drückte er sich im Dunkeln an Richier vorbei und ging ein oder zwei Stufen hinauf, dann hörte er Rascheln, als die Jugendlichen durchkamen. Ein Hieven, ein Grunzen, und der Stein schloss sich langsam, so dass er selbst den schwachen Lichtschein aus der Schlucht draußen abschnitt. In der Finsternis, mit panischen Atemzügen überall um ihn herum, konnte er den Gestank des Todes riechen, der von unten heraufzog. Er kam auf einem schwachen, kaum merklichen Luftzug.

Es gab Funken in der Dunkelheit, als Richier versuchte, ein Licht zu entzünden, während Stroh ein Bett aus trockenem Zunder hochhielt, auf das die Funken fallen sollten, und einer der anderen Jungen Kerzen hatte. Shef ignorierte sie und begann langsam und leise die Treppe hinaufzusteigen. Ein Ruf von unten, zuerst im Dialekt, dann auf Arabisch. „Nicht hinaufgehen! Wir müssen nach unten." Shef ignorierte ihn. Als er die Stufen hinaufstieg, verstärkte sich der Luftzug, und genauso tat es die andere seltsame Sache, die seine angestrengten Sinne bemerkt hatten: Lärm. Lärm, der durch den Stein kam. Durch den Stein?

Nein. Als er das eiserne Geländer ergriff, wurde Shef bewusst, dass er etwas schwach sehen konnte, nicht Licht, aber eine bleichere Finsternis. Und er konnte jetzt etwas hören, ziemlich deutlich sogar. Brüllende Stimmen, das Klatschen eines Seils oder Gürtels auf irgendjemandes Rücken. Die Ordnung wurde wiederhergestellt. Ja, und da war tatsächlich das Loch in der Mauer, kleiner als die Hand eines Mannes, aber trotzdem da. Shef legte sein Auge an es und lugte hinaus.

Er konnte fast nichts sehen, nur einen roten Schein am Himmel und vor ihm huschende Beine. Zuerst nackte, dann Metallschienen über schweren Lederstiefeln. Und es war Deutsch, was sie brüllten, Shef konnte es beinahe verstehen. Aus dem Augenwinkel sah und erkannte er noch etwas. Eine Spitzhacke, die man am Boden liegen lassen hatte. Die Bergmänner des Kaisers waren zum Geheimversteck durchgebrochen. Nur hatten sie das noch nicht bemerkt, weil sie im entscheidenden Augenblick abgelenkt worden waren.

Dann war Richier an seinem Ellenbogen, mit einer angezündeten Kerze. Shef streckte seine Hand aus und löschte die Flamme zwischen Zeigefinger und hornhautbewachsenem Daumen. Als Richier zu plappern begann, legte er eine Hand über dessen Mund, zog ihn vorwärts und flüsterte: „Schaut. Seht das Loch. Seht Ihr die Spitzhacke?"

Als Richier die Bedeutung dessen erfasste, was er gesehen hatte, begann er unter Shefs Griff zu zittern. Shef flüsterte wieder: „Geht hinunter."

Ein paar Biegungen der Treppe und da waren die Jungen, mit brennenden Kerzen, aber bewegungslos, und warteten auf Befehle.

„Wir haben nur wenig Zeit", sagte Shef in einer normaleren Stimme. „Führt uns schnell weiter."

Richier nahm eine Kerze und begann die schier endlose Treppe hinunterzuhasten, die sich nach unten ins Herz des Berges wand. Nach zweihundert abgezählten Stufen hielt er an und Shef bemerkte, dass er endlich wieder auf ebenem Grund stand. Vor ihm war eine breite Tür mit abgerundeter Oberseite, die aus Eichenholz und mit Eisen verstärkt war. Richier holte einen weiteren Schlüssel heraus. Ehe er ihn ins Schloss steckte, wandte er sich an die Jugendlichen hinter ihm und murmelte etwas. Sie alle fielen auf die Knie und machten das seltsame Zickzackzeichen ihrer Sekte.

„Dies ist unser heiligster Ort", sagte Richier. „Niemand außer den *Perfecti* darf ihn betreten."

Shef zuckte mit den Achseln. „Dann geht besser hinein und bringt alles heraus."

Richier blickte die beeindruckende Gestalt des Mannes an, der ihn entwaffnet hatte, und schüttelte resigniert seinen Kopf. „Kommt herein, Ihr müsst. Aber bedenkt, dass dies heilig ist."

Stroh und die anderen schienen keine Erinnerung zu brauchen. Sie hielten sich zurück und ließen Shef Richier durch die Tür folgen. Als er sich im Kerzenlicht umsah, überlegte Shef, dass sie einen guten Grund für ihre Schüchternheit hatten.

Es war ein Ort des Todes. Der Gestank, den er registriert hatte, war hier stärker. Und dennoch hatte er auf den Schlachtfeldern Englands Schlimmeres, viel Schlimmeres erlebt. Hier schien die trockene Luft die Verwesung aufzuhalten. Vor ihm, um den runden Tisch herum, war ein Dutzend Männer – ein Dutzend Leichen – auf ihren Stühlen verteilt, manche mit dem Gesicht nach unten und Schädeln auf ihren Armen, manche zu Boden gesunken. Richier machte wieder sein Zickzackzeichen und die Gewohnheit aus Kindertagen ließ Shef damit anfangen, das Zeichen des Kreuzes zu machen. Er korrigierte sich und machte es zu einem Hammer. Thor, oder Thunor, zwischen ihm und dem Bösen.

„Sie starben lieber, als das Risiko von Gefangenschaft und Folter einzugehen", sagte Richier. „Sie nahmen gemeinsam das Gift."

„Dann liegt es an uns, zu sehen, dass sie nicht vergeblich starben", sagte Shef.
Richier nickte, spannte sich an und ging durch den Raum, wobei er den gefallenen Leichen auswich, bis er zu einer weiteren Türe auf der anderen Seite kam. Er schloss sie auf und öffnete sie.
„Der Ort des *Graal*", sagte er.
Als er in den letzten Raum trat, nahm Richier eine plötzliche Sicherheit an, wie jemand, der jede Kleinigkeit eines Ortes kennt und begierig darauf ist, seine Fähigkeiten zu demonstrieren. Mit der Kerze in seiner Hand bewegte er sich im kleinen, runden Raum umher und entzündete nacheinander Kerze um Kerze, die in großen Kerzenleuchtern steckten. Goldenen Kerzenleuchtern, wie Shef sofort sah. Das Licht, das von ihnen schien, erhellte noch mehr Gold, an den Wänden und Möbeln dessen, was wie eine christliche Kapelle wirkte. Aber am Ehrenplatz gab es keinen Altar.
Stattdessen war ein Sarg, ein Sarkophag aus Stein, fast an der hinteren Wand platziert. Und daraus ragte, im Strahlen des Reichtums unauffällig, eine einfache hölzerne Steigleiter mit drei Sprossen auf einer Seite und zwei auf der anderen, ihre Enden unbearbeitet, so dass sich auf dem bleichen, geschälten Holz hier und da noch Borke zeigte.
„Das ist es", sagte Richier. „Das *Graduale*, auf dem unser Herr von Golgatha weggetragen wurde. Es erhebt sich aus dem Sarg, um zu zeigen, wie wir auferstehen können."
„Ich dachte, Anselm hatte gesagt, dass Christus nicht auferstanden ist. Dass er wie ein gewöhnlicher Mensch gestorben ist. Ist seine Leiche nicht hier?"
„Nicht hier. Nirgendwo! Denn wir erstehen nicht so auf, wie es die Christen sagen, durch die Gnade der Kirche, Mutter aller Frevel. Wir erstehen auf, indem wir den Körper verleugnen. Indem wir Geist allein werden! ‚Wie kann ein alter Mann jung werden? Und wieder in den Leib seiner Mutter eingehen?' Es gibt nur einen Weg …"

Ein Japsen voll abergläubischer Angst kam von hinter Shef, als die lauschenden Jungen hörten, wie in Richiers unbeholfenem Arabisch, das auch sie nur halb verstanden, die große Frage ihres Glaubens herauskam. Richier sah sich wütend um und bemerkte, dass er vor den Uneingeweihten zu viel gesagt hatte, und bemerkte auch, dass in diesem heiligsten Heiligtum, das gleich entweiht werden würde, bloße Worte wenig bedeuteten.

„Geht nicht in den Leib ein! Verspritzt nicht den Samen! Erweist ihm keine Ehre mehr, dem Vater, der seinen Sohn aussandte, um zu sterben, dem Fürsten dieser Welt, dem Gott, der wahrlich ein Teufel ist! Sterbt und hinterlasst kein Kind als Geisel für diesen Feind."

Kein Wunder, dass Svandis nicht vergewaltigt worden war, dachte Shef, als er auf das verzerrte Gesicht und die wütenden Augen hinuntersah. Obwohl es keine ganze Antwort war. Er warf einen Blick hinunter auf den leeren Sarg.

„Sagt mir: Was müssen wir retten? Außer dem *Graduale*."

Richier nickte und sammelte sich wieder. „Da wäre natürlich das Gold." Er winkte mit einer Hand über den Schein aus rötlichem Metall, der sie umgab. „Wichtiger, viel wichtiger, sind die Bücher."

„Die Bücher?"

„Die heiligen Zeugnisse unseres Glaubens. Die wahren Evangelien, geschrieben von Männern, die von Angesicht zu Angesicht mit dem Sohn Gottes gesprochen hatten. Der Sohn Gottes, der zur Weisheit gelangt war und nicht länger der Narrheit seiner Jugend anhing."

Interessante Bücher mussten das sein, dachte Shef. Falls es keine Fälschungen waren. „Was wiegen sie?", fragte er.

„Wenige Pfund, nicht mehr. Und dann … Dann müssen wir das *Graduale* mitnehmen."

Shef sah die Leiter, die sich aus dem Sarg erhob, mit mehr Zweifeln an und trat hinüber, um sie anzuheben. Hinter ihm zischte Flüstern voller Furcht und unterdrücktem Zorn, dass ein Ungläubiger die Reliquie berühren wollte. Aber genau dafür waren sie ja hier. Genau deshalb war der Ungläubige ausgesandt worden. Und er hatte die Prüfung der *Perfecti* bestanden, sagte sich Richier, auch wenn sein Glauben nicht gefestigt war.

Nicht länger als sieben Fuß, dachte Shef. Er hob es vorsichtig an. Altes Holz, trockenes Holz, Holz, das acht Jahrhunderte alt oder noch älter war, wenn es stimmte, was sie sagten. Dennoch war es von Anfang an getrocknet gewesen und nie dem Wetter ausgesetzt worden. In den alten Legionsgebäuden in York hatte man Shef Treppen und Galerien gezeigt, die, wie die Männer schworen, aus der Zeit der alten Römer datierten. Es gab keinen Grund, anzunehmen, dass das *Graduale* gefälscht war, nur weil es immer noch unversehrt wirkte. Ohne Zweifel passte es zu den Lehren der Sekte, es nicht mit Gold und Juwelen zu schmücken, wie es die Christen mit all den vielen Fragmenten des wahren Kreuzes taten. Jedenfalls war das Ding leicht genug, um es mit einer Hand zu heben. Ungünstig geformt, um es eine Wendeltreppe hinaufzutragen. Was die Dornen und das Gestrüpp draußen betraf …

„Also gut", sagte Shef und hob die Leiter von ihrem Platz weg. „Richier, holt Eure Bücher, macht ein Bündel aus ihnen und tragt sie. Ihr Jungs, nehmt die goldenen Kerzenleuchter, die Platten und alles aus Gold, was ihr sehen könnt, wickelt jedes Stück in Stoff und verteilt sie unter euch, so dass ihr sie leicht tragen könnt."

„Stoff, Herr?", fragte Stroh.

„Die Herren im Nachbarraum werden euch ihre Roben nicht verweigern. Nicht für diesen Zweck", fügte Shef an und versuchte, den Blick voll Schrecken und Panik abzuschütteln. „Wenn sie am Leben wären, würden sie euch befehlen, es zu tun. Ihre Seelen sind bei euch."

Widerwillig wandten sich die Jungen ab und machten sich an ihre makabre Aufgabe. Shef, der immer noch die Leiter hielt, ging zurück durch das Vorzimmer des Todes und stellte sich lauschend ins Treppenhaus. In der Stille tief unter der Erde konnte er immer noch Rufe von oben hören. Kein gutes Zeichen.

Als sie schwer beladen die Treppe hinaufhasteten, war der Lärm immer noch bei ihnen und drang lauter und deutlicher über dem schweren Atmen erschöpfter Männer. Shef stapfte als Anführer immer höher und wusste nicht länger, wie weit sie gegangen waren oder wo der Ausgang mit dem drehbaren Stein sein konnte. Er hielt die Heilige Leiter in seiner linken Hand, um sie vom zentralen Pfeiler fernzuhalten. Jedes Mal, wenn er sie gegen eine Stufe oder die Außenwand schlug, konnte er fühlen, wie Richier hinter ihm zusammenzuckte, und hörte manchmal eine unterdrückte Beschwerde. Wenn es genug Licht gäbe, würde der Mann jeden Splitter an Borke, der herunterfiel, aufsammeln.

Ein Zischen von unten. Shef hielt inne und bemerkte, dass er an dem Stein vorbeigegangen war. Richier, der sich jetzt nicht mehr um Geheimhaltung scherte, fummelte an einem hervorstehenden Stück Fels herum. Er zog ihn heraus und die scheinbar feste Mauer bewegte sich leicht und drehte sich wieder frei. Shef zögerte, lehnte die Leiter vorsichtig auf einer höheren Stufe an die Wand und trat drei Stufen hinunter. Als Richier die obere Hälfte des Steins nach außen schob, wich Shef dem langsamen Aufstieg der unteren Hälfte innerhalb des Treppenhauses aus und lugte in die Finsternis.

Eine Finsternis, die immer noch hell war. Feuer brannten dort draußen, obwohl sie jetzt rot waren, nicht die seltsamen Farben der arabischen Fackeln. Hatte irgendjemand gesehen, wie sich der Stein bewegte? Es gab keine Schreie, keine warnenden Rufe. Tatsächlich war außerhalb der Burg alles ruhig. Shef konnte den Ring aus Dornen sehen, durch den sie sich gekämpft hatten, konnte den Hang dahinter sehen. Es rannten keine Männer panisch herum, es gab keine sichtbaren Späher, überhaupt keine Bewegung. Es war hell dort draußen, sagte Shef zu sich selbst, aber dort, wo er war, war er immer noch im Schatten der Burgmauer und der Schlucht darunter verborgen.

Seine Haut kribbelte. Er duckte sich wieder hinein, legte seine Schulter unter den Stein und hievte ihn hoch, bis der Stein sich

wieder seinen Weg an seinen Platz bahnte. Im glimmenden Licht der einen Kerze, die er gestattet hatte, sah ihn Richier erschüttert an.
„Zu ruhig“, sagte Shef knapp. „Ich habe zuvor solche Stille gehört. Bedeutet, dass sie wachsam sind. Vielleicht in beide Richtungen. Vielleicht wissen sie, dass wir drin sind.“
„Wir können nicht hierbleiben.“
„Nein. Nein.“ Eine Stimme, die Shef zuvor noch nicht gehört hatte, ertönte, einer der Jungen mit den Bündeln. Er plapperte in dem einheimischen Dialekt, den Shef nicht verstehen konnte, aber er bemerkte den unmissverständlichen Tonfall in seiner Stimme. Die Nerven des Jungen hatten nachgegeben, wegen des heimlichen Kriechens, der Furcht vor dem heiligen Ort, dem Schrecken dabei, die Toten zu berauben, der Kühle des finsteren Gesteins.
„*Laissetz, laissetz me parti.*“ Er drückte jetzt gegen den Stein und schob ihn wieder auf, nur teilweise, genug, um einen Spalt zu finden und sich wie ein Wiesel hindurchzuwinden, während das Bündel immer noch an seinem Rücken hing. Shef fasste nach ihm, erwischte aber nur einen Fetzen der Tunika, die in seiner Hand zerriss. Dann war der Junge draußen. Shef ließ den Stein einen halben Fuß offen, bückte sich und lugte mit seinem einen Auge durch den Spalt.
Er konnte nichts sehen und hörte nur das leise Huschen von nackten Füßen über Stein. Das erstarb auch. Stille und ein schwacher Gestank nach Verbranntem, der auf dem Wind kam. Und dann, als Shef beinahe bereit war, seine Furcht zu überspielen und die anderen hinauszuführen, leise aber deutlich, ein Knacken, als würde ein Stab brechen, ein schrilles Kreischen, das sofort unterdrückt wurde, ein Klang, als würde ein weit entfernter Gong geschlagen. Metall, das auf Stein prallte.
Shef schloss den Stein erneut, diesmal mit völliger Endgültigkeit. „Ihr habt es gehört“, sagte er. „Sie haben ihn erwischt. Jetzt wissen sie, dass wir hier sind.“

„Wir sitzen in der Falle", japste Richier. „Mit dem *Graal,* für dessen Rettung unsere Ältesten gestorben sind."
„Die Treppe führt ebenso nach oben wie nach unten", sagte Shef. „Wir können die Mauer nicht von innen durchbrechen, sie würden es hören."
„Aber es muss dort droben einen Ausgang geben, eine Geheimtür wie diejenige, durch die wir eingetreten sind, nur innerhalb der Burg."
Richier schluckte. „Es führt in einer Ecke des Turms heraus. Des Turms, der abgebrannt wurde, wo Marcabru starb."
„Also werden wir in einem Schutthaufen herauskommen, das ist gut."
„Er ist über den Hof vor dem Haupttor. Ich glaube nicht, dass es einen anderen Ausweg gibt. Der Hof ist voll von Männern des Kaisers, er hat ihn zu einem Lazarett für die gemacht, die im Kampf verwundet oder bei den Arbeiten verletzt wurden. Wir können nicht einfach hinausmarschieren. Nicht mit einer Leiter über unseren Schultern! Und außerdem … die Jungen könnten vielleicht als Arbeiter oder Helfer durchgehen, und ich auch, aber Ihr …"
Zu groß, meinte er, wie ein Deutscher, aber ohne die Rüstung. Und zu markant.
„Zeigt mir, wo die Treppe hinausführt", sagte Shef, während sich in seinem Kopf ein Plan entwickelte. „Es kann nicht weit von dort sein, wo die Männer mit den Spitzhacken durchgebrochen sind."

Bruno, durch Gottes Gnaden Kaiser der Römer, in seinen eigenen Gedanken stellvertretender Regent für Gott auf Erden, stand in der Mitte des Haupteingangs der Burg von Puigpunyent und überblickte die Szenerie in ihrem belebten Innenhof. Überall, wo seine Blicke hinfielen, wurden Männer zu hektischeren Anstrengungen getrieben. Er hatte kein Vergnügen daran. Genau so sollte es sein. Auch wenn sein Gesicht unbewegt blieb, war sein Körper mit solch feuriger Erregung gefüllt, dass er ihm kaum gehorchen wollte. Zweimal auf seinem rasenden Galopp zurück vom Schauplatz der abgestürzten Feuermaschine hatte sein unfreiwilliges Zerren an den Zügeln seinen Hengst auf seine Hinterhand gerissen, so dass er ihn beinahe abgeworfen hatte. Aber er war rechtzeitig zurückgekehrt. Er war sich da sicher. Außerdem war er sich sicher, dass die ganze Vorstellung mit Lichtern und Flammen und bösen Omen am Himmel genau das gewesen war, was sein kluger Diakon gesagt hatte: eine Ablenkung. Ein sicherer Beweis, dass der Schatz, den er suchte, in seiner Reichweite war. Wenn er nur seine Hand ausstrecken könnte, um ihn zu nehmen. Als er da stand und die mit einem neuen Schaft versehene Lanze festhielt, die ihn nie verließ, gestattete sich der Kaiser, etwas zu tun, das er nur in Augenblicken der höchsten Belastung tat: Er legte seine Wange direkt an das Metall, das das Blut seines Herrn getrunken hatte, um zu spüren, wie sich daraus die Macht und die Sicherheit ergossen, die ihm rechtmäßig zustanden.

Im Hof war das Chaos wie beim letzten Acker der Ernte, gefüllt mit Ratten, die in der Falle sitzen und in alle Richtungen rennen, um den Sensen und Knüppeln zu entfliehen, die sich um sie schließen. Aber nur für das ungeübte Auge. Der Kaiser konnte sehen, wie wieder Ordnung in das Chaos gebracht wurde. Die Männer, die Tag und Nacht arbeiteten, um sich bis an die Grundfeste dieses Ketzernestes durchzugraben, hasteten mit ihren Hacken und Schubkarren wieder zurück an die Arbeit, bedienten wieder die Seile und Flaschenzüge an dem großen Kran, der die Steinblöcke anhob und sie in die Felsrinnen draußen schleuderte. In einer Ecke schrie gerade ihr Aufseher, der ihnen erlaubt hatte, ihre Pflichten zu verlassen, als die Lichter am Himmel erschienen waren, in einem Dreieck aus Lanzenspitzen, während zwei von Brunos Lanzenbrüder-Unteroffizieren ihm methodisch die zweihundert Peitschenschläge verabreichten, die Bruno ihm befohlen hatte. Sein Vertreter, der nun befördert worden war, stand in der Mitte des Hofs, bleich vor Angst, und kreischte Befehle.

Was Schwierigkeiten verursachte, war das Lazarett. Beflissen und besorgt um das Wohlergehen derjenigen, die ihm ordentlich dienten, hatte Bruno befohlen, dass man im zentralen Hof Raum für Betten für das Rinnsal an Verwundeten schuf, die von Scharmützeln mit den Einheimischen hereingekommen waren, und den größeren Zustrom an Männern, die ihre Füße unter Steinblöcke bekommen oder ihre Arme unter sich bewegenden Seilen eingeklemmt hatten. Nur in der Burg gab es sauberes Wasser in ausreichenden Mengen, aus dem Brunnen, der sich tief in den gewachsenen Fels darunter grub. Wasser war das, was die Verletzten mehr als alles andere brauchten.

Aber jetzt brachten die Feuer und das Chaos draußen mehr als ein Rinnsal heran, eine Flut an Opfern. Männer, die sich beim Bekämpfen der Feuer verbrannt hatten, Männer mit gebrochenen Knochen von Stürzen, Narren, die über ihre eigenen Waffen gestolpert waren. Er würde den Befehl, dass man Verletzte hereinbringen sollte, widerrufen müssen, beschloss Bruno. Sie draußen auf der Ebene bis Anbruch des Tages warten lassen. Sie fingen schon an, die Arbeitstruppen zu behindern. Dort, in einer Ecke, ein Trupp mit einer Trage, der geschäftig in die gänzlich falsche Richtung rannte. Er öffnete seinen Mund, um sie aufzuhalten, dann schloss er ihn, gab grimmig Tasso einen Wink, dass er sich um die Narren kümmern sollte, wandte sich ab und knurrte dem japsenden Agilulf, der ihn endlich eingeholt hatte, seinen Befehl zu, die Verletzten, die noch nicht in ihren Betten waren, aus dem Weg zu schaffen und jegliche weiteren Neuankömmlinge aufzuhalten.

Als er sich umdrehte, um wieder den Hof zu beobachten, sah er eine andere Gruppe, die sich durch das Tor schob. Eine Gruppe mit einem anderen Ausdruck auf den Gesichtern. Nicht Furcht, sondern Freude und Triumph. Und als sie eintraten, tat das auch der treue Erkenbert, zu Fuß, weil er sein Muli unten am Felsen zurückgelassen hatte.

„Was habt Ihr denn da?“, fragte er.

„Eine Ratte“, sagte der Bruder, der die Führung hatte, während seine Augen in dem roten Licht glühten. Wolfram, wie Bruno sah, ein guter Bruder aus dem heiligen Echternach. „Er kam aus der Burg gerannt, direkt in die Arme von Dietrich hier.“

„Aus der Burg? Aber ihr seid draußen im Westen postiert, dort gibt es kein Tor.“

„Kein Tor, das wir sehen können, *Herra.* Aber heraus kam er und die Schlucht im Westen herunter wie eine kleine Maus. Er war nicht die Mauer heruntergeklettert, oder wir hätten ihn gesehen. Er rannte in vollem Tempo wie jemand, der völlig panisch vor Angst ist.“

„Ich habe ihn mit meiner Lanze zu Fall gebracht“, fügte der kräftige Dietrich an. „Sein Bein ist gebrochen und er versuchte zu schreien, aber ich habe ihn geknebelt. Er hat niemanden warnen können, der noch drinnen ist.“

„Und seht, *Herra*“, sagte der Unteroffizier Wolfram, dessen Gesicht vor Vergnügen und Vorfreude glänzte. „Seht, was die Ratte für ihren Hort hatte.“

Er schüttete einen improvisierten Sack vor den Füßen des Kaisers aus. Aus ihm rollten Kelche und Teller und ein gewaltiger Kerzenleuchter. Das Licht der Feuer, die immer noch in der Ebene draußen glühten, warf das Blitzen von Gold zurück.

Bruno bückte sich, hob einen der Teller auf und spürte das unverwechselbare Gewicht davon. Etwas war darauf eingraviert. Er konnte es nicht gut lesen. Ein Buchstabe „N“ in fließender Schrift?

„Was macht Ihr daraus?“, fragte er und gab ihn an Erkenbert weiter.

„Wenig genug“, sagte der Diakon. „Aber das ist nicht der Hort eines Buschbarons. Eher das Abendmahlsgeschirr des Heiligen Vaters in Rom. Ich fürchte, wir werden den Jungen befragen müssen.“

Blicke hefteten sich auf den Gefangenen. Er war ein Junge, sein Gesicht vor Schmerz verzerrt, ein Bein angehoben, um es davon

abzuhalten, den Boden zu berühren. Dunkles Gesicht, zerfetzte Kleider. Ein Einheimischer. Nach dem Anblick des abgestürzten Drachens und seines toten Piloten hatte Bruno halb erwartet, noch einen verdammten Engländer zu sehen.
„Habt ihr versucht, mit ihm zu reden?"
Wolfram nickte. „Kann kein Wort verstehen, was er sagt. Er uns auch nicht."
„Ich werde einen Übersetzer finden", sagte Erkenbert. „Dann werden wir tun, was getan werden muss. Bringt ihn vors Tor hinaus."
„Eine Sache", sagte Bruno. „Ich weiß, dass Ihr nicht übertrieben freundlich sein werdet. Noch werdet Ihr auf irgendeine Weise etwas zurückhalten, was ich von ihm wissen muss. Aber mein Ratschlag ist folgender: Beginnt niemals damit, jemandem nur ein wenig wehzutun und es dann zu steigern. Der Mut wächst mit dem Widerstand. Fügt ihm gleich von Anfang an sehr schlimme Schmerzen zu, schlimmer, als er es ertragen kann. Dann bietet ihm einen Ausweg an."
„Sobald ich einen einheimischen Priester finden kann, der für uns übersetzt", versprach Erkenbert.
Der gefangene Junge sah von einer Seite zu anderen. Er hatte bereits gesehen, was er brauchte. Was sollte er jetzt tun? Musste er sterben wie Marcabru und die Burgverteidiger? Er wusste es nicht.

Einhundert Meter weiter unten auf dem Pfad in die Sicherheit, in einem Strom aus hinausgeworfenen Invaliden und ihren Helfern, mühten sich Stroh und seine Kameraden mit ihrer Bürde: Shef, der fest an den zentralen Pfahl des *Graduale* selbst gebunden war, gehalten von den Sprossen, die an jeder Seite als Handgriffe für die Träger hervorragten, sein Gesicht mit dem verräterischen einen Auge bedeckt wie das eines verbrannten oder sterbenden Mannes. Richier schlurfte hinter ihnen her, sein Gesicht grau vor Furcht, während er immer noch sein wertvolles Bündel mit Büchern festhielt. Er war mit weniger als zwanzig Fuß Abstand an der Inkarnation des Teufels auf Erden, am Kaiser selbst, vorbeigegangen. Dank sei Gott, dem wahren Gott, dessen Macht auf dieser Welt der lügenden Gottheit der Christen entrissen worden war, dass all seine Aufmerksamkeit dem armen Maury gegolten hatte. Was nun mit Maury passieren würde – ah, das zeigte die Macht des *Princeps huius Mundi,* den selbst der wahre Gott in diesem seinem eigenen Reich nicht ganz besiegen konnte.

Als sie den Hang hinunterhasteten, drängten die schrecklichen Schreie sie weiter, die hinter ihnen anhoben. Schreie einer Stimme, die den anderen Jungen vertraut war, selbst in ihrer Qual.

Kapitel 19

„So haben wir Maury verloren", schloss Richier. Ein Heulen der Trauer kam von einer der Frauen im Kreis der Zuhörer: Sie musste seine Mutter sein. Anselm gab keine Antwort, sondern starrte immer noch unsicher das Zeichen und die heiligste Reliquie seines Glaubens an, die jetzt im Freien zur Schau gestellt war, wo die Laien und die Heiden sie anstarren konnten. Er schien angefangen zu haben, zu realisieren, dass die Rettung seines *Graduale* nur der Beginn seiner Probleme war, dachte Shef grimmig. Er glitt mit dem vertrauten Schmerz in seinen Schenkelmuskeln vom Rücken des Pferdes, das er gestohlen hatte.
„Wen habt ihr verloren?", fragte er und starrte Cwicca an, der an der Front der Truppe aus Wegeleuten stand. „Wir haben jemand abstürzen sehen."
„Wir haben zwei von ihnen verloren. Tolman kam zurück, aber er ist verletzt."
„Zwei? Wir haben nur einen abstürzen sehen."
„Das war Ubba", unterbrach Steffi. „Wir wissen nicht, was passiert ist, aber ehe man Tolman den Schlafmohn gab, um ihn bewusstlos zu machen, sagte er, dass es sehr schwierig war, die Fackeln anzuzünden und sie fallen zu lassen, ohne dass sie etwas erwischten, weil die Drachen schwankten und alles. Ubba muss sich selbst in Brand gesetzt haben. Er hatte danach keine Chance."
„Und der andere, wie war sein Name? Helmi?" Helmi der Waisenjunge, das kleine, bleiche Kind.
„Er kam gut genug zurück, aber er war zu schnell, viel zu schnell. Ist gegen den Felsvorsprung gekracht, unter dem wir waren. Sein Drachen ist zerbrochen und er ist zweihundert Fuß gefallen. Wir konnten die Leiche nicht finden."
Niedergeschlagenheit begann Shef zu übermannen, zusammen mit Erschöpfung und dem verzögerten Schock durch die zu lange

unterdrückte Furcht. Er war gekommen, um Svandis zu retten, und er hatte sie gerettet – aber wovor? Diese Menschen hatten nie vorgehabt, sie zu töten. Wäre er ihnen nicht gefolgt, hätten sie sie freigelassen. Und indem er eine gerettet hatte, hatte er zwei getötet. Zwei von seinen Leuten. Was das *Graduale* oder den *Graal* oder wie auch immer man es nennen wollte betraf, vielleicht war Maury bereitwillig gestorben, um es zu retten, aber es schien gering genug, um es für einen solchen Preis zu erkaufen. Shef, der immer noch den Holzpfahl festhielt, warf ihn abwesend zu Anselm, der ihn automatisch auffing und dann anstarrte, als hätte er eine Viper gepackt. Sie hatten auch versucht, ihn mit Wissen über das Griechische Feuer zu bestechen, aber was hatte er letztlich gelernt? Dass Salpeter ein Feuer heller brennen ließ, dass Flammen farbig sein konnten. Nichts davon war Griechisches Feuer.

„Tolman geht es nicht allzu schlecht“, warf Cwicca ein, als er den Gesichtsausdruck seines Herrn sah. „Er kam nur etwas hart herunter und rollte immer weiter über die Felsen. Wir haben ihn schlafen gelegt, bis die Schnitte zu heilen anfangen.“ Er zögerte. „Aber er ist geflogen, Herr. Sogar über Land und in der Nacht. Keine dummen Federn oder sonst etwas.“

Shef nickte. Es war eine gewisse Leistung.

„Was machen wir jetzt?“, fuhr Cwicca fort.

„Ich werde es euch sagen.“ Shef sah sich im Kreis der Zuhörer um, Wegemänner und Ketzer miteinander vermischt, auf dem winzigen zentralen Platz des Bergdorfes.

„Erstens, Anselm. Der Kaiser muss herausgefunden haben, wo Maury herkam und sogar wer er ist. Und was wir mitgenommen haben. Ihr könnt sicher sein, dass seine ganze Armee Puigpunyent verlassen und Euch verfolgen wird.“

„Wir sind hoch in den Bergen, sie kennen die Pfade nicht …“

Shef fiel ihm ins Wort. „Ihr kennt den Kaiser nicht. Was auch immer Eure sichersten Orte sind, bringt alle dorthin. Ihr werdet Eure Tiere und Eure Häuser verlieren.“ Er trat gegen eines der Bündel voller Gold, die unbeachtet auf dem Boden lagen. „Wenn ich Ihr wäre, würde ich das hier nutzen, um sie zu ersetzen, sobald der Kaiser wieder weg ist."

Anselm nickte widerwillig. „Die Höhlen, die Fledermaushöhlen, dort können wir uns verstecken, bis …"

„Brecht bald auf." Shef deutete auf den hölzernen Gral. „Nehmt das mit. Euer Gral wurde mit einem Leben, mit drei Leben erkauft. Ich hoffe, Ihr findet, dass er das wert war."

Shef änderte seine Blickrichtung und auf seine Sprache. „Was uns betrifft, Cwicca, erinnerst du dich an das, was Brand darüber gesagt hat, dass wir den Berg schneller wieder herunterkommen werden, als wir hinaufgestiegen sind? Sammelt eure Tiere ein, beladet sie, vergesst Tolman nicht, und wir brechen zu den Schiffen auf, so schnell wir nur können. Er wird bereits die Kavallerie ausgeschickt haben und ich will eine Strecke zwischen uns bringen."

„Und sobald wir zu den Schiffen kommen?"

„Hinaus aufs Meer, so schnell Hagbard die Segel riggen kann."

Die Gruppen lösten sich auf, als Anselm und Cwicca begannen, ihre Befehle zu rufen. Shef ging weg, setzte sich erschöpft auf den Rand des Dorfbrunnens und griff nach der Schöpfkelle, die er nur zwei Tage zuvor auf den Boden geworfen hatte. Nach wenigen Augenblicken fand er Svandis, deren zerfetztes weißes Kleid jetzt respektabel geflickt war, an seiner Seite wieder.

„Also", sagte sie. „Was hat dir der Ketzergott für das Leben der Jungen gegeben? Eine Holzleiter? Oder haben du und der alte Narr sie einfach mir nichts, dir nichts weggeworfen?"

Shef fragte sich düster, warum die Leute glaubten, dass sie halfen, indem sie diese Art von Fragen stellten. Als ob er noch nicht darüber nachgedacht hätte! Denn wenn es so etwas wie einen Gott nicht gab, wie Svandis starrköpfig verkündete, ja, dann war die ganze Sache sinnlos gewesen. Anselm näherte sich, nachdem er seine Anweisungen gegeben hatte. Er kniete sich vor den jüngeren Mann hin.

„Ihr habt unsere Reliquie gerettet und wir sollten Euch unseren Dank erweisen."

„Ich habe sie gerettet, weil Ihr sie entführt habt. Ich glaube, Ihr schuldet mir immer noch etwas."
Anselm zögerte. „Gold?"
Shef schüttelte seinen Kopf. „Wissen."
„Wir haben Euch alles erklärt, was wir über Feuer wissen."
„Neben dem Gold und dem Gral haben wir Bücher herausgeholt. Die wahren Evangelien, wie Richier sagte. Warum habt Ihr sie nicht der Welt gegeben, wie es die Christen mit den ihren tun?"
„Wir glauben, dass Wissen nur für die Weisen bestimmt ist."
„Na ja, vielleicht bin ich weise genug. Gebt mir eines von Euren Büchern. Die Juden und die Christen und die Mohammedaner, sie alle lachen über uns Wegeleute und sagen, wir sind kein Volk des Buches. Also gebt mir eines von Euren Büchern, dasjenige mit den wahren Lehren von Jesus darin. Vielleicht werden uns die Leute danach ernster nehmen."
Es ist nur für Initiierte, dachte Anselm. Die Lehre muss nicht nur gelesen werden, sie muss auch erklärt werden, damit die Unwissenden sie nicht falsch verstehen. Wir haben nur drei Kopien und es ist uns durch unser Gesetz verboten, weitere herzustellen. Der Barbarenkönig hat hier dreißig Männer, ausgerüstet mit fremdartigen Waffen. Er könnte sie alle und außerdem noch den *Graal* mitnehmen, wenn ihm danach wäre. Wir haben seine Jungen getötet. Besser, man provoziert ihn nicht.
„Ich werde Euch eine Kopie bringen", sagte Anselm widerwillig. „Aber werdet Ihr sie lesen können?"
„Wenn ich es nicht kann, dann Solomon. Oder Skaldfinn." Shef dachte an ein Sprichwort in seiner eigenen Sprache. „Die Wahrheit kann sich selbst Gehör verschaffen."
Was ist Wahrheit?, dachte Anselm, als er sich an die Worte des Pilatus im Evangelium der Christen erinnerte. Aber er traute sich nicht, die Worte auszusprechen.

„Also haben wir das verda… das heilige Ding verloren, obwohl es direkt unter unseren Nasen war", knurrte der Kaiser. Er hatte eine

Nacht voll Anspannung verbracht, gestört nicht von den Schreien aus dem Zelt, wo Erkenbert seine Arbeit erledigte, sondern von seinen eigenen Gedanken. Den ganzen folgenden Morgen war er von Berichten über Scheitern und Fahnenflucht verfolgt worden, als sich seine verpflichteten Truppen aus Furcht und Verwirrung über die halbe Grafschaft verteilten.
„Ja", antwortete der schwarzgekleidete Diakon. Er fürchtete die Launen des Kaisers nicht. Er wusste, dass selbst in der schlimmsten Stimmung der Kaiser immer noch die Fähigkeit besaß, die Dinge gerecht zu betrachten. Genau deshalb liebten ihn seine Männer.
„Na gut. Erzählt mir das Schlimmste."
„Das Ding, der Heilige *Graal,* wie es der Junge nennt, war hier, tief unten. Wir hatten es beinahe erreicht. Euer Rivale, der Eine König, war ebenfalls hier. Der Junge beschrieb ihn unmissverständlich. Die Lichter am Himmel – sie waren, wie ich sagte, nur eine Ablenkung."
Der Kaiser nickte. „Ich habe mein Versprechen nicht vergessen, und Wulfheres Bistum ist immer noch frei. Sprecht weiter."
„Es hat funktioniert. Während die Späher mit panischen Franzosen beschäftigt waren, kamen sie durch irgendeinen Geheimgang hinein. Holten sich die Reliquien ihres Ketzerglaubens, einschließlich des *Graduale* – und es ist eine Leiter, genau wie Ihr vermutet habt. Der Junge weiß nicht, warum es heilig ist."
„Wie sind sie hinausgelangt?"
„Der Junge natürlich nicht. Er geriet in Panik und wurde von unseren vorgewarnten Spähern erwischt."
Der Kaiser nickte erneut und entschloss sich innerlich, Wolfram und seine Männer nicht zu bestrafen, wie er es ursprünglich geplant hatte. Die Ablenkung war nicht ihr Fehler, denn es waren nicht sie, die darauf reagiert hatten, oder zumindest nicht mehr als er selbst. Und sie waren beim Rückweg ausreichend wachsam gewesen.
„Er kann nicht sagen, wie der Rest nach draußen gelangt ist. Aber es gab eine Sache, die er uns zu verheimlichen versuchte." Erken-

bert zögerte. Der Kaiser war ein gerechter Mann, aber dies war eine Erniedrigung. „Am Ende wurde der Junge überzeugt, zu reden, weil ihm klar wurde, dass sein Reden keinen Unterschied machte. Die anderen waren bereits entkommen. *Er sah sie an uns vorbeispazieren.*“

Der Kaiser blinzelte und richtete sich aus seinem kavallerietypischen krummen Sitz auf dem Klappstuhl auf. „Er ist nicht an mir vorbeispaziert. Kein einäugiger Mann tut das je, ohne dass ich ihn mir sehr genau ansehe.“

Erkenbert blickte zu Boden. „Sie hatten ihn an das *Graduale* gebunden, so dass es wie eine Krankentrage aussah. Ihr selbst hattet Tasso befohlen, sie durch das Tor hinauszutreiben.“

Ein langes Schweigen. Schließlich blickte Erkenbert auf. Meditierte der Kaiser gerade über eine seiner eigenen, brutalen selbst verordneten Bußen? Er starrte seine Schwertspitze an. „Ich hatte ihn dort“, murmelte er. „Vor meinem Schwert wie eine Jungfrau, die gleich kreischt. Alles, was ich tun musste, war zustechen. Und ich tat es nicht. Ich sage Euch, Erkenbert, dieses gnädige Herz, das ich habe, wird noch mein Ruin sein, meine Mutter sagte das auch immer.“

Er grinste. „Also sind sie an uns vorbeigekommen. Ohne Zweifel hinauf in die Berge. Dann müssen wir sie eben jagen. Und die ganze verdammte Kavallerie ist desertiert, oder hat sich verirrt oder ist weggeritten, um die Pferde zu tränken oder so etwas. Aber ich werde es schon noch kriegen. Nun denn, Erkenbert, geht und findet jemanden für mich, der diese Gegend kennt.“

Der kleine Diakon saß unbewegt da. „Verzeiht mir, Herr, aber denkt noch einmal nach. Das *Graduale,* ohne Zweifel ist es tief in den Bergen und es wird schwierig zu finden sein. Aber ist das jetzt das Wichtigste? Euer Landsmann, der Kaplan Arno, der nun im Dienst des Papstes steht, er lehrte mich, bei einem Feldzug immer den Schwerpunkt zu sehen, den wichtigsten Punkt für Angriff oder Verteidigung. Ich glaube nicht, dass er in den Bergen liegt. Ich glaube, er liegt dort, wo der Eine König ist. Oder wo er sein wird." Er benutzt heute dauernd diesen Titel, überlegte Bruno. Versucht, mich anzustacheln, da habe ich keine Zweifel. Es funktioniert auch. „Also gut. Wo ist er dann, König Shef, der Siegreiche? So nennen sie ihn. Wenn sie glauben, dass ich nicht zuhöre."

Erkenberg zuckte mit den Achseln. „Wo all die Piraten immer sind. Bei seinen Schiffen. Im Hafen von Septimania. In der Stadt der Juden."

Brunos Augen blitzten etwas gefährlicher. „Ketzer und Juden. Heiden und Apostaten. Gott sandte seinen Sohn, um für sie zu bluten und zu sterben, und sie können nicht einmal ‚Danke' sagen. Ich ziehe die verdammten Mauren vor, zumindest glauben sie an etwas. Und wir wissen, dass die Schiffe in Septimania sind, weil Georgios sie gesehen hat. Können wir sicher sein, dass sie dort bleiben werden?"

„Georgios hält Wache."

„Aber wenn sie günstigen Wind haben, kann er sie nicht aufhalten. Sie werden einfach aus großer Entfernung seine Galeeren in Stücke schießen, das hat er selbst gesagt."

Erkenbert senkte seinen Blick. „Ich habe … habe gewisse Maßnahmen ergriffen, um diese Situation zu ändern, Herr. Ich habe in Eurem Namen Befehle gegeben, um Zeit zu sparen. Immerhin habe ich nach der Schlacht bei der Braethraborg, gegen die heidnischen Dänen, nicht geschlafen."

Der Kaiser streckte seinen Arm aus und tätschelte mit vorsichtiger Zuneigung die Schulter des kleinen Mannes. „Tut nicht zu viel für mich, Kamerad, sonst muss ich Euch noch zum Papst machen. Und der verdammte Italiener ist noch nicht einmal tot. Obwohl man das arrangieren könnte."

Scheinbar ohne sich überhaupt zu bewegen, war er auf seinen Füßen, brüllte nach seinem Pferd, seinem Helm und Agilulf. Binnen Sekunden war er draußen und legte seine Hand auf den Knauf des hohen fränkischen Sattels seines Streitrosses. Ohne den Steigbügel zu berühren, sprang er in den Sattel, schob sein Langschwert in eine bequemere Position, fing den Helm, den man ihm zuwarf, und hängte ihn an seinen Sattelknauf.

„Wo wollt Ihr hin?“, rief Erkenbert.

„Zu der Beerdigung.“

„Für die Männer, die letzte Nacht gestorben sind?“

„Nein. Für das Kind, das aus dem Himmel gefallen ist. Er hatte einen Hammer um seinen Hals, als kann er nicht in geweihter Erde begraben werden, aber ich habe ein Grab für ihn ausheben lassen. Und ich habe in der Nacht einen Stein behauen lassen. Darauf steht: *Der erste Luftreiter.* Das ist eine große Ehre, oder nicht?“

Dann war er weg, in einem Funkenregen, wo die Metallhufeisen seines Pferdes gegen den Fels schlugen. Der Unteroffizier, der am Zeltausgang stand, ein schwerfälliger Bruder aus Burgund mit einem Namen wie Jopp, lächelte voll Zuneigung hinter der verschwindenden Gestalt her und zeigte einen Mund voll zerbrochener Zähne.

„Er ist ein Ritter“, sagte er. „Er ehrt Mut selbst bei seinen Feinden.“ Der Junge Maury war noch am Leben, überlegte Erkenbert. Er hatte sich mittlerweile vielleicht genügend erholt, um etwas mehr zu reden. Wahrscheinlich würde dazu nun der bloße Anblick seines Befragers ausreichen.

Wieder einmal glitt Shef von einem Pferd. Diesmal fühlte er sich weniger steif, wundgescheuert und verkrampft, sondern eher sicher, dass ihn seine Beine nicht länger tragen würden. Die glatten Pflastersteine des Docks von Septimania kamen ihm entgegen. Nach einigen Augenblicken richtete er sich auf und sah über die Köpfe der Menge.

„Die See“, krächzte er.

Brand gab ihm eine Flasche mit dem verdünnten Wein, auf den sie zurückgegriffen hatten, seit das Bier ausgegangen war, und stand mit seinen Daumen im Gürtel da, während sein Anführer ihn hinunterschüttete.

„Was ist mit der See?“
„Ich liebe sie. Weil sie flach ist. Also gut.“ Mittlerweile waren einhundert Männer um ihn versammelt, Hafenarbeiter, jüdische Kaufleute, aber die meisten von ihnen Kapitäne und Seeleute der Wegemänner. Er konnte ihnen schnell alles erzählen und es würde sich verbreiten. Kein Bedarf für Heimlichtuerei. „Also gut. Wir haben Svandis wieder. Ich fürchte, wie haben zwei von den Jungen, Ubba und Helmi, verloren. Ich erzähle es euch später. Aber die Hauptsache ist, wir haben den Kaiser an der Nase herumgeführt. Ihn sehr übel an der Nase herumgeführt. Er sucht nach uns und ich wette, er weiß, dass wir hier sind. Also macht uns seeklar und los geht es. Das ist das Beste für alle, richtig, Solomon? Er taucht auf, wir sind verschwunden, es tut allen sehr leid, nichts passiert. Warum steht ihr alle immer noch hier? Seeklar, habe ich gesagt, was ist das Problem …“
Brand legte einen riesigen Arm um die Schultern seines Anführers, hob ihn kameradschaftlich von den Füßen und begann, das Dock entlangzumarschieren, wo sich die Menge teilte, um sie durchzulassen, aber kein Anzeichen zeigte, dass man ihnen folgen wollte.
„Komm auf einen kleinen Spaziergang am Kai entlang mit“, schlug er vor. Nach wenigen Schritten erlaubte er es Shefs Füßen, den Boden wieder zu berühren, aber lockerte seinen Griff nicht. Sie marschierten langsam um den vollgepackten Hafen, bis zum Ausgangspunkt der langen Steinmole, die direkt aus dem Herz der befestigten Stadt entsprang, begannen ihre hundert Meter entlangzuspazieren und traten über die Eisenringe, an denen die kleinen Schiffe festgemacht waren, während die größeren draußen im Hafen vor Anker lagen wie die Flotte der Wegemänner. Auf halbem Weg hielt Brand an und deutete aufs Meer hinaus.
„Was kannst du da draußen sehen?“ Er zog das Fernglas aus Shefs Gürtel und hielt es vor ihn hin.
Shef nahm es, legte es an sein Auge, bewegte die untere Hälfte in ihrer beweglichen Einfassung vor und zurück, wie er es gelernt

hatte, und starrte in den Mittagsdunst. Nichts konnte er sehen, der Nebel machte es schwierig, er suchte etwas herum. Oh.

„Die Galeeren", sagte er. „Die roten Galeeren. Drei von ihnen da draußen, nein, vier."

„Das ist richtig. Sie waren in der Morgendämmerung da, haben ein paar Fischerboote gegrillt und sind wieder von der Küste weggefahren. Wollten uns nur zeigen, dass sie aufpassen."

„Nun gut", sagte Shef, „es ist jetzt Mittag; kein Wind, sie sind im Vorteil. In wenigen Stunden, wenn die Sonne zu sinken beginnt, bekommen wir die Brise vom Meer aus, so regelmäßig wie die Verdauung eines Mulis. Dann sind wir dran. Wir fahren hinaus und wenn uns einer von denen in die Quere kommt, versenken wir ihn. Und dann üben wir etwas an den Harpunen, genau, für Sumarrfugl", fügte er wild hinzu.

„Schau weiter", sagte Brand.

Verwirrt nahm Shef sein Fernglas wieder hoch. Der Dunst war irritierend, an manchen Stellen konnte er fast nichts sehen, am dichtesten war er unten direkt an der Meeresoberfläche. Da war etwas, näher, als er erwartet hatte, näher als die Galeeren. Aber er konnte nicht ausmachen, was es war. Es war grau und niedrig, ragte kaum über die glatte See hinaus, überhaupt kein Schiff, eher wie eine lange, niedrige Insel. Er bewegte das Fernglas vor und zurück und versuchte, das verschwommene Bild irgendwie klarer zu bekommen.

„Ich kann nicht sehen, was es ist."

„Das konnte ich auch nicht. Versuche, die Schiffe im Hafen zu zählen, das wirst du einfacher finden."

Shef sah sich um und es wurde ihm kalt ums Herz. Die Zweimaster, die waren immer noch da, lagen nebeneinander vor Anker, alle sieben von ihnen. Die Langschiffe der Wikinger, er hatte mit fünf von ihnen angefangen, sie hatten Sumarrfugls *Marsvin* verloren, wie viele waren jetzt da? Drei. Er zählte noch einmal. Drei.

„Als die Galeeren später am Tag auftauchten, zogen sie dieses Ding. Ich konnte es auch nicht erkennen, also habe ich Skardi auf seiner *Seeschlange* ausgeschickt, mit einer doppelten Rudermannschaft. Er sagte, er könnte jedem Griechen davonfahren, Wind oder kein Wind. Ich habe ihm befohlen, sich sehr vor dem Feuer in Acht zu nehmen, und er hat gesagt, er würde darauf achten. Aber diesmal war es nicht das Feuer."

Shef starrte wieder auf das Floß, auf die Buckel, die er jetzt daraus hervorragen sehen konnte. Es war etwas Vertrautes an ihnen. Sehr vertraut.

„Skardi fuhr dort hinaus", sagte Brand, „und begann, Richtung Floß zu rudern. Sie ließen ihn halb herankommen, und dann – wamm. Katapultsteine überall in der Luft, auf einmal. Die *Seeschlange* brach im Wasser auseinander und die Griechen kamen in ihren Galeeren dahergerast …"

„Wie viele haben wir verloren?", fragte Shef angespannt.

„Niemanden. Alle aus Skardis Truppe kommen aus Gotland und schwimmen wie die Delphine. Und wie schnell sie schwammen, als das Feuer auf sie herunterkam! Aber Hagbard war wachsam, er schoss ein paar Felsen vor den Galeeren ins Wasser, da drehten sie ab."

Ja, selbst im Dunst konnte er die Formen der Katapulte ausmachen, bemerkte Shef. Mindestens vier von ihnen. Vielleicht mehr. Auf einem flachen Floß ohne Mast, der im Weg war, ohne Rippen, die durch den Rückstoß zerbrechen konnten, konnte man so viele Katapulte aufstellen, wie man wollte. Und er war nicht der Erfinder des Katapults, jedenfalls nicht der Muliversion. Ehe es ein Muli wurde, war es ein Onager gewesen: das Werk des Römervolks, vom Diakon des Kaisers wieder zum Leben erweckt. Erkenbert. Er hatte sie nicht vergessen. Und sie hatten ihn nicht vergessen. Und jetzt wurde Shef bewusst, warum er sie nicht früher erkannt hatte und warum sie doch vertraut wirkten.

Sie waren gepanzert. Mit Stahlplatten wie denen, die er auf die alte *Fearnought* gemacht hatte.

Und es war noch etwas Vertrautes daran, was sie gerade machten. Shef überblickte die flache Breite der Mole, sechs Fuß über dem

Wasser, sollten sie einfach in das Wasser springen, verdammt sei ihre Würde, oder gab es eine Leiter, an der man sich festhalten konnte …

Ein rauschender Lärm in der Luft, ein lautes Krachen von Stein gegen Stein, Bruchstücke und Splitter flogen, Brand wischte verwundert Blut von seiner Stirn. Ein zu kurzer Schuss, der gegen die Vorderseite der steinernen Mole geprallt war. Aber er hatte darauf gezielt, zu töten, und zwar genau darauf, sie zu töten. Und in der Geschützbatterie hatten sie mindestens vier.

Ohne Zeremoniell schubste Shef Brand kräftig von der Mole und ins geschützte Wasser des Hafens, dann sprang er ihm sofort hinterher. Als sie im warmen Meer auf und ab schaukelten, zischten Steine über ihre Köpfe und plumpsten zwischen die zerstreuten Boote. Schreie von den Kapitänen, hektische Versuche, die Ruder zu bemannen, um näher unter den Schutz der Mauer zu kommen.

„Also können wir uns unseren Weg hinaus nicht erzwingen", sagte Shef. „Wir können uns unseren Weg an den Galeeren vorbei schießen, aber das Floß ist für uns wie eine *Fearnought.* Es kann sich nicht bewegen, aber wir können es nicht versenken. Aber warum tun sie das? Brand, was geht hier vor?"

„Na ja", sagte Brand. „Ich hatte immer gedacht, du solltest der Schlaue sein. Aber wenn du mich fragst, sieht das ziemlich genau wie etwas aus, was diese Helbrut an Ausländern eine Belagerung nennt."

Im Lager des Kalifen, das sich langsam aber unaufhaltsam auf die Konfrontation mit den verräterischen Juden und dem polytheistischen Gesinde der nordischen Piraten zubewegte, sprachen drei Frauen leise und steckten ihre Köpfe zusammen. Eine war Engländerin: strohblond, mit grünen Augen, eine Schönheit in ihrem eigenen Land, eine Kuriosität unter den Zelten der Gläubigen. Sie war Jahre zuvor von den Dänen entführt und als Jungfrau für hundert Golddirhams verkauft worden. Eine andere war Fränkin, aus dem Grenzland: Als Kind eines Leibeigenen war sie als Kleinkind von einem Meister, der begierig darauf war, Kapital zu erhalten, verkauft worden. Die dritte war Tscherkessin, aus dem weit östlichen Grenzland des Islams, aus einer Nation, die durch den Export ihrer Frauen überlebte, weil sie berühmt für ihre Schönheit und ihre sexuellen Fähigkeiten waren. Die Frauen unterhielten sich im seltsamen Jargon des vielsprachigen Harems, Arabisch, gespickt mit Worten aus vielen Sprachen. Die Frauen hatten ihn erfunden, um einige Angelegenheiten vor den ewig wachsamen Eunuchensklaven, die sie bewachten, geheim zu halten.

Alle drei Frauen waren unzufrieden und ängstlich. Unzufrieden, weil sie aus der Bequemlichkeit Cordobas fortgerissen und mit auf den Feldzug gebracht worden waren, mit kaum einem halben Dutzend anderer, um die Anspannung ihres Herrn zu lindern. Es stimmte, sie wurden jeden Schritt des Weges in Sänften getragen, die mit Seide und Daunen gefüllt waren. Es stimmte, Fächer wurden in der Nacht über ihnen geschwungen, die stetig von Schichtdiensten an Sklaven betrieben wurden. Dennoch konnte man den harten Boden des Lagers nicht zu den Brunnen und Höfen von Cordoba machen. Ihr Herr mochte sich an den Entbehrungen – den sehr stark modifizierten Entbehrungen – derjenigen erfreuen, die staubige Pfade entlanggingen, um die Ungläubigen zu bekämpfen, aber sie zogen daraus keinen Trost. Eine war als Christin erzogen worden, eine war im Alter von zehn Jahren zum Islam konvertiert, eine kam aus einer Rasse, deren Glaube so fremdartig war, dass sich kein Außenstehender je die Mühe gemacht hatte, ihn zu lernen. Nichts erschafft Atheismus so gut wie eine Vermischung aus widersprüchlichen Religionen.

Es gab zwei Gründe, warum sie Angst hatten. Einer war, dass keine von ihnen bisher ein Kind bekommen hatte. Weil es nicht der Fall sein konnte, dass die Potenz ihres Herrn schwand, musste ihre Unfruchtbarkeit ihr eigener Fehler sein, außer sie war das Ergebnis absichtlichen Kindsmordes im Mutterleib. Der andere

Grund, warum sie Angst hatten, war, dass die Wände keines Pavillons die stetigen Schreie der Opfer ihres Herrn abhalten konnten, die immer noch zum Richtblock, dem Bastinado oder dem Pfählungsposten befohlen wurden, wegen der kleinsten Laune oder des kleinsten Rückschlags. Sie fürchteten den Wechsel der Launen von er-Rahman, mit dem niemand, der am Leben war, sich besser auskannte.

„Er hört immer noch auf diesen jungen Narren, Mu'atiyah", sagte die Engländerin. „Er ist ständig an seinem Ohr und ermutigt ihn. Er ist selbst vor Hass und Eifersucht verzehrt."

„Könnte Mu'atyiah etwas essen, das ihm nicht bekommt?", schlug die Tscherkessin vor.

„Der Kalif würde wissen, dass es Gift war", sagte die Fränkin. „Wer weiß dann, wohin sein Zorn fallen würde? Wir haben niemanden, der uns nicht verraten würde. Nicht hier draußen."

„Vielleicht ist es am besten, wenn er seine Ziele erreicht und wir alle nach Hause zurückkehren können."

„Nach Hause?", fragte die Engländerin. „Du meinst nach Cordoba? Ist das das Beste, was wir für all unser Leben erhoffen können? Darauf zu warten, bis er unserer müde wird und den Mann mit dem Seil schickt, um uns zu erdrosseln? Wie viele Jahre hast du noch, Berthe? Oder du, Ouled? Ich bin schon dreiundzwanzig."

„Was sonst gäbe es?", fragte Berthe mit aufgerissenen Augen.

Die Engländerin, Alfled, hatte an vielen Verschwörungen im Harem teilgenommen. Sie sah sich nicht um oder änderte ihren Gesichtsausdruck, sondern lachte und spielte mit ihren Armreifen, als würde sie irgendein sexuelles Abenteuer erklären, das sie für den Kalifen geplant hatte. „Wir sind hier draußen in der Hitze und dem Staub des Feldzuges. Schlechte Neuigkeiten, und alles, was wir wollen, ist, zu unserem Komfort zurückzukehren, sobald der Kalif gewonnen hat. Aber was, wenn der Kalif verliert? Seine Armeen und seine Flotten haben schon zuvor verloren, genau deshalb sind wir ja hier. Und in der Verwirrung einer Niederlage …"

„Wir würden mitgenommen und von einer halben Armee vergewaltigt, wenn wir frei wären."
„Vielleicht. Es kommt auf die Armee an. Ihr habt gehört, was uns die Dänin in Cordoba erzählt hat. Eine von den Armeen hier nimmt keine Sklaven mit und wird von einem meiner Landsmänner angeführt. Selbst die Armee des römischen Kaisers ist voll von deinen Landsmännern, Berthe. Wenn wir das Kreuzzeichen machten und um Errettung vor den Verehrern Allahs bäten, wären ihre Priester höchst erfreut."
„Aber sobald man Allah den Rücken zugedreht und die *Shahada* widerrufen hat, gibt es keine Gnade mehr für einen", stellte die Tscherkessin heraus.
„Wir können es uns nicht erlauben, zu scheitern, das ist so."
„Also was sollen wir tun?"
„Den Kalif in die Schlacht drängen, aber auf eine solche Weise, dass er verlieren muss."
„Und wie sollen wir das arrangieren? Er hat Generäle, die in der Kriegskunst begabt sind, und die ihn viel besser beraten, als wir es je könnten. Wir wissen nicht einmal genug, um zu sagen, was richtig ist und was falsch wäre."
„Wir kennen den Krieg nicht", sagte Alfled grimmig, „aber wir kennen die Männer. Wir suchen den größten Narren aus und drängen auf dessen Ratschläge. Und der größte Narr in diesem Lager ist Mu'atiyah. Lasst uns unsere Stimmen zu seiner dazugeben. Unsere Stimmen vom Bettkissen, um die Stimme des Narren vom Diwan zu bekräftigen. Eine Sache sollten wir hinzufügen. Unseren Wunsch, unseren Herrn die stärksten Männer, die kriegerischsten, die männlichsten besiegen zu sehen."
Stille folgte ihrem Sarkasmus. Schließlich sprach das fränkische Mädchen. „Und wir sind uns dann einig, falls wir entkommen, dass, wer auch immer von uns bei den Eroberern den besten Stand hat, sich für die anderen aussprechen wird? Wenn das so ist, dann bin ich bei euch. Aber eine Sache würde ich raten, und das ist eine Verzögerung. Der Kampfgeist der Soldaten des

Kalifen schwindet von Tag zu Tag. Lassen wir ihn seinen Wahnsinn noch mehr zeigen und der Verfall wird sich ausbreiten. Unter den heimlichen Schweinefleischessern, den christlichen Konvertiten, den *Mustaribs,* dann unter denen, die das Haus Tulun vorziehen, unter denen, die Griechisch lesen können, und denen, die sich wünschen, den Koran umzuschreiben. Unter all denen, die in ihrem Herzen wissen, was uns die Dänin erklärt hat."

„Dass es keinen Gott gibt, nicht einmal Allah", sagte Alfled eifrig.

„Nicht einen Gott", widersprach die Tscherkessin.

Kapitel 20

Langsam wurde die Belagerung von Septimania enger, zuerst unvermeidlich, dann offensichtlich, dann akut. Der Fürst der Stadt, Benjamin ha-Nasi, hatte sich erst geweigert, es zu glauben, zuversichtlich, dass dieser Ärger, der ihm von bloßen Fremden innerhalb seiner Mauern aufgezwungen wurde, abgewendet werden konnte. Wenn nicht abgewendet, zumindest abgelenkt, falls nötig, indem man die Fremden ergriff und sie an den wütenden christlichen Kaiser übergab, oder ansonsten durch ihre erzwungene Ausweisung, so dass sie ihr Glück auf See mit den Griechen und dem Griechischen Feuer versuchen sollten.
Er war schnell enttäuscht worden. Der Kaiser, das wurde deutlich, von heiligem Zorn ergriffen, würde keine Unterschied machen zwischen den christlichen Ketzern, die den Gral vor ihm verborgen hatten, den Heiden, die dabei geholfen hatten, ihn zu stehlen, und den Juden, die Christus geleugnet und seinen Herrn gekreuzigt hatten. Die Gesandten, die Benjamin ausschickte, wurden zurückgeschickt, indem man eines Morgens ihre Köpfe über die Mauer schleuderte. Das Gerücht verbreitete sich, dass sie vor der Hinrichtung unter Zwang getauft worden waren, um den ungläubigen Hunden eine letzte Chance auf Erlösung zu geben, oder so hatte es der Kaiser gesagt. Eine Botschaft, die später an diesem Tag über die Entfernung gerufen wurde, verkündete die Bedingungen des Kaisers: den Gral, als Erstes und Wichtigstes, seine Räuber, angeführt von ihrem einäugigen König als Zweites, und als Drittes die Ergebung aller Truppen und Offiziere der Stadt, barfuß und in ihrem Hemden, mit Seilen um ihre Hälse, als Zeichen ihrer absoluten Unterwerfung unter den Willen Gottes und seinen Sieg.
Aber sie hatten keinen Gral. Ohne ihn wäre die Gnade des Kaisers wertlos. Traurig und mit Erinnerung an Vespasian und die Bela-

gerung von Masada vor langer Zeit in ihrer Geschichte bereiteten sich die Juden von Septimania auf verzweifelten Widerstand vor. Boten kletterten an Seilen herunter oder schlichen entlang der Küste hinaus, um zu versuchen, eine Botschaft über diesen christlichen Angriff auf das *Dar al-Islam,* das Haus des Islam, zu ihrem nominellen Lehnsherrn, dem Kalifen, zu bringen. Zu oft verrieten Schreie und Heulen in der Nacht, dass sie abgefangen worden waren. Der Kalif würde kommen, das war sicher, als Reaktion auf diese Provokation. Wie lange er brauchen würde, wie besorgt er um diejenigen unter seinen Untertanen wäre, die nicht seinem Glauben angehörten, und welche Geschichten über Verrat man ihm vielleicht schon erzählt hatte: Das war eine andere Geschichte.

Mit mehr Zuversicht machten sich die Männer der Flotte aus dem Norden bereit, bei der Verteidigung zu helfen. Sobald die Wachfeuer des Feindes in der Nacht auf den umliegenden Hügeln zu flackern begannen, schickte Cwicca seine Kameraden aus, um jedes Stück Seil und jeden Holzbalken einzusammeln, die man aus den Lagern der Stadt oder von den Reihen an Fischerbooten und größeren Schiffen, die jetzt blockiert im Hafen lagen, nehmen konnte. Damit machte er sich daran, so viele Katapulte zu bauen, wie er mit dem gefundenen Material oder dem Raum entlang der Mauern machen konnte. Die Engländer und die Wikinger kannten mittlerweile drei Typen.

Erstens – obwohl sie auf dem Schlachtfeld als Letzte benutzt wurden – die Mulis, Nachfahren der römischen Onager, und von Erkenbert dem Diakon und seiner Kopie von *De re militari* des Vegetius wieder in die Welt eingeführt. Sie warfen Steine, hart und flach, Schiffszerstörer, Mauerbrecher. Schwer und umständlich, kompliziert zu bauen. Von geringem Nutzen gegen Männer, als würde man versuchen, Fliegen mit einem Schmiedehammer zu erschlagen, wie Brand bemerkte.

Zweitens, was sie die Drehschießer nannten. Torsionswaffen, wie die Mulis, und mit der Kraft von Torsionswaffen, aber sie schossen große Pfeile oder Speere wie gigantische Armbrüste. Sie schlugen durch beinahe jeden Schild oder jede Blende und riefen Schrecken hervor, jenseits aller Proportion zu den Verlusten, die sie verursachten. Auch schwierig zu bauen und gefährlich in der Benutzung. Niemand konnte sicher feststellen, wann so eine Waffe wahrscheinlich überspannt war, und nur diejenigen, die sie viele Male benutzt hatten, konnten es überhaupt erraten. Überspannung bedeutete einen Knall, ein plötzliches Peitschen von zerfetztem Seil und Holz, einen Windenmann ohne Hand, ohne Arm oder mit zerschmetterten Rippen. Die englischen befreiten Sklaven, die Jahre zuvor zuerst rekrutiert worden waren, um sie zu bemannen, hatten gelernt, Federstahlverstärkungen um die hölzernen Schwungarme zu legen, um ihre eigenen Leben zu retten. In Septimania war kein Federstahl verfügbar. Allerdings, wie Cwicca unter dem Deckmantel einer Sprache bemerkte, der die Einwohner von Septimania nicht folgen konnten: Wir werden sie ja nicht spannen, nicht wahr? So lange sie den anderen Bastarden mehr Schaden zufügen als unserer Truppe, passt ja alles.

Drittens, die elementaren und primitiven Waffen, die Shef höchstpersönlich erfunden hatte, die Zugwerfer, wie sie seine Männer nannten. Bloße Traktionswaffen, die funktionierten, indem eine Truppe gleichmäßig an einem Ende eines Balkens zog, während das andere Ende, der lange Arm, nach oben peitschte und eine Schlinge hochschleuderte, die im kritischen Augenblick ihren Felsen losließ. Billig und einfach zu bauen, und von jedem mit einem Minimum an Anweisungen zu bedienen. Es war einfach, damit in eine Richtung zu zielen, aber fast unmöglich, die Reichweite einzustellen. Sie warfen ihre Steine hoch in die Luft und verließen sich auf die Schwerkraft, damit diese ihre Wucht erhielten, nicht die Kraft eines gedrehten Seils. Am besten nutzte man sie gegen formierte Truppenteile, die ihnen nicht ausweichen konnten. Cwiccas Mannschaften bauten Dutzende von ihnen und schickten sie an jeden Ort, den sie sich entlang der Mauern vorstellen konnten, zusammen mit unbegrenzten Vorräten an

Geschossen, die sie aus dem steinigen Boden gruben. Nach einer Weile wurde ihr Betrieb an die Frauen der Stadt übergeben, die genauso gut wie Männer ziehen konnten, so dass Männer frei für die schwerere Arbeit im Nahkampf wurden.

Nach den ersten paar Attacken durch die Männer des Kaisers, bloßen Demonstrationen oder Erkundungen – obwohl jede davon eine Spur an Opfern hinterließ, die tot oder zerschmettert auf dem steinigen Boden lagen –, wurde klar, dass die Lage der Landschaft dem Kampf ihr eigenes Muster aufdrücken würde.

Wie viele Städte entlang der Küste war Septimania aus einer Siedlung an einer *Cala,* oder Flussmündung, hervorgegangen, wo ein Fluss zwischen hohen Felsen ins Meer strömte. Die Stadt war auf beiden Hügeln und den steilen Abhängen der *Cala* dazwischen gewachsen, aber als sie immer dichter bevölkert wurde, hatte sich die ursprünglich einzige Brücke darüber vervielfacht, wurde in Stein neu erbaut und immer breiter gemacht, so dass der Fluss an einigen Stellen fast vollständig überbaut worden war. Aber momentan, in der wachsenden Hitze des Mittsommers, war das Flussbett sowieso so gut wie ausgetrocknet. Wo er floss, wurde er nun von einem schweren Metallgitter oder *Portcullis* blockiert, das bis in das steinige Bett hinuntergelassen wurde.

Trotzdem war das Flussbett ein Schwachpunkt, wo Männer unter den Mauern statt über sie eindringen konnten. Brand, der sich von Malachi, dem Hauptmann der Leibwache des Fürsten, die Verteidigungsanlagen zeigen ließ, hatte nichts gesagt, als sie es erreicht hatten, aber befahl Cwicca, seine besten Drehschießer herzubringen und sie hinter dem Eisengitter zu positionieren.

Um den kompletten Halbkreis landeinwärts verliefen Steinmauern, kunstfertig gebaut, eifrig in Stand gehalten und gepflegt, wie Shef gesehen hatte. Ein Ansturm auf sie würde teuer. An jedem Ende, wo die Mauern zum Meer reichten, verlief die Straße, die Straße entlang der Küste, die den Handel transportierte, und die ihn durch die Stadt führte, wo die Kaufleute zwangsweise Zoll zahlen mussten. Die Tore an jedem Ende waren so stark, wie es nur möglich war, aus verstärktem Eichenholz, mit Türmen, die sie schützten und die Zugangswege in Pfeilreichweite abdeckten. Dennoch waren auch sie ein Schwachpunkt.

Und dann der Hafen selbst. Am gezeitenlosen Mittelmeer gab es keinen Gezeitenstrand und Mauern konnten sich direkt bis hinunter ans Ufer erstrecken. Doch das Meer war seicht. Jeder konnte hindurchwaten oder sogar darüber paddeln. Solange Angreifer nichts als Mauern, so beeindruckend wie diejenige landeinwärts, entgegensahen, konnten sie keinen Schaden anrichten. Aber wo die seewärtigen Mauern in den Hafen führten, dort musste es eine Verbindung geben. Sowohl im Norden als auch im Süden des Hafens verliefen lange Steinstege oder Molen, oder Kais, wie die Engländer und Nordmänner sie nannten, der nördliche gute hundert Meter lang, der südliche halb so lang. Sie schützten die Mündung der *Cala* vor den wilden, plötzlichen Stürmen des Mittelmeers und waren über die Jahre erbaut worden, als der Handel und damit die Größe der Schiffe gewachsen waren. Jede Mole ragte sechs Fuß über die Wasseroberfläche – leicht vom Deck eines Schiffs aus zu erreichen, genau was ihr Zweck war. Ihre Verteidigung verursachte bei Brand nervöse Besorgnis. Sie sind lang, sie sind niedrig, wenn wir sie mit Schwertern und Speeren verteidigen sollen, brauchen wir fünf oder sechshundert Männer, schätzte er. Und sie müssten außerdem noch alle besser als ihre Gegner sein, fügte er hinzu.

„Jawohl“, antwortete Cwicca, „also verteidigen wir sie nicht mit Schwertern und Speeren und auch nicht mit Äxten. Sie sind lang, sie sind niedrig, es gibt auf ihnen keine Deckung und auch nicht, wenn man auf sie zukommt. Armbrüste für kurze Entfernungen und Mulis für lange. Wir schießen ihnen die Scheiße heraus.“

„In der Nacht?“, fragte Brand und zupfte an seinem Bart. Er und Malachi verfielen in sorgfältige Beratungen, zählten ihre Truppen und versuchten, die Männer und Frauen so gut sie konnten zu verteilen. Das letzte Problem war die See. Die Hafenmündung, mit einhundert Fuß Durchmesser von Mole zu Mole, war durch eine Reihe an Baumstämmen, die mit massiven Bronzeketten und Ringen verbunden waren, vor dem Eindringen von Schiffen geschützt. Eine Galeere, die heranraste, würde ihren Bug zerschmettern und den Kiel aufreißen. Trotzdem, was Männer gebaut hatten, konnten Männer zerstören. Kein Hindernis behindert, wie jeder Veteran weiß, einen Angriff ernsthaft, außer es wird mit Männern und Waffen gehalten, wobei die Männer einen Vorteil gegen ihre Angreifer haben müssen. Brand positionierte die sieben Zweimaster der Wegemännerflotte sorgfältig so, dass sie von fliegenden Steinen vom Floß vor der Küste nicht erreicht werden konnten, aber dass sie ihre Mulis auf die Zufahrt vom Meer ausrichten konnten. Jedes Schiff oder Boot, das versuchte, Männer für einen Ansturm zu bringen, würde sofort versenkt werden. Theoretisch. Wenn alles gut ging. Wenn niemand unkonzentriert war. Wenn sich die andere Seite nicht auch etwas Kluges ausdachte.

Brand hatte angestrengt versucht, sich auf seiner Seite etwas Schlaues auszudenken, und starrte – aus einer Deckung – das Floß vor der Küste an und die patrouillierenden Gestalten der Feuerschiffe, die gewöhnlich weiter draußen fuhren. Aber nichts kam ihm in den Sinn. Er hatte daran gedacht, die Metallplatten abzuladen, die als Ballast an Bord aller Schiffe waren, um damit die *Fafnisbane* oder die *Hagena* wie eine zweite *Fearnought* zu panzern und sie hinauszuschicken, um das gepanzerte Floß zu bekämpfen. Aber selbst eine Panzerung würde sie nicht gegen das Feuer der Griechen schützen: Beowulf, nach dem die *Grendelsbane* benannt war, nahm einen Eisenschild, um sich gegen den Drachen zu schützen, allerdings hatte Beowulf, wie Brand betonte, als man ihm die Geschichte erzählte, keine hölzerne Hülle. Ein gepanzertes Katapultschiff konnte natürlich aus der Entfernung eine Feuergaleere versenken, wenn der Wind richtig stand, aber es konnte nicht dies tun und gleichzeitig eine ebenfalls gepanzerte und viel weniger versenkbare schwimmende Festung bekämpfen. Wir müssen das vielleicht eines Tages versuchen, schloss

Brand für sich selbst, aber nur, wenn die Lage an Land wirklich hässlich wird. Ein Speer im Herz war eine Sache, lebendig verbrannt zu werden wie Sumarrfugl war eine andere. Die kurzen Demonstrationen der Griechen gegen kleine Handelsschiffe, die ihr Glück versuchten, bläuten ihm diesen Punkt ein.

„Es ist alles sehr kompliziert", schloss Brand mit seinem brummenden Bass vor seinem Vetter Styrr, seinen Kapitänen und den Priestern des Weges, die zu einem informellen Konklave versammelt waren. „Aber man weiß nie, wie kompliziert es auch für die andere Seite aussieht. Was wir tun müssen, ist, keine Fehler zu machen, bis sie vielleicht ein oder zwei Rückschläge hatten. Immerhin müssen sie sich etwas ausdenken oder verschwinden. Wir müssen einfach nur abwarten."

„Bis etwas auftaucht", sagte Hagbard skeptisch.

„Ja."

„Wie was?"

„Vielleicht kommt der Kalif mit hunderttausend Männern. Vielleicht bringt ihm jemand die verdammte Leiter, was auch immer sie ist. Vielleicht mischen sich die Götter auf unserer Seite ein."

Kühle Missbilligung folgte der letzten Bemerkung. „Ich will euch eine Sache sagen", sagte Brand im Versuch, fröhlicher zu wirken.

„Was wäre das?"

„Im Moment macht er es uns gerade leicht."

Die ersten Züge der Belagerung hätten tatsächlich beinahe so geplant sein können, um den Belagerten Zuversicht zu schenken, ohne sie allzu großen Belastungen auszusetzen. Etwa zwei Tage, nachdem die Wachfeuer der Kavallerievorhut erschienen und die Köpfe der Gesandten über die Mauern geworfen wurden, startete der Kaiser – falls er es war, der es befohlen hatte – eine einfache versuchte Erstürmung, gleichzeitig an einem Abschnitt der Landmauer und einem Abschnitt der Mauer, die am Strand entlang verlief. An jeder Stelle stürmten in der Dämmerung tausend Männer aus ihrer Deckung und rannten mit Leitern und Enterhaken vorwärts.

Sie hatten bei den Vorbereitungen zu viel Lärm gemacht. Die Verteidiger waren bereit und wachsam. Als die Leitern die Mauerkronen erreichten, schoben sie Stäbe wieder zurück. Die Seile der Enterhaken wurden durchtrennt. Pfeile und Katapultsteine wirbelten in die Masse aus Männern, die sich am Fuß der Mauern drängten. Nach wenigen Augenblicken, als es offensichtlich wurde, dass alles gut unter Kontrolle war, zog Brand einen enthusiastischen jüdischen Wachsoldaten von einer Leiter weg, die er gerade wegstoßen wollte, trat einen englischen Armbrustschützen zur Seite, der begierig danach war, den Mann, der heraufkletterte, zu erschießen, und trat zurück, duckte sich hinter die Steinzinnen und hob seinen Schild gegen die Pfeile, die über die Mauer flogen.

Ein Kopf erschien, vor Panik und Raserei gebleckte Zähne, dann schwang sich sein Mann über die Zinnen, außer sich vor Freude über seinen Erfolg, und versuchte verzweifelt, eine Stellung auf der Mauer zu halten. Brand betrachtete ihn, hob seine Axt „Schlacht-Troll“ an und schlug einmal zu, wobei er seinen Helm und Schädel spaltete. Er trat zurück und winkte dem Armbrustschützen und Wachsoldaten. Einer schoss, der andere schob, die Leiter fiel mit ihrer Ladung an schwer bewaffneten Männern auf den wachsenden Haufen weiter unten. Brand sah den Mann an, den er getötet hatte, seine Ausstattung, seine Rüstung und das von seinem Gesicht, was die Axt übrig gelassen hatte.

„Ein Franke“, murmelte er. „Und zwar ein Reicher.“ Er nahm die Geldbörse des toten Mannes von dessen Gürtel und starrte das automatische Funkeln des Armbrustschützen nieder. „Schau nicht so, am Ende wird alles aufgeteilt, gerechte Anteile, das ist *Hermannalög,* das Gesetz der Krieger. Aber ich habe ihn nicht heraufgelassen, um sein Geld zu nehmen.“

„Warum habt Ihr ihn dann heraufgelassen?“, fragte der mürrische Armbrustschütze.

„Ich wollte sehen, wer er war. Und wer er nicht war. Und was er nicht war, war einer von diesen deutschen Mönchsbastarden, die haben nie auch nur einen Pfennig bei sich.“

„Was bedeutet das dann?“
„Bedeutet, dass es der Kaiser gerade gar nicht wirklich versucht. Er will nur sehen, ob wir leichte Beute sind oder nicht.“
Brand ignorierte das Jubeln über den Erfolg, das von Juden und Nordmännern, Soldaten und Bürgern gleichermaßen erklang, als sie sahen, wie sich ihre Feinde chaotisch zurückzogen, bahnte sich seinen Weg entlang der Mauern und fragte sich, woher die richtige Attacke kommen würde.
Unten im Flussbett, wie er erwartet hatte. Für eineinhalb Tage nach dem Fehlschlag des ersten, beinahe nachlässigen Angriffs hatten Onager vergebens Steine gegen die Mauern geschleudert, die manchmal darüber flogen und an den Häusern der Stadt Dachziegel zerschmetterten und Fenster zersplitterten, aber keine Gefahr für die Verteidiger darstellten. Dann, als die Frequenz des Bombardements sich steigerte, sah ein Beobachter einen Schildwall, der langsam im ausgetrockneten Flussbett vordrang, das durch das Herz von Septimania lief. Tatsächlich waren es keine Schilde, sondern Blenden: schwere Holzrahmen, die von zwei Männern getragen werden mussten, sicher gegen Bogen, Armbrüste und sogar geschleuderte Steine. Ein Mulistein würde eine Blende und die Männer dahinter zerschmettern, aber es gab auf den Mauern keine Mulis, weil sie dort zu schwierig zu verankern waren. Die Blenden krochen weiter vorwärts und nach einer Weile konnte Brand, der von seinem Kommandoposten herbeigerufen worden war, Truppen sehen, die hektisch Steine und den Schutt vom winterlichen Hochwasser aus dem zentralen Kanal schleuderten. Hinter den Blenden und entlang der freien mittleren Linie konnte er eine weitere gepanzerte Struktur kriechen sehen. Ein Winken befahl, Feuerpfeile dagegen zu schießen. Sie trafen und verlöschten auf feuchten Ochsenhäuten. Die Struktur kroch näher.
„Habt Ihr schon mal ein Ding wie das gesehen?“, sagte Malachi zu seinem riesigen Kameraden in gebrochenem Arabisch, das alles war, was er sprechen und Brand verstehen konnte.

„Ja."
„Was ist es?"
„Ein Rammbock." Brand nutzte das nordische Wort *Murrbrjotr*, Mauerbrecher, und erklärte es mit Gesten.
„Was tun wir?"
Nachdem er den Pfad des näherkommenden Objekts sorgfältig mit Blicken abgesucht hatte, befahl Brand einer Truppe, damit anzufangen, einen Abschnitt an Gestein von der Brücke auf der Seite wegzuhacken, die dem Angriff gegenüberlag. Sie hackten es als einen Abschnitt weg und passten auf, dass sie den Mörtel nicht zerbrachen. Eine Stunde Arbeit mit Meißeln und Pickeln und eine Steinmasse ruhte am Rand des zwanzig Fuß tiefen Absturzes ins Flussbett darunter. Nachdenklich überwachte Brand, wie oben in den abgetrennten Block ein gewaltiger Eisenring eingesetzt wurde, und ließ Männer die größte Eisenkette, die das Dock liefern konnte, heraufzerren. Er machte eine Schlinge und vergrößerte sie mit einem Holzpflock an einem dünnen Seil. Es war genügend Zeit. Die Blenden krochen näher, der Rammbock folgte ihnen, beide unter einem stetigen Regen aus Felsen von den Zugwerfern auf den Mauern. Jubel erscholl, wenn zerbrochene Blenden zurückgezogen wurden oder von Zeit zu Zeit ein unaufmerksamer oder unglücklicher Angreifer von einem Stein oder Pfeil erwischt wurde, so dass er zerschmettert oder blutend im Kanal liegen blieb. Nichts davon machte irgendeinen Unterschied. Hinter dem Eisengitter drehten zwei von Cwiccas Katapultmannschaften langsam die Ziele ihrer Drehschießer, so dass sie jetzt den Rammbock und die Blenden durch das Gitter in einer nicht zu verfehlenden Entfernung vor sich hatten. Brand beugte sich über die hinteren Zinnen, vermied es vorsichtig, die Steinmasse zu berühren, die auf den Hebeln schwankte, die man unter sie gerammt hatte, und winkte ihnen, dass sie sich nicht bewegen sollten.
Schreie von weiter unten, und die Männer mit den Blenden ließen sich zurück und zur Seite fallen, während sie immer noch

ihre schwerfälligen Schilde über ihre Köpfe hielten. Hinter dem Rammbock, aber weit außer Schussweite, konnte Brand etwas sehen, das wirkte, als würde sich schwer gepanzerte Infanterie zum Angriff bereit machen. Sie sahen aus wie die deutschen Mönchsbastarde. Vielleicht nahm der Kaiser diesen Ansturm ernster. Schade, dass er nicht ein paar von ihnen abschneiden und sie wirklich hierfür bezahlen lassen konnte. Aber es war am weisesten, kein Risiko einzugehen.

Der Rammbock unter seinem schweren Schutzrahmen, bewegt von hundert Männern, die an seinen zehn gewaltigen Wagenrädern schoben, rollte in Position. Sein eisengestärkter Kopf wurde zurückgezogen, dann schwang er auf das Gitter zu. Ein Scheppern, ein Knirschen von Eisen. Ein Pfeilhagel schoss plötzlich Zentimeter über die Mauerzinnen, gleichzeitig hallte ein doppeltes Krachen von Onagersteinen von einer unbemerkten Position weiter oben am Hang. Brand zog eine Grimasse, hielt seinen Schild hoch und lugte schnell und vorsichtig darüber. Pfeile schlugen gegen seinen Schild und prallten am Buckel ab. Einer mit gehärteter Spitze brach durch und riss die Oberseite seines Arms beim Ellbogenriemen auf. Brand winkte seine Kettenmänner weiter in Position.

Als ein weiteres Klirren von unten kam, starrte Malachi besorgt auf das verbogene Eisengitter. Brand trat zurück und hob einen Daumen. Vier Männer warfen gleichzeitig die eiserne Schlinge hinunter. Als sie das taten, schlug der Rammbock wieder zu. Durch die Schlinge.

Brand riss am dünnen Seil, der Holzstab fiel hinunter, die Schlinge zog sich mit dem schrillen Quietschen von Eisen zusammen. Brand nickte erneut den Männern zu, die an der großen Masse aus abgehacktem Stein standen. Sie stemmten sich im Gleichklang gegen Hebel, die sie daruntergerammt hatten, der Stein schwankte auf der Kante des Absturzes ins Flussbett darunter, sie hievten erneut. Zuerst langsam, dann alles auf einmal, schaukelte der Fünf-Tonnen-Block und verschwand in einer Wolke aus Steinstaub über die Kante. Die Kette wirbelte ihm hinterher, während sich die Schlinge um den eisernen Kopf des Rammbocks festzog. Cwiccas Drehwerfermannschaften, die unter der Brücke selbst versteckt und nur wenige Fuß vom Rammbock auf der anderen Seite des verbogenen Eisengitters entfernt waren, sahen, wie der Rammbock von einer unwiderstehlichen Wucht plötzlich in die Luft gerissen wurde und die gesamte schützende Struktur mitflog. Darunter japsten die Zugtruppen und die Rammmannschaft, während sie wie Maulwürfe blinzelten, die man ans Licht gezerrt hatte, oder wie Schnecken, deren Haus plötzlich verschwunden war, in Richtung ihrer Feinde oder ihrer Maschine, die nun einige Fuß über ihren Köpfen an ihrer Eisenkette baumelte.

„Schießt!", brüllte Brand. „Steht nicht einfach da und glotzt!"

Die Hauptmänner der Katapulte drehten sie um die Zentimeter herum, die nötig waren, um durch das Gitter zu schießen, und machten ihre verdrehten Seile los. Einer der großen Pfeile verfehlte, zu einem weiteren zornigen Gebrüll von Brand, jeden Mann sauber um sechs Fuß, flog weit ins Tal hinunter und grub sich in den Boden vor den Füßen der wartenden Sturmtruppen. Der andere, weitaus eher durch Glück als durch gutes Zielen, trieb sich seinen Weg durch eine ganze Truppe an Radschiebern, durchbohrte drei hintereinander wie Lerchen am Spieß und flog noch weiter, um den Mann dahinter zu töten.

Die Rammtruppen, fränkische Ritter und Bauern gleichermaßen, brachen sofort aus und rannten nach hinten. Brand winkte jüdische Bogenschützen und englische Armbrustschützen nach vorn, drängte sie, von der Mauer aus zu schießen, fluchte, als die Pfeile verfehlten und die Männer weiterrannten, und schimpfte unzufrieden, als er die Leichen zählte, die verstreut zurückblieben.

„Wir drängen sie zurück", sagte Malachi zu ihm, in einem Versuch, den Riesen zu trösten. „Nicht gut, Männer zu töten, wenn man nicht muss." Brand fluchte weiter auf Nordisch und suchte nach einem Übersetzer. „Sagt ihm, dass man schon muss. Ich will

sie nicht zurücktreiben, ich will sie panisch machen. Sie müssen wissen, dass sie für jeden Fehler mit Blut bezahlen müssen. Dann werden sie nicht mehr so begierig darauf sein, heranzustürmen."
Er machte sich daran, zu organisieren, dass Eimer voll Pech heraufgebracht wurden, das über das Wrack gegossen und mit Feuerpfeilen entzündet werden sollte. Es war entscheidend, für einen zweiten Ansturm keine Deckung zu hinterlassen, besonders, weil das Gitter jetzt verbogen und beschädigt war. Die feuchten Ochsenhäute würden in der Sonne bald trocknen. Inzwischen würden die Holzrahmen und Räder, die freigelegt waren, zu Asche verbrennen, sobald sie entflammten.
Als alles erledigt war, sprach Skaldfinn, der übersetzte, ihn wieder an. „Der Hauptmann und ich haben uns unterhalten. Er sagt, du weißt viel über Belagerungen, und er ist jetzt zuversichtlicher für den Widerstand als noch vor wenigen Tagen."
Brand sah hinunter zwischen den hervorstehenden Brauen, die er von seinen Marbendill-Vorfahren geerbt hatte. „Ich kämpfe seit dreißig Jahren an der Front, Skaldfinn, du weißt das. Ich habe viele Schlachten gesehen und gesehen, wie viele Festungen eingenommen und verteidigt wurden. Aber du weißt, Skaldfinn, dass es oben im Norden wenig Steinmauern gibt. Ich habe die Eroberung von Hamburg und York gesehen, ich war nicht dabei, als Paris den alten Lodbrok zurückschlug. Was ich kenne, sind nur die offensichtlichen Dinge – Leitern und Rammböcke. Was sollen wir tun, wenn sie einen Belagerungsturm herbringen? Es bringt nichts, mich zu fragen. Und sie könnten viele bessere Ideen als das haben. Nein, Belagerungen brauchen mehr Hirn als Kraft. Ich erwarte, dass es dort drüben Gehirne gibt, die besser sind als meines."
„Er will wissen", sagte Skaldfinn, nachdem er die Botschaft weitergegeben hatte, „wenn all dies wahr ist, warum wir unseren Meister nicht hier auf den Mauern sehen, den einäugigen König. Ist er nicht das Wunder der Welt, was Maschinen und Erfindungen betrifft? Also was soll ich ihm jetzt sagen?"

Brand zuckte mit seinen gewaltigen Achseln. „Du kennst die Antwort genauso gut wie ich, Skaldfinn. Deshalb sag ihm die Wahrheit. Sag ihm, dass unser Herr, den wir mehr brauchen als je zuvor, mit etwas anderem beschäftigt ist. Und du weißt, was das ist."
„Ich weiß", sagte Skaldfinn resigniert. „Er sitzt gerade mit seiner Freundin unten am Hafen und liest ein Buch."

Versucht, ein Buch zu lesen, wäre näher an der Wahrheit gewesen. Shef selbst war nur gerade so lesekundig. In seiner Kindheit wurde ihm das Alphabet von Vater Andreas, dem Dorfpriester, eingeprügelt, eher, weil er von der Erziehung seiner Stiefschwester und seines Halbbruders nicht abgetrennt werden konnte, als aus irgendeinem anderen Grund. Am Ende konnte er Englisch entziffern, das in römischen Buchstaben geschrieben war, mit Schwierigkeiten, Schwierigkeiten, die sich durch das, was er als König gelernt hatte, nicht sehr verringert hatten.
Das Buch, das er von der Ketzersekte erhalten hatte, verursachte ihm keine Schwierigkeiten, was die Schrift betraf. Wenn Shef mehr, oder in der Tat irgendetwas, über solche Dinge gewusst hätte, hätte er erkannt, dass es in karolingischen Majuskeln geschrieben war, der schönsten der mittelalterlichen Schriften, so leicht zu lesen wie zu schreiben – und von sich aus ein positiver Beweis, dass das Buch, das er hielt, eine neue Kopie war, nicht älter als fünfzig oder sechzig Jahre. So aber war alles, was Shef bemerkte, dass er die Handschrift gut genug lesen konnte. Leider konnte er nicht ein Wort der Sprache verstehen, in der es geschrieben war: Latein, wie es der Zufall wollte. Kein gutes Latein, wie Solomon der Jude sofort erkannte, als man ihm das Buch weiterreichte. Das Latein einer ungebildeten Person, weitaus schlimmer als das Latein der Bibel, die der Heilige Hieronymus übersetzt hatte, und tatsächlich, wenn es nach den seltsamen Worten ging, die darin verteilt waren, das Latein eines eingeborenen Bewohners dieser Berge. Es war nicht von Anfang an in Latein ge-

schrieben gewesen, da war sich Solomon sicher. Aber auch nicht auf Griechisch oder Hebräisch. In irgendeiner Sprache, die Solomon nicht kannte.

Trotzdem konnte Solomon es gut genug verstehen. Zuerst hatte er Shef und der lauschenden Svandis das Buch einfach vorgelesen. Aber als die Faszination für die Geschichte bei ihm wuchs, hatte Shef ihn aufgehalten und mit seiner gewöhnlichen, eifrigen Energie eine Übersetzermannschaft organisiert. Jetzt drängten sich sieben von ihnen, einschließlich der Zuhörer, in einem schattigen Hof nahe am Hafen. Wein und Wasser standen in tönernen Krügen da, die in feuchte Tücher gewickelt waren, um sie durch Verdampfen zu kühlen. Wenn Shef aufstand, konnte er über die weiß verputzte Mauer dorthin sehen, wo die Schiffe seiner Flotte vor Anker schaukelten, die ihre Bewegungen mit Seilen zum Ufer kontrollierten, so dass sie immer ihre Breitseiten zur Hafenmündung und den Molen ausgerichtet hatten. Die Katapultmannschaften lagen neben ihren Maschinen in der Sonne, die Ausgucke achteten auf jedes Anzeichen einer Bewegung bei den griechischen Galeeren, die außer Reichweite auf und ab ruderten, oder vom schwimmenden Floß, das gelegentlich, und scheinbar als Übung, einen Felsen über die Steinmolen schleuderte, der harmlos in den Hafen platschte. Aber Shef stand selten auf. Seine Gedanken waren auf seine Aufgabe konzentriert. Eine Aufgabe, wie ihm irgendeine innere Berechnung sagte, die sogar viel wichtiger als die Belagerung war. Oder als die Belagerung zu diesem Zeitpunkt.

Solomon stand auf dem Hof, das Buch in seiner Hand. Langsam übersetzte er das Latein, das er las, Satz für Satz, in das Händlerarabisch, dem die meisten seiner Zuhörer folgen konnten. Dort wurde die Botschaft in drei verschiedene Stränge aufgebrochen. Shef selbst übersetzte Solomons Arabisch in die anglonordische Sprache seiner Flotte und seines Hofes, die Thorvin dann in seinem eigenen Runenalphabet niederschrieb. Ein christlicher Priester, den Solomon mitgebracht hatte, und der von seinem Bischof für ein unbekanntes Verbrechen des Amtes enthoben worden war, übersetzte das Arabisch gleichzeitig in das aus dem Lateinischen entstandene *Patois* der Berge, das einige Katalanisch und einige Okzitanisch nannten, oder die Sprache der Provence, und schrieb es mit eigener Hand nieder. Mit großen Schwierigkeiten, wie er oft jammerte, denn wie auch immer man seinen muttersprachlichen Dialekt nannte, er war nie zuvor niedergeschrieben worden, und er musste ständig entscheiden, wie er jedes Wort buchstabieren sollte. „Wie man es buchstabiert, ist, wie man es ausspricht", brummte Thorvin, wurde aber von allen ignoriert. Schließlich, und mit weitaus größerer Leichtigkeit als die anderen, übersetzte ein Schüler des Gelehrten Moishe das Arabisch ins Hebräische und schrieb dies ebenfalls nieder, im komplexen, vokallosen System seiner Muttersprache. Neben den fünf Männern saß Svandis, hörte aufmerksam zu und kommentierte die Geschichte, während sie sich entfaltete. Im Schatten, auf einer Liege, lag Tolman, der Drachenjunge, immer noch in Verbände gewickelt, und starrte aus seinen geschwollenen Augen. Am Ende würde ein Buch zu vieren werden, in vier verschiedenen Sprachen, mit verschiedener Kunstfertigkeit hergestellt.

Die Meisterkopie selbst war ein seltsames Werk, dessen Verrücktheit Solomon immer öfter die Stirn runzeln und an seinem Bart zupfen ließ. Sie begann mit einer Art Einleitung:

Dies sind die Worte von Jesus ben-Joseph, einst tot und nun ins Leben zurückgekehrt. Nicht im Geiste ins Leben zurückgekehrt, wie manche sagen, sondern im Körper ins Leben zurückgekehrt. Denn was ist der Geist? Es gibt manche, die sagen, das Wort tötet, doch der Geist gibt Leben. Aber ich sage euch, weder tötet das Wort, noch gibt der Geist Leben, sondern der Geist ist Leben und das Leben ist der Körper. Denn wer kann sagen, dass der Geist und der Körper und das Leben drei sind? Denn wer hat einen Geist ohne einen Körper gesehen? Oder einen Körper ohne ein Leben, aber mit einem Geist? Und so sind die drei eins, aber das eine ist nicht drei. Ich sage dies, ich, Jesus ben-Joseph, der ich tot war, aber lebendig bin …

Die Erzählung fuhr in einer Art unorganisiertem Gefasel fort. Aber durch das Gefasel, und deutlicher, als die Übersetzertruppe sich durch die vielen Seiten arbeitete, kam eine Art Bericht, und ein Bericht, der zu dem passte, was Anselm der Ketzer Shef erklärt hatte und was – obwohl Shef immer noch zögerte, es Svandis zu erzählen – im Einklang mit den Visionen war, die er selbst von der Kreuzigung Christi gehabt hatte.

Wer auch immer die Geschichte erzählte, verkündete, dass er selbst gekreuzigt, ans Kreuz genagelt worden war und einen bitteren Trunk daran getrunken hatte, er sagte es immer wieder. Er war getötet und heruntergenommen worden. Er war wieder zum Leben erwacht und seine Freunde hatten ihn weggebracht, weg vom Kreuz und weg von seiner Heimat. Nun lebte er an einem Ort, den er nicht kannte, und versuchte, eine Bedeutung in allem, was passiert war, zu erkennen. Die Moral, die er zog, schien eine Art bitterer Groll zu sein. Immer wieder nahm er Bezug auf etwas, das er in einem früheren Leben gesagt hatte, und leugnete es, nannte es Torheit, widerrief es. Manchmal beantwortete er das, was seine eigenen rhetorischen Fragen gewesen zu sein schienen.

Einst sagte ich: „Wer von euch, wäre er ein Vater und sein Kind bäte ihn um Brot, würde dem Kind einen Stein geben?“ So fragte ich in meiner Torheit und wusste nicht, dass manch ein Vater nur Stein zu geben hat, und viele haben Brot und geben dennoch nur Steine. So war es mit meinem Vater, als ich zu ihm rief …

Solomon zögerte hier, als er übersetzte, weil er den Satz, den er gerade übertrug, erkannte. *Domne, domne, quare me tradidisti?*, hieß er im barbarischen Latein des Buches. Aber auf Aramäisch wäre es *Eloi, eloi, lama sabachthani* gewesen, wie es immer noch im Evangelium des Markus wiedergegeben wird. Solomon machte keine

Bemerkung über die Bestätigung, sondern übersetzte weiter, seine Stimme so ruhig, wie er sie klingen lassen konnte.

Es schien aber, dass sich der Erzähler der Geschichte gegen alle Väter, oder zumindest Väter im Himmel, gewandt hatte. Er bestand darauf, dass es einen solchen Vater gab. Aber er bestand auch darauf, dass ein solcher Vater unmöglich gütig sein konnte. Wenn er gütig war, warum war die Welt, wie sie war, voller Schmerz und Furcht und Krankheit und Leid? Wenn all dies die Folgen der Sünde von Adam und Eva waren, wie nach Wissen des Erzählers argumentiert wurde, war dies nicht wieder ein Fall, wo der Vater und die Mutter sündigten und die Strafe den Kindern zufiel? Welche Art von Eltern würden so ihre Kinder zu Sklaverei und Tod verdammen? Diese Sklaverei und der Tod waren es, denen man entfliehen musste, sagte das Buch der Ketzer. Aber der Weg zum Entfliehen war nicht, indem man einen Preis oder ein Lösegeld zahlte, denn der Sklavenmeistervater würde keinen Preis für die Befreiung akzeptieren. Stattdessen musste man sich selbst befreien. Und der Schlüssel für diese Befreiung war, an kein ewiges Leben zu glauben, oder nicht an eines unter der Kontrolle des Gottes dieser Welt, *Princeps huius mundi,* wie ihn der Erzähler ständig nannte. Man musste sein Leben auf eine solche Weise leben, dass man das größte Vergnügen darin erlangte, denn Vergnügen war das Geschenk des wahren Gottes jenseits dieser Welt, und des Feindes des Teufelsgottes, der die Welt regierte, des betrügenden Vaters. Man sollte keine weiteren Sklaven in diese Welt bringen, die dieser Vater beherrschte und tyrannisierte, sondern seinen Geist und seinen Samen kontrollieren.

„Was haltet Ihr von alledem?“, sagte Shef zu Solomon, als sie pausierten, damit die Stifte wieder gespitzt und Kehlen befeuchtet werden konnten.

Solomon zupfte an seinem Bart, ein Auge auf Elazar, dem Schüler und Spion von Moishe, der immer noch Solomon dafür beschuldigte, den Zorn der Christen über ihre Stadt entfesselt zu haben.

„Es ist schlecht erzählt. Das macht es umso interessanter."
„Warum das?"
„Ich habe meine eigenen heiligen Bücher gelesen, die Torah der Juden. Ich habe auch die christlichen Evangelien gelesen. Und ich habe den Koran der Gefolgsleute von Mohammed gelesen. Alle sind unterschiedlich. Alle erzählen uns Dinge, die ihre Autoren vielleicht nicht so geplant hatten."
Shef sagte nichts, sondern ließ Solomon zu der unausgesprochenen Frage kommen.
„Es heißt, der Koran ist das Wort Gottes, das Mohammed in den Mund gelegt wurde. Es scheint mir das Werk eines großen Dichters und eines inspirierten Mannes zu sein. Dennoch erzählt es uns nichts, was nicht einem – zum Beispiel einem weit gereisten Händler aus Arabien, der sich mehr als alles andere nach religiösem Eifer und einem Ende der Haarspalterei der Griechen sehnte, bekannt gewesen sein könnte."
„Es ist das Werk eines Mannes, nicht eines Gottes, meint Ihr", sagte Svandis mit einem triumphierenden Blick zu Shef.
„Die Evangelien?", regte Shef an.
Solomon lächelte. „Sie sind sozusagen verwirrt. Selbst die Christen haben bemerkt, dass sie einander in Details widersprechen, und führen das als Beweis an, dass sie wahr sein müssen: Entweder wahr in einem spirituellen Sinn, über den man letztlich nicht streiten kann, weil es keinen Beweis gibt, oder wahr, wie unterschiedliche Berichte über dasselbe Ereignis trotzdem alle wahr sein können. Es ist für mich klar, dass alle viele Jahre nach der Geschichte, die sie zu erzählen behaupten, niedergeschrieben wurden, und von Männern, die die heiligen Bücher der Juden sehr genau kannten. Man kann nicht das, was passiert ist, von dem unterscheiden, was nach dem Willen der Schreiber passiert sein soll. Und dennoch …" Er pausierte mit einem Seitenblick auf Elazar. „Und dennoch muss ich sagen, dass sie eine Art Wahrheit enthalten, wenn auch eine menschliche Wahrheit. Alle scheinen die Geschichte eines unangenehmen Mannes zu erzählen, eines Pre-

digers, der nicht das sagen wollte, worum man ihn bat. Er wollte Ehebruch nicht verdammen. Er wollte Scheidung nicht erlauben. Er befahl den Leuten, ihre Steuern zu zahlen. Er mochte die Goyim, selbst die Römer. Seine Zuhörer versuchten, zu verdrehen, was er sagte, selbst während er es aussprach. Es ist eine ungewöhnliche Geschichte, und ungewöhnliche Geschichten sind umso wahrscheinlicher wahr."

„Ihr habt nichts über Eure eigenen heiligen Bücher gesagt", bemerkte Shef wieder. Solomon sah erneut zu Elazar. Sie sprachen gerade im Anglonordischen der Ausländer, dem Elazar sicherlich nicht folgen konnte. Dennoch war er misstrauisch und spitzte seine Ohren nach allem, was er vielleicht verstehen konnte. Er würde dies vorsichtig ausdrücken müssen.

Solomon verbeugte sich respektvoll. „Die heiligen Bücher meines Glaubens sind das Wort Gottes, und ich sage nichts dagegen. Dennoch ist es eine seltsame Sache, dass Gott manchmal zwei Worte benutzt. Zum Beispiel in der Erzählung von unserem Urvater Adam und seiner Frau Eva …" Er benutzte, soweit er es konnte, die englische Aussprache der Namen. „… ist der Name Gottes manchmal das eine, manchmal etwas anderes. Es ist, als ob – als ob, sage ich – es einen Schreiber gab, der sozusagen *Metod* für Gott sagte, wie Ihr es manchmal tut, und einen anderen, der es bevorzugte, *Dryhten* zu sagen. Als ob die beiden Worte zwei Schreiber mit unterschiedlichen Versionen der Geschichte bezeugten."

„Was würde das bedeuten?", fragte Thorvin.

Solomon zuckte höflich mit den Achseln. „Es ist ein schwieriger Text."

„Ihr habt gesagt, dass all diese heiligen Bücher Dinge enthalten, die ihre Autoren nicht ausdrücken wollten", drängte Shef weiter, „und ich verstehe, was Ihr meint. Was also sagt uns dieses, dieses, das wir hier haben, das sein Autor uns nicht sagen wollte?"

„In meiner Meinung", sagte Solomon, „ist dies das Werk von jemandem, der großen Schmerz und Trauer durchlitten hat und

deshalb an nichts anderes denken kann. Ihr habt vielleicht derartige Männer getroffen."
Shef dachte an seinen früheren Gefolgsmann, den kastrierten Berserker Cuthred, und nickte.
„Man kann nicht erwarten, dass solche Männer eine eindeutige Geschichte erzählen. Sie sind verrückt, und der Autor dieses Textes war in einem gewissen Sinne verrückt. Aber es kann sein, dass er verrückt war, weil er klar sehen konnte."
„Ich werde Euch etwas über ihn erzählen", sagte Svandis mit plötzlicher Entschlossenheit, „und es ist etwas, was diese Narren in den Bergen falsch verstanden haben. Wie Thierry, der mich entführt, aber nicht vergewaltigt hat."
Blicke wanderten zu ihr. Zu seiner Überraschung sah Shef, dass sich die Anfänge eines Errötens über Svandis' gebräuntes Gesicht breiteten. Sie sah nervös zu Tolman und fuhr fort.
„Wenn Männer bei Frauen liegen – im Norden jedenfalls, ich habe gehört, dass diese Araber weiser sind –, denken sie an nichts, als ihre Samen tief in sie zu spritzen. Aber es gibt eine andere Möglichkeit …"
Shef japste ungläubig und fragte sich, was sie meinte. Und woher sie es wusste.
„Weiterzumachen bis fast zum Ende und dann … na ja, zurückzuziehen. Den Samen außerhalb des Leibes verspritzen. Es ist für die Frau genauso gut, besser, wenn der Akt länger dauert. Auch genauso gut für den Mann. Es macht keine Kinder, keine weiteren hungrigen Mäuler. Es ist eine Schande, dass es nicht mehr Männer praktizieren können. Aber natürlich würde es bedeuten, dass sie an die Frau denken müssten, was kein Mann je tut, wenn er allein nach seinem Vergnügen giert!
Aber jedenfalls ist es das, worüber dieses Buch spricht. Der Mann, der es schrieb, muss etwas gewusst haben. Aber Thierry und Anselm und Richier, sie glauben, es bedeutet, dass man Frauen allein lassen und wie ein Mönch leben muss! Und dennoch sagt uns das Buch die ganze Zeit, dass wir Vergnügen in der Welt suchen

sollen. Wenn man kein Vergnügen aus Frauen – oder auch nicht aus Männern – gewinnen darf, welches Vergnügen gibt es dann? Männer sind solche Narren."

Shef war zufrieden, als er bemerkte, dass Thorvin und Solomon säuerlich und genauso verwirrt wie er selbst wirkten. „Also ist das Buch ein Handbuch für das Vergnügen in der Ehe", bemerkte er. „Und wir dachten, es sei ein verlorenes Evangelium."

„Warum kann es nicht beides sein?", fauchte Svandis.

Kapitel 21

Der Kaiser hatte wenig Hoffnung gehegt, dass seine Steigleitern Erfolg hätten: Er hatte sie ausprobiert, weil er genügend Männer hatte und man nie wusste, wo der Feind Schwächen hatte. Der Rammbock hatte erfolgversprechender gewirkt. Als er aus der Entfernung zusah, hatte er die unverwechselbare Gestalt von Brand ausgemacht, einst sein Verbündeter, niemals sein Freund. Ihn zu verlieren, war äußerst bitter gewesen. Nun war der Zeitpunkt für ernsthafte Überlegungen gekommen, beschloss er, und um ihm zu helfen, hatte er die wenigen Männer aus seiner Armee zusammengerufen, die er dazu für fähig hielt. Agilulf, seinen Stellvertreter, einen erfahrenen Krieger. Georgios, den Admiral der Griechen, mit der sprichwörtlichen Raffinesse dieser Rasse. Erkenbert, den Diakon, auf den er sich am meisten verließ. Sobald er und sie ihren Plan gemacht hätten, würde er ihn weitergeben an das Heer aus untergeordneten Anführern, die die Kontingente seiner Armee anführten: Keiner von ihnen, nach ehrlicher Meinung des Kaisers, dazu fähig, etwas Komplizierteres als einen Ansturm oder einen Hinterhalt anzuführen.

„Die in der Stadt sind nicht dumm", schloss er, „und ihre Verteidigungsanlagen sind gut. Außerdem wissen wir, dass das Einauge dort ist, und wo er auftaucht, passieren seltsame Dinge. Also, was können wir tun, um sie zu verblüffen?"

Georgios antwortete und sprach langsam in seinem Lagerlatein. „Der Hafen bleibt ein Schwachpunkt", sagte er. „Ich werde meine Galeeren nicht aus der Nähe gegen ihre Mulisteine riskieren, aber gleichzeitig haben wir bewiesen, dass sie sich nicht trauen, gegen die schwimmende Festung herauszukommen, die der weise Diakon hier erfunden hat: Ich bin froh, dass ich sie gesehen habe, und werde sie mir zum zukünftigen Nutzen meines Kaisers sorgfältig merken. Dennoch, die Steinmolen sind nur sechs Fuß über dem Wasser und sie laufen über viele lange Stadien. Es gibt dort die Chance auf eine Erstürmung, wenn wir nahe genug herankommen können."

„Viele kleine Boote, nicht wenige große?", schlug Bruno vor. „Und ich würde vorschlagen, in der Nacht."

„Was ist mit dem Griechischen Feuer? Könnt Ihr es nicht nahe an die Molen bringen und alle Verteidiger darauf verbrennen, wie Ihr es mit den arabischen Galeeren getan habt?", fragte Agilulf.

Der Admiral zögerte. Er konnte Agilulf nicht anlügen, der mehrfach gesehen hatte, wie das Griechische Feuer benutzt wurde. Trotzdem lag im Herzen der byzantinischen Politik das Bedürfnis, ihren einen großen technischen Vorteil geheim zu halten. Kein Barbar – und Barbar schloss die Diener des Kaisers von Rom ein, soweit es die Griechen betraf – durfte zu nahe an die Schläuche oder Brennstoffbehälter gelangen. Die Betreiber waren die am besten bezahlten Männer in der Flotte, einschließlich des Admirals, und alle hatten außerdem in Byzanz Geiseln zurückgelassen, damit sie zur Geheimhaltung verpflichtet blieben. Georgios hatte das Gefühl, dass er auf dieser Reise viel gelernt hatte, einschließlich der Details über die römischen und nordischen Katapulte. Er wollte im Gegenzug nichts dafür preisgeben. Dennoch musste er antworten.

„Das Griechische Feuer hat gewisse Grenzen", sagte er, um Zeit zu gewinnen. „Es braucht ein großes Schiff, das es trägt. Ich kann die Geräte nicht auf einfache Fischerboote stellen. Genauso wenig kann ich das Risiko eingehen, eines an die Feinde zu verlieren, die, wie der Kaiser sagt, nur zu begierig danach sind, von neuen und seltsamen Maschinen zu lernen. In der Nacht aber könnte ich es riskieren, eine Galeere nahe hinfahren zu lassen." Mit vertrauenswürdigen Männern an Bord, die die Beweise verbrennen und zerstören würden, ehe sie in die falschen Hände fallen könnten, aber das sagte er nicht dazu.

„Wir werden es versuchen", sagte Bruno entschlossen. „In der übernächsten Nacht, dann wird es nicht mehr als einen dünnen Mond geben. Nun, Erkenbert, wo ist der Kriegswolf?"

„Kriegswolf" war der Name der großen Maschine, die Erkenbert selbst gestaltet hatte, und die während des triumphalen Vordringens des Kaisers nach Puigpunyent die Tore von Burg um Burg zerschmettert hatte. Es war auf gewisse Weise nicht mehr als eine gigantische Version der einfachen Traktionskatapulte, die Shef gebaut hatte und die selbst jetzt Felsen auf jeden Belagerer schleuderten, der in Reichweite der Stadt Septimania kam. Allerdings verließ er sich nicht auf bloße schwache menschliche Muskeln, um ihm Schwung zu verleihen. Sein Schwung kam aus dem gigantischen Gegengewicht, dem Gegengewicht, das sowohl seine Stärke als auch seine Schwäche darstellte: Es befähigte ihn, gewaltige Felsblöcke zu werfen, aber es dauerte eine Ewigkeit, um ihn zu leeren und neu zu befüllen, und bedurfte großen Gewichts und großer Stärke in den stützenden Holzpfählen – Holzpfählen, die immer noch die Küstenstraße entlang auf die Belagerung zukrochen.
„Noch zwei Reisetage entfernt", antwortete Erkenbert.
„Und wo wollt Ihr ihn benutzen, wenn er angekommen ist?"
„Wir haben wenig Auswahl. Er kommt aus dem Norden die Küstenstraße herunter. Wir können ihn nicht durch die Hügel über der Stadt transportieren, und wenn wir ihn an Bord eines Schiffes laden wollten, bräuchten wir Kräne und eine Steinmole bis ins tiefe Wasser hinaus. Also werden wir das nördliche Stadttor angreifen müssen. Es ist ein starkes und stabiles Tor, aber nur aus Holz. Ein Felsblock vom ‚Kriegswolf' wird es niedermachen."
„Wenn er an der richtigen Stelle landet."
„Vertraut mir dabei", sagte Erkenbert bestimmt. „Ich bin der *Arithmeticus.*"
Der Kaiser nickte. Er wusste, dass niemand auf der Welt begabter war als der kluge Diakon in der den Verstand verwirrenden Aufgabe, mit dem Zahlensystem, das seine Welt von den Römern geerbt hatte, Gewicht in Entfernung umzurechnen.
„Also, Hafenangriff in der übernächsten Nacht", schloss er. „Wenn das scheitert, reißt der ‚Kriegswolf' am nächsten Morgen das nördliche Tor nieder."

„Und wenn das scheitert?", erkundigte sich Georgios, der immer dazu bereit war, seine zeitweisen Verbündeten zu beunruhigen.
Der Kaiser sah ihn strafend an. „Wenn das scheitert, versuchen wir es erneut. Bis das Heilige *Graduale*, auf dem unser Heiland getragen wurde, in meinen Händen ist, zusammen mit der Lanze, durch die er starb. Aber ich will nicht scheitern. Denkt daran, alle von euch, dass wir es mit klugen Heiden zu tun haben. Achtet auf alles Neue. Erwartet das Unerwartete."
Schweigend überlegten seine Ratgeber, wie dieses Paradox erreicht werden sollte.

Die Bastarde sind zu ruhig, dachte Brand, als er auf der Suche nach seinem Herrn die Hafenfront entlangspazierte. Da war er, immer noch im Hof, alle von ihnen immer noch am Lesen, Plappern, und ohne eine Sorge auf der Welt am Weiterkritzeln. Er wartete, bis Solomon seine bedrohliche Präsenz bemerkte und seine Lesung abbrach.
„Tut mir leid, wenn ich euch störe", bemerkte er ironisch. „Ich dachte, ich erwähne mal die Belagerung."
„Es läuft gut, oder nicht?", fragte Shef.
„Gut genug. Aber ich glaube, es ist Zeit, dass du etwas unternimmst."
„Was?"
„Das, worin du am besten bist. Nachdenken. Es ist alles ruhig geworden. Aber ich habe durch das Fernglas unseren Freund Bruno gesehen. Er wird nicht aufgeben. Deshalb … werden sie etwas unternehmen. Ich weiß nicht, was. Du bist die beste Person auf der Welt darin, sich neue Dinge auszudenken. Jetzt ist es Zeit, dass du das wieder tust."
Langsam brachte Shef seine Gedanken zurück von den faszinierenden Problemen aus dem Buch und bemerkte die Wahrheit in dem, was Brand gesagt hatte. Er bemerkte auch, mit einiger unterbewusster Berechnung, dass die Atempause, auf die er gezählt hatte und die er für die Aufgabe, die er für die wichtigste,

wenn nicht die dringlichste hielt, die Aufgabe, die er allein bewältigen konnte – dass diese Atempause vorbei war. Außerdem wurde ihm das Herumsitzen langweilig. Und das Buch war beinahe beendet.

„Findet Skaldfinn, damit er hier meinen Platz einnimmt", befahl er. „Er kann von Solomon übersetzen, damit es Thorvin aufschreiben kann. Tolman, du kommst auch mit."

Er trat mit dem gigantischen Brand und dem humpelnden Drachenjungen auf seinen Fersen ins Sonnenlicht hinaus, gefolgt von einem finsteren Funkeln von Svandis. Sie wollte das seltsame Buch bis zum Ende hören. Gleichzeitig ärgerte sie sich über die Weise, wie ihr Liebhaber seine Aufmerksamkeit so plötzlich etwas Neuem zuwenden konnte. Etwas ohne sie.

„Ich habe zwei Leute mitgebracht, die mit dir reden wollen", fügte Brand an, als sie im Freien waren. „Steffi und einen Einheimischen."

Shef wandte seine Aufmerksamkeit erst dem Einheimischen zu, wie ihn Brand nannte, einem weiteren dunkelhäutigen Mann mit eindeutig arabischer Abstammung: Es gab immer noch viele Nichtjuden in der Stadt, Kaufleute, die durch die unerwartete Abriegelung der Straßen gefangen blieben.

„Ihr sprecht Arabisch?", fragte er.

„Natürlich." Ein winziges Naserümpfen über die Frage: Shefs Arabisch war nicht mehr als brauchbar, weit entfernt von der puren Sprache in Cordoba oder Toledo.

„Was sind Eure Neuigkeiten?"

„Der christliche Kaiser, Euer Feind und der Feind meines Herrn, des Kalifen, hat diesen Sommer viele Mauern und Festungen zerstört. Er hat auch viele Gläubige getötet, überall entlang der Meeresküste, die sie einst kontrollierten. Wünscht Ihr, zu erfahren, wie er das tat?"

„Wir werden Euch dafür mit Gold bezahlen", antwortete Shef.

„Ich würde es Euch sowieso erzählen, als Dienst gegen die Nazarener. Er hat eine Maschine. Nur eine Maschine, und sie ist vielfach größer als alles, was Ihr hier habt. Er benutzt sie nur für eine Sache, und das ist, riesige Felsblöcke auf die Tore seines Feindes zu schleudern. Manche sagen, dass sie ebenen Grund braucht und nur sehr langsam schießen kann."

„Habt Ihr sie je gesehen?"

„Nein, aber ich habe mit Männern gesprochen, die mit ihrem Leben davonkamen, als Festungen eingenommen wurden."

Stück für Stück entlockte Shef dem Araber die wenigen akkuraten Informationen, die er bieten konnte, und realisierte, dass man ein Gegengewicht benutzte. Geistesabwesend entließ er den Mann und dachte bereits über die Probleme einer Drehachse, der Halterung und des Abschusses nach: Über allem stand das zentrale Problem aller Traktionsgeräte, wie man die Schussweite kontrollierte. Es hing vom Gewicht ab. Es musste irgendeinen Weg geben, um es festzustellen, wenn man wusste, wie schwer das Gegengewicht und wie viel in der Abwurfschlinge war, was man dann hinzufügen oder herausnehmen musste, um über eine bestimmte Entfernung zu werfen. Aber eine Berechnung mit drei Variablen war zu schwierig für Shef, oder für jeden anderen Mann in seinem Reich. Selbst das Herausarbeiten, wie viele Wasserfässer man brauchte oder welcher Anteil einer Beute an jedes Schiff oder jeden Mann ging, war mit dem nordischen Zahlensystem ein Fall für Versuch und Irrtum. Shef wünschte sich frustriert, dass er auch wie Bruno einen *Arithmeticus* in seinen Diensten hätte. Oder wenigstens irgendjemanden, der wüsste, was Arithmetik sein könnte. Während er eine Faust gegen seine Handfläche schlug, bemerkte er, dass Steffi an seiner Seite stand und ihn nervös mit seinem üblichen Schielen anstarrte.

„Warum hat dich Brand hergeschickt?"

„Ich habe nachgedacht. Über die Fackeln, die wir von den Drachen aus benutzt haben. Und über das eine Mal, als ich von der Klippe gesprungen bin, erinnert Ihr Euch? Ich habe gedacht, wie wäre es, in der Nacht, also, wenn wir einige Fackeln bereit zum Anzünden hätten und sie mit einem Zugwerfer werfen? Wir

könnten etwas Stoff daran hängen, so dass sie sich öffnen würden, versteht Ihr, und langsam herunterkommen würden, mit einen Loch drin, so wie wir es entwickelt haben …"
Nach einigen weiteren Momenten der Erklärung sandte Shef Steffi weiter, um eine Mannschaft zu finden und das Anbinden des Stoffes zu probieren.
„Zündet aber nichts an, ja", warnte er ihn. „Findet nur heraus, wie man es verbinden muss, damit es sich richtig öffnet. Seid sparsam mit den Salpeterkristallen, es wird Zeit brauchen, um mehr herzustellen."
Als der schielende ehemalige Sklave wegging, wanderten Shefs Gedanken zurück zu der Gegengewichtsmaschine, sie sich ohne Zweifel bereits näherte. Sein Auge fiel auf den immer noch bandagierten Tolman. Der Junge war still und niedergeschlagen, seit er aus seiner langen Bewusstlosigkeit erwacht war, wenig überraschend, nachdem seine beiden Kameraden tot waren. Konnte man einen anderen Jungen benutzen? Nein, es bestand kein Zweifel, dass Tolman der erfahrenste Flieger mit der größten Erfolgswahrscheinlichkeit war. Dennoch würde er ihn überreden müssen.
Shefs Gesicht nahm die vernünftige und freundliche Miene an, die seine engsten Vertrauten mittlerweile fürchteten, den Gesichtsausdruck, der zeigte, dass er vorhatte, jemanden zu benutzen.
„Nun, Tolman", setzte er an. „Würdest du diesmal gerne einen Flug über schönes, weiches Wasser versuchen? Deine Nerven beruhigen, ehe es losgeht, hm?"
Die Lippen des Jungen bebten, er blinzelte Tränen weg. Schweigend und gehorsam nickte er. Shef tätschelte ihm vorsichtig seine tief aufgeschürfte Schulter, führte ihn weg und brüllte, während er wegging, nach Cwicca, Osmod und den talentiertesten der Drachenmänner und Katapultmannschaften.

Genau wie im langen nordischen Winter vor sieben Jahren war Shef erstaunt über die Schnelligkeit, mit der – manchmal – eine Idee zur Realität werden konnte. Ehe der Tag vergangen war, waren die Materialien für das neuartige Belagerungskatapult eingesammelt, einschließlich des gewaltigen Holzbalkens, der sein Wurfarm werden würde, den man ohne Beschwerden vom Kiel eines Küstenschiffs, das noch im Trockendock lag, ausgebaut hatte. Es half natürlich, dass es keine gewöhnliche Arbeit zu erledigen gab. Die gesamte Bevölkerung von Septimania war unbeschäftigt und, als sie darüber nachdachten, was eine Eroberung durch die kaiserlichen Truppen bedeuten würde, begierig darauf, auf jegliche Weise zu helfen. Begabte Schreiner und Schmiede gab es für jede Aufgabe reichlich: Über Kosten wurde nicht nachgedacht. Es half auch, dass Shef talentierte Aufseher hatte, die bereit und willens waren, Männer über ihre normalen Gewohnheiten hinaus anzutreiben – gerade beobachtete er, wie Cwicca ein Seilende in Richtung einer schwitzenden Truppe schwang, die am eisernen Rahmen eines der sechs riesigen Wagenräder arbeitete, die das Monster bewegen würden, wenn es fertig war. Shef fiel auf, dass es manchen Männern vielleicht einen Geschmack für Autorität gab, wenn sie selbst Sklaven gewesen waren.

Wie ihm selbst?, fragte er sich für einen Augenblick. Nein, er verwarf den Gedanken. Er tat nur, was getan werden musste.

Abgesehen davon war die entscheidende Sache, die Sache, die keine andere Gruppe auf der Welt in solchem Überfluss hatte, Zuversicht. Zuversicht, dass es für jedes Problem, sei es das Fliegen am Himmel oder das Schleudern gewaltiger Felsblöcke, eine praktische Lösung gab, wenn man nur alle möglichen Details herausfinden konnte. Cwicca und Osmod und selbst Steffi hatten, wie ihr jetzt fehlender Kamerad Udd, vor sich Könige zusammenbrechen und Armeen auseinanderfallen sehen, alles wegen Maschinen. Sie taten nichts halbherzig.

Und das war alles schön und gut, aber diesmal, dieses eine Mal, lagen sie vielleicht falsch! Shef stürzte sich zurück auf das Problem, das ihn beschäftigt hatte, seit er die Mannschaften an die Arbeit geschickt hatte. Er wanderte am Dock auf und ab, murmelte und zählte, grübelte über den Haufen aus schwarzen und

weißen Steinen, die er gesammelt und in jede Tasche, die er besaß, gestopft hatte.
Cwicca legte sein Seilende zur Seite und stupste einen seiner Kameraden an. „Er gerät in Zorn“, murmelte er. „Irgendjemand bringt ihn zum Explodieren, das wirst du sehen.“
„Uns und alles“, antwortete sein Kamerad düster. „Was ärgert ihn?“
„Weiß nicht. Etwas, das für Kerle wie uns zu schlau ist.“
Solomon der Jude, der seine Übersetzungsarbeit abgeschlossen hatte, sah auch den wachsenden Zorn auf dem Gesicht des fremden Königs: Des fremden Königs, den er mittlerweile gut leiden konnte, trotz des schrecklichen Schicksals, das er über Septimania gebracht hatte, wegen seiner ständigen Neugier. Ein Verstand, der aktiver war als der von jedem Talmudgelehrten, überlegte er. Aber in so vielen Feldern der Verstand eines Kindes.
Wesentlich höflicher als Cwiccas Kamerad ging er zu ihm, um dieselbe Frage zu stellen. „Stört Euch etwas, Herr des Nordens?“
Shef funkelte ihn finster an, zügelte und beherrschte seine Wut und brachte sich dazu, zusammenhängend zu sprechen. Vielleicht, dachte er, vielleicht würde es ihm helfen, das Problem laut auszusprechen. Und immerhin, eines hatte er vor langer Zeit herausgefunden: Wenn du ein Problem nicht lösen kannst, frag jeden. Irgendwer weiß es immer.
„Es ist folgendermaßen“, sagte er. „Zum ein oder anderen Zeitpunkt werde ich wissen müssen, wie weit dieses Ding werfen kann. Nun, das sollte mit einer Maschine von dieser Art wesentlich einfacher sein als mit den handbetriebenen Maschinen. Denn bei denen ist alles, was man sagen kann: ‚Zieht fest‘ oder ‚nicht so fest‘, und ‚nicht so fest‘ kann man nicht messen. Aber an dieser Maschine kann ich alles messen! Ich habe darüber nachgedacht, was wohl passiert, wenn wir es versuchen. Angenommen, ich sage Cwicca, dass er zehn Packen mit hundert Pfund nehmen und in den Korb laden soll, den Korb, der den kurzen Arm fallen lässt. Nun angenommen, ich lege einen Felsen, der das Gleiche wie drei

Hundert-Pfund-Packen wiegt – wenn ich einen solchen finden könnte, wäre das so praktisch, ha! –, aber mal angenommen, ich nehme einen solchen Felsen. Dann angenommen, die zehnmal hundert Pfund werfen die dreihundert Pfund einhundert Schritte weit. Und ich müsste sie einhundert und zwanzig Schritte weit werfen. Dann ist es offensichtlich, ich bräuchte mehr Gewicht im Korb. Oder weniger Gewicht zum Werfen. Und das hat etwas miteinander zu tun. Aber was genau?"

Seine Stimme schwoll zu einem erstickten Brüllen, er rang seinen Zorn erneut nieder und fuhr mit den Gedanken fort, die wie erschöpfte Bienen immer wieder in seinem Kopf herumschwirrten.

„Nun, ich bin kein Narr, Solomon. Einhundert und zwanzig ist zu einhundert wie sechs zu fünf, nicht wahr? Also muss ich die anderen Dinge wie sechs zu fünf machen. Oder ist es fünf zu sechs? Nein, das Wurfgewicht senken. Die dreihundert Pfund wie sechs zu fünf senken. Oder das Gegengewicht wie fünf zu sechs steigern, die zehnmal hundert Pfund. Wie viele Fünfen sind nun in zehnmal hundert? Wie viele Fünfen in zehn, da sind zwei. Also zweihundert, und was mache ich dann damit, ich nehme sechs davon. Oh, ich kann die Antwort finden, Solomon, am Schluss. Aber ich brauche dafür so lange wie ein langsamer Ochse, um eine Furche zu pflügen. Und am Ende tue ich es mit diesen kleinen Steinen als Markierungen, *weil ich vergesse, was ich gerade tue!!*"

Shef brüllte einen Augenblick voller aufrichtiger Wut und schleuderte seine Handvoll Kieselsteine weg, so dass sie sich im blauen Wasser des Hafens verteilten. Wie als Antwort ließ die Festung, die beinahe eine Meile hinter den Steinmolen entfernt schwamm, einen Felsen in ihrer äußersten Reichweite ins Dock platschen. Die arbeitenden Männer wandten ihre Blicke ab und versuchten, so zu wirken, als würden sie nicht bemerken, was vorging.

„Und die ganze Zeit", schloss Shef, „weiß ich, dass ich die ganze Sache mit den einfachsten Zahlen mache. Weil ja in Echt jeder Felsen, den wir benutzen, dreihundert Pfund Packen und vielleicht noch siebenundzwanzig darüber wiegen wird. Und ich werde die Reichweite nicht um zwanzig Schritte über einhundert, sondern vielleicht siebzehn über fünfundneunzig steigern müssen."

Er hockte sich auf einen Flecken Sand. „Ich wünschte, ich hätte von einem geschickten Römer den Trick mit den Zahlen gelernt. Seht Ihr", er zeichnete ein V in den Sand. „Ich weiß, dass das für fünf steht." Er fügte einen Strich hinzu und machte daraus VI. „Das steht für sechs. Oder auf der anderen Seite", er zeichnete ein IV, „das steht für vier. Aber wie ich dies dazu bringe, meine Frage zu beantworten, das weiß ich nicht. Nur das alte Volk aus Rom war weise genug für diese Kunst."

Solomon zupfte an seinem Bart und wunderte sich innerlich. Zum Glück hatte Moishe dies nicht gehört. Oder Elazar. Ihre Bemerkungen über die Barbaren wären sogar noch giftiger geworden. „Ich glaube nicht", sagte er behutsam, „ich glaube nicht, dass es die alten Römer sind, an die Ihr Euch für eine Antwort wenden solltet."

Shef blickte auf, sein Auge blitzte. „Ihr meint, es gibt eine Antwort?"

„Oh ja. Man hätte sie Euch in Cordoba erklären können, wenn Ihr gefragt hättet. Aber selbst hier kennen viele Männer die Antwort auf das, was Ihr sucht. Jeder Kaufmann, jeder Astronom. Selbst Mu'atiyah hätte es Euch erklären können."

„Was ist dann das Geheimnis?" Shef war auf seinen Füßen.

„Das Geheimnis?" Solomon hatte auf Anglonordisch gesprochen, das er jetzt so fließend sprach wie jeder Mann in der Flotte. Nun wechselte er zu Arabisch. „Das Geheimnis ist *Al-Sifr*."

„*Al-Sifr*? Das bedeutet leer. Das bedeutet nichts. Wie kann nichts das Geheimnis sein, verspottet Ihr mich, Langbart ...?"

Solomon hielt eine Hand hoch. „Darin ist kein Spott. Aber seht, dies ist nichts für neugierige Augen, seht, wie alle starren. Kommt mit mir in den Innenhof. Ich verspreche Euch, zu dem Zeitpunkt, wo Männer ihre Lampen entzünden, werdet Ihr ein größerer *Arithmeticus* sein, als es jeder Römer je ist oder war. Ich werde Euch die Geräte von al-Khwarizmi dem Großen zeigen." Solomon führte einen schweigenden König auf den schattigen Innenhof zu.

Wenig mehr als eine Stunde später blickte Shef von der Tafel aus feinem weißem Sand auf, auf die er und Solomon gezeichnet hatten. Sein eines Auge war vor Erstaunen aufgerissen. Vorsichtig wischte er mit seiner Hand über das Tablett voll Sand und löschte alle Markierungen darauf weg, bis auf die Reihe mit zehn Symbolen, die ihm Solomon ganz am Anfang gezeigt hatte.
„Versuchen wir es noch einmal", sagte er.
„Nun gut. Zeichnet Eure Linien."
Shef zog fünf vertikale Linien im Sand nach unten, so dass sich vier Säulen ergaben. Er zog oben zwei horizontale Linien darüber und an der Unterseite drei weitere.
„Wir werden versuchen, Euer Problem mit der Reichweite zu lösen, nur mit schwierigeren Zahlen als denen, die Ihr mir vorgerechnet habt. Lasst uns annehmen, dass Ihr einen Felsen mit zweihundertachtzig Pfund geworfen habt und er einhundertzwanzig Meter, zehn Dutzend in Eurer Sprache, weit geflogen ist. Aber Ihr wollt einhundertvierzig erreichen, sieben Zwanziger. Euer Wurfgewicht war elfhundertvierzig Pfund. Ihr müsst dieses in der Proportion von sieben zu sechs steigern. Also müssen wir erst elfhundertvierzig mit sieben multiplizieren und dann durch sechs dividieren."
Shef nickte. Die Worte „multiplizieren" und „dividieren" klangen für ihn fremd, aber er verstand die Gedanken.
„Zuerst", fuhr Solomon fort, „schreibt die Zahlen für elfhundertvierzig an ihren korrekten Platz."
Shef dachte eine Weile nach. Er hatte die Idee eines Zahlensystems, das auf Positionen basierte, schnell verstanden, aber es fiel ihm noch nicht leicht.
„Versucht, es erst auf die römische Weise zu schreiben", sagte Solomon einfühlsam. „Schreibt es in den Sand neben Eurer Tafel.

Die Römer schrieben tausend mit ‚M'." Shef schrieb ein wackliges „M" in den Sand, gefolgt von einem Punkt. Dann ein „C" für einhundert. Dann die vertrauten vier „X" für vierzig. Seine Hand streckte sich, um das runde Zeichen für *Al-Sifr*, nichts, zu schreiben, er zog sie aber zurück. Die Römer hätten eine solche Zahl als M.C.XXXX belassen.

„Nun fügt die arabischen Zeichen oben auf Eurer Tafel ein", drängte Solomon. „Elfhundertvierzig ganz oben, sieben unten."

Shef zögerte erneut. Dies war der komplizierte Teil. Also. Die ganz rechte Säule war für Zahlen unter zehn. In die horizontale Linie eins über der untersten, die Zeile für den Multiplikator, schrieb er den wackligen Winkel einer „7": den Multiplikator. Die oberste horizontale Linie war für das Multiplizierte, wie er es aus seinen römischen Zahlen sehen konnte, eintausend, einhundert, und vierzig.

In die ganz linke Säule schrieb er eine „1", die dem „M" entsprach. In die nächste noch eine, die dem „C" entsprach. In die nächste die kompliziertere Form einer „4", für die vier „X". Und schließlich, in die ganz rechte Säule, die Säule für die zehn Zahlen unter zehn – zehn, nicht neun, wie ihm Solomon bewiesen hatte –, malte er das Loch für *Al-Sifr.*

Nun die Summen berechnen. Die erste Sache, die wichtigste Sache, war, dass sieben Nullen null waren. *Also eine Null hinschreiben.* Überlegt, von vier Augenpaaren beobachtet, begann sich Shef seinen Weg durch die Kalkulation auf der Sandtafel zu arbeiten, eines primitiven Vorfahren des Abakus. Für lange Momente dachte er an nichts anderes, verloren in einem Gefühl, das kein Mann seiner Rasse je zuvor erlebt hatte: der Faszination für Zahlen. Am Ende, kaum bewusst, wie er dorthin gekommen war, starrte er voll Überraschung und tiefer Zufriedenheit das Ergebnis an, das er in den Sand geschrieben hatte. Siebentausendneunhundertachtzig. Er hatte nie zuvor eine derartige Zahl gesehen – nicht, weil sie zu groß war, nicht wenn jeder Teil seines Reiches in Häuten gezählt wurde, dreißigtausend für eine Provinz, einhunderttausend für das, was einst ein Königreich gewesen war. Nein, wegen ihrer Genauigkeit. Über eintausend zählte man für ihn Zahlen in Zwanzigern oder Zehnern oder Hundertern oder Halbhundertern: nicht Sechsen und Siebenen und Achten und Vieren.

„Nun müsst Ihr siebentausendneunhundertachtzig durch sechs teilen", fuhr Solomons ruhige Stimme fort. „Macht Eure Tabelle für die Division."

Shefs Hand wischte den Sand weg und begann eine weitere Tabelle. Immer wieder von Solomon angeleitet, erarbeitete er sich hartnäckig seinen Weg hindurch.

„Und so wisst Ihr am Ende", sagte Solomon schließlich, „dass Ihr Euer Wurfgewicht steigern müsstet, auf …"

„Dreizehnhundertdreißig Pfund", sagte Shef.

„Also würdet Ihr dem ursprünglichen Gewicht etwas hinzufügen, und zwar …"

„Zweihundert minus zehn. Einhundertneunzig Pfund. Ganz genau."

„Aber zu dem Zeitpunkt, bis du deine Sandtabelle aufgeschrieben hast und all das gemacht hast", warf Skaldfinn ein, „hätte dich dein Feind unter einem Hagel aus Felsen begraben. Weil er geschossen hätte, während du zeichnest!"

„Nicht mit der neuen Maschine", sagte Shef pauschal. „Ich hätte all dies tun können, während man noch die Gewichte herausnimmt, um den Arm wieder hochzuwinden. Dann könnte ich ihnen einfach sagen, wieder dasselbe Gewicht hineinzulegen und noch abgemessene einhundertneunzig obenauf. Und außerdem: Ich kann sehen, dass das hier genauso wie mit dem Fernglas ist."

„Wie mit dem Fernglas?", fragte Solomon.

„Ja. Erinnert Ihr Euch an diesen Narren Mu'atiyah? Er konnte das Fernglas bauen, man hatte ihm gezeigt, wie das Glas geschliffen werden sollte, etwas, das wir vielleicht in tausend Jahren nie gemerkt hätten. Aber er hat nie daran gedacht, einen Schritt weiter zu gehen. Ich schwöre, zu dem Zeitpunkt, wo wir in unsere ei-

gene Heimat zurückkehren, werden meine weisen Männer mehr über Glas und Sicht gelernt haben als Mu'atiyah oder selbst sein Meister. Weil sie nicht ruhen werden, bis sie das haben! Nun, diese Kalkulation, die Ihr mir gezeigt habt, auch dies hätte ich wohl nie von selbst gelernt. Aber nun, da ich es gelernt habe, kann ich sehen, wie man es schneller, viel schneller machen kann. Die Sandtabelle – sie ist nicht nötig, und auch nicht die Steine in meiner Hand. Ich nutze sie, weil ich nicht geübt bin. Wenn ich es wäre, dann könnte ich meine Zähler an Drähten befestigen und sie alle mit mir tragen, wie eine Harfe. Oder ich könnte es völlig ohne Tabelle machen. Ideen sind schwer zu finden, aber einfach zu verbessern. Ich werde dies hier noch verbessern. Verbessern, bis – wie war sein Name, Solomon, al-Khwarizmi? – bis al-Khwarizmi selbst es nicht mehr erkennen würde. Und ich werde es für mehr als Katapulte nutzen! Dies ist der Amboss für eine Schmiedekunst, mit der der Weg die Welt besiegen könnte! Ist das nicht richtig, Thorvin? Skaldfinn?"
Solomon wurde still, seine Hand wanderte zu seinem Bart, als würde sie Trost suchen. Er hatte den wilden Geist der Nordmänner, und im Besonderen den des Einen Königs, vergessen. War es jemals weise, ihnen irgendetwas zu erklären? Nun war es zu spät, um es sich anders zu überlegen.

Kapitel 22

Dimitrios, oberster *Siphonistos* der griechischen Flotte, lauschte voller Zweifel, gemischt mit übler Vorahnung, den Befehlen seines Admirals. Die Befehle wurden natürlich mit größter Behutsamkeit ausgedrückt, irgendwo zwischen Vorschlag und Überzeugungsarbeit. Die *Siphonistoi* waren beinahe eine eigene Kaste, Betreiber der ultimativen Waffe von Byzanz, ihrer eigenen Meinung nach als letztes Mittel sogar wichtiger als Kaiser, von Admirälen gar nicht zu reden. Dimitrios konnte, wenn er es wollte, ein Vermögen verdienen und überall in der zivilisierten Welt, Bagdad oder Cordoba oder Rom, wie ein Fürst leben, einfach indem er die Informationen in seinem Kopf verkaufte. Eine Ehefrau, eine Geliebte, sieben Kinder und zweitausend goldene Hyperper in den Banken von Byzanz standen zwischen ihm und diesem Verrat. Aber auf jeden Fall wusste die gesamte Stadt, dass kein *Siphonistos* es je zur Meisterschaft in seinem Geschäft bringen würde, wenn es nur die geringsten Zweifel an seiner Loyalität zur Sache von Kirche und Kaiserreich gäbe: Loyalität aus Prinzip, nicht durch Zwang.
Diese Loyalität ließ Dimitrios zweifeln. Eines seiner größten Bedürfnisse war es, das Geheimnis des Feuers zu bewahren. Besser eine Schlacht verlieren, indem man seine Ausrüstung zerstörte, das hatte man ihm tausend Mal gesagt, als seine Gefangennahme für einen rein temporären Sieg zu riskieren – alle Siege für das belagerte Kaiserreich der Byzantiner wurden seit langem als temporär erkannt. Nun wollte der Admiral, dass er ein Schiff und ein Gerät nahe an der Küste in einer zweifelhaften Schlacht gegen Juden und fremde Heiden riskierte. Dimitrios war ein tapferer Mann, der es darauf ankommen lassen würde, von den seltsamen Mulisteinen, wie sie die Barbaren nannten, auf den Grund des Meeres geschickt zu werden. Das Feuer und das Geheimnis zu riskieren, war eine andere Sache.

„Die kleinen Boote werden zuerst hineinfahren“, wiederholte Georgios schmeichelnd. „Nur, falls sie sich festsetzen können, werden wir Eure Galeere hinschicken.“

„Um was zu tun?“

„Wenn sie die Holzbalken loslösen können, könntet Ihr es schaffen, in den Hafen zu gelangen und alle Steinwerferschiffe auf einmal zu verbrennen.“

„Sie würden uns versenken, sobald wir hineinkämen.“

„Es wird tiefschwarze Nacht sein, ein dünner Mond, kaum einhundert Meter bis zum nächsten zu rudern. Danach könnt Ihr immer ein feindliches Schiff zwischen Euch und ihren Katapulten halten, bis Ihr nahe genug seid, um das Feuer auf sie zu pumpen.“

Dimitrios dachte nach. Er war tatsächlich rasend vor Wut über die Versenkung der Galeere und das Massaker ihrer Männer in der unentschiedenen Seeschlacht wenige Wochen zuvor gewesen: Ein Akt des Trotzes, der ihn zum ersten Mal in seiner Laufbahn soweit gebracht hatte, dass er sich hilflos fühlte. Es wäre ein Genuss, diese Schmach zu rächen, indem er jedes feindliche Schiff bis zur Wasserlinie verbrannte, so wie es alle Feinde von Byzanz verdienten. Den Teufelsverehrern die Macht Gottes und seines Patriarchen zu zeigen. Und kurze Entfernung und Nacht waren ganz genau die richtigen Bedingungen zur Nutzung seiner Waffe.

„Was, wenn sie die Sperre nicht öffnen können?“

„Ihr könntet die Steinmole entlangrudern und sie von jeglichem Widerstand befreien. Auf diese Weise hättet Ihr die Mole zwischen Euch und den Steinwerfern im Hafen. Säubert die Mole und rudert in der Dunkelheit wieder aufs Meer hinaus.“

Dimitrios überlegte sorgfältig. Es gab Risiken in diesem Plan, das konnte er sehen, aber vielleicht nicht mehr, als er rechtfertigen konnte. Er würde natürlich seine eigenen Vorsichtsmaßnahmen treffen, wie der Admiral sicherlich wusste. Männer, die daneben stehen würden, um die Tanks in Brand zu setzen, Boote, die darauf warten würden, ihn und seine Mannschaft einzusammeln, falls sie das Schiff verlassen mussten. Unnötig, das alles zu wiederholen.

Als er ihn zögern sah, fügte der Admiral eine letzte Dosis an Schmeichelei an, um den ihm offiziell Untergeordneten zu überreden. „Natürlich wissen wir, dass das Wichtigste in der Flotte Ihr selbst seid. Ihr und die Fähigkeiten, die Ihr entwickelt habt. Wir würden es nicht wagen, dies an irgendeinen Barbaren zu verlieren. Ich werde selbst in den Rettungsbooten warten, um Euch zu holen, falls es irgendein Anzeichen für ein Problem gibt."

Dimitrios lächelte, ein wenig freudlos. Was der Admiral sagte, war wahr. Aber er hatte keine Ahnung, wie wahr. Er selbst, Dimitrios, kannte den gesamten Prozess, wie man Griechisches Feuer machte, von der Erde bis zum Schlauch, wie die *Siphonistoi* sagten. Er war jenseits des Schwarzen Meeres im weit entfernten Tmutorakan gewesen, wo die bunten Öle aus der Erde trieften. Er hatte es im Winter gesehen, wenn das Öl dünn und klar strömte, und im stickend heißen Sommer, wenn es wie Klärschlamm auf einem fauligen Bauernhof herauskam. Er wusste, wie es gesammelt wurde, er wusste, wie es gelagert wurde. Er selbst hatte die Kupfertanks mit wertvollem Zinn gelötet, um sicherzugehen, dass es kein Leck gab. Er hatte seine eigene Ausrüstung mit seinen eigenen Händen gebaut, Tanks und Ventile, Messinggießer und Blasebälge, Pumpen und Schläuche. Immer wieder hatte er unter Anleitung der alten Meister seines Handwerks angezündet, in die Luft gepumpt, die Flamme fließen sehen. Dreimal hatten ihn seine Meister über die sicheren Grenzen hinauspumpen lassen, während sie kleine und veraltete Geräte und verurteilte Verbrecher als Pumpenhelfer benutzten, damit er das ansteigende, schrille Pfeifen des *Niglaros,* der ventilbetriebenen Überdruckpfeife, hören konnte, deren Ventil geöffnet wurde, um die Dämpfe im Inneren zu prüfen. Er hatte interessiert die Leichen der Verurteilten angesehen, um zu lernen, welche Auswirkung die platzenden Tanks auf sie hatten. Nicht ein einziger hatte es jemals überlebt, und Dimitrios dachte, sie hatten schlecht gewählt, indem sie die Chance als *Siphonistos* ergriffen statt des sicheren, aber weniger schmerzhaften Todes auf der Richtstätte. Er war sich jeder Schwierigkeit im gesamten Prozess überaus bewusst, wie viel einfacher es war, es schiefgehen zu lassen, anstatt es richtig zu machen. Ohne ihn, das wusste er, war bloßes Wissen nicht genug. Es war seine Erfahrung, die entscheidend und wertvoll war. Gut, immerhin, dass der Admiral das erkannt hatte.

„Mit den richtigen Schutzmaßnahmen stimme ich zu“, sagte er.

Der Admiral sank erleichtert in seinen Stuhl zurück. Während er wusste, wie unentbehrlich sein Korps an *Siphonistoi* war, hätte er diese Tatsache nur äußerst ungern dem Kaiser der Römer erklärt: Einem Mann, dem man, wie er dachte, so bald wie möglich einen fähigen byzantinischen Arzt schicken sollte, um sicherzustellen, dass er etwas aß, was ihm nicht bekam.

„Macht bei Anbruch der Nacht ein Schiff bereit“, sagte er. „Nehmt meine eigene *Carbonopsina*.“

Die Schwarzäugige Schönheit, dachte Dimitrios. Schade, dass es in diesem fernen Land der Fremden keine solchen gab. Nur magere maurische Frauen und die hässlichen Nachfahrinnen der Goten mit ihrer bleichen Haut und den seltsam gefärbten Augen. Hässlich wie die widerwärtigen Deutschen, ihre Verbündeten, obwohl diese darauf bestanden, dass ihre barbarischen Feinde sogar noch schlimmer waren, was Blässe, Masse und die Größe ihrer Füße betraf. Sicherlich sollten alle von der See, der Inneren See, weggespült werden, so dass die See in der Mitte der Welt erneut eine griechische und christliche See würde. Dimitrios stand auf, verbeugte sich angedeutet und zog sich zurück, um seine Vorbereitungen zu treffen.

Das erste Anzeichen des seewärtigen Angriffs kam erst, als die Patrouille der Stadtwache, die auf der längeren Mole entlangmarschierte, unscharfe Formen sah, die aus der Dunkelheit strömten. Sie blieben stehen und starrten für einen Moment, um sicherzu-

gehen, dann begannen sie, auf ihren Bockshorntrompeten Alarm zu blasen. Bis dahin waren die sechzig Fischerboote, die Bruno befohlen hatte, bloß noch Meter von der Steinmauer weg. Männer auf ihnen schwangen schon ihre Enterhaken, um die Boote längsseits zu bringen, andere hoben die kurzen Enterleitern, die alles waren, was sie für die sechs Fuß hinauf brauchen würden. Die Wachmänner spannten ihre Bogen, die kurzen Bogen, die sie als einzige dabei hatten, schossen und schossen erneut auf die Ziele, die auf sie zuströmten. Dann, als die ersten Enterhaken auf Stein klirrten, wurde ihnen bewusst, dass sie allein auf einem langen Steindamm waren und gleich abgeschnitten würden. Sie hörten auf zu schießen und rannten zum hafenseitigen Ende der Mole, wurden aber, als sie flohen, von Speeren und Pfeilen gefällt, die aus der Finsternis flogen. Brunos erste Welle erreichte die Mole fast ohne Widerstand und teilte sich sofort in zwei Gruppen auf, von denen sich eine nach links wandte und mit Hämmern, Sägen und Meißeln zum seewärtigen Ende rannte, um zu versuchen, die Sperre zu zerhacken und die Einfahrt für die Verstärkung und das Feuerschiff zu öffnen. Die anderen bogen nach rechts und strömten als bewaffnete Truppe zum landwärtigen Ende, das sie zu erreichen und halten versuchten, bis der Rest dazukommen und entweder zum offenen Hafen vordringen oder – genauso desaströs für die Verteidiger – einen Abschnitt der Hauptmauer einnehmen und ihn für eine Erstürmung öffnen würde.
Die Bockshörner hatten aber ihr Werk vollbracht. Während nur etwa zwanzig Männer gleichzeitig die Molen entlangmarschierten, so offen sie für die unvorhersehbaren Schüsse aus der Festung vor der Küste waren, standen viel mehr unter Waffen oder schliefen neben ihnen an den verletzlichen Stellen, wo die Molen auf Land trafen. Die Angreifer, die entlang des Steinstreifens stürmten, getragen von Aufregung über ihre einfache Landung, wurden von einem plötzlichen Pfeilhagel aus kurzer Entfernung getroffen, während hinter ihnen eine undurchdringliche Mauer aus Speeren und Schilden stand. Viele der leicht bewaffneten zwangs-

verpflichteten Truppen aus dem Süden, die Männer, die Bruno für gewöhnlich zuerst ausschickte, weil sie die entbehrlichsten waren, gingen schon durch die schwachen Pfeile der Handbogen zu Boden, die aus nicht mehr als zehn Metern Entfernung abgeschossen wurden. Diejenigen, die weiterstürmten, stellten fest, dass sie auf eine disziplinierte Schlachtreihe hinter einer Barrikade einhackten. Langsam wurde denen, die überlebten, bewusst, dass der Druck von den Kameraden hinter ihnen abflaute und verschwand. Unsicher warum, oder ob auch sie in der Dunkelheit von hinten erwischt würden, zogen sie sich zurück, erst Schritt für Schritt hinter ihre Schilde, dann, als die Pfeile auf ihre ungeschützten Beine und Flanken peitschten, drehten sie sich um und rannten zurück in die schützende Finsternis.

Shef war beim ersten Hornklang aus dem Schlaf geschreckt. Er schlief wegen der Hitze nackt, packte seine Tunika und Stiefel, mühte sich binnen Sekunden hinein und rannte zur Tür. Svandis war vor ihm dort, ebenfalls nackt, und versperrte ihm den Weg. Selbst in der beinahe völligen Schwärze des mit Fensterläden verschlossenen Raumes konnte Shef das finstere Funkeln auf ihrem Gesicht fühlen und hörte das Peitschen in ihrer Stimme.

„Renn nicht hinaus wie ein Narr! Kettenhemd, Helm, Waffen! Was wirst du nutzen, wenn dich der erste verirrte Stein aus einer Schleuder umhaut?"

Shef zögerte, voller Gegenargumente, aber Svandis fuhr fort. „Ich bin das Kind von Kriegern, selbst wenn du das nicht bist. Besser vorbereitet und langsam als schnell und tot. Mein Vater hätte dir das sagen können. Wer gewann die Schlacht, wo ich dich zum ersten Mal gesehen habe? Du oder er?"

Na ja, er jedenfalls nicht, wollte Shef sagen. Aber streiten brachte jetzt nichts. Es ging schneller, zu gehorchen, als zu versuchen, sie zur Seite zu schieben. Er wandte sich zum Kettenhemd, das bereit von einem Haken hing, und steckte seine Arme durch die schweren Ärmel. Svandis war hinter ihm, zog das Metall herunter und befestigte es mit den schweren Riemen aus rohen Häuten. Es war in jeder Hinsicht wahr, dass sie das Kind von Kriegern war. Er drehte sich um und umarmte sie, zog ihre Brust gegen die harten Metallringe.

„Wenn wir überleben, werde ich dich, sobald wir nach Hause kommen, zur Königin machen", sagte er.

Sie schlug ihm kräftig ins Gesicht. „Dies ist nicht der richtige Zeitpunkt für Liebesgeflüster im Dunklen. Helm. Schild. Nimm dein schwedisches Schwert und versuche, ihm gerecht zu werden."

Shef stellte fest, dass er hinaus auf den Hof geschoben wurde, und konnte sie hinter sich nach ihren eigenen Kleidern suchen hören. Wo auch immer gekämpft wurde, sie würde dort auftauchen, das wusste er. Er begann zu rennen, schwer unter dem Gewicht von dreißig Pfund an Holz und Metall atmend, auf den Kommandoposten zu, wo er Brand finden würde, wie er wusste. Über das Wasser hallte Lärm aus Metall, Kampfschreien und Schmerzensschreien. Sie waren über das Meer gekommen.

Als Shef japsend ankam, sah er Brand inmitten einer Wikingertruppe aufragen, während sein riesiger Vetter Styrr neben ihm stand und beinahe genauso groß war wie er. Brand schien in keiner großen Eile oder Beunruhigung, sondern war damit beschäftigt, seine Männer zu zählen.

„Sie sind auf der Mole gelandet", bemerkte er. „Ich dachte nie, dass ihnen das viele Schwierigkeiten machen würde. Sie müssen dort herunter, wenn sie uns ärgern wollen, und das müssen sie schnell tun."

Shefs Ohren hatten Geräusche herausgepickt, die sich vom unmittelbaren Schlachtlärm, der bereits erstarb, unterschieden: Schmiedelärm, Metall auf Metall, Äxte auf Holz.

„Was geht am anderen Ende vor?"

„Sie versuchen gerade, die Sperre zu zerhacken. Also das wollen wir nicht. Wir werden sie wegscheuchen müssen. Also gut, Jungs, habt ihr eure Stiefel geschnürt? Lasst uns ein Stück spazieren und diese Christen zurück ins Wasser scheuchen. Du bleibst zurück", fügte er an Shef gerichtet hinzu. „Organisiere ein paar Armbrüste und pass auf, dass die Katapulte auf die Gegner schießen und nicht auf uns. Das wäre leichter, wenn wir sehen könnten, was vorgeht."

Als eine einzige Truppe marschierten die Wikinger, vielleicht vierzig von ihnen, um den Hafen auf den Feindkontakt zu, so dass die Nägel an ihren Stiefeln auf dem Stein krachten. Wenige Lampen leuchteten entlang der Hafenfront und ließen ein düsteres Licht über das Wasser scheinen. Darin konnte Shef sehen, als sich sein Auge daran gewöhnte, dass sich der Feind für einen zweiten Angriff formierte. Auch auf den Schiffen im Hafen ging etwas vor, er konnte Seile knarzen und Katapulthauptmänner Befehle rufen hören. Falls sich die Männer des Kaisers nicht in den nächsten paar Minuten ihren Weg von der Mole erkämpften, würden sie von Mulisteinen weggefegt. Aber irgendetwas Ominöses passierte nun da draußen, Shef konnte harte Stimmen das Kommando übernehmen hören, Metall klappern und klirren, und konnte sehen, wie das schwache Lampenlicht von Metallspitzen und Ringen reflektiert wurde. Ein wilder Ruf und eine Metallmauer kam nach vorn, Speerspitzen in einer Reihe.

„Zieht Eure Männer zurück", sagte Brand ohne Eile zum Kommandeur der Stadtwache. „Ich glaube, das ist jetzt unsere Angelegenheit."

Die leicht bewaffneten Stadtwachen schlüpften durch die Ränge hinter ihnen zurück und die Wikinger traten vor und bildeten ihre gewohnte Formation. Die wacklige Barrikade am Ende der Mole war beim ersten Ansturm niedergerissen worden und bot jetzt keinen Schutz mehr. Die gerade Reihe der Lanzenbrüder, ausgesuchte Männer, von Kopf bis Fuß gepanzert, stapfte auf die Wikingerformation zu, die genauso schwer bewaffnet und ihnen immerhin an Größe und Stärke gleichwertig war. Keine Seite dachte auch nur an Niederlage, beide standen da im Vertrauen in ihre Fähigkeit, alles und jeden, der ihnen gegenüberstand, zu zerschmettern.

Während Shef hinter der Wikingerformation stand, zehn Männer breit, aber nicht mehr als vier tief, hörte er das simultane Krachen, als Schild auf Schild traf, das Klirren und Scheppern, als Speere und Äxte auf Holz oder Eisen krachten. Einen Herzschlag später trat zu seiner Überraschung und seinem Schrecken der Mann vor ihm zurück, durch den Anprall seiner eigenen zurückweichenden Reihe fast von den Füßen gerissen. Shef hörte, wie sich Brands Stimme zu einem Bullenbrüllen hob, als er seinen Männern zurief, die Stellung zu halten. Zurückweichende Wikinger?, dachte er. Sie fallen zurück, wie es die Engländer früher getan haben, wie sie es an dem Tag taten, als mein Stiefvater und ich auf dem Damm in Norfolk gegen meinen Vater und seine Männer kämpften. An dem Tag floh ich. Aber damals war ich nur ein Niemand, wenig besser als ein Leibeigener. Jetzt bin ich ein König, mit Gold an meinen Armen und einem Schwert aus schwedischem Stahl, gemacht von meinem eigenen Schmiedemeister.

Und trotzdem bin ich nur wenig nützlicher als der arme Karli. Die Reihe hatte sich gefestigt und wich nicht länger zurück. Von der Front kam jetzt ständig das Klirren von Waffen, weil beide Seiten hackten und fochten, statt zu versuchen, sich von den Füßen zu schieben. Shef steckte sein Schwert in die Scheide, wandte sich abrupt um und rannte entlang der Hafenkante zurück, auf der Suche nach irgendetwas, das das Glück wenden würde.

Die deutschen Kriegermönche waren gegen die Wikingerreihe marschiert, um die Taktik zu versuchen, die jede arabische Armee vernichtet hatte, die sich ihnen entgegenstellte. Schild in einer Hand, gekürzter Speer in der anderen. Den Mann vor sich ignorieren, auf den Mann zur Rechten einstechen, wenn er seinen Arm zum Schwertstreich erhebt. Sich auf den Kameraden zur Linken verlassen, dass er den Mann, der einen bedroht, ersticht. Mit rechts zustechen, mit dem Schild in seiner Linken zuschlagen, mit stampfenden Füßen Schritt nach vorn. Wenn der Mann vor einem zu Boden geht, ihn mit den Füßen zertrampeln, und sich auf den Mann hinter einem verlassen, dass er sicherstellt, dass

der von unten nicht mehr zusticht. Für einen Moment oder zwei funktionierte die Taktik.
Aber die Männer, denen sie nun gegenüberstanden, waren nicht in bloße Baumwolle oder Leinen gekleidet. Manche Speerspitzen fanden ihr Ziel in einer Achselhöhle, mehr aber rutschten am Metall ab oder wurden von muskulösen Schultern abgeschüttelt. Die ungeschickten Schläge mit den Schilden scheiterten daran, die schwer gebauten Männer aus dem Gleichgewicht zu bringen. Manche traten zurück, nahmen Axt oder Schwert enger und hackten auf Arme oder Helme ein. Andere sahen die Hiebe von ihrer rechten Seite kommen, parierten oder blockten sie mit ihren eigenen Klingen und schlugen gegen die ungeschützte Flanke ihrer Feinde zurück. Brand, der zu seinem eigenen wütenden Erstaunen einen Schritt zurück gemacht hatte, trieb seine Axt „Schlachttroll" durch einen Nacken und eine Schulter, vergrößerte die Lücke mit einem Schlag seines gewaltigen Schildes, und trat zwischen die deutschen Ränge, dann hackte er als Spitze der Formation auf jede Seite. Sein Vetter Styrr schwang einen Hieb von unten, der einen Feind von seinen Füßen riss, zerdrückte die Luftröhre des Mannes mit einem gezielten Stampfen seiner genagelten Stiefel und sprang nach vorn an die Seite seines Vetters. Deutsche begannen, ihre Speere fallen zu lassen, zogen Schwerter und erfüllten die Luft mit Stahl, als sie auf Köpfe und Lindenschilde einhackten.
Agilulf, der von seiner Position einige Meter weiter hinten beobachtete, schürzte seine Lippen, als er die riesige Gestalt von Brand erkannte. Der große Bastard aus der Braethraborg, dachte er für sich. Sohn eines Seetrolls. Einige Gerüchte, dass er die Nerven verloren hätte. Er scheint sie wieder im Griff zu haben. Irgendjemand muss ihn ausschalten, ehe er unseren Nerv bricht, und ich vermute, das muss wohl ich sein. Es scheinen nicht viele von ihnen zu sein. Er begann, sich seinen Weg durch die Reihen an Männern zu bahnen, die mit ihren Schildern gegen die Rücken ihrer Kameraden drückten und versuchten, wieder Schwung zu erlangen.

Als er durch die Dunkelheit trabte, sah Shef, dass ihn vertraute Gestalten umringten: kleine Männer mit den umrandeten Metallkappen seiner eigenen Standardausrüstung. Engländer, die Armbrüste bereit, die von ihren verschiedenen Stationen oder Schlafplätzen aus nach unten rannten. Er hielt inne und blickte auf das kaum sichtbare Gedränge am Ende der Mole zurück, ein Gewirr aus Waffen, die sich erhoben und über wogenden Körpern blitzten.

„Ich will, dass wir anfangen, auf sie zu schießen", sagte er.

„Wir können nicht sehen, auf wen wir schießen sollen", kam eine Stimme aus der Dunkelheit. „Außerdem haben wir kein freies Schussfeld."

Während Shef zögerte, verbreitete sich plötzlich Licht über den gesamten Hafen, helles weißes Licht wie an einem Sommermittag. Das Kämpfen hörte für einen Augenblick auf, Männer schlossen ihre Augen, um sie zu schützen, die Arbeitstruppe, die sich mit der Sperre abmühte, pausierte, ertappt wie Kaninchen im Fackellicht. Shef blickte nach oben und sah das Licht vom Himmel herabschweben, unter Drachenstoff aufgehängt.

Steffi, der von seinem Herrn weggeschickt worden war, um das Problem mit den Fackeln auf sich gestellt zu bearbeiten, hatte den Nachmittag mit seiner Mannschaft verbracht und versucht, das Problem zu lösen, sowohl eine Fackel so zu werfen, dass sie nach unten schweben würde, als auch sie dann zu entzünden. Zwei Stunden an Experimenten hatten das erste Problem gelöst: Es war nicht einfach, denn alles, was man in die Schlinge eines Traktionskatapultes legte, wurde vor dem Start wild herumgewirbelt. Einige der Holzbündel, die er vorbereitet hatte, verhedderten sich rettungslos in der Schlinge, andere hatten ihre Fallschirme offen, sobald sie losgelassen wurden, und krachten nur zwanzig Meter entfernt zu Boden. Am Ende entdeckten sie, wie sie die Stoffe unter die runden Bündel falten mussten, damit sie geradeaus flogen und erst am höchsten Punkt ihrer Flugbahn die Luft einfingen und dann langsam nach unten glitten. Sie zu entzünden, war noch einmal eine andere Angelegenheit, und man hatte Steffi verboten, mit echten Fackeln zu experimentieren, aus Angst vor feindlichen Beobachtern. Als der Angriff kam, stand Steffi gerade neben einem der vielen Traktionskatapulte, die um den Hafen und entlang der Mauern aufgebaut waren, und wartete auf eine Gelegenheit, zu schießen. Binnen Augenblicken hatte er das erste der vorbereiteten, mit Salpeter imprägnierten Bündel geladen, entzündete die kurze Zündschnur, die er sich hatte einfallen lassen, hielt die Schlinge mit seinen beiden Händen gerade und gab den Befehl zum Abwurf. Das Geschoss war über den Hafen hinausgesegelt, mit glühender Zündschnur, und harmlos ins Meer geschwebt, während die Zündschnur immer noch glühte. Genau wie das nächste. Das dritte, dessen Zündschnur sie gnadenlos abgeschnitten hatten, war ausgegangen.

„Das ist nicht gut", rief einer aus seiner Mannschaft. „Lasst uns anfangen, Felsen dort hinunter auf diese Boote zu werfen. Selbst wenn wir nichts sehen, treffen wir vielleicht etwas."

Steffi ignorierte ihn, während seine Gedanken in der Panik des gescheiterten Erfinders rasten. „Macht euch bereit", befahl er. Er stopfte ein weiteres Bündel in die Schlinge, ignorierte die nutzlose Zündschnur und griff sich stattdessen die Fackel mit einer Hand und steckte sie in das brennbare Bündel, während er die Schlinge mit der anderen herunterzog.

Als das Flackern der Flamme hoch züngelte, rief er: „Zieht!", und ließ selbst los, als der Trupp angestrengt zog. Die Fackel schoss wie ein Komet hoch und zog Funken hinter sich her. Die Mannschaft starrte ihr hinterher und fragte sich, ob der hinterhergezogene Drachenstoff Feuer fangen oder die Flamme verlöschen würde. Am höchsten Punkt ihrer Flugbahn schien sich die Fackel gerade zu richten, fiel unter ihren Stoffschirm und begann langsam nach unten zu gleiten. Von ihrem Blickwinkel aus wurde plötzlich alles unter ihnen deutlich: die kämpfenden Männer auf der Mole, die Truppe, die sich um das Ende der Sperre drängte, die Boote, die mit Enterhaken an der äußeren Mauer hingen. Die große Galeere, die kaum fünfzig Meter von der Hafeneinfahrt entfernt gerudert kam, aus deren Zentrum Rauch aufstieg, ein Knistern von Flammen mittschiffs, wo sich Männer zielstrebig herumbewegten.

Die Mannschaft brüllte und deutete auf die Galeere, begierig darauf, das Katapult zu drehen und zu schießen. Steffi brüllte sie nieder und bereitete eine weitere Fackel vor. „Wir werden weiter die hier werfen", schrie er, „weil wir die einzigen sind, die wissen, wie es geht. Lasst die anderen die Felsen werfen."

Er stopfte eine weitere Fackel an ihren Platz und ignorierte die Schmerzen seiner bereits mit Brandblasen überzogenen Finger.

Als er die Fackeln herabschweben sah und sich an seine eigenen beiläufigen Worte früher an diesem Tag an Steffi erinnerte, beruhigte sich Shefs Verstand von seiner Beinahe-Panik. Seine Stimme senkte sich, er zwang sich, tief einzuatmen und langsam zu sprechen, um Ruhe und Entschlossenheit unter denen in seiner Umgebung zu verbreiten.

„Trimma", sagte er, als er einen erkannte von denen, die ihn umringten. „Nimm zwanzig Männer, setz sie in die kleinen Boote dort am Ufer und rudert weg, bis ihr auf einer Ebene mit dem Kampf dort drüben seid. Dann schießt genau auf die hinterste Reihe der Deutschen. Nicht auf diejenigen an der Front, verstanden? Sonst trefft ihr wahrscheinlich unsere eigenen Leute. Siehst du Brand dort und Styrr neben ihm? Stellt sicher, dass ihr sie nicht trefft. Sobald die Deutschen einbrechen, fangt an, den Damm zu säubern. Nehmt euch Zeit, bleibt außer Reichweite ihrer Bogen. Los, auf den Weg.

Der Rest von euch, bleibt in Stellung. Wie viele Boote sind noch übrig? Sehr gut, beladet sie. Dann rudert zu unseren Schiffen im Hafen, all den Zweimastern, zwei von euch zu jedem. Befehlt den Mulimannschaften, diese Männer von der Sperre wegzuschießen. Aber überlasst mir die *Fafnisbane*!"

Er sah sich um, plötzlich allein. Wie dumm! Er hätte einen Mann zurückhalten sollen. Alle Boote waren weg und …
Svandis erschien plötzlich hinter ihm. Sie starrte nach oben auf das Licht, dann sah sie sich um und versuchte, zu verstehen, was gerade passierte. Sie hatte länger gebraucht, als er erwartet hatte, um ihre Kleider zu finden. Oder alles andere war viel schneller passiert, als ihm bewusst war.
Sie deutete auf die kämpfenden Männer auf dem Damm, ein grimmiges Gefecht, das sich jetzt in eine übliche Schlacht verwandelt hatte, das Spiel der Schwerter über den Kriegslinden, von dem die Dichter sangen.
„Dort", rief sie, „dort, warum hältst du dich zurück, Kind einer Hure und eines Leibeigenen, stell dich an die Front wie mein Vater, wie ein Seekönig …"
Shef wandte ihr den Rücken zu. „Öffne diese Riemen."
Die Schärfe in seiner Stimme schien zu funktionieren, er spürte, wie Finger an den Lederknoten zogen, die sie vor so kurzer Zeit erst gemacht hatten, aber beständig ergoss sich ein Strom aus Beleidigungen, Feigling, Ausreißer, Drückeberger in der Finsternis, Benutzer besserer Männer. Er schenkte ihr keine Beachtung. Als das Kettenhemd wegfiel, ließ er sein Schwert fallen und warf seinen Helm hinterher, rannte los und stürzte sich mit einem Kopfsprung von der Hafenmauer.
Die Lichter erfüllten immer noch den Himmel. Als er unter seinen Kraulschlägen aufblickte, konnte er zwei gleichzeitig in der Luft sehen, eines beinahe unten auf dem Wasser, das andere immer noch hoch oben. Fünfzig Kraulschläge durch das milchig warme Wasser und er klammerte sich an das Ankerkabel der *Fafnisbane* und zog sich Arm um Arm hoch. Ein Gesicht starrte ihn an, erkannte ihn und zog ihn schnell an Bord.
„Wie viele Männer an Bord, Ordlaf? Genug, um die Ruder zu bemannen? Nein? Genug, um Segel zu setzen? Tu es. Schneide das Kabel ab. Steuere zur Hafeneinfahrt."
„Aber sie ist durch die Sperre verschlossen, Herr."

„Nicht jetzt, ist sie nicht.“ Shef deutete auf das Meer hinaus. Gerade als die ersten Mulisteine Wasser um sie hochspritzen ließen oder schlecht gezielt über ihre Köpfe flogen, hasteten die Arbeitstruppen vom entfernten Ende der Mole zurück. Sie hatten sich ihren Weg erkämpft durch die stabilen Eisenringe, die Ketten und Baumstämme am Gestein hielten, oder vielleicht ihren Weg durch das Holz gesägt. Aber sie hatten die Sperre weggeschafft, ihr freies Ende schwamm schon Richtung Küste, und die Durchfahrt geöffnet. Und es war etwas da draußen, etwas jenseits der Hafenmauern. Ein Flackern einer Bewegung sagte Shef, dass es eine Reihe an Rudern war, die von der aufgerichteten, ruhenden Position in Ruderstellung gesenkt wurden. Eine Galeere kam herbei. Und mit der Galeere kam das Feuer.

Die *Fafnisbane* war jetzt in Bewegung und begann auf der schwachen nächtlichen Brise durchs Wasser zu gleiten. Zu langsam und mit dem Bug in Richtung der unsichtbaren Bedrohung dort draußen. Bug voraus, so dass der Muli nicht zielen konnte. In zehn Sekunden, das wusste Shef, konnte er eine verbrannte, aber lebende Leiche wie Sumarrfugl sein. Er erinnerte sich an das knusprige Gefühl, als die verbrannte Haut unter seiner Hand zerbröckelte, als er den Gnadenstoß mit dem Dolch ausgeführt hatte. Nur dass es für ihn keinen gnädigen Dolch gäbe. Schwach registrierte er das Klacken von Armbrüsten irgendwo auf einer Seite tief unten beim Wasser, den Knall von Bolzen, die ihr Ziel durch Fleisch und Rüstung fanden, bemerkte, dass eine weitere Fackel direkt über seinem Kopf zum Leben erwachte. Er schenkte ihr keine Beachtung.

Immer noch mit leiser Stimme sagte er zu Ordlaf: „Lenke weiter nach steuerbord. Lass das vordere Geschütz auf die Hafeneinfahrt zielen. Wir bekommen wohl nur einen Schuss.“

Über dem Klirren von Stahl und den Kampfschreien konnte Shef ein weiteres Geräusch ausmachen. Ein seltsames Röhren, vertraut, aber unerwartet. Für einen Augenblick konnte er sich nicht erinnern, was es sein mochte. Ordlaf hatte es ebenfalls gehört.

„Was ist das?", rief er. „Was haben die Teufel da draußen vor? Ist es eine Bestie, die sie gezähmt haben, oder ein magischer Sturm direkt aus Hel? Oder ist es das Geräusch einer Windmühle, die sich dreht?"
Shef lächelte, als ihm das Geräusch wieder einfiel. „Keine Bestie, weder Sturm noch drehende Windmühle", rief er zurück. „Dies ist das Blasen eines riesigen Blasebalgs. Aber ich höre dabei keine Hämmer."

Einhundert Meter entfernt hatte Dimitrios der *Siphonistos* das Signal der Männer gesehen, die an der Sperre sägten und meißelten. Eine weiße Flagge, die hektisch von einer Seite zur anderen geschwenkt wurde, in der Schwärze gerade noch sichtbar. Er hatte dem griechischen Kapitän zustimmend zugenickt. Die Ruder schwangen nach unten, die Galeere begann ihren begierigen Ansturm auf ihre Beute. Und dann, plötzlich, Licht am Himmel und alles taghell. Die Ruderer hatten innegehalten, der Kapitän hatte sich für weitere Instruktionen umgewandt, seiner Deckung in der Dunkelheit beraubt.
Aber Dimitrios hatte der Mannschaft am Blasebalg als Startsignal bereits zugenickt. Sie zogen bereits angestrengt und während sie das taten, sprangen aus dem brennenden Flachs unter dem Kupfertank Flammen. Dimitrios' oberster Assistent hatte den ersten Schub des Kolbens nach unten übernommen, den schwersten gegen den Widerstand, und begann ihn jetzt mit wachsender Leichtigkeit nach oben und unten zu zwingen, während er leise vor sich hinzählte, als er es tat: „... sieben, acht ..."
Das Zählen zwang sich in Dimitrios' Gedanken, der sich der Gefahr seiner eigenen Waffe immer bewusst war. Wenn der Druck zu groß wurde, würde der Tank explodieren und auch er würde verbrennen, wie ein armer, verurteilter Verbrecher. Wenn sie aufhörten, nachdem sie einmal angefangen hatten, würde er sein inneres Gefühl für die Hitze und den Druck verlieren. Aber wenn sie weiter gegen vorgewarnte und bemannte Katapulte ruderten,

in diesem teuflischen Licht ... Und die lange, schlanke Galeere glitt immer noch vorwärts, die Ruder bereit zum nächsten Schlag, beinahe schon hinein in die Hafenmündung, wo die Sperre wegschwamm und beinahe ihren Rammbock berührte ...
Sie konnten in einem Augenblick versenkt werden. Oder geentert und intakt gefangen genommen werden. Während er zögerte, begann von der Oberseite der Kupferkuppel, an der seine Männer gerade pumpten, ein leises Pfeifen zu erklingen, ein Pfeifen, das mit jedem Augenblick kräftiger wurde. Der *Niglaros* signalisierte Gefahr. Dimitrios' Nerven, zum Zerreißen gespannt durch die Fackeln weiter oben und die bedrohliche Dunkelheit der Hafenmündung, erreichten ihre Belastungsgrenze.
„Nach steuerbord drehen", brüllte er hektisch. „Steuerbord! Dreht entlang der Hafenmauer! Nicht hineinfahren!"
Schreie, ein Peitschen von Seilenden, selbst auf die Schultern der bezahlten und verwöhnten griechischen Ruderer. Ein Hieven an den Backbordrudern, ein Rückstoß von der Steuerbordruderbank. Die Galeere glitt schnell entlang der Steinmauer, auf der Außenseite des Hafens, während die Backbordruder hochgerissen wurden, um den Zusammenprall zu vermeiden. Dimitrios konnte panische Gesichter sehen, die ihn aus kaum zehn Fuß Entfernung anstarrten, Überlebende der ersten Sturmtruppen, die aussahen, als hätten sie vor, zu springen. Als er über sie blickte, wurde eine Gruppe von ihnen zur Seite geschleudert und stürzte in einem Chaos aus gesplitterten Rippen und gebrochenen Knochen ins Meer: Eines der barbarischen Katapulte hatte sein Ziel getroffen.
Die niedrige Galeere war hinter dem Stein sicher. Und dort vor sich, jetzt keine fünfzig Meter mehr entfernt, konnte Dimitrios ein Ziel sehen. Kämpfende Männer, Männer in Rüstungen, die sich am Ende der Mole schlugen. Er konnte bis zu dem Ende rudern, im letzten Moment, wo das Wasser seicht wurde, abdrehen und das Feuer starten. Gerade rechtzeitig, ehe sich der Druck aufbaute. Er konnte hören, dass sich das Pfeifen zu einem beständi-

gen Kreischen steigerte, konnte aus einem Augenwinkel sehen, dass die zwei Pumpmänner von ihren Griffen zurücktraten, dass ihn die Mannschaft der Blasebälge panisch anstarrte und sich alle fragten, wann die Kuppel platzen und sich das Feuer über sie ergießen würde.

Aber er, Dimitrios, war der Meister. Er kannte die Stärke der Rohre, die er mit seinen eigenen Händen gelötet hatte. Er drehte den blitzenden Messingschlauch, schob die entzündete Lampe nach vorn in Feuerstellung. Er würde seine eigenen Männer genauso wie die Feinde verbrennen. Aber das war gute Taktik, und außerdem waren sie Römer, Deutsche, Ketzer, Schismatiker. Es wäre ein Vorgeschmack auf das ewige Feuer, in dem sie alle brennen würden. Seine Lippen verzogen sich zu einem bösartigen Grinsen.

Direkt hinter ihm stieß der Bug der *Fafnisbane* aus der Hafenmündung heraus. Shef war bis an die Spitze des Drachenkopfs hinausgeklettert, um in dem Moment, als sein Schiff das Ende der Mole erreichte, zu sehen, was passierte. Er hatte die Ruder hochgehen sehen und realisiert, dass die Galeere abgedreht hatte. Seine Haut kribbelte für einen Augenblick, während er sich fragte, ob das seltsame Feuer nach hinten auf ihn zu gedreht werden konnte, dann verschwand der Gedanke, von kalter Logik verworfen. Feuer verbrannte alles, selbst griechische Schiffe. Sie konnten es nicht nach hinten über ihr eigenes Heck senden. Das Zischen der Pfeile, die von den Bogenschützen auf dem Damm aus an ihm vorbeiflogen, bedeutete nichts. Sein eines Auge starrte auf sein Ziel.

Und da war sie, Bug voraus, und glitt weg, während ein grelles Glühen von irgendwo mittschiffs, neben einer seltsamen rotgoldenen Kuppel kam und in ihrem Kielwasser ein lautes Pfeifen folgte. Sie hatten vor, es abzuschießen, was auch immer es war. Und Brand dort war in ihrem Ziel, er wusste es. Würde sich das Katapult nie drehen? Osmod war der Katapulthauptmann, hockte hinter seiner Maschine und schwang sie herum und herum …

Seine Hand flog zum Signal hoch: Ziel erfasst.
„Schießt!“, brüllte Shef.
Der Ruck der Abzugsleine, das wilde Schwingen und Klacken des Arms, schneller als ein Mann schauen konnte, das noch schnellere Peitschen der Schlinge, die herumwirbelte, noch bevor das Schiff davon erzittern konnte, dass der Arm auf die gepolsterte Querstange prallte. Shefs Auge, beinahe auf Höhe mit dem fliegenden Felsen, sah die vertraute Flugbahn, erst steigen und dann fallen …
Nein, es fiel zu nahe. Der Mulistein verfehlte sein Ziel, das geschwungene Heck der Galeere, wo er Kiel und Rippen zerschmettert und das ganze Schiff wie einen ausgenommenen Hering aufgerissen hätte. Stattdessen erfasste Shefs Auge, halb geblendet, nur ein Nachbild der schwarzen Linie, die direkt in die mysteriöse rotgoldene Kuppel flog, gerade als die Kuppel selbst ihren Auswurf losließ, einen Strom aus glühendem Feuer wie den Atem von Fafnir selbst.
Und dann war das Feuer überall, explodierte mit einem Knall, der Shef fünfzig Meter entfernt wie ein Schlag gegen die Brust erwischte. Sein geblendetes Auge konnte für lange Momente gar nichts sehen, dann keinen Sinn in dem erkennen, was es sah. Dann wurde ihm bewusst, dass die flammende Masse ein Schiff war, das umkippte, die Fackeln auf dem Wasser waren brennende Menschen, der Lärm in seinen Ohren waren gequälte Schreie.
Er schwang sich wieder innerbords. Von der Küste aus sah Steffi, dessen Hände nun schmerzhaft wund waren, dass die *Fafnisbane* nun im vollen Sichtfeld des feindlichen Forts vor der Küste mit seinen Katapulten erleuchtet wurde, warf seinen Anzünder zur Seite und beobachtete, wie seine letzte Fackel ins Meer sank und ausging. Dunkelheit fiel wieder über den Hafen und die Hafenmauer, wo verdrossene Kämpfer wieder tasten mussten, ihr einziges Licht die brennende Galeere. Mit belegter und panischer Stimme rief Shef Ordlaf zu, dass er die *Fafnisbane* umdrehen und sie zurückbringen sollte.

Und von seinem Aussichtspunkt auf dem Hang, eine lange halbe Meile entfernt, begriff der Kaiser Bruno, dass sein Angriff gescheitert war, auch wenn er nicht wusste, warum. Er wandte sich an Erkenbert.

„Agilulf ist weg und die Griechen haben uns hängen lassen. Es liegt jetzt an Euch."

„An mir und ‚Kriegswolf'", antwortete der *Arithmeticus* des Kaisers.

Kapitel 23

Shef sah von der hohen seewärtigen Mauer in das blaue Wasser unter ihm hinunter. Das Wrack der griechischen Galeere war dort, er konnte seine Umrisse vielleicht zehn, zwanzig Fuß unter der Oberfläche erkennen, und nicht weiter vom äußeren Ende der Mole entfernt. Er war sich sicher, dass er selbst hinuntertauchen konnte, sehen, was Feuer und Explosion übrig gelassen hatten, und vielleicht Seile anbinden und das Metall, das noch übrig war, ins Tageslicht ziehen konnte. Die schwimmende Festung war immer noch da und schleuderte immer noch gelegentlich einen rachsüchtigen Stein bei jedem Anzeichen einer Bewegung, aber er glaubte nicht, dass sie auf diese Entfernung auch nur einen einzigen Mann treffen würde.
Er hatte aber keine Zeit. Nicht für bloße Neugierde. Er glaubte sowieso nicht, dass das Wrack ihm sehr viel mehr sagen würde, als er schon herausgefunden hatte. Der Großteil der feindlichen Sturmtruppen war in ihren Booten davongekommen, ehe er eine wirksame Verfolgung organisieren konnte, aber einige waren daran gescheitert, einen Platz zu finden, und blieben in seiner Hand: hauptsächlich einheimische Zwangsverpflichtete, die aus Furcht und Zorn darüber, dass man sie zurückgelassen hatte, recht redewillig waren. Sie hatten viel von dem bestätigt, was er selbst gehört hatte. Ja, die Galeere hatte mittschiffs ein Feuer, eine Art Feuerpfanne, die, wie ein Mann sehr sicher gesagt hatte, von einer Art langem Anzünder aus brennendem Flachs befeuert wurde. Er selbst hatte die Blasebälge gehört und andere hatten sie gesehen. Also mussten sie etwas verbrennen oder vielleicht erhitzen, ehe sie es versprühen konnten. Was auch immer es war, es war in der blitzenden Kuppelform, die explodiert war, und ihrer Farbe nach war sie fast sicher aus Kupfer. Warum Kupfer, nicht Eisen oder Blei?

Das war ein Hinweis. Ein anderer war das pfeifende Geräusch. Shef hatte es selbst gehört, genau wie viele andere. Einer der jüdischen Verpflichteten, die dem griechischen Schiff am nächsten waren, hatte außerdem eine Stimme zählen gehört, so hatte er es zumindest Solomon erklärt. In griechischen Zahlen abzählen, für alle zu hören, überlegte Shef, wie Cwiccas Katapultmannschaften in den alten Tagen die Drehungen an einem Torsionskatapult abzählten, sehr sorgfältig abzählten, aus Angst vor einer Überspannung und einem Zurückpeitschen. Und schließlich waren da die Aussagen von Brands Männern. Zwei seiner Überlebenden hatten mit absoluter Sicherheit gesagt, dass sie im allerletzten Moment einen Mann etwas auf sie richten sehen hatten, wie einen Schlauch. Das Feuer war daraus gekommen, in einem beständigen Strom, ehe der Stein traf und alles explodierte.

Feuerpfanne, Anzünder, Blasebälge, Kuppel, Schlauch, Pfeifen und jemand, der etwas abzählte. Shef war überzeugt, dass sich das noch zusammenfügen würde. Selbst die Verletzten konnten ihm etwas erzählen. Oder Hund etwas erzählen. Vielleicht ein Dutzend der deutschen Lanzenbrüder hatte die Armbrüste, Brands Äxte und die letzte Flamme, die von ihren eigenen Verbündeten auf sie gerichtet wurde, überlebt, aber die meisten von ihnen waren grausam verwundet. Die Flamme war auch in die Reihen von Brands Männern geschlagen, wenn auch nur für einen Augenblick. Fünf von ihnen hatten etwas abbekommen und lagen jetzt mit schrecklichen Verbrennungen im improvisierten Lazarett. Hund konnte ihm vielleicht etwas darüber sagen, was die Verbrennungen verursacht hatte.

Falls er überhaupt dazu bereit war, mit ihm zu sprechen. Seit dem Anfang von Svandis' Beziehung mit Shef war der kleine Mann ruhig und missmutig gewesen. Als Shef die verbrannten Männer besuchen gegangen war und den einen gesehen hatte, der von der Flamme über beide Augen blind gemacht worden war, hatte er den Griff seines Dolches berührt und Hund fragend angesehen. Es war recht normal, dass die Wikinger ihre hoffnungs-

los Verwundeten töteten, und sowohl Brand als auch Shef hatten das schon getan. Aber Hund hatte sich wie ein Terrier auf ihn gestürzt und ihn mit vollem Körpereinsatz aus dem Lazarett geworfen. Eine Weile später war Thorvin herausgekommen und hatte entschuldigend gesagt, in den Worten eines der heiligen Lieder des Weges:
„Er hat ausgerichtet, wir sollen daran denken, dass das Leben heilig ist. Wie es gesagt wird:
Ein lahmer Mann kann ein Pferd halten,
der Einhändige Schafe hüten.
Der Taube duelliert sich und siegt.
Besser blind als verbrannt.
Aber welchen Nutzen hat eine Leiche?"
„Besser blind als verbrannt", hatte Shef geantwortet. „Aber blind *und* verbrannt?" Aber es brachte nichts, mit dem kleinen Heiler zu streiten. Vielleicht hatte er an einem anderen Tag etwas zu sagen. Mehr, als man von den überlebenden Mönchsbastarden, wie Brand sie nannte, erfahren würde. Keiner hatte sich willentlich ergeben, alle Gefangenen waren verbrannt, verkrüppelt oder bewusstlos. Sie weigerten sich, überhaupt irgendetwas zu sagen, trotz aller Furcht oder Überredung. Brand würde ihre Kehlen durchschneiden, sobald die Priester des Weges aufhörten, sie zu schützen.
Mit einem letzten widerwilligen Starren auf das Wrack, das tief im Wasser lag – war das ein Blitzen von Kupfer, das er tief unten sehen konnte? –, wandte sich Shef ab. Das Geheimnis würde warten. Genauso würde es Hund. Und genauso würde es Svandis, die seit ihren bitteren Worten an der Hafenkante nichts mehr zu ihm gesagt hatte und jetzt bei einem der fürchterlich verwundeten griechischen Seemänner saß, der sowohl Feuer als auch Wasser überlebt hatte. Es gab dringendere Dinge zu erledigen. Der Feind hatte bereits diesen Morgen einen versuchsweisen Überfall am Südtor probiert, als wolle er zeigen, dass er nicht verdrossen war. Zeit, ihnen zur Abwechslung einen Schritt voraus zu sein.

Auf dem Deck der *Fafnisbane* bereitete man sich schon vor, einen Drachen in der kräftigen morgendlichen Brise steigen zu lassen. Tolman wurde bereits in seine Gurte geschnallt. Shef tätschelte ihm ermutigend den Kopf, der als Einziges noch sichtbar war und aus den Schlingen ragte – warum schien er zurückzuzucken? Wahrscheinlich immer noch wund von seinem Absturz. Dann sah er wieder das Gerät an. Die oberste Oberfläche war sieben Fuß breit und vier Fuß lang, jede Seite wieder vier Fuß lang und drei Fuß tief. Nun, wie viel Stoff war das? Er betrachtete es als so viele Quadrate mit einem Fuß an jeder Seite. Dann wandte Shef sich zum Sandtablett, das ihm jetzt immer zwei Männer zur sofortigen Nutzung hinterhertrugen, begann, die Zähler zu verschieben und die Zeichen zu schreiben, während er vor sich hinmurmelte.

Insgesamt achtzig Quadratfuß Stoff. Und Tolman wog, wie er wusste, achtundsechzig Pfund. Er selbst wog einhundertfünfundachtzig. Wenn man also einen Fuß Oberfläche brauchte, um ein Pfund Gewicht zu heben …

„Der Wind macht einen Unterschied", mischte sich Hagbard in sein Gemurmel ein. „Umso stärker der Wind, umso besser der Auftrieb."

„Wir können das auch einrechnen", antwortete Shef. „Sehen wir, was wir jetzt haben …"

„Frische Brise, genug, um uns unter vollen Segeln auf vier Knoten zu treiben."

„Nennen wir das also vier. Und wie viele Knoten würden wir fahren, wenn du die Segel reduzieren müsstest?"

„Vielleicht zehn."

„Gut, das sind zehn. Also, wenn wir achtzig mit vier multiplizieren, haben wir einen Auftrieb von … dreihundertzwanzig, aber wenn wir eine Brise von zehn Knoten hätten, hätten wir einen Auftrieb von … achthundert."

„Genug, um ein Walross anzuheben", entgegnete Hagbard skeptisch. „Was nicht funktionieren würde."

„Also gut, wir rechnen zu viel für den Wind, aber wenn wir eine Brise mit vier Knoten eins und eine Brise mit zehn Knoten zwei nennen, oder sogar nur anderthalb …"

Shef sprach begeistert, fasziniert von der neuen Erfahrung der exakten Berechnung. Schon seit Solomon ihm die Grundlagen der Algebra, die Methoden des al-Khwarizmi, gezeigt hatte, hatte er nach Problemen gesucht, um sie anzuwenden. Die Antworten waren vielleicht falsch. Für den Anfang. Aber er war sich sicher, dass dies das Werkzeug war, nach dem er sein halbes Leben lang gesucht hatte.

Eine missbilligende Stimme unterbrach ihn. Cwicca. „Er ist jetzt oben. Falls ihr zusehen wollt, heißt das. Er riskiert gerade seinen Hals." Cwicca wurde sarkastisch und Hund aggressiv, bemerkte Shef mit einem Teil seiner Aufmerksamkeit. Zeit, darüber an einem anderen Tag nachzudenken.

Tolman war hoch am Himmel, nicht im freien Flug, sondern hing am Ende seines Seils, bereits zweihundert, dreihundert Fuß weit oben, er wurde über den Hafen hinausgeblasen, höher als der höchste Turm der ummauerten Stadt. Wie ein Wachturm am Himmel. Von den Belagerern am Hang schoss jemand einen Pfeil ab, der hoffnungslos zu kurz flog. Shef leckte sich über die Lippen, als er zu ihm hinaufstarrte. Nun, wo er die Grundlagen für die Berechnung hatte, war er fest entschlossen, einen Drachen mit genug Oberfläche zu bauen, um sich selbst auch fliegen zu lassen. Wenn es eine eins-zu-eins-Beziehung wäre, bräuchte er vielleicht einen Drachen mit zwölf mal sechs mal vier Fuß. Aber wie viel wog der Drachen selbst? Es gab auf alles eine Antwort.

Cwicca drehte sich von seiner Stellung an den Seilen um. „Er hat dreimal gezogen. Er hat etwas gesehen. Und er deutet nach Norden."

Norden. Und die versuchsweise Attacke aus dem Süden. „Zieht ihn herein", befahl Shef. Er hatte keinen Zweifel, dass dies die berühmte Maschine des Kaisers war, die sich näherte. Der „Kriegswolf".

Die Straße, die sich entlang der Küste auf die nördliche Mauer von Septimania zuschlängelte, machte ihre letzte Kurve etwa zweihundert Doppelschritte vor dem gewaltigen hölzernen Tor, das normal für den durchreisenden Handel geöffnet, jetzt aber geschlossen und versperrt war, während die Türme an jeder seiner Seiten vor Bogen und Armbrüsten, Traktionskatapulten und Torsionspfeilschleudern strotzten. Nichts davon konnte die Verteidiger retten, sobald ihr Tor niedergeschmettert war. Und auch wenn es verstärktes Eichenholz war, mit Eisen gespickt, so würde doch ein Schuss des „Kriegswolfes" es zerstören. Das wusste Erkenbert.

Aber der Schuss musste am richtigen Ort landen. „Kriegswolf" warf seine Geschosse, wie alle Traktionswaffen. Ein Schuss, der fünf Schritte zu kurz flog, hatte keinerlei Wert und war nur ein weiteres Hindernis für die finale Attacke. Einer, der fünf Schritte zu weit ging, war genauso nutzlos. Der Felsen musste aus dem Himmel schleudern und genau ins Zentrum des Tores krachen, idealerweise nur einen Bruchteil vor das Zentrum, so dass er Eichenholz und Eisen nach hinten sprengen würde. Er hatte in der Vergangenheit immer sein Werk getan, manchmal nach wiederholten Versuchen. Erkenbert war sich dessen sehr wohl bewusst, dass die kleinen Hornissennester an Festungen der muslimischen Banditenfürsten, selbst die Zitadelle der Ketzer in Puigpunyent, keinen ernsthaften Widerstand geleistet hatten, sondern einfach für ungestörte Zielübungen stillgestanden hatten. Man konnte nicht darauf zählen, dass der englische Apostat und seine teuflischen Truppen so passiv bleiben würden. Und so hatte Erkenbert ernsthaft über die zwei großen Nachteile von „Kriegswolf" nachgedacht.

Erstens seine furchtbar langsame Ladezeit. Die große Kammer für das Gegengewicht, in der Größe einer Bauernhütte, wurde mit Steinen gefüllt. Ihr Sturz zur Erde schuf die gewaltige Kraft, mit der das Geschoss vom langen Arm geschleudert wurde. Wie sollte man das Gewicht zwanzig Fuß in die Luft heben? Bis jetzt hatte

Erkenbert den langsamen Weg, den sicheren Weg genutzt. Die Kammer mit dem Gegengewicht heben, indem man den langen Arm herunterzog. Den langen Arm mit Bolzen sichern. Fünfzig Arbeiter auf Leitern hinaufsteigen und die Kammer befüllen lassen, während sie über ihren Köpfen hing. Sobald sie voll war, das Geschütz laden und den Haltebolzen wegziehen. Nachdem es geschossen hatte, die Kammer wieder leeren, sie gegen den verringerten Widerstand nach oben ziehen und die Arbeiter wieder hinaufschicken, um ihre Steine einzufüllen.

Zu langsam, das wusste Erkenbert. Er hatte beschlossen, das Problem zu lösen. Feste Eisenringe wurden in die Ränder der Gegengewichtskammer versenkt. Seile wurden stabil an sie geknotet und führten über eine neue und gewaltige Holzrolle ganz oben auf dem gesamten Gerät. Nun konnten die Arbeiter einfach das Gewicht wieder nach oben hieven, langsam und mit furchtbarer Mühe für diejenigen, die aus dem Stand eine halbe Tonne mehr zwanzig Fuß in die Luft heben mussten. Aber es ersparte all das Leeren und Befüllen.

Das zweite Problem war das altbekannte, das für diese Maschine so entscheidend war: die Reichweite abzuschätzen. Aber dies wurde nun teilweise durch die gleichmäßige Qualität an Wurfgewicht gelöst. Alles, was man verändern musste, war das Gewicht, das man warf. Erkenbert hatte eine Anzahl an Felsblöcken mit stufenweise steigendem Gewicht ausgewählt. Die faulen Bauern beschwerten sich bitter darüber, dass sie diese auch mitschleppen mussten, auf Karren, die von Mulis und menschlicher Muskelkraft gezogen wurden, aber Erkenbert schenkte ihnen keine Beachtung. Er war zuversichtlich, dass er, sobald er seinen Testschuss gesetzt hatte – und wer weiß, der konnte vielleicht auch genau ins Ziel gehen –, eine Berechnung brauchte und einen Felsen auswählen konnte, um das Werk zu vollenden. Zwei Schüsse und das Tor wäre zerstört. Drei im schlimmsten Fall. Alles, was noch zu tun blieb, war, die riesige Maschine in Position zu manövrieren und die unvermeidlichen, nervigen Schüsse aus den leich-

teren Waffen der Feinde zu ignorieren. Zu Mittag gab Erkenbert, nachdem er den Boden untersucht hatte, den Befehl zum Vorrücken. Zimperlich gehorchten ihm die schwitzenden, erschöpften Männer seiner Katapultmannschaft, mit disziplinierter Bereitschaft die Lanzenbrüder, die ebenso wie Erkenbert selbst die örtliche Mittagsruhe verachteten. Wo der Kaiser selbst vor Ort war, stand es außer Frage, dass irgendjemand ungehorsam war.
Shef war seit Stunden durch Tolman vorgewarnt. Hinter dem versperrten Tor, absolut unsichtbar für die Belagerer, hatte er die Antwort der Wegemänner auf „Kriegswolf" aufgebaut: Eine Gegengewichtsmaschine, basierend auf dem, was ihm der Araber erzählt hatte und was seine eigene Fantasie und Erfahrung mit Traktionswaffen nahelegten. Nun beobachtete er interessiert und alarmiert von der Mauer aus, wie „Kriegswolf" um die Kurve in der Straße kroch. Er war in Einzelteilen transportiert und erst kurz vor seinem Einsatzort zusammengebaut worden. Er kroch auf zwölf gewaltigen Wagenrädern vorwärts. Als er die ebene Stelle erreichte, die Erkenbert ausgewählt hatte, hielt er an. Männer begannen, Blöcke unter seinen Rahmen zu legen, und bauten die Räder ab. Warum taten sie das und wie würden sie die Blöcke bewegen, wenn sie einmal an Ort und Stelle waren?
„Bereit zum Schießen!", rief eine Stimme von der Mauer. Cwicca hockte hinter der Zielvorrichtung seiner liebsten Pfeilschleuder. Er hatte hundert oder zweihundert Männer vor sich, gute Ziele. Shef winkte ungeduldig um Stille. Zu beobachten war wichtiger, als ein paar Arbeiter zu töten. Das musste der Feind auch denken. Weitere Männer kamen hervor, stolperten unter dem Gewicht gigantischer Blenden, schwerer Holzschilde, die einen Armbrustbolzen, selbst die gewaltige Wucht eines Torsionspfeils abhalten würden. Die Blenden verbargen das, was er sehen wollte. Aber er hatte etwas gesehen. Etwas Ominöses.
„Schießt, wenn ihr bereit seid", rief Shef.
„Jetzt gibt es nichts mehr, auf das wir schießen könnten", beschwerte sich eine anonyme Stimme. Sie begannen trotzdem auf

die Blenden zu schießen und versuchten, auf die Verbindungsstellen zu zielen. Irgendetwas drang vielleicht durch. Irgendein armer Narr verlor vielleicht die Nerven.
„Was hast du gesehen?", fragte Thorvin, der sich von den Wegepriestern am meisten für mechanische Geräte interessierte.
„Ihres hat zwei Stützbalken, die aus den Seiten ragen. Unseres nicht."
„Welchen Unterschied macht das?"
„Das wissen wir nicht. Wir haben mit unserem nie geschossen."
Die beiden Männer blickten nun nervös zu ihrer Maschine, die zwanzig Schritte hinter dem Tor aufgebaut war. Sie war nichts anderes als eine massiv vergrößerte Version ihres vertrauten alten Zugwerfers, der Waffe, die die Dreifache Schlacht, wie die Männer sie jetzt nannten, gewonnen hatte – die Schlacht an zwei Fronten gegen Mercia und gegen Ivar, Svandis' Vater. Sie hatte seither keine Schlacht mehr gewonnen. Würde ihr gewaltiger Abkömmling so einfach wie dessen Vorfahr funktionieren?
„Beginnt zu laden", sagte Shef. Auch er hatte das Problem erkannt, das Erkenbert aus seiner Erfahrung gelernt hatte, und konnte sich mit seinem mechanischeren Verstand mindestens zwei Methoden denken, um es zu lösen: Er hatte keine Zeit, um die nötigen Zahnräder und Ratschen und die große Eisenachse herzustellen, die für die bessere Methode nötig wären. Auch er wurde auf die simple Methode zurückgeworfen. Die Schaufel leer hochhieven und sie dann füllen, während sie in der Luft war. Aber seine Mannschaft nutzte keine Steine. Jeder Mann hatte einen schweren Sack voller Sand, der einzeln genau abgewogen wurde. Einhundert Pfund pro Stück. Thorvin zählte die Männer ab, als sie die Leiter hinaufstiegen, die kräftigsten von Brands Wikingern, deren Schweiß in ihre Hanfhemden strömte. Fünfzehn Ladungen wurden hineingelegt und der lange Arm bog sich sichtlich, als er gegen seinen geschmierten Rückhaltebolzen drückte.
„Ladet die Schlinge", befahl Shef. Noch eine schwierige Aufgabe. Die Schlinge selbst lag auf dem Boden wie ein gigantischer lee-

rer Hodensack. Der Felsblock, der hinein sollte, wog, wie Shef wusste, fast exakt hundertfünfzig Pfund. Eine Mannschaft hatte ihn an der Küste ausgegraben und an einem Stahlträger mit Sandsäcken abgewogen, dann hatte man ihnen sofort befohlen, ihn rund zu meißeln – und die Bruchstücke abzuwiegen! Dann hatten man sie zurückgeschickt, um drei weitere auszugraben und sie zu einem Gewicht zu behauen, das so identisch mit diesem hier war, wie es mit größter Sorgfalt möglich wäre. Aber nun musste die erste Ladung an ihren Platz gehievt werden. Kein großes Gewicht für starke Männer, aber es ist schwierig, runde Felsen vom Boden aufzuheben. Für einen Augenblick gab es Anstrengung und johlende Rufe von den Zuschauern, dann, als sich die zwei Heber wütend gegen ihre Kameraden wandten, traten Brand und Styrr vor. Sie gruben ihre Finger in den Sand unter dem Felsblock, umarmten ihn wie zwei Ringer und hievten ihn hoch und hinüber in seinen Sack aus Ochsenhäuten.

Nun, wenn das Gewicht fiel, würde der Arm hochspringen. Sobald der Arm hochsprang, würde die Schlinge schleudern. Wenn die Schlinge schleuderte, würde der Fels losfliegen und auf seinen eigenen Werfer und die Mannschaft herunterkrachen, außer der Haken, der Haken, der das freie Gegenstück des befestigten Rings am Seil der Schlinge war, außer dieser Haken hob sich genau am richtigen Punkt. Shef trat vor, um den Winkel des Nagels zu prüfen, auf dem er ruhte. Er war richtig.

Als er zurücktrat, wobei er tief Luft holte und seinen alten Kameraden Osmod ansah, der um die Ehre des ersten Schusses gebeten hatte, hörte er ein lautes „Oh!" von den Männern auf der Mauer hallen, ein Japsen oder überraschtes Schnaufen, das sich über das Klacken der Armbrüste und Peitschen der Seile erhob. Shef blickte auf und sah den Mond auf sich herunterstürzen. Genau wie er es ein Jahrzehnt zuvor bei der Belagerung von York getan hatte, zuckte er zusammen und zog seinen Kopf wie eine Schildkröte zwischen seine Schultern. Gigantisch, schwerelos, segelte der Felsblock geräuschlos von einem Punkt herab, der höher

schien, als selbst Tolman je geflogen war. Erkenbert und das Kaiserreich hatten als Erste geschossen.
Der Felsen war auf Anhieb beinahe ein perfekter Treffer. Er überflog die Oberseite des Stadttores um nicht mehr als sechs Fuß, schoss schneller vorbei, als das Auge ihn verfolgen konnte, und krachte in den trockenen, sandigen Boden, beinahe in gleicher Entfernung zwischen dem Fuß des Tores und dem Ort, wo Shef an der Seite seines eigenen Trebuchets stand. Die Erde bebte unter seinen Füßen, Sand stieg in einer Wolke auf. Als er sich setzte, in einer verblüfften Stille, starrten die Männer den Felsen an, der dort erschienen war und aussah, als hätte er seit Anbeginn der Zeit dort gelegen.
„Er ist größer als unserer", kam eine düstere Stimme. Irgendeine freundliche Erinnerung half Shef dabei, sie zu erkennen.
„Alles ist größer als deiner, Odda", antwortete er. „Worauf wartest du noch, Osmod? Zieh den Bolzen."
Als er sah, wie sich Osmod, mit einer gewissen Furcht, zu dem Bolzen drehte, wandte ihm Shef selbst den Rücken zu und rannte die Steintreppe auf den Wehrgang des linken Turmes hinauf. Hinter sich hörte er ein Quietschen, als am protestierenden Metall gezogen wurde. Dann ein langes, kratzendes Geräusch, das in einem großen Krachen mündete. Er sah sich gerade rechtzeitig um, um zu sehen, wie die Schlinge losgerissen wurde und der Felsblock, den zwei starke Männer nur unter Mühe anheben konnten, wie ein Kieselstein in den Himmel flog.
Als er sich auf seiner langen Flugbahn erhob, verfolgte ihn Shef, während er das Ächzen des protestierenden Holzes, die Ruhe und Schreie der Mannschaft ignorierte. Der höchste Punkt seiner Flugbahn, dort, musste die Hälfte des Weges sein. Er war sich sicher, dass die Richtung zum „Kriegswolf" stimmte. Aber die Reichweite?
Shef ließ die angehaltene Luft in einem langen Seufzen entfliehen. Er wusste bereits, dass es zu weit, sogar viel zu weit wäre. Sein Schuss war viel schlechter als der des Feindes. Das Krachen und

die Staubwolke waren wesentlich zu weit hinten aufgestiegen. Wie viel zu weit? Er nahm das Fernglas mit seinen trüben Linsen herunter und mühte sein eines Auge ab, um einen sicheren Blick zu bekommen. Es waren zu viele Dinge im Weg. Als Schätzung hätte er gesagt, vierzig Meter zu weit. Nachdenken. Wie viele Männer, von Kopf bis Fuß gestreckt, zwischen dem, was er von „Kriegswolf" sehen konnte, und der sich bereits setzenden Staubwolke. Shef zählte und nickte unbewusst bei jeden vorgestellten sechs Fuß mit dem Kopf. Vielleicht keine vierzig Meter. Eher etwas wie fünfunddreißig. Weniger eher als mehr. Also vierunddreißig.

Nun, wie weit war es von „Kriegswolf" bis zum Tor? Der Hauptmann der Stadtwache, Malachi, stand neben ihm und sagte nichts, wirkte aber nervös.

„Denkt genau nach. Ihr müsst diese Straße viele Male entlangmarschiert sein. Wie weit ist es vom Tor bis zu ihrer Maschine? Denkt es Euch in Doppelschritten."

Eine lange Pause. „Ich würde sagen, einhundertvierzig." Und zwanzig, bereits ausgemessen, vom Mittelpunkt seiner eigenen Maschine bis zu dieser Seite des Tores. Einhundertsechzig, mal fünfeinhalb Fuß, war die Entfernung, über die er schießen wollte. Diese Summe, plus vierunddreißig, mal drei, war, was er geschossen hatte. Er musste die fünfzehnhundert Pfund Wurfgewicht in Proportion mit der reduzierten Distanz reduzieren, um einen Treffer mit einem Felsblock mit demselben Gewicht zu landen. Vor zwei Tagen hätte er noch seine Hände hochgeworfen und verkündet, dass die Berechnung unmöglich sei. Jetzt …

Shef sprintete die Treppe wieder hinunter, wo seine Sandtabelle wartete. Osmod erwartete ihn mit einem panischen Gesicht. „Die Maschine. Sie fällt auseinander. Das Gewicht ist zu groß dafür. Wir brauchen seitliche Stützen, wie die sie haben …"

Shef schob ihn zur Seite. „Baut alles wieder zusammen, so gut ihr könnt, nutzt Nägel, wenn ihr müsst. Es muss nur noch für einen weiteren Schuss halten. Sag den Männern, sie sollen ausladen, hochwinden und zehnhundert Pfund einladen. Dann wartet."

Er bückte sich über seine Tabelle, wo die Linien für die erste seiner Summen bereits gezogen waren. Einhundertsechzig, mal fünf, dazu achtzig – das war einfach. „880" in den Sand schreiben. Vierunddreißig, mal drei, hinzuzählen, „982" in den Sand schreiben. Nun, 982 durch 15 dividieren, um herauszufinden, wie viel Distanz zu jedem Hundert-Pfund-Sack gehörte. Und dann *diese* Zahl durch die 880 dividieren. Shef mühte sich konzentriert weiter. Seine eigenen Männer beobachteten ihn neugierig. Solomon und Malachi tauschten Blicke. Jeder von ihnen, vermuteten sie, hätte die Berechnung schneller ausführen können, genau wie jeder Händler auf dem Markt. Allerdings hätte ein Markthändler nicht gewusst, was genau der König der Barbaren gerade zu tun versuchte. Er war zwar beinahe des Lesens nicht fähig. Aber er hatte die Maschine gebaut. Die Fackeln, die Drachen, die Armbrüste. Besser, man vertraute dem, was die Araber sein *Iqbal* genannt hätten. Den Duft des Erfolgs.
Shef streckte sich. Er konnte keine Mengen kleiner als eins berechnen und hatte auf beiden Seiten seine Zahlen verdoppeln müssen, um eine passende Annäherung zu erhalten, aber er kannte die Antwort.
„Sind zehn Hundert-Pfund-Säcke drinnen? Gut, legt noch drei weitere hinein. Schneidet einen vierten auf. Nehmt die Hälfte heraus. Exakt die Hälfte."
Shef beugte sich über den offenen Sack. Es sollten jetzt fünfzig Pfund darin sein. Nach seinen Zahlen sollte er jetzt sieben weitere herausnehmen. Welchen Unterschied konnte das wohl machen bei einem Felsblock von der Größe, die sie schleuderten? Grimmig schöpfte er heraus, was ihm wie sieben Pfund Sand vorkam, dasselbe Gewicht wie zwei Tagesrationen. Er drehte den Sack zu, stieg die Leiter hinauf und warf ihn oben auf den Haufen.
„Bereit, wieder zu werfen? Habt ihr die Ausrichtung geprüft?"
Ein Schrei vom Wehrgang, wo Thorvin zum Beobachten hingegangen war. „'Kriegswolf' ist bereit! Ich kann sehen, dass der lange Arm oben ist!"

Shef blickte zu Osmod. Es gab hier kein Krachen von Metall, keine hallenden Trompeten und lauten Kampfschreie, aber genau hier würde sich die Schlacht entscheiden. Alles, was „Kriegswolf“ tun musste, war, seine Reichweite um sechs Fuß zu senken. Wenn sie ihn nicht mit diesem Schuss zerschmetterten, wäre ihre nächste Handlung, zum Hafen zu rennen. Um sich der schwimmenden Festung, der mittäglichen Flaute und dem Griechischen Feuer zu stellen. In einer Stunde wären sie alle verbrannte Leichen, die auf dem Meer trieben.

Osmod zuckte mit den Achseln wie ein Knecht, den man über das Heumachen befragt. „Ich habe die Ausrichtung noch einmal geprüft. Ich kann nichts dazu sagen, was mit den Holzbalken passiert ist. Du hast gehört, dass sie anfangen, auseinanderzufallen.“

Shef holte tief Luft und blickte auf das Gegengewicht, den Rahmen, die Schlinge mit ihrem sorgfältig behauenen Felsblock. Es fühlte sich falsch an. Die Zahlen sagten, dass es richtig war.

„Bereitmachen zum Schießen. Alle in Stellung. Also gut, Osmod. Schuss!“

Als der den Bolzen zurückzog, war Shef schon mitten im Sprint Richtung Treppe und Wehrgang. Hinter sich hörte er das Kratzen, das Krachen und diesmal einen Chor aus warnendem Gebrüll, als der hastig reparierte Holzrahmen langsam und unaufhaltsam zersprang. Der Felsblock war immer noch in der Luft und stieg immer noch höher, als er seinen Aussichtspunkt erreichte. Als er sich auf sein Ziel konzentrierte, sah er, dass auch das sich plötzlich bewegte. Die große hölzerne Gegengewichtskammer stürzte plötzlich hinter die Blenden, er sah den langen Arm nach oben schnellen, das unvorstellbar wuchtige Peitschen der Schlinge, wie den Faustschlag eines Riesen. Und dann waren zwei Felsblöcke am Himmel. Einer fiel, einer stieg hoch. Für einen Augenblick dachte er, sie würden einander treffen. Dann war alles, was er draußen auf der Ebene sehen konnte, Staub. Und aus dem Staub stieg das Geschoss des Feindes immer noch höher.

Erkenberts schwache Augen hatten ihn den Flug seines ersten Geschosses nicht sehen lassen. Er hatte einen Lanzenbruder neben sich stehen, der als Beobachter diente, aber der Mann hatte nur gesagt: „Sehr nah, knapp oben drüber, senkt es nur um ein Katzenhaar, *Herra,* und wir sind durch!" Ermutigend, aber schwierig, ein Katzenhaar zu berechnen.

Erkenbert tat sein Bestes. Die eine Sache, die er wusste, war, dass sich sein Wurfgewicht nicht ändern würde, nicht jetzt, wo er das System, um das Gegengewicht mit Muskelkraft wieder nach oben zu hieven, vor Ort hatte. Als sich die Männer damit abmühten und an unnachgiebigen Seilen zerrten, dachte er über sein Problem nach. Es waren dreihundert Meter von der Maschine zum Tor, mehr oder weniger. Er musste nur ein wenig kürzer schießen. Also den nächstgrößeren Block in seinem abgestuften Haufen benutzen. Aber würde der dann zu kurz fliegen? Was war der Unterschied? Wenn ein Stein von etwa zweihundert Pfund mit dem Gewicht, das er hatte, dreihundert Meter weit geschleudert wurde, was auch immer dieses Gewicht war, wie schwer müsste ein Stein sein, um nur zweihundertfünfundneunzig weit zu fliegen? Erkenbert wusste, wie er die Antwort finden konnte. Er musste dreihundert mit zweihundert multiplizieren und die Antwort durch zweihundertfünfundneunzig dividieren.

Aber für Erkenbert – Produkt der großen und berühmten Schule der lateinischen Gelehrsamkeit in York, der Schule, die in ihrer Zeit solche Männer wie Alcuin den Diakon hervorgebracht hatte, den Kaplan von Karl dem Großen, Bewahrer der Manuskripte, Dichter, Übersetzer und Kommentierer der Bibel – stellte sich das Problem nicht auf diese Art dar. Für ihn war dreihundert CCC, zweihundert CC. III mal II war VI, C durch C – aber hier hätte der gesunde Menschenverstand eingegriffen, nicht die Berechnung, und die Antwort als XM gegeben. Erkenbert hatte reichlich gesunden Menschenverstand und konnte schnell, wenn auch nicht sofort ableiten, dass CCC multipliziert mit CC VIXM ergeben musste. Aber VIXM – sechs-zehn-tausend – war eher wie ein Wort oder ein Satz als eine Zahl. Was VIXM dividiert durch CCXCV ergeben könnte – das konnte der weiseste Mann kaum sagen, und selbst der nicht auf dem Schlachtfeld.

Erkenbert überlegte und befahl, den nächsten Felsblock eins größer als den, den sie gerade geworfen hatten, zu nehmen. Nach der Zahl, die auf seine Seite gemalt war, sollte er vielleicht fünf, vielleicht zehn Pfund schwerer sein als der letzte – mehr oder weniger, wie die dreihundert Meter, die Erkenbert als Reichweite geschätzt hatte. Auch wenn er ein *Arithmeticus* war, war absolute Präzision bei Zahlen kein Teil seines Weltbildes, außer vielleicht beim Berechnen von Lehnsgeldern, der Symbolkraft der Zahlen in der Bibel und dem Datum von Ostern. Und „Kriegswolf" hatte es noch nie mit einer Antwort zu tun gehabt. Der Stein, der vierzig Meter entfernt zu Boden gekracht war, hatte Erkenbert zornig gemacht, weil er bewies, dass feindliche und erfindungsreiche Köpfe sich ihm, und seinem Kaiser, und ihrem Erlöser widersetzten. Sein weiter Fehlschuss hatte ihn außerdem fröhlich gestimmt: Was sonst konnte man von Analphabeten erwarten, die imitierten, was besser als sie war, ohne auch nur eine Kopie von Vegetius, um sie anzuleiten? Außerdem hätten sie wohl kaum den Erfindungsgeist, um seinen Rollen und Seilen zu entsprechen. Warum brauchten die Arbeiter so lang, um das Gewicht wieder an seinen Platz zu hieven? Er winkte die Lanzenbrüder vor, damit sie die faulen Verpflichteten weiterpeitschten.

Einer der Männer, der am Seil zerrte, während seine Füße im weichen Sand rutschten, wagte es, einen Kommentar ins Ohr seines Nebenmannes zu knurren.

„Ich bin ein Seemann, das bin ich. Wir ziehen unsere Lateeno-Segel ständig über den Mast, genau wie das hier. Aber was wir nutzen, sind Flaschenzüge. Hat dieser Haufen noch nie von Flaschenzügen gehört?"

Ein Peitschen von Leder riss einen Striemen über seinen Rücken auf und brachte ihn gleichzeitig zum Schweigen. Als der Rückhaltebolzen endlich an seinen Platz glitt und die japsenden Männer ihre Seile losließen, schlang er sein Seil unbemerkt um den seitlichen Rahmen, knotete es zu einem Halbmastwurf und marschierte weg. Was das verursachen würde, wusste er nicht. Er wusste nicht, was sie hier tun sollten, auf Befehl ihres Bischofs eingezogen und von seinem Boot genommen, gerade als es die Chance auf einen erfolgreichen Fischzug gab. Aber wenn es irgendetwas gab, das er tun konnte, um es zu sabotieren, dann würde er das.

Erkenbert betrachtete die gespannte und vorbereitete Maschine mit grimmigem Vergnügen und sah sich zu seinem Kaiser um, der vom Hang aus beobachtete, in Deckung oder außer Reichweite der Waffen, die immer noch von der Mauer aus schossen. Hinter ihm die zweitausend Sturmtruppen, bereit, durch das Tor zu strömen, angeführt von Tasso dem Bayern und der eigenen Eliteleibwache des Kaisers.

Er drehte sich wieder um. Sah mit plötzlichem Unglauben den Felsblock, der bereits von hinter dem Tor der Feinde aufstieg. In einem sofortigen Reflex voll Zorn kreischte er den Befehl: „Schießt!" Er sah, wie sein eigenes Geschoss in seiner Schlinge über den Boden gezerrt wurde, herumwirbelte und fast genau auf der Flugbahn des anderen in den Himmel stieg.

Und dann das große Krachen, das Zerreißen von Balken und Seilen und Eisen zusammen.

Shefs exakt berechneter Felsen kam präzise wie geplant herunter, weil sich die verschiedenen Fehler in der Kalkulation ausglichen, wie es so oft geschieht, wenn jeder Teil so genau wie menschenmöglich durchgeführt wird. Die Reichweite ein wenig überschätzt, Luftwiderstand überhaupt nie in Betracht gezogen, das Abknicken von überlasteten Balken unberechenbar: Aber die Lösung korrekt. Binnen eines Augenblicks zersprang „Kriegswolf", getroffen genau am Dreh- und Mittelpunkt, so dass Arm und Seitenrahmen zerschmettert wurden und die Seite des Gegengewichts herausgerissen wurde. Die große Maschine lag in Bruchstücken da, während ihre Balken langsam ächzend auf die Erde stürzten, wie die Glieder eines gefallenen Helden, die im Tode zu Boden sinken. Sachte begann durch den Staub Erde aus der Gegengewichtskammer zu rieseln und fiel auf den Felsblock, der sie zerschmettert hatte, als wolle sie ihn vor Blicken verbergen und vorgeben, dass nichts passiert war. Wie gelähmt schlich Erkenbert vor, um den Schaden zu untersuchen. Dann riss er sich zusammen und blickte über die Ebene, um zu sehen, wo sein Schuss gelandet war. Er rief nach seinem Beobachter, damit er ihm berichtete.

„Knapp zu kurz“, berichtete Godschalk der Bruder mit sturer Unbekümmertheit. „Nur ein halbes Katzenhaar nach oben und Ihr habt es.“

Von der Mauer aus blickte Shef auf den Felsblock, der jetzt vier Fuß vor dem Tor lag, und schaute auf die Staubwolke hinüber, die markierte, wo sein Schuss ins Ziel getroffen hatte, wo er vor einem Augenblick einen Blick auf Bruchstücke erhascht hatte, die wild herauswirbelten. Er dachte über den Wert der Kalkulation nach. Ein tiefes Gefühl der Zufriedenheit stieg in ihm auf. Er hatte die Lösung. Nicht allein für dieses Problem, sondern für viele Probleme.

Vielleicht nicht für sein dringendstes. Als die Schreie voll Jubel und Triumph schließlich zu ersterben begannen, wandte er sich zum überglücklichen Gesicht von Brand um, das fast einen Fuß über seinem eigenen aufragte.

„Wir haben das Feuer zurückgeschlagen, wir haben die Steine zurückgeschlagen“, rief Brand.

„Wir müssen mehr tun, als sie zurückzuschlagen“, antwortete Shef.

Brand ernüchterte. „Richtig. Wir müssen machen, dass sie es leid werden, das habe ich immer gesagt. Aber wie sollen wir das machen?“

Shef zögerte. Er fühlte sich wie jemand, der nach einem vertrauten Werkzeug greift, dem Griff eines Schwertes, das seit zehn Jahren an seinem Gürtel hängt, und dort nichts findet. Er tastete in

seinem Inneren nach einer Quelle der Inspiration. Einem Ratschlag. Der Stimme seines Vatergottes.
Nichts zu finden. Er hatte jetzt das Wissen von al-Khwarizmi. Die Weisheit von Rig war verschwunden.

Kapitel 24

Der Kaiser der Römer ließ sich auf seinem Klappstuhl zurücksinken, seine Miene verzogen und erschöpft. „Totaler Fehlschlag“, sagte er. Er streckte einen Arm aus, fasste nach der Heiligen Lanze, die ihn nie verließ, und schmiegte sie an seine Wange. Nach einigen Momenten legte er sie respektvoll, aber immer noch niedergeschlagen an ihren Platz zurück.

„Selbst die Lanze bringt mir keinen Trost“, fuhr er fort. „Das Glück hat mich verlassen. Ich habe Gott erzürnt.“

Die beiden Leibwächter, die am Zelteingang standen, schweißüberströmt am Ende des langen katalanischen Sommertages, sahen einander nervös an, dann blickten sie auf den vierten Mann im Raum, den Diakon Erkenbert, der mit nach unten gerichtetem Gesicht Wein und Wasser vermischte.

„Gott erzürnt, *Herra*?“, fragte Jopp unsicher, der mutigere und dümmere der beiden. „Ihr esst Fisch an Freitagen. Gott weiß es – ich meine, wir wissen, dass Ihr hier drin keine Frauen habt, obwohl, wenn Ihr wolltet, da gäbe es genügend …“

Sein Kamerad trat ihm mit einem genagelten Stiefel fest auf den Fuß und Jopps Stimme verklang zu Schweigen.

Brunos Gesicht zeigte nicht einmal Belustigung, während seine Stimme traurig fortfuhr. „Das Griechische Feuer ist gescheitert. Vierzig gute Brüder tot oder vermisst, und Agilulf halb gegrillt aus dem Meer gezogen.“ Ein Funken Erregtheit zeigte sich, er streckte sich für einen Moment. „Es ist mein Glauben, dass diese griechischen Bastarde ihn mit dem Rest verbrannt haben, weil er im Weg war. Aber trotzdem“, er sank wieder zurück, „haben wir verloren. Der Admiral will es nicht noch einmal versuchen, jammert weiter über seinen verlorenen Flammenwerfer.“

„Und ‚Kriegswolf‘ zerschmettert. Das Tor nicht zerstört. Ich beschuldige Euch nicht, Erkenbert, aber Ihr müsst zugeben, es war etwas Teuflisches daran, wie sie mit dem zweiten Schuss getroffen haben. Man würde meinen, Gott würde seinen Dienern etwas senden. Falls sie seine wahren Diener sind. Ich fürchte, ich bin es nicht. Nicht mehr."

Erkenbert blickte nicht auf, sondern schüttete weiter eine Flasche in eine andere, als wäre er davon fasziniert. „Gibt es irgendwelche weiteren Anzeichen, *oh imperator,* dass Gott Euch den Rücken zugewandt hat?"

„Zu viele. Deserteure kommen immer weiter herbei. Männer, die sagen, dass sie Christen waren und mit Gewalt zu Verehrern Mohammeds konvertiert wurden. Wir lassen sie den Speck essen, dann prüfen wir, was sie sagen. Sie alle sagen das Gleiche. Die arabische Armee kaum auf der anderen Seite des Hügels, angeführt vom Kalifen persönlich, er-Rahman. Zehntausende, sagen sie. Hunderttausende, sagen sie. Alle, die dem Willen des Kalifen widerstehen, werden gepfählt.

Und das Schlimmste von allem wisst Ihr, oh Diakon. Kein Wort vom Heiligen Gral, der Leiter des Lebens, die zur Lanze des heiligen Todes gehört. Wie viele Männer haben wir auf der Suche danach in den Tod geschickt? Manchmal verfolgen mich ihre Schreie im Schlaf. Dieser Junge, der, der ihn gesehen hatte, Ihr habt ihn gefoltert, bis er starb. Und das Kind, das hellhaarige Kind, das in Flammen vom Himmel stürzte. Sie hätten noch viele Jahre leben sollen, aber sie starben. Und für nichts. Für nichts ..."

Der Kaiser sank noch weiter zurück, seine langen Arme streiften den Boden, seine Augen schlossen sich.

Seine metallgepanzerten Handschuhe lagen auf dem Tisch vor ihm. Mit einer überlegten Bewegung trat Erkenbert der Diakon hinüber, packte einen davon, wog ihn in seiner Hand und schlug ihn dann mit all seiner mageren Kraft ins Gesicht des überrumpelten Kaisers. Sofort strömte Blut aus dessen gebrochener Nase. Als die Leibwächter reflexartig nach ihren Schwertern griffen, wurde Erkenbert von seinen Füßen gerissen und mit dem Rücken auf den Tisch geworfen, während ein Unterarm wie Eichenholz

und Draht ihm den Atem in der Kehle abschnitt und eine Dolchspitze bereits einen Zentimeter vor seinem Augapfel hing.
Langsam lockerte sich der Druck, der Kaiser richtete sich auf und zog seinen Ratgeber mit.
„Bleibt zurück, Jungs. Also, warum zur Hölle habt Ihr das getan?"
Kein Anflug von Furcht zeigte sich auf dem blassen Gesicht, das zu ihm hinauffunkelte. „Ich habe Euch geschlagen, weil Ihr ein Verräter an Gott seid. Gott hat Euch gesandt, um seinen Willen auszuführen. Was auch immer dieser Wille sein mag! Und Ihr, Ihr verfallt in die Sünde der Verzweiflung! Ihr seid nicht besser als ein Selbstmörder, der sich selbst umbringt, weil er fürchtet, was Gott ihm senden könnte. Außer auf eine Weise. Noch habt Ihr Zeit, es gutzumachen. Hinunter auf Eure Knie, Kaiser, heißt das, und bettelt um Vergebung vom Allmächtigen!"
Langsam sank der Kaiser hinunter, ließ den Dolch aus seiner Hand fallen und begann, das Vaterunser zu beten, während Blut aus seiner Nase strömte. Erkenbert ließ es ihn beenden.
„Genug! Für den Augenblick. Beichtet dies Eurem Beichtvater. Nun haltet still." Der Diakon trat vor, hielt vorsichtig das gebrochene Nasenbein fest, richtete es sorgfältig wieder aus und ließ einen Finger über die Nasenspitze gleiten, um es zu überprüfen. Der Kaiser blieb bewegungslos, wie er es bei seinen vielen eigenen privaten Bußen tat.
„Sehr gut. In ein oder zwei Tagen werdet Ihr nicht mehr schlimm aussehen. Hier, trinkt." Der Diakon schob einen nicht verschütteten Krug vor.
„Also, hört zu, was ich zu sagen habe. Ja, das Griechische Feuer ist gescheitert. Ja, ‚Kriegswolf' ist zerstört. Nein, der Gral ist nicht gefunden worden. Aber bedenkt: Diese Deserteure, diese heimlichen Schweinefleischesser, die zu Euch gekommen sind. Sie sind Apostaten und die Kinder von Apostaten, vielfache Verräter. Wären sie zu Euch gekommen, wenn sie glaubten, dass der Kalif der Christus-Leugner gewinnen würde? Nein. Sie flohen aus Furcht vor seiner Niederlage. Also teilt sie in die vordersten Rei-

hen Eurer Armee ein, erinnert sie an das Schicksal, das zu denen kommt, die gefangen werden, nachdem sie dem falschen Propheten abgeschworen haben. Aber zerschmettert den Kalifen, wie Samson die Philister vernichtet hat, stark im Herrn."
Der Kaiser rubbelte an seinem blutverschmierten Kinn. „Es klingt, als wären wir an Zahlen vielfach unterlegen ..."
„Dann zerschmettert sie auf den Bergpässen. Nehmt Rache für den toten Roland. Was ist es, das die Barden in seinem Lied besingen, im Rolandslied?" Überraschend antwortete der schwerfällige Jopp. „Sie sagen, die Franken, *Chretiens unt dreit et paiens unt tort.* ‚Christen haben Recht und Heiden haben Unrecht'. Ich habe es damals auf dem Markt von Leuwen gesungen gehört. Genau das hat mich dazu gebracht, mich der Armee anzuschließen."
„‚Christen haben Recht und Heiden haben Unrecht'. Das ist alles, was Ihr wissen müsst. Aber ich will Euch noch eine Geschichte erzählen, um Euren Glauben zu stärken. Als der gesegnete Gregor, der Papst, seine Sendboten nach England schickte, um meinen Landsmännern das heilige Evangelium zu bringen, wollten sie nicht zuhören, genau wie sie heute wieder zu Ketzern geworden sind. Und Paulinus, der Erzbischof dieser Zeit, sein Mut sank und er machte sich bereit, zu fliehen und aus Feigheit nach Rom zurückzukehren. Aber in seinem Traum erschien der Apostel Petrus, der erste Papst, durch den alle Päpste ihre Macht haben, er kam im Traum zu Paulinus und schlug ihn wild mit verknoteten Seilen und befahl ihm, auf seinen Posten zurückzukehren. Und als der Erzbischof erwachte, waren die Zeichen der Seile immer noch an seinem Körper zu sehen, wo ihn der heilige Petrus ausgepeitscht hatte. Also kehrte Paulinus wieder zurück und siegte. Tut es ihm nun gleich, Kaiser! Und als Buße für Eure Schwäche, auch wenn ich nicht Euer Beichtvater bin, setze ich Euch dies: Steht an der vordersten Front, kämpft für die Heilige Kirche."
Der Kaiser erhob sich auf seine Füße, stellte sich hin und blickte hinab. „Und was ist mit Eurer Buße, kleiner Mann? Denn Ihr habt den Gesalbten des Herrn geschlagen."

Der Diakon starrte zu ihm hoch. „Ich werde den Gral für Euch finden oder sterben."
Eine Hand packte seine Schulter. „Findet mir den Gral, und ich schwöre es. Wenn ich die Ungläubigen überwältige, werde ich Euch nicht zum Erzbischof, nicht zum Kardinal, sondern zum Papst machen. Wir hatten zu viele italienische Schwächlinge, die nie die Mauern Roms verlassen. Wir brauchen einen Gregor. Einen wahren Nachfolger des Petrus."
„Das Papsttum ist nicht vakant", flüsterte Erkenbert, der über das Ausmaß der Aussichten, die sich ihm plötzlich eröffneten, so schockiert war, dass er fast verstummte.
„Das lässt sich arrangieren", sagte Bruno. „Wie man es schon zuvor getan hat."

Im Lager des Kalifen, des Nachfolgers des Propheten, gab es kein solches Drama. Wie es Brauch war, kamen zur Stunde des Sonnenuntergangs die Anführer der Armeedivisionen, um ihre Berichte zu erstatten, einer nach dem anderen betrat den großen Pavillon, der Stunden zuvor aufgebaut worden war – seine Ausmaße und die Zeit, die sein Aufbau und die Befestigung brauchten, waren einer der Hauptgründe für das langsame Vorankommen der Armee über die nördliche Halbinsel. Sie stellten sich vor den Diwan des Kalifen, zwischen ihn und den berüchtigten Lederteppich, an dessen beiden Seiten die Scharfrichter standen, ihre Krummsäbel gezogen, die Bogensehnen zum Erdrosseln um ihre Taillen geschlungen. An der Seite des Kalifen, wie immer nun, sein liebster Ratgeber, der junge Gelehrte Mu'atiyah. Die Generäle ließen ihre Blicke ohne Regung über ihn schweifen. Seine Ratschläge waren wild, seine Meinungen närrisch. Eines Tages würde der Kalif seiner müde werden. Sie blickten auch ausdruckslos auf die Gardinen hinter dem Diwan des Kalifen: Nach Gesetz und Tradition durften die Frauen des Kalifen nicht zu formellen Audienzen erscheinen, dennoch war ihnen seit langem erlaubt, ungesehen zu beobachten und zu lauschen. Manche sagten, dass auch sie die Gunst des Kalifen gefunden hatten und ihn weiter auf seinen derzeitigen Pfad der Narrheit führten. Niemand hatte vor, das zu berichten.

„Erzählt mir von den Deserteuren", sagte der Kalif abrupt. „Wie viele weitere heimliche Schweinefleischesser habt Ihr uns entkommen lassen? Wie viele sind seit Jahren ungesehen in der Armee und bringen Niederlagen und Schande über uns?"

Der General der Kavallerie antwortete. „Einige haben versucht zu entkommen, Kalif. Meine Reiter reiten sie nieder. Sie erwarten nur Euer Urteil. Keiner ist entkommen."

Nur einige Bruchstücke davon waren wahr. Der General hatte keine Ahnung, wie viele Männer die Armee heute im Vergleich zu gestern weniger hatte. Er wusste, dass es ziemlich viele waren, und viele von diesen vielen von seinen eigenen Elitereitertruppen. Er würde das nicht beichten, wie er es früher vielleicht getan hätte. Zum einen war er der dritte Kommandeur der Kavallerie, den die Armee hatte, seit sie aus Cordoba wegmarschiert war, und die anderen hatten keinen leichten Tod bekommen. Zweitens, wo er einst von einem ehrgeizigen Untergeordneten oder Rivalen hätte verraten werden können, wie zum Beispiel dem General der Infanterie, arbeiteten sie jetzt zusammen: Rivalen konnten einander zu leicht verraten, Untergeordnete hatten keinen Wunsch, befördert zu werden.

Der Kalif wandte sich an den General der Vorhut. „Ist das wahr?"

Nur eine zustimmende Verbeugung. Der Kalif überlegte. Etwas stimmte nicht, das wusste er. Jemand betrog ihn. Aber wer? Mu'atiyah bückte sich und flüsterte in sein Ohr. Der Kalif nickte.

„Diese Einheiten, die die Schweinefleischesser, die Verräter der *Shahada* geschützt haben. Platziert die in der Schlacht an vorderster Front." Sein Tonfall wurde schärfer. „Glaubt nicht, dass ich nicht weiß, welche es sind! Meine treuen Verbündeten haben es notiert. Wenn meinen Befehlen nicht gehorcht wird – dann weiß

ich, wer immer noch Verräter verbirgt. Die Pfählungspfosten sind noch nicht müde. Geht jetzt, füllt sie wieder. Weiter weg diesmal! Die Schreie der Verräter stören meinen Haushalt."
Nach dieser Entlassung zogen sich die Generäle zurück. Sie sahen einander nicht an, als sie sich zerstreuten. Alle wussten, dass die Befehle närrisch waren. Die unverlässlichen Einheiten, die aus dem Norden, die Konvertiten und die *Mustaribs* an die Front zu nehmen, würde bloß dem Ansturm die Schärfe nehmen. Aber auch nur darauf hinzuweisen, wäre Verrat. Alles, was man nun tun konnte, war für einige, auf Allah zu vertrauen, oder für andere, seinen eigenen Ausweg vorzubereiten. Der Kommandeur der Kavallerie dachte über die Schnelligkeit seiner Lieblingsstute nach und fragte sich, ob er einen Teil der Soldtruhe seines Regiments ohne Aufhebens in seine Satteltaschen packen konnte. Er beschloss mit Bedauern, dass sein Leben die einzige Last war, die er vielleicht davontragen konnte.
Dahinter, im *Harem* hinter den Gardinen, sprachen die drei Verschwörerinnen leise in ihrer undurchdringlichen Frauensprache.
„Wir haben immer noch zwei Chancen. Die Franken zu erreichen, für Berthe, oder die heidnischen Seeleute zu erreichen, für Alfled."
„Eine dritte", korrigierte die Tscherkessin.
Die anderen sahen sie überrascht an. Keine tscherkessische Armee existierte im Westen der Welt.
„Es muss einen Nachfolger für den Nachfolger geben."
„Alle Nachfolger sind dieselben."
„Nicht, wenn es einen Glaubenswechsel gibt."
„Cordoba soll Schweinefleisch essen und an Yeshua, Sohn der Bibi Miriam glauben? Oder Hebräisch lernen und den Propheten leugnen?"
„Es gibt einen anderen Weg", korrigierte die Tscherkessin leise. „Wenn der Nachfolger des Propheten selbst in der Schlacht durch die Ungläubigen besiegt wird, wird der Glauben erschüttert. Diejenigen, die sagen, dass die Vernunft ein besserer Führer ist, wer-

den stärker werden. Ishaq, Bewahrer der Schriftrollen, ist einer von ihnen. Genauso ist es bin-Firnas, im Geheimen. Sein Vetter, bin-Maymun, kommandiert nun die Kavallerie. Sie sagen, dass selbst al-Khwarizmi, der Ruhm Cordobas, zu den Mu'tazilah gehörte: denen, sie sich absondern. Solche Männer würden sogar der rothaarigen Prinzessin aus dem Norden zuhören, wenn in ihren Worten Vernunft wäre. Ich würde lieber mit solchen Männern leben, wenn sie in Cordoba regierten, als in den Norden zu gehen, um unter Pelzen und Flöhen zu wohnen."
„Wenn wir solche Männer finden könnten", stimmte Berthe zu.
„Jeder Mann wäre eine Veränderung eines Zehntels von einem", sagte Alfled. Sie streckte unzufrieden ihren langen Körper.

In einem abgeschiedenen Innenhof in der Stadt Septimania wurden Glauben und Vernunft ebenso diskutiert. Zum ersten Mal seit Monaten hatte Thorvin darauf bestanden, dass die Priester des Weges ihren heiligen Kreis bilden sollten. Es waren nur vier von ihnen, Thorvin für Thor, Skaldfinn für Tyr, Hagbard für Njörd und Hund der Heiler für Idun. Trotzdem, nachdem ihr heiliges Oval gezeichnet und markiert war, das Ballenfeuer an einem Ende brannte und der Speer für Odin Allvater am anderen Ende aufrecht in den Boden gesteckt war, konnten sie auf göttliche Führung in ihren Gesprächen hoffen. Für menschliche Führung, wie es ihr gelegentlicher Brauch war, hatten sie sowohl Brand dem Vorkämpfer als auch Solomon dem Juden erlaubt, als Beobachter außerhalb des Ovals zu sitzen und zu lauschen, aber nur zu sprechen, wenn man sie dazu aufforderte.
„Er sagt, seine Visionen sind verschwunden", begann Thorvin ohne Vorrede. „Er sagt, er kann seinen Vater nicht länger in sich fühlen. Ist sich nicht einmal sicher, ob er je einen Vater oder einen Gottvater hatte. Er spricht davon, sein Emblem wegzuwerfen."
Skaldfinn der Übersetzer antwortete und sprach im Tonfall der sanften Vernunft. „Es gibt eine einfache Erklärung, nicht wahr, Thorvin? Es ist die Frau, Svandis. Sie erklärt ihm seit Wochen,

dass es keine Götter gibt, dass sie nur irgendeine Fehlfunktion des Gehirns sind. Sie erklärt ihm seine Träume und zeigt ihm, wie sie nur verzerrte Erinnerungen sind an Dinge, die geschehen sind, oder verdrängte Furcht. Nun glaubt er ihr. Also sind die Visionen verschwunden."

„Wenn du das sagst", unterbrach ihn Hagbard, „akzeptierst du, dass das, was sie sagt, wahr ist. Die Visionen kommen von innen. Er ist innerlich überzeugt, dass er keine haben sollte, also hat er keine. Aber wir haben immer geglaubt, dass die Visionen von außen kommen. Und ich habe den Beweis gesehen. Ich habe gesehen, wie Vigleik der Priester aus einer Vision kam und uns Dinge erzählte, die er nicht wissen konnte. Sie wurden später bewiesen. Es ist dasselbe bei Farman, Priester des Frey, und vielen anderen. Die Frau hat Unrecht! Wenn sie aber Unrecht hat, dann würde deine einfache Erklärung nicht funktionieren."

„Und es gibt eine weitere einfache Erklärung", fuhr Thorvin fort. „Dass das, was er sagt und gesagt hat, wahr ist. Dass Loki befreit ist und Ragnarök bevorsteht. Sein Vater, Rig, kann nicht zu ihm sprechen, weil er … gefangen ist? Zum Schweigen gebracht wurde? Was auch immer mit Göttern passiert, die besiegt werden. Es herrscht Krieg am Himmel. Und unsere Seite hat bereits verloren."

Eine lange Stille, während die Priester und ihre Beobachter die Optionen in Betracht zogen. Thorvin zog seinen Hammer von seinem Gürtel und fing an, ihn sachte und rhythmisch auf seine linke Handfläche zu schlagen, während er nachdachte. Im Zentrum seiner Gefühle stand der tiefe Glaube, dass seine überlegte Meinung richtig war. Der Eine König, Shef, den er zuerst als weggelaufenen englischen Sklavenjungen getroffen hatte, war der vom Schicksal bestimmte: der Eine, der aus dem Norden kommen würde, im tiefen Glauben des Weges. Der Friedenskönig, der die Kriegskönige aus alten Zeiten ersetzen würde, der die Welt auf den richtigen Pfad und weg von den Schrecken der Skuldwelt der Christen bringen würde. Thorvin hatte es am Anfang nicht glauben wollen, hatte die Vorurteile seines Volkes und seiner Religion gegen die Engländer, gegen all die geteilt, die nicht Nordisch sprachen. Langsam war er überzeugt worden. Die Visionen. Die Beweise von Farman. Die alte Geschichte von König Sheaf. Der Sturz von Königen. Er erinnerte sich an das Zeugnis von Olaf, dem norwegischen König, selbst ein Seher und Prophet, der den Tod und die Absetzung seiner eigenen Blutlinie als Wille der Götter akzeptiert hatte. Er erinnerte sich an den Tod von Valgrim dem Weisen, der nicht weise genug gewesen war, seinen Widerstand gegen die Wahrheit aufzugeben, selbst als Überprüfung sie bewiesen hatte.

Die Sache, die Thorvin letztlich den stärksten Glauben schenkte, war die unvorhersehbare Natur des Ganzen. Der Junge Shef, selbst als er zum Mann gewachsen war, hatte sich nicht wie jemand benommen, den die Götter gesandt hatten. Er hatte beinahe überhaupt kein Interesse am Willen der Götter, hatte nur widerwillig ein Emblem angenommen und schien den Großteil der Zeit selbst mit seinem eigenen Vater und Patron auf Kriegsfuß zu stehen. Er hatte keine Liebe für Odin übrig und wenig Geduld für heilige Geschichten. Seine Interessen waren auf Maschinen und Geräte fixiert. Es war nichts, was irgendein weiser Priester des Weges erwartet hätte. Und doch schien es Thorvin immer wieder so, dass die Götter sandten, was kein Mann erwartete, und auch keine Frau, egal, was Svandis darüber vielleicht sagen könnte. Was sie sandten, was sie taten, hatte ein besonderes Gefühl an sich – beinahe einen *Geschmack.* Man konnte es nicht verfehlen, wenn man einmal damit vertraut war. Thorvin hatte Solomon den Juden über die eigentümliche Qualität der christlichen Evangelien dozieren hören, wie sie selbst trotz ihrer Uneinigkeit Zeugnis über tatsächliche Geschehnisse zu geben schienen. Genauso fühlte er sich bei Shef und seinen Visionen. Sie waren unangenehm, oft nicht hilfreich, sogar ungewollt. Genau das bewies, dass sie echt waren.

Schließlich fasste Thorvin es zusammen. „Es ist folgendermaßen. Wenn die Visionen nicht echt sind, dann haben wir kein Zeugnis für die Existenz unserer Götter. Wir könnten genauso gut unsere Roben, unsere Halsketten, unsere heiligen Embleme wegwerfen und wieder in unserem Handwerk arbeiten – wie wir es sowieso tun. Entweder die Visionen kommen von innen, bloße Träume, Fehlfunktionen des Gehirns und des Bauches. Oder sie kommen von außen, aus einer Welt, wo unsere Götter unabhängig von uns existieren. Aber ich sehe keine Möglichkeit, dies zu überprüfen."

Eine vierte Stimme kam aus dem Inneren des Kreises, eine dünne und müde: die Stimme von Hund dem Heiler. Seit Wochen, schon seit der ersten Verbindung zwischen Shef und seiner angenommenen Schülerin Svandis, war der kleine Mann nun zurückgezogen, missmutig, sogar wütend. Eifersüchtig, wie sie alle vermuteten, dass die Frau, die er liebte, von dem einen Mann, bei dem es am unwahrscheinlichsten schien, genommen wurde. Nun sprach er entschlossen.

„Ich kann es für euch prüfen."

„Wie?", fragte Hagbard.

„Ich weiß seit langer Zeit – seit Shef und ich den Trank der Finnen probierten –, dass ich mit einem Trank diese Visionen schaffen kann. Ich glaube, wahrscheinlich entspringen all seine Visionen aus derselben Wurzel. Nicht aus einer Wurzel, sondern aus einem Pilz. Ihr wisst alle, dass, wenn der Roggen bei der Ernte feucht wird, eine Art schwarze Sporen darauf wachsen. Ihr Nordmänner nennt es *Rugulfr,* den Wolf im Roggen. Wir alle wissen, dass wir es abkratzen und austrocknen müssen und nicht essen sollten. Aber es ist schwierig, es vollständig loszuwerden. Es bringt Visionen und in großen Dosen Wahnsinn. Ich glaube, unser Freund reagiert besonders empfindlich darauf, wie es manche tun. Seine Visionen kommen, nachdem er Roggenbrot oder Roggenbrei isst. Was haben wir gegessen, seit wir hier sind, seit wir unsere eigenen Vorräte aufgebraucht haben? Weizenbrot, aus gut getrocknetem Getreide. Aber ich habe einen Sud aus dem Mutterkornpilz bei meinen Vorräten. Ich kann jederzeit seine Visionen hervorrufen."

„Aber wenn du das sagst", sagte Hagbard, „dann stimmst du Skaldfinn und Svandis zu. Die Visionen sind nur eine Fehlfunktion des Bauches. Nicht eine Botschaft von den Göttern. Also gibt es keine Götter."

Hund sah sich düster um, ohne Aufregung oder Drang, seinen Standpunkt durchzusetzen. „Nein. Ich habe all dies bedacht. Ihr seid alle Opfer einer Art zu denken, die ich kenne. Entweder dies oder das. Entweder innen oder außen. Entweder Wahrheit oder Unwahrheit. Das funktioniert bei einfachen Dingen. Nicht bei den Göttern.

Ich bin ein Heiler. Ich habe gelernt, meinen gesamten Patienten zu betrachten, ehe ich entscheide, was ihm fehlen könnte. Manchmal ist es nicht nur eine Sache. Also sehe ich auch die Gesamtheit unseres Glaubens an die Götter an. Wenn wir – wir Priester des Weges – unseren Glauben in Worte fassen sollten, würden wir sagen, dass die Götter irgendwo außerhalb von uns sind, irgendwo am Himmel, möglicherweise, und dass sie vor uns da waren. Sie haben uns geschaffen. Was die Götter anderer Völker betrifft, wie der Christen, die mich großgezogen haben, oder der Juden, wie wir hier getroffen haben, sie sind nur Fehler, sie existieren überhaupt nicht. Aber die sagen dasselbe über unsere! Warum sollten wir richtig und sie falsch liegen? Oder sie richtig und wir falsch? Vielleicht haben wir alle Recht.

Und liegen alle falsch. Recht, wenn wir denken, dass die Götter existieren. Falsch, wenn wir denken, dass sie uns gemacht haben. Vielleicht haben wir sie gemacht. Was ich glaube, ist, dass unsere Köpfe seltsam sind, jenseits unseres Verständnisses. Sie funktionieren auf Arten, die wir nicht kennen und nicht erreichen können. Vielleicht arbeiten sie an Orten, die wir nicht erreichen können, Orten, die jenseits unseres Raums und unserer Zeit liegen – für die Visionen von Vigleik und auch Shef reisen sie, wo ihre Körper nie hinkönnten. An diesen seltsamen Orten, glaube ich, werden die Götter gemacht. Aus Gedankendingen. Aus Glauben. Sie werden durch Glauben stark. Verblassen bei Unglauben oder Unwissen. Also seht ihr, Thorvin, Skaldfinn, Shefs Visionen könnten ein wahrer Führer zu den Göttern sein. Aber sie entstehen durch Roggenwolf oder meine Tränke, es ist egal. Sie müssen nicht entweder oder sein."

Hagbard leckte seine Lippen und sprach zögerlich im Angesicht der Sicherheit und Fassung des kleinen Mannes. „Hund, ich verstehe nicht, wie das wahr sein könnte. Wenn es wahr wäre, dass die Götter aus dem Glauben entspringen, bedenke: Wie viele Wegeleute gibt es, wie viele Christen gibt es? Wenn der Christengott sich aus dem Glauben von tausenden und abertausenden nährt, unsere Götter nur am Glauben eines Zehntels jener Anzahl – sicherlich würden unsere Götter zerschmettert wie eine Nuss unter einem Kriegshammer."

Hund lachte freudlos. „Ich war einst ein Christ. Wie viel davon, denkt ihr, habe ich geglaubt? Ich glaubte, dass, wenn ich keinen Zehnten an die Kirche zahlte, die Hütte meines Vaters niedergebrannt würde. Es gibt Christen auf der Welt, das weiß ich. König Alfred ist einer von ihnen. Shef erzählte mir einst von der alten Frau, die Alfred und er trafen, die um ihren Mann trauerte. Sie war auch eine. Aber Kirchenleute sind keine Christen. Genauso wenig glauben alle, die die *Shahada* sagen, an Allah. Sie glauben an nichts, oder sie glauben an die *Shari'a,* wie dein Volk, Solomon, an seine Bücher glaubt. Ich denke nicht, dass diese Art von Glauben reicht. Denn wenn die Götter unsere Schöpfung sind, dann können sie nicht so getäuscht werden, wie wir uns selbst täuschen."

„Und wenn der Eine König aufgehört hat, an seine Götter zu glauben?", fragte Thorvin.

„Das muss nicht bedeuten, dass sie aufgehört haben, an ihn zu glauben. Denn sie kommen aus anderen Gedanken außer den seinen. Lasst mich meinen Trank versuchen. Aber eine Sache noch. Die Frau – haltet sie aus dem Weg. Es kommt mir vor, dass auch sie Macht auf der anderen Seite hat, wie ihr Vater, der Knochenlose, der Wer-Drache."

Die Priester blickten einander an, blickten auf das ersterbende Feuer und nickten in wortloser Zustimmung.

Shef nahm den Kelch, den ihm Hund übergab, und sah nicht dessen Inhalte an, sondern blickte in die Augen seines Freundes – seines Kindheitsfreundes, jetzt vielleicht seines Rivalen oder Feindes.
„Dies wird mich von meinem Vater träumen lassen?"
„Es wird dich so träumen lassen wie früher."
„Was, wenn mein Vater keine Botschaft für mich hat?"
„Dann wirst du das wenigstens wissen!"
Shef zögerte, dann leerte er den Kelch. Es schmeckte schimmlig, alt. „Jetzt bin ich mir nicht mehr sicher, dass ich schlafen will."
„Dann bleib wach. Die Visionen werden auf jeden Fall kommen."
Hund nahm den Kelch und ging ohne weitere Worte weg. Shef fühlte sich verlassen, allein. Svandis war verschwunden, niemand wusste, wohin. Brand und die anderen mieden ihn. Er saß in einem kleinen Raum am Hafen und hörte dumpfes Jubeln und Schreien, als die Katapultmannschaften ihren Sieg über die Griechen und über den „Kriegswolf" feierten. Er wünschte, er könnte sich ihnen anschließen.
Nach einer Weile verschwamm der Raum vor seinen Augen und begann sich mit seltsamen Schleifen und Spiralen aus Farbe zu mischen. Er stellte fest, dass er sie mit manischer Aufmerksamkeit untersuchte: Als ob er, indem er das tat, sich selbst davor bewahren könnte, in das gesogen zu werden, das ihn, wie er wusste, erwartete.

Als ob sein Blick wieder klar geworden wäre, bemerkte Shef, dass er in ein riesiges Gesicht starrte. Allein die Nase war größer als er, die Augen waren wie schwarze Tümpel, die Lippen zogen sich zurück, um monströse Zähne zum Vorschein zu bringen. Das Gesicht lachte ihn an. Mit einem Knall drang Lärm an seine Ohren und er taumelte unter dem Sturm aus Lachen, der in seine Richtung blies. Er war wie eine Maus, spürte Shef. Wie eine Maus, die auf einer Tischplatte in der Falle saß, wenn der Besitzer der Küche zurückkehrte. Er wirbelte herum, duckte sich, suchte nach einem Versteck, begann sich zu bewegen.

Ein Krachen, und etwas war über ihm. Eine Hand. Licht strahlte darunter, und als er sich auf die Öffnung zubewegte, kamen zwei Finger herbei, Daumen und Zeigefinger, und pflückten ihn von der Tischplatte, als wäre er eine Kirsche. Daumen und Zeigefinger schlossen sich um ihn, nicht kräftig, noch nicht. Sie mussten nur zudrücken, das wusste er, und seine Eingeweide würden sich ihren Weg aus seinem Mund und Hintern erzwingen wie bei einem Mann, der zwischen einem geschobenen Langschiff und seinen Transportrollen zerquetscht wird.

Das Gesicht sah ihn an, immer noch mit manischer Freude. Shef konnte sehen, selbst von diesem schrecklichen Aussichtspunkt, dass das Gesicht wahnsinnig war. Nicht wahnsinnig, sondern verrückt. Es war das Gesicht des Mannes, den er gefesselt gesehen hatte, so dass die Schlange ihr Gift auf ihn spucken konnte. Der Mann, den sein Vater befreit hatte, und dem er auf der gigantischen Treppe am Ormgarth der Götter entkommen war. Es war das Gesicht von Loki. Dem befreiten Loki. Dem Loki, zu dem ihn die Götter gemacht hatten.

„Der kleine Liebling meines Bruders", spottete die Stimme in einem brummenden Bass, so tief, dass er es kaum hören konnte. „Er hat mich befreit, aber ich glaube nicht, dass er wollte, dass ich dich fange. Soll ich dich jetzt zerquetschen und seine Pläne zunichtemachen? Du glaubst nicht an mich, ich weiß, aber du wirst trotzdem im Schlaf sterben. Und ein Teil von dir wird hier bei mir bleiben, für immer."

Shef konnte keine Antwort geben und sah sich um. Sein Vater Rig? Die anderen Götter? Sicherlich hatte Loki viele Feinde.

„Oder ich könnte dich meinen Haustieren vorwerfen", fuhr die Stimme fort. Die Hand drehte Shef, so dass er nach unten sehen konnte, auf das, was unter dem Tisch lag. Eine kriechende Masse aus Schlangen, die sich um die Beine des verrückten Gottes wanden. Von

Zeit zu Zeit stießen sie nach ihm, er konnte die gebleckten Giftzähne sehen, das Gift riechen. „Ich habe so viel Gift geschluckt, ich spüre es nicht mehr", lachte die Stimme. „Und da sind meine anderen Haustiere, du hast einige von ihnen schon gesehen."

Ein Kippen, und Shef konnte hinaus aufs offene Meer sehen, wo Rücken sich hoben und senkten. Einige von ihnen waren die Orkas, die Killerwale, die beinahe Cuthred und ihn selbst erwischt und Valgrim den Weisen und all seine Männer in Hrafnsey getötet hatten. Aber sie waren warmblütige Tiere, beinahe menschlich in ihrer List und ihrem Verhalten. Shef konnte andere sehen, bloße kalte Augen über monströsen Zähnen, und schlimmere Dinge weiter unten. Die Furcht, nach unten gezerrt zu werden, sein Leben in den Fängen eines Dings zu beenden, das nicht einmal wusste, was es da tat, überkam ihn. Er konnte spüren, wie an seinem Körper kalter Schweiß ausbrach.

„Gut, sehr gut. Jetzt hast du Angst. Aber du musst dich weniger fürchten als manch anderer. Weil ich dich benutzen kann, Menschlein. Du hast mir bereits viele Dienste geleistet. Die Griechen verbrennen Männer lebendig, die Araber stoßen Pfähle in sie, bis sie sterben. Aber du hast ihnen aus der Entfernung Furcht gebracht. Du hast ihnen aus dem Himmel Furcht gebracht.

Und du kannst ihnen noch mehr bringen. Du mit deinen seltsamen Salzen und deinen seltsamen Maschinen. Es gibt da mehr, als du je lernen wirst. Aber du könntest Männer auf den richtigen Pfad führen. Meinen Pfad. Und wenn du das tust, kannst du meine Gunst haben. Ich konnte meinem Günstling, den du im Wasser getötet hast, Ivar Fluch-der-Frauen, nicht helfen, weil ich gefesselt war. Aber jetzt bin ich frei. Gibt es keine Rache, die du dir ersehnst, wie Ivar, wie ich?"

„Nein", sagte Shef, wobei seine Stimme wie das Piepsen eines Vogels, das Piepsen einer Maus in den Pfoten einer Katze klang. Er war sich keinerlei Mutes bewusst. Loki hatte ihm eine Frage gestellt. Er wusste die Antwort. Es würde nichts nützen, zu lügen.

Das verrückte Gesicht starrte auf ihn herunter. Shef bemerkte, dass er versuchte, sich vorzustellen, wie es ohne die Narben und Vertiefun-

gen des Giftes aussehen würde, ohne die bitteren Zeichen des Hasses. Als würde man auf einen vernarbten und besiegten alten Krieger blicken und sich fragen, was er geworden sein könnte, wenn sein Leben besser gelaufen wäre. Zeigefinger und Daumen drückten sich eng um ihn, aber sie hatten noch nicht gequetscht.

„Sieh dort." Shef stellte fest, dass er über eine gewaltige Brücke starrte, eine Brücke, die gleichzeitig ein Regenbogen war, und am Ende davon ein kaltes Glitzern von Klingen. „Die Götter, mein Vater und meine Brüder, sie sind zurück über die Bifröstbrücke gegangen, und Odin hat seine Einherjer gerufen, um sie zu bemannen. Sie erwarten, dass ich sie stürme, mit meinen Verbündeten, den Riesen, und meinen Kindern, der Monsterbrut. Warum sollte ich das nicht?"

„Es war einst Eure Heimat, Herr. Ehe Ihr Balder getötet habt."

Diesmal drückten der Daumen und Finger fester zu, er konnte fühlen, wie seine Rippen knacksten, bereit, zu brechen und Splitter durch sein Herz zu treiben.

„Ich wollte Balder nicht töten. Ich wollte, dass sie selbst sehen, was sie sind."

„Ich weiß das, Herr. Genauso mein Vater Rig. Deshalb hat er Euch befreit."

Das Gesicht war ruhig geworden und eine Art Vernunft überkam es wieder.

„Versuchst du, mit mir zu handeln, Menschlein?"

„Ja, Herr."

„Was ist dann dein Angebot?"

„Ich weiß es noch nicht, Herr. Euch wieder einen Halt in Asgard zu geben?"

„Das kannst du mir nicht geben", sagte die Stimme Lokis. „Aber vielleicht kannst du mir etwas geben. Also höre mein Angebot an. Erfülle meine Wünsche. Mach mehr Feuer, mach mehr Maschinen, sei mein Gefolgsmann und nicht der von Rig, wende dem Weg den Rücken zu und bringe Schrecken über die Welt. Und im Tausch werde ich dir mehr geben, als mein Vater Odin je angeboten hat. Er schenkt seinen Lieblingen Erfolg, bis er es sich anders überlegt, wie Sigurd Schlan-

genauge, den du dem Tod überantwortet hast, als er über sein Schuhband gestolpert ist. Ich würde dir Erfolg schenken, bis du stirbst, alt und gefürchtet. Denke an die Männer unter deinem Kommando. Denke an die Frauen, die du nehmen könntest. All dies kann dein sein.
Nun, hier ist mein Zeichen. Mehr als alles andere willst du das Feuer. Ich werde es dir senden und damit eine Hoffnung jenseits deiner Hoffnungen. Wenn es zu dir kommt, sage zu dem Griechen: ‚Es ist am besten an einem Wintermorgen'. Sieh ihn kriechen.
Geh nun. Aber glaube nicht, dass du mir entkommen kannst, jetzt, wo ich befreit bin. Oder dass dich dein Vater schützen kann, der sich am Ende der Bifröstbrücke verschanzt hat."
Shef merkte, wie er plötzlich in die Luft geschleudert wurde und immer höher flog, wie ein Stein aus einem Katapult. Er drehte sich in der Luft, versuchte, seine Füße unter sich zu ziehen, besessen von der Furcht, wo er landen könnte, im Meer mit den kalten Augen und Zähnen, oder an Land, wo die Schlangen krochen und bissen.

Es war ein Bett unter seinem Rücken, er mühte sich auf seine Füße und versuchte, seine Beine vor den Giftzähnen hochzureißen. Arme drückten ihn hinunter, er spürte eine weiche Brust auf seiner nackten Haut. Svandis. Für lange Momente klammerte er sich zitternd an sie.
„Weißt du, was du gesagt hast?", sagte sie schließlich zu ihm.
„Nein."
„Du hast es immer wieder gerufen, auf Nordisch. *Skal eg that eigi, skal eg that eigi, that skal ek eigi gera.*"
Shef übersetzte automatisch: „Ich soll das nicht, ich soll das nicht, das soll ich nicht tun."
„Was ist ‚das'?", fragte Svandis.
Shef wurde bewusst, dass er sein Emblem schützend gepackt hielt. „Dies aufgeben", sagte er und blickte darauf hinunter. „Dies aufgeben und Loki im Tausch für seine Gunst verehren. Was für ein Lärm ist das da draußen?"

Kapitel 25

Die Sonne war bereits über dem Horizont – eine Nacht war vergangen, während Shef in seinem Traum mit dem Gott des Chaos rang – und der Lärm war der Lärm von wildem Jubel. Schiff um Schiff bahnte sich seinen Weg in den Hafen, das erste aus der Entfernung herausgefordert und dann von alarmierten und wachsamen Mulimannschaften beobachtet. Aber als die Bauweise des Schiffes selbst mit bloßem Auge offensichtlich wurde, und als Rufe zwischen der herannahenden Armada und den Katapultmännern ausgetauscht wurden, verschwand die Anspannung. Die hastig reparierte Sperre wurde heruntergelassen, die schützende Artillerie hörte auf, ihr Ziel auszurichten, eng gewundene Seile wurde locker gelassen. Als sich die Nachricht in der Stadt verbreitete, rannten all die, die vom Wachdienst abgelöst werden konnten, hinunter zur Hafenkante und winkten und riefen voll Erleichterung nach der Anspannung.

Die Flotte, die Alfred, gewarnt von Farmans Vision, ausgestattet und zur Rettung geschickt hatte, hatte sich langsam an ihren verschiedenen Stützpunkten in der Nordsee gesammelt und sich dann vorsichtig ihren Weg in den Süden erfragt. Fischer hatten oft gesehen, wie Shefs kleinere Flotte ihren Weg über die Bucht von Biskaya und an der spanischen Küste entlangbahnte: Kein Seemann, der sie gesehen hatte, vergaß je die seltsame Gestaltung der Zweimaster und es war in jeder Sprache einfach zu fragen: „Habt Ihr Schiffe wie unsere gesehen?" Es wurde schwieriger, die Informationen zu sammeln, oder zu verstehen, als sie erst einmal die enge Straße von Jab el-Tarik durchquert und sich auf den Weg in die Innere See machten, weitergetrieben von der beständigen Strömung aus dem Atlantik. Die Schiffe der *Majus* waren nach Cordoba gefahren. Nein, sie waren gegen die Nazarener gesegelt. Sie waren mit dem Kalifen verbündet. Nein, der Kalif hatte sie als verräterische Hunde beschimpft. Alle Schiffe flohen vor dem Geist der *Majus,* die auf Befehl ihres Hexerkönigs riesige Steine warfen. Im Gegenteil, es waren die Nazarener, die die Innere See beherrschten, mit ihren zahmen Drachen, die die See selbst mit ihrem Feuer verbrannten.

Hardred, der von Alfred eingesetzte Befehlshaber der englischen Flotte, versuchte sein Bestes, um in all dem, was man ihm erzählte, einen Sinn zu finden, unterstützt von Farman, Priester des Frey, dem Visionär, der sie alle auf diese Expedition gebracht hatte, und von Gold-Guthmund, einst Shefs Kamerad, nun König (unter dem Einen König) von Sveariki, dem Land der Schweden. Eine Sache hatten alle drei erfasst. Die griechischen Galeeren wurden überall gefürchtet, aus Gründen, über die sich niemand sicher war: „Beweist, dass niemand überlebt hat, um zu berichten", bemerkte Guthmund. Als sie sich an der Küste entlang weiter durchfragten, verhärteten sich die Meinungen auch über die Tatsache, dass die Nordmänner in einem Hafen lagen, unfähig, zu entkommen.

Hardred hatte grundsätzlich wenig Furcht vor der Begegnung mit irgendeiner Flotte. Zwanzig mit Katapulten bewaffnete Zweimaster der Heldenklasse – jedes Schiff nach einem Held aus nordischen Legenden benannt – folgten seiner Flagge und um sie herum fuhren dreißig konventionelle Wikingerlangschiffe, von den Besten bemannt, die Guthmunds Schweden und der Söldnermarkt von London stellen konnten. Dennoch ließen ihn die Gerüchte etwas vorsichtiger werden. Er hatte die Nacht, die sein König in Träumen verbracht hatte, weit vor der Küste vor Anker verbracht, alle Lichter gelöscht, die Zweimaster miteinander vertäut, während die Langschiffe eine vorsichtige, stille Patrouille ruderten. Mit der plötzlichen mediterranen Morgendämmerung war er zum Hafen von Septimania gekommen, auf einem langen, schrägen Kurs gegen die morgendliche Brise, alle Katapulte gespannt und geladen, mit Spähschiffen weit in der Vorhut. Das Erste, was Guthmund gesehen hatte, war die schwimmende Festung: Ein formidables Hindernis, wenn es aus Richtung des Hafens, den es blockieren sollte, angegriffen wurde. Gegen einen Angriff aus der entgegengesetzten Richtung konnte es keinerlei Widerstand aufbieten. Die ersten fünfzig Wikinger, die mit Äxten in der Hand hinübersprangen, sahen nur erhobene Hände und panische Gesichter. Selbst die zwanzig Lanzenbrüder, die dort waren, um ein Auge auf die fränkischen Zwangsverpflichteten zu halten, wurden ohne Vorwarnung mitten in einem friedlichen Frühstück erwischt und konnten nicht mehr tun, als ihre gestapelten Rüstungen anzustarren und sich der Kapitulation anzuschließen.

Der griechische Kommandeur der Galeere, die auf stetiger Patrouille war und seit vielen Tagen wenig mehr getan hatte, als unvorsichtige Fischerboote abzubrennen, versuchte es etwas angestrengter. Er sah die seltsamen Schiffe näher kommen, bemannte seine Ruder und brüllte zu den *Siphonistoi*, dass sie sich bereit machen sollten. Es brauchte Zeit. Der Flachs musste entzündet, die Blasebälge bemannt, die Pumpe angetrieben, die Sicherheitsprüfungen des Ölbehälters und der Verbindungsrohre hastig durchgeführt werden. Als die *Siphonistoi* auf ihre Positionen hasteten, bemannte der Kommandeur seine Ruder und versuchte, den Verfolgern davonzufahren. Zwei Langschiffe waren bereits vor ihm und schwangen allein unter Rudern herum, um ihn von jeder Seite anzugreifen. Als er seine Feuertruppe ankreischte, sich auf den Schuss vorzubereiten, ohne Rücksicht auf ihre Vorbereitungen, durchschlug ein Mulistein vom vordersten Zweimaster seinen Kiel am Heck. Die Galeere sank ins Wasser zurück, die Ruderer verließen sofort ihre Posten. Als die *Siphonistoi* ihre unmögliche Arbeit aufgaben, rannte der Kommandeur, der sich an seinen wichtigsten Befehl erinnerte, das Geheimnis des Griechischen Feuers keinem Feind in die Hände fallen zu lassen, mit einer Axt auf den Drucktank zu, fest entschlossen, ihn zu durchlöchern und das Öl auf den brennenden Flachs laufen zu lassen. Einer der Ruderer, so hoch bezahlt und wertgeschätzt er auch war, hatte trotzdem zu viele Fischer im brennenden Wasser in Todesqualen schreien sehen, um für sich selbst dasselbe Schicksal zu akzeptieren – ohne Rücksicht auf das Schicksal von Konstantinopel oder des Reiches. Er brachte seinen Kommandeur zu Fall, schlug ihm seine eigene Axt in den Schädel und schubste die verunsicherten *Siphonistoi* zur Seite. Die Langschiffe schlossen auf, ihre Mannschaften sprangen an Bord und betrachteten nervös die Kupferkuppel und Schläuche. Hastig wurden die griechischen Ruderer und Seeleute über Bord geworfen, wo sie sich im warmen Meer an Seile und Planken klammerten. Zwischen ihre beiden Fänger eingeklemmt, schaukelte die griechische Galeere halb sinkend im Wasser. Als die Zweimaster herankamen, schickte Hardred seine fähigsten Männer an Bord, um mit Seilen den zerschmetterten Kiel zu reparieren, das große Loch mit geteertem Segeltuch abzudecken und das wassergefüllte Wrack zum Strand an der kaum eine halbe Meile entfernten Küste zu schleppen.

Nachdem Festung und Galeere erobert waren, segelten die etwa dreißig verbliebenen Schiffe weiter zur Hafenmauer, hinter der sie bereits die unverkennbaren Masten ihrer nordischen Kameraden sehen konnten. Zweifel und Misstrauen – waren sie in feindlichen Händen? Gab es irgendeine Falle, die hinter den Steinmauern der Stadt wartete? – lösten sich schnell auf, als beide Seiten identische Katapulte herumschwenken sahen, als Männer Kameraden und Verwandte erkannten, als eine Flut aus Grüßen hin und her hallte. Zu dem Zeitpunkt, als Shef, der sich die Augen rieb und von seinem Traum immer noch verblüfft war, von Svandis in seine Kleidung gezwungen worden war, drängte sich die erlösende Flotte schon in den vollgepackten Hafen, in einem Sturm aus Rufen in Englisch, Nordisch und beidem zusammen.

Cwicca kam ihm an der Tür seiner Unterkunft entgegen, seine Zahnlücken grinsten ihn breit an.

„Es ist dieser Hardred“, verkündete er. „Der Kerl, der dich im Ditmarsch hat stehen lassen, ich habe ihm nie vertraut. Aber diesmal kommt er genau rechtzeitig. Hat sie direkt von dieser alten

Festung gejagt, ehe sie ihn überhaupt kommen gesehen haben. Und er hat auch eine Galeere erobert, sagen sie, mit Feuermaschinen und allem."

Er wartete, sein Gesicht vor Freude belebt, um zu sehen, wie sein düsterer König sich bei der Nachricht erhellte. Shef starrte das Gedränge im Hafen an und langsam wurde Cwicca bewusst, dass seine Erwartungen wieder einmal enttäuscht würden.

„Mehr als alles andere willst du das Feuer", hatte die Stimme gesagt, wie er sich erinnerte. „Ich werde es dir senden. Sage dem Griechen …" Was sollte er dem Griechen sagen?

„Hat Hardred auch die griechischen Bedienpersonen gefangen?", fragte Shef beinahe geistesabwesend.

„Ich weiß es nicht", antwortete Cwicca. „Ich wüsste nicht, warum nicht."

Shef wandte sich zu Svandis an seiner Seite. „Du wirst Probleme haben, diesen letzten Traum von mir zu erklären", sagte er. „Denn ich kann bereits erkennen, dass er wahr geworden ist."

Der Kaiser der Römer hatte sehr wenig Furcht vor dem Ausgang der Schlacht, die er gegen die Armee des Kalifen provoziert hatte. Es war richtig, dass er schwer in der Unterzahl war. Es war auch richtig, dass die Araber eine jahrhundertelange Reihe an Erfolgen gegen die Christen der Halbinsel und der Berge im Grenzland hatten – sicherer Beweis, nach Ansicht des Kaisers, für die Ketzerei, die unter ihnen tief verwurzelt war, denn warum sonst sollte Gott erlauben, dass seine Gläubigen vernichtet wurden? Aber im Gegenzug war sich Bruno sehr wohl des miesen moralischen Zustands seiner Feinde bewusst, falls auch nur ein Zehntel dessen, was die Deserteure sagten, wahr wäre – und die Tatsache, dass es so viele Deserteure gab, war selbst ein Beweis. Seine eigenen Truppen, seien es die treuen Lanzenbrüder, auf die er sich verließ, oder die fränkischen und deutschen Ritter, die er überall aus seinem Reich gerufen hatte, oder selbst die gewöhnlich wankelmütigen und unbeständigen einheimischen Verpflichteten aus dem

Grenzland, waren im Gegensatz dazu guten Mutes und an Erfolge gewöhnt, die sie in den vielen kleinen Belagerungen und Scharmützeln errungen hatten, die er gekämpft hatte, um die Moslembanditen aus seinem Reich zu vertreiben. Etwas von ihrem Glanz war durch die gescheiterte Belagerung von Septimania verringert worden: Aber selbst dies war nicht gänzlich eine schlechte Sache. Er hatte eine entschiedene Verbesserung in der Moral bemerkt, als sie wegmarschiert waren, und es grüblerisch auf die abergläubische Furcht zurückgeführt, die einige von ihnen vor dem Mann gewonnen hatten, den sie – wenn es kein übergeordneter Offizier hörte – den Einen König nannten. Man musste sie wieder selbstsicherer machen, bevor er umkehrte, um sich seinem wahren Feind zu widmen. Aber gegen den Kalifen zu kämpfen, schien für einige von ihnen im Vergleich ein regelrechter Urlaub zu sein. Weniger Widerstand und wesentlich mehr Beute.

Auf jeden Fall gab es zwei weitere Faktoren, auf die sich der Kaiser verließ. Einer war sein Glaube an Gott. Von Zeit zu Zeit berührte er immer noch seine empfindliche, aber heilende Nasenwurzel und lächelte innerlich. Als Buße, die er sich nicht selbst auferlegt hatte, begrüßte er es. In seinem Inneren hatte er eine wachsende Entschlossenheit, seinen treuen Diakon, auch wenn er nur die niedrigen Weihen hatte, auf den Thron des Heiligen Petrus zu setzen. Er war ein kleiner Mann und ein Ausländer. Aber wenn er einen Vertrauten gehabt hätte, hätte der Kaiser gebeichtet, dass der Mut des kleinen Mannes größer war als sein eigener. Und auch wenn er kein Deutscher war, war er das Nächstbeste. Nicht zum ersten Mal hatte er dem Kaiser seinen Glauben zurückgegeben.

Und Glaube oder kein Glaube, als der Kaiser eine letzte Betrachtung seiner Vorteile unternahm, gab es etwas, auf das er zählen konnte, selbst wenn er ein bloßer Teufelsanbeter wie die nordischen Wegemänner und ihre vom Glauben abgefallenen englischen Kameraden wäre. Ständige Kriegsführung unter den Nachkommen von Pippin dem Großen und Karl Martell hatte alle christlichen europäischen Armeen, abgesehen von den rückständigen Angelsachsen, zu modernen Streitmächten gemacht. An seinen Flanken waren die Belagerungsgeräte und Katapulte aufgebaut, sowohl seine eigenen Bauarten als auch die, die sie von den feindlichen Wegemännern kopiert hatten. Hinter ihm wartete die Hauptstreitmacht aus fünfhundert schwer bewaffneten und gepanzerten Lanzenreitern, die abgestiegen waren und im Schatten saßen. Züge der Lanzenbrüder übersäten die Abhänge, bereit, vorzustürmen und ihre undurchdringliche Infanteriereihe zu bilden. Wahrlich, der Kaiser konnte nur ein Problem erkennen, und das war die Buße, die ihm Erkenbert auferlegt hatte. Nicht an der Front zu kämpfen – das hätte er sowieso getan. Aber es in Begleitung der unzuverlässigsten Leute in seiner Armee zu tun, der christlichen oder pseudochristlichen Deserteure.

Und selbst das konnte er in einen Vorteil umwandeln. Der Kaiser marschierte vor den nervös aussehenden Reihen auf und ab, die immer noch nicht mehr als Baumwolle oder Leinen trugen und ausgestattet waren wie die Armee, von der sie desertiert waren, nur mit Speeren, Krummsäbeln und aus Weiden geflochtenen Schilden. Sie konnten nicht ein Wort verstehen, das er sagte, aber sie verstanden, dass er hier unter ihnen weilte. Übersetzer hatten ihnen die Belohnungen für einen Erfolg und die Unmöglichkeit erklärt, wieder zurückzudesertieren, jetzt, wo sie Allah geleugnet hatten; die Strafe bei einer Niederlage war allen von ihnen noch lebhaft in Erinnerung, das Bastinado und die Pfählung. Sie würden gut kämpfen. Und er hatte Schritte ergriffen, um dafür zu sorgen, dass sie guten Mutes und sogar mit guter Laune kämpfen würden.

Als die Priester an ihnen vorbeigingen und die Kelche mit Wein und das Brot für die Kommunion austeilten, gab Bruno selbst ein Beispiel, indem er sich hinkniete und bescheiden Brot und Wein nahm. Dann wandte er seine Aufmerksamkeit den Feuern zu, die vor seiner Stellung entlang der Talsohle entzündet worden waren.

„Man nimmt Kommunion nach dem Fasten, dann ist es Zeit zu feiern", rief er. „Übersetzt das", fügte er mit einem Unterton an. Er trat an das erste Feuer vor, zog sein Messer vom Gürtel, schnitt sich einen langen Fleischstreifen ab, kaute ihn mit übertriebenem Genuss, winkte den zweifelnden Deserteuren, sich ihm anzuschließen und Fleisch, Brot und gewässerten Wein aus den Fässern zu nehmen. Ein Fest daraus machen, dachte er. Sie aufheitern. Die Hälfte von ihnen sieht aus, als wären ihnen vor einer Woche die Vorräte ausgegangen. Oder ihre Offiziere stehlen sie ihnen.

Weiter oben im Tal blickte Mu'atiyah durch sein eigenes Fernglas über die vordringende Wolke der arabischen Infanterie. So stolz er auch auf seinen Meister war, er hatte die Nutzung des gleitenden Rohres zurückgewiesen. Was ihm Allah gesandt hatte, das würde er behalten.

„Was tun die Ungläubigen gerade?", fragte der Kalif hinter ihm. Er stand unbewegt im Schatten der Planen seines großen Pavillons, den er direkt am Rand des Schlachtfeldes hatte aufbauen lassen, um seine Zuversicht zu zeigen.

Mu'atiyah drehte sich zu ihm um und erlaubte es der Verärgerung, die er spürte, sich auf seinem Gesicht zu zeigen: Zorn war die sicherste Emotion, die man in der Nähe des Kalifen haben konnte, solange er sich nach außen richtete. „Kalif, Nachfolger der Quraysh, die Ungläubigen verspotten Gott. Sie haben vor ihren Reihen Feuer entzündet und auf jedem haben sie ein Schwein gegrillt. Die, die aus Eurer Armee desertiert sind, die der *Shahada* ihre Rücken zugewandt haben, die essen nun das Unreine im Angesicht von Euch und den Gläubigen."

Aus dem Inneren des Pavillons kam ein unsichtbarer Chor aus Schreckensschreien. Dann weibliche Rufe der Ermutigung. „Zerschmettert sie, Meister. Lasst sie Euren Zorn spüren." Sehr herausfordernd rief eine Stimme das Lieblingssprichwort des Kalifen: „„Ihr Gläubigen, kämpft gegen die Ungläubigen, die euch am nächsten sind.‘ Nun sind sie nahe genug! Zerschmettert sie! Oh, wäre ich doch ein Mann.“

Der Kalif nickte langsam und zog aus seinem Gürtel den Krummsäbel mit dem juwelenbesetzten Griff, der herabschwebende Seide zerschneiden konnte. Er warf seine Scheide zur Seite. Er marschierte zeremoniell vorwärts, während sich seine Leibwächter um ihn scharten und die Trompeten zum Vormarsch bliesen. Am mit Büschen bedeckten Hang hielten die Dutzende von Kavalleriescharmützeln zwischen der islamischen Reiterei und den Lanzen schwingenden *Bacheliers* der Camargue inne, während beide Seiten die Lage einschätzten. Dann winkte der Kommandeur der Kavallerie des Kalifen, bin-Maymun, Vetter des bin-Firnas, seine Männer weiter, während sie in die Richtung des Pavillons selbst drängten. Die *Bacheliers* begannen ihre geübte Taktik, eine Flucht zu fingieren, während sie bereit blieben, sie binnen Sekunden in eine echte Flucht zu verwandeln. Bruno schnitt sich ein letztes Stück Fleisch heraus, an dem noch eine dampfende Niere hing, und nutzte es, um seine Männer mit übertriebener Sorglosigkeit in ihre grobe und kaum disziplinierte Reihe zu winken. Die arabische Infanterie, die sich über ihre Schultern nach Ermutigung umsah, fand diese in den Speeren der Leibwache des Kalifen und begann den chaotischen Ansturm, der ihre einzige Taktik war. An der Front rannten die *Ghazis* unter ihnen und riefen nach Allah, damit er ihr Märtyrertum und ihren Glauben bezeugte.

Ihr Märtyrertum kam schnell. Als sie nach vorn rannten über die Viertelmeile zwischen ihnen und den Deserteuren, den von Gott vergessenen, die sich ihnen entgegenstellten, begannen die Steine und Pfeile herabzuregnen. Bruno hatte auf jeder Seite des Tals, in dem er seine Stellung aufgebaut hatte, ein Dutzend Traktionskatapulte platziert, ungenaue Waffen, aber fähig, in einer Menge große Lücken zu reißen. Die Handbogen, die gegen Männer in Kettenhemden keinen Erfolg hatten, ließen ihre Pfeile durch Baumwolle und Weidenschilde fliegen. Bruno, der ohne Furcht in der Mitte seiner eigenen Reihe stand, überlegte, dass nur ultimativer Glauben und eine Religion, die Selbstmord überhöhte, Männer durch den Sturm, der sich ihnen entgegenstellte, weitertreiben konnte. Es trieb sie nicht alle an, wie er bemerkte. Sein erfahrenes und professionelles Auge sah Männer, die in ihrem Lauf bremsten, Männer, die sich auf eine Seite drückten, Männer, die nicht berührt worden zu sein schienen, sich aber auf den Boden warfen und dort blieben. Es gab eine disziplinierte Truppe, die ihnen folgte, wie er beobachtete, aber zu wenige und in einer zu kurzen Reihe. Die Unzuverlässigen konnten sich auf der einen oder der anderen Flanke wegschleichen. Einhundert Atemzüge, dachte er, die Zeit, die ein langsamer Kaplan bräuchte, um eine Messe zu murmeln. Dann wäre seine Buße vorbei. Er hoffte, Gott würde ihm gestatten, sein Blut für den Glauben zu vergießen als Vergebung seiner Sünde.

Er würde es nicht ohne Not vergießen. Als ein Trupp von *Ghazis* auf die in Ketten gekleideten *Ferengi* unter dem Adlerbanner Roms zuhielt, küsste Bruno noch einmal die Lanze, die er sicher hinter seinem Schild hielt, duckte sich unter dem ersten Schlag eines Krummsäbels und durchbohrte dem Mann sauber das Brustbein. Vier Zentimeter, nicht weiter, drehen, zurückziehen, und schon war er bereit, den nächsten Hieb mit seiner Klinge zu parieren. Für fünfzig seiner hundert Atemzüge stand Bruno unnachgiebig inmitten der einzelnen Kämpfe zwischen verzweifelten *Ghazi* und selbstsicheren Deserteuren, während Jopp, Tasso und der Rest seiner Leibwache ihm den Rücken freihielt. Wie eine Maschine parierte er hoch, stieß tief zu, drehte seinen Schild, um eine Spitze abzulenken, oder schob ihn, um eine Klinge flach auf seine Vorderseite krachen zu lassen. Alle paar Sekunden leckte seine Klinge wie eine Schlangenzunge hervor und ein weiterer Feind fiel zu Boden. Dann, als ein Mann, der sich nach Ehre sehnte, einen ungeschickten Hieb direkt nach unten schwang, parierte Bruno ihn automatisch mit der dicken Kante gegen die Schwertspitze. Der Krummsäbel zersplitterte, seine Spitze flog weiter und ihre rasiermesserscharfe Klinge riss die linke Augenbraue des Kaisers auf. Als er das Blut herunterströmen sah und merkte, dass es ihn halb blind machte, entspannte sich Bruno. Er stieß den Mann mit seinem Schild weg, spaltete ihm mit einem Rückhandschlag den Schädel und machte seinen ersten Schritt nach hinten in die schützende Reihe hinter ihm.

„Blast die Trompete", bemerkte er.

Die Fußtruppen der Lanzenbrüder bewegten sich schon, ehe sie das Signal hörten, gruppierten sich am Hang und bildeten zwei Reihen, die von jeder Seite auf die chaotische Schlacht vor ihnen zumarschierten. Als sie auf Widerstand trafen, begannen sie ihr raues mechanisches Brüllen, versuchten, auf dem steinigen Hang im Gleichschritt zu bleiben, und stießen immer nach rechts zu, während sie nach links Deckung gaben. Es waren keine *Ghazis* übrig, nur die demoralisierten. Als der Kommandeur der berittenen Kämpfer sah, wie sich die Schlacht klärte, führte er seine Männer in einem vorsichtigen Trab nach vorn und versuchte, sich einen Weg um seine eigene Infanterie zu bahnen und Raum für einen kulminierenden Ansturm zu gewinnen, der alle vor sich hertreiben würde.

Der Kalif, der an der Spitze seiner Leibwache vorschritt, sah ungläubig, wie sein Ansturm zerhackt wurde. Nie zuvor waren seine Wünsche ignoriert worden. Aber überall im Tal drängten sich Männer an die Flanke oder nach hinten, standen vom Boden auf und flüchteten, ignorierten die Schlacht, als wären sie so viele geheime Christen. Er sah sich um, nicht so sehr, um einen Ort für seine Flucht zu finden, sondern um zu prüfen, ob es weitere Verstärkung gab, die er rufen konnte. Hinter ihm stand nur sein Pavillon. Zwischen diesem und ihm die Gestalt seines Kavalleriekommandanten, der seine berühmte Stute ritt. Er-Rahman räusperte sich, um ihn zu rufen, um ihn verärgert in die Schlacht zu winken. Bin-Maymun sah ihn zuerst. Über das Schlachtfeld winkte auch er, eine unverschämte Abschiedsgeste. Und dann war auch er weg, begleitet von einem Schwarm seiner Männer, die sich von ihren sinnlosen Scharmützeln mit der leichten Rei-

terei der Christen zurückzogen. Der Kalif sah plötzlich das Adlerbanner der *Rumi* vor sich und darunter den einen, der der Kalif der Christen sein musste. Er hob seinen Krummsäbel hoch und rannte vorwärts, sprang mit einem Kampfschrei über die Felsen: „Verflucht seien die, die Götter zu Gott hinzufügen!“
Jopp, der sich seinen Weg an die Front gebahnt hatte, um seinen Kaiser abzuschirmen, während man sein Auge verband, nahm den Säbelhieb mit der Vorderseite seines Schildes – die unvergleichliche Klinge schnitt durch Holz und Leder, bis der Schild nur noch an seinem eisernen Rand hing – und stach den entwaffneten Mann sauber durch Rippen und Herz, dann trieb er die dreikantige Klinge weiter, bis sie die Wirbelsäule durchtrennte. Als er seine Schwertspitze senkte, rollte der Kalif, Falke der Quraysh, herunter und blieb am Hang liegen. Die feine Klinge aus Cordoba zersprang unter einem genagelten Stiefel.
Mit dem Fall des Kalifen und dem überstürzten Rückzug selbst seiner Leibwache verlagerte sich die Schlacht plötzlich auf den Pavillon des Kalifen aus grüner Seide, das offensichtlichste Beutestück am Hang. Die *Bacheliers* aus der Camargue erreichten ihn zuerst auf ihren halbwilden Ponys. Die Eunuchenwachen wurden auf zehn Fuß langen Ochsenspießen aufgespießt, die wilden Kuhhirten sprangen von ihren ungesattelten Ponys und rannten schreiend hinein.
„Sag es ihnen, Berthe“, fauchte Alfled, die hinter der innersten Gardine hockte. „Sie müssen Franken sein.“
„*On est français*“, begann Berthe unsicher, weil ihr Fränkisch nach zehn Jahren Gefangenschaft eingerostet war. Die Kuhhirten sprachen nur ihre okzitanische Muttersprache und sahen vor sich nur ein halbes Dutzend verschleierter, aber barfüßiger Frauen, die Buhlen und Huren der Prophetenverehrer, die sie so lange unterdrückt hatten. Sie riefen einander zu und schritten grimmig vorwärts.
Alfled schubste ihre närrische Kameradin mit dem Ellbogen zur Seite, ließ sich auf ihre Knie fallen, riss ihren Schleier weg und machte das Zeichen des Kreuzes. Die Kuhhirten hielten verun-

sichert inne. Als sie das taten, traten größere Gestalten ins Licht. Gepanzerte Männer, die Ritter des Lanzenordens.
„*We beoth cristene*“, versuchte es Alfled mit Furcht in ihrer Stimme. „*Theowenne on ellorlande.*“
„*Ellorland*“, antwortete der anführende Ritter, selbst ein Mann aus dem Elsass, in seiner deutschen Sprache *Ellorsetz.* „Gut. Bewacht die Frauen gut. Lasst den Kaiser über ihre Schuld entscheiden. Und bewacht auch die Beute“, fügte er hinzu, nachdem er mit geschulten Augen über Seide und Geschmeide geblickt hatte. „Los, werft diese Kuhhirten hier raus.“
Einhundert Schritte hinter ihm marschierte der Kaiser über das Schlachtfeld, immer noch zu Fuß, sein Auge grob zusammengeflickt, und bemerkte die geringe Anzahl an Leichen. Wenige waren geblieben, um zu kämpfen, fiel ihm auf. Er hoffte, dass keine Armee, die er befehligte, jemals derartig zerfallen würde. Was es zeigte, war, wie wenige Menschen Glauben, wahren Glauben, an ihre Sache und ihren Gott hatten. Aber Glaube, der nur bis zum Mund reichte, konnte keinen Wert haben. Er musste diese Angelegenheit dem weisen und gelehrten Erkenbert vorlegen.

Der Mund von Richier, dem jüngsten *Perfectus,* war völlig ausgetrocknet, als ihn die Soldaten zu der langen schwarzen Scheune führten, in der nur Tage zuvor Tartarin der Wollhändler seine Felle und Vliese gelagert hatte. Nicht länger war sie nur ein Teil der örtlichen Wirtschaft. In weniger als einem halben Monat war sie ein Teil der örtlichen Mythologie geworden. Diejenigen, die hineingingen, kamen nicht heraus, außer sie waren Diener des Kaisers. Selbst die Diener des Kaisers, egal, wie viel Wein man in sie schüttete, sagten nichts darüber, was aus den anderen geworden war. Das Einzige, was einige von ihnen sagen wollten, war: „Fragt den Diakon.“ Aber niemand traute sich, sich dem kleinen Mann in den schwarzen Roben auch nur zu nähern, der über seinen Papieren saß und Mann um Mann, Frau um Frau und Kind um Kind herbeirief, um seine Fragen zu beantworten.

Es hatte nie irgendein Zweifel bestanden, dass er mit dem Teufel verbündet war, seit er sich selbst als Diener des Gottes erklärt hatte, von dem alle häretischen Gläubigen wussten, dass er der Teufel war. Aber selbst wenn irgendein Zweifel bestanden hätte, wäre er verschwunden, weil der kleine Mann, der nichts über das Land wusste, nicht ein Wort ihrer Sprache verstand, trotzdem Lüge um Lüge entdeckte und jede einzelne sofort und gnadenlos mit Peitsche oder Brandeisen, Richtblock oder Seil bestrafte, abhängig vom Geschlecht und Alter des Delinquenten. Richier wusste immer noch nicht, welche Antwort ihn zu diesem finalen Marsch, dem Marsch, von dem niemand zurückkehrte, verurteilt hatte. Er konnte nicht einmal erraten, welche Art von Lüge ihm helfen konnte. Und der schwarze Diakon hatte sich nicht einmal die Mühe gemacht, ihn zur Scheune zu begleiten – *der* Scheune, wie sie jetzt betont wurde. In seinen Träumen war es ihm oft gestattet gewesen, für seinen Glauben das Märtyrertum zu erleiden. Aber dieses Märtyrertum war edel, öffentlich, ein Bekenntnis des Glaubens gewesen, oder in der Gemeinschaft geschehen, wie der Tod der Selbstmörder von Puigpunyent. Das hier schien eher wie Schafe, die ins Schlachthaus geführt wurden, mit genauso wenig Betroffenheit. Er versuchte wieder, mit einer aufgerissenen Zunge seine Lippen zu befeuchten, als die beiden Soldatenmönche am Seil rissen, das ihn fesselte und ihn direkt zur Tür des fensterlosen Gebäudes führte.

Auf seiner Suche nach dem Heiligen *Graduale* befolgte Erkenbert das Prinzip, das ihn am Ende zur Heiligen Lanze oder zumindest zu ihrem letzten menschlichen Besitzer geführt hatte. Jemand wusste es. Die Anzahl an diesen Jemanden konnte eingegrenzt werden. Es war jemand innerhalb von etwa zwanzig Meilen im Südosten bis zum Südwesten von Puigpunyent. Wahrlich, die Bewohner der Bergdörfer waren schwierig zu erwischen. Am wenigsten schwierig aber waren es die höchstgestellten und wichtigsten, und die wussten es auch mit größter Wahrscheinlichkeit. Also mit ihnen anfangen.

Aber ehe er die tatsächliche Befragung der Hauptziele begann, baute er den Hintergrund auf. Schrieb die Listen. Erkenbert begann die Dörfer aufzulisten. Dann die Bewohner, ihre Berufe, Gatten, Kinder und Verwandte. Bewiesene Ketzerei war von Interesse, aber nicht die Hauptsache. Erkenbert nahm an, dass alle Ketzer waren, einschließlich der Dorfpriester, wo es welche gab. Wichtig war, die Wahrheit herauszufinden, so dass jede Abweichung davon, jede Lüge, hervorstach und den Sprecher als Lügner erwies. Also als jemanden, der etwas hatte, über das er lügen musste.

Es hatte Zeit gebraucht, aber Erkenbert hatte nach nicht allzu langer Zeit bemerkt, dass seine Antworten einander stützten und für einige Gebiete frei herauskamen. In anderen widersprachen sie einander. Dann war es seine Aufgabe, jemanden aus einem verlässlichen Gebiet zu finden, der verlässliche Informationen über die unzuverlässigen Gebiete geben konnte. Dann den Kern, das Zentrum, der Unzuverlässigkeit zu finden. Selbst die Namen der Dörfer hatten ihm geholfen. Sobald er die Namen aller Dörfer im Gebiet kannte, gestützt, wo es möglich war, von Außenseitern wie wandernden Bettlern und Mulitreibern, war es auffällig, wie oft drei von ihnen von Leuten, die sie gut kennen mussten, weggelassen wurden: die Verborgenen Dörfer, wie er sie insgeheim nannte. Dann, innerhalb der Dörfer, wenn er die Liste ihrer Einwohner abrief, wie oft prominente Männer auf seltsame Weise vergessen wurden, manchmal von ihren nahen Verwandten. Sie waren die Männer, die er nicht finden oder erwischen konnte. Aber die Versuche, ihre Existenz zu leugnen, durch die Amateurlügner ihrer eigenen Familien, sie sagten ihm, wen er finden sollte. Selbst wenn ihre Lügen unwichtig waren, wurden Lügner bestraft, um weitere Lügner abzuschrecken. Diejenigen, die unter Erkenberts Verdacht gerieten, sie gingen am Ende in die Scheune. Erkenbert glaubte nicht an Folter, außer wo man wusste, wie bei dem Jungen Maury, dass das Opfer etwas wusste, und wo man wusste, was er wusste. Es war zu zeitaufwändig und die Gefolterten er-

fanden zu viel, das vielleicht wahr sein, aber nicht überprüft werden konnte. Die Scheune war eine bessere Lösung.
Richiers Selbstkontrolle versagte, als die beiden Soldaten die Tür aufschoben. „Was ist dort drin?", krächzte er.
„Komm und sieh", antwortete der Lanzenbruder.
Das Geheimnis war sehr simpel und Richier nahm es mit einem Blick auf. Entlang der gesamten Länge des Gebäudes lief ein zentraler Dachbalken. Über dem Balken hing eine Reihe aus einem Dutzend dünner Seile. An jedem Seil baumelte einer der Männer, die hereingebracht worden waren, mit einer Schlinge um den Hals, gefesselten Händen und Zehen, die manchmal beinahe den Boden streifen. Einige der Leichen waren in der erstickenden Hitze des geschlossenen Raumes aufgedunsen und nicht zu erkennen. Andere, erst seit ein oder zwei Tagen dort, zeigten auf ihren Gesichtern den Schrecken und Schmerz des Todes. Es waren zwei *Perfecti* unter ihnen, die Richier erkennen konnte. Der letzte und neueste Mann in der Reihe war einer, von dem Richier wusste, dass er ein entschiedener Feind der Ketzer, ein tiefgläubiger Katholik, wenn auch aus einer häretischen Familie war. Auch er baumelte am Richtseil.
Die Mönche hatten einen dreibeinigen Schemel geholt und hoben Richier mit gefesselten Händen darauf. Sekunden später lag das dünne Seil um seinen Hals. Richier konnte spüren, wie es bereits in sein Fleisch schnitt, konnte sich allzu lebhaft vorstellen, wie es tiefer schneiden würde. Und es würde keinen Genickbruch geben. Er würde langsam und allein sterben.
Einer der Mönche hatte sich zu ihm gedreht, so dass das Gesicht des großen Mannes fast auf einer Höhe mit dem von Richier war, obwohl er auf dem Schemel stand.
„Hör zu", sagte er. „Hör gut zu." Der Deutsche war kaum zu verstehen, so stark war sein Akzent. Es war etwas Furchterregendes in der Tatsache, dass die Christen nicht einmal einen Übersetzer geschickt hatten, als sei es ihnen wirklich egal, ob jemand redete oder nicht. Dem Deutschen war es egal, ob Richier lebte oder

starb. Er befolgte seine Befehle und würde ohne weitere Gedanken den Schlüssel in der Scheunentür umdrehen und in den Sonnenschein hinausspazieren.

„Wenn du weißt, wo dieser *Graal* ist, du sagst mir, ich bringe Diakon. Wenn du nicht sagst mir, ich trete Schemel weg. Wenn du nicht weißt, ich trete Schemel weg. Jemand sagt es mir am Ende. Wir haben viel Seil, viel Platz am Balken."

Der Mann grinste. „Brauchen nur einen Schemel."

Sein Kamerad lachte schallend und sagte etwas Unverständliches in ihrer eigenen Sprache. Sie lachten beide erneut. Als er beschlossen hatte, dass er genug Zeit mit dieser Aufgabe verbracht hatte, zog der Erste seinen Fuß für den Tritt zurück, während der Zweite schon begann, zur Tür zu gehen. Er wollte nicht einmal abwarten, bis sein Opfer erstickt wäre.

„Ich weiß es", japste Richier.

Der Deutsche hielt mitten im Tritt inne. „Du weißt?" Er rief etwas über seine Schulter. Sein Kamerad kam zurück. Eine kurze Diskussion.

„Du weißt, wo *Graal* ist?"

„Ich weiß, wo der *Graal* ist. Ich werde es erzählen."

Die zwei Scharfrichter wirkten zum ersten Mal verunsichert, als wären sie für diese Möglichkeit nicht vorbereitet worden, oder als ob sie die Anweisung dafür vergessen hätten.

„Wir holen Diakon", sagte der Erste schließlich. „Du. Du bleibst hier."

Der Witz an dieser Bemerkung dämmerte ihm, als er sich abwandte, und er wiederholte sie mit einem zweiten brüllenden Gelächter für seinen Kameraden. Richier stand auf dem Schemel und versuchte, seine Beine davon abzuhalten, unter ihm einzuknicken, in der Finsternis, in der stinkenden Scheune. Zu dem Zeitpunkt, als das Licht zurückkam und er das unerbittliche Gesicht des kleinen Diakons zu ihm hochstarren sah, konnte selbst der Diakon sehen, dass seine Nerven für immer aufgerieben waren.

„Hebt ihn herunter", befahl Erkenbert. „Gebt ihm Wasser. Nun zu dir. Erzähl mir sofort, was du weißt."

Die Geschichte strömte heraus. Der Ort. Der Bedarf für einen Führer, einen Führer wie ihn selbst, wenn er tot wäre, würden sie ihn nie finden. Wie er das wertvolle Ding gerettet hatte. Der einäugige Mann, den sie für einen neuen Messias hielten. Seine Falschheit, sein Verrat. Erkenbert ließ es alles herausströmen, zuversichtlich, dass ein derartig gebrochener Mann niemals versuchen würde, von seinem schändlichen Handel zurückzutreten.

Am Ende riskierte Richier eine Frage, die nicht relevant war.

„Die Männer, die Ihr hier getötet habt", krächzte er. „Einige waren von uns, einige waren es nicht. Werdet Ihr Euch nicht vor Eurem Gott – vor dem wahren Gott – für die Katholiken verantworten müssen, die Ihr getötet habt?"

Erkenbert sah ihn befremdlich an. „Welchen Unterschied kann das schon machen?", fragte er. „Gott gewährte es ihnen, in Seinen Diensten zu sterben, und eine Belohnung ist ihnen sicher. Glaubst du, dass Gott Seine Diener nicht erkennt?"

Kapitel 26

Erkenbert blickte voller Zweifel und Misstrauen auf das gealterte Holz, das vor ihm hochgehalten wurde. Er hatte viele Reliquien gesehen. Die Knochen von Sankt Wilfrid und Sankt Guthlac, von Sankt Cuthbert und dem Seligen Bede, einmal sogar ein Fragment des Wahren Kreuzes selbst, als es zur Anbetung ausgestellt wurde. Er hatte nie eine gesehen, die überhaupt nicht geschmückt war. Dies sah aus wie etwas, das ein Bauer für zwanzig Jahre in seinem Holzlager gelassen hatte und nie dazu kam, es zu verbrennen. Es war alt, gestand er ein. Es sah genau wie das Ding aus, das der einäugige Heide um seinen Hals trug.

„Bist du sicher, dass es dies ist?“, wollte er wissen.

Richier der Verräter begann Appelle voll Versicherungen herauszuplappern.

„Nicht du. Du, Sieghart. Ist dies das heilige Ding selbst, das der Kaiser sucht?“

„Es war gut versteckt“, sagte Sieghart ungerührt. „Tief im Berg, überall Fallen. Auch Hinterhalte. Haben einige Männer verloren. Aber ich hielt die Ratte hier an ihrer Leine und hatte viele Fackeln brennen. Am Ende fanden wir es. Seltsamer Ort. Viele verbrannte Knochen.“

„Beantworte meine Frage!“

Sieghart verzog sein Gesicht vor Anstrengung, als er sich entscheiden musste. „Ja, ich glaube, dies ist es. Ich glaube, *die* glauben jedenfalls, dass es das ist. Wir haben einen Haufen anderes Zeug dabei gefunden.“

Er winkte mit dem Daumen und vier Männer traten vor. Auf eine weitere Geste öffneten sie ihre Säcke und kippten deren Inhalte auf den Lehmboden der Hütte, die Erkenbert zu seiner Basis gemacht hatte. Er saugte die Luft ein beim Anblick der Goldteller, der Kelche, der Weihrauchgefäße, der Objekte, die, wie er sehen

konnte, für den Gottesdienst waren. Nein, Gotzendienst, korrigierte er sich selbst. Aber es war kein säkularer Schatz, nicht einmal der Schatz eines Königs. Ein Gedanke begann in ihm aufzusteigen. Während er das tat, erfassten seine Blicke unerwartete Objekte unter der Beute. Bücher. Zwei davon.
Er hob eines hoch und schlug es auf. „Was ist das?“, wollte er vom verzweifelten Richier wissen. „Dies sind die heiligen Bücher unseres … des Ketzerglaubens. Es gibt nur zwei Kopien davon.“ Richier wollte sagen „Es sind nur zwei Kopien übrig“, aber ein fehlgeleiteter Instinkt zum Selbstschutz warnte ihn.
„Und was ist an ihnen heilig?“
„Sie erzählen die Geschichte … sie behaupten, die Geschichte darüber zu erzählen, was passierte, nachdem … nachdem Christus vom Kreuz genommen wurde.“
„Aber diese Geschichte ist im Evangelium des Nikodemus. Kein Werk, das die Kirche in den Kanon der Bibel aufgenommen hat, aber ein Werk, das der Verehrung würdig ist. Es gibt viele Kopien davon in den Bibliotheken der Christenheit.“
„Dies erzählt eine andere Geschichte“, flüsterte Richier. Er wagte es nicht einmal, anzudeuten, was diese Geschichte sein könnte. Mit ernstem Gesicht begann Erkenbert durch die Seiten des Buches zu blättern. Das Latein, in dem es geschrieben war, machte ihm keine Schwierigkeiten, obwohl er für ein oder zwei Augenblicke aus Verachtung über seinen barbarischen Stil seine Lippen schürzte.
Dann schien sein Gesicht sogar noch härter und grimmiger zu werden. Er war zu der Behauptung gelangt, dass Christus überlebte. Nicht starb. Nicht wieder auferstand. Floh, heiratete, Kinder großzog. Seinem Glauben abschwor.
Seinem Glauben abschwor.
„Hast du dieses Buch gelesen?“, fragte Erkenbert leise.
„Nein. Niemals.“
„Du lügst. Du wusstest, dass es eine andere Geschichte erzählt. Sieghart! Was hast du mit den Männern gemacht, die in der Scheune gehängt wurden?“

„Ein Grab ausgehoben. Wir warten auf einen Priester, der die Totenmesse über ihnen spricht. Einige könnten gute Katholiken gewesen sein."

„Es wird keine Totenmesse geben. Einige waren sicherlich Ketzer. Ketzer, die so schrecklich waren, dass sie gar kein Begräbnis verdienen würden, wäre es nicht um den Gestank, den sie in der Nase hinterlassen. Aber der Gestank dieser Bücher ist noch größer. Ehe du das Grab zuschüttest, Sieghart, wirf diese hier hinein. Lass sie nicht in sauberen Flammen aufgehen, sondern dort liegen und mit der Verwesung ihrer Autoren verwesen. Und Sieghart …"

Die Blicke der beiden Männer trafen sich, ein schwaches Nicken. Sieghart zog ohne Geräusch seinen Dolch heraus und flüsterte das Wort „Jetzt?". Ein weiteres Nicken. Als er einen Hauch dessen, was gemeint war, erhaschte, kämpfte sich Richier nach vorn, vor die Knie des Diakons, während er immer noch plapperte: „Ich habe Euch den *Graal* gebracht, ich verdiene eine Belohnung …"

Der Dolch sank von hinten in seinen Hinterkopf. „Du hast deine Belohnung", sagte Erkenbert zu der Gestalt, die mit dem Gesicht nach unten dalag. „Ich habe dich von der Furcht erlöst. Du hast keine Beichte und Vergebung verdient. Schlimmer als Pelagius, schlimmer als Arius. Sie brachten falschen Glauben, aber ihr … Ihr hättet die Christenheit völlig ohne Glauben zurückgelassen. Öffne nicht dieses Buch, Sieghart, bei deinem Seelenheil."

„Das ist schon gut, *Magister*", sagte Sieghart freundlich. „Ich kann nicht lesen."

„Lesen ist nur für die Weisen", bestätigte Erkenbert.

Zwei Tage später und dreißig Meilen weiter im Süden über die Bergpässe wählte Erkenbert seine Ankunftszeit beim Bankett des Kaisers mit Präzision. Für drei aufeinanderfolgende Nächte war der Kaiser auf dem Schlachtfeld geblieben, hatte seine Männer ausruhen und die Toten begraben lassen, die Beute aus dem Tross des Kalifen aufgeteilt und die Priester aus seiner Armee hinter einem Altar, der aus erbeuteten Waffen gebaut war, das *Te Deum laudamus* singen hören. Nun saß er im großen Pavillon, dessen innere Gardinen weggerissen worden waren, so dass alle ein Bankett halten konnten, wo einst der *Harem* des Kalifen festgehalten worden war, am Kopfende der Ehrentafel.

Erkenbert ging langsam hinein, um ihm entgegenzutreten, sechs Lanzenritter schritten ernst hinter ihm, ihre Rüstungen zu einem überirdischen Glanz poliert. Die Minnesänger des Kaisers hielten in ihrem Spiel inne, die Diener und Weinkellner, die die Bedeutung des Geschehens erkannten, traten zurück an die seidenen Wände. Auch der Kaiser erfasste die Anzeichen des Zeremoniells, das wichtige Omen. Sein Gesicht wurde bleich, als Hoffnung sein Herz ergriff. Er sprang auf seine Füße und alle Gespräche hörten sofort auf.

Erkenbert sagte gar nichts, sondern marschierte weiter vor. Dann hielt er an und wandte sich wie bescheiden ab, eine Ikone aus christlicher Demut mit seiner mageren Gestalt und einfachen schwarzen Robe. Er hob eine Hand zu Sieghart.

Mit vor Stolz geschwollener Brust zog der Ritter das prächtige Altartuch zur Seite, mit dem er das *Graduale* verdeckt hatte, und übergab es seinem Stellvertreter. Schweigend hielt er die hölzerne Steigleiter mit gestreckten Armen über seinen Kopf, wie eine Standarte nach der Schlacht.

„Ist es das, ist dies das …“, begann der Kaiser.

„Es ist die Leiter des Joseph von Arimathäa, auf der der Körper unseres Herrn zum Heiligen Grab getragen wurde“, rief Erkenbert aus vollster Lunge. „Aus dem er am dritten Tage auferstand, *nach den heiligen Schriften!* Nach dem Credo der Apostel! Lasst es alle sehen und wissen, dass ihr Glauben bestätigt ist!“

Der Kaiser sank sofort auf ein Knie, binnen Sekunden gefolgt von jedem anderen Mann und jeder Frau im Pavillon, außer Sieghart, der wie eine strahlende Statue dastand.

Schließlich senkte Sieghart das *Graduale* sanft Richtung Erde und, wie durch eine kompensierende Mechanik, der Kaiser und sein Gefolge erhoben sich. Bruno streckte eine Hand aus. Sieghart trat vor und platzierte den Gral darauf. Mit seiner anderen Hand führte Bruno Gral und Lanze zusammen.

„Tod und Leben", murmelte er, während Tränen aus seinen Augen strömten. „Leben im Tod. Aber Erkenbert … Es ist bloßes Holz."

Erkenbert winkte den vier anderen Rittern, und sie schütteten, wie sie es zuvor getan hatten, die Inhalte ihrer Säcke auf den Boden des Pavillons. „Die heiligen Gefäße der Ketzer", sagte Erkenbert. „Zur Ehre Gottes erbeutet."

„Und Gott soll sie alle haben", sagte Bruno. „Ich schwöre, dass kein Mann auch nur eine Unze von dem, was Ihr erbeutet habt, bekommen soll. Ich werde die Armee und den Lanzenorden aus meinen privaten Truhen vergüten. Aber jede Unze von dem, was Ihr gebracht habt, soll zum großartigsten Reliquiar des Westens gemacht werden, um diese Reliquie auf ewig zu bewahren.

Und ich schwöre auch dies", rief Bruno, zog sein Schwert und hielt es vor sich hoch wie ein Kreuz. „Aus Dankbarkeit für die Gnade, die mir Gott erwiesen hat, schwöre ich, ganz Spanien für die katholische Kirche zu erobern oder bei dem Versuch zu sterben. Noch mehr! Ich werde im alten Reich niemanden am Leben lassen, der nicht die einzige Autorität von Sankt Petrus akzeptiert. Sei es in Hispanien oder Mauretanien oder Dakien."

„Oder Angeln", sagte Erkenbert.

„Oder Angeln", wiederholte Bruno. „Und des Weiteren schwöre ich dies. Aus Dankbarkeit für den Glauben, den mir der Diakon Erkenbert geschenkt hat, den Glauben, den ich Schwächling anzweifelte, werde ich dieses Land nicht nur von seinen Apostaten zurück zur Kirche bringen, sondern ich werde ihn zum Erben von Sankt Petrus machen und ihn auf den päpstlichen Thron setzen. Und er und ich werden gemeinsam über Kirche und Kaiserreich herrschen. Aus Rom!"

Sein Publikum erregte sich etwas, wagte es aber nicht, zu murmeln. Sie hatten keinen Zweifel, dass der Kaiser die Macht hatte, jemanden zum Papst zu machen. Hatte er das Recht? Zumindest einige hatten keine Einwände. Besser einen Engländer, den sie auf dem Feldzug bei sich gesehen hatten, als irgendeinen unbekannten Italiener, der die Stadtmauern nie verließ.

„Nun, Erkenbert", Brunos Stimme sank zu ihrer normalen Lautstärke. „Stellt den Gral an einen Ehrenplatz und erzählt mir die Geschichte, wie Ihr ihn errungen habt. Und ich brauche Euren Rat. Ich habe eine Eurer Landsfrauen mit einer Gruppe anderer gefangen genommen, dort ist sie und schenkt Wein aus. Huren des Kalifen, Gott möge ihre ungläubige ehelose Lebensweise verrotten lassen. Aber nicht durch ihre eigene Schuld. Was soll ich mit ihr machen, mit allen von ihnen?"

Erkenbert warf einen Blick auf die hübsche Frau, die konzentriert dem Gespräch im ihr halb vertrauten Niederdeutsch lauschte. Einen missbilligenden Blick.

„Lasst sie für ihre Sünde büßen", krächzte er. „Sie und die anderen. Gründet einen Orden des Grals, einen Nonnenorden. Einen strengen Orden für Büßerinnen." Er dachte an die teuflische Bösartigkeit in den Büchern, die er zerstört hatte, ihre verfluchte Fabel über die Ehe von Christus und Magdalena. „Nennt ihn den Orden von Sankt Maria Magdalena. Gott weiß, dass es genug Huren auf der Welt gibt, um ihn zu füllen."

Alfleds Hände zitterten nicht, als sie den Kelch füllte. Sie hatte viel Übung in Selbstkontrolle.

Shef hatte lange Tage mit dem Versuch verbracht, seine ganze Flotte wieder seetüchtig zu machen: Er transportierte Vorräte von den Neuankömmlingen auf die alten Schiffe, füllte die Vorräte aller Schiffe auf mit Wasser und den haltbar gemachten Lebensmitteln, die in Septimania verfügbar waren, organisierte Truppen, um neue Mulisteine an der Küste zu finden und zu behauen und baute die Maschinen wieder auf, die von den Schiffen auf die Stadtmauern gebracht worden waren. Die Arbeit war leichter geworden, als die Zeit verging. Tatsächlich schien es ihm manchmal, als ob mit der unerwarteten Ankunft der Verstärkung eine Art Wendepunkt passiert worden sei. Entweder das oder – und genau das befürchtete er in seinem Herzen – irgendeine neue Gnade war ihm von den Göttern gewährt worden. Von einem befreiten Gott.

Die Streitmacht des Kaisers, sehr geschwächt, sobald der Kaiser selbst aufgebrochen war, um gegen den Kalifen zu kämpfen, gab sogar ihre nominelle Belagerung eines Nachts auf und verschwand. Schnell begannen Nahrung und Neuigkeiten hereinzuströmen, als die Bergbewohner im Landesinneren bemerkten, dass die Straßen wieder offen waren. Die Drachen flogen fröhlich, als Tolman und seine Kameraden den Neuankömmlingen vergnügt ihre Kunst zeigten. Im Gegenzug hatte Farman ein Dutzend Ferngläser mitgebracht, die von den Glasbläsern in Stamford hergestellt worden waren: Die Linsen waren an Klarheit unterlegen und verkratzten, wenn sich auch nur der feinste Sand und Kalk daran rieb, aber ein Beweis, dass man mit der Zeit arabische Kunstfertigkeit erreichen konnte. Cwicca und seine Mannschaft hatten sorgfältig und freudig einen Ersatz für das gigantische Katapult gebaut, mit vernünftigen Seitenstützen, und es eingeschossen, bis sie zuversichtlich waren, dass sie es jederzeit abbauen, lagern und wieder aufbauen konnten. Steffis Fackeln erleuchteten Tag und Nacht, weil auch er ohne Hast und ohne Hindernis übte. Solomon hatte auf dem Marktplatz ein Gerät aus Drähten und Perlen gefunden, das eine große Verbesserung zu Shefs Zeilen und Säulen im Sand war.

Shef selbst hatte jeden Teil der griechischen Feuermaschine auf der eroberten Galeere genau untersucht, ihren Brennstofftank bemerkt, am seltsamen Zeug darin geschnüffelt und versucht, es zu schmecken, Anzünder, Feuerpfanne und Blasebälge untersucht, den Handgriff an der seltsamen Druckpumpe bearbeitet, die entscheidend für ihre Funktion zu sein schien. Er hatte sich nicht getraut, das Gerät auszuprobieren. Ich werde dir Feuer schicken, hatte Loki gesagt, und das hatte er. Das bedeutete nicht, dass Shef es benutzen oder Lokis Preis bezahlen musste.

Eines Tages würde er vielleicht seine Energien für die Aufgabe aufwenden, die befähigten Griechen dazu zu zwingen, ihr Schweigegelübde zu brechen. Gerade jetzt war er zufrieden damit, zu wissen, dass er die stärkste Seestreitmacht auf der Inneren See hatte, fähig, selbst bei völliger Flaute die griechische Flotte zu vertreiben und sie zu jeder anderen Zeit zur Schlacht herauszufordern und zu versenken. Außerdem, überlegte er, reichte der bloße Anblick der Kupferkuppel auf einem seiner Schiffe und die Griechen würden zögern, näher zu kommen. Er hatte wieder einmal den technologischen Vorteil, der für eine Weile bedroht gewesen war. In Kürze, während der Kaiser das Land beherrschte, beherrschte er das Meer. Sein Fluchtweg war klar. Sollte er wählen, ihn zu nehmen.

Es waren jetzt andere Angelegenheiten, die ihn beschäftigten. Angelegenheiten, die nicht dringlich schienen, bloße Fragen für Philosophen, aber sein Instinkt sagte ihm, dass sie jetzt beigelegt werden mussten. Beigelegt, ehe er sich selbst dabei ertappte, Lokis Köder anzunehmen. Er hatte lange über die Szene nachgedacht, die ihm Rig gezeigt hatte, über Logi und Loki, über Loki den Riesen und Loki den Gott. In den Priesterversammlungen des Weges brannte das Ballenfeuer immer innerhalb des Kreises. Sollte der Feuergott nicht auch innerhalb des Kreises sein?

Er hatte also ein Konklave einberufen, im schattigen Innenhof, wo er das Ketzerbuch übersetzt hatte. Hinzugebeten wurden die Priester des Weges, die vier, die mit ihm gesegelt waren, Thorvin, Skaldfinn, Hagbard und Hund, und mit ihnen Farman der Visionär, der den Bedarf für die neue Flotte gesehen und sie mitgebracht hatte. Seine führenden Offiziere, Brand und Hardred, Guthmund und Ordlaf, zwei Engländer und zwei Nordmänner. Und dazu Solomon der Jude und Svandis, wieder einmal in ihrer provokativen Kleidung im Weiß der Wegepriester. Von den elf Männern und der einen Frau, die anwesend waren, trugen alle bis auf zwei die Embleme des Weges: Solomon der Jude und Hardred, der wie sein Herr Alfred nie das Christentum aufgegeben hatte, in dessen Sinn er erzogen worden war. Mit überlegter Zweckmäßigkeit hatte Shef deshalb als Tisch, an dem sie saßen, einen ovalen ausgewählt, wie das Oval, in dem die Wegepriester ihr Konklave hielten. Er hatte es nicht mit den heiligen Seilen und den Vogelbeeren des Lebens umringt, er hatte auch nicht das Ballenfeuer entzündet, mit dem die Priester bei ihren Treffen die Zeit maßen. Aber hinter sich, in den Sand, hatte er einen sieben Fuß langen Kampfspeer gesteckt, in bewusster Anlehnung an Odins Symbol des Weges. Er sah die Priester einander anblicken, als sie die Imitation – war es Spott oder Herausforderung? – ihrer eigenen Zeremonie erkannten.

Er klopfte mit einem Fingerknöchel auf den Tisch. „Ich habe euch hergerufen, um unsere Pläne für die Zukunft zu diskutieren. Aber ehe wir das tun, müssen wir einige Lehren ziehen aus dem, was bereits passiert ist."

Er sah sich am Tisch um und heftete seinen Blick auf Svandis. „Eine Sache, die wir jetzt wissen, ist, dass Svandis falsch lag. Sie erklärte mir, sie erklärte uns allen, dass es keine Götter gibt, dass sie von Menschen aus Bösartigkeit ihrer eigenen Herzen oder ihrer eigenen Schwäche erschaffen werden. Und dass die Visionen, die sie mir geschickt haben, bloße Träume waren, von meinem eigenen Kopf geschaffen, wie ein hungriger Mann vom Essen träumt oder ein furchtsamer Mann von dem, was er fürchtet. Nun wissen wir, dass zumindest das Letzte nicht wahr ist. Farman, tausende Meilen entfernt, sah unsere Schwierigkeiten und kam uns zu Hilfe. Seine Vision war wahr. Aber es war eine furchterregende. Denn was er sah, war das, was ich gesehen habe, was ich jetzt dreimal gesehen habe. Loki befreit. Loki von seinen Ketten gelöst. Bereit, den Fenriswolf von der Fessel Greipnir zu befreien und Ragnarök über die Welt zu bringen.

Also müssen wir erneut über die Götter nachdenken. Sie existieren. Und doch liegt Svandis vielleicht nicht gänzlich falsch. Denn die Götter und ihre Verehrer haben etwas miteinander zu tun. Ich wende mich an Hund. Erzähl uns allen, Hund, nicht nur denen, denen du es bereits erklärt hast, was deine Meinung über die Götter ist."

„Ich würde sagen, dass Svandis zum Teil Recht hat", sagte Hund. Er blickte nicht auf und sah sie nicht an. „Die Götter werden von den Menschen geschaffen. Aber sobald sie geschaffen sind, werden sie real. Sie sind Kreaturen der Gedanken, aus unserem Glauben geboren, aber sobald sie geboren sind, haben sie Macht, selbst über die, die nicht glauben. Außerdem glaube ich, dass sie teuflisch sind, aus Bösartigkeit geschaffen."

„Selbst Idun?", fragte Thorvin harsch und starrte Hunds Apfelemblem an, das Zeichen der Heilergöttin. Hund antwortete nicht.

„Aber wenn Hund Recht hat", fuhr Shef fort, „dann müssen wir eine andere Sache akzeptieren. Dass es Götter neben denen des Weges gibt. Den christlichen Gott. Den Gott der Juden. Den Allah der Araber."

„Aber warum haben sie uns nicht zerschmettert?", fragte Hagbard. „Ihre Verehrer hassen uns genug, um sich das zu wünschen, um daran zu glauben."

„Hund hat dafür eine gute Antwort geliefert. Er erinnerte uns, wie viele von uns es gab – ihn und mich eingeschlossen –, die von der Wiege weg als Christen erzogen wurden und überhaupt keinen Glauben hatten. Nur Gewohnheit. Es kann sein, dass die Gedankendinge, aus denen die Götter geschaffen werden, schwierig und kompliziert sind, wie das Griechische Feuer. Vielleicht können es einige Köpfe, die meisten Köpfe, nicht. Und denkt daran, auch die Christen haben ihre Heiligen und Visionäre.

Außerdem, wenn die Götter von uns kommen, dann haben sie unsere Stärken und unsere Schwächen. Genau wie Svandis sagte. Der christliche Gott handelt nicht in dieser Welt. Er bringt seine Gefolgsleute in eine andere." Shef erinnerte sich an die schreckliche Vision, die er einst von König Edmund gesehen hatte, der von den Heiden gemartert worden war und jenseits von ihm zu irgendeinem Schicksal, auf das er nicht einmal einen Blick erhaschen konnte, weitergetragen wurde. „Unsere Götter, die Götter des Weges, handeln in dieser Welt, genau wie ihre Priester und Verehrer. Sie glauben an Dinge, die man mit seinen Händen herstellt."

Brand lachte, als er die konzentrierten Gesichter um den Tisch sah. „Ich bin ein Mann des Weges", rief er aus. „Ich habe für den Weg den verdammten Ragnarssons die Stirn geboten, oder nicht? Aber umso mehr ich sehe und umso mehr ich höre, umso weniger glaube ich an irgendetwas außer drei Dingen. Mein Schiff, mein Gold und ‚Schlachttroll' hier." Er hob seine mit Silber verzierte Axt von dort hoch, wo sie neben ihm lag, tätschelte sie und trank wieder aus dem Steinkrug mit Bier, das die neue Flotte mitgebracht hatte.

„Soweit können wir dir folgen", sagte Thorvin. „Mir gefällt nicht, was du über den christlichen Gott sagst, aber ich kann es akzeptieren. Immerhin haben wir immer gesagt – du hast immer gesagt und du hast es mit deinen Taten bewiesen, sieh Hardred hier –, dass unser Streit nicht mit Christus oder den Christen ist, sondern mit der Kirche, die aus Rom kommt. Denn während wir dem, was du sagst, lauschen und es diskutieren, wenn du dies dem Kaiser sagen würdest und in seiner Gewalt wärst, hättest du Glück, nur den Tod allein zu erleiden. Die christliche Kirche duldet keine Rivalen! Sie will ihre Macht oder den Anspruch auf die Wahrheit nicht teilen. Genau das hat unser Gründer Herzog Radbod gesehen und vorhergesagt. Deshalb predigen wir den Weg. So dass jeder seinen eigenen Weg wählen darf."

„Jeder darf seinen eigenen Weg wählen", wiederholte Shef. „Genau deshalb sind wir hier." Er holte tief Luft, denn dies war der Augenblick der Entscheidung. „Ich glaube, es ist Zeit für neue Wege."

„Neue Wege?"

„Neue Embleme. Neues Wissen. Svandis hat einen Anfang gemacht, mit ihrem Federanhänger. Er steht für das Studium unserer Gedanken, das Niederschreiben dessen, was uns am flüchtigsten schien. Gedankenstudium und Gedankendinge. Wer ist der Gott, den du als deinen Patron angenommen hast, Svandis?"

„Kein Gott", antwortete Ivars Tochter. „Auch keine Göttin. Ein Name in unseren Mythen. Ich trage die Feder für Edda, das heißt ‚Urgroßmutter', für alte Geschichten und Traditionen."

„*Edo* bedeutet ‚Ich schreibe' in der lateinischen Sprache", beobachtete Skaldfinn. „Svandis wusste das nicht. Es ist die Art von Zufall, die die Götter senden. Ich glaube, dies ist neues Wissen, das wir akzeptieren sollten."

„Wir brauchen ein weiteres Emblem", sagte Shef. „Das *Sifr*-Zeichen der Araber, das Runde Loch, das ‚nichts' bedeutet. Das mächtige Nichts. Wenn ich nicht mein eigenes Emblem hätte, würde ich dieses nehmen. Es sollte das Symbol für die sein, die rechnen können, und sein Gott sollte Forseti sein, der Streit schlichtet und Sicherheit bringt.

Ein drittes, die Schwingen von Wölund. Für Tolman und die Flieger." Shef sah sich mit seinem Auge um, suchte nach Unterstützung, versuchte, die Unsicheren seinem Willen zu unterwerfen. Bis jetzt waren sie bei ihm. Wölund-Priester, Priester des Forseti, sie wären neu, aber willkommen. Wegepriester hatten neue Handwerke immer gern, sei es Fliegen oder Linsenschleifen oder Kalkulation. Nun kam der schwierige Teil.

„Ich sage, wir brauchen ein viertes. Für Leute wie Steffi, der seine Hände verbrannte, um uns Licht zu bringen. Wir brauchen Männer, die ein Feuersymbol tragen. Für Loki."

Thorvin war sofort auf seinen Füßen, sein Hammer glitt von seinem Gürtel in seine Hand, und entsetzte Blicke waren auf den Gesichtern von Skaldfinn und Hagbard und auch Farman.

„Kein Mann kann dieses Symbol nehmen! Wir lassen sein Feuer brennen, um uns daran zu erinnern, was uns bevorsteht. Wir verehren es oder ihn nicht. Selbst wenn alles, was du sagst, wahr ist, über Menschen, die Götter schaffen, warum sollten wir einen Gott wie ihn schaffen? Den Betrüger, den Vater von Monstern. Den Fluch Balders."

„Warum sollten wir? *Wir haben es schon getan.*" Shef sah sich im Raum um, um zu beobachten, wie seine Worte wirkten. „Wenn

Hund Recht hat und er existiert, dann haben wir ihn geschaffen. Ihn aus Furcht und Hass erschaffen. Ihn das Gute und Schöne töten lassen, weil wir eifersüchtig darauf sind. Ihn angekettet, damit wir uns nicht selbst die Schuld geben mussten. Ihn in den Wahnsinn getrieben.

Er ist jetzt befreit. Ich fürchte ihn mehr als ihr. Aber was ich sagen will, ist dies. Freiheit für Loki genau wie für Thor. Für die Schlechten genau wie für die Guten. Wenn er uns angreift, werden wir ihn vernichten. Aber Feuer kann genauso für uns wie gegen uns sein."

Thorvin sah sich um, als würde er Donner und einen Blitzschlag aus dem wolkenlosen Himmel erwarten. „Freiheit für Loki ebenso wie für Thor!", wiederholte er. „Aber er ist der Vater der Monsterbrut, du hast sie gesehen. Du hast sie getroffen." Sein Blick ruhte verunsichert auf Svandis, als sei er nicht sicher, wie weit er fortfahren konnte. Thorvin war überzeugt, wie Shef wusste, dass Ivar der Knochenlose, Svandis' Vater, eine von Lokis Kreaturen gewesen war, mit einer nichtmenschlichen Gestalt in der anderen Welt der Götter. Was das Thema betraf, das glaubte Shef auch. Aber damals war Loki gefesselt und vor Schmerz verrückt.

„Freiheit ist nicht das Gleiche wie Gesetzlosigkeit", sagte er. „Wenn ein Gefolgsmann von Loki käme und sagen würde, dass seine Verehrung ihn zwang, Sklaven an seinem Hügelgrab zu opfern oder Frauen zu seinem Vergnügen in Stücke zu hacken, würden wir ihm erklären, dass die Strafe für *Morth*-Taten der Tod ist. Unter dem Gesetz des Weges ist dies bereits wahr. Genau das unterscheidet uns von den Heiden. Nun, ich weiß nicht, was Loki dazu brachte, Balder zu töten, was Menschen dazu brachte, sich einen Loki und einen Balder vorzustellen und sich vorzustellen, dass einer den anderen tötete. Aber ich weiß, dass wir, wenn wir den Makel in der Welt heilen und Balder zurückbringen wollen, dann an etwas anderes als ewige Feindschaft glauben müssen."

Farman bewegte sich auf seinem Stuhl und sprach mit seiner ruhigen Stimme. Er war ein wenig beeindruckender Mann: Das erste Mal, dass Shef in gesehen hatte, war in einer Vision von Wölund gewesen, und dort war Shef der lahme, aber mächtige Schmied der Götter gewesen und Farman nicht mehr als eine Mäusegestalt, die vom Amboss hinaufblickte. Shef sah und hörte ihn immer noch manchmal als Maus, die quietschte und piepste. Trotzdem wurde er sehr respektiert. Seine Visionen waren wahr, wie alle übereinstimmten. Er und Vigleik waren die Propheten des Weges.

„Erzähl uns die Geschichte von der Trauer um Balder", sagte er mit seinen Blicken auf Thorvin.

Thorvin sah unsicher und misstrauisch aus, sicher, dass seine Erzählung auf irgendeine Weise attackiert würde. Aber nach den Konventionen des Weges konnte er sich nicht weigern, zu sprechen. „Ihr wisst", begann er, „dass Odin nach dem Tod Balders durch die Listen von Loki Laufeyjarson einen Scheiterhaufen für seinen Sohn errichtete und ihn darauf legte. Aber ehe das Feuer entzündet wurde, sandte Odin seinen Diener Hermod, den größten Helden der Einherjer, nach Hel, um zu fragen, ob es irgendeine Möglichkeit gäbe, dass Balder befreit werden könne. Und Hermod ritt über die Gjallarbrücke hinunter und kam zu den Toren von Hel und sprang mit seinem Pferd darüber."

Auch Shef bewegte sich auf seinem Stuhl, denn obwohl dies eine Geschichte war, die er gehört hatte, war es nicht die, die er gesehen hatte.

„Er ritt weiter und bat die Göttin Hel, Balder freizulassen, aber sie weigerte sich und sagte, dass Balder Hel nur verlassen könne, wenn alles in der Welt, lebendig oder tot, um ihn weinen würde. Falls sich irgendeine Kreatur weigerte, dann müsse er bleiben. Also ritt Hermod zurück und die Götter wiesen jede Kreatur auf der Welt an, um das, was verloren war, zu weinen, und so taten sie es, Menschen und Tiere und Erde und Steine und Bäume. Aber am Ende kamen die Boten der Götter zu einer Riesin, die in einer Höhle saß, und sie sagte …" Thorvins Stimme wurde zu dem melodischen Gesang, den er für die heiligen Lieder vorbehielt:

„Keine Tränen wird Thökk über ihre Wangen strömen lassen
für Balders Begräbnis. Bann allein erhielt sie
vom Einäugigen, so weise er auch sein mag.
Möge Hel behalten, was sie hat.

Und so wurde die Bedingung von Hel nicht erfüllt und Balder wurde nicht freigelassen. Stattdessen wurde er auf dem Scheiterhaufen verbrannt, und mit ihm seine Frau Nanna, die aus Trauer starb. Die meisten Menschen glauben, dass die Riesin Loki Laufeyjarson in einer anderen Gestalt war."

„Gut und wahrheitsgemäß erzählt, Thorvin", sagte Farman sanft, „aber es gibt Fragen, die man stellen muss. Du weißt, dass die Spucke, die aus dem Maul des Fenriswolfes läuft, Vön heißt, was Hoffnung bedeutet, und dass uns dies zeigen soll, dass es unter der Würde eines Kriegers ist, auf Hoffnung zu vertrauen, wie es die Christen tun, und aufhören zu kämpfen, wenn es keine Hoffnung gibt. Aber was ist dann die Bedeutung des Namens der Riesin, Thökk – was ‚Dank' bedeutet, genau wie Vön ‚Hoffnung' bedeutet?" Thorvin schüttelte den Kopf.

„Könnte es nicht bedeuten, dass der Preis für Balders Rückkehr nicht mehr als Dank ist?"

„Dank für was?", brummte Thorvin.

„Dank für was auch immer Loki in der Vergangenheit getan haben mag."

„Die Geschichten besagen, dass er ein guter Kamerad war, als Thor zu Utgardar-Loki ging, um mit Alter zu ringen und zu versuchen, die Midgardschlange zu heben", pflichtete Hagbard bei.

„Damals war Loki ein guter Kamerad gegen Loki", sagte Farman. „Aber als diese Kameradschaft nicht anerkannt wurde und kein Dank dafür gegeben wurde, wurde er zu dem, zu was wir ihn gemacht haben. Ist es nicht der Vorschlag des Königs, den guten Loki anzuerkennen und ihm zu danken? Um ihn gegen den Verrückten zu verpflichten?"

„Hermod gelangte nicht nach Hel hinein", fügte Shef hinzu mit der niederschmetternden Sicherheit, die aus Visionen kam. „Er wurde von den Toren aufgehalten. Er schnitt einem Hahn den Kopf ab und warf ihn über das *Grind*-Tor und ritt zurück. Aber ehe er zurückritt, hörte er den Hahn auf der anderen Seite krähen."

„Also gibt es selbst am Ort des Todes Leben", schloss Farman. „Selbst wo Balder ist. Also gibt es eine Chance … Eine Chance, den Makel der Welt zu heilen und die Schönheit in sie zurückzubringen." Er sah Shef an und richtete seine Worte allein an ihn. „Und genauso werden die Alten jung. Nicht wie Drachen, indem sie sich an das klammern, was ihnen gehört. Wie Vipern, indem sie sich häuten. Vom abgetragenen Glauben häuten. Altes Wissen, das tot ist."

Er hat mehr als eine meiner Visionen geteilt, dachte Shef, selbst wenn ich es nicht wusste.

Thorvin sah sich am Tisch um, im Bewusstsein, dass ihm der Streit gerade entglitt, und sah Gesichter, die von Hardreds Erstaunen bis zu Skaldfinns dämmerndem Interesse und Svandis' wütender Überzeugung reichten.

„Es müsste dem vollen Rat der Priester vorgelegt werden", sagte er, um Zeit zu gewinnen.

„Am Ende", stimmte Farman zu.

„Aber wie beeinflusst das unsere Pläne? Unsere Pläne für hier und jetzt?"

„Ich werde euch das erklären", sagte Shef. „Es scheint mir, dass es viele Dinge gibt, die wir tun könnten. Wir könnten nach Hause fahren und die Griechen aus unserem Weg räumen."

„Vielleicht ein wenig Profit machen, während wir unterwegs sind", schlug Guthmund vor.

„Wir könnten mit unseren Schiffen zum Guadalquivir segeln und nach Cordoba marschieren. Es hat jetzt keinen Kalifen, wenn wahr ist, was man hört. Unsere Unterstützung könnte für den nächsten einen Unterschied machen. Es geht mir durch den Kopf, dass wir das Recht, den Weg zu predigen, verlangen könnten. Es wäre vom letzten Kalifen verweigert worden, von jedem Kalifen mit einer sicheren Machtbasis. Gerade jetzt – na ja, wer weiß?"

„Wir könnten in Cordoba einen ziemlich *großen* Profit machen", sagte Brand zu Guthmund. „Du hast den Ort nicht gesehen, aber ich sage dir, dieser Überfall der Ragnarssons vor fünfzehn Jahren kann nicht einmal an der Oberfläche gekratzt haben."
„Aber wenn das, was wir gesagt haben, wahr ist", fuhr Shef fort, „dann glaube ich, dass wir etwas anderes tun sollten. Denn was wir gesagt haben, was Hund und Svandis und selbst Farman gesagt haben, ist, dass Stärke in dieser Welt vom Glauben kommt. Also müssen wir unseren und den derjenigen stärken, die uns freundlich gesonnen oder zumindest tolerant gegen uns sind. Und wir müssen den Glauben derjenigen, die anderen keinen Raum lassen, zerstören. Die weder Loki noch Thor Freiheit erlauben. Auch keinem anderen außer ihrem eigenen Einen Gott."
„Und wie soll man das machen?", fragte Solomon der Jude mit überlegter Höflichkeit.
„Mit Papier auf der einen Seite. Und mit Sendboten auf der anderen. Ich werde es erklären ..."

Kapitel 27

Von Hlithskjalf, dem Aussichtspunkt der Götter, blickten die Gottheiten der Aesir hinab auf die Erde. Weit unter sich konnten sie Flecken aus Flammen sehen, wie brennende Speerspitzen, konnten sehen, wie sich die Wölfe und Raben versammelten. Heimdall, der das Gras wachsen und die Gedanken im Kopf eines Mannes, oder eines Gottes, hören kann, neigte seinen Kopf und hob eine Augenbraue in Richtung seines Bruders Rig. Der Gedanke in Odins Kopf war: „Dies gerät außer Kontrolle." Aber Allvater wollte seinen Gedanken nicht aussprechen und Heimdall blieb still.

„Ich wünschte, ich wüsste, wer seine Fesseln gelöst hat", sagte Odin schließlich. Nicht einmal Heimdall wusste, dass Rig es getan hatte, denn Rig konnte selbst seine Gedanken geheim halten, wenn er es wollte.

„Alle Dinge werden mit der Zeit geschwächt", beobachtete Rig.

Es war kein taktvoller Gedanke, um ihn gegenüber dem einen auszudrücken, der keine Grenzen seiner Macht zugab – obwohl in Wahrheit diese Grenzen ziemlich eindeutig waren. Rig versuchte die andere Hälfte seiner Beobachtung. „Aber Samen können mit der Zeit auch wachsen."

„Wovon redest du?", knurrte Odin. „Loki ist frei, Heimdall ist bereit, sein Horn zu blasen, die Letzte Schlacht von Göttern und Menschen mag jeden Moment beginnen, mit Waffen aus Feuer und Kreaturen in der Luft, und jetzt wenden sich unsere eigenen Gefolgsleute Loki zu. Dein *Gefolgsmann tut es."*

„Er hat noch nicht sein Emblem gewechselt", sagte Rig. „Ich bitte dich, Allvater. Denk ein paar Lebensspannen zurück. Was waren wir damals? Schwach. Die Kreaturen weniger Waldläufer und Seeräuber. Wir verschwanden, um bloße Kobolde und Nixen zu sein. Nun sind wir stark geworden. Nicht durch die Opfer in Uppsala, die Tausende für den Glauben von einem Dutzend in Schrecken versetzten. Aus Glauben und Hingebung."

„Wie soll die Befreiung von Loki dabei helfen? Und Männer, die dazu bereit sind, ihn zu verehren?"
„Loki war nicht immer schlecht."
Odin wandte ein furchterregendes Auge zu Rig. „Er hat meinen Sohn getötet. Er hat der Welt das Licht genommen und sie düster gemacht."
Rig hatte keine Angst, aber es ist schwierig, sich dem Auge Odins zu stellen. Er senkte seine eigenen Blicke, aber sprach weiter. „Er war einst ein Kamerad. Wenn das erkannt worden wäre, hätte er nicht die Eifersucht, den Neid gespürt, die ihn den Mistelzweig nutzen und Hod betrügen ließen."
„Er sagte in unserer eigenen Halle viele schlimme Dinge zu uns", sagte Heimdall. „Mich nannte er ‚Dreckrücken', sagte, ich sei der Sklave der Götter und dürfe nie schlafen."
„Du schläfst wirklich nie", antwortete Rig.
„Dies hat mit deinem eigenen Sohn zu tun", sagte Odin. „Mit deinem eigenen Sohn und Gefolgsmann, den du mich einmal, zweimal hast verschonen lassen. Er ist derjenige, der Loki befreit hat und ihn nun zurück in die Welt ruft. Obwohl er nicht das zu wollen scheint, was Loki will. Aber nun sag, warum sollte ich ihn das dritte Mal verschonen?" Er hob seinen Speer Gangnir und zielte auf die weit entfernte blaue Innere See.
„Ich bitte dich nicht darum, dass du ihn verschonst", sagte Rig.
All die Götter, das versammelte Dutzend, sahen ihren Bruder zweifelnd an.
„Nimm ihn, wenn du willst. Er wird ein unangenehmer Rekrut für deine Einherjer, Odin. Ehe Heidruns Metfass zehnmal geleert ist, werden die Helden neue Waffen schmieden, um einander aus der Entfernung zu bekämpfen, und die schwächsten werden die stärksten sein. Aber nimm ihn, wenn du willst. Ich sage nur dies: Warte und sieh. Es mag sein, dass, wenn er seinen Willen bekommt, Götter, die stark sind, schwach werden, Götter, die einst schwach waren – wie wir es waren, vor wenigen Lebensspannen, wie ich es war, beinahe vergessen –, sie werden vielleicht stark."

Es war richtig, überlegte Heimdall, dass vor kaum einer Lebensspanne, vor weniger als einer Lebensspanne, wie die Menschen zählen, Rig ein bloßer Schatten am Rand des Götterfestes gewesen war, nicht wichtig genug, um von Loki verspottet oder von Odin konsultiert zu werden. Nun trugen viele sein Emblem und seine Brüder machten ihm Platz. Und wie war es dazu gekommen?

„Wer, glaubst du, wird schwach werden?“, fragte Heimdall am Ende.

„Diese Götter, die ihre Macht nicht teilen oder die Herzen der Menschen ohne Zwang gewinnen können.“

„Meinst du mich?“, fragte Odin drohend.

„Nein, Vater. Loki mag über dich sagen, was er will, aber einige Sachen kann er nicht ohne Wahrheit sagen. Niemand hat dich je einen eifersüchtigen *Gott genannt.“*

Die Aesir dachten über die Bedeutung der Worte ihres Bruders nach. Einige blickten erneut auf die Szenerie weiter unten, auf die weite Midgards, auf der ihre Verehrer ein bloßer, verstreuter Rand waren. Ihre Gesichter blieben unbewegt wie die Gesichter von Pferdehändlern, die einen unbemerkten Vorteil wittern.

„Aber dein Sohn wird meinen Sohn nicht zurückbringen.“

„Die Prophezeiung ist, dass nach Ragnarök diejenigen, die verschont werden, ein neues Zeitalter und die Wiedergeburt von Balder in einer schöneren Welt sehen werden. Aber du wirst nicht verschont, Vater. Fenriswolf wartet auf dich, wie Surt auf Frey. Aber wenn es kein Ragnarök gibt, wenn es nicht zu Ragnarök kommt, können wir sagen, dass Balder nicht einfach trotzdem wiedergeboren werden kann? Wenn einmal selbst Loki dazu bereit ist, um ihn zu weinen? Wenn du deinen Sohn außerhalb der Hallen von Hel wiedersehen willst, dann musst du einen anderen Weg einschlagen.“

Diesmal war es das Gesicht Odins, das sich in das eines Mannes verwandelte, der einen weit entfernten Vorteil sehen kann.

„Wie seid ihr entkommen?“, fragte Svandis. Ihr gegenüber saß die Frau, die sie im Brunnenhof des Kalifen getroffen, mit der sie ge-

weint hatte, Alfled die Schöne, einst ihre Feindin, nun ihre Kameradin.
Alfled zuckte verächtlich mit den Achseln und wischte ihr Haar aus ihrem Gesicht, das von der Sonne gerötet war. „Dieser kleine schwarze Bastard befahl dem Bastard mit den breiten Schultern, uns zu Nonnen zu machen. Berthe – das fränkische Mädchen, das du getroffen hast, weißt du noch –, war glücklich über die Idee, sie hatte nie viel Bedarf an Männern. Aber Ouled hat nicht vor, eine Christin zu werden, und ich, ich habe nicht vor, eine Nonne zu werden. Ich habe wenig genug von Männern, oder überhaupt irgendeinem Mann, gesehen, während ich im *Harem* des Kalifen war. Ich habe Zeit gutzumachen!"
„Also, wie?"
„Oh, Männer sind einfach zu umgarnen, weißt du. In der Kolonne, die uns zu irgendeinem von Allah verlassenen Ort brachte, sprach ich mit einem der Wächter. Erzählte ihm, wie unfair es sei, sein halbes Leben eingesperrt zu sein und dann weggebracht zu werden, um wieder eingesperrt zu werden. Sah ihn an, bis er mich ansah, und sah dann noch eine Sekunde länger hin, ehe ich meine Blicke senkte. Ließ ihn glauben, dass ich ihn bewunderte. Sie sind so eitel, so schwach.
Als er in der Nacht zu mir kam, ließ ich ihn die Kette an der Tür öffnen und mich ins Gebüsch mitnehmen. Er sah Ouled mit der Haarnadel nicht hinter sich." Sie lachte plötzlich. „Er war ein stürmischer Liebhaber, das will ich für ihn sagen. Es kann sein, dass er glücklich starb. Dann suchten Ouled und ich uns unseren Weg von Dorf zu Dorf, tauschten dies und jenes gegen das, was wir brauchten. Du hast mir erzählt, dass du das auch getan hast."
Svandis nickte. „Und jetzt, was wollt ihr?"
„Sie sagen, dass der König hier ein Engländer und ein Befreier der Sklaven ist. Selbst die Männer hier sagen, dass sie befreite Sklaven sind, diejenigen, die Englisch sprechen. Sicherlich wird er auch mich befreien und mir eine Überfahrt nach Hause gewähren."

„Deine Familie wird nicht erfreut sein, dich zu sehen", beobachtete Svandis. „Eine entehrte Frau. Du hast keinen Ehemann, aber du hast auch nicht das Recht, dein Haar offen zu tragen wie eine Jungfrau."
„Ich bin eine Witwe", sagte Alfled entschlossen. „Witwen haben das Recht, wieder zu heiraten. Und kein Ehemann kann ihnen einen Vorwurf machen, wenn sie mehr über manche Dinge wissen als eine Jungfrau. Ouled und ich wissen viel mehr als jede Jungfrau oder jede Ehefrau in der Christenheit. Ich glaube, ich kann einen Mann für mich finden, hier oder in London oder in Winchester. Was Ouled betrifft, sie will nur eine Weiterreise nach Cordoba, denn sie denkt für sich dasselbe wie ich."
„Was hältst du von den Männern hier?", fragte Svandis.
„Nicht viel. Diejenigen, die Englisch sprechen, sind die Söhne von Sklaven. Als ich von den Plünderern gefangen wurde, wollte kein Lehnsmann ohne Peitsche in seiner Hand mit ihnen sprechen. Ich kann nicht verstehen, warum sie befreit wurden. Es gibt nicht einen unter ihnen, der wie ein Edelmann aussieht."
„Dieser da schon", sagte Svandis und deutete aus dem Fenster auf Styrr, der vorbeiging und eine Orange mit seinen großen Pferdezähnen aussaugte.
„Er sieht wenigstens wie ein Krieger aus. Aber sie sind Nordmänner. Wie du. Deine Leute nahmen mich gefangen und verkauften mich hier unten. Ich könnte nicht einfach mit einem von euch leben."
„Es gibt immer noch viele freie Bauern und Söhne von freien Bauern in England", sagte Svandis, „und ich traue mich, zu sagen, du könntest dir leicht genug einen von ihnen angeln. Du bist deine eigene Mitgift und nach einer Hochzeitsnacht mit einer Frau deiner Erfahrung erwarte ich, dass du um jede Morgengabe, die du dir wünschst, bitten könntest."
Ouled die Tscherkessin, die dasaß und einer Konversation in einer Sprache lauschte, der sie nicht folgen konnte, verlagerte ihr Gewicht und blickte auf beim unverwechselbaren Geräusch von zwei

Frauen, die begannen, einander zu schmähen. Mit einem der privaten Zeichen des *Harems* breitete sie ihre Finger aus und sah auf ihre Fingernägel hinunter. Nicht streiten, sagte das. Zieh deine Krallen ein. Alfled schluckte eine spöttische Antwort herunter und versuchte, amüsiert zu wirken.

„Ich glaube, du könntest dem Einen König einen Dienst leisten", sagte Svandis. „Dem Einen König, der gesagt hat, dass er mich zu seiner Königin machen wird."

Männer sagen alle Arten von Dingen, um zu bekommen, was sie wollen, überlegte Alfled, aber sie sagte die Worte nicht, sondern hob nur als höfliche Nachfrage ihre Augenbrauen.

„Er braucht Informationen über den Stand der Dinge in Cordoba, nun da der Kalif tot ist. Er braucht wohl auch einen Gesandten, einen, der besser Arabisch spricht als wir. In einer Sache kannst du dir sicher sein, er ist ein großzügiger Bezahler, ein wahrer Ringgeber für diejenigen, die ihm dienen. Und du hast Recht, er hat in seinem Herzen einen weichen Fleck für diejenigen, die Sklaven gewesen sind, wie du."

Ich werde sehen, ob er nicht anderswo einen harten Fleck für mich hat, überlegte Alfled grimmig. Kupferblondes Haar, blaue Augen, Teint wie ein maurischer Arbeiter. Im *Harem* wärst du einmal gerufen worden, aus Neugierde, und dann nie wieder. „Ich stehe unter deiner Gnade", antwortete sie und senkte klug ihren Blick. „Was ist das besondere Interesse des Königs?"

„Im Moment", antwortete Svandis, „interessiert er sich für die Herstellung von heiligen Büchern und wie sie entstehen."

Peitschen, Poesie, kleine Jungen, Duftöle, jetzt heilige Bücher, dachte Alfled. Gott, oder Allah, oder Jesus, schick mir eines Tages einen Mann mit einfachen Interessen.

In einem Raum tief im Inneren des privaten Palastes des Fürsten stand Shef vor einer vierfachen Reihe an Bänken. Vor jeder Bank stand ein langer Tisch, auf jeder Bank saßen sechs Schreiber. Ihre Schreibfedern waren in ihren Händen, Tintenfässchen standen neben jedem von ihnen, jeder hatte ein frisches Blatt des seltsamen orientalischen Papiers vor sich. Das Kratzen von Spitzern war erstorben, die zwei Dutzend Gesichter sahen den barbarischen König erwartungsvoll an, der den Kaiser der Nazarener vertrieben hatte.

Solomon sprach zu den Schreibern. „Der König hier", sagte er, „hat ein Dokument entdeckt. Es ist eines, das große Zweifel am Glauben der Christen aufwirft und ihnen sagen würde – wenn sie davon wüssten –, dass ihr Messias, wie wir schon wissen, ein falscher ist, eine Vorahnung desjenigen, der noch kommen wird. Er wünscht, viele Kopien davon herzustellen und dieses Wissen in der christlichen Welt zu verteilen. Deshalb haben wir euch zusammengerufen. Er wird mir eine Version dessen diktieren, was er gelesen hat, ich werde es übersetzen in die Handelssprache Spaniens, das Arabisch, das wir alle kennen, und ihr werdet es niederschreiben. Später werden wir weitere Kopien machen, und noch mehr, sowohl in dieser Sprache als auch in der römischen Sprache des Südens. Vielleicht auch in Latein. Aber dies ist der Anfang."

Eine Hand hob sich, eine skeptische Stimme sprach. „Wie lange wird dieser Bericht sein, Solomon?"

„Der König sagt, er darf nicht mehr als eine einzige Seite bedecken."

„Wie lang war das erste Dokument?"

„So lang wie das Buch von Judith."

„Dann wird es Geschicklichkeit brauchen, um es auf ein Folium zu reduzieren."

„Der König weiß, was er will", sagte Solomon entschlossen.

Shef lauschte dem Gespräch auf Hebräisch, ohne etwas zu verstehen, und wartete, bis das Rascheln und die sanfte Fröhlichkeit erstarben. Solomon nickte, um zu zeigen, dass die Schreiber bereit seien. Shef trat vor, das Buch der Ketzer in seiner anglonordischen Übersetzung in seiner Hand aufgeschlagen – nicht, damit er es vorlesen konnte, weil sein Verständnis der Runen immer noch wackelig war, sondern als Aufhänger.

Als er auf die Reihen an Gesichtern hinabblickte, auf die leeren Blätter vor ihnen, schienen seine Gedanken von selbst zu verlöschen, wie ein Feuer, über das man eine feuchte Decke wirft. Es war nichts dort. Wenige Augenblicke zuvor war er zu sprechen bereit gewesen, die Geschichte der Rettung und Flucht von Jesus vom Kreuz in Worten zu erzählen, die jeder Mann oder jede Frau verstehen konnte. Jetzt war da nichts. Einzelne Phrasen streiften durch seine Gedanken: „Man nennt mich Jesus … Was man euch gesagt hat, ist nicht wahr … Habt ihr je über den Tod nachgedacht?“ Nichts davon schien irgendwohin zu führen. Ihm wurde bewusst, dass sein Mund offen stand, in einem Starren, das idiotisch wirken musste, er wurde sich des leichten Spottes, des Dämmerns der Verachtung bewusst auf den Gesichtern, die zu ihm aufblickten.

Er senkte seinen Blick. Er versuchte gerade, so sagte er zu sich selbst, diese Männer anzuleiten in ihrem eigenen Spezialgebiet, Bücher und die Herstellung von Büchern. Wie würde es ihnen ergehen, wenn sie in sein Lager kämen und Cwicca erklärten, wie man ein Katapult spannte? Der Gedanke an das wütende Gebrüll, mit dem ein gelehrter Schreiber um die Lagerfeuer empfangen würde, amüsierte ihn für einen Augenblick und schien ein Loch in die Barriere des Schweigens zu brechen. Denk dran, sagte er wieder zu sich selbst. Was du tun musst, ist, eine Geschichte nehmen, die Geschichte, die niedergeschrieben wurde, und sie zu einem Appell machen. Du musst sie von einer Ich-Geschichte in eine Ihr-Geschichte verwandeln. Fang damit an. Wenn du nicht weißt, wo du anfangen sollst, fang mit dem Anfang an.

Er hob seinen Kopf und sein Auge wieder und starrte den Raum voller Männer an, die begannen, Blicke zu tauschen und Bemerkungen über die Unbeweglichkeit des Barbaren zu machen. Als sein Funkeln über sie glitt, das Funkeln eines Mannes, der Auge in Auge mit Ivar, Vorkämpfer des Nordens, gestanden hatte und Kjallak den Starken auf dem Königsstein der Schweden getötet hatte, verfielen die Schreiber wieder in Stille. Shef begann in einem Tonfall voll unterdrücktem Zorn zu sprechen. Während er sprach, Phrase um Phrase und Satz um Satz, arbeitete Solomons Stimme die ruhige Begleitung heraus und das Kratzen vieler Schreibfedern auf Papier folgte ihm.

„Gefolgsleute von Christus", deklamierte Shef, „Ihr habt von den Freuden des Himmels und den Feuern der Hölle gehört. In der Hoffnung auf das eine und aus Furcht vor dem anderen gebt Ihr eure Kinder zur Taufe, Ihr beichtet eure Sünden, Ihr zahlt den Zehnten. Ihr tragt das Kruzifix. An Ostersonntag kriecht Ihr auf Euren Knien vor das Kreuz, der Priester hält es vor Eure sterbenden Augen.
Warum? Weil es das Symbol des Lebens ist, des Lebens nach dem Tod. Ihr hofft darauf, dass Ihr im Paradies weiterlebt, wenn Ihr tot seid, weil es Einen gab, der einst zurückkam und erklärte, dass Er Macht über den Tod und nach dem Tod habe. Auf dem Kreuz und auf der Auferstehung ruht Eure ganze Hoffnung.
Was, wenn es keine Auferstehung gab? Wo ist dann Eure Hoffnung und was nützen Eure Zehnten? Welchen Bedarf habt Ihr dann für einen Priester? Nun, wer hat Euch die Geschichte von der Auferstehung erzählt? War es ein Priester? Würdet Ihr ein Pferd kaufen auf das Wort eines Mannes, der euer Geld nimmt? Wenn Ihr das Pferd nie gesehen hättet? Hört stattdessen diese Geschichte an.
Es gab einen Mann namens Jesus und vor vielen Jahren kreuzigte ihn Pontius Pilatus. Aber die Scharfrichter patzten in ihrer Eile und er starb nicht. *Er starb nicht.* Stattdessen kamen seine Freunde und nahmen den Körper auf einer Leiter mit sich fort und brachten ihn zurück ins Leben. Als er wieder kräftig war, floh er und schuf sich ein neues Leben, und in diesem neuen Leben nahm er viele Dinge zurück, die er gesagt hatte. Der Himmel ist in dieser Welt, sagte er, und Männer sollten ihn selbst gestalten. Frauen auch.
Lebt Ihr im Himmel? Oder in der Hölle? Fragt Euren Priester, fragt ihn, woher er weiß, was er weiß. Fragt ihn, wo ist das Kreuz?

Wo ist die Leiter? Schaut ihm in die Augen, wenn Ihr ihn fragt, und denkt an den Pferdehandel. Wenn Ihr ihm nicht glaubt, überlegt, was Ihr tun könnt."

„Es war ein interessanter Bericht", bemerkte Moishe der Schreiber zu Solomon, als sie gemeinsam weggingen, für den Augenblick einander wieder freundlich gesonnen. „Natürlich unbeholfen."
Solomon runzelte die Stirn, bestritt die Ansicht aber nicht. „Ich hatte Schwierigkeiten", stimmte er zu, „einiges davon zu übersetzen. Seine Worte für ‚Taufe' und ‚Auferstehung' sind sehr simpel und ich musste das Beste tun, was ich konnte. Worin liegt seine Unbeholfenheit?"
„Oh, sieben rhetorische Fragen nacheinander, wie ein Schuljunge, der nie den Rohrstock gespürt hat. Ständige Wiederholungen, Pferde und Scharfrichter und Leitern und Zehnten alle vermischt mit Leben und Tod und den Mysterien des Glaubens. Keine Grandeur. Keine Ahnung von Stil. Ich würde rot vor Scham, wenn bekannt würde, dass ich so eine Sache geschrieben hätte. Aber für deinen Einen König bin ich nur der Teil einer Maschine, einer Maschine, um viele Kopien zu machen."
Ich werde das weitergeben, überlegte Solomon. Den Gedanken an eine Maschine, um viele Kopien zu machen. Und was Moishe nicht zusagte, mag dennoch Menschen berühren, von denen der gelehrte Moishe nichts weiß. Die Ungelehrten, für den Anfang. Es gibt viele von ihnen, und nicht alle sind dumm.

„Woher kommst du?", fragte Shef.
„Ich wurde aus Kent entführt", antwortete die Frau. Sie war immer noch gekleidet in das, was von ihrer alles verschleiernden arabischen *Burqa* übrig war, aber sie trug keinen Gesichtsschleier und die Kapuze war zurückgeschoben, um ihr helles Haar und die blauen Augen zu zeigen. Sie sprach Englisch – altmodisches Englisch, wie Shef mit einem leichten Schock bewusst wurde, auf gewisse Weise besseres Englisch als sein eigenes, so gewohnt er jetzt

daran war, seine Sprache mit Worten und Redewendungen zu spicken, die er aus dem Nordisch der Wegemänner aufgeschnappt hatte. Schon zweimal hatte er sie Stirnrunzeln gesehen, als sie sich mühte, ihm zu folgen.

„Kent. Das ist im Reich meines Mitkönigs Alfred."

„Der König zu meiner Zeit war Ethelred. Vor ihm Ethelbert. Ich glaube, ich hatte von Alfred als ihrem jüngeren Bruder gehört. Es hat viele Veränderungen gegeben. Trotzdem würde ich gerne zurückgehen. Wenn ich könnte. Wenn ich meine Familie finden könnte und wenn sie mich zurückwollten, eine entehrte Frau."

Die Frau senkte ihren Blick und wischte fingiert mit dem Ende ihres Ärmels an ihren Augen. Sie spielt um Mitleid, bemerkte Shef. Versucht auch, attraktiv auszusehen, während sie es tut. Ist lange her, seit sich eine Frau die Mühe gemacht hat, das für mich zu tun. Aber in ihrer Lage, was sonst könnte sie tun?

„Es wird einen Platz in Kent für dich geben, wenn du dorthin gehen willst", sagte Shef. „König Alfred ist ein wohltätiger Herr und jemandem von deiner Schönheit wird es nie an Verehrern fehlen. Ich kann dafür sorgen, dass du genug Wohlstand hast, um deine Familie zufriedenzustellen. England ist jetzt ein reiches Land, weißt du. Außerdem wird es auch nicht mehr von Piraten heimgesucht, also wirst du in Sicherheit sein."

Er reagiert auf Schwäche, überlegte Solomon, der sie beobachtete, indem er versucht, die Schwäche wegzunehmen, nicht indem er sie ausnutzt, wie es die Frau von ihm erwartet. Es ist eine gute Eigenschaft an einem König, aber ich frage mich, ob die Frau das versteht.

Shef tätschelte Alfleds Hand. Seine Stimme wurde geschäftsmäßig. „Es gibt aber etwas, das du für uns tun kannst, glaube ich, denn du bist jemand, der viele oder alle Geheimnisse vom Hof des Kalifen kennt. Sag mir, was ist dein Glaube an Allah?"

„Ich habe die *Shahada* gemacht. Das Glaubensbekenntnis", fügte Alfled hinzu. „Es geht *La ilaha il Allah, Muhammad rasul Allah,* was heißt, ‚Es gibt keinen Gott außer Allah, und Mohammed ist sein Prophet'. Aber was konnte ich tun? Es hieß das oder sterben, oder eine der niedrigsten Sklavinnen in einem Arbeiterbordell sein."

„Du glaubst nicht daran?"

Sie zuckte mit den Achseln. „Genauso wenig, wie ich an sonst etwas glaube. Ich wurde erzogen, an Gott zu glauben. Er half mir nie gegen die Heiden, die mich entführten, obwohl ich viele Male zu ihm betete. Der einzige Unterschied, den ich zwischen dem Gott der Christen und dem Allah der Araber sehen kann, ist, dass die Araber an Mohammed und an ihren Koran glauben."

„Unterschiedliche Bücher, unterschiedlicher Glaube. Sag mir, gibt es irgendjemanden in Cordoba, der sich dafür interessiert, wie Bücher gemacht werden?"

Hier kommt es, dachte Alfled. Vielleicht wird er mich bitten, ihn mit einer Schreibfeder zu peitschen oder ihn auf Pergament zu melken. Es muss etwas geben, das seine Frau nicht für ihn tun will. Das gibt es immer.

„Es gibt Geschäfte, die Bücher verkaufen", antwortete sie, „wo Kopien auf Bestellung der Käufer gemacht werden. Die Liebespoesie von bin-Firnas zum Beispiel. Oder das Buch der Tausend Vergnügungen könnte das sein."

„Das ist nicht die Art von Buch, die der König meint", unterbrach Svandis, die wachsam beobachtete. „Er meint, woher heilige Bücher, Bücher des Glaubens kommen. Wo kommt der Koran her? Oder wo kommt die Bibel her? Weil jemand, irgendeine Person, sie irgendwann gemacht haben muss, so heilig sie auch sind. Sie mit Händen und Feder und Tinte gemacht haben muss." Sie tippte an das Federemblem, das jetzt über ihrer Brust hing.

„Der Koran wurde Mohammed von Gott diktiert", sagte Alfled. „Oder so sagen sie es. Aber es gibt einige … ja. Die Mu'taziliten, wie man sie nennt. Ishaq der Bewahrer der Schriftrollen war ein solcher."

„Und was glauben sie?" Das eine Auge des Königs heftete sich mit feurigem Interesse auf sie.

„Sie glauben … Sie glauben, dass der Koran nicht ewig ist, selbst wenn er Allahs Wort ist. Sie sagen, dass er Allahs Wort ist, wie es Mohammed gehört hat, aber dass es andere Worte geben könnte. Sie sagen, dass es nicht genug ist, bloß *Hadith*, das heißt Traditionen, zu sammeln, sondern dass man sie auch anwenden muss mit der eigenen Vernunft, die Allahs Geschenk ist."
Moishe würde das nicht gern hören, dachte Solomon wieder. Er glaubt, es sei die erste Pflicht eines Gelehrten, die Torah zu bewahren, und die letzte, Kommentare darüber zu sammeln. Um damit zu diskutieren, nicht über sie zu diskutieren.
Shef nickte langsam.
„Sie wollen keine Bücher zerstören. Das ist gut. Aber sie sind bereit, über sie nachzudenken. Das ist noch besser. Wenn ich einen Kalifen der Mu'taziliten in Cordoba und einen Papst in Rom ohne eine Armee treffen könnte, dann, glaube ich, wäre Ragnarök abgewendet und Loki zur Ruhe gebracht. Aber die Wurzel von dem allen ist, Bücher in vielen Händen zu haben. Ich vermute, weder all die Buchhändler in Cordoba noch all die Schreiber in Septimania könnten so viele Bücher machen, wie wir brauchen. Was war es, das Ihr gesagt hattet, Solomon, dass wir eine Maschine brauchen, um viele Kopien zu machen, schneller als ein Mann schreiben kann? Ich weiß keinen Weg, um ein Mühlrad an den Arm eines Schreibers zu binden, leider, obwohl es das Werk eines Schmiedes tun kann."
„Der Kalif hatte oft mehr Dokumente zu unterzeichnen, als sein Arm schaffen konnte", meldete sich Alfled.
„Was hat er getan?"
„Er ließ einen Block aus Gold mit einem Elfenbeingriff machen. Aber unten an dem Block war eine Kupferplatte, mit seinem Namen darauf, der so hoch wie zwei Finger herausragte. Der Rest war von scharfen Säuren weggeätzt worden, ich weiß nicht wie. Er legte die Platte auf Kork mit Tinte darin und presste den Block dann auf Dokumente herab, so schnell sie Ishaq präsentieren konnte. Einige sagten, dass Ishaq Dokumente darunter

mischte, die der Kalif nie las, für einen Preis. Es war wie wenn man Vieh brandmarkt."

„Wie ein Brandzeichen", wiederholte Shef. „Wie ein Brandzeichen. Aber niemand kann Papier, oder Pergament, brandmarken."

„Und am Ende ist alles davon ein falsches Papier", sagte Svandis, während sie angeekelt ihr Gesicht verzog. „Eines, das niemand gelesen und niemand unterzeichnet hat."

„Das ist eine Möglichkeit, wie man Bücher machen könnte", stimmte Solomon zu.

Kapitel 28

Die Nachricht über das Desaster für den Islam verbreitete sich scheinbar schneller nach Süden, als ein Pferd sie tragen konnte. Sicherlich schneller als jedes einzelne Pferd oder ein einzelner Reiter. Als die ersten Berichte in jeder Stadt ankamen, getragen von den Kavalleriemännern, die als Erste aus der Schlacht geflohen waren, wurde jedem Mann von seinem Pferd geholfen, er wurde weggebracht, um im Kühlen Sherbet zu trinken, und um weitere Informationen bedrängt. Inzwischen wurden die Informationen, die man herausbrachte, von vertrauenswürdigen Boten an die weitergegeben, bei denen der örtliche Gouverneur einer Provinz oder der Kadi einer Stadt annahm, dass sie sie am dringendsten brauchten. Zu dem Zeitpunkt, als die Überlebenden weiterritten, wurden ihre Geschichten immer mehr ausgeschmückt und jedes Mal, wenn sie wiederholt wurden, selbstgerechter, doch die Nachrichten eilten ihnen oft voraus.
Als man die Neuigkeiten empfing, dachten diejenigen, die unter dem ehemaligen Kalifen Macht gehabt hatten, sorgfältig über ihre Positionen nach. Wer würde dem Kalifen nachfolgen? Es war bekannt, dass er viele Kinder gehabt hatte, aber keines davon bestimmt hatte, und keines war alt und stark genug, um den drohenden Bürgerkrieg zu überleben. Er hatte viele Brüder, oder Halbbrüder, gehabt. Die meisten waren tot, dem Lederteppich oder der Bogensehne zum Opfer gefallen. Viele waren nicht akzeptabel, Kinder der *Mustaribs.* Oder waren sie jetzt noch so inakzeptabel? Diejenigen, die man so betrachtet hatte, hauptsächlich Gouverneure im Norden, begannen über ihre eigene Stärkte und ihre Bündnisse nachzudenken. Reiter wurden geschickt, Truppen wurden versammelt, Gouverneure fragten sich, wie viele der Zwangsverpflichteten, die sie in den Norden gesandt hatten, zurückkehren würden. Als sie herbeiströmten, überraschend viele

für eine Schlacht, die laut den ersten Flüchtigen mit großer Tapferkeit geschlagen worden war, überdachten die Gouverneure ihre Stärke erneut. Fast alle von ihnen kamen zum selben Schluss. Zu früh, um zuzuschlagen oder die Hoffnung aufzugeben. Tu, was offensichtlich richtig ist, und du bekommst keine Schwierigkeiten. Beteure deine Loyalität zum Glauben. Umgib deine eigene Person mit jedem bewaffneten Mann, den du bereitstellen kannst. Und inzwischen, weil die Männer da sind und bezahlt werden müssen, gibt es private Streitigkeiten, um die man sich ebenso kümmern kann. Alte Feindschaften zwischen Alcala und Alicante, der Küste und den Bergen, Dispute über Wasser und Land, entflammten zu Konflikten.
In Cordoba selbst herrschten, als die Nachrichten ankamen, Schock und Schrecken. Keine Beunruhigung, weil die Ungläubigen ganz klar keine Bedrohung für die etablierte Zivilisation des Südens und Andalusiens darstellen konnten, aber Furcht vor dem Urteil Allahs. Die Frage der Nachfolge stellte sich sofort jedem Zuhörer. Binnen Tagen hatten die Karren voller Waren und Geflügel für den Markt, die Herden aus Schafen und Rindviechern aufgehört, durch die Tore zu strömen, weil sich die Bauern aus dem Tal des Guadalquivir davor fürchteten, das zu betreten, wo bald blutiger Bürgerkrieg herrschen konnte. Die wenigen halb berberischen Halbbrüder des Kalifen verschwanden in ihre eigenen Festungen und es wurde bekannt, dass sie um Männer und Unterstützung von ihren Verwandten in Nordafrika baten. In jedem Augenblick mochte eine Flotte aus Algier oder Marokko ankommen und den Fluss hinaufsegeln. Oder, sagten die Pessimisten, es würden sich vielleicht die Tuluniden aus Ägypten einmischen: bloße Türken aus der Steppe.
Bei diesem Gedanken begannen auch die Christen der Stadt und die Juden aus der Juderia, dem Ghetto, das man für sie gegründet hatte, ihre Stärke abzuschätzen. Die Herrschaft des vorherigen Kalifen war grausam gewesen für diejenigen, die die *Shahada* ablehnten oder nach dem Märtyrertum trachteten. Sie wäre wie

eine Liebkosung, verglichen mit den zufälligen und ertragslosen Grausamkeiten der Türken oder Berber, die wegen ihrer kürzlichen und zweifelhaften Konversion begierig darauf waren, ihre Treue zum Glauben zu demonstrieren.

Besser irgendein Kalif als gar kein Kalif, sagten die weiseren Köpfe der Stadt zueinander. Am besten von allen ein Kalif, der für alle akzeptabel ist. Aber wer? Der junge Mann, Mu'atiyah, Schüler des bin-Firnas, war aus dem Chaos und Verderben erschienen, er war ohne Pause geritten, seit dem Augenblick, als der Kalif in seinen Armen fiel – oder so sagte er es. Er rief danach, dass Ghaniya, der älteste Halbbruder des Kalifen und sein treuer Gesandter in den Norden, auf den Kissenthron nachfolgen sollte. Ghaniya, brüllte er auf einem Dutzend Markplätzen, Ghaniya konnte man vertrauen, dass er den Krieg weiterführen würde. Und nicht nur den Krieg gegen die Christen. Auch gegen die *Majus,* die heidnischen Feuerverehrer, die den Kalifen mit Täuschung in den Krieg und ins Verderben geführt hatten. Aber am wichtigsten, den Krieg gegen die Ungläubigen, die heimlichen Verräter.

Hatte er nicht mit seinen eigenen Augen (und der Erfindung seines Meisters) Männer aus der Armee des Kalifen gegen ihn antreten und zwischen den Schlachtreihen gegrilltes Schwein essen sehen? Wie viele weitere heimliche Schweinefleischesser versteckten sich in den Straßen von Cordoba? Sie musste man vernichten! Zusammen mit den Christen, die sie schützten, unter der fehlgeleiteten Menschenliebe des ehemaligen Kalifen. Sie versklaven, ins Exil schicken, diejenigen pfählen, die den Glauben leugneten …

„Es wird schon zu viel gepfählt“, bemerkte bin-Maymun, einst Kommandant der Kavallerie in der Armee des Propheten, zu seinem Vetter bin-Firnas, als sie in der Kühle der Villa des letzteren am Flussufer Trauben aßen. „Man kann nicht erwarten, dass Männer kämpfen, wenn jeden Tag einige von ihnen weggezerrt werden und ihre Kameraden sie jede Nacht schreien hören. Er ist natürlich dein Schüler, Sohn des Bruders meiner Mutter …“

„Aber kein bereitwillig Lernender“, antwortete sein Vetter. „Es scheint mir – so begierig ich auch auf die *Shari'a* bin –, dass etwas Entspannung angesagt sein sollte? Andere gelehrte Männer stimmen mir darin zu, zum Beispiel Ishaq, Bewahrer der Schriftrollen des Kalifen. Ohne zu wünschen, dass man soweit ginge wie die Sekte der Sufis, erinnert er daran, dass einst in Bagdad ein Haus der Weisheit gegründet wurde und unter der Herrschaft der Mu'taziliten erblühte. Warum sollte Bagdad etwas haben, das Cordoba nicht haben kann?“

„Es gibt auch andere Berichte darüber, was nach der Schlacht geschah, nachdem meine Männer und ich vom Schlachtfeld vertrieben worden waren“, antwortete sein Vetter. „Einige der Frauen des Kalifen entkamen den Christen, die sie mitnehmen wollten, und fanden mit Schiffen und Pferden ihren Weg zurück nach Cordoba. Eine ist gebürtige Christin, also kann ihre Treue nicht angezweifelt werden, wenn sie dem Glauben ihres Vaters ihren Rücken zugewandt hat. Ich habe eine andere in meinen eigenen *Harem* aufgenommen, eine wunderschöne Frau aus Tscherkessien. Auch sie sagen, dass die Strenge des Kalifen zu groß war – eine Kompensation, sagen sie, für gewisse … Unzulänglichkeiten. Sie sagen auch, dass er deinem Schüler zu viel Glauben schenkte.“ Bin-Maymun warf einen Blick zur Seite, um zu sehen, wie sein Hinweis aufgenommen würde.

„Er ist nicht länger mein Schüler“, verkündete bin-Firnas entschlossen. „Ich ziehe meinen Schutz von ihm zurück.“ Als bin-Maymun zurücksank, sich an Drohungen und Beleidigungen erinnerte und überlegte, welchen seiner Männer er losschicken sollte, um Mu'atiyahs Geplapper ein Ende zu setzen, fuhr bin-Firnas fort. „Und willst du dich später Ishaq und meinen gelehrten Freunden anschließen, zu Liedern und Poesie und vielleicht einer kleinen Diskussion?“

„Das will ich“, sagte bin-Maymun und bezahlte den Preis für die Freiheit, die man ihm soeben im Umgang mit Mu'atiyah gewährt hatte. „Und ich werde meinen Freund, den Kadi, mitbringen“,

fügte er hinzu, um zu zeigen, dass er sein volles Gewicht in den Ring warf. „Er sorgt sich um den Zustand der Stadt. Deine Poesie wird ihn entspannen. Innerhalb der Stadtmauern hat natürlich nur er eine große Streitmacht an bewaffneten Männern."
Mit perfektem Verständnis lauschten die beiden Männer dem Lied eines Sklavenmädchens und dachten nach, der eine über Rache und Macht, der andere über Freiheit für Vernunft und Gelehrsamkeit von Analphabeten und religiösen Eiferern.

In Rom wurden die Neuigkeiten über die Schlacht mit Freude, dem Läuten der Glocken und dem Singen des *Te Deum* aufgenommen. Anders aufgenommen wurde die Nachricht, die ein wenig später kam, über die Rettung der heiligen Reliquie, des *Graduale*, durch den Kaiser, und seinen Schwur, seinen persönlichen Ratgeber auf den Thron des heiligen Petrus zu erheben. Wenn alles gutgegangen wäre, hätte der derzeitige Papst, Johannes VIII., das schwächliche Kind einer mächtigen toskanischen Familie, die Nachricht überhaupt nie gehört, sondern schneller sein Schicksal gefunden. Aber irgendwo zwischen dem Lager des Kaisers und dem Vatikanhügel verbreitete sich das Gerücht bis zu jemandem, der noch loyal war. Der Papst wurde informiert, versammelte sofort übereilt seinen Hofstaat und zog sich aus der gefährlichen Stadt auf die Besitztümer seiner Familie zurück. Als Gunther, einst Erzbischof von Köln und nun Kardinal in Rom, die Nachricht hörte und sich sofort mit seinem einstigen Kaplan Arno und einem Dutzend deutscher Schwertkämpfer aus seiner eigenen Leibwache in Bewegung setzte, um den Papst zu beruhigen und ihn isoliert zu halten, bis der Wunsch des Kaisers klarer würde, stellte er fest, dass er sich einer größeren Zahl italienischer Adliger, Verwandter und Anhänger von Johannes gegenübersah, als er selbst Männer hatte. Die beiden Seiten tauschten höfliche Grüße und Argumente, während die Kommandanten der Leibwache einander einschätzten. Stilettos und parfümiertes Haar, dachte der Deutsche: hinterwäldlerische Verräter. Aber wir haben

weder Kettenhemden noch Schilde. Große, plumpe Hackschwerter und nach Zwiebeln stinkender Atem, dachte der Italiener: aber bereit, sie zu benutzen. Die beiden Seiten wichen vor einander zurück und beteuerten ihre Freundschaft und Besorgnis.
Trotz der Bitten, seine Herde nicht zu verlassen, bahnte sich der Papst entschlossen seinen Weg vom Dom und Hügel, weg aus Rom selbst. Trotz der Versicherungen seiner Freude und seiner Gratulation zum Sieg des Kaisers ergriff Gunther die Kontrolle über die Kurie, warf Kardinäle, die nicht seiner eigenen Nation oder Fraktion angehörten, hinaus und bereitete sich auf eine umstrittene Wahl vor. Er wäre weitergegangen, aber die Nachricht, dass sich der Kaiser auf den englischen Diakon Erkenbert festgelegt hatte, enttäuschte ihn trotz seiner Loyalität für Kaiser und Lanzenorden, den er selbst geschaffen hatte. Erkenbert war ein guter Kamerad gewesen, das wusste er. Aber Papst? Gunther hatte einen anderen und passenderen Kamerad für dieses Amt im Sinn, wenn es das nächste Mal frei werden sollte, einen, der bereits ein Kirchenfürst und kein Diakon war. Trotzdem war eine Vakanz auf jeden Fall erstrebenswert, zumindest darauf konnte man sich einigen …
Es würde jetzt eine Armee brauchen, um eine zu schaffen. Allerdings näherte sich die Armee des Kaisers zumindest, marschierte durch die Grenzländer von Südfrankreich und Norditalien, auf schnellstem Weg nach Rom. Oder so sagte man.

Im kühlen unterirdischen Keller, der einst eine Olivenpresse gewesen war, untersuchte Shef sorgfältig die Reihen über Reihen an winzigen Bleiblöcken, die eng in ihren Stahlrahmen geklemmt waren. Er machte keinen Versuch, sie zu lesen. Weil er immer noch in jeder Schrift ein armseliger Leser war, wäre ihm die Komplexität des Lesens von Buchstaben in Spiegelschrift, auf Blocks, die in unterschiedliche Richtungen zeigten, und die auf jeden Fall auch noch in einer Sprache waren, die er nicht verstand, viel zu hoch gewesen. Alles in dieser Art vertraute er Solomon an. Alles,

wonach Shef suchte, war technische Perfektion. Dass die Buchstaben straff befestigt waren, keiner die falsche Größe hatte und alle Buchstaben gleich hoch waren. Schließlich nickte Shef zufrieden und gab sie weiter.
Nachdem sie Alfleds Bild eines Brandzeichens im Sinn hatten, war die Idee des Einbrennens auf Papier relativ klar gewesen. Aber alles, was ein Brandzeichen anzeigen muss, ist Besitz. Ein Zeichen ist ausreichend. Es war schnell offensichtlich, dass etwas wie ein Brandzeichen mit zweihundert Wörtern darauf Jahre in der Herstellung brauchen würde und nach einer einzigen Änderung unbrauchbar wäre. Macht einen Stempel oder ein Brandzeichen, oder wie auch immer Ihr es nennen wollt, für jedes Wort, schlug Solomon vor, so wie es der Kalif er-Rahman getan hatte. Auch dies erwies sich schnell als falsche Fährte, als die Menge an Arbeit, derer es bedurfte, um individuelle Worte herzustellen, einige davon in großer Anzahl, offensichtlich wurde. Es war Shef, der vorschlug, winzige Würfel für jeden Buchstaben zu machen, und sobald das klar war, wurde die Aufgabe einfach. Geschickte Kunstschmiede hatten die individuellen Buchstaben aus Messing geschnitzt und sie in Tonerde gedrückt, um eine Form herzustellen. Dann buken sie die Tonformen und füllten sie mit geschmolzenem Blei. Immer wieder, bis es volle Tabletts mit den Bleilettern gab.
Kurze Versuche ergaben die Notwendigkeit, die Buchstaben spiegelverkehrt anstatt richtig herum zu machen. Dann kam das Problem, sie aneinander anzupassen. Tinte klebrig genug zu machen, dass sie am Blei blieb und nicht zerlief, sobald man auf das Papier drückte. Das Einfachste von allem war, ein Gerät zu finden, das alle Buchstaben halten würde, die nun in einen Rahmen eingepasst waren, etwas, das die ganze seitengroße Masse an Lettern anstatt der bloßen Signatur, die er-Rahman benutzt hatte, halten würde. Pressen waren der ganzen Mittelmeerküste vertraut, weil ihre Ernährung sehr von Wein und Olivenöl abhing und man beides davon pressen musste. Shef hatte einfach eine Olivenpresse

übernommen und ein flaches Stahlbett eingebaut, auf dem die Buchstaben saßen.
Nun kam der Versuch in voller Größe. Die sorgfältig gesetzten Blocks mit Bleilettern ruhten auf dem Bett in der Presse. Ein Stofffetzen, der mit Tinte getränkt war, wurde über ihre Oberfläche gerieben, ein Blatt weißes Papier sachte darauf platziert. Shef nickte Solomon zu, der um die Ehre des ersten Versuchs gebeten hatte. Solomon legte den Block auf das Papier, dann zog er an dem Hebel, der Druck auf den Block ausübte. Shef hob warnend eine Hand. Zuviel Gewicht drückte auch die freien Stellen auf das Papier hinunter und verschmierte das Ergebnis. Seine Hand fuhr durch die Luft, Solomon verminderte den Druck und entfernte den schweren Block und Svandis zog das bedruckte Blatt heraus. Shef ignorierte die erstaunten Rufe, steckte ein weiteres Blatt hinein und gab Solomon wieder ein Zeichen. Und wieder. Und wieder. Und wieder. Erst nach zehn Versuchen stoppte er und wandte sich an Svandis.
„Wir müssen nicht wissen, ob es funktioniert“, sagte er. „Wir müssen wissen, ob es schneller funktioniert. Wenn es nicht schneller ist als eine Gruppe Schreiber, dann ist all das hier sinnlos. Bisher ist es nicht schneller, wenn man all die Zeit betrachtet, die wir verschwendet haben.“
Svandis übergab ihm das Blatt. Er sah es an und übergab es Solomon, der es sorgfältig untersuchte. „Es scheint korrekt“, sagte der Jude nachdenklich. „Was das Tempo betrifft … Wir haben gerade zehn Seiten in einhundert Herzschlägen bedruckt. Ein geübter Schreiber kann vielleicht vierzig Seiten am Tag schreiben. Einhundert Herzschläge und drei Leute und wir haben die Arbeit von zwei Stunden eines geübten Schreibers. Ich kann nicht sagen …“
„Ich kann es“, sagte Shef und wandte sich an den Apparat aus Perlen und Drähten, der nicht weit weg stand. Er verschob die Perlen in diese und jene Richtung, mit der Kunstfertigkeit seiner beständigen Übungen. „Dreitausend Herzschläge in einer Stunde“,

murmelte er. „Also fünfundzwanzigtausend an einem Arbeitstag. Fünfundzwanzigtausend dividiert durch einhundert, multipliziert mit zehn …“ Er richtete sich auf. „Drei Leute können die Arbeit von sechzig Schreibern verrichten. Wenn die Blöcke einmal zusammengebaut sind. Die Blöcke, ist das das Wort?“

„Nenn es die Presse“, sagte Svandis.

„Sechzig Schreiber“, wiederholte Solomon erstaunt. „Das würde am Ende bedeuten, dass jedes Kind seinen eigenen Talmud haben kann. Wer hätte das geglaubt?“

Mehr Talmuds bedeuten vielleicht nicht mehr Glauben, dachte Shef, aber er sagte es nicht.

Als er später an diesem Tag durch Septimania ging, während ihm ein mit bedruckten Papieren beladenes Muli folgte, traf Solomon Moishe den Gelehrten. Alles, was einem Buch ähnelte, konnte Moishes Blicken nicht entgehen. Er zog eine Kopie heraus und betrachtete sie misstrauisch. „Das ist keine hebräische Schrift“, sagte er. „Und wer immer es geschrieben hat, war ein Pfuscher. Die Buchstaben sind schlecht geformt und stehen voneinander weg wie die eines Schuljungen.“ Er schnüffelte am Papier. „Es riecht auch noch nach Lampenpech.“ Das braucht man, damit es hält, dachte Solomon, gab aber keine Antwort.

„Es ist in der romanischen Sprache“, fügte Moishe anklagend hinzu. „Ich kann die römische Schrift erkennen, aber das ist nicht einmal Latein!“ Eingebläuter Respekt vor dem geschriebenen Wort hielt ihn davon ab, das beleidigende Objekt auf den Boden zu schleudern, aber er schwenkte es verächtlich. „Was steht darin?“

„Es ist eine längere Version von dem, was der Eine König dir und den anderen vor einigen Wochen diktiert hat. Der Angriff auf den Glauben der Nazarener. Ich habe fünfhundert davon hier. Morgen werde ich noch fünfhundert weitere haben, auf Latein, für die gebildeteren Gläubigen.“

Moishe schnaubte, hin- und hergerissen zwischen Zustimmung zu Angriffen auf das Christentum und Missbilligung über Angriffe auf den Glauben. In seinem Herzen glaubte er, dass jeder beim Glauben seiner Geburt bleiben sollte, damit diejenigen, die den richtigen Glauben hatten, ihre verdiente Belohnung erhielten, und diejenigen, die den falschen Glauben hatten, die Strafe ernteten, die ihnen und ihren Vorfahren zustand. „Fünfhundert?", antwortete er. „Es gibt nicht genug Schreiber in Septimania, um all das zu schreiben."

„Trotzdem wird es gemacht", sagte Solomon. „Der Eine König wird viele von ihnen mitnehmen, um sie auf den christlichen Inseln zu verteilen, zu denen er segeln will – seine Männer sind von Beruf Piraten, fürchte ich, und begierig darauf, sich ihren Lebensunterhalt zu verdienen, jetzt, wo sich die christliche Armee zurückgezogen hat."

„Und der Rest?"

„Die fallen an mich. Um sie dorthin zu geben, wo ich glaube, dass sie das meiste Gute tun können." Oder den meisten Schaden anrichten, das sagte er nicht. Denn dies sind Bücher, aber es sind auch Antibücher, Bücher, die ein Volk des Buches von seiner Bibel abbringen sollen, was deren Wort für „Buch" ist. Ich glaube nicht, dass ich das Moishe dem Gelehrten sagen sollte. Es ist eine Verwendung der Gelehrsamkeit, die er niemals zu akzeptieren lernen wird.

Der Eine König, bereits auf See und unterwegs zur Insel Mallorca, während sich seine ganze Flotte um ihn in Reiseformation verteilte, beobachtete, wie sich die Drachenmänner mühten mit der gewaltigen, unförmigen Konstruktion, die er erfunden hatte. Tolman stand auf einer Seite, mit einem Ausdruck tiefer Missbilligung auf seinem Gesicht.

„Erzähl es mir noch einmal", sagte Shef zu dem Kind, „was die Dinge sind, an die man denken muss."

„Für den Anfang haltet das offene Ende, das größere offene Ende, in den Wind gerichtet. Spürt den Wind in Euren Augen. Wenn er sich dreht, müsst Ihr Euch mit ihm drehen." Der Junge nahm die Hände des Königs mit einem autoritären Auftreten. „Wenn der Wind über Euch ist, rollt die Hände in diese Richtung. Wenn er unter Euch ist, jene Richtung. Die Schwanzklappe bewegt sich wie ein Ruder, das werdet Ihr verstehen. Das Wichtigste ist, wenn Ihr glaubt, dass irgendetwas schiefgeht, ist es bereits zu spät. Ihr müsst Euch stetig bewegen, dürft nie stillstehen. Wie ein Vogel. Es braucht Zeit, um es zu lernen", fügte der Junge herablassend hinzu. „Ich bin immer wieder ins Meer gestürzt."

Cwicca, der lauschte, überlegte für sich selbst, dass ein sechzig Pfund schweres Kind viel leichter aufschlug als ein hundertneunzig Pfund schwerer Krieger. Lange Erfahrung hatte ihn gelehrt, dass der Eine König sich um Wahrscheinlichkeiten nicht scherte. Wenigstens war er ein guter Schwimmer. Cwicca selbst hatte das Messer am Gürtel des Einen Königs besser als eine Rasierklinge geschärft, falls er sich im Wasser losschneiden musste. Brand hatte ein Dutzend der besten Schwimmer in der Flotte ausgewählt, sich selbst eingeschlossen, und sie in Paaren auf den Rettungsbooten verteilt.

Das Experiment schien dennoch unmöglich. Von seinem Abakus geleitet hatte Shef einen neuen Drachen mit viermal der Oberfläche von Tolmans Gerät befohlen. Er war so riesig, dass er an allen Seiten und auch am Heck über das Deck der *Fafnisbane* hinausragte. Eine erste Schwierigkeit war gewesen, dass das Gewicht des Einen Königs selbst die zerbrechlichen Rippen, die zwischen den Relings hingen, einknicken lassen würde. Shef hatte befohlen, Stützböcke aufzustellen, auf die er sich legen konnte, bis der Wind ihn, wie er hoffte, aufheben würde.

Zumindest gab es genügend Wind. Alle Schiffe der Flotte, jetzt mehr als sechzig, rasten so schnell dahin, wie ein Mann rennen oder ein Pferd galoppieren konnte, weil der Wind von backbord kam. Das vertraute wolkenlose Blau des Himmels war so wolkenlos wie immer, aber mit einem dunkleren Teint. Ordlaf sagte einen Sturm voraus, obwohl sich alle einig waren, dass in diesem Fischteich von einem Meer ein Sturm kaum mit den Witwenma-

chern der Nordsee verglichen werden konnte. Der Eine König hatte die Windstärke auch in seine Rechnung miteinbezogen.
„Fertig", sagte er. Er kletterte die kurze Trittleiter hoch – eine richtige Leiter, nicht ein verstümmeltes *Graduale* oder *Kraki* – und glitt mit den Füßen voraus in die Ledergurte. Holz ächzte und bog sich. Die Mannschaft sah nervös die Nähte an, die Seiltruppen prüften ihren Halt. Der Drachen, der an seinen Seilen gezerrt hatte, nahm eine ominöse Unbeweglichkeit an und lag da, als wäre er aus Blei gemacht.
Shef ergriff die Lenker und drehte sie in diese und jene Richtung. Auch er fühlte die fehlende Bewegung des Drachen und fragte sich für einen Augenblick, was passieren würde. Würde er einfach daliegen, wie eine Scheibe Speck in einer Pfanne? Würden sie ihn über die Reling werfen und abstürzen sehen, wie den Narren, der vor Monaten in seinem Wölund-Anzug vom Turm des Hauses der Weisheit gesprungen war?
Shef blickte in die nervösen Gesichter, die ihn umgaben. Einer Sache konnte er sich sicher sein. Erfolg oder Fehlschlag, zumindest war die Idee, dass Männer fliegen konnten, fest verankert. Um die Hälse der Hälfte der Drachenmannschaft, mindestens der Hälfte, baumelten die neuen Flügelembleme für Wölund, oder Wayland, wie ihn die Engländer nannten. Männer, die stolz darauf waren, sich Flieger zu nennen. Sie würden das nicht vergessen. Er hatte ein neues Handwerk geschaffen. Mehr als ein neues Handwerk.
„Fertig", sagte er.
Die acht größten Männer auf dem Schiff traten an ihre Plätze, jeder von ihnen hockte sich auf einen Holzblock und griff einen Teil des Rahmens mit beiden Händen. Nun übernahm Cwicca als Startmeister.
„Anheben", brüllte er.
Die acht Männer streckten sich gleichzeitig und hoben ihre Arme hoch über ihre Köpfe: kein großes Gewicht, tatsächlich hätten es wohl zwei starke Männer oder Brand oder Styrr allein tun kön-

nen. Aber es war wichtig, ein genaues Gleichgewicht zu haben. Cwicca warf einen Seitenblick auf seine Seiltruppen, die an der windwärtigen Reling standen und von der gewaltigen Breitseite aus Stoff, die in den Wind gerichtet war, fast über Bord gedrängt wurden, aber jeder hielt das Seil gespannt und war bereit, Seil nachzugeben. Er wartete mit dem Geschick seiner geübten Erfahrung, bis er sehen konnte, dass sich der Wind im Stoff fing und ihn von unten ausbeulte.

„Start!"

Die acht Männer beugten sich zurück, wie ein gespannter Katapultarm, und warfen den Drachen dann nach vorn und oben in den Wind. Shef fühlte die Erschütterung und spürte sofort, wie sich der Drachen nach hinten aufbäumte, als würde er unter ihm weggleiten. Der Wind hatte ihn erfasst, aber er drückte ihn nach unten, unter die Seite der *Fafnisbane,* wo er tief in die See gedrückt und dort in einem Chaos aus verknoteten Seilen ertrinken würde. Er drehte zufällig eine der Handkontrollen und spürte, wie der Drachen alarmierend nach unten zog, während ihn die Gesichter an der Leereling mit offenem Mund anstarrten. Er drehte in die andere Richtung.

Die Seitenflügel drehten sich, der Wind erfasste die große Breitseite aus gewachster Baumwolle besser und begann, nach oben zu wehen. Während sie sich gegen das tote Gewicht ihres Reiters wehrte, begann die riesige Maschine zu steigen. Die Seilmänner spürten den Zug und gaben sachte und behutsam Seil nach, wobei sich jeder Mann mühte, ohne Zug einen Widerstand zu erhalten. Sie hatten viel Übung.

Weiter oben versuchte Shef, sich zu erinnern, was Tolman gesagt hatte, und versuchte noch härter, es umzusetzen. Der Wind war unter seinen Augen, also in diese Richtung drehen. Nein, weiter oben, zurückdrehen. Und die ganze Zeit driftete er zur Seite, also arbeitete er mit den Heckflügeln zwischen seinen Knien, nein, nein, diese Richtung. Für einen kurzen Augenblick schien alles im Gleichgewicht zu sein und Shef konnte nach unten blicken.

Unter ihm waren die Schiffe verteilt wie Kinderspielzeuge auf einem Teich, alle von ihnen voller Gesichter, die nach oben starrten. Er konnte die Gesichter klar ausmachen, konnte Brand dort in einem der Rettungsboote in Windrichtung erkennen. Konnte er winken oder ihm etwas zurufen?
Der kurzzeitige Verlust der Konzentration war alles, was der Wind brauchte. Der Drachen begann, sich nach oben zu drehen, so dass die beiden Seilmänner, die das kontrollierten, zu versuchen begannen, den obersten Rahmen nach unten zu ziehen, während gleichzeitig Shef an seiner eigenen Korrektur arbeitete.
Die Beobachter sahen, wie der Drachen mit der Nase nach unten rollte, plötzlich nach rechts kippte, den Wind und den Hub völlig zu verlieren schien und wie ein loses Bündel an Stofffetzen ins Meer stürzte. Die *Fafnisbane* schoss schnell hinüber, während die Seilmänner einholten. Brands *Narwhal* war bereits vor ihnen, Schwimmer sprangen über die Reling und kraulten auf das schaukelnde Gerät zu.
Shef kam ihnen im Wasser entgegen. „Ich musste mich nicht losschneiden“, sagte er. „Konnte einfach herausgleiten. Zieht sie heraus“, rief er Ordlaf auf der heraneilenden *Fafnisbane* zu, „und untersucht sie auf Brüche.“
„Was dann?“, fragte Cwicca, als der triefend nasse König über die Reling kletterte.
„Dann probieren wir es natürlich noch einmal. Wie lang brauchte Tolman, um zu lernen, wie es geht?“
„Wenn Tolman doch gelernt hat, wie es geht“, protestierte Cwicca, „warum musst du es tun? Ist es einfach zum Spaß?“
Shef blickte auf ihn hinunter. „Oh nein“, sagte er. „Wir müssen absolut unser Bestes geben, um besser zu werden. Besser in allem. Weil es dort drüben Leute gibt, die auch ihr Bestes geben. Und zwar auch nicht, um uns das Leben leichter zu machen.“

Der Kaiser betrachtete das Papier genau, das Erkenbert ihm übergeben hatte. Es sagte ihm gar nichts. In der sofortigen Einschätzung von Land, Flussläufen, Rüstungen, den guten und schlechten Eigenschaften eines Pferdes oder seines Harnisches geübt, hatte Bruno nie gelernt, Linien auf Papier in die Realität zu übersetzen.

„Was tut es?", fragte er.

„Es verkürzt die Ladezeit unseres neuen Katapults um mehr als die Hälfte. Seht Ihr", Erkenbert tippte auf das Papier, „die Schwierigkeit war immer, den kurzen Arm herunterzuziehen, den Arm, der das Gegengewicht hält. Wenn wir schneller gewesen wären ..." Er sagte den Satz nicht zu Ende. Wenn er vor den Mauern von Septimania schneller gewesen wäre, hätte er vielleicht dreimal schießen und das Tor zerschmettern können, ehe der Feind reagieren konnte. Dann wäre das größte ihrer Probleme erledigt.

„Also", fuhr er fort, „wir versuchten verschiedene Möglichkeiten, und am Ende versuchte ich, den Arm mit Seilen über eine Rolle herunterzuziehen. Nun, was ich erfunden habe, sind zwei Räder, eines an jeder Seite des Rahmens. Männer stehen in jedem davon. Sie marschieren mit ihren Füßen und das Rad dreht sich, dreht sich so, dass unter ihren Füßen immer eine weitere Stufe ist. Das Rad, das sie drehen, treibt ein Zahnrad an, und die beiden Zahnräder ziehen eine Eisenkette herunter. Diese Kette zieht das Gegengewicht herunter."

„Funktioniert das?"

„Ich kann es nicht prüfen, während wir jeden Tag marschieren. Ich brauche Zeit, um Schmiede zu finden und die Räder herzustellen, sowohl die Zahnräder als auch die Tretmühlen. Aber es wird funktionieren. Es gibt ein Bild im Vegetius, so dass wir das mit einiger Autorität sagen können." Obwohl sie Deutsch sprachen, nutzte er das lateinische Wort *auctoritatem,* das, was von einem Autor kommt, ein schriftliches Werk, ein anerkanntes Buch.

Bruno nickte. „Der Marsch wird einen Tag anhalten. Dann werde ich Euer neues Gerät brauchen. Nächstes Mal nicht nur eines. Sechs, ein Dutzend. Ich muss etwas Verstand in diese italieni-

schen Köpfe prügeln. Vielleicht auch in einige andere. Kommt jetzt und seht, was Agilulf sich für uns hat einfallen lassen."
Die beiden Männer verließen das Zelt und gingen in das betriebsame Lager hinaus, wo Zelte für die Nacht aufgestellt wurden, man sich aber noch nicht ausruhte. Außerhalb wartete der Marschall Agilulf. Erkenbert betrachtete erneut mit professionellem Interesse die verkrusteten Brandblasen und die tote Haut, die sich wie ein breiter Gürtel über seinen Hals und die Seite seines Gesichts zogen – die Spuren des Griechischen Feuers. Agilulf war für Wochen, nachdem sie ihn aus dem Meer gezogen hatten, in Schmerzen und im Fieber gelegen. Eine Überraschung, dass er überlebt hatte. Keine Überraschung, dass er sogar noch wortkarger als je zuvor geworden war.
„Wie ist jetzt unsere Stärke?", fragte Bruno.
„Ziemlich dieselbe. Viertausend vom Lumpenpack." Mit Lumpenpack meinte Agilulf die Zwangsverpflichteten, die aus den Distrikten geholt wurden, durch die Bruno marschierte, erst die spanischen Grenzländer, dann die Küstenlinie von Südfrankreich, dann die Ebenen von Norditalien. Als sich die Armee auf Rom und den Sitz des Heiligen Petrus zubewegte, gab es einen beständigen Strom an Deserteuren, die von neuen Verpflichteten ersetzt wurden. Wenige von ihnen hatten bei ernsthaften Zusammenstößen irgendeinen militärischen Wert und einige hatte Bruno weggeschickt, wie die halbarabischen Deserteure, die er entließ, damit sie in ihren eigenen Ländern plünderten und Zwietracht säten.
„Ungefähr fünfhundert von den Kuhhirten. Sie bleiben da, solange sie weit weg von daheim plündern und vergewaltigen dürfen."
„Häng einige von den Vergewaltigern", sagte Bruno ohne Regung. „Ich werde sie alle hängen, sobald sie nicht mehr nützlich sind."
„Fünfhundert fränkische Ritter mit hundert Lanzenrittern als Verstärkung. Siebenhundert Lanzenbrüder zu Fuß. Ein Dutzend Onager im Belagerungszug, von denen jedem ein Lanzenbruder zugeteilt ist, der die Mannschaften vom Weglaufen abhält. Mehr

kommen, wenn der Heilige Vater Zeit hat, sie zu bauen." Der „Heilige Vater" war Agilulfs einziger Scherz. Er war einer von denen, die aus vollstem Herzen der kommenden Erhebung Erkenberts auf den Thron des Heiligen Petrus zustimmten. Der kleine Diakon hatte seine Wunden verbunden und ihm Mutterkraut gegen das Fieber gegeben. Er war nie weit vom Kampf weg und zeigte niemals Furcht. In der kleinen Welt der Armee des Kaisers kam es so, dass niemand außerhalb davon, Deutscher, Italiener oder Franke, irgendeine Bedeutung hatte. Die Nationalität war weniger wichtig als die Kameradschaft.

„Sind sie gut genug, um die Heiden diesmal zu schlagen?", fragte Bruno.

„Ich glaube nicht, dass irgendjemand dem Ansturm der Lanzenritter standhalten kann. Aber sie können aus der Entfernung von Maschinen niedergeschossen werden. Für den Nahkampf – die Lanzenbrüder sind kräftige Kerle. Aber diese verdammten Dänen – die sind auch kräftige Kerle."

„Besser ausgerüstet?"

„Unsere Taktik mit Schild und Speer funktioniert gegen sie nicht. Sie sind zu stark und lernen zu schnell. Kein Schild kann ihre Äxte abhalten, wenn sie sie nutzen. Alles, was wir tun können, ist, eine Schlachtreihe zu halten und auf unsere Reiter zu hoffen."

„Und auf unsere Maschinen", sagte Erkenbert.

„Alles", sagte Bruno. „Alles gleichzeitig. Um unsere Feinde zu zerschmettern und die Christenheit ohne Rivalen zu einen."

Kapitel 29

Der Gemeindepriester von Aups, einem kleinen Dorf in Südfrankreich, nicht weit von Carcassonne, sah nervös aus dem Fenster seiner winzigen Hütte, dann blickte er wieder auf das seltsam geschriebene Flugblatt, das er in seiner Hand hielt. Es war aus Papier gemacht, aber das wusste der Pfarrer nicht. Es war gedruckt und nicht geschrieben, aber auch das wusste der Pfarrer nicht. Der Priester besaß nur ein Buch und das war sein Messbuch, mit dem er die Gottesdienste bestritt. Er kannte die Gottesdienste sowieso auswendig. Neben seinen Messen kannte der Pfarrer das Vaterunser, das apostolische Glaubensbekenntnis, die zehn Gebote und die sieben Todsünden. Darüber predigte er für seine Gemeindemitglieder.
Und nun war dies gekommen, von Gaston, dem Mulitreiber, zu ihm gebracht, der zwischen Aups und Carcassonne mit Ladungen von Öl und Wein, Kohle und Stoffen, Tand und Firlefanz kam und ging. Die wenigen Dinge, die das Dorf nicht selbst produzieren und sich mit wenigen Münzen kaufen konnte. Er hatte es mitgebracht und gesagt, es sei ihm von einem Mann auf dem Markt geschenkt worden – geschenkt und nicht verkauft. Gaston konnte nicht lesen. Er hatte gedacht, der Pfarrer würde es vielleicht haben wollen.
Es war die Pflicht des Pfarrers, Gaston anzuzeigen – denn auch wenn er nicht lesen konnte, war es unwahrscheinlich, dass er etwas angenommen und nicht gefragt hatte, was es enthielt. Dann würden die Folterer des Bischofs kommen und Gaston foltern und ihm den Namen oder die Beschreibung des Mannes, dem er auf dem Markt begegnet war, entreißen. Und wenn ihnen das nicht reichte, den irgendeines anderen Mannes. Und wenn ihnen das nicht reichte – wer wusste, welche Geschichte sie Gaston in den Mund legen würden? Vielleicht, dass sein Dorfpfarrer ihn ausge-

schickt hatte, um das Buch zu besorgen. Das ketzerische Buch. Es nur zu halten, brachte den Priester in tödliche Gefahr.
Er würde ihn also nicht anzeigen. Es wegwerfen. Der Pfarrer zögerte, jegliches Schriftstück wegzuwerfen. Sie waren zu selten, zu teuer. Und außerdem: Die Geschichte, die dieses hier erzählte, war auf seltsame Weise reizvoll, verführerisch. Vielleicht kam diese Verführung vom Teufel, so wie der Priester seiner Gemeinde ständig von den Listen der Versuchung erzählte. Andererseits sagte dieses Buch, dass der Teufel eigentlich derjenige war, den die Kirche Gott nannte. Der Vater, der seinen Sohn in den Tod geschickt hatte. Was für ein Vater war das?
Es gab noch einen Grund, warum der Priester dieses Buch nicht zerstören wollte. Falls er es richtig gelesen hatte – und eine weitere seltsame Sache daran war, dass es, wenn nicht in seinem eigenen Dialekt, doch in einem Dialekt geschrieben war, der seinem eigenen sehr ähnlich war und sich von dem Kirchenlatein, von dem der Priester in seiner unwirksamen Ausbildung vor Jahren einige Bruchstücke gelernt hatte, deutlich unterschied – falls er es richtig gelesen hatte, besagte dieses Buch, dass es ein Teil des Himmels war, auf Erden glücklich zu leben, gemeinsam als Mann und Frau.
Der Priester war mehr als einmal in Schwierigkeiten mit seinem Bischof und seinem Erzdiakon geraten – wegen Marie, der Haushälterin, die bei ihm lebte und ihm sein mittleres Alter versüßte. Priester müssen zölibatär leben, hatte man ihm immer wieder erklärt. Oder sie setzen Bastardkinder in die Welt und vergeuden die Güter der Kirche an sie. Aber Marie war eine Witwe und zu alt, um Kinder zu bekommen. Welchen Schaden richtete das an, was sie und er miteinander taten, wenn die Nächte kalt waren?
Der Bischof lag falsch, dachte der Priester mit dem ersten Aufflackern von Unabhängigkeit, das er in seinem Leben gekannt hatte. Er würde das Buch behalten. Er würde es erneut lesen. Es mochte ein Werk der Ketzerei sein, oder so würde man vielleicht sagen. Aber es war nicht die Ketzerei der Ketzer hinter den Bergen mit ihrer teuflischen Verleugnung des Fleisches und ihrem Beharren,

dass Männer und Frauen nur perfekt wurden, wenn sie keine Kinder bekamen. Allerdings besagte dieses Buch, dass Männer und Frauen nicht dazu verdammt waren, auf ewig Kinder zu bekommen. Dass es Wege gab, Vergnügen miteinander zu haben, ohne das Risiko einer Schwangerschaft einzugehen. Schuldbewusst, aber entschlossen öffnete der Priester das dünne, achtseitige Heft erneut und begann noch einmal, sich seinen Weg durch den Abschnitt zu entziffern, der in den einfachsten Ausdrücken, die Shef mit Hilfe von Svandis und Alfled ersinnen konnte, die Technik der *Careza* beschrieb, der Verlängerung des Vergnügens für Frau und Mann.

Der Dorfpriester von Pontiac, nicht weit entfernt, tat seine Pflicht und zeigte sowohl das Buch an als auch das Gemeindemitglied, das es ihm übergeben hatte. Tage später, als ihn die Handlanger des Bischofs erneut dazu zu zwingen versuchten, dass er seine Beteiligung an der ketzerischen Verschwörung zugab, schwor er sich innerlich, nie wieder irgendetwas zuzugeben. Als er freigelassen wurde, gebeugt und wie ein alter Mann gehend, um unter strengster Beobachtung in sein Dorf zurückzukehren, sagte er gar nichts. Als seine Gemeindemitglieder, die in die Armee des Kaisers gerufen worden waren, aber zurückkehrten und ihre Geschichten über Dämonen am Himmel und die Macht der heidnischen oder ketzerischen Hexer verbreiteten, machte der Pfarrer keinen Versuch, ihnen zu widersprechen.

Der Bischof von Carcassonne, der große Anstrengungen unternommen hatte, alles derartige Material in seiner Diözese einzusammeln und alle seine Verbreiter auszurotten, sandte schließlich alles, was er finden konnte, zusammen an seinen Erzbischof in Lyon und bat um Hilfe gegen die Verbreitung der schriftlichen Ketzerei. Er wurde schwer verdammt, weil er gestattete, dass solches Material existierte. Kein anderes Bistum hatte so viel gemeldet und die meisten überhaupt nichts, erklärte man ihm. Sein Bischofssitz musste vom Glaubensverlust verrottet sein. Und wenn all die Schafe verwurmt und schäbig sind, schimpfte der Erzbischof, wen sollen wir außer ihrem Schäfer beschuldigen? Seht nach Besançon! Dort werdet ihr keine Ketzerei finden.

Der Bischof von Besançon hatte tatsächlich nicht nur die okzitanische, sondern auch die lateinische Version des Pamphlets erhalten und beide mehrfach sorgfältig durchgelesen. Mittlerweile war der Bischof arm, nachdem er für die Rauferei mit dem Baron von Béziers ein Jahreseinkommen in die Truhen des Kaisers zahlen musste. Abgesehen davon schmerzte sein Rücken immer noch von den Tagen an Peitschenhieben, die er von einem grinsenden deutschen Prior hatte ertragen müssen, bis das Geld ankam, Geld, das er mit einer ruinösen Zinsrate auftrieb, um den Peitschenhieben ein Ende zu setzen. Auf jeden Fall hatte der Bischof nicht eine verwitwete Geliebte, sondern einen kleinen Stall voller junger Frauen. Ihre ständigen Schwangerschaften trieben ihn beinahe zur Verzweiflung, so viele Kinder, für die er sorgen musste. Wenn die Mutter zustimmte, wurden sie der Kirche zu Adoption überlassen, aber allzu oft taten die Mütter das nicht, so dass er ihnen Nahrung und Kleidung zahlen musste, solange sie jung waren, und sie mit Mitgift oder Lehrlingslohn ausstatten musste, wenn sie aufwuchsen. Der Gedanke, dass Vergnügen nicht zu Kindern führen musste, selbst bei einer jungen Frau, und dass junge Frauen sogar von einem Mann jenseits der Frische der Jugend ausreichend befriedigt werden konnten, wenn dieser Mann die Geheimnisse der *Careza* kannte – das faszinierte den Bischof in einem Grad, den keinerlei Furcht vor Ketzerei zunichtemachen konnte. Das Schicksal seines Bruders aus Carcassonne vertiefte diesen Punkt nur.

Die Wahrheit war, dass im gesamten Langue d'Oc, wie im verwandten Reich Katalonien hinter den Bergen, das Christentum nur seicht verwurzelt war. Bei der ersten Ankunft des Glaubens in der Römerzeit hatte die Kirche in den Städten Wurzeln geschlagen, wo die urbane Bevölkerung den Moden aus Rom und im Reich folgte und wo Bischöfe aus adligen Familien berufen werden konnten, die die Kirche als weiteren Weg sahen, ihre Macht über das Land zu konsolidieren, durch ihre schriftlichen Lehen und ihre Annahme von Spenden, die den säkularen Autoritäten keine Steuern zahlen, aber trotzdem in der Familie gehalten werden konnten. Außerhalb der Städte waren die *Pagani,* auf Lateinisch diejenigen, die auf dem *Pagus,* dem Land, lebten. Auf Italienisch wurde das Wort zu *Paesano,* auf Französisch zu *Paysan* – der Bauer, derjenige, der auf dem Land lebt, derjenige außerhalb der Kirche. Die drei Bedeutungen meinten im Grunde dasselbe. Die Kirche bedeutete der Landbevölkerung wenig, außer als Macht aus den Städten, die von Zeit zu Zeit ihr Leben störte. In Nordfrankreich oder Deutschland mochte man wohl den Enthusiasmus eines Konvertiten oder Kreuzfahrers antreffen. Im Süden war es schwierig, Maria von der Minerva aus dem alten Rom zu unterscheiden oder von den drei namenlosen Göttinnen, die die Kelten wenige Generationen zuvor verehrt hatten, ehe die *Pagani* gezwungen wurden, ihr armseliges und verworrenes Latein zu lernen. Auch war es nicht einfach, die Osterprozession von der uralten Trauer um Adonis zu unterscheiden, oder dem Legionärskult den Bock oder das Lamm für Mithras zu opfern. In einem Land, wo geschriebene Bücher selten waren und das, was sie sagten, wortwörtlich wie ein Evangelium aufgenommen wurde, gab es wenig vererbten Widerstand gegen die Saat, die Shef und Solomon und Svandis gesät hatten, sondern es gab fruchtbaren Boden im Überfluss.

In Andalusien war die Situation anders, aber auch nicht stabiler. Der Islam hatte erst im Jahr 711 Fuß auf die iberische Halbinsel gesetzt, als die Ummayaden in Gibraltar landetten – oder in ihrer Sprache Jeb el-Tarik –, ihre Boote verbrannten und von ihrem Anführer hörten: „Die See ist hinter euch und die Ungläubigen sind vor euch. Wahrlich, ihr sollt erobern oder sterben!“ Und sie eroberten, stürzten die kurzlebige Herrschaft der germanischen Vandalen, die Andalusien ihren Namen gaben, und nahmen deren Platz als Herrscher ein. Unter dem Mantel der vandalischen oder arabischen Aristokratie aber blieb die Masse der iberischen Bevölkerung dieselbe. Die meisten von ihnen konvertierten ohne große Schwierigkeiten vom Christentum des spätrömischen Reiches, angezogen von der gutmütigen Herrschaft des Islam, die von den verzweifelten und tödlichen theologischen Streitigkeiten von Rom und Byzanz verschont blieb und nicht mehr verlangte als die *Shahada,* die fünf täglichen Gebote und die Abstinenz von Wein und Schweinefleisch.

Doch auch wenn es unter der Herrschaft der Kalifen wenig gab, dem man widersprechen konnte oder das eine Rebellion provozieren konnte, lag darin gleichzeitig wenig Reiz. Wenig Mysterium. Unter er-Rahman wurde immer weniger Forschung gestattet. Die Chirurgie von Cordoba wäre das Wunder der Welt gewesen, wenn die Welt davon gewusst hätte, genau wie die Entdeckungen von bin-Firnas oder die wundersamen Werke von al-Khwarizmi, dem Mathematiker, sein *Hisab al-Jabr we'l Mugabala,* oder „Buch, wie man Unbekanntes zu Bekanntem macht". Aber wenige wussten davon, so begierig sich auch Händler und Bankiers seiner praktischen Aspekte bedienten. Das Haus der Weisheit in Bagdad war vor dreißig Jahren geschlossen worden von denen, die sicher waren, dass es außerhalb des Korans keine Weisheit gab und dass der Koran auswendig gelernt und nicht diskutiert werden sollte. Für einige, die Intellektuellen, war das Ende der Forschungen schmerzvoll. Für andere, die nicht verfolgten, aber besteuerten Überreste der Christen, war jeder Ruf des *Muezzins* eine Beleidigung. Für die meisten machte Religion wenig Unterschied. Aber wenn man auf irgendeine Weise einige Einschränkungen lindern konnte, würden sich die Entscheidungen im Gericht der Kadis vielleicht von der strengen Interpretation des Korans und der Askese der Wüste, die sie geschaffen hatten, lockern – nun, sollten doch die Gelehrten darüber diskutieren, ob Allah oder der Koran mehr oder gleichsam ewig wären, wenn sie wollten. Frieden, gute Regierung und eine gerechte Wasserverteilung über die Bewässerungskanäle war, was die meisten verlangten.

„Ich glaube nicht, dass Ghaniya es tun wird“, sagte bin-Firnas eines Tages zu seinem Vetter bin-Maymun. „Immerhin ist er ein halber Berber.“
„Ich glaube nicht, dass wir noch ein reinblütiges Kind der Quraysh übrig haben“, antwortete sein Vetter.
„Mein Schüler Mu'atiyah hätte es vielleicht getan“, schlug der Philosoph vor. „Er war von hoher Geburt und ließ sich von mir leicht führen, wenn auch von keinem anderen.“
„Zu spät“, antwortete der Kavallerist. „Wir von der Armee des ehemaligen Kalifen beschuldigten ihn vor dem Kadi, falsches Zeugnis abgelegt zu haben. Die Väter vieler derer, die er auf die Pfählungspfosten sandte, brachten ihre Stimmen vor Gericht vor. Er hatte Glück. Weil er dein Schüler gewesen war, verurteile ihn der Kadi nur zum Lederteppich und dem Schwert, nicht zum Pfahl oder zur Steinigung. Er kämpfte mit den Wachen und starb wütend, ohne Würde.“
Bin-Firnas seufzte, weniger über den Tod des jungen Mannes als über das Scheitern dessen, was er versprochen hatte. „Wen dann?“, fragte er nach einer angemessenen Pause. „Wir können nicht einfach einen der Provinzgouverneure aussuchen, alle anderen würden sofort rebellieren.“
Ishaq, Bewahrer der Schriftrollen, trank von dem kühlen Wasser, das zu dieser Zeit, am Ende des sengenden spanischen Sommers, die beste Erfrischung bot, und sprach in der nachdenklichen Stille.
„Es scheint mir, dass es keinen großen Bedarf für eine überhastete Entscheidung gibt. Der römische Kaiser hat sich von unseren Grenzen abgewandt, nachdem er seine närrische Reliquie der Nazarener gefunden hat, wie ich höre. Wir brauchen nicht einen einzelnen Herrscher. Warum schicken wir nicht nach Bagdad und bitten den Nachkommen Abdullahs, uns einen Vizekönig zu senden?“
„Es würde ewig dauern!“, sagte bin-Maymun. „Ewig, um die Botschaft zu senden, und noch länger, bis sie zu einer Entscheidung

kommen. Außerdem würden die Gouverneure nie akzeptieren, wen auch immer der abbasidische Kalif uns schickt."

„Aber während dieser Zeit könnte man provisorische Arrangements einrichten", schlug Ishaq vor. „Herrschaft durch einen Rat. Einen Rat der Gelehrten. Streng zeitlich begrenzt natürlich. Trotzdem könnte man während dieser temporären Lösung Institutionen einführen, deren Wert so groß wäre, dass sie kein späterer Kalif abschaffen könnte. Ein Haus der Chirurgen. Ein Haus der Mathematik."

„Ein Turm für Astronomen", regte bin-Firnas an, „ausgestattet mit Ferngläsern mit größeren und besseren Linsen, um die Sterne zu studieren."

„Ein neues System von Wasserleitungen, das von den Bergquellen bis an die Küste verläuft", warf bin-Maymun ein. „Die Landbesitzer würden dafür bezahlen – falls sie sicher wären, dass alle bezahlen und alle teilen würden."

„Eine Bibliothek", sagte Ishaq. „Eine, die die Werke der Griechen genau wie die *Hadith* enthält. Ins Arabische übersetzt, damit sie alle lesen können. Oder auch ins Lateinische. Wenn jemand unsere Ziele anzweifelt, könnten wir sagen, dass wir uns wünschen, die *Rumi* mit guten Argumenten ebenso wie mit dem Schwert zu unserem Glauben zu bekehren. Und unsere Vettern, die Juden, genauso."

„Ich habe gehört", bemerkte bin-Firnas, „dass diese Sache mit der Reliquie einen schrecklichen Schlag gegen den christlichen Glauben enthält. Es gibt Gerüchte darüber unter den Händlern aus dem Norden im *Souk*."

Ishaq zuckte ungerührt mit den Achseln. „Solch ein Glaube braucht wohl kaum einen Schlag. Aber lasst uns übereinkommen, dass unser Glaube mit Vernunft bestätigt werden soll. Und dass ein Rat der Gelehrten der Weg sein kann, um dies zu tun."

„Wir werden am Morgen mit unseren Freunden sprechen", stimmte bin-Maymun zu. „Lassen wir Ghaniya den Berber Mu'atiyah dem Narren folgen und die Sache lässt sich arrangieren."

Die Wegeflotte lag in der Bucht von Palma vor der Insel Mallorca vor Anker, genau wo früher im selben Jahr die arabische Flotte geankert hatte, ehe das Griechische Feuer kam, um sie zu zerstören. Fischer hatten bereits einen drastischen Bericht gegeben, was damals passiert war, und Shef war besorgt genug, um zu befehlen, dass stets ein Drachen fliegen sollte, wobei sich Tolman und drei oder vier von den anderen abwechselten, um je eine Stunde am Himmel zu verbringen, und nicht frei flogen – niemand hatte das seit dem Tod von Ubba und Helmi versucht –, sondern friedlich in der angenehmen Brise an ihren Seilen hingen.
Kurz nachdem Shef seine eigenen Flüge versucht hatte, hatte das Mittelmeer tatsächlich bewiesen, dass es wirklich einen Sturm schaffen konnte, und die Ausläufer davon waren immer noch bei ihnen. Es hatte sich aber im Nachhinein als Segen herausgestellt, weil es die Annäherung der Flotte der Wegemänner gedeckt hatte, bis sie beinahe vor Anker lagen. Die Plünderungstruppen, die begierig ans Ufer stürmten, angeführt von Guthmund und voll von erfahrenen Piraten, hatten sofort die christliche Kathedrale eingenommen und darin eine Ansammlung von Beute gefunden. Sie war zuerst von den christlichen Herren der Insel dort gelagert worden, während der kurzen islamischen Eroberung fortgesetzt und, wie es schien, durch die folgende Eroberung zu größerer Macht aufgestiegen durch den Kaiser und seine griechischen Verbündeten, die zusammenarbeiteten. Die Truppen, die der Kaiser zurückgelassen hatte, waren ins Landesinnere geflohen. Die Wegemänner, die unter den strengen Befehlen arbeiteten, sich zurückhaltend zu benehmen, und eng von ihren Priestern überwacht wurden, berichteten, dass wenig Chancen bestanden, dass sie unter den Einheimischen Verbündete finden würden, auch wenn sie nur nominell Christen waren. Solomon berichtete außerdem, dass die Hefte, die er auf Okzitanisch und Latein dabei hatte, von den christlichen Priestern bereitwillig und mit großer Neugierde angenommen wurden: Die Einheimischen der Insel, in ihrem eigenen mallorquinischen Dialekt gefangen, hatten nie

zuvor ein Buch gesehen, das sie in ihrer eigenen Sprache lesen konnten, und das Okzitanisch war nahe genug, dass sie zumindest versuchen konnten, es zu verstehen.
Solomon war aber nicht vor Ort geblieben, um die Versuche zu beobachten, die Shef nun vorbereitete. Auch Thorvin, der absolut dagegen war, war zu seinen eigenen Erledigungen verschwunden, genau wie Hund und Hagbard. Für die Übersetzung war Shef nun von Skaldfinn abhängig. Auch Farman, der visionäre Priester, war bereit, zu beobachten.
Der Griechische Feuerapparat war mit extremer Sorgfalt, um keines seiner Rohre zu brechen oder verbiegen, von der halb gesunkenen Galeere abgebaut und penibel verstaut im Bug der *Fafnisbane* transportiert worden, wobei ein Mann auf Ordlafs Befehl Tag und Nacht aufpasste, um bei jeglichem Leck oder Funkenschlag zu warnen. Als es aber auf einen Versuch ankam, hatte Ordlaf gemeutert. Am Ende hatte Shef ein kleines mallorquinisches Fischerboot genommen, den Apparat darauf verstaut und war eine gute Viertelmeile aufs Meer hinausgefahren. Stundenlang hatten Steffi und er darüber gebrütet, jeden Teil davon untersucht, Theorien über ihre scheinbaren Funktionen entworfen, und sich gegenseitig daran erinnert, was sie sicher wussten. Immerhin waren sie jetzt einer Meinung.
Der große Tank, den man separat vom Rest gefunden hatte, war eine Brennstoffreserve, da waren sie sich einig. Sein Verbindungsschlauch passte eindeutig zu der kleineren Kupferkuppel: Aber die einzige Funktion dieser Verbindung war es, Brennstoff einzuspeisen, wenn der Arbeitstank leer war. Bei Betrieb wurde das Rohr am oberen Ende der Kuppel nicht mit dem Reservetank verbunden, sondern mit der Apparatur, die man tatsächlich vor Ort gefunden hatte. Eine vorsichtige Entfernung der Apparatur hatte sie überzeugt, dass es eine Art Blasebalg war: Ein Kolben zwang einen Zylinder nach unten, der aber nichts tat, als Luft in den Betriebstank zu pressen. „Es scheint“, murmelte Steffi, „dass Luft ein Gewicht hat.“ Als er sich an die Stärke des Windes unter sei-

nem Drachen erinnerte, nickte Shef. Der Gedanke war lächerlich, denn wie konnte irgendjemand Luft wiegen? Aber der Fakt, dass man sie nicht wiegen konnte, bedeutete ganz klar nicht, dass sie kein Gewicht hatte – ein Gedanke für die Zukunft.

Ein weiteres Mysterium war das Ventil, das an einen kurzen Schlauch oben auf der Kuppel gebaut war. Der Schlauch war am Ende zugestöpselt, hatte aber auf einer Seite eine Öffnung hineingeschnitten. Es ergab keinen Sinn.

Was war dann die Funktion der Feuerpfanne und der konventionellen Blasebälge unter der Kuppel? Offensichtlich, um den Brennstoff in der Kuppel auf Betriebstemperatur zu erhitzen. Aber warum? Weder Shef noch Steffi kannten Worte, um das Konzept „leichtflüchtig" auszudrücken, aber sie hatten Wasser kochen sehen und hatten Kessel trockenkochen sehen. Shef erinnerte sich auch an die Experimente seines früheren Schiffskameraden Udd beim Destillieren einer Art Winterbier. „Einige Dinge kochen bei weniger Hitze als Wasser", erklärte er Steffi. „Es könnte sein, dass das Zeug im Tank eines davon ist. Was also aus dem Schlauch kommt, wenn man am Ventil dreht, ist das leichtere Zeug, wie der Trank, den Udd aus dem Dampf des Bieres machte."

„Ist Dampf nicht einfach Wasser?", fragte Steffi.

„Nicht, wenn man Bier oder Wein erhitzt", sagte Shef. „Das stärkere Zeug kommt zuerst, vor dem Wasser. Das Gegenteil vom Winterwein. Wasser friert in der Kälte zuerst und kocht in der Hitze zuletzt." Als er die Worte aussprach, versteifte er sich und die Worte Lokis fielen ihm wieder ein. Was genau hatte er gesagt, hatte er ihm als Zeichen angeboten? „Es ist am besten an einem Wintermorgen." Er verstand es nicht, aber es hatte etwas mit diesem Problem zu tun. Er würde sich daran erinnern. Falls es funktionierte … Dann würde er Loki etwas schulden. Den Plan, den er sich überlegt hatte, in die Praxis umsetzen. Es wäre eine faire Prüfung, ein fairer Handel.

All ihre Aktionen waren vom griechischen *Siphonistos,* den sie auf der Galeere gefangen genommen hatten, mit zusammengebissenen Lippen und Verachtung beobachtet worden.

„Wir werden es jetzt versuchen", sagte Shef zu Skaldfinn. „Alle, die nicht nötig sind, sollten das Boot besser verlassen." Der Grieche wandte sich sofort um und griff nach der Fangleine ihres Beibootes.

„Also versteht er unsere Sprache etwas", sagte Shef. „Frag ihn, warum er uns nicht helfen will."

„Er sagt, ihr seid Barbaren."

„Sag ihm, dass ihn Barbaren an die Kuppel ketten würden, damit er als Erster das Feuer spüren würde, falls etwas schiefgeht. Aber wir sind keine Barbaren. Das wird er sehen. Er wird bei uns bleiben und dasselbe Risiko eingehen wie wir. Der Rest von euch – über die Reling mit allen und zehn Ruderschläge weg. Also ..." Shef wandte sich mit einer Zuversicht, die er nicht fühlte, wieder an Steffi und seine Dreimanntruppe. „Entzündet den Anzünder! Blasebalgmann, sei bereit und fang an, wenn die Flamme brennt."

„Es ist diese Pumpe, die mir Sorgen macht", murmelte Steffi mit einem Unterton. „Ich kann sehen, was sie macht, aber ich weiß nicht, wofür sie gut ist."

„Ich auch nicht. Wir müssen es trotzdem versuchen. Fangt an, an den Griffen zu pumpen."

Der Grieche drückte sich weg und beobachtete die Vorbereitungen mit steigender Panik. Der bloße Gedanke, dass das Feuer explodieren würde, ließ seine Eingeweide sich verkrampfen. Er hatte mehrere Demonstrationen dessen gesehen, was passierte, wenn eine Apparatur überhitzte. Sie hatten das Sicherheitsventil geschlossen, ohne zu wissen, wozu es diente. Er wusste, auch wenn es die Barbaren nicht wussten, dass sie nicht weit genug weg waren, um sicher zu sein.

Mit seiner persönlichen Panik rang seine Furcht um seinen Glauben und sein Land. Die Barbaren schienen sich dessen, was sie gerade taten, seltsam sicher zu sein. Sie hatten eine lange Zeit damit verbracht, zu beobachten, einige Versuche anzustellen, sehr wenig zu tun und nichts davon grob – nicht wie die Barbaren seiner Vor-

stellung, sondern kunstfertige Männer. Konnte es sein, dass sie das Problem lösen würden? Selbst wenn sie es taten, erinnerte ihn seine innere Stimme, gab es eine Sache, die kein Scharfsinn finden konnte: Die seltsamen Sickerwasser von Tmutorakan weit jenseits des Schwarzen Meeres, wo das Öl aus dem Boden sprudelte.
Das Feuer brannte jetzt, die Pumpe war in Betrieb, der schielende Barbar schwitzte, während er arbeitete. In seinen Knochen konnte der *Siphonistos* spüren, wie sich der Druck steigerte und aufbaute. Er musste sich aufbauen, man durfte ihn nicht zu groß werden lassen, die Hitze und der Druck mussten genau im Gleichgewicht sein.
Während er ihn vorsichtig aus dem Augenwinkel beobachtete, sah Shef die Anzeichen steigender Anspannung bei dem gefangenen Griechen. Er fürchtete das Feuer vielleicht mehr als sie. Und er wusste, anders als sie, wann der wahrscheinliche Moment des Desasters kommen würde. Hatte er die Selbstkontrolle, unbewegt dem Tod entgegenzusehen? Shef war sich sicher, dass er sich irgendwie verraten würde. Wenn er das tat, wären er und Steffi und die anderen in einer Sekunde über die Reling und im Wasser. Aber das wusste der Grieche nicht.
„Weiterpumpen“, befahl er.
Shef fühlte, dass die Wärme jetzt nicht mehr von der brennenden Feuerpfanne darunter, sondern von der Kuppel selbst abstrahlte. Als die Hitze stieg, wand sich der Grieche vor Angst. Die Barbaren hatten keine Furcht, weil sie es nicht verstanden! Am Ende konnte er sich selbst nicht mehr kontrollieren. Er schnappte sich einen Lumpen, sprang vorwärts und drehte das Ventil oben auf dem Tank. Ein schrilles Pfeifen erklang aus dem geschlitzten Rohr.
„Das Ventil! Ihr müsst sofort das Ventil öffnen!“, rief er in plötzlich entdecktem Englisch und verstärkte die Worte mit einer hektischen Geste.
Shef brüllte: „Drehen!“
Der letzte aus Steffis Dreimanntruppe drehte fest am Ventil, das unten von der Kupferkuppel wegführte – dem Ventil, das in den

Schlauch führte. Shef spürte sofort eine Welle durch den Messingschlauch in seiner Hand schießen und roch etwas Stechendes und Saures. Er zog den brennenden Anzünder hinter seinem Rücken hervor und hielt ihn eine Armlänge entfernt an den Schlauch.

Der Drachenhauch schoss hinaus, spuckte Flammen fünfzig Fuß über das Meer, landete darauf und brannte mit Wolken aus schwarzem Rauch sogar auf dem Wasser selbst. Für lange Augenblicke schien sogar das Meer selbst in Flammen zu stehen, Shef und der Ventilmann traten zurück und drehten sich automatisch von der sengenden Hitze weg.

Shef sammelte sich wieder und rief erneut: „Drehen!" Das Ventil schloss sich, die Flammen hörten auf. Sofort stoppte Steffi sein Pumpen, der Mann am Blasebalg zog seinen Blasebalg weg, der Helfer an der Feuerpfanne zog das Kohlenfeuer unter der Kuppel fort. Alle fünf Männer wichen von der Kuppel ganz an den Rand des winzigen Schiffsdecks zurück und starrten sie angespannt an. Hatten sie zu fest gepumpt? Würde die Flamme vom Meer zurückschlagen und eine vereinzelte Pfütze entzünden? Nach einer Weile spürte Shef, wie sie alle gleichzeitig aufatmeten.

„Es ist eine Art Öl", sagte er.

„Kein Olivenöl", sagte Steffi. „Ich habe versucht, das zu entzünden, und es funktioniert überhaupt nicht oder kaum."

„Könnte Walöl sein", schlug Shef vor, als er sich daran erinnerte, wie Königin Ragnhilds Feuerpfeile die Ernte des *Grind* im weit entfernten Hålogaland entzündet hatten.

„Riecht nicht danach", sagte der Ventilmann, einst ein Fischer in Ordlafs Dorf Bridlington.

„Ich weiß nicht, was bei Hel es ist", sagte Steffi. „Aber ich wette, wir kriegen nicht mehr davon, sobald das hier aufgebraucht ist. Aber zumindest wissen wir jetzt, wann wir das Ventil öffnen müssen. Dieses Pfeifen ganz oben, das ist die Warnung."

„Ihr mögt wissen, wie das geht", rief der Grieche wütend, immer noch in dem gebrochenen Englisch, das er bis dahin verweigert hatte. „Aber es gibt einen Ort auf der Erde für *Naphtha* und Ihr findet ihn nie. Ich sage es auch nicht, egal wie viel Ihr mich foltert.“

Shef blickte ihn eiskalt an. „Es gibt keinen Bedarf für Folter, und jetzt, wo ich die Maschine habe, weiß ich, wo ich den Brennstoff bekomme. Man findet ihn am besten an einem Wintermorgen, ist das nicht so?“

Der Mut des Griechen sank innerlich. Sie hatten den *Siphon* mit Leichtigkeit gemeistert. Nun, schien es, hatten sie auch das Öl. Wer konnte schließlich sagen, dass es im barbarischen Westen kein Tmutorakan gab, wie es eines im barbarischen Osten gab? Und wenn sie nun beide Hälften des Geheimnisses hatten, wie sollte Byzanz standhalten? Und er konnte sicher sein, dass er in Byzanz nicht mehr willkommen wäre, sobald bekannt wurde, dass das Geheimnis heraus war. Jeder Grieche sollte wissen, dass es einen Zeitpunkt gab, wo er die Seiten wechseln musste, und dies war er.

„Hört mir zu, Einauge“, murmelte er. „Für einen Preis korrigiere ich Eure Fehler.“

Shef nickte ruhig, als ob er genau diese Antwort erwartet hätte, und fummelte einen Augenblick in seiner Hosentasche herum. Er hatte diese Dinge von einem Silberschmied in Septimania im Geheimen herstellen lassen und aus eigener Tasche bezahlt.

„Steffi“, sagte er, „ich will, dass du und deine Männer die hier tragt.“ Er holte die Silberanhänger aus seiner Tasche.

„Was, und das aufgeben, was wir schon haben?“, fragte Steffi und hob eine Hand an den Thorshammer um seinen Hals.

„Ja. Du hast Thor, genau wie einer deiner Kameraden, und die anderen beiden haben einen Frey-Phallus und eine Rig-Leiter wie ich. Aber das sind nur Symbole, die euch gefallen haben oder die ihr von anderen kopiert habt. Ich muss bei meinem eigenen *Kraki* bleiben, weil es das Zeichen meines Vaters ist, aber ihr solltet die Zeichen eures Handwerks tragen, jetzt, wo ihr ein Handwerk habt. Es ist auch ein Symbol der Ehre, für euren Mut.“

„Was ist es?“, fragte der Ventilhelfer, dessen Gesicht vor Stolz glühte. Er war den Großteil seines Lebens ein Sklave gewesen. Nun sprach der Eine König mit ihm, als wäre er ein großer Krieger.

„Es ist ein Feuerzeichen, für die Männer, die mit Feuer, mit Flammen arbeiten, in Zeiten des Krieges.“

Die Männer nahmen schweigend ihre Embleme, legten ihre eigenen weg und hängten die neuen um ihre Hälse.

„Welcher Gott ist der Patron von uns Feuerkriegern?“, fragte der Blasebalgmann.

„Es ist Loki, der Feuergott, einst angekettet, nun frei.“

Skaldfinn, der über die Reling zurückkam, erstarrte vor Schrecken, als er die Worte hörte und sah, wie das Feuersymbol zum ersten Mal offen getragen wurde. Er blickte nach Unterstützung suchend zurück zu Farman, der direkt hinter ihm war, und sah, wie der Visionär innehielt und dann langsam einwilligend nickte. Steffi und seine Mannschaft, alle Engländer und ehemalige Christen mit dürftigem Wissen über die heiligen Mythen des Weges, hörten den Namen ohne Schrecken.

„Loki“, murmelte Steffi und fixierte den Namen in seinem Kopf. „Loki der Feuergott. Gut, einen eigenen Gott zu haben. Wir werden seine treuen Diener sein.“

Kapitel 30

Der Kaiser starrte das kleine Buch an, das man ihm in die Hand gelegt hatte. Er konnte selbst lesen, wenn auch langsam, aber diesmal brauchte er das nicht. Der Inhalt des Hefts war ihm schon mit genauesten Details von seinem vertrauenswürdigen Kameraden erklärt worden.

„Wo zur Hölle ist das hergekommen?“, fragte er schließlich. Der Kaiser beging nie wissentlich Blasphemie, missbrauchte den Namen des Herrn oder nutzte religiöse Worte in einer anderen als ihrer buchstäblichen Bedeutung. Auch diesmal, das wurde Erkenbert bewusst, meinte er, dass das Buch vor ihm buchstäblich teuflisch war. Das war gut. Die Frage zu beantworten, war nicht so gut. Erkenbert hatte vor einiger Zeit bemerkt, dass der stinkende Ketzer, der den Gral verraten und den Tod dafür verdient hatte, nicht die Wahrheit gesagt hatte, als er erklärte, dass es nur zwei Kopien gab: Er hätte ihn am Leben lassen sollen. Jetzt gab es aber keinen Bedarf, diesen Fehler zu beichten.

„Ein Bruder fand es im Haus eines Priesters. Oh ja“, er hielt warnend einen Hand hoch, „um den Priester hat man sich bereits gekümmert. Aber ich habe gehört, dass diese Dinger überall sind und mit diabolischer Schnelligkeit produziert werden. Und man glaubt sie auch. Die Leute sagen, dass genau das *Graduale*, das Ihr bei Euch tragt und als die wahre Leiter verkündet, auf der unser Herr zum Grab getragen wurde, sie sagen, dass seine Erscheinung nach so vielen Jahrhunderten der Beweis dafür ist, dass das, was diese Doktrinen behaupten, wahr ist. Die Lanze ist der Tod, sagt man, und der Gral das Leben. Es beweist, dass Jesus wirklich zurück ins Leben kam, aber diese Welt nie verlassen hat, anstatt in sie zurückzukehren. Also gibt es keine Auferstehung, kein neues Leben, keinen Nachfolger des heiligen Petrus, keine Kirche oder keinen Bedarf für eine Kirche. Einige von denen, die das sagen, sind selbst Priester." Das Gesicht des Kaisers wurde blitzschnell purpurrot, aber er war kein Narr. Ihm war klar, dass ihm all das aus einem bestimmten Grund erzählt wurde, nicht bloß, um ihn wütend zu machen. Oder vielleicht war es gerade der Zweck, ihn wütend zu machen.

„Nun gut", sagte er mit plötzlicher Milde, „wir können die Leute davon abhalten, diese Dinge laut auszusprechen, nehme ich an. Aber wir wollen sie davon abhalten, überhaupt darüber nachzudenken. Ich bin sicher, Ihr habt eine Idee, wie wir das anstellen könnten. Lasst sie mich hören."

Erkenbert nickte. Sie waren jetzt alte Verbündete, funktionierende Partner. Es war immer noch eine Erleichterung für ihn, für einen Herrscher mit klarer Sichtweise zu arbeiten.

„Zwei Ideen", sagte er. „Eine ist einfach. Wir brauchen eine Gruppe an verlässlichen Männern mit keiner anderen Pflicht als der, Ketzerei zu suchen. Man muss ihnen größere Befugnisse geben, als das derzeitige Gesetz erlaubt. Befugnisse für Seil und Streckbank, Pfahl und Grube. Ich schlage vor, wir nennen sie *Inquisitio Imperialis,* kaiserliche Inquisition."

„Einverstanden", sagte Bruno sofort. „Was ist die schwierige Idee?"

„Wisst Ihr, wann Kirche und Kaiserreich zuerst zusammenkamen? Denn das Reich der Römer war ursprünglich heidnisch, wisst Ihr, und verfolgte die Christen."

Bruno nickte. Er erinnerte sich an die Geschichten über Sankt Paulus und wie er nach Rom vor Gericht vor einen Kaiser ging, der feindlich gewesen sein musste. Es war ihm nie aufgefallen, dass irgendwann später das Reich die Religionen gewechselt haben musste, aber jetzt, wo Erkenbert es erwähnte, sah er ein, dass es so sein musste.

„Der erste christliche Kaiser, wisst Ihr, war Konstantin, der in meiner eigenen Heimatstadt Eboracum zum Kaiser ausgerufen wurde – York, wie es die bösartigen Heiden nennen, die es jetzt besetzt halten."

„Ein gutes Omen“, sagte Bruno zuversichtlich.
„Das bleibt zu hoffen. Was passierte, war, dass er von Rebellen belagert wurde – wie Ihr, Kaiser –, und in der Nacht vor der Schlacht hatte er einen Traum. In diesem Traum erschien ihm ein Engel und zeigte ihm das heilige Symbol des Kreuzes und sagte zu ihm, *In hoc signo vinces:* ‚Unter diesem Zeichen wirst du siegen‘. Er kannte die Bedeutung des Symbols nicht, aber am nächsten Tag befahl er seinen Männern, es auf ihre Schilde zu malen, und kämpfte und gewann die Schlacht. Dann, als ihm weise Männer die Bedeutung des Zeichens erklärten, akzeptierte er es und die christliche Religion und verordnete sie dem gesamten Reich. Aber er tat noch eine Sache, Kaiser. Er machte die Konstantinische Schenkung.
Auf diesem Dokument sind sowohl Kirche als auch Reich begründet. Daraus erhält die Kirche ihre Autorität in dieser Welt. Daraus erhält das Reich seine Legitimierung aus der Welt oben. Deshalb sind die Kaiser die Gesalbten des Herrn. Und Päpste sollten durch die Kaiser berufen werden.“
„Das klingt nach einer feinen Sache“, sagte Bruno mit einer gewissen Skepsis, „aber ich schaffe Päpste ohne Bedarf an einem Dokument. Und meine Autorität kommt von den Reliquien, die ich gerettet habe – die wir gerettet haben. Warum brauchen wir diese Schenkung?“
„Ich glaube, dass wir genau wie die kaiserliche Inquisition auch eine neue Schenkung brauchen.“
Die Augenbrauen des Kaisers hoben sich warnend. Er hatte schon erkannt, dass diese Konversation ihn drängte, den lästigen Johannes mit Gewalt abzusetzen und das Kollegium der Kardinäle einzusperren, bis sie auf korrekte Weise für seinen eigenen Kandidaten stimmten. Obwohl Erkenbert es nicht wusste – Bruno wünschte nicht, dass der neue Papst seine Finger beim Verschwinden des alten im Spiel hatte –, hatte er bereits eine starke Einheit ausgeschickt, um sich um Papst Johannes zu kümmern, und sandte den schwankenden Kardinälen aus Deutschland solide

Botschaften, dass sie besser selbst Vernunft annähmen und ihre italienischen Kollegen dazu brächten, dasselbe zu tun. Aber ihm gefiel der Gedanke an Schenkungen nicht. Die Kirche war schon reich genug.

„Es wird eine Schenkung der Kirche an das Reich sein", sagte Erkenbert bestimmt. „Nicht des Reiches an die Kirche. Ein Zehntel der weltlichen Besitztümer der Kirchen werden übergeben, für gewisse Zwecke. Die Vernichtung der Heiden. Die Ausrottung der Ketzerei. Krieg gegen die Gefolgsleute des Propheten. Krieg gegen die Schismatiker aus Byzanz. Neue Kriegerorden, die man in allen Reichen des Christentums gründet, nicht allein in Deutschland. Die Schaffung der kaiserlichen Inquisition gegen Rebellen und Ketzer. Wir werden es die Schenkung des Simon Petrus nennen."

„Simon Petrus?", fragte der Kaiser, dessen Gedanken immer noch um die Implikationen dessen kreisten, was er gerade gehört hatte.

„Ich werde den päpstlichen Namen Petrus annehmen", sagte Erkenbert sicher. „Er wurde allen Päpsten in der Geschichte seit dem ersten verboten. Aber ich werde ihn nicht aus Stolz, sondern voller Bescheidenheit annehmen, als Zeichen, dass die Kirche neu anfangen muss, gereinigt von ihrer Schwäche und Oberflächlichkeit. Wir werden in den Verliesen des Vatikan, in den Katakomben, ein Dokument finden, geschrieben von Simon Petrus selbst, das seinen Wunsch erklärt, dass die Kirche der treue Diener eines christlichen Kaiserreichs sein sollte."

„Ein Dokument finden?", wiederholte Bruno. „Aber wie sollen wir es finden, wenn wir gar nicht wissen, ob es da ist?"

„Ich habe den Gral gefunden, oder nicht?", sagte Erkenbert. „Ihr könnt Euch darauf verlassen, dass ich die Schenkung des Petrus finden werde."

Er meint, dass er vorhat, es zu fälschen, dachte Bruno plötzlich. Das ist gegen jedes Gesetz Gottes und der Menschen. Aber ein Zehntel der kirchlichen Besitztümer … Fette Mönche und faule

Nonnen hinausgeworfen, ihre Ländereien zur Unterstützung von Kriegern übergeben ... Die Ritter und die Bruderschaft nicht mehr in Hunderten zählen ... Und sicherlich mochte ein frommer Zweck gottlose Mittel rechtfertigen.
Es ist ein Betrug und er weiß, dass es Betrug ist, dachte Erkenbert. Aber er wird mitmachen. Was er nicht weiß, ist, dass auch die Konstantinische Schenkung eine Fälschung ist, jeder Gelehrte kann das sehen, das Latein ist dafür, was behauptet wird, aus der völlig falschen Periode. Es wurde von einem Franken geschrieben, oder ich bin ein Italiener. Wie viele weitere Dokumente, frage ich mich, sind Fälschungen? Das ist die wahre Gefahr an derartigen Dingen. Er nahm das Ketzerbuch aus den Händen des Kaisers, zerriss es und warf es mitten in die glühende Kohlenpfanne. Sie lassen Menschen anfangen, nachzudenken, ob Bücher wahr sind. Wir müssen das ausrotten. Wenige Bücher, und alle davon heilig, das muss unser Ziel sein. Ob sie wahr sind oder nicht – das werde ich entscheiden.

Die Rauchfahne, die sich am Bug faul in die Luft kräuselte, hielt Shefs Blick wie eine Fliege, die sich müht, einer Spinne zu entkommen. Die Seereise war gut gelaufen, außerordentlich gut. Die Inseln im Mittelmeer waren zwar sehr umkämpft, aber es schien, dass sie seit vielen Jahren nicht ordentlich geplündert worden waren. Vielleicht waren die Kämpfer nur begierig darauf gewesen, die Religion der Inselbewohner zu ändern, nicht darauf, mit Profit weiterzuziehen. Die Schiffe der Flotte lagen jetzt tief im Wasser, nicht nur mit neu erworbener Nahrung und Wasser, sondern mit Kirchengold, Brokat und Stoffen in unbekannten Farben.
Am wichtigsten von allem war der Tribut, der in Mallorca und Menorca, Ibiza und Formentera und dann Korsika und Sardinien erpresst wurde, Tribut in Gold- und Silbermünzen der Araber, Griechen, Franken und Römer und aus Ländern, von denen Shef nie gehört hatte und deren Schrift weder Skaldfinn noch Solomon zuordnen konnten. Als nächstes Sizilien, das ein wenig

weiter südlich lag, neben der Vulkaninsel mit ihrem rauchenden Berg? Einen Abstecher aufs italienische Festland? Selbst von Guthmund hatte man schon Gerede darüber gehört, aufzuhören, solange es gut lief, und ehe die Stürme zur Tagundnachtgleiche auf der langen Überfahrt in die Heimat einsetzten.

Inzwischen war noch Steffi zufriedenzustellen. Er hatte seine Konversion zum Feueremblem und dem Gott Loki mit großer Überzeugung aufgenommen. Seine Gespräche drehten sich jetzt um nichts mehr außer Feuer und er hatte ein Prinzip verstanden, das Shef selbst oft ausgesprochen hatte. Es gab mehr Wissen auf der Welt, als den Menschen bewusst war. Steffi hatte sich darangemacht, alles herauszufinden, was irgendjemand über Feuer wusste und alle Dinge, die brannten oder sich entzündeten oder auch nur im Dunkeln leuchteten. Ihr griechischer Gefangener war eine Enttäuschung gewesen. Er kannte sein Handwerk, das stimmte, und hatte ihnen alles erzählt, was er über die schwarzen Ölfelder jenseits des Schwarzen Meeres wusste, über den Prozess, den Stoff zu sammeln und raffinieren, der an die Oberfläche dampfte und in der Kälte flüssig und leicht, in der Hitze aber klebrig und teerartig war. Aber obwohl er wusste, wie das Handwerk ausgeführt wurde, war er wenig neugierig auf Ersatzmittel oder Alternativen. Sie hatten die Tatsache vor ihm verborgen, dass sie im Westen kein Ölfeld hatten, wie es die Griechen im Osten hatten, aber ohne eine solche Alternative hatten sie den halben Tank voll Öl, den sie erbeutet hatten, und nicht mehr.

Steffi ließ sich nicht entmutigen. Er sprach mit dem Griechen, mit Solomon, mit Brand, mit Shef, mit Skaldfinn, mit den Mannschaften der Fischerboote, die sie abfingen, befragten und wieder freiließen, und mit seinen eigenen Kameraden. Sein Monolog setzte sich fort, als er am Bug stand und wie Shef den Rauch beobachtete, aber mit einem Blick, wie ein Liebhaber das Fenster seiner Geliebten betrachtet.

„Komisch, wisst ihr“, wiederholte er. „Sobald ich dazu kam, sie zu fragen, konnte man glauben, die halbe Flotte wüsste, wenn man ein Feuer auf Erde entzündete, die aus einem Stall oder einer Höhle oder was auch immer geschaufelt wurde, dass es richtig wild brennt. Also habe ich sie gefragt, was sonst so brannte, und sie schlugen allerhand vor. Solomon sagt, die Araber haben einen Stoff wie das, was unser Grieche *Naphtha* nennt, aber der Grieche sagt, es ist anders. Solomon sagt, die Araber haben früher Feuerbündel aus ihrem Zeug gemacht, wie unsere Fackeln, aber die Araber haben sie normal geworfen und sie nicht mit einem Katapult geschleudert. Ich würde gern etwas von diesem *Naphtha* kriegen, aber inzwischen haben wir Fischöl, wir haben dieses Salpeterzeug, wir haben Wachs … Und dann hat mich einer der Jungs daran erinnert, was man bei verrotteten Holzstämmen hat, das im Dunkeln glüht, aber nicht brennt. Solomon sagt, das heißt *Phosphor,* und er sagt, wenn man das echte Zeug hat, dann brennt es so sehr, dass es Wasser nicht löschen kann, man muss es von der Haut kratzen. Der Grieche sagt, er hat davon gehört und sie haben versucht, es mit dem Öl, das sie nutzen, zu vermischen, aber es ist nicht sicher, sie mischen manchmal eine Art Harz darunter."

„Die gießen das auch in den Wein", warf Shef ein.

„Nur weil sie damit die Fässer abdichten. Aber Harz brennt, und genauso Bernstein, wie mir einer der Jungs erzählt hat."

„Bernsteinfackeln können wir uns nicht leisten", sagte Shef.

Steffi runzelte die Stirn über diese Leichtfertigkeit. „Nein. Aber ich hatte eine andere Idee. Ihr kennt das Winterbier und den Winterwein, den man in Stamford macht, wo man es verdampfen lässt und den Dampf einfängt? Nun, einer der Jungs hatte etwas übrig und ich habe es ihm abgekauft. Das brennt auch, es brennt ziemlich gut. Solomon kam dazu und erzählte mir, dass die Araber das auch machen, sie nennen es *al-kuhl.*"

„Die Araber können immer alles tun, wenn man sie reden hört. Fliegen, Linsen machen, Algebra erfinden, Feuermaschinen bauen, *al-kuhl, al-jabr, al-kimiya, al-qili* … Die Sache ist die, sie scheinen nie irgendetwas daraus zu machen." Auch Shef hatte Solomon gelauscht und war dessen ziemlich müde geworden.

„Na ja, ich würde gern all das Zeug kriegen, was auch immer es ist, das Naphtha und den Phosphor und den Alkohol und alles, und Salpeter, und anfangen, es zu vermischen. Sehen, was passiert. Und Kohle auch, wir nutzen sie alle, warum brennt sie besser als Holz? Aber am meisten will ich sehen, was sie dort droben haben. Einen Feuerberg, sagen sie. Brennende Felsen. Und der Geruch. Jeder sagt, dass ein seltsamer Geruch von dem Berg kommt. Sulphur nennen sie es. Aber wisst ihr was, in den Sümpfen, wo ich herkomme …“

„Ich auch“, erinnerte ihn Shef.

„… da haben wir diese Sache, die sie Irrlicht nennen. Entzündet dieses Licht und führt einen in den Sumpf. Kommt von toten Körpern, sagt man. Na ja, das riecht auch. Ich bin sicher, wir haben diesen Salpeter daheim, in Scheunen und Schweineställen und so weiter. Vielleicht haben wir auch dieses Sulphur. Ich will es sehen. Anfangen, sie zusammenzumischen.“

Eine Feuersäule in der Nacht und eine Rauchwolke am Tag. Genau das war es, worüber er nachzudenken versucht hatte. Es hatte etwas mit einer von Vater Andreas’ Lektionen über die Bibel zu tun. Die Kinder Israels, die aus der Sklaverei entkommen? Vater Andreas hatte gesagt, es sei ein Bildnis dafür, wie die christliche Seele den Himmel sucht. Shef glaubte nicht, dass die Rauchsäule, auf die sie zusteuerten, irgendwie das Gelobte Land war. Aber Steffi schon. Vielleicht war Steffi derjenige, dessen Meinung zählen würde.

Für einige Zeit war die Flotte auf ein Fischerboot zugesteuert, das locker unter seinem leichten Dreieckssegel fuhr. Es hatte keinen Versuch unternommen, ihnen zu entkommen, weil es sich herumgesprochen haben musste, dass die Fremden den Armen kein Leid zufügten und sogar für Neuigkeiten bezahlten. Tatsächlich war das Boot sogar auf sie zugesegelt, hatte jetzt beigedreht und lag leicht leewärts. Skaldfinn und Solomon brüllten hin und her und riefen einen der Fischer an Bord. Shef wartete, bis endlich eine Übersetzung zu ihm drang.

Es schien, als ob er etwas Wichtiges gesagt hätte. Skaldfinn kam jetzt mit einem seltsamen Gesichtsausdruck herüber.
„Er sagt, es gibt einen neuen Papst in Rom, obwohl der alte Papst nicht tot ist. Noch mehr: Er sagt, der neue Papst ist ein Fremder, ein Unbekannter, ein Ausländer. Er nennt ihn einen *Anglus.* Genau dann hat er auf das Deck gespuckt und Ordlaf hat ihn geschlagen."
„Ein englischer Papst?" Das Wort war gehört worden und verbreitete sich in der Mannschaft, zu umfassendem Hohn und Spott.
„Ein kleiner Mann, nicht einmal ein Priester. Der Fischer sagt, er hat im gesamten Kaiserreich einen Zustand des Heiligen Krieges gegen alle Heiden und Ketzer und Ungläubigen ausgerufen. Bald, sagt der Fischer, wird der Kaiser mit seiner Flotte aus Feuerschiffen und seiner Armee aus Eisenmännern kommen und all diejenigen vernichten, die die Knie nicht vor Sankt Petrus beugen. Dann wird Rom die Welt beherrschen."
Feuerschiffe, dachte Shef. Vielleicht sind sie doch nicht so weit weg. Rom ist es jetzt auch nicht. Ungewollt erinnerte er sich an die Karte, die ihm sein göttlicher Patron Monate zuvor gezeigt hatte: Die Karte, in deren Zentrum Rom lag. Rig hatte ihm gesagt, dass in Rom seine Schwierigkeiten enden würden. Er hatte nicht den Wunsch, dorthin zu gehen. Wie Guthmund galten seine Gedanken der Heimat.
„Mein Großvater Ragnar versuchte einst, Rom zu plündern", sagte Svandis. „Er plünderte aus Versehen die falsche Stadt, aber glaubte, dass es Rom sei, weil die Beute so groß war."
„Wenn Erkenbert in Rom ist und Heiligen Krieg und einen weiteren Kreuzzug predigt, kann das nur gegen uns sein", sagte Thorvin langsam. „Besser, im Land eines anderen Mannes zu kämpfen als im eigenen Land."
Wir haben nicht ganz dreitausend Männer in der Flotte, dachte Shef, der Kaiser wird viel mehr haben. Aber meine sind alle ausgesuchte Männer, mit Armbrüsten und Katapulten und Fackeln und sogar Griechischem Feuer. Sie wollen, dass ich wie-

der kämpfe. Aber ich habe mit Loki meinen Frieden gemacht, so dachte ich zumindest. Ich will Ragnarök abwenden, nicht verursachen.
„Lasst uns hören, was Brand zu sagen hat", sagte Skaldfinn diplomatisch.
„Also gut", antwortete Shef. „Aber haltet weiter auf den Feuerberg, auf die Vulkaninsel zu. Wir werden heute Abend davor ankern."

Diese Nacht lag Shef in seiner Hängematte in der sanft schaukelnden Kabine der *Fafnisbane*. Er fühlte sich so, wie er sich gefühlt hatte, als die Entscheidung getroffen wurde, auf diese Reise zum Zentrum der Welt zu gehen, dass die Meinung gegen ihn stand, dass Druck auf ihm lastete. Er wurde manipuliert. Sie wollten, dass er den Kaiser fand und bekämpfte. Er würde das nicht tun. Er würde heimfahren, sein Land in Ordnung bringen und darauf warten, dass das Schicksal und der Tod zur rechten Zeit zu ihm kamen. Svandis, die in der Hängematte lag, die seine berührte, war schwanger mit seinem Kind, da war er sicher. Das Leuchten auf ihrem Gesicht und in ihren Augen war nicht bloß das von Sonne und Seeluft, es war das Leuchten von neuem Leben. Er hatte es vor Jahren bei Godive gesehen. Diesmal würde er sehen, wie das Kind geboren wurde, und wissen, dass es seines war.
Sie würden versuchen, ihn vom Gegenteil zu überzeugen, wie er wusste. Nicht nur Männer, sondern Götter. Er war vorbereitet auf den Traum, der kommen würde, und ob er von den Göttern kam oder seinen eigenen Gedanken oder dem Wolf, der auf dem Roggen wuchs, das war ihm egal. Die Nacht war sein Feind und er würde sich ihr stellen.

Der Traum begann abrupt, direkt. Ein Mann hastete im Dunkeln durch die Straßen einer Stadt. Der Mann war panisch, sehr panisch, und schämte sich gleichzeitig. Er hatte vor etwas Angst, das er zuvor geschehen sehen hatte. Er schämte sich nicht nur, weil er Angst hatte, sondern weil er früher Angst gehabt, ihr nachgegeben und sich geschworen hatte, dass er das nie wieder tun würde – und doch war er hier, hastete durch die Straßen, um auf das freie Land zu gelangen, sich selbst zu verlieren, seinen Namen zu ändern. Sein Name war Petrus. Petrus, der einst Simon gewesen war.

Als er zur Stadtmauer kam, stieg seine Anspannung. Dort war ein Tor und in diesem Tor saß eine kleine Tür, eine, die man öffnen konnte ohne den anstrengenden Prozess, die großen Riegel anzuheben und die Tore auf ihren Rollen zurückzuschieben. Die kleine Tür war angelehnt. Aber wo war die Wache? Dort. Schlafend, den Kopf im Nacken. Sein Speer, die römische Infanteriewaffe, die Shef als Heilige Lanze in seinen Händen gehalten hatte, lehnte zwischen seinen Schenkeln. Niemand sonst in der Nähe, die Wachhütte verschlossen und unbeleuchtet. Petrus, der Simon gewesen war und sich danach sehnte, wieder Simon zu sein, kroch vorwärts wie ein Schatten, legte seine Hände an die Tür und schob sie auf, während er auf das verräterische Knarzen wartete. Keines kam. Er war hindurch, die Mauern hinter ihm, Leben und Sicherheit vor ihm. Genau wie ich, dachte Shefs Verstand.

Vor ihm stand eine Gestalt. Er hatte gewusst, dass sie da sein würde. Eine menschliche Gestalt, aber um ihren Kopf war eine Dornenkrone. Sie bewegte sich vorwärts und strahlte ein bleiches Leichenlicht aus. Ihre Augen blickten auf den sich windenden Jünger herab.

„Petre, quo vadis?“, *sagte sie. Petrus, wohin gehst du?*

Sag es ihm, drängten Shefs Gedanken. Sag ihm, dass du fliehst! Sag ihm, dass er nicht einmal tot ist, dass die ganze Sache ein Fehler ist, er ist lebendig und gesund und lebt mit Maria Magdalena in den Bergen! Schreibt ein Buch!

Die Petrusgestalt war zurückgewichen und kehrte mit hängenden Schultern zu der Tür zurück. Zurück in die Stadt, nach Rom, in Verhaftung und Tod und Kreuzigung. Er würde darum bitten, kopfüber gekreuzigt zu werden, wie sich Shef erinnerte, desselben Todes wie der Erlöser, den er betrogen hatte, unwürdig. Das wird nicht funktionieren, dachte Shef. Du kannst zu mir so oft Quo vadis? *sagen, wie du willst.*

Ein weiteres Bild flackerte in Gestalt wie ein Schirm, der vor die Augen geschoben wird. Ein weiterer Mann setzte zur Flucht an, aber diesmal schlief er. In seinem Traum sah er nicht die Christusgestalt der vorherigen Vision, sondern die Petrusgestalt. Aber diesmal nicht mit verschämtem Gesicht und gebeugt, sondern diesmal eher streng, majestätisch und mit einem grimmigen Blick. Er schrie, aber Shef konnte nicht hören, was er sagte. In seiner Hand hielt er eine Geißel, die monastische Disciplina, *eine Peitsche mit vielen Strängen und in jeden davon Knoten gebunden. Er trat vor, schlug die Vision des schlafenden Mannes mit einer knochigen Faust nieder, riss ihm die Robe vom Rücken und begann immer wieder mit der* Disciplina *auf ihn einzuschlagen, so dass Blut spritzte, als sich der Mann wehrte und aufschrie.*

Die Szene verschwand und Shef fand sich wieder einmal in die Augen seines Patrons blickend wieder. Kluge, verschlagene Augen.

„Ich tue diese Art von Dingen nicht", bemerkte Rig. „Wenn du deine Pflicht verletzen willst, mach weiter. Ich werde dich nicht zum Gehorsam täuschen oder dich dazu prügeln. Ich will nur, dass du siehst, was diese Pflichtverletzung bedeuten wird."

„Dann zeig es mir. Das wirst du sowieso."

Shef stählte sich für unmittelbare Schrecken, aber sie kamen nicht. Er sah seine eigene Stadt, seine eigene Gründung Stamford. Da war das Haus der Weisheit, seine Ansammlung an Werkstätten und Schmieden und Lagerhäusern. Größer, als er sie in Erinnerung hatte, älter, Flechten überzogen die grauen Steine. Leise, ohne Erklärung, zersprang das Haus der Weisheit. Ein Blitz, ein Krachen, das, wie er wusste, ohrenbetäubend gewesen wäre, wenn zwischen ihm und dem Inhalt seines Traumes nicht irgendeine Barriere gewesen wäre, eine Rauchwolke stieg auf und in dem Rauch wurden Steine in den Himmel geschleudert.

Als sie herunterkrachten, sah Shef, was in den Ruinen vorging. Überall Soldaten, die eine weiße Tunika mit rotem Kreuz trugen: Kreuzritter, wie sie König Karl und Papst Nikolaus einst gegen ihn geführt hatten. Aber diese Soldaten trugen nicht die schweren Kettenhemden und Reiterstiefel fränkischer Ritter oder der Lanzenritter des Kaisers. Sie waren leicht gerüstet, bewegten sich schnell und trugen nur lange Röhren in ihren Händen.

„Freiheit für Loki ebenso wie für Thor", sagte Rig. „Schön und gut. Aber auf wessen Seite wird Loki stehen? Oder bleiben? Naphtha und Phosphor, Sulphur und Salpeter, Alkohol und Kohle. Andere außer Steffi können zwei und zwei zusammenzählen. Oder eins und eins und eins. Am Ende werden Kirche und Kaiserreich gemeinsam gewinnen. Nicht in deiner Zeit. Aber du wirst dein Leben mit dem Wissen leben, dass es passieren wird – und dass du es hättest abwenden können. Dafür werde ich sorgen."

Shef lag schweigend und trotzig da. „Lass mich dir noch etwas mehr zeigen", fuhr die kluge Stimme fort. „Hier ist die neue Stadt."

Ein Wunder eröffnete sich langsam vor Shefs Augen. Eine weiße Stadt mit strahlenden Wänden und in ihrem Herzen eine Ansammlung von Säulen, die nach dem Himmel fassten. Auf jeder Säule ein Banner, auf jedem Banner ein Zeichen der Heiligkeit: gekreuzte Schlüssel, ein geschlossenes Buch, Sankt Sebastian und seine Pfeile, Sankt Laurentius und sein Rost. Unter den Säulen, das wusste Shef, lebte eine Vielzahl an Männern, deren Pflicht es war, den Herrn zu preisen und die Bibel zu studieren. Es war nicht seine Bibel, aber das Verlangen nach einem solchen Leben der Überlegung und Studien, des Friedens und der Ruhe überkam ihn wie Hunger. Tränen begannen aus seinen geschlossenen Augenlidern zu strömen, über das, was er nicht hatte.

„Schau genauer", sagte die Stimme.

In den Leseräumen standen Männer, die aus ihren Büchern vorlasen. Die Studenten lauschten. Sie schrieben nichts auf. Ihre Pflicht war es, auswendig zu lernen. Als die Vorlesungen endeten, gingen die Vorleser zu einem zentralen Raum und übergaben ihre Bücher. Sie wurden abgezählt, auf einer Liste abgehakt und in einer eisernen Truhe platziert, dann wurde der Schlüssel umgedreht. Sicher verstaut bis zum nächsten Mal. In der ganzen Stadt besaß kein Mann ein Buch für sich selbst. Kein Mann schrieb ein neues Wort oder dachte einen neuen Gedanken. Die Schmiede hämmerten heraus, was man ihnen sagte, wie es ihre Vorfahren vor ihnen getan hatten. Das Jucken, das Shef so oft spürte, einen Hammer zu halten, eine Antwort auf eine Frage in seinem Kopf herauszuhämmern: Dieses Jucken würde auf ewig unbefriedigt bleiben.

„Es ist die Skuldwelt", sagte Rig. „Wo Loki letztlich befreit wird, um der Kirche zu dienen, und dann in noch stärkere Ketten gelegt wird, bis auch er vor Hunger vergeht. Und die Welt bleibt dieselbe, von einem Äon zum nächsten. Immer heilig, unveränderlich. Jedes Buch wird eine Bibel. Dein Monument, dein Erbe."

„Und wenn ich kämpfe?", fragte Shef. „Wird Loki stattdessen zu mir halten? Wird er um Balder weinen und seinen Bruder aus Hel befreien? Wie wird das aussehen?"

In einem Augenblick verblasste der begrenzte Anblick einer einzigen Stadt und vergrößerte sich, um zum Bild der neun Welten zu werden, von denen Midgard nur eine ist. Shef konnte die Dunkelelfen unter der Erde und die Lichtelfen darüber sehen, er konnte die Bifröstbrücke sehen, die nach Asgard führt, und die Gjallarbrücke, die die Seelen hinunter nach Hel führt. Alles war … nicht dunkel, aber verwittert, irgendwie befleckt, als würde er alles durch staubiges Glas betrachten. Irgendwo tief unten konnte Shef ein gewaltiges Knarzen hören, einen Lärm, wie wenn rostige Maschinerie zum Öffnen gezwungen wird, zum Erwachen gezwungen wird.

Es war die Öffnung des Grind. *Des* Grind-*Tores, das die Toten von den Lebenden trennt, des metallenen Gitters, durch das Shef einst die Gestalten des Kindes und der Frauen, deren Fluch er gewesen war, erblickt hatte. Durch das ihn die Sklavin Edtheow weiterzugehen gezwungen hatte. Der* Grind *öffnete sich nun für Balder. Und nicht nur für Balder. Sobald er offen war, konnten, wie Shef wusste, die Seelen zurückkehren. In ihren Nachkommen wiedergeboren werden, das glückliche Leben leben, das ihnen geraubt worden war. Die Sklavenmädchen, die er im Hügelgrab des alten Königs gefunden hatte, mit gebrochenem Rücken lebendig begraben. Die alte Frau, deren Tod er einst geteilt hatte, als sie mehr als nach allem anderen danach*

strebte, unbemerkt zu sterben. Edtheow, die in der Wolfswüste gestorben war, und die arme Sklavin, die im nordischen Dorf fernab ihrer Heimat starb. Cuthred. Karli. Das Kind Harald.
Als sich das Tor öffnete, leckte etwas heraus. Nicht Licht, nicht Farbe, sondern etwas, das den Staub wegzuwischen schien, um der Welt das Licht und die Farbe wiederzugeben, die sie haben sollte. Es kam ein Geräusch von drinnen, ein lautes Lachen und eine laute, deutliche Stimme, die andere dazu aufrief, das neue Leben mit ihm zu teilen. Balder der Schöne. Er kam, um die neue Welt zu machen, die neue Welt, die immer so hätte sein sollen. Shef bemerkte in seinem Augenwinkel, dass alle Götter aus Asgard ihn anstarrten, Thor mit seinem roten Bart und wilden Gesicht, Odin mit dem Gesicht wie ein kalbender Gletscher. Und direkt neben Odin stand Loki, der Verrätergott, der Gott im Exil, der nun erneut neben seinem Vater stand. Und darauf wartete, dass sein Bruder aus Hel befreit wurde. Befreit durch einen Sieg. Und ein Opfer.

Shef war wieder wach und lag in seiner Hängematte, sein Gesicht noch von den Tränen feucht. Er erwachte nicht mit dem vertrauten, das Herz anhaltenden Schock und Schrei, sondern eher mit einem tiefen Atemzug. Ich muss es tun, dachte er. Es lasten schon zu viele Leben auf meiner Seele. Sie befreien, ihnen noch eine Chance geben.
Aber für mich keine große Chance. Werde ich auch freigelassen werden? Oder bin ich das Opfer für die anderen? Er streckte eine Hand aus und legte sie auf Svandis' warme Hüfte. Genau das gebe ich auf. In der dunklen Nacht wusste er mit völliger Sicherheit, dass niemand das Opfer für ihn bringen würde, und erinnerte sich mit ironischer Klarheit an den Schrei, den er einst von Christus an dessen Kreuz gehört hatte: *Eloi, eloi, lama sabachthani.* Mein Gott, mein Gott, warum hast du mich verlassen?

Kapitel 31

Tolman gab vom Ende seines fünfhundert Fuß langen Seils hektische Signale. Während sie sich in doppelter Reihe vorsichtig Ostia, dem Hafen von Rom, näherten, hatte die Flotte der Wegemänner die Gewohnheit entwickelt, immer einen Drachen in der Luft zu halten und ihn leewärts steigen zu lassen. Die hundert Meter zusätzlicher Höhe, die Tolman am Ende seines Seils hatte, erweiterten seinen Horizont um Meilen und gaben ihnen nötige Rückversicherung. Niemand hatte aber eine Möglichkeit gefunden, wie Tolman weitergeben konnte, was er sah, außer indem er mit farbigen Stoffen winkte – weiß für jedes Segel, blau für Land, rot für Gefahr. Besonders für die roten Galeeren und das Griechische Feuer. Dieses Mal war es rot.
Die Windenmänner zogen ihn schon herunter, ohne den Befehl zu brauchen. Es war nicht nötig, ihn den ganzen Weg herunterzuziehen, er würde wieder aufsteigen, sobald er gesprochen hatte. Kaum fünfzig Fuß über der *Fafnisbane* hing der Drachenjunge im Wind, einer steifen Einreffbrise mit einem Hauch kommender Kühle darin.
„Die Galeeren!", rief er.
„Wo?"
„Im Hafen. In einer langen Reihe, auf der anderen Seite der rechten Hafenmauer. Vor Anker."
„Wie viele?"
„Alle."
Shef gab einen Wink und die Drachenmannschaft gab Seil nach und ließ Tolman wieder auf seine Position steigen. Shef sah sich um und berechnete die Distanz zu der Mauer, die die Einfahrt in den Hafen von Ostia markierte. Zwei Meilen, dachte er. Sie machten nach Ordlafs Knotenleine sieben Knoten. Würde das den Galeeren Zeit geben, die Ruder zu bemannen, ihre Feuer-

pfannen zu entzünden und hinauszufahren, um sich ihm entgegenzustellen? Falls jeder Mann schon an seinem Platz bereitstand und sie ihn auch gesehen hatten, als Tolman sie sah. Das glaubte er nicht. Shef sah zu Hagbard und Ordlaf, der auf seinem eigenen Schiff auf Befehle wartete, blickte hinüber zu Hardred, der auf der *Wada* die parallele Reihe fünfzig Meter windwärts anführte, und deutete bestimmt auf die Hafeneinfahrt. Die Galeeren hatten ihn einmal auf offener See überrascht. Nun würde er die Rollen tauschen.

Als sie unter Segeln heranrasten, steuerten die Schiffe in ihre Angriffsformation. Die Katapultträger ganz vorne, in einer einzigen Reihe, so nah beieinander, wie es die Seemannskunst vermochte, die Langschiffe links und windwärts von der Linie. Falls Shef sich getäuscht hatte und der Feind sie mit Feuerstrahlen empfing, dann sollten es zumindest die Wikingerschiffe schaffen, umzudrehen und zu entkommen. Aber bevor das nötig wurde, sollten die Katapulte ihr Geschäft erledigt haben.

„Zieht Tolman herein", befahl Shef, als sich die Hafeneinfahrt vor ihnen öffnete. Tolman deutete immer noch beständig nach rechts, was Shef von der Furcht einer plötzlichen Attacke aus einer unerwarteten Richtung befreite. Cwicca war hinter der Zielevorrichtung am vorderen Muli und drehte mit jedem Ruderschlag seine Waffe herum, so dass sie genau auf die Oberseite der Hafenmauer fixiert blieb. Was war auf der anderen Seite? Eine Galeere, die schon auf sie zuhielt? Falls dort eine war, würde sie binnen Momenten versenkt. Ihr Feuer konnte in weniger als einigen Momenten gestartet werden. Als die Mauer herankam, jetzt nahe genug, um sie mit einem Steinwurf zu erreichen, verließ Shef seinen Platz am Steuerruder und marschierte nach vorn zur Katapultplattform am Bug. Falls das Feuer dort war, musste der König sich ihm als Erster stellen.

Als sich der Bug der *Fafnisbane* durch die fünfzig Meter breite Einfahrt schob, sah Shef, wie Cwicca seine Hand senkte. Der Mann am Abzug zog an seinem Hebel, der Muliarm schleuderte nach oben, wie immer zu schnell, um ihn zu sehen, und die Schlinge an seinem Ende wirbelte herum wie ein verrückter Werfer. Shef hörte ein Krachen von Holz und wartete für qualvolle Sekunden, während die *Fafnisbane* weiterfuhr und die inneren Mauern des Hafens in Sicht kamen. Dann Erleichterung wie ein kalter Schauer. Die nächste Galeere war dreißig Meter entfernt und immer noch an Heck und Bug vertäut. Es waren Männer an Bord und Pfeile schossen von ihr herüber, während er sie beobachtete, krachten in die Holzplanken und einer in einen Schild, der hastig vor ihm hochgerissen wurde. Aber kein Rauch, kein Röhren von Blasebälgen. Sie waren völlig überrascht worden.

Die erste Galeere versank bereits, so vertäut, wie sie war, weil Bug und Kiel vom ersten Mulistein zerschmettert worden waren. Shef rannte hastig zurück zur Heckplattform, deutete auf das zweite Schiff und befahl Osmod, mit dem Schuss zu warten, bis der erweiterte Winkel ihm ein freies Schussfeld gab. Als sich Schiff um Schiff der Wegemännerflotte durch die Hafeneinfahrt schob, drehten sie in eine lange, gebogene Linie, angeführt von *Fafnisbane* und *Wada*, und ließen einen Hagel aus Mulisteinen auf die aufgereihten Galeeren niederregnen, wie bei einer Zielübung gegen die Mauer, gerade etwas weiter, als ein schwacher Bogenschütze käme.

Shef ließ sie immer weiter schießen, bis ihre Feinde nichts als Holzspäne waren, während Bug und Heck von den Tauen baumelten, aber zwischen ihnen nur noch zerschmetterte Planken und hie und da ein Glitzern von Kupfer trieben. Es kam keinerlei Widerstand von den Galeeren. Shef sah Männer von ihnen wegrennen – erstaunlich wenige, wie er urteilte. Der einzige Widerstand, den es gab, kam von Steffi, der immer wieder den Arm des Königs packte und darum bettelte, dass er die Steine stoppen und ihm die Erlaubnis geben sollte, einen Trupp an Bord zu führen, um die Siphons und Brennstofftanks des Feindes zu erbeuten. Shef schüttelte ihn jedes Mal geistesabwesend ab, wie eine Kuh eine Pferdebremse abschüttelt. Es fing an, so auszusehen, als

sei die feindliche Flotte einfach nicht bemannt gewesen. Aber er würde für Steffis Neugierde keine Risiken eingehen.
Schließlich hob er beide Hände zum Befehl „Beschuss einstellen" und wandte sich an Ordlaf. „Wir werden dort drüben anlegen, bei der Mauer, wo alles frei ist. Vier Schiffe nebeneinander. Dann können wir anfangen, die Männer und Vorräte abzuladen. Also, Steffi?"
Steffis Augen waren voller aufrichtiger Tränen, er bettelte und flehte jetzt. „Nur zwanzig Männer, Herr König, zwanzig Männer für die Zeit, die es dauert, anzulegen und abzuladen. Das ist alles, worum ich bitte. Sie sind jetzt gesunken, aber es könnte einiges geben, das wir bergen können, einen vollen Öltank, der von diesen Steinen nicht zerschmettert wurde, das würde mir schon reichen."
Eine Erinnerung kam in Shef selbst wieder hoch, als er auf den Mauern von York Brand auf ähnliche Weise um zwanzig Männer gebeten hatte, um ein Katapult zu erbeuten, damit er sehen konnte, wie es funktionierte. Brand hatte es ihm verweigert und stattdessen befohlen, dass er sich der Plünderung der Stadt anschließen sollte. Es hatte keine Plünderung gegeben, aber nun war er der Uninteressierte, der sich auf seine eigenen Ziele fixierte.
„Zwanzig Männer", stimmte er zu. „Aber halte sie so bald wie die anderen zum Marsch bereit."
Farman war an seiner Seite, er riss die Augen weit auf und blinzelte nicht, als würde er etwas weit Entferntes sehen. „Wirst du alle Männer mitnehmen?", fragte er.
„Ich werde natürlich eine Wache auf den Schiffen lassen."
„Dann werde ich bei ihnen bleiben", sagte der Seher. „Du hast genug Männer für den Krieg."
Keine Zeit, um zu streiten oder nachzufragen. Shef nickte zustimmend und wandte seine Aufmerksamkeit dem Problem zu, seine Armee an Land zu bringen und seine Flotte abzusichern. Es schien beinahe niemand in Ostia zu sein, sicherlich kein Hauch von Widerstand. Die wenigen Griechen, die bei der Flotte gewe-

sen waren, waren geflohen. Shef nahm die Goldringe von einem Arm, hielt sie verlockend in seiner Hand, rief Cwicca und drei Armbrustschützen als Leibwächter und marschierte auf die naheliegendste Ansammlung an Hütten beim Hafen zu. Sicherlich würde ihm die Gier Neuigkeiten bescheren. Nicht, dass er viel über sein Ziel wissen musste. Dies war Ostia, und fünfzehn Meilen weiter lag Rom. Es erreichen, es plündern, den englischen Papst töten. Selbst der Versuch, das zu tun, würde den Kaiser auf ihn ansetzen, und dann würde ihr langer Disput geklärt werden. Die seltsame Sache war, dass Shef seine Fantasie nicht dazu bringen konnte, daran zu denken, dass der charismatische Bruno verlieren könnte. Vielleicht war er bereits todgeweiht, wie die Engländer sagten, bereits von der Lähmung des nahenden Todes ergriffen. Er marschierte auf die Hütten zu, schwenkte das Gold und pflückte Unkraut als Zeichen des Friedens.

Der Kaiser der Römer erfuhr die Nachricht von der Zerstörung der Flotte seiner Verbündeten in einem Rom, das die Zeichen seiner eigenen harten Hand trug. Rauch stieg hinter dem Kapitolshügel in einer Säule in den Himmel und wurde vom anschwellenden Wind fortgeblasen. Leichen lagen unbeerdigt auf den Straßen: Die Faulenzer und Kanalratten von Rom hatten seinen schwer bewaffneten Truppen nur wenig Widerstand entgegensetzen können. Sie hatten ihre Knüppel und Pflastersteine und Barrikaden aus Karren, und sie hatten versucht, ihren Papst gegen einen ausländischen Eindringling zu verteidigen, und sie hatten den Preis dafür bezahlt. Weder die Stadt noch die Kirche von Rom hatten bis jetzt einen Nutzen davon gehabt, dass der Kaiser von Rom ihren Schutz geschworen hatte.

Nur für den Augenblick, dachte Bruno. „Kopf hoch, Mann“, fügte er an den griechischen Admiral Georgios gewandt hinzu, als er dessen schockierte Miene sah. „Zeit, Eure Flotte diesen Winter wieder aufzubauen. Euer Kaiser wird keinen Verlust erleiden, Ihr habt mein Wort.“

Kopf hoch?, dachte Georgios. Alle meine Galeeren an einem Morgen versenkt, zerstört wie so viele arabische Flotten. Meine Seemänner zum Straßenkampf gegen Gassenjungen für einen fremden Kaiser gezwungen. Und das Geheimnis des Griechischen Feuers – sicher ist das nicht verloren. Aber es könnte doch sein. Dieser Mann ist wahnsinnig.

Der Großteil seiner Ratgeber wirkte nachdenklich, bemerkte Bruno. Bei Georgios gab es wohl Grund genug. Aber auch Agilulf … Seine Laune hob sich im perversen Gegensatz zu deren Stimmung.

„Also gut", sagte er. „Sie haben uns unten in Ostia unvorbereitet erwischt. Wir haben immer noch ein wenig Schwierigkeiten mit dem Abschaum in der Stadt. Papst Johannes entkommt immer wieder meinen Händen. Nun, hört zu. *Das ist alles egal.* Nicht wahr, Erkenbert, Eure Heiligkeit? Denkt daran, was Arno der Kaplan zu sagen pflegte. Man muss bei jedem Feldzug den Schwerpunkt finden, den Teil, der wichtig ist. Es gibt hier nur eine wichtige Sache, nur eine Sache, die jemals wichtig war, jetzt, wo wir den Gral haben. Das ist, meinen Feind, den Einen König, ein für alle Mal zu besiegen. Wenn wir das schaffen, wird alles andere einfach. Die Stadt wird in einer Woche unter Kontrolle sein. Johannes wird von irgendeinem Verräter hergebracht werden. Die Flotte kann wieder aufgebaut werden. Aber wenn wir es *nicht* schaffen …"

„Werden uns alle anderen in den Rücken fallen", fasste Agilulf zusammen, „und wir werden auch zerbrechen." Er sagte die letzten Worte mit einem seitlichen Schielen zu Georgios. Agilulf hatte nicht vergessen, wer ihn und seine Männer in Feuer getaucht hatte, und hatte auch nicht Georgios' Erklärung eines unglücklichen Unfalls geglaubt.

„Aber wir werden es schaffen", sagte Erkenbert. Papst Petrus II., wie er sich jetzt nannte. Er hatte seine verblichene schwarze Robe noch nicht abgelegt und gegen päpstliche Roben eingetauscht. Die wahren Insignien hatte man nicht erbeutet, auch war sein

Aufstieg auf den apostolischen Thron nichts als eine überhastete und unorganisierte Angelegenheit, der kaum ein Drittel des Kardinalskollegiums beiwohnte. Dennoch hatte der Kaiser Recht. Die Kardinäle konnten erneut zusammengerufen werden, die Insignien erbeutet oder neu gemacht. Im Fall eines Sieges.

„Ich bin bereit, das Papsttum beiseitezulassen und zu meiner Pflicht als Kamerad in der Armee des Kaisers zurückzukehren", fuhr Erkenbert fort. „Kriegswolfs Nachfolger sind bereit. Sie werden ins Feld ziehen, sobald der Befehl kommt."

„Wie können wir einen Belagerungszug gegen eine marschierende Armee nutzen?", fragte Agilulf.

„Wer weiß?", antwortete der Kaiser. „Wir stehen keinem gewöhnlichen Mann gegenüber, vergesst das nie, Ihr alle. Er hat jeden Feind getäuscht, der sich ihm entgegenstellte. Sogar mich. Aber am Ende konnte er mich nicht um den Gral bringen. Wir müssen so gerissen sein wie er. Danke, Eure Heiligkeit. Wenn jeder Mann in meiner Armee Euer Herz hätte, wäre uns der Sieg sicher."

„Der Sieg ist sicher", sagte Erkenbert. *„In hoc signo vinces,* unter diesem Zeichen wirst du siegen." Durch das zerbrochene Fenster der geplünderten Villa deutete er auf das Banner, auf dem das *Graduale* eingearbeitet war und das über das goldene Reliquiar gepflanzt war, das jetzt den Gral selbst beherbergte. Vier Ritter standen dort immer Wache, voll bewaffnet, mit gezogenen Schwertern, Symbole der neuen streitbaren Kirche und der Schenkung des Petrus.

Das ist auch das Symbol des Feindes, dachte Agilulf. Zwei Seiten mit demselben Zeichen. Zwei kluge Anführer. Zwei, vielleicht dreitausend echte Männer auf jeder Seite und Gott weiß wie viel Abschaum auch noch auf unserer Seite. Dies ist eine Schlacht, die durch Kleinigkeiten entschieden wird.

Die Armee der Wegemänner stapfte beständig die große Steinstraße entlang, die vom Hafen zur Stadt Rom selbst führte, dem Zentrum der Welt. Die verwunderten und erstaunten Rufe der

Männer waren erstorben, als der Marsch weiterging und ihr Kampfgeist von der gewaltigen Größe der Steinblöcke niedergeschlagen wurde, die entlang der Straße lagen, den Steinhäusern an jedem Hang, dem Gefühl großen Alters und lang verlorener Stärke, die das Land trug. Sie hatten Stamford gesehen und das war im Vergleich bloß ein Dorf. Sie hatten auch Cordoba gesehen, und das war kein Dorf, sondern eine Metropole, die nach Zahlen und Handel und Reichtum sogar Rom klein aussehen ließ. Aber Cordoba war ein Dorf gewesen, als Rom die Welt beherrschte. Es herrschte der Eindruck, dass jeder Spaten, den man in dieses Land rammte, den Staub der einstigen Größe heraufbringen würde.

Die Männer steigerten sich in ihre Nervosität hinein, dachte Shef. Er hatte unter Guthmund hundert Wikinger vorausgeschickt, die immer begierig darauf waren, bei jeder Chance auf Beute die Ersten zu sein. Er hatte gewollt, dass sie von der Straße wegbleiben und die Seitenstraßen auf Hinterhalte überprüfen. Es gab zu viele Hecken, zu viele Mauern. Im starken Sonnenlicht waren sie wieder auf die Straßenmitte zurückgekehrt und marschierten in einem bewaffneten Trupp bloß hundert Meter vor den Armbrustschützen, die seinen Katapultzug eskortierten. Sobald sich die Sonne eine weitere Handbreit bewegt hätte, würde er einen Halt zum Ausruhen befehlen und die Formation ändern.

Auf dem Hügel zu seiner Rechten bliesen Trompeten. Andere antworteten von links. Ein Hinterhalt, gegen die lange, gewundene Reihe aus Männern und Maschinen? Er hoffte es. Jeder Hinterhalt von den Flanken müsste Ellen an rauem Terrain unter fünfhundert vorbereiteten Armbrustschützen überqueren.

Die leichte Reiterei brach stattdessen aus einem Olivenhain kaum fünfzig Meter vor der Wikingervorhut. Shef hatte kaum Zeit, sie zu sehen, die breitkrempigen Hüte und zehn Fuß langen Spieße der Kuhhirten aus der Camargue zu bemerken, die durch das Edikt des Kaisers aus ihrer Heimat gerissen worden waren, als die Spieße aus der Vertikalen zum Angriff gesenkt wurden und alle in einer sofortigen Staubwolke verschwanden.

Die Wikinger waren überrascht, aber nicht schockiert. Augenblicklich wurden Schwerter gezogen und Äxte in die Schlaghand gewechselt. Automatisch veränderte sich die lose Truppe vom Marsch zu einer dichten Front aus erhobenen Schilden und drohenden Speeren. Die Kuhhirten unternahmen keinen Versuch zum direkten Ansturm, sondern bogen ab und ritten an den Flanken entlang. Aus der Reihe an sattellosen Pferden schnellten die Spieße hervor und zielten auf Gesichter oder Kehlen. Männer schrien und wichen gegen ihre Kameraden zurück. Die beiden Pferdereihen schwangen hinter den Fußsoldaten in einem verwirrenden Zickzack herum, schossen zurück, stachen ihre Spieße wieder in die Schwachpunkte in der erschütterten Kampfreihe, auf Männer, die immer noch in die falsche Richtung blickten, schüttelten ihre Waffen und riefen ihre Kampfschreie, um einem Feind zu trotzen, der ihnen direkt gegenüberstand.

Armbrustschützen hatten ihre Waffen gespannt und sprinteten vor, um einen Platz zum Schießen zu finden, dann rannten sie in der Hoffnung weiter nach vorn, durch den Staub zu gelangen. Shef sah, wie sich einer hinkniete und sorgfältig auf einen Reiter zielte, der zwanzig Meter vor ihm kurvte. Der Reiter glitt aus seinem Sitz – er hatte keinen Sattel – und hängte sich an die Mähne und mit seiner Ferse über den Rücken auf die andere Seite seines Pferdes. Als der Armbrustschütze sein Ziel änderte, um das Pferd zu Fall zu bringen, wenn nicht den Reiter, stürmte ein weiterer schreiender Zentaur aus dem Staub, spießte ihn zwischen den Schultern auf, neigte den Spieß, um die Spitze zu befreien, und schoss davon, dann sprang er über eine Mauer wie ein gehetzter Hirsch und verschwand unter den Bäumen.

Die Trompeten hallten wieder von jeder Seite und Männer schauten hastig in alle Richtungen. Nichts passierte. Durch die Stille konnte Shef das pfeifende Geräusch hören, wenn ein Mann durch die Lunge aufgespießt wird. Der Staub legte sich auf Leichen, die auf der Straße lagen. Nicht viele, ein Dutzend, und noch einmal so viele, bei denen sich ihre Kameraden über sie beugten und die

Tiefe ihrer Wunden untersuchten. Kein Anzeichen des Feindes. Nicht ein Mann oder Pferd zurückgelassen und kaum ein Bolzen auf sie geschossen oder Hieb gesetzt. Sie konnten es jederzeit wieder tun. Shef begann, Befehle zu brüllen, um seine Formationen wiederherzustellen und neu zu organisieren.

Eine lange, heiße Pause auf der staubigen Straße, während die Verwundeten auf Mulis oder Karren geladen wurden, dann begann sich die Kolonne wieder vorwärtszubewegen. Shef hatte etwas genauer über das Problem mit den Hinterhalten nachgedacht. Er hatte achthundert Armbrüste, gemischt mit dreihundert englischen Hellebardieren als Unterstützung im Nahkampf, denen die Armbrustschützen mehr vertrauten als ihren Wikingerverbündeten. Es waren vielleicht tausend von den Wikingern, schwere Infanterie von der Art, die auf so vielen Schlachtfeldern die Entscheidung gebracht hatte, ehe der Weg nach England gekommen war. Alle Mulis waren an Bord der Schiffe gelassen worden, weil es Shef widerstrebte, ihr Gewicht von eineinviertel Tonnen über unbekannte Entfernungen zu transportieren. Stattdessen rollte ein Dutzend der Torsionspfeilwerfer, der Waffen, die die Wegemänner Drehschießer nannten, hinter ihren Mulipaaren entlang, während ihre Mannschaften neben ihnen marschierten. Und dann war da Steffis Truppe. Shef war sich nicht länger sicher, was sie dabeihatten, weil sie bei der Etablierung ihres eigenen Emblems und Handwerks immer geheimnistuerischer zu werden schienen. Sie hatten sicherlich ein halbes Dutzend Katapulte vom alten Traktionstyp dabei, zum leichteren Transport in Einzelteile aus Balken und Seilen zerlegt. Kein Nutzen auf dem Marsch, aber man musste sie trotzdem beschützen.

Die Kolonne marschierte jetzt voran mit einer soliden Truppe Armbrustschützen an der Front, zwischen denen Hellebardiere verteilt waren. Weitere Armbrüste waren an den Flanken und verursachten ständige Stopps, als sie über die Mauern privater Villen und Kanäle kletterten, die gelegentlich unter der Steinstraße verliefen. Im Zentrum der Kolonne stapften die Schwert- und Axtkämpfer der Wikinger auf jeder Seite der Muligespanne entlang, wobei sie unter dem ungeliebten Spott, dass sie Schutz bräuchten, recht unmotiviert marschierten. Falls die Kuhhirten wiederkamen, vermutete Shef, würden die Armbrüste einige Sättel leeren, wenn sie angriffen, und viele mehr, wenn sie sich zurückzogen. Die Hellebarden würden zumindest die leichten Pferde abhalten.

Die Kuhhirten kamen nicht wieder. Die Kolonne stieg einen leichten Hang hinauf und begann, schneller hinunterzumarschieren: Und dort, in der mittleren Entfernung, sah Shef die glänzenden Mauern der Ewigen Stadt, eine Ansammlung von Hügeln, die scheinbar mit Steingebäuden, Säulen und Kuppeln bedeckt waren, die die Sonne reflektierten. Als er in die Entfernung starrte, erhaschten seine Blicke plötzlich die vertraute steigende und fallende Flugbahn eines Onagersteins. Keine Zeit, zu raten, wo er hinflog. Shef warf sich sofort seitlich von der Straße, rollte sich schmerzhaft auf dem Stein ab und richtete sich auf blutigen Knien auf, um zu sehen, wo der Stein gelandet war. Eine Staubwolke hing dreißig Meter vor ihm immer noch in der Luft und Steinfragmente flogen herum, wo der Felsen auf der steinernen Oberfläche der Straße zerbrochen war. Aber davor war eine Schneise durch die marschierenden Armbrustschützen geschlagen, fünf Mann breit, wobei auf jeder Seite Männer lagen, von denen sich einer mühte, auf seine eingedrückte Brust hinabzusehen, die ihn in wenigen Augenblicken töten würde. Als die Überlebenden schockiert die zerschmetterten Männer anstarrten, sah Shef, wie eine weitere Schneise aufgerissen wurde, und noch eine, wie Männer zu Boden gingen wie Getreidehalme vor einer Sense. Und immer noch starrten sie umher, einige von ihnen spannten ihre Armbrüste verunsichert gegen einen unsichtbaren Feind. Shef rannte auf sie zu, brüllte sie an, dass sie sich verteilen sollten, von der Straße weggehen, sich hinlegen, hinter Mauern springen. Als sie das taten, zerschmetterte ein weiterer fliegender zwanzig Pfund schwerer Stein den Straßenbelag und schleuderte Splitter hoch. Zwanzig, dreißig Männer waren bereits gefallen und es hatte immer noch niemand den Feind gesehen. Aber dort war er, Shef konnte die Batterie sehen, die eine halbe Meile entfernt an der Flanke eines Hügels aufgebaut war, wo sich Männer sorglos um ihre Maschinen bewegten, Seile aufrollten und zielten. Sie würden in einem Augenblick wieder schießen. Shef duckte sich, als ein weiterer Felsen vorbeizischte und dieses Mal zu weit ging. Hinter ihm verteilten sich die Muligespanne abseits der Straße, die Wikinger hockten in unwürdigen Stellungen hinter Bäumen und Mauern.

Genau dort waren sie. Shef machte sein Fernglas scharf und erwischte ein klares Bild der Männer um die Maschinen. Er konnte Erkenbert, den er beinahe erwartet hatte, nicht sehen. Aber der musste mittlerweile viele Männer angelernt haben, damit sie seinen Platz einnehmen konnten. Wie sollte er zu ihnen kommen? Seine einzigen Waffen mit der Reichweite, um sie zu erwischen, waren die Drehschießer. Sie würden reichen, besser gegen Männer als gegen Maschinen. Shef schrie nach hinten, sah, wie die Katapultmannschaften ihre Mulis ausspannten, ihre Waffen vorbereiteten, herumdrehten, die langsame Arbeit des Spannens und Zielens anfingen. Und während sie das taten ... Ein Stein zischte über seinen Kopf, weil sich die Onager jetzt auf die Pfeilwerfer konzentrierten. Shef rannte brüllend vorwärts zu seinen erschütterten Armbrustschützen.

Für lange Augenblicke wollten sie sich nicht bewegen und gehorchten der instinktiven Furcht vor Geschossen, die aus der Entfernung geflogen kamen. Sich ducken, nicht bewegen, wegkriechen. Shef brüllte, trat einen Mann auf die Füße, appellierte an ihre Ehre und ihren Stolz. Der Anblick eines Mannes, der auf den Füßen war, ohne sofort niedergeschossen zu werden, brachte etwas Vernunft zurück und erinnerte sie an die zweifelhafte Genauigkeit der Mulis gegen Ziele aus Einzelpersonen. In einem schlenkernden Lauf begannen die Armbrustschützen sich vorwärtszubewegen. Shef rief ihnen zu, nicht weiterzulaufen. Zehn

oder zwanzig Schritte laufen, sich ducken, während ein anderer rannte, wenn er in Deckung ging, wieder weiterlaufen. Nicht geradeaus laufen. Es allen unmöglich machen, auf sie zu zielen.
Vom Hang auf einer Seite der Onager beobachteten Erkenbert und sein Kaiser die hastig organisierte Attacke. Für sie sah es aus, als ob der Abhang ihnen gegenüber mit ausschwärmenden Ameisen bedeckt sei, von denen sich keine stetig weiterbewegte, aber die gesamte Masse kam doch ständig näher. Inzwischen flogen die Geschosse der Katapulte hin und her. Einer aus Erkenberts Mannschaft wurde nach hinten geschleudert, seine Wirbelsäule von dem fünf Fuß langen Pfeil zerfetzt. Ein Drehschießer, direkt von einem Katapultstein getroffen, zerbarst in Stücke und seine überspannten Seile peitschten über Arme und Gesichter.
„Ich habe ihn dort für ein oder zwei Augenblicke gesehen", kommentierte Bruno. „Schade, dass er nicht lange genug dastand, dass Eure Männer auf ihn zielen konnten. Das würde die Angelegenheit sofort erledigen."
„Genau wie Euer Tod", antwortete Erkenbert.
„Er hat mich noch nicht einmal gesehen."
Armbrustbolzen begannen am Rand ihrer Reichweite zwischen den Felsen um die Onagerbatterie zu landen. Die Mannschaften zuckten zusammen und sahen sich um. Unmöglich, einen tonnenschweren Onager abzubauen und vor dem Ärger wegzurollen, dachte Shef, nicht in Eile. Wenn er weiterdrängte, konnte er die gesamte Batterie erbeuten, vielleicht hatten sie keinen sofortigen Angriff erwartet.
Oder vielleicht hatten sie das. Sie hatten bisher alles an dieser Schlacht bestimmt. Mit einer so tiefen Furcht, dass sie sich wie ein Krampf in seinem Brustkorb anfühlte, erinnerte sich Shef an König Karl den Kahlen und wie er beim Versuch, die Maschinen zu erbeuten, die ihm verlockend gezeigt wurden, immer weiter vordrang. Jetzt tat er genau dasselbe. Aber diesmal war es sein Feind, der die Landschaft kannte und einen Plan hatte und er, der im Vertrauen auf überlegene Waffen vordrang.

„Anhalten“, rief er, „stehenbleiben, sammeln und schießen. Hört auf zu rennen!“ Seine Stimme erreichte nur die, die ihm am nächsten waren, der Rest sah die Feinde schwanken und hastete weiter, um sie zu erreichen und Rache für die Schrecken zu nehmen.

„Das ist genug“, bemerkte Bruno und nickte seinem Trompeter zu. Aus dem toten Raum zwischen Armbrüsten und Onagern, hinter Olivenhainen und Villenmauern kamen die schweren Pferde hervor, der Ruhm der kaiserlichen Armee, mit glänzenden Rüstungen, Stahlhufen, die Funken aus dem Stein schlugen, gesenkten Lanzenspitzen. Jede Gruppe ritt direkt auf ihre Feinde zu und machte keinen Versuch, eine geordnete Linie zu bilden. Ihr Ansturm kam aus nicht mehr als fünfzig Metern Entfernung, fünf panische Herzschläge für einen ungepanzerten Mann, auf den Kriegshengste zustürmten.

Shef, der ein wenig hinter die schnellsten Armbrustschützen zurückgefallen war, sah, wie sie anhielten, zögerten und dann fast bis zum letzten Mann umdrehten und rannten, auf dem steinigen Abhang von einer Seite auf die andere sprangen, um den Lanzen hinter ihnen zu entkommen. Ein Mann fiel auf ein Knie und schwang seine Armbrust hoch. Als er den Abzug zog, traf ihn eine Lanze, hob ihn vom Boden hoch und der Bolzen flog direkt in den Himmel. Die Lanzenritter kamen herbei mit der Kunstfertigkeit von Männern, die seit ihrer Kindheit im Sattel saßen, trieben ihre Lanzen weiter, dann, als sie brachen oder in den ausgestreckten Leichen festhingen, wirbelten sie Breitschwerter aus den Scheiden an ihren Sätteln. Shef bemerkte plötzlich, dass ein Reiter ihn als Ziel ausgesucht hatte. Ihre Blicke trafen sich, dann sprang das Pferd auf ihn zu. Schaum tropfte aus seinen Nüstern, als der Reiter ihm die langen, spitzen Sporen gab. Shef fasste nach einer Armbrust, griff an seinen Gürtel und bemerkte, dass er bis auf ein Messer am Gürtel wieder einmal unbewaffnet war. Weglaufen war eine Schande, er würde von hinten zerhackt, eine Lächerlichkeit für die Zukunft. Sollte er versuchen, sich unter dem Hieb wegzuducken?

Ein schubsender Arm ließ ihn zur Seite stolpern, ein breiter, metallgepanzerter Rücken füllte sein Blickfeld. Es war Styrr, der in der Hitze japsend von der Wikingerkolonne weiter hinten heraufgerannt war. Der Franke – er trug nicht die Lanze eines Lanzenritters auf seinem Schild – ließ seinen Hengst allein durch Kniedruck drehen, um rechts an Styrr vorbeizureiten, sein Schwert hoch erhoben für den Schlag. Als er das tat, schwang Styrrs eigener rechter Arm mit schrecklicher Wucht, der Axthieb mit dem ganzen Gewicht des Mannes wurde konzentriert und voller Hass hinter den eisengepanzerten Kopf geschleudert. Auf das Pferd gezielt – nicht den Reiter. Das Knacken einer Hacke auf dem Metzgerblock und der Lanzenreiter fiel nach vorn über den Kopf seines Pferdes, rollte wie eine Kugel und kam direkt vor Shefs Füßen zum Stehen. Ohne nachzudenken, schlug ihn Shef mit geballter Faust seitlich ans Kinn, wie es ihm der lang verstorbene Karli in den Sümpfen des Ditmarsch gezeigt hatte. Als der Lanzenreiter zurücktaumelte, riss Styrr eine Klinge hoch, stach ihn in den Nacken und drehte sich sofort wieder um, um sich jedem neuen Feind zu stellen.

Der Hang war wieder frei, die Reiter waren verschwunden, als wären sie die Illusion eines Hexers gewesen. Wieder in Deckung. Als Shef sich umsah, um zu verstehen, was passiert war, schoss ein Onagerstein so nah an seinem Kopf vorbei, dass die verdrängte Luft seinen Kopf nach hinten warf. Alles zu schnell, dachte er benommen. Ehe eine Sache erledigt ist, fängt eine andere an.

Styrr schnaubte, als er versuchte, seine Axt dort herauszuziehen, wo sie tief im Schädel des Streitrosses begraben war, schnaubte wieder, zerrte eine Ecke frei und zog sie heraus. Er sah sich besorgt die Klinge an, dann grinste er.

„Das hab ich noch nie gemacht“, sagte er. „Was jetzt?“ Die Wikinger, erinnerte sich Shef, konnten geschlagen werden, gerieten aber nie in Panik. Er sah sich um und begann erneut, Befehle zu rufen. Eine Sache war klar. Er würde nicht weiter in ein Labyrinth voller Fallen vordringen. Die Frage war, konnte er sich jetzt zurückziehen?

Kapitel 32

„Der Brunnen ist vergiftet“, sagte Hund.
Shef starrte ihn an, dann starrte er in den Eimer hinunter, den Hund gerade untersucht hatte. Grüner Schleim überzog den Eimer, das Wasser war schmutzig. Das war egal, er konnte es trinken. Er hatte gedacht, er würde gleich vor Durst sterben, als er das Dorf der Ketzer erreicht und sich geweigert hatte, zu trinken. Das hier war schlimmer. Es war kein Stolz beteiligt, es war Wasser, es sah in Ordnung aus …
Hund riss den Eimer aus seinen Händen und sah ihn voll bitterer Feindschaft an. „Vergiftet, habe ich gesagt! Und wenn es schlecht für dich ist, was ist mit meinen Verwundeten?“
Shef leckte mit der Zunge über seine trockenen Lippen. Es war schon Nacht. Der ganze lange Nachmittag und kurze Abend waren ein Kampf über sengendem Staub und Stein gewesen, sie hatten sich um eine Villa auf dem Hügelgipfel gesammelt, die ihren eigenen Brunnen haben musste. Wie es jedes Mal an diesem Tag geschehen war, hatte der Feind schneller gedacht. Er wusste nicht, ob es ein toter Mann unten im Brunnen war oder etwas Sichereres, vielleicht Giftbeeren. Er musste Hund beim Wort nehmen. Er brauchte Wasser. Es gab eine Reihe an Verwundeten, die in unheilvoller Stille dalagen. Styrr, der sein Leben gerettet hatte, sah ihn schweigend an. Styrr konnte Hitze und Durst weniger gut aushalten als die meisten Männer. Draußen war die Nacht von einem ohrenbetäubenden Chor von Grillen auf den Olivenbäumen erfüllt: Genug Lärm, um jeden Hinterhalt zu decken. Genau das wollte der Feind.
Brand schob gerade jemanden nach vorn, einen alten Mann mit grauem Bart. Es gab immer jemanden, hatte Brand Shef erklärt, wie er sich erinnerte, der beschloss, vor Ort zu bleiben, egal, welche Bedrohung auf ihn zukam.

„Frag ihn, wo das nächste Wasser ist", befahl er. „Skaldfinn, übersetze."
Das Geplapper, das folgte, klang für Shef wie Kirchenlatein. Die Leute hier waren, wie er annahm, die degenerierten Nachfahren der alten Römer, die immer noch ihre Sprache sprachen, aber schlecht, wenn auch nicht so schlecht wie die Franzosen.
„Er sagt, im Aquädukt am Fuß des Hügels. Es kommt aus Rom, das von seinen eigenen Aquädukten versorgt wird."
„Was ist ein Aquädukt?"
„Wie ein Kanal, nur aus Ziegeln oder Stein gebaut."
War der Graubart aus Torheit oder Schwäche zurückgeblieben, fragte sich Shef, oder wurde er zurückgelassen, um mir genau das zu sagen? Er wird lügen. Ich muss die Wahrheit wissen. Ragnar, Ivars Vater, Svandis' Großvater, er wusste, wie man mit solchen Leuten umging, das erzählte mir Cuthred einst. Ich frage mich, ob ich das selbst auch kann?
Er trat zu dem alten Mann hinüber, drückte ihn auf die Knie und schob einen Daumen kräftig in einen seiner Augenwinkel. Ragnar ließ sich nur zu diesem Zweck seinen rechten Daumennagel lang wachsen, erinnerte er sich flüchtig. Das musste die Aufgabe einfacher gemacht haben. Er hatte die Gewohnheit, ein Auge auszukratzen, *ehe* er eine Frage stellte, nur um zu zeigen, dass er es ernst meinte. Das kann ich nicht ganz tun.
„Sag ihm, ich werde seine Augen auskratzen, außer er kann mir erklären, warum ich ihm vertrauen sollte", sagte er mit eiskalter Stimme.
„Wie kann er dich dazu bringen, das zu glauben?", antwortete Skaldfinn.
„Ich weiß nicht. Das muss er selber herausfinden."
Der alte Mann schluchzte jetzt, Shef konnte die Tränen unter seinem Daumen fühlen und festigte seinen Griff noch etwas, um das zu kompensieren, als das Geplapper weiterging. Hund starrte ihn jetzt an, sein Gesicht vor Hass verzerrt, seine Hand bereit für einen Griff, um den alten Mann zu retten, aber unfähig, es zu

tun, ohne ein Entgleiten zu riskieren. Svandis war auch da und wirkte verunsichert – sie prahlte oft genug mit ihrem Großvater, sollte sie nun sehen, wie das wirklich war. Brand runzelte die Stirn. Styrr grinste.

„Er sagt, es gibt keinen besseren Platz, aber die Soldaten des Kaisers werden schon warten, er hat sie reden gehört, nicht alle sind Deutsche. Ich glaube, er sagt die Wahrheit", fügte Skaldfinn an. „Er versucht nicht, uns in eine Falle zu locken. Er erzählt uns, dass es die Falle gibt."

Shef ließ den alten Mann zu Boden sinken. Heute hatte er alles falsch gemacht. Zeit, es wieder gut zu machen.

„Wir werden das Wasser kriegen", sagte er. „Sucht Steffi, Cwicca und Osmod."

„Nichts, was wir Nordmänner tun könnten?", fragte Styrr heiser.

„Arbeit für Loki", antwortete Shef.

„Was habt ihr, das wir benutzen können?", wollte Shef wissen. Niemand sprach jetzt mehr Worte, als er musste. Ihre Kehlen waren zu trocken.

„Genügend Fackeln", antwortete Steffi. „Wir haben sie verbessert. Beim letzten Mal musste ich sie entzünden und dann halten, wisst Ihr noch? Jetzt wissen wir, dass Seil, das in eine Lösung aus diesem Salpeterzeug getränkt wird, gut brennt und im Flug nicht ausgeht."

„Was noch?"

„Ich habe versucht, eine Art von … Griechischen Feuerbällen zu machen, die wir werfen, nicht spritzen, können."

„Funktionieren sie?"

„Ich bekomme sie nicht dazu, zu explodieren, wenn sie landen. Aber sie setzen alles in Brand und Wasser löscht sie nicht, es verbreitet die Flammen nur. Sie sind aus Rinde gemacht, mit Sulphur und Salpeter und in das griechische Öl getränkt. Alles in gewachste Baumwolle genäht. Zündschnüre dran, um sie zu entzünden."

„Das wird reichen.“ Shef hustete wieder, als sich der Staub in seine Kehle legte. Draußen war der Hang, der hinunter zum Aquädukt führte, stockfinster, es schien noch kein Mond. Bäume und Mauern und die Hütten der Armen gaben Deckung. Er hatte keinen Zweifel, dass die Feinde dort auf seinen Ausbruch warteten. Shef begann, seine Anweisungen zu krächzen.
Als die Verwundeten versammelt wurden, zu Fuß oder auf Tragen, riefen die Späher, die die anderen Seiten des Lagers bewachten, und Cwiccas Katapultmannschaften machten sich an die Arbeit. Es gab keinen Bedarf für Stille, aber wenig Wunsch nach Reden. Die Drehschießer waren in einem groben Bogen Richtung hangabwärts und nach rechts aufs Meer zu aufgebaut. Dahinter hatte Steffi seine Zugwerfer aufgestellt. Auf Befehl begannen seine Männer, die vorbereiteten Feuerbälle den Hang hinunterzuschießen, nach unten und nach rechts. Auf Shefs Anweisung war nur jedes dritte Geschoss ein Feuerball, die anderen beiden waren Felsen aus dem Nachschubzug oder dem Felsengarten der Villa.
„Wir werden außer durch Zufall niemanden treffen“, protestierte Steffi.
„Das wissen die nicht.“
„Wir werden später nichts mehr zu werfen übrig haben.“
„Wir lassen sie sowieso zurück.“
Steffi protestierte nicht länger. Seine Mannschaften schleuderten die Steine in die Schwärze hinaus, wo sie krachten und den Hügel hinunterpolterten. Die Feuerbälle dazwischen machten keine Geräusche und schickten nur den schwachen roten Streifen der glühenden Zündschnur aus, als sie wegflogen. Als der Beschuss weiterging und nichts geschah, keine Reaktion aus der Dunkelheit kam, keine Schreie oder Befehle oder Schüsse, begannen die beobachtenden Armbrustschützen nervös zu murmeln.
Hinter einer Mauer hörte Agilulf, wie die Steine um ihn herunterzischten. Bisher war keiner auch nur zwanzig Meter herangekommen an den Platz, wo er stand. Er verstand nicht, was gerade passierte. Das war, wie er mittlerweile wusste, der gefährliche Mo-

ment. Was waren diese Lichtblitze in der Luft? Leuchtkäfer? Er konnte sich Stahl stellen, aber nicht wieder Flammen. Der Kaiser hätte sich daran erinnern sollen.
Steffi stupste Shef an und deutete auf ein plötzliches Knistern von Flammen hundert Meter entfernt. Die erste Zündschnur hatte den Kern des Feuerballs erreicht. Im Licht der Flammen stach ein Baum hervor, der aussah, als würde er sich über das Feuer lehnen. Ein Zweig wurde erwischt, das Feuer begann, sich von seinen Ästen zum Stamm auszubreiten. Jetzt gab es hier und dort im Dunkeln weitere Funken und Feuer und sie entzündeten sich schneller, als man sie zählen konnte. Der wenige Wind, den es gab, blies das Tal herauf. Jeder zwischen dem Feuer und den Wegemännern würde sich in ihre Richtung zurückziehen müssen.
Plötzlich bewegte sich eine schwarze Gestalt, zum ersten Mal sahen sie dort draußen ein Lebenszeichen. Sein Ritterhelm zeigte sich klar in der Silhouette. Dann war er weg und Shef brüllte die Mannschaften der Drehschießer wütend an, weil sie ein Ziel verfehlt hatten. Aber genau wie die Flammen aus dem Nichts erschienen waren, so begann plötzlich krabbelnde Bewegung am Hang. Männer, die aus ihrem Hinterhalt gezwungen wurden, Männer, die versuchten, sich durch die Lücken im Feuer zu ducken, um die andere Seite zu erreichen, selbst Männer, die, wie Shef sah, nach vorn traten und versuchten, die Brände zu ersticken, ehe sie sich festsetzen konnten. Sie schlugen darauf ein und verbreiteten sie, aber löschten sie nicht.
Zum Knistern der Flammen und dem Lärm der Grillen fügte sich das scharfe Knacken von Armbrustabzügen, das schwerere Zischen der Torsionspfeilwerfer, die ihre schweren Geschosse über das feuerten, was für sie in nächster Nähe war. Shef konnte jetzt fallende oder sich windende Männer sehen, aber irgendein Trick in der Luft hielt ihn davon ab, irgendein menschliches Geräusch über das steigende Brausen der Flammen zu hören. Die Männer, die starben und zuckten, waren wie ein Schattenspiel an den Wänden einer Hütte.

Shef tippte Brand fest auf die Schulter und deutete mit dem Daumen. Los jetzt. Brand führte seine sechzig Männer, zwei Schiffsbesatzungen, schnell und direkt den Hügel hinunter. Eine Truppe Armbrustschützen folgte ihm sofort, dann eine weitere Wikingermannschaft, nachdem alle Kontingente in fester Reihenfolge hinterhergesandt wurden. Es war verlockend, nach links zu biegen, weg von den Flammen. Shef hatte ihnen befohlen, das nicht zu tun. Haltet so direkt auf die Flammen zu, wie ihr könnt. Diejenigen, die euch aufhalten sollten, werden sich bewegt haben und erschossen worden oder geflohen sein. Rennt den Hügel hinunter, so schnell ihr könnt, ehe man auch eure Silhouetten vor dem Feuer sieht.
Die Männer schwärmten jetzt den Hang hinunter, selbst die Träger der Verwundeten bewegten sich rennend über den unebenen Boden. Es war der Gedanke an Wasser, wurde Shef bewusst, mehr als jeglicher neue Gehorsam. Steffis Männer hatten ihre Munition verschossen und standen unsicher neben ihren Katapulten.
„Können wir sie auseinanderbauen und mitnehmen?", flehte Steffi. „Nur zwei davon?"
Shef schob ihn aus dem Weg. „Lasst die Katapulte zurück. Nehmt eure Feuerausrüstung mit, wenn ihr könnt. Los."
Die Drehschießer hielten immer noch gut durch, als die Flammen ein immer größeres Gebiet erhellten. Die leichten Ziele waren verschwunden, an die Armbrüste gefallen, aber es bewegten sich immer noch Männer. Glaubten sie, dass sie außer Reichweite waren? Sie versuchten gerade, ihren eigenen Verwundeten zu helfen, bemerkte Shef, rannten auf sie zu, um sie aus dem Pfad des sich vergrößernden Feuers zu zerren. Shef trat an eine Maschine und deutete auf einen Mann, der versuchte, aus einem Gehölz zu kriechen, das schon in Flammen stand. Tatsächlich, zwei Männer rannten herbei, um ihm zu helfen, er konnte sehen, wie sich weiße Gesichter zu ihm drehten. Sie verloren dort unten nicht viele Männer, dachte Shef, aber sie wurden aus der Finsternis getroffen von Männern, die sie nicht sehen konnten. Eine

kleine Bewegung auf dem Pfad, ein weiterer Krach, einer der Retter wurde wie vom Finger eines Riesen zur Seite geschleudert, der andere taumelte grotesk und drehte sich für einen Augenblick zur Seite. Die Beobachter konnten sehen, wie der gigantische Pfeil frei durch beide seiner Schenkel getrieben worden war. Der Möchtegernretter fiel nach hinten in die Feuersbrunst, gerade als sie den Mann erreichte, den er retten wollte.

Shef spürte eine wilde Freude. Er klopfte Cwicca auf den Rücken und winkte mit einem Daumen, um zu sagen: „Los jetzt." Keine Zeit, um die Mulis anzuspannen, aber die mit Rollen versehenen Drehschießer waren einfacher zu schieben als Steffis Maschinen. Ohne weitere Befehle packten Cwiccas Mannschaften sie an den Balken und schoben sie rumpelnd und hüpfend den Hügel hinunter. Mit ihnen rannte die letzte Truppe aus Armbrustschützen und Hellebardieren, die als Nachhut eingeteilt waren. Alle von ihnen sprinteten in vollem Tempo den Abhang hinunter, Shef in ihrer Mitte, wobei sie ihre Waffen bereithielten, sollte jemand versuchen, aus einem Hinterhalt zu springen. Aus dem Hinterhalt, aus dem sie bereits gesprungen waren.

Ein Krachen von Hieben kam aus der Dunkelheit, als wenige Lanzenbrüder ihre Feinde angriffen, statt sich hinter die Flammen zurückzuziehen. Sie kamen aus dem Licht in die Dunkelheit und sahen nie die Bolzen oder Klingen, die sie niederschlugen.

Und dann war da das Aquädukt, eine lange Linie aus Stein, etwa vier Fuß hoch, und dahinter der gesegnete Duft von Wasser. Shefs Männer schwärmten über die Mauer, ihr Anführer unter ihnen, und ignorierten die Verfolgung, als sie ihre Gesichter in den kalten und langsam laufenden Strom tauchten.

Als er nach langer Zeit sein Gesicht hob, sah Shef, dass Brand neben ihm aufragte. „Welche Richtung?", sagte er knapp.

Shef sah sich das Aquädukt zum ersten Mal an. Der Strom selbst, gebaut, um die reichen Kaufmannsvillen entlang der Straße von Ostia mit reinerem Wasser als das des verschmutzten Tibers zu versorgen, war nicht breiter als sechs Fuß und viel davon war mit

Steinplatten abgedeckt, um in der Hitze das Verdampfen zu mindern. Aber nicht alles davon. Er konnte die Maschinen auf ihren Rollen nicht dort entlang mitnehmen. Es gab auf jeder Seite einen Fußpfad, aber er war kaum breit genug für zwei Männer und bot ebenfalls keinen Raum für Karren oder Maschinen. Was Shef mehr als alles andere wollte, war, zurück zu seinen Schiffen zu gelangen und diesen fehlgeschlagenen Angriff abzubrechen.

Etwas sagte ihm, dass das nicht funktionieren würde, derselbe kämpferische Instinkt, der ihn dazu gebracht hatte, weiter verwundete Männer niederschießen zu lassen. Dieser Kampf würde jetzt bis zum Ende gehen. Wenn er zurückwich, würden sie ihn verfolgen und vernichten. Ein Ende des Aquädukts führte nach Rom, über das andere hatte er keine Ahnung. Der Gott hatte ihm erklärt – was war es? Er würde in Rom seinen Frieden finden. Vielleicht Frieden im Tod. Dann sei es so.

„Diese Richtung“, sagte er und deutete nach links. „Setz sie schnell in Bewegung. Cwicca, lass diese Maschinen zurück.“

Cwicca hatte seine Maschinen über tausend Meilen Entfernung gepflegt. Die Maschinen waren das, was ihn aus der Sklaverei gerettet hatte. Automatisch begann er mit seinem Meister zu streiten, wie er es zu König Alfreds Erstaunen so viele Male zuvor getan hatte. Diesmal war Shef jenseits seiner Toleranz. Als der Mann mit der Zahnlücke zu argumentieren begann, trat Shef panisch und überspannt vor und schlug ihn kräftig ins Gesicht.

„Los“, brüllte er. „Oder ich werde dich wieder in Ketten legen, wie du es früher warst.“ Sein alter Kamerad spuckte Blut, zog einen weiteren Zahn heraus und starrte ihn ungläubig an. Dann wandte er sich ab, um dem Befehl zu gehorchen.

„Am Ende sind alle Meister gleich“, bemerkte einer seiner Kameraden, während er auf die Seile einhackte, um den Pfeilwerfer zumindest zeitweise nutzlos zu machen. Cwicca antwortete nicht.

In der Finsternis zögerten Tolman und die drei Jungen bei ihm über ihren Bündeln mit Stoff, Stöcken und Seil. Leicht genug, dass die Jungen sie tragen konnten, aber dennoch eine Bürde.

Cwicca schnappte sich zwei Bündel und schwang sich eines über jede Schulter.
„Ich werde sie tragen", sagte er mit einem schweren Lispeln. Tolman sah die Tränen, die über sein Gesicht strömten, und sagte gar nichts.
Stunden später mühte sich die erschöpfte Kolonne das Aquädukt zu den Mauern der Ewigen Stadt selbst hinauf. Sie waren durch die Nacht gerannt wie Reisende, die von Wölfen gehetzt werden. Ihre lange, schmale Kolonne war immer wieder angegriffen worden, von Männern, die von jeder Seite kamen, Männern, die vor sie geritten waren und dann zu einer Linie hindrehten, die sie nicht verfehlen konnten. Die Armbrüste hatten bei den Angreifern schweren Tribut gefordert, aber mehrfach war die Kolonne entzweigerissen worden und es hatte in der Finsternis wilde Klingenarbeit gegeben, ehe sie wieder zusammengeführt werden konnte. Jedes Mal waren Männer zurückgelassen worden, verloren oder verkrüppelt oder bewusstlos. Ihre Kameraden warfen die Toten in das strömende Wasser und, als die Zeit verging, warfen sie auch diejenigen hinein, bei denen sie nicht so sicher waren. Wenige von den Verwundeten wurden jetzt noch mitgetragen. In der heißen Nacht schien der Tod durch Ertrinken den schwitzenden und erschöpften Männern, die übrig waren, wie ein Vergnügen. Shef bemerkte mehrere Male, wie Hund in der Dunkelheit tobte und kämpfte, wenn seine Patienten verlassen wurden oder den Kriegertod erhielten. Er hatte keine Zeit oder Kraft, um dazwischenzugehen.
Das Licht begann, sich im Osten zu zeigen, als Shef die Nachhut den letzten, leichten Hang zu der Stellung hinaufführte, die die Vorhut auf den Mauern von Rom selbst eingerichtet hatte, direkt am Hang des Aventinhügels. Licht, dachte er. Und Schutz. Eine Chance, zu sehen, was gerade passierte. Die Initiative zu ergreifen, die Schlacht zu kontrollieren, anstatt auf sie zu reagieren. Er sehnte sich mehr nach Zeit als nach Nahrung oder Ruhe oder Wasser. Er brauchte sie so, wie ein unterlegener Ringer einen Halt für seinen Fuß braucht.

Als er die Mauer erreichte, die Leichen seiner Kameraden entlang der inneren, ungeschützten Zinnen sah, wandte er sich um und hielt Ausschau, dann trat er auf den Wehrgang, um die Brise in der Dämmerung auf seiner schweißgetränkten Tunika zu spüren.
Zweihundert Meter entfernt sagte Erkenbert mit rachsüchtiger Freude zum Hauptmann seiner Katapulttruppen: „Start." Der kurze Arm fiel, der lange Arm schoss hoch, die Schlinge wurde über den Boden gerissen und peitschte dann in ihrem teuflischen Schwung herum. Ihre Ladung schoss in den Himmel, nicht ordentlich, sondern in einem Chaos aus verdrehten Gliedern.
Shef sah auf dem Wehrgang nichts als einen kurzzeitigen Moment einer Bewegung, die auf ihn zukam. Er riss einen Arm hoch, spürte einen Schlag, der seinen Körper erschütterte, und fand sich auf dem Boden ausgestreckt mit einem Gewicht auf sich wieder. Er versuchte, es wegzuschieben, und stellte fest, dass sich seine Hände in etwas Festem und Klebrigen verfingen, dann zerrte er verzweifelt daran. Es war von ihm herunter und Männer hoben ihn auf die Füße. Er wurde sich bewusst, dass seine Hände sich in menschlichen Eingeweiden verfangen hatten, von einer aufgerissenen Leiche zu seinen Füßen. Es war Trimma, der Armbrustschütze, sein totes Gesicht in Qualen erstarrt.
„Sie schießen unsere eigenen Toten auf uns", erklärte Brand. „Sie müssen gewusst haben, wohin wir wollten, und haben die großen Katapulte mitgebracht, um uns entgegenzutreten. Das sind die Männer, die in der Nacht getötet wurden."
Sie sind uns wieder voraus, dachte Shef. Uns wieder voraus. Ich weiß nicht, was ich als Nächstes tun soll.
„Sie sind überall um uns", fügte Brand hinzu. „Ich bezweifle, dass mehr als die Hälfte von uns übrig ist."

„Die Verehrung von Loki hat uns also wenig Gutes gebracht", sagte Thorvin. Sein Tonfall war bitter, seine weiße Kleidung zerfetzt und blutbefleckt. Er hatte in der Nacht mit seinem Hammer gekämpft. Er hatte es nicht geschafft, Skaldfinn zu retten, der am Aquädukt niedergemetzelt worden war. Solomon der Jude war verschwunden, niemand wusste, wie. Von Shefs direktem Rat waren nur sechs übrig: Er und Thorvin, Brand und Hagbard. Hund war dort, mit niedergeschlagener Miene. Svandis auch. Er hätte in der Nacht zumindest an sie denken müssen, überlegte Shef, aber das hatte er nicht. Ragnars Blut konnte gewöhnlich für sich selbst sorgen. Aber sie hatte jetzt sein eigenes Blut und das von Rig in sich. Warum war er nicht bei ihr geblieben? Er hatte andere Pflichten gehabt.

Und er hatte sie jetzt auch. Ab und an bebten die Mauern unter ihnen, wenn ein weiterer Felsen einschlug aus den Gegengewichtsmaschinen, die Erkenbert nutzte: Er hatte sie verbessert, das hatte Shef durch das eine verbliebene heile Fernglas gesehen. Er brauchte das kaum, denn es gab nichts, womit er sich ihnen entgegenstellen konnte. Shefs Rat schien in Apathie oder Verzweiflung versunken zu sein. Selbst Brand, so schien es, hatte sich dazu entschlossen, ein nobles Ende zu haben, sonst nichts.

Falsch, sagte etwas in Shefs Herz. Sie wussten, was sie gerade erlitten. Sie wussten nicht, wie sehr die andere Seite litt. Sie mussten in der Nacht ebenfalls schwere Verluste gehabt haben, von Feuer und Beschuss, in den zahllosen Scharmützeln in der Nacht. Es war eine Grundregel, dass man schwere Reiterei nicht im Nahkampf und in der Nacht nutzen sollte, wenn wertvolle und gut ausgebildete Männer von bloßen Küchenjungen zu Fall gebracht werden konnten. Dennoch war es genau das, was der Kaiser getan hatte. Die Armee der Wegemänner hatte ihre Maschinen verloren, das war alles. Sie hatten einst gewusst, wie man ohne sie kämpfte. Außerdem hatten sie nicht alles verloren.

Shefs Blicke fielen auf die langen Bündel, die jemand an die Zinnen gelehnt hatte. Er hatte nicht gewusst, dass irgendjemand sie mitgenommen hatte, und hätte es verboten, wenn er sie gesehen hätte. Aber jetzt, wo sie da waren … Ja, da war Tolman, drückte sich an die Hinterseite einer Mauer und duckte panisch jedes Mal den Kopf, wenn die Mauer durch einen neuen Treffer erschüt-

tert wurde. Shef stand auf, zwang sein Gesicht in eine Maske aus guter Laune und Ermutigungen. Er marschierte auf den panischen Jungen zu.
„Wie wär's mit einem Flug?", bemerkte er. „Da droben ist es sicherer als hier unten. Flieg hoch und lass uns sehen, was die andere Seite plant. Cwicca! Pack die Ausrüstung aus und baue einen Drachen zusammen. Was ist mit deinem Zahn passiert, hast du jemand Harten gebissen?"
Die befreiten Sklaven sahen einander an, als sie anfingen, Holzleisten und Stoff zusammenzufügen. Ihre Erfahrung in der Sklaverei war länger als ihre Jahre in Freiheit, so dass die Gewohnheit schnell zu ihnen zurückkam. „Er hat schon vergessen, dass er dich geschlagen hat", murmelte einer aus seinem Mundwinkel zu Cwicca. „Und der Bub ist verängstigt."
„Halt die Klappe und fixiere das Seil", antwortete Cwicca. Waren alle Meister am Ende gleich, fragte er sich. Er blickte auf sein Flügelemblem hinab, jetzt das Zeichen der Fliegerkaste. Meister oder kein Meister, er hatte Dinge getan, die kein anderer Mann je getan hatte.
Binnen Minuten war Tolman in seinen vertrauten Gurten und wurde direkt hinter der Mauer von sechs Männern gehalten. Der Wind frischte gerade auf und sie waren gute vierzig Fuß hoch auf den arg mitgenommenen Befestigungen von Rom. Er würde ihn hinaus über den Halbkreis aus Maschinen und Männern tragen, die sie von draußen einkreisten, aber Shef wollte, dass er seine Augen dafür nutzte, was er nicht sehen konnte, und die Truppen ausspähte, sie sich sicherlich für einen Angriff innerhalb der Mauern sammelten.
„Wir werden dich schnell steigen lassen und dich herunterholen, sobald du winkst", wiederholte er. „Sei so schnell du kannst."
Das ängstliche Gesicht nickte, die Startmannschaften hielten ihn in die Luft, damit er den Wind fing, warteten einen Augenblick und warfen ihn hoch und hinaus. Für einen Moment schien er zu stürzen und Shef bemerkte, dass der Wind um die Mauern

strömte. Dann stieg er nach hinten hoch, am festen Halteseil und der Sammlung an dünneren Lenkseilen – Lenkseilen, die der Junge jetzt kaum noch brauchte, so gut war er darin geworden, mit den Flügeln zu arbeiten. Shef bewunderte seine Fähigkeiten, als er nach oben und draußen schwebte. Sein eigener bester Flug hatte kaum Minuten gedauerte. Eines Tages, wenn die Welt Frieden hatte, würde er es besser machen.

„Sie versuchen immer noch ihre Tricks", sagte der Kaiser Bruno zu seinem neu berufenen Papst, Petrus, der einst Erkenbert war. Die beiden standen in der Deckung einer Sakristei außerhalb der Mauern, die vor Jahren von den Mauren geschleift worden war. Die Heilige Lanze war immer noch in Brunos linker Hand, in ihrer Halterung neben dem Schildgriff. Hinter ihm standen die vier Ritter des Grals um ihre Reliquie und ihr Banner. Alle waren vom Kampf zurückgehalten worden, nicht aus persönlicher Angst, sondern wegen der Furcht des Kaisers, dass die wertvollen Reliquien in feindliche Hände fallen könnten. Er konnte sich nicht viel länger zurückhalten, dachte der Kaiser. Zorn über den Trotz des Feindes begann, ihn zu übermannen. Sie trotzten nicht nur ihm, sondern ihrem Retter, seiner Kirche und seinen Reliquien auf Erden. Die Heiden waren nach Rom selbst eingedrungen, waren fast in Katapultreichweite zur leoninischen Mauer und der Basilika des Heiligen Petrus, Herz des Glaubens. Es musste heute beendet werden.
„Wenn sie es wieder versuchen, habe ich auch einen Trick", antwortete Erkenbert. „Aber sie ziehen ihn ein. Glück für ihn."

„Was hast du gesehen?", fragte Shef.
Der Junge sprach aus seinen Gurten und machte sich nicht die Mühe, herauszuklettern. „Innerhalb der Mauern sind Männer zu Fuß, in Rüstungen, auf der Seite dort", deutete er. „Etwa zwei- oder dreihundert. In den anderen Richtungen waren keine zu sehen."

Nicht mehr als das, dachte Shef. Es wird außer Sicht noch mehr geben, natürlich. Aber sie hatten schwere Verluste.
„Keine Reiter irgendwo?"
„Nein. Ich sah den Kaiser. Hinter mir, in der Nähe der Gebäuderuinen mit etwas weißer Kuppel übrig. Ich glaube, das war er. Neben ihm stand ein Mann in Schwarz und an seiner Seite war ein Banner."
„Welches Emblem war auf dem Banner?"
„Es war Eures, Herr." Tolman deutete mit seinem Kinn auf das Leitersymbol, das jetzt außerhalb Shefs zerfetzter Tunika baumelte.
Wenn wir nur vom Himmel schießen könnten, sagte Shef zu sich selbst. Oder Feuer von Steffis Mischungen herabregnen lassen. Dann wäre der Kaiser tot und der Krieg vorbei. Alle Kriege wären vorbei. Das Problem an Maschinenkriegen ist, antwortete etwas in seinem Inneren, dass am Ende beide Seiten Maschinen haben. Dieselben Maschinen. Das ist die wahre Bedeutung des *Liedes der Riesin,* das Farman einst für mich sang.
„Steig wieder auf", sagte er. „Sieh, ob es irgendwo in der Nähe des Kaisers eine Tür in diesen Mauern gibt, eine Tür, die wir vielleicht erreichen könnten. Wir könnten einen Ausfall versuchen."
Das kleine verängstigte Gesicht nickte, die Startmannschaft ging wieder in Stellung. Zweihundert Meter entfernt rief Erkenbert zufrieden aus, als er den Drachen erneut auf der Mauer erscheinen sah. Aus dem Schatten der verfallenen Sakristei kamen Männer, hämmerten einen fünf Fuß hohen Pfosten in den Boden, setzten ein Gerät wie einen umgekehrten Eisensteigbügel darauf und auf diesen eine Armbrust. Eine gigantische Armbrust, sechs Fuß von einer Seite zur anderen.
„Es ist Eibenholz", sagte Erkenbert. „Vegetius erklärt nicht das Geheimnis des Stahls, aus dem die Heiden ihre Bogen machen. Aber er erklärt auch dies nicht. Ich habe es machen lassen, als wir die Drachen aus der jüdischen Stadt fliegen sahen. Aber dies soll seine erste Erprobung sein, zur Verteidigung von Sankt Petrus und Sankt Petrus' Stadt."

Tolman hatte schon früher Pfeile auf sich zufliegen sehen, die die hoffnungsvollen Belagerer von Septimania auf ihn abgeschossen hatten. Er wusste, dass die Reichweite eines Pfeiles, der direkt nach oben geschossen wurde, viel geringer war als die eines Schusses am Boden entlang. Er hatte keine Furcht vor normalen Bogen, nicht einmal vor den schweren Armbrustbolzen seiner eigenen Seite. Als der erste meterlange Bolzen an seiner Seite vorbeizischte und durch ein Seitenruder schlug, verstand er nicht, was das war. Dann sah er beinahe direkt unter sich, wie der Bogen wieder gespannt wurde, und erkannte die Gefahr.

„Er gibt Zeichen, dass wir ihn einholen sollen", sagte Shef, der durch das Fernglas beobachtete. Der Mann am Halteseil begann, ihn einzuziehen, und wickelte das Seil um seinen Ellenbogen, weil ihm eine Winde fehlte.

„Etwas stimmt nicht." Der zweite Pfeil hatte den Körper des Drachens durchschlagen, alles, was die Schützen sehen und als Ziel nutzen konnten. Er hatte Tolman durch das Knie geschossen. Sein erster Schock und sein schmerzhaftes Zucken hatten den Drachen beinahe vom Wind weggedreht. Dann hatte er sich zusammengenommen und versuchte, den Wind so strömen zu lassen, dass er dem Einholer half, aber ihn unter der Oberseite des kistenförmigen Drachens zu halten, damit er ihn in der Luft hielt. Als man ihn einzog, fiel seine Höhe und die Reichweite für den schweren Eibenbogen wurde kürzer. Er war langsamer zu laden als eine Armbrust, weil die zwei Männer, die ihn betrieben, das Seil mit reiner Muskelkraft zurückziehen und es über den Abzug spannen mussten. Sie hatten trotzdem genug Zeit für den dritten Schuss.

Tolman war kaum zehn Fuß von der Mauer und der Sicherheit entfernt, als die Männer, die ihre Arme streckten, um ihn zu packen, das Zischen des Pfeiles hörten und sahen, wie sich das kleine Gesicht verzerrte und der kleine Körper beim Einschlag zuckte. Sie konnten immer noch nicht sehen, was ihn getroffen hatte. Als sie ihn über die Brüstung zogen, streckten sie ihre Hände, um ihn aus seiner Schlinge zu ziehen. Er konnte sich nicht bewegen und schien festzuhängen. Dann sah Shef, der nach innen fasste, um das Hindernis wegzuschneiden, den großen Pfeil, der durch Schlinge und Körper getroffen hatte und auf der anderen Seite herausragte. Mit vier schnellen Hieben schnitt er das Material und alle Schnüre weg und zog den Jungen und die Gurte und den Pfeil alle zusammen ins Freie. Es war unmöglich, ihn hinzulegen, das hätte den Pfeil tiefer hineingetrieben. Er stand da und hielt den Jungen fest, während ihm Blut über die Tunika strömte.

„Wo ist Hund?“, rief er.

Der kleine Heiler war bereits da. Er nahm den Jungen aus Shefs Armen, legte ihn vorsichtig auf die Seite und schnitt schnell die Schlinge und seine Kleider weg.

Er lehnte sich auf seine Fersen zurück und tätschelte dem Jungen ermutigend das Gesicht. Shef hatte ihn das schon früher tun sehen. Es war ein Todesurteil.

„Du brauchst nicht reden“, murmelte er beruhigend. Aber das Gesicht des Jungen zeigte jetzt Sorge, mehr als Schmerz. Er versuchte, mit dem Gesicht zu Shef gewandt, etwas zu sagen. Der König beugte sich vor und versuchte, seine letzten Worte zu verstehen. Es hatte etwas mit dem Kaiser zu tun …

„Was? Was war das?“, fragte er.

Der Kopf des Jungen drehte sich zur Seite und Hund ließ ihn sinken, dann schloss er seine Augenlider mit einer professionellen Handbewegung. Er blickte zu seinem Herrn und einstigem Freund auf, voller Ekel und Hass, der ihm auf dieser Reise immer wieder entgegengeschlagen war. Shef schenkte ihm keine Aufmerksamkeit.

„Er hat etwas gesehen. Er hat versucht, mir etwas zu sagen. Etwas Entscheidendes. Haben wir noch einen Drachen? Noch jemand, der in die Luft gehen kann?“

„Sie haben Euren Drachen mitgeschleppt, den Großen“, sagte eine Stimme.

„Ihr könntet selbst schauen“, sagte eine andere.
„Außer du willst noch ein Kind umbringen“, sagte eine dritte. Es war Cwicca, der immer noch durch seine gebrochenen Schneidezähne lispelte. Shef erinnerte sich plötzlich, dass er ihn in der Nacht geschlagen und gedroht hatte, ihn wieder in die Sklaverei zu schicken. Aber er konnte sich nicht erinnern, warum. All die Gesichter, die zu ihm gewandt waren, verrieten Zorn, sogar Verachtung. Er hatte das nie zuvor gesehen, nicht von seinen eigenen Männern, die er von ihren Meistern befreit hatte. Nein, er hatte einen solchen Blick einmal gesehen. Im Gesicht von Godive. Das war es, was ihn auf seine Expedition geschickt hatte.
„Dann richtet meinen Drachen her und steckt mich hinein“, sagte er, wobei seine Stimme in seinen eigenen Ohren klang, als käme sie von weit weg.
Augenblicke später, wie es schien, war er in seinen Gurten und wurde von einem Dutzend Männer hochgehalten, während man die Seile befestigte. Sein Gesicht war kaum einen Fuß von dem Cwiccas knapp unter ihm entfernt.
„Es tut mir leid“, sagte er.
Sie schleuderten ihn in den Gegenwind.
Wie es mit Tolman passiert war, fiel er sofort an der Mauer nach unten. Für Sekunden konnte er nichts als die großen quadratischen Steine vor ihm vorbeizischen sehen, während er an den Mann dachte, der vom Turm des Hauses der Weisheit gesprungen war, er war gesprungen und direkt nach unten gestürzt. Dann kam wieder das Gefühl des Steigens und er spürte, wie ihn der Wind erfasste. Sie gaben so schnell Seil nach, wie sie konnten, und er begann zu steigen, er konnte schon über die Mauer sehen. Er konnte sehen, dass Brand brüllte und auf die Männer einschlug, die ihn steigen ließen, er konnte sehen, wie Armbrustschützen die Mauern bemannten und nach unten zu schießen begannen, um die Männer, die Tolman erschossen hatten, umzubringen oder abzulenken. Zeit, sich umzusehen und zu schauen, wofür Tolman gestorben war. Dort, ja, die Truppen des Feindes

formierten sich für ihren Angriff. Nicht, wo es Tolman beim ersten Mal gesagt hatte, sondern sie sammelten sich hinter einer Villa, von wo aus zwei Treppen hinauf zur Stadtmauer führten, wo seine verbleibenden Truppen verteilt waren. Er beugte sich vor, soweit er konnte, ohne das gesamte zerbrechliche Konstrukt in eine Abwärtsspirale zu zwingen, und schrie aus vollster Brust, viel lauter als Tolmans Piepsen.

„Da! Da!“ Er befreite eine Hand und deutete. Zumindest Brand hatte erfasst, was er meinte, und rannte in die richtige Richtung. Auch Steffi war auf der Mauer und machte etwas mit seiner Ausrüstung und einer Ladung Tontöpfe.

„Wir verbrennen die Bastarde lebendig“, sagte Steffi fröhlich, als er seine tödliche Mischung in die Töpfe goss, die er aus der Küche des nächsten Wachhäuschens genommen hatte.

„Lasst sie halb heraufkommen, bevor ihr schießt“, brüllte Brand, der seine Verteidigung arrangierte. „Schießt nicht tödlich, schießt sie in den Bauch. Das verängstigt den Rest von ihnen.“

Hund stand aus seiner Hocke neben dem toten Jungen auf und dachte an seine Patienten, die er in der Nacht verloren hatte, dachte an die verbrannten und verbrühten Männer, die er die ganze Zeit behandelt hatte, dachte an den Tod und das Chaos und die Verehrung Lokis. Er riss das schwere Sax-Messer von Cwiccas Gürtel, ging hinüber und hackte das schwere Halteseil durch. Der Drachen an seinem Ende zuckte, begann zu steigen und schwebte weg. Einer der Männer an den Lenkseilen versuchte, ihn einzuholen, glich zu sehr aus und ließ sofort los, ehe er den Drachen in einen Sturzflug zog. Hund hackte auf die anderen Seile ein und Männer duckten sich und versuchten, ihm auszuweichen. Binnen Augenblicken hielt nur noch ein Seil an einer Ecke und zerrte den Drachen in die Schräglage, weil ihm kein Druck von anderen Seilen widerstand. Der Mann ließ los.

Das Seil hinter sich herziehend stellte sich der Drachen auf seinen Schwanz, taumelte ungeschickt, wandte sich von ihnen ab, driftete über das offene Land und verlor stetig an Höhe, während sein ungeschickter Flieger versuchte, ihn unter Kontrolle zu bekommen.

Mit einem Geschmetter von Trompeten stürmten die Truppen des Kaisers voran, auf die Treppen zu, die Treppen, die nun nur noch mit Axt und Schwert allein gehalten wurden.

Kapitel 33

Als die Seile ruckten und dem Kampf weiter unten nachgaben, spürte Shef, wie sich der Drachen unvorhersehbar in diese und jene Richtung neigte, spürte die instinktive, die Eingeweide verkrampfende Panik vor dem Absturz, von leerem Raum unter ihm. Dann war das letzte Seil lose und die Luft war wieder unter seinen Planen und hielt ihn hoch wie das warme Meer unter einem Schwimmer. Gleichzeitig wurde Shef bewusst, dass er rückwärts und aufwärts geblasen wurde, während die Mauern von Rom sich entfernten und schon zu weit weg waren, als dass er mehr als weiße Punkte von Gesichtern sehen konnte, die ihn von der Mauer aus beobachteten.

Um frei zu fliegen, musste man, wie er sich erinnerte, vom Wind wegdrehen, nicht in den Wind. Tolman konnte es – Tolman war fähig gewesen, das zu tun. Sein Mut sank bei dem Gedanken, es zu versuchen. Besser, einfach nach hinten zu sinken, sich vom Wind tragen zu lassen, so dass er vielleicht weit weg vom Krieg und dem ständigen Schmerz landete.

Es würde nicht so geschehen. Der Wind würde drehen und ihn gegen Felsen drücken oder in eine Schlucht werfen, wo er mit einem gebrochenen Rücken an Durst sterben würde. Er musste jetzt drehen. Tolman hatte gesagt, es sei wie ein Schiff, das sich unter Rudern schnell drehte. Einen Seitenflügel heben, den anderen senken, den Körper rollen, wenn sich der Drachen rollte, und in einem herumdrehen, gerade weit genug, um sich wieder aufzurichten. Ehe seine Angst die Gelegenheit bekam, ihn aufzuhalten, bearbeitete Shef die Lenker und versuchte, beide weich und gleichzeitig zu benutzen. Der Drachen rollte sofort und sein Körper versuchte automatisch, sich in die andere Richtung zu drehen und die Übelkeit erregende Neigung zu korrigieren. Es überwinden. Tun, was Tolman gesagt hatte. Shef versuchte, mit seinen Rücken- und Bauchmuskeln in die Richtung zu ziehen, in die er wollte. Er tauchte jetzt nach unten, immer noch auf eine Seite geneigt. Es korrigieren, mit den Seitenflügeln arbeiten, mit seinen Fersen den Schwanz schwenken. Für wenige Augenblicke schoss er wie ein Falke über den mit Villen übersäten Hang nach unten, sein Schatten lief vor ihm, weg von der Stadt und der aufgehenden Sonne. Flug! Er war der fliegende Mann, der Wölund, der seinen Feinden entkommen war, der Schmied, der in der Luft hing, während die, die ihn gequält hatten, weiter unten jammerten. In einem Augenblick der Ekstase rief Shef die Verse des *Lieds von Wölund,* das Thorvin oft gesungen hatte, die verzweifelten Verse des bösen Königs Nithhad, der unfähig war, seinen verkrüppelten, aber fliehenden Feind zu erreichen:

„Kein Mann weiß, wie er dich von deinem Pferd schlagen soll,
noch hat er einen so scharfen Verstand, um dich herunterzuschießen
Von dort, wo du hängst, hoch am Himmel,
Tollend wie ein Lachs zur Laichzeit.“

Der Boden kam schnell näher, viel zu schnell, sein Sturzflug hatte ihm Geschwindigkeit geschenkt und er kannte keine Möglichkeit, um zu bremsen. Die Nase des Drachens hochziehen wie ein Skifahrer im weichen Schnee? Er bearbeitete beide Flügel, spürte, wie sich die Nase hob und ihm den Blick auf den Boden verdeckte. Stieg er wieder hoch? Oder glitt er in der Luft weiter, sein Bauch den Felsen ausgesetzt?

Der Schwanz des Drachen schoss nach oben, als er auf dem Boden aufschlug. Shef sah die Felsenmauer eines terrassenartigen Feldes auf sich zuschleudern, versuchte zu …

Der Aufschlag raubte ihm den Atem, er spürte, wie er in einem Chaos aus Stoff und zerbrochenen Rahmen über etwas rutschte, und versuchte, seine Hände loszureißen, um seinen Kopf zu schützen. Etwas schlug ihm ins Gesicht. Dann stoppte jegliche Bewegung.

Für mehrere Sekunden lag er völlig unbewegt da, nicht bewusstlos, aber betäubt. Er war jedenfalls unten. Und am Leben. Wie schwer verwundet war er? Langsam fuhr sich Shef mit der Zunge über seine Lippen und zählte seine Zähne. Er befreite seine linke Hand, um zu ertasten, ob seine Nase gebrochen war. Bis jetzt alles in Ordnung. Nun waren beide Hände frei und er griff nach dem rasiermesserscharfen Messer an seinem Gürtel. Er schnitt die Seile durch, schnitt durch die Ledergurte, jetzt wusste er zumindest, wie herum er lag, er lag auf seinem Gesicht hinter einer Mauer, über die er sich überschlagen haben musste. Nun versuchte er, ins Freie zu kriechen.

Shef blickte auf sein linkes Fußgelenk hinab und wusste, dass es gebrochen war. Der Fuß stand in einem unmöglichen Winkel weg. Kein Schmerz dort, überhaupt kein Gefühl, aber er wusste, dass er ihn nicht weiter beschädigen sollte, ehe der warnende Schmerz zurückkehrte. Er rollte sich auf seine rechte Seite, befreite sich aus dem Chaos aus Stoff, wobei er sich mühte, den verletzten Fuß nicht gegen irgendetwas Hervorstehendes zu stoßen, und rollte sich auf den Rücken.

Tja. Er hatte Hund das tun sehen. Einen Knochen schnell und kräftig richten, ehe der Patient die Chance hatte, zu schreien oder seine Muskeln anzuspannen. Es war einfacher, wenn man sich nicht nach vorne beugen musste. Mit seinen Beinen vor sich ausgestreckt, beugte Shef sich vor und spürte sofort einen Schmerz in seinen Rippen, der ihm weitere Brüche anzeigte, dann packte er den Fuß, der im rechten Winkel auf eine Seite stand, und zog Fuß und Bein kräftig gerade.

Immer noch kein Schmerz, aber er spürte ein schreckliches Reiben tief im Gelenk. Wenn Hund hier wäre, würde er mich aufschneiden, die Knochen mit seinen Fingern geraderichten und die Wunde reinigen mit Udds Spiritus, den die Araber *al-kuhl* nennen. Vielleicht könnte ich wieder gehen. Jetzt muss ich von diesem Hang wegkriechen. Wenigstens bin ich am Leben.

Shef schob sich mit seinen Armen hoch. Er würde die Mauer erreichen und dort entlanghumpeln, bis er einen Ast aus einem Olivenbaum brechen konnte. Eine Krücke machen. Versuchen,

zurück zur Straße zu gelangen, ein Reittier oder einen Karren finden. Und zurück zu den Schiffen im Hafen gelangen, wo Farman mit der Nachhut wartete. Sein Kampf war vorbei.
Als Shef seine Hände an die Mauer legte, erschienen auf ihrer anderen Seite Gesichter. Helme. Kettenhemden. Zwei Männer sprangen über die Mauer und liefen mit gezogenen Schwertern an seine Seite. Es gab keine Chance auf Widerstand, er konnte nicht einmal die Mauer loslassen, um ohne Hilfe zu stehen. Vielleicht waren sie Italiener, Freunde des abgesetzten Papstes, er konnte sie mit seinen goldenen Armreifen bestechen …
„*Wi habben den Heidenkuning gefangen*“, sagte einer der Männer, „*den Einooger.*“
Nahe genug an Shefs eigener englischer Muttersprache, so dass er es verstehen konnte. Wir haben den Heidenkönig gefangen, das Einauge. Niederdeutsche. Lanzenbrüder.
Sie würden ihn zu ihrem Kaiser bringen.

Falls ihr Kaiser noch am Leben war. Shef hatte richtig gedacht, dass die Schwäche einer Seite der anderen Seite selten bekannt ist. Als der Tag dämmerte und der Kaiser seine Verluste zählte, war ihm bewusst geworden, dass, während seine Feinde in einer Stellung waren, die bald unhaltbar sein würde, er selbst kaum genug Truppen übrig hatte, um seinen Vorteil zu nutzen. Er hatte die Schlacht mit dreitausend Männern als Kern seiner Armee begonnen. Nun hatte er weniger als zweitausend – nicht alles das Ergebnis von Gefallenen, sondern auch geheimer Fahnenflucht in der Nacht.
Dennoch war ihm klar genug gewesen, was er tun sollte. Während die gigantischen Katapulte von Erkenbert seinen Erzfeind ärgerten, hatte er seine niedrigrangigen Truppen in einem groben Halbkreis außerhalb der Mauer verteilt, griechische Seeleute und französische Bogenschützen, die Kuhhirten aus der Camargue. Falls die Wegemänner herauskämen, würde sie erneut von Hinterhalten und Angriffen im zerklüfteten Gelände dezimiert.

Seine höherrangigen Truppen hatte er ins Innere der Mauern geschickt. Einige, um starke, verbarrikadierte Blöcke an jeder Seite des Feindes, auf den Wehrgängen, zu bilden. Er wollte nicht, dass sie nach links oder rechts entkommen konnten. Der Rest sammelte sich außer Sicht und unter Deckung, wo es die beste Möglichkeit für das gab, was er als letzten Ansturm geplant hatte, die breite Treppe hinauf, dorthin, wo die Überreste der Wegemänner sich in ihren Wehrgängen hielten. Dort wollte er sie und ihren Apostatenkönig mit ihnen ein für alle Mal vernichten. Die Lanzenbrüder und Lanzenritter waren alle dort, abgesehen von der kleinen Wachtruppe, die den Heiligen Gral und seine Heiligkeit außerhalb der Mauer bewachte. Alles, was von den fränkischen Rittern übrig und noch kampfbereit war, gruppierte sich hinter ihnen. Vielleicht insgesamt sechshundert Männer. Die letzte Reserve der Armee der Christenheit, dachte Bruno. Aber er war dazu bereit, seine letzte Reserve zu nutzen in dem, was der letzte Kampf sein würde. Er marschierte an den Rängen entlang, in seine eigene Kampfrüstung gekleidet. Die Heilige Lanze war immer noch in der Deckung seines Schildes neben den Griff in der Mitte geschnallt. Die Lanzenbrüder und Lanzenritter streckten ihre Arme aus, um ihre hervorragende Spitze zu berühren, als er zwischen ihnen durchging, und er gewährte ihnen lächelnd diese Gnade. Beim Klang einer Glocke fiel seine gesamte Streitmacht auf die Knie, jeder Mann nahm ein Stück Gras oder Stroh oder sogar Schmutz in den Mund und schluckte ihn als letzte Kommunion vor seinem Tod, während die Priester eine generelle Absolution ihrer Sünden verkündeten, ihnen als Buße auftrugen, tapfer zu kämpfen, und denen, die in der Schlacht gegen die Heiden fielen, die Freuden des Himmels versprachen.

Dann erhob sich die Armee und teilte sich in zwei Reihen, von denen jede eine Treppe angreifen sollte, acht Fuß breit und dreißig Fuß hoch. Brunos verbleibende Bogenschützen bildeten eine Linie und begannen, mit ihren schwachen Bögen auf den Wehrgang zu schießen. Ihre Pflicht war nur, die Armbrustschützen zu behindern und sie davon abzuhalten, die gepanzerten Männer niederzuschießen, die den Ansturm zu Fuß machten. Für wenige Augenblicke flogen Pfeile und Bolzen hin und her, dann erstarb der antwortende Beschuss: Die meisten Armbrustschützen hatten ihre Munition in der Nacht verbraucht und die Pfeile der Feinde passten nicht in ihre spezialisierten Waffen. Brunos Trompeten bliesen zum Sturm.

Er nahm selbst keinen Platz in den vorderen Rängen ein und hatte Agilulf ebenfalls befohlen, sich in der zweiten, parallelen Reihe zurückzuhalten. Der Ansturm wurde von den jüngsten seiner Ritter angeführt, die begierig nach Ruhm waren und vor Ergebenheit für Heiland und Kaiser brannten. Als die bewaffneten Männer schnell die Stufen hinaufstiegen, kamen die Wikingerschwertkämpfer, um sie zu blockieren, fünf Männer gegen fünf Männer auf jeder der beiden Treppen. Guthmund, Unterkönig der Schweden, führte eine stumpfe Formation, Brands Vetter Styrr die andere. Als die Lanzenritter herbeikamen, sah Styrr sie an, ignorierte die Pfeile, die von den Steinen um ihn abprallten, nahm seine Axt mit beiden Händen am Griff und hielt sie mit seinen Händen schulterbreit auseinander horizontal vor sich. Plötzlich sprang er durch den Reifen, den er gemacht hatte, mit den Knien am Kinn, hielt die Axt hinter sich und sprang zurück. Seine Männer lachten und jubelten, Styrr warf die Axt fröhlich hoch in die Luft und fing sie auf, als sie blitzend zurückkam.

Der führende Ritter sprintete die letzten paar Stufen hoch, um zu versuchen, den bärtigen Narren zu erwischen, während er mitten in seiner Tollerei war. Sein Schwert schoss in einem Stich von unten hoch und zielte auf seine Wade. Styrr, zwei Stufen weiter oben, sprang wieder hoch in die Luft, über die Klinge, kam auf seine Füße herunter und holte mit all seiner Kraft aus. Der Ritter fing es mit seinem Schild ab, wie Styrr erwartet hatte, aber die Klinge der Axt wurde durch Holz und Leder und Metall tief in den Arm dahinter getrieben. Styrr riss sie zurück, fast bevor der Hieb geendet hatte, weil ein zu tiefer Schlag sie im Schild festste-

cken lassen konnte. Er parierte mit seinem Axtgriff gegen die flache Seite der Klinge einen Hieb, schwang sie mit der Rückhand erneut und sah, wie sich eine weitere Wunde an der Schulter des jungen Ritters öffnete. Eine Finte, noch eine Finte, und der dritte Hieb traf zwischen Schild und Schwert und zerschmetterte das Brustbein seines Feindes.
Brand, der kritisch beobachtete, nickte zustimmend. Er hatte eine lange Zeit damit zugebracht, seinem Vetter zu zeigen, wie man mit der Axt gegen ein Schwert kämpfte und den schwächeren Holzgriff gegen den schwereren finalen Hieb aufwog. Er hatte gut gelernt. In einem Lärm von Metall drängten die Wikinger vor, schoben ihre Feinde von den oberen Stufen und fielen wieder zurück, um einen Freiraum zwischen ihnen zu lassen, der jetzt von den Toten versperrt wurde und den Verwundeten, die zurück auf jede Seite krochen.
Bruno sah von einer Seite zur anderen. Beide Reihen blockiert, wie er sah, und die Bogenschützen machten gegen gepanzerte Männer weit über ihnen keinen Unterschied. Zeit, sich selbst einzumischen und Gott seine Dienste zu leisten. Er streckte seine Hand aus, um die Heilige Lanze aus ihrer Halterung zu nehmen, überlegte es sich anders und ließ sie, wo sie war. Es war Gottes Werk, das er heute tat, vielleicht das Größte, was er je getan hatte. Solange die Lanze bei ihm war, war er unbesiegbar. Er trat aus den versammelten Reihen am Fuß der Treppe vor.
Brand erkannte ihn sofort an der Breite seiner Schultern, die seine mittlere Größe wie gehockt und affenartig wirken ließen. Er spürte einen kalten Schauder in seinem Bauch, wo Ivars Schwert ihn durchstoßen hatte. Furcht, die Furcht, die er in Scharmützeln gegen geringere Männer nie verspürt hatte. Aber nun war ein wahrer Vorkämpfer gekommen. Vielleicht war Styrr der richtige Mann, um ihn zu stellen. Er hatte die Kraft ihrer geteilten Marbendill-Vorfahren, das Blut von Barn Trollsohn. Er hatte nie eine ernsthafte Wunde gespürt und war jung und selbstbewusst, wie Brand selbst es nicht war.

Bruno marschierte die Treppe hoch wie ein Leopard, nahm zuerst zwei Stufen auf einmal, dann sprang er sie hinauf und hüpfte zwischen den Leichen von einer Seite zur anderen, als wäre er auf ebenem Grund und seine Rüstung hätte kein Gewicht. Styrr nahm zwei Stufen nach unten, um ihm entgegenzutreten, während sich seine Helfer zurückhielten, damit er sich der Herausforderung allein stellen konnte. Als der Kaiser immer weiter hoch sprang, wirbelte Styrr seine Axt und schlug nach dem Schild. Zu früh, dachte Brand, zu überhastet. Er begann sich seinen Weg durch den Block aus beobachtenden Wikingern zu bahnen, um seinem Verwandten zu Hilfe zu kommen.

Bruno blockte den Axthieb mit seinem Schild, aber der Schild war schon geneigt, so dass er den Hieb ablenkte, statt ihn hineinsinken zu lassen. Ehe sich Styrr sammeln konnte, begann Brunos eigener Schlag, er parierte ihn mit dem eisernen Schildbuckel und seine Rückhand war schon wieder in Bewegung. Für zehn Herzschläge blitzen Axt und Schwert vor und zurück, während die Schilde als Begleitung klirrten. Styrr blutete schon von Wunden an Arm und Schienbein, wobei er die Hiebe jedes Mal weggeschlagen hatte, ehe sie Knochen durchtrennen konnten, aber in wenigen Augenblicken würde er überwältigt sein. Zu einem Stöhnen von den Wikingern hinter ihm, wo Brand nun beinahe ganz vorne stand, machte er einen Schritt zurück, aber der Kaiser folgte ihm, ehe er den Freiraum bekam, den er brauchte …

Steffi, der seit der Dämmerung mit seiner mühsam hergeschleppten Feuerausrüstung und den Tontöpfen und Krügen, die er aus dem Wachhäuschen genommen hatte, beschäftigt war, schleuderte seinen ersten Feuerball auf den Kopf des Kaisers. Ohne nachzudenken blockte ihn der Kaiser mit seinem Schild ab, er prallte an der Lederoberfläche ab, traf eine Leiche und rollte harmlos die Steintreppe hinunter. Steffi japste ungläubig. Wenn er ihn einfach auf den Boden geworfen hätte, wäre er zerbrochen und die brennende Zündschnur hätte die Inhalte erwischt … Jetzt, wo er wollte, dass er zerbrach, benahm er sich, als wäre er aus Eisen gemacht.

Styrr schleuderte seinen runden Schild auf das Gesicht des Kaisers und ließ einen schlitzenden Schlag von unten folgen. Sein Feind trat wie ein Tänzer auf der schmalen Stufe zur Seite, ließ den Axthieb ins Leere gehen, stach den Riesen, der aus dem Gleichgewicht kam, gezielt in den Mund, durch Zähne und Kiefer und Gehirn, und trat zurück, um den fallenden Körper mit einer Drehung seines Handgelenks an sich vorbei die Treppe hinunterstürzen zu lassen.

Es gab einen Moment der Stille, als beide Seiten verarbeiteten, was sie sahen, dann kam ein Gebrüll, als die Lanzenritter heranstürmten und einander in ihrem Eifer wegschubsten. Außer sich vor Zorn bahnte sich Brand seinen Weg hindurch und riss „Schlachttroll" hoch, um seinen Verwandten zu rächen.

Steffi, der den Kampf Mann gegen Mann und dessen ungeschriebenen Ehrenkodex ignorierte, versuchte es erneut. Diesmal schleuderte er den Tonkrug, dessen Öffnung mit Stoff verstopft war, nicht auf den Mann, sondern auf die Steinstufen vor ihm. Der Ton zerbrach, die glühende Zündschnur fiel auf die Mischung aus Sulphur, Salpeter und Öl. Ein Blitz und ein Flammenmeer zu Füßen des Kaisers. Er sprang hindurch, zielte einen Hieb auf Brand und parierte einen Gegenschlag. Plötzlich sprang er zurück, ließ sein Schwert fallen, sprang wieder zurück und schlug mit seinen Panzerhandschuhen auf die Flammen ein, die seine Beine hinaufzüngelten. Brand folgte ihm, die Axt erhoben und den Gedanken an *Drengskapr* beiseitegeschoben. Ein weiterer Krug zerbrach, diesmal an seinen Füßen, dann noch einer und noch einer, als Steffis Truppe, erfreut über ihren Erfolg, die tönernen Feuerkrüge auf jedes Stück Stein, das sie auf beiden Treppen sehen konnten, hageln ließ.

Die Lanzenritter hatten jetzt den Kaiser bei sich und löschten seine brennende Kleidung mit Handschuhen und nackten Händen. Auf der anderen Treppe hatte sich Agilulf, der wie sein Kaiser nach vorn gekommen war, um sich um Guthmund zu kümmern, einfach umgedreht und war geflohen, wobei er ein Dutzend Männer vor sich die Treppe hinunterschleuderte, in Panik vor den Flammen, die ihn bereits bis in sein Grab gezeichnet hatten. Die Wikinger stürmten vorwärts, fanden selbst die Flammen unter ihren Füßen und zögerten.

Beide Seiten zogen sich weiter zurück, der einzige Lärm war nun das Brausen der Flammen auf dem Stein, eine unheimliche Flamme, die schwarzen Rauch aufsteigen ließ und aus dem Nichts zu brennen schien. Ein Armbrustschütze, der den Morgen damit verbracht hatte, einen beschädigten Bolzen geradezubiegen und zu formen, hob seine Waffe und sandte ihren letzten Schuss tief durch Schild und Körper eines der Lanzenbrüder.

„Lasst mich runter“, japste der Kaiser zu den Männern, die ihn außer Schussweite zerrten, „lasst mich runter, schüttet Wasser über mich, wir müssen es noch einmal versuchen.“

„Kein Glück diesmal, Kaiser“, sagte Tasso der Bayer. „Ihr habt den großen Bastard erwischt, aber sie waren auf uns vorbereitet. Das reicht für den Moment.“

Ein Mann schob sich seinen Weg durch die Sturmtruppe. Einer von den Rittern, die man zurückgelassen hatte, um den Gral zu bewachen, und der seinen Posten nur im Notfall verlassen hätte. Aber er lächelte.

„Erkenbert, ich meine, seine Heiligkeit, sagt, Ihr sollt sofort zu ihm kommen. Er hat etwas, das Ihr sehen wollt. Oder jemanden.“

Die Taubheit in seinem Fußgelenk war jetzt weg und Schmerz kam von dort in beständigem Pochen herauf, wobei jeder Herzschlag das geschwollene Gelenk zu erschüttern schien. Sein nackter Fuß war rot und dick. Er hatte ihn vom Boden gehoben, bis seine Beinmuskeln kurz vor dem Versagen waren, aber der Gedanke daran, dass er irgendetwas berühren könnte, ließ Übelkeit in ihm aufsteigen. Er versuchte immer noch, aufrecht zu stehen und gefasst zu wirken, wie es ein *Drengr* im Angesicht des Todes sollte, aber sein Körper begann vor Schock, Schmerz und Erschöpfung zu zittern. Sie würden sagen, es wäre Angst. Was war es, das Brand gesagt hatte? „Ein Mann sollte nicht humpeln, solange seine Beine gleich lang sind.“ Er würde versuchen, es nicht zu tun.

Das Murmeln der Wachen verstummte und Shef, der nun an einer Mauer lehnte, während seine Hände an eine Schelle über ihm gekettet waren, versuchte, sich aufzurichten. Dann war der Kaiser da, direkt vor ihm, mit Erkenbert an seiner Seite.

Sie hatten einander seit Braethraborg nicht gesehen, obwohl jeder an jedem vergangenen Tag an den anderen gedacht hatte. Jetzt starrten sie einander an, um ihre Erinnerungen zu prüfen, um zu sehen, was die Zeit getan hatte.

Der Kaiser war auch verwundet, wie Shef bemerkte, sein strenges, bleiches Gesicht zuckte von Zeit zu Zeit unfreiwillig bei einem Aufblitzen von Schmerz. Er roch nach Blut und Verbrennungen und die Falten in seinem Gesicht waren tiefer. Der Kaiser sah einen Mann, der noch keine dreißig war, mit dem weißen Haar an den Schläfen und den Sorgenfalten um die Augen von jemandem, der zwanzig Jahre älter war. Um sein fehlendes Auge war das Fleisch geschrumpft und nach innen gezogen. Er schien in den letzten Zügen der Erschöpfung, nur von den Seilen um seine Hände aufrecht gehalten. Jeder Mann hatte einst das Leben des anderen verschont. Jeder erkannte im anderen die Narben von Entscheidungen und Verantwortung.

„Ihr seid ein Apostat und ein Rebell gegen Gott“, sagte Bruno.

„Nicht gegen Gott, Euren Gott oder einen anderen. Nur gegen Eure Kirche. Kein Priester wird in England verfolgt, keinem Christen wird Leid zugefügt, weil er Christ ist.“

Die Stimme des Kaisers wurde schärfer. „Ihr habt den Heiligen Gral vor mir verborgen. Ihn mit Täuschung unter meinen Augen versteckt.“

„Ich habe die Heilige Lanze für Euch gefunden. Ohne mich wäre sie nie zu Euch gelangt.“

Der Kaiser wirkte unsicher, was er sagen sollte. Die Stimme von Erkenbert dem Fanatiker drang durch seine Unsicherheit.

„Ihr habt falsche Bücher und falsche Evangelien gemacht und sie an die Christenheit verteilt!"
„Woher wollt Ihr wissen, dass sie falsch sind?"
„Seht Ihr!", sagte Erkenbert zu seinem Kaiser. „Ihr seid willens, ihm sogar jetzt zu vergeben, in Eurer Gnade. Denkt daran. Andere Ketzer sündigen gegen den Glauben, aber dieser Mann – wenn er ein Mann ist –, er wirft Zweifel über alle Religionen miteinander. Wenn er seinen Willen hätte, würden alle Bücher bloße Worte werden, die man so oder so auslegen kann. Behandelt wie der Schwur eines Pferdetäuschers oder die Versprechungen einer Dirne."
„Bücher *sind* bloße Worte", sagte Shef schwach, als seine Sinne ihn zu verlassen begannen. „Nur kann man einen Schreiber nicht fragen, ob er die Wahrheit sagt. Man kann ihm nicht in die Augen blicken."
„Er zweifelt das Wort Gottes an", sagte Bruno entschieden. „Es ist eine Sünde gegen den Heiligen Geist. Wie soll er sterben, Eure Heiligkeit?"
„Dies ist Rom. Tun wir es wie die Römer und kreuzigen ihn."
„Verdient er den Tod unseres Erlösers?"
„Sankt Petrus wurde kopfüber gekreuzigt, weil er nicht würdig war, seinen Herrn zu imitieren. Nagelt diesen mit seinen Händen über seinem Kopf fest."
Fasst nur meinen Fuß nicht an, dachte Shef. Ein sinnloser Gedanke. Den würden sie auch festnageln. Er legte jetzt immer mehr Gewicht in das Seil und immer weniger auf sein heiles Bein. Umso schneller er bewusstlos würde, umso besser.
„Sollen wir es dort tun, wo es seine Männer sehen können?", fragte eine Stimme irgendwo in der Schwärze, die ihn umfing.
„Nein. Nein. Besser, wenn es keine Geschichte darüber gibt und er einfach verschwindet. Bringt ihn irgendwo in einen Garten. Nutzt die Gralsritter, um ihn zu bewachen, bis er tot ist."
Das Seil um seine Handgelenke wurde los geschnitten, er taumelte, kam auf seinen verletzten Fuß und stürzte zu Boden. Der

Kaiser sah ihm nach, als ihn die Ritter wegzerrten. „Er hätte wohl ein großer Kämpfer für den Herrn werden können", sagte er. „Satan war einst Luzifer, der strahlendste Engel im Himmel", antwortete Erkenbert.

Seine Hände waren über ihm ausgestreckt, seine Füße unter ihm gestreckt. Er hatte nicht gespürt, wie der Nagel durch beide Handgelenke getrieben wurde. Sobald die eiserne Spitze sein zerschmettertes Fußgelenk berührt hatte, hatte er tief in seine Lippe gebissen, um sich vom Schreien abzuhalten, aber nach dem ersten Schlag hatte er überhaupt nichts mehr gespürt. Die verschlagenen Soldaten hatten ein winziges Brett unter seinen Füßen befestigt, das nicht mehr als drei Zentimeter über den Baumstamm hinausragte, an den er genagelt war, und darauf konnte er sein Gewicht legen. Viel von seinem Gewicht. Wenn ihn sein einer Fuß nicht mehr tragen wollte, hing er wieder an seinen Handgelenken und spürte den erstickenden Druck von seinen Rippen. Wenn er in Ohnmacht fiel, fiel das Gewicht wieder auf sein Fußgelenk und der stechende Schmerz weckte ihn wieder. Als die Sonne auf Mittag zustieg, glitt Shef immer wieder in die Ohnmacht.

Die Götter blickten von Asgard aus auf ihn herunter, ohne Mitleid oder Besorgnis, aber mit Interesse und Berechnung. Da war sein Vater Rig, mit fuchsartigem Gesicht und klugen Augen. Wölund, der lahme Schmied, dessen Platz Shef einst eingenommen hatte, einst ein Mensch, aber für seine Kunstfertigkeit nach Asgard aufgestiegen. Vor ihnen allen der einäugige Odin, der Shefs Feind und der Helfer seiner Feinde gewesen war. Der eine, der neben ihm stand: Ja, er konnte die Zeichen von Schmerz und Gift auf seinem Gesicht erkennen, aber sie wirkten geglättet, halb verheilt. Von allen Gesichtern, die er sehen konnte, schien das von Loki am wenigsten feindlich. Auch am wenigsten menschlich. Nicht umsonst war er der Vater, und auch die Mutter, der Monsterbrut. Shef hatte ebenfalls Monster in die Welt gebracht.

„Er hängt wie einst du, Vater“, sagte Loki. „Du hingst für neun Tage, um Weisheit zu erlangen. Es ist zu spät für ihn, um sie zu erlangen.“

„Er mag sie nicht erlangen“, antwortete Rig. „Er hat sie in anderen gepflanzt.“

„Wie du, als du Nachwuchs mit Edda und Amma und Mothir zeugtest, Mutter und Großmutter und Urgroßmutter“, sagte Loki, wahrhaft, aber scharfzüngig. „Du hast ihre Ehemänner betrogen, um einen besseren Stamm zu zeugen. Aber der Samen von diesem hier stirbt mit ihm. Welchen Nutzen hat das?“

„Nicht ganz mit ihm vielleicht“, sagte Rig.

„Auf jeden Fall“, brummte Wölund der Gelähmte, Erfinder des Fliegens, „ist sein wahrer Samen nicht körperlich, Loki. Seine Söhne sind die Sklaven, die zu Männern wurden. Udd der Stahlmeister und Ordlaf der Seemann. Cwicca der Drachenmeister, der nun mein Zeichen trägt. Steffi mit dem Schielen, der deines trägt. Du solltest ihm danken, Loki. Du bist befreit und wirst stark, und wirst noch stärker werden, aber du wärst immer noch wahnsinnig unter den Schlangenzähnen, wenn er nicht Männern einen Grund gegeben hätte, an dich zu glauben.“

„Es wird trotzdem keine Söhne von Shef, oder Sheafinge, geben, wie es Söhne von Scyld, Scyldinge, gab“, sagte Odin.

Rig sagte nichts, aber Heimdall hörte seinen Gedanken und der sterbende Mann hörte ihn auch. Deine Scyldinge versagten, als Sigurd starb, dachte Rig. Mein Sohn hat die Welt auf den Pfad der Sheafinge geführt. Nicht Frieden allein, nicht Krieg allein, aber einen Pfad, wo unsere Söhne und Töchter frei sein werden, sich selbst zu erfinden und Götter nach ihrem eigenen Bild zu erschaffen. Im Guten oder Bösen, ihre Wahl.

Vielleicht wird mir Wölund einen Platz in seiner Schmiede geben, dachte Shef und ignorierte Rigs stillen Gedanken. Das wäre ein besserer Ort für mich als die Zwinger Rigs, meines Vaters.

Die Vision verblasste, Shef kam zurück in die Welt der heißen Sonne und des Schmerzes. Die Sonne war nicht länger vor seinen Augen, sie war über seinem Kopf und schien selbst durch sein dichtes weißes Haar zu brennen. Würden sie mir Wasser geben?, fragte er sich. Die römischen Soldaten gaben es Jesus, ich sah sie das tun. Was ist dann mit dem Weißen Christus? Ich glaube nicht an ihn, aber er muss nun mein Feind sein.

Es war sein einstiger König, König Edmund von Ostangeln, der beim nächsten Mal zu ihm kam. Sie hatten in einer Sommernacht vor zehn Jahren gemeinsam auf den Tod gewartet. Der König war vor ihm gegangen und unter Messer und Meißel von Ivar und seinem Blutadler gestorben. Er war zu Shef gekommen, als auch er nach seiner halben Blendung in Schmerzen lag, wobei er sich damals vorstellte, dass er mit einem Spieß durch sein Auge von Hlidskjalf hing, wie er jetzt in Wahrheit durch Hand- und Fußgelenke aufgespießt hing. Aber wo war der König hingegangen? Er hatte für seinen christlichen Glauben gekämpft und war dafür gestorben, hatte sich geweigert, ihm unter Folter abzuschwören. Wenn der Weiße Christus jemanden retten konnte, dann wäre das sicherlich er gewesen?

Der König hielt nicht länger sein Rückgrat in der Hand. Er schien von weit weg herunterzublicken, weiter weg als Hlidskjalf, wo die Götter aus Asgard die Handlungen der Menschen mit begierigem Interesse beobachteten. Edmund, König und Märtyrer, hatte kein solches Interesse, nicht mehr. Er war nach anderswo gegangen.

„Am Anfang war das Wort", sagte er und seine Stimme schwebte herab wie Eschensamen auf einer Brise. „Und das Wort war mit Gott." Seine Stimme veränderte sich. „Aber das Wort war nicht Gott. Das Wort wurde von Menschen gemacht. Bibel, Testament, Talmud, Torah, Hadith, Koran, Kommentare. Sie alle sind Werke von Menschen. Es sind Menschen, die das Werk von Menschen zum Wort Gottes machten."

„Größer ist das Werk als das nackte Wort", antwortete Shef in Gedanken und zitierte das englische Sprichwort.

„Das ist wahr. Und so mag dir vergeben werden. Was du getan hast, könnte die Worte verblassen, ihre Autorität verlieren lassen, die Au-

torität, die niemand ihren Autoren gewähren würde, weil sie bloße Menschen waren. Die Autorität, die vom Glauben kommt – sie mag bleiben. Diejenigen, die sich wünschen, an die Erlösung des Christentums, die Shari'a *des Islam, das Gesetz der Juden zu glauben – das steht ihnen immer noch offen. Aber sie können den Menschen nicht erzählen, dass ihre Worte heilig sind und nicht in Frage gestellt werden dürfen. Jede Interpretation darf in Frage gestellt werden. Das hast du deinem Freund Thorvin bewiesen. Deine Freundin Svandis hat es dir gezeigt. Es liegt Wahrheit im Wort, aber nicht eine einzige Wahrheit."*

„Kann ich deinem Wort glauben?", versuchte Shef zu der verblassenden Gestalt zu sagen. „Liegt eine Wahrheit in meinen Visionen?"

„Frag Farman", sagte die Stimme des Königs in einem schrillen, zurückweichenden Pfeifen. „Frag Farman."

Er ist bei den Schiffen, dachte Shef. Beim Wasser. Gibt es hier Wasser? Die Sonne ist jetzt an der Seite meines Gesichtes. Er versuchte, die Ritter, die ihn bewachten, anzubetteln, um Wasser oder um den Tod, aber seine Stimme kam nur als raues Krächzen wie das einer Krähe heraus. Die Ritter unterhielten sich und hörten ihn nicht.

„Wenn er sie dieses Mal nicht bricht, werden sie ihn brechen."

„Er wird sie brechen."

„Die Italiener sammeln sich, um ihren Gegenpapst zu verteidigen."

Ein bellendes Gelächter. „Die Italiener!"

„Man sagt, eine arabische Flotte wurde gesichtet ..."

„Die Griechen werden sie versenken. Wo ist dein Glauben?"

Eine Stille. Die zweifelnde Stimme sagte: „Ich wünschte, wir könnten mit dem Kaiser kämpfen."

„Wir sind hier, um den Gral zu bewachen. Und diesen Ketzer hier."

„Vor wem?", murmelte der Zweifler.

Shef wusste, dass er jetzt dem Tod nah war, und sein Durst hatte aufgehört, ihn zu stören. Was wünschte er sich? Dass er Godive noch einmal sehen könnte? Nein, sie würde glücklich leben und sterben, so weit weg von ihm wie König Edmund. Dass er das Kind sehen könnte, das er und Svandis haben würden? Wenn das Kind einer solchen Mutter geboren wurde, brauchte es keinen Vater, um es zu schützen. Er wünschte, er hätte Cwicca nicht geschlagen. Er wünschte, er könnte das Haus der Weisheit noch einmal sehen, und was Udd in einem weiteren friedlichen Sommer vollbracht hätte.

Er konnte das Haus der Weisheit nicht sehen, aber er konnte seinen Leiter sehen, Farman, Priester des Frey. Seltsam. Er hatte zuvor in Visionen andere Männer gesehen, die er kannte, aber nur ein Mann hatte ihn je gesehen, reagiert, als wäre er dort gewesen, und das war Farman in der Schmiede der Götter gewesen. Nun war er wieder da und sprach drängend.
„Wo bist du?“
„Ich weiß es nicht. Irgendwo in einem Garten.“
„Rom ist in deinem Osten“, sagte Farman. „Das Aquädukt ist im Süden. Sieh die Schatten an.“
Shef öffnete sein Auge und sah, dass der Schatten des Baumes, an dem er hing, sich wegstreckte und nun ziemlich lang war. Wenn er seine Perlen und Drähte hätte, könnte er rechnen, er könnte rechnen …
„Das wird reichen. Das wird reichen.“

Shefs Fuß rutschte von dem winzigen Brett, das man ihm nicht aus Gnade gegeben hatte, sondern um die Qual des Todes zu verlängern. Sein Gewicht stürzte auf seine Handgelenke und sein zerstörtes Fußgelenk. Diesmal erweckte ihn der Schmerz nicht, sondern sandte ihn gnädig von jeder Ebene des Bewusstseins fort.

Kapitel 34

Der Kaiser sammelte seine verbliebenen Truppen unter der Treppe, von der er früher an diesem Tag weggezogen worden war. Diesmal gab es keinen Versuch der Deckung oder Überraschung. Es war wie das Spiel, das die Soldaten spielten. Zwei Männer saßen einander gegenüber an einem Tisch, packten ihre Hände und jeder versuchte, den Arm des anderen niederzudrücken. Eine Prüfung der Stärke, eine Prüfung des Willens bei gleichstarken Männern. Wenn es die Soldaten taten und betrunken genug waren, hämmerten sie Nägel unter dem Tisch durch, um die Hand des Verlierers aufzuspießen. Das war eine große Motivation für den Willen. Und genauso standen die Dinge jetzt. Der gesamte Tag war mit Gerüchten und plötzlicher Panik erfüllt: Die Italiener wurden aufständisch, es lag eine arabische Flotte vor der Küste, der heidnische König war mit magischen Schwingen entkommen, um eine neue Armee herbeizubringen. Nichts davon machte einen Unterschied. Der heidnische König war tot oder würde es bald sein. Seine Armee wäre vor Sonnenuntergang vernichtet. Danach war Bruno bereit, sich in die Hügel zurückfallen zu lassen und sich den ganzen Weg bis Deutschland zurückzuziehen, ehe er seine Kraft sammelte und zurückkehrte. Aber er würde keine unerledigten Geschäfte zurücklassen und kein Zentrum, um das eine Legende von einem Sieg wachsen könnte.

Brand hatte den Nachmittag damit verbracht, seine Rüstung zu polieren und seine Waffen zu betrachten. Er war mit dem Kaiser einer Meinung. Der Großteil seiner Armee, das, was davon noch übrig war, war durch Wunden oder den Verlust seiner Munition auf eine Rolle als Zuschauer beschränkt. Beim Großteil der gegnerischen Armee, vermutete er, war es wohl dasselbe. Er hatte die Wachposten außerhalb der Mauern den ganzen Tag schrumpfen sehen, durch Fahnenflucht oder weil die verlässlichen Einheiten abberufen wurden, um sich der unmittelbaren Gefahr innerhalb der Mauern zu stellen. Es käme jetzt auf den Zusammenprall weniger Männer an. Vielleicht, dachte er, zweier Männer.

Die Frage war, womit er gegen diesen Bastard kämpfen sollte. Brand glaubte nicht, dass der Kaiser so schnell wie Ivar oder so stark wie er selbst war. Aber er war sicherlich schneller als Styrr oder Brand und stärker als Ivar. Brand hatte beschlossen, seine Axt „Schlachttroll" zurückzulassen. Gegen einen wirklich guten Schwertkämpfer statt gegen einen passablen oder mittelmäßigen war sie ein Nachteil. Er hatte sich von Guthmund ein Schwert geliehen, es ein paarmal geschwungen und sich dagegen entschieden. Am Ende hatte er beschlossen, sich auf pure Kraft zu verlassen, worin er besser war als jeder Mann. Er hatte einem der englischen Pygmäen die Hellebarde abgenommen, den halben Schaft abgesägt und sich selbst eine Axt mit gewaltigen Proportionen konstruiert. Kein anderer Mann konnte etwas Derartiges mit einer Hand führen. Das würde sein Vorteil sein. Die Axt auf einer Seite, den Spieß auf der anderen, die Lanzenspitze oben auf dem Schaft. Drei Waffen in einer und alle davon plump. Er hatte auch seinen Schild weggelegt, stattdessen den eines toten Mannes genommen und ihn auf den halben Durchmesser zurechtgeschnitten, dann unbeweglich an seinen linken Unterarm geschnallt, so dass seine linke Hand frei blieb. Um seinen Bauch und über sein Kettenhemd hatte er die Lederjacke eines weiteren Toten geschnallt und auf der linken Seite übereinandergeschlagen, um mehr von der Fläche abzudecken, die ein richtiger Schild geschützt hätte. Als die feindlichen Trompeten wieder ertönten, schlenderte Brand zum oberen Treppenabsatz. Ihm war heiß, er war durstig – sie hatten vorher das Aquädukt blockiert. Er hatte aufgehört, Angst zu verspüren.

Der Kaiser war an der Spitze seiner üblichen Truppe aus schwer bewaffneten deutschen Fußsoldaten. Unter sie waren seltsame Geräte gemischt. „Was ist das?", murmelte er zu Steffi, der neben ihm stand und einen seiner drei verbliebenen Feuertöpfe hielt.

„Ich kann die Schläuche sehen", sagte Steffi. „Ich glaube, sie sind für Wasser. Eine Art, Wasser zu pumpen. Vielleicht um die Feuer zu löschen." Sie waren tatsächlich die städtischen Feuerwehrmänner der Stadt Rom, von Brunos Handlangern aus ihren Verstecken gezerrt.
„Kein Bedarf dafür", rief Brand auf Nordisch aus. Er wusste, dass Bruno das von seinen langen Reisen auf der Suche nach der Heiligen Lanze verstand. Er drehte Steffi um und schob ihn sanft weg.
„Lasst mich hinaufkommen und kämpfen, großer Mann", brüllte Bruno.
„Ich komme hinunter."
„Werden sich Eure Männer ergeben, wenn ich gewinne?"
„Wenn Ihr gewinnt, könnt Ihr sie fragen. Wenn ich gewinne, frage ich Eure."
Die gepanzerten Deutschen zogen sich ein wenig vom Fuß der Treppe zurück, als Brand hinunterschritt, und ließen einen Freiraum mit zwanzig Fuß im Durchmesser.
Nicht alle Augen waren auf die Szenerie geheftet. Auf dem Wehrgang, hoch oben, flüsterten Cwicca und Osmod zueinander.
„Was, meinst du, ist mit dem Meister passiert?"
„Er ist abgestürzt. Sie werden ihn aufgegabelt haben."
„Tot, meinst du?"
„Liegt an uns, das zu sehen", sagte Cwicca, der immer noch mit seinen gebrochenen Zähnen lispelte. „Ob es da unten Sieg oder Niederlage wird, ich schlage vor, sobald es anfängt, finster zu werden, werfen wir die Seile über die Mauer – ich habe ein halbes Dutzend starker Seile aus der Drachenausrüstung gemacht – und klettern alle hinunter. Alle von uns Engländern jedenfalls. Dann können wir uns verteilen und nach ihm suchen."
„Sie werden uns da unten in Stücke hacken. Die Armbrüste sind jetzt nutzlos."
„Sie sind wie wir, ein Haufen von ihnen hat genug. Dreihundert von uns, was auch immer es wird, mit Messern und schlechter

Laune – wir werden locker durchkommen. Dann gehen wir dorthin, wo diese verdammten Maschinen waren, bis sie aufgegeben haben, und sehen, wen wir erwischen."

„Ich habe euch gehört", sagte Svandis, die sich in das Geflüster einmischte. „Ich komme auch mit."

Hinter ihnen erklang das plötzliche Klirren von Metall.

Der normale formelle Schwertkampf bestand aus Hieb und Parade, gemeinsamer Nutzung von Schwert und Schild, es kam auf Reaktionsgeschwindigkeit und Kraft im Handgelenk an. Brand hatte nicht vor, so zu kämpfen. Wenn er es täte, würde er verlieren.

Der erste Zusammenprall kam, als der Kaiser, ohne Salut oder Vorwarnung, über den Raum zwischen den Duellanten sprang und tief auf die Seite ohne Schild schlug. Brand parierte den Schlag gerade noch rechtzeitig mit der eisernen Spitze seiner Hellebarde und duckte seinen Kopf unter dem sofortigen heftigen Rückschlag weg. Dann war auch er in Bewegung, auf den Zehenspitzen, kreiste ständig nach rechts, weg vom Schwert des Kaisers und auf seinen Schild zu, über dem sich wieder einmal die Spitze der Lanze zeigte.

Nach dem ersten Hieb unternahm Brand keinen Versuch, zu parieren, wich nur den Schlägen aus und blieb außer Reichweite. Selbst gegen den Kaiser mit seinen langen Armen und Affenschultern hatte er bei der Reichweite einen Vorteil. Er hielt sich zurück und machte alle paar Sekunden Finten mit seiner schwerfälligen Waffe. Als sich der Kaiser für einen weiteren Sprung nach vorn anspannte, trat er nach vorn und schlug zu. Er schwenkte das zwanzig Pfund schwere Eisenbeil mit seiner scharf gefeilten Klinge wie ein Junge, der eine Gerte über eine Distel zischen lässt. Der Kaiser nahm den Hieb voll mit seinem Schild an, wurde zur Seite geschoben, taumelte und fing sich wieder. Für einen Augenblick sah er nervös auf die Innenseite seines Schildes, wo die Heilige Lanze in ihrer Halterung saß. Immer noch da, obwohl Brunos eigenes Blut jetzt von seinem verwundeten Arm auf sie

herunterströmte. Es lief dorthin, wo das Blut seines Heilands achthundert Jahre zuvor gewesen war.
„Reliquien helfen Euch jetzt nicht“, brummte Brand, der begann, schwerer zu atmen. Er bewegte sich immer noch locker, aber die Spitze der Hellebarde ruhte jetzt auf seiner rechten Schulter, bereit, wieder zuzustoßen.
„Gotteslästerer!“, antwortete der Kaiser und stach tief nach seinen Lenden.
Brand drehte sich von dem Stich weg, hackte auf das Gesicht und wurde wieder blockiert. Aber der Schild des Kaisers hatte zwei monströse Hiebe eingesteckt und war jetzt tief zerschnitten und gesplittert. Noch zwei und er wäre ungeschützt. Ungeschützt sowohl durch Schild als auch Reliquie. Die linke Hand des Kaisers löste sich von seinem Schildgriff und streckte sich hinüber, um die Lanze zu packen und sie festzuhalten, selbst falls der Schild weggehackt würde. Brand sah seine Unsicherheit und trat vor, wobei er Vorhand und Rückhand schwang, hoch und tief, so dass die gewaltige Stahlklinge durch die Luft pfiff, als er die volle Stärkte seiner Unterarme, dick wie Bärenpranken, nutzte. Der Kaiser war an der Reihe, sich wegzuducken, und streckte seine Arme hoch, als ein Schlag an seinem Bauch vorbeizischte. Er war jetzt fast bis zu seinen eigenen Unterstützern zurückgedrängt und Brand wich zurück, forderte ihn mit seinem Rückzug heraus, drängte ihn zurück ins Zentrum des Freiraums.
Nicht alle Blicke ruhten auf dem Kampf. Als die kurze italienische Abenddämmerung einsetzte, hatte Hund nach seiner Gelegenheit gesucht. Auch er hatte das geflüsterte Gespräch von Cwicca und Osmod gehört. Heimlich nahm er eines der Seile, das Cwicca vorbereitet hatte. Svandis, die vom Rand der Menschenmenge auf den Wehrgängen auf den Kampf hinunterblickte, spürte eine Hand auf ihrer Schulter. Hund winkte ihr und sie wandte sich leise ab. Im stärker werdenden Zwielicht schlichen die beiden auf leisen Sohlen fort und erreichten das Aquädukt, über das sie in der Nacht zuvor heraufgekommen waren. Es

war nicht bewacht, die Spähposten sahen in die andere Richtung. Hund winkte Svandis, dass sie auf allen Vieren kriechen sollte. In gedücktem Lauf rannte der kleine Mann den Kanal entlang weg, von den vier Fuß hohen Mauern vor Blicken verborgen. Wenige Meter weiter holte sie ihn ein und flüsterte ihm zu: „Am anderen Ende sind Wachen!"
Hund zeigte ihr das Seil. „Wir werden über die Mauer klettern, ehe der Kanal den Boden erreicht. Im Schatten eines Stützpfeilers. Sie sehen uns wahrscheinlich nicht. Die besten Männer des Kaisers sind jetzt bei ihm innerhalb der Mauern."
Die sinkende Sonne beeinträchtigte jetzt beide Kämpfer, aber den Kaiser mehr. Brand hatte die Sonne im Westen hinter sich, knapp über der Stadtmauer. Sein Kopf und seine Schultern waren im Licht, sein Körper schon im Schatten. Manchmal schlug er aus dem Schatten, manchmal aus der Sonne, und der Schild des Kaisers war ein Fragment, ein Gurt durchgeschnitten, so dass die Heilige Lanze selbst lose hing. Aber Brand ermüdete sichtlich, während der Kaiser so schnell und gewandt wie immer wirkte. Die Beobachter waren anfangs still gewesen, auf beiden Seiten nervös und verunsichert, aber jetzt fingen sie vor Erregung an, laut in einer Mischung aus Sprachen zu rufen.
„Nutze deinen eigenen Schild, Brand!"
„Nutzt die Spitze, *herra*!"
„Beweg dich weiter!"
„Ersticht ihn mit der Lanze!"
Auch Erkenbert glaubte, dass der Augenblick der Entscheidung gekommen war. Seiner Meinung nach war er derjenige, der am Tag der Zerstörung der Königseiche in Uppsala den Ausgang bestimmt hatte, indem er rechtzeitig mit der Axt angegriffen hatte. Wenn die Zeit käme, dass seine Hagiographie geschrieben werden sollte, musste es etwas geben, das seine Anwesenheit am zweiten Tag der Zerstörung des Heidentums markierte. Er packte das Gralsbanner von seinem Halter, trat einen Schritt nach vorn, hob es hoch und schrie aus vollster Lunge: „*In hoc signo vinces*!"

Brand sah, wie der Kaiser auf den Schrei reagierte, und nahm zum ersten Mal den Schaft seiner Hellebarde mit beiden Händen. Er blockte den Schlag auf seinen Kopf mit einem wütenden Hieb nach oben ab, machte zwei Schritte nach vorn auf seinen zurückweichenden Feind zu, der jetzt erneut fast am umgebenden Ring angelangt war, und entfesselte einen Rückschlag mit voller Wucht auf seinen Körper. Zu hoch zum Springen, zu tief zum Ducken, kein Raum zum Ausweichen.
Der Kaiser trat in den Hieb und schwang sein rasiermesserscharfes Schwert aus feinstem spanischem Stahl nicht auf die Hellebarde, sondern auf das Handgelenk. Für einen Augenblick schien sich der Schlag fortzusetzen, die Hellebardenspitze traf auf den zerschmetterten Schild des Kaisers und riss ihn und die Lanze aus seinem Griff. Dann wirbelte sie auf den Boden, immer noch von einer abgetrennten Hand gehalten. Sofort sprudelte Blut aus Brands Handgelenk und ein lautes Stöhnen kam von seinen Unterstützern.
Der Kaiser senkte seine Schwertspitze, als er merkte, dass der Schild aus seinem Griff verschwunden war, und drehte sich nervös nach dort, wo die Heilige Lanze neben der abgehackten Hand lag. Als er das tat, trat Brand wieder vor, dessen rechter Arm hilflos herunterhing. An seinen linken Arm hatte er immer noch den kleinen Schild geschnallt, den Schild, den er bis jetzt noch nicht benutzt hatte. Mit geballter Faust ließ er seinen linken Arm in einem vernichtenden Schlag herunterkrachen. Die dicke Kante des Schildes traf den Nacken des Kaisers, als er sich bückte, um seinen Talisman aufzuheben. Das Knacken von brechenden Knochen hallte deutlich zwischen den Mauern. Dann, in Totenstille, fiel der Kaiser nach vorn auf sein Gesicht, sein Kopf in einem unmöglichen Winkel.
Brand bückte sich sofort und schnappte die Heilige Lanze aus der toten linken Hand weg. Ein Dutzend Lanzenritter traten automatisch vor und ihre Hände griffen nach ihrer heiligen Reliquie. Brand trat weg, als seine eigenen Männer vorwärtsstürmten, drehte sich zu ihnen und warf mit seiner linken Hand die

Lanze hoch und über die Mauer, so dass sich die sinkende Sonne mit einem letzten Blitzen von Licht in ihren vergoldeten Kreuzen spiegelte.
„Euer Gott hat Euch verlassen!", schrie er, als Hände seinen Arm packten und anfingen, eine Schnur um das Handgelenk zu verzurren.
Einige der Ritter verstanden die Worte, andere nicht. Alle fühlten denselben abergläubischen Schrecken. Sie würden jetzt nicht kämpfen. Sie mussten erst verstehen. Ritter und Brüder gleichermaßen zogen sich in die Gassen zurück, aus denen sie gekommen waren, und wollten nur noch ihre Pferde holen und aus der verfluchten Stadt fliehen.
Zwei von ihnen, Tasso der Bayer und Jopp der Burgunder, verweilten lang genug, um die Leiche des Kaisers vom Boden aufzuheben. Tasso schwang ihn über seine Schulter, Jopp zog sein Schwert und wich als Nachhut gegen jeden feindlichen Ansturm zurück. Als er zurückwich, sah er, dass das Gralsbanner immer noch im Boden steckte. Wo ist der kleine Diakon, der eine, den unser Herr zum Papst machte?, dachte er voller Wut und Verzweiflung. Er hat ihn verlassen, er und sein falsches Zeichen! Er hackte auf den Schaft des Banners ein, so dass es mit dem letzten Licht auf die Erde fiel.

Shef wusste, dass er jetzt im Sterben lag, die Dunkelheit war überall um ihn. Er wusste nicht, ob es Nacht war oder ob sein Auge versagte. Er konnte immer noch hören. Es rief eine Stimme aus der Finsternis, eine Stimme, die er viele Jahre zuvor zum ersten Mal gehört hatte, in York, am Tag von Ragnars Tod, als sein eigenes richtiges Leben angefangen hatte. Es war Erkenberts Stimme und er rief aus: „Der Kaiser ist tot!" Aber wie konnte das passiert sein?
Ein Stimmengewirr unter ihm. Sein Kopf war nun endlich völlig klar und er konnte verstehen, was sie sagten, aber er schenkte dem wenig Aufmerksamkeit. Die Gralsritter stritten, unfähig, zu glauben, dass ihre heilige Sache und ihr Anführer gescheitert waren.

Dann gab es Anschuldigungen von Verrat und Betrug, ein Handgemenge um die goldene Kiste, in der man den Gral aufbewahrt hatte, Schläge fielen. Er wusste nicht, wer gewann.
Einige Zeit später wurde ihm bewusst, dass der Hof, jetzt völlig im Dunkeln, leer war. Seine Wachen waren verschwunden. Sie hätten ihn erstechen sollen, ehe sie weggingen, oder? Nicht ganz leer. Er öffnete sein Auge und sah eine Figur am Fuß seines Baumstammes stehen. Irgendwie hatte er seinen Fuß zurück auf das kleine Brett bekommen, das ihn so lang am Leben gehalten hatte, und konnte jetzt sehen und denken. Es war Erkenbert der Diakon, er erkannte die Tonsur und die schwarze Robe. Der kleine Mann hatte irgendwo einen Speer gefunden, wog ihn unbeholfen ab, und würde ihn gleich unter die Rippen stechen, wie es der germanische Zenturio vor langer Zeit in seiner Vision an dem norwegischen Fjord mit Christus gemacht hatte
„Falscher Prophet!", zischte die Stimme von unten. „Falscher Messias!"
Es waren andere Gestalten in der Finsternis hinter Erkenbert. Hund und Svandis – weit vor dem Rest der Wegemänner, die sich nun unter Cwiccas Drängen sammelten und aus der Stadt marschierten, um ihren Anführer zu retten – hatten den Aufruhr um den Gral gehört und waren durch die Haine und Gärten heraufgeschlichen, um nachzusehen, was los war. Hund trug keine Waffe bei sich, Svandis nur die lange Nadel, die ihr Haar befestigte. Das reichte für eine Nachfahrin von Ragnar und Ivar. Als sich der einstige Diakon für einen beidhändigen Stoß anspannte, trieb sie die dünne Nadel zwischen seine Wirbel. Er fiel nach vorn an den Fuß des Baumes.
„Wie bekommen wir ihn herunter?", fragte Hund.
Sie deutete schweigend auf das alte hölzerne *Graduale,* das vor langer Zeit für einen ähnlichen Zweck genutzt worden war und jetzt von den wütenden Rittern, die seine Kiste erbeutet hatten, als Betrug zur Seite geworfen worden war. Hund lehnte es an den Baum, kletterte hoch und mühte sich mit dem langen Nagel

durch beide Handgelenke, die weit über Shefs und seinem Kopf hingen.

„Ich brauche Werkzeug“, sagte er. „Thorvin muss welches haben.“

„Ich habe, was du brauchst“, sagte eine andere Stimme. Svandis warf sich herum, Nadel in der Hand. Zwei weitere Gestalten traten aus der Finsternis. Zu ihrer Überraschung erkannte sie Farman, den visionären Priester, den sie immer noch auf den Schiffen vermutet hatten, und Solomon den Juden, der im Kampf der vergangenen Nacht verschwunden war.

„Ich bin Solomon auf der Straße begegnet“, sagte Farman. „Er hat aus einem Versteck viel von dem gesehen, was heute passierte. Aber ich wusste bereits, dass dein Mann hier war, und was man ihm angetan hatte. Nicht alle Visionen kommen aus den Gedanken, Svandis. Hier, ich habe Zangen mitgebracht.“

Nach wenigen Minuten angestrengter Mühen lag Shef auf dem Boden ausgestreckt, während Hund seinen Puls abhörte und Wasser auf seine aufgesprungenen Lippen goss. Dann schnüffelte er an den geschwärzten Wunden in den zerschmetterten und geschwollenen Füßen.

„Ich werde Thorvin und die anderen holen“, sagte Svandis. „Er braucht Schutz und Sicherheit.“

Farman blockierte sie mit erhobener Hand. „Das braucht er. Aber nicht von Thorvin. Nicht vom Weg. Wenn er jetzt zurück zu Macht und Königtum gepflegt würde, bedenke, was sie sagen würden. Der einäugige König, außerhalb der Stadtmauern gekreuzigt, der lahme Schmied, von den Toten zurückgekehrt. Sie würden einen Gott aus ihm machen.

Nein. Lasst ihn nun ins Dunkel gehen und lasst die Welt Frieden haben. Er hat die Welt auf ihren neuen Pfad geführt und das ist genug.“

„Du meinst, wir sollen ihn sterben lassen?“

„Lasst mich ihn haben“, sagte Hund vom Boden. „Wir waren vor langer Zeit Freunde. Er sprach oft davon, irgendwo im Sumpf eine Hütte zu haben, wo er Aale fangen, Gerste anbauen und in

Frieden leben könnte. Wenn er überlebt, werde ich ihn zurück ins Sumpfland bringen. Ich glaube nicht, dass er das, was ich tun muss, überleben wird, aber vielleicht schafft er es."

„Die Sümpfe von Norfolk sind tausend Meilen entfernt!", rief Svandis.

„Septimania ist nicht so weit", sagte Solomon. „Ich kann ihn dort verstecken, für eine Weile. Mein Volk hat nicht den Wunsch, dass irgendein weiterer Messias die Welt durcheinanderbringt."

„Ihr drei, nehmt ihn", sagte Farman. „Er hat noch das Gold an seinen Armen, und hier ist noch mehr von den Schiffen." Er stellte einen Sack auf den Boden. „Versteckt euch hier, bis die Männer des Kaisers alle weg sind, und unsere, und die Einheimischen zurückkehren. Wenn er überlebt, bringt ihn nach Hause, aber lasst ihn nicht mehr gesehen werden. Der Weg braucht ihn nicht mehr."

Er beugte sich über den Körper und zog das Rigemblem von seinem Hals. „Ich werde das hinterlassen, damit man es irgendwo findet. Dann werden die Männer glauben, dass er tot ist."

„Aber sie werden es nicht wissen", sagte Svandis.

„Also werden sie stattdessen Legenden erzählen. Wie seine treuen Freunde ihn vom Schlachtfeld wegbrachten und nie wieder gesehen wurden. Wie sie nach Asgard, nach Walhalla, nach Thruthvangar gingen. Von den Göttern aufgenommen wurden, wo man ihn zum Gott machte. Nicht ein Gott, der ein Mensch wurde, sondern ein Mensch, der ein Gott wurde. Das wird ein guter Glauben für die Menschen sein, in den Zeiten, die noch kommen."

Farman drehte sich um und verschwand ohne weitere Worte in der Finsternis. Nicht weit weg waren Schreie zu hören, Fackeln wurden entzündet. Die Wegemänner, mit Cwicca und Thorvin als Anführer, suchten nach ihrem verlorenen Anführer.

„Wir müssen gehen", sagte Solomon.

„Wie sollen wir ihn tragen?"

„Wir benutzen das *Graduale* noch einmal. Es kann einen letzten Dienst leisten, dann verbrennen wir es heute Nacht als Feuerholz, ehe es noch mehr Männer umbringt."

Als die beiden Männer den immer noch reglosen Shef auf die alte Leiter schnallten, rührte sich der Körper und sprach.
„Was hat er gesagt?“, fragte Svandis.
„Ich konnte es nicht hören“, sagte Solomon.
„Ich schon“, sagte Hund. „Seine Gedanken wandern an weit entfernten Orten.“
„Was hat er denn gesagt?“
„Er sagte ‚Die Leiter hinauf und ins Licht‘. Aber ich weiß nicht, aus welchem Gefängnis er zu entfliehen glaubt.“
Die beiden Männer und die Frau trugen ihre Bürde weg von den suchenden Fackeln und in die Dunkelheit.

Epilog

Das langsame Rad der Jahreszeiten drehte sich. Fünf Winter waren vergangen; nun machte der harte Frost Raum für langsames Tauen.

Ein früher Frühling. Die Bauern pflügten ihre Furchen über die grünen Felder eines englischen Frühjahrs: Weiße Hagedornblüten blühten an jeder Hecke.

Der König der Westsachsen, Alfred *esteadig,* spazierte mit seiner Ehefrau in ihrem privaten Garten, während ihre Kinder unter den Blicken der Kindermädchen nicht weit entfernt spielten.

„Die Gesandtschaft heute", sagte er abrupt. „Sie kam vom Papst. Endlich."

„Dem Papst?", fragte Godive, überrascht und ein wenig nervös. „Von welchem?"

„Dem Richtigen. Johannes VIII. heißt er, glaube ich. Derjenige, den sie zugunsten des Engländers abzusetzen versuchten. Letztlich wieder eingesetzt, das ewige Gestreite in der Ewigen Stadt ist endlich vorbei, zumindest für den Augenblick. Der letzte Gegenpapst ist verbannt – oder ermordet. Das ist schwer zu sagen. Der erste offizielle Akt des neuen Papstes war es, anzubieten, das Interdikt, unter dem England lag, zu widerrufen. Uns in die Gemeinschaft mit der Kirche zurückzubringen."

„Wirst du dich weigern?"

„Ich werde ihm mitteilen, dass wir keine Steuern zahlen, keinen Kirchenbesitz zurückgeben werden und der Weg immer noch das Recht haben wird, hier zu predigen und missionieren. Wenn er danach beschließt, zu sagen, dass wir wieder in Kommunion sind, wird es für uns keinen Unterschied machen. Ich glaube, es ist ein gutes Zeichen. Die Kirche hat Demut gelernt. Ich glaube, sie wird noch mehr lernen."

„Was meinst du?"

„Ich glaube, die Machtverhältnisse haben sich jetzt zum Guten verändert. Alle Berichte aus den letzten Jahren besagen, dass kein Kaiserreich oder auch nur der Gedanke an eines übrig ist. Die Christenheit zerbricht in kleinere Staaten unter einheimischen Herrschern. Keine Bedrohung durch die Gefolgsleute des Propheten mehr im Süden. Die Griechen sind keine Gefahr. Es gibt keinen Bedarf mehr für große Reiche oder erobernde Armeen."

„Aber auch unser Reich, so wie es war, zerbricht. Seit wir …"

„Seit wir den Einen König verloren", stimmte Alfred zu. „Es ist wahr, die alte Übereinkunft, die er und ich trafen, sie kann nicht weiterbestehen. Guthmund und die anderen würden sich mir nicht unterwerfen und ich mich ihnen auch nicht. Dennoch haben wir in diesen letzten paar Jahren gelernt, zusammenzuarbeiten. Ich glaube, dass das überdauern wird. Es wird keinen Krieg geben und die Wikinger werden nicht wieder über unsere Küsten kommen. Wir kennen die Stärke des anderen zu gut. Außerdem würden sich die Veteranen aus der Armee des Einen Königs nicht gegenseitig bekämpfen. Sie sprechen jetzt dieselbe Sprache, niemand sonst versteht sie. Sie werden den Frieden halten und auch andere dazu bringen, ihn zu halten. Aus Treue zu ihrem Herrn."

Eine lange Pause, während Godive über den Namen, den sie nicht ausgesprochen hatten, nachdachte. „Glaubst du, dass er tot ist?", fragte sie. „Sie haben die Leiche nie gefunden."

„Ich glaube schon. So viele wurden nie gefunden. Der Drache stürzte auf die Erde, er wurde weggezerrt und irgendwo in einem Feld getötet, ohne sich verteidigen zu können. Sie fanden sein Emblem, die Kette war gerissen. Du hast diese Fragen viel zu oft gestellt", fügte er sanft an. „Nun lass die Toten in Frieden ruhen."

Sie hörte ihn nicht – oder wollte vielleicht nicht hören, was er sagte. Sie sorgte sich immer noch um ihre Erinnerungen, wie sich eine Zunge um einen entzündeten Zahn sorgt. „Hund kam auch nie zurück", sagte Godive. Sie kannte besser als jeder andere das Band zwischen den beiden Männern.

„Wir haben schon zu oft darüber gesprochen. Sie sagen, dass er über die Mauer floh, vielleicht aus Reue. Ich vermute, dass auch ihn irgendein Nachzügler getötet hat. Sie haben intensiv nach ihm gesucht, weißt du, Brand und Cwicca und die anderen, weil auch sie Reue verspürten. Als Cwicca die Grafschaft ausschlug, die ich ihm anbot, sagte er, dass er nie einem anderen Herrn dienen würde. Er ist zurück zu seinem Bauernhof gegangen, wie so viele von den anderen."

„Und Brand hält für dich York als Jarl von Northumbria."

„Besser er als die Nachfahren von einem ihrer alten Könige. Es wird eine Weile dauern, bis die nördlichen Regionen meine Herrschaft akzeptieren. Mir gefällt diese neue Hauptstadt London. Sie liegt näher am Zentrum von England als Winchester. Aber Stamford war Shefs Stadt und wie Cwicca wird sie keinen anderen König akzeptieren. Sie wird immer die Stadt des Weges sein. Des Weges, der immer stärker wird. Kein Wunder, dass der Papst glaubt, er muss ein Bündnis schließen!"

Godive antwortete nicht. Sie dachte an Cwicca, der sich weigerte, einen anderen Herrn anzunehmen. Ein altes Sprichwort kam ihr in den Sinn: „Die erste Liebe ist die letzte Liebe". Es war für Cwicca wahr. War es auch für sie wahr?

„Ich hoffe, er ist tot", sagte sie kaum hörbar. „Nicht arm und verloren, so dass er irgendwo allein umherwandern und um sein Brot betteln muss."

Frühling. Ein viel sanfterer Frühlingsmorgen als die kalte Brise eines englischen. Der Sturm der Nacht war beinahe abgeflaut und die vom Sturm gepeitschten Wellen, die sich an der Klippe weiter unten brachen, verloren in dieser seichten See schon ihre Kraft. Der große Mann, der gegen die letzten warmen Regenschauer in einen Mantel gewickelt war, saß am Fuße zerbrochenen Steinsäule und blickte auf die See hinaus. Sein linkes Bein war vor ihm ausgestreckt, um den Druck des Holzpfahls auf sein Fleisch zu mindern; das Bein endete knapp unter dem Knie. Der Schauer legte sich und das Sonnenlicht brach durch. Ein gebogener Regenbogen zog sich über die Bucht und schien nahe am Gipfel des rauchenden Vulkans zu enden. Der Mann zog die durchnässte Kapuze von seinem Kopf und schob die schiefe Klappe, die seine leere Augenhöhle abdeckte, wieder an ihren Platz.

Mit der Reaktion eines Kriegers drehte er sich sofort um, als er hinter sich das Knacken eines Astes hörte. Er lächelte, als er die elegante Gestalt sah, die durch die Pinien auf ihn zukam.

„Der Junge schläft“, sagte Svandis. „Wenn er aufwacht, ist Hund da.“

„Komm, setz dich neben mich“, sagte Shef. „Es war ein solcher Sturm, der unser kleines Boot herbrachte und uns an den Klippen beinahe versenkte.“

„Vor fünf Jahren. Denkst du … nie daran, wegzugehen?“

„Ja, am Anfang schon. Jetzt nur noch sehr selten.“

„Jeden Tag, wenn ich aufwache, denke ich an den Norden. An den harten Frost und den weißen Schnee …“

„Willst du zurückgehen?“

„Manchmal. Dann denke ich daran, wie glücklich wir in diesem ersten Winter waren, als wir mit Solomon Schutz suchten. Glücklicher, als wir je zuvor waren, sobald wir wussten, dass du geheilt werden konntest.“

„Vielleicht hätten wir es mehr versuchen müssen, Solomon in sein Heimatland zu folgen.“

„Vielleicht.“ Svandis zögerte. Sie hatte ihre Überzeugung über die Götter nicht verloren. Dennoch hatte auch sie begonnen, an Glück zu glauben, an eine Art Lenkung von anderswo. „Aber ich glaube, es war ein glücklicher Wind, der uns zu dieser Insel voller Ziegen brachte. Die Leute, die Bauern, manchmal bin ich so wütend auf sie. Aber es ist warm, der Wein ist gut und – du bist glücklich.“

„Ich glaube, das bin ich. Wenn ich wieder mit meinen Händen arbeite, weiß ich, dass ich lieber Schmied als König bin. Und wenn ich etwas anderes herstelle, das seltsam und neu ist – nun, wir werden jemand anderen finden, der den Ruhm einstreicht. Niemand fragt, was mit Wölund geschah, nachdem er seine Schwingen machte und flog. Vielleicht bekam er seine Frau zurück, das Schwanenmädchen, seine eigene Svandis, und lebte glücklich im Geheimen."

„Falls er das tat, weißt du was, wie ich glaube, seine größte Freude gewesen wäre, nach all dem Schmerz und Blut und Triumph?"

„Seine Kunst?", schlug Shef vor.

„Seine Kinder", sagte Svandis.

„Ja zu beidem. Aber ich stelle mir auch vor, dass er beobachtete, was andere aus seinem Erbe machten. Vom Rand des Feuers, von der Schmiede oder vom Amboss aus beobachtete. Ich habe es schon zuvor gesagt. Sollen sich andere jetzt mit Loki und Odin, mit Balder und Christus und Rig herumschlagen."

„Aber du hattest die Macht und hast vom Zentrum der Macht aus geherrscht."

„Das ist beendet – und ich vermisse es auch nicht." Er deutete auf die Stümpfe der gebrochenen Säulenreihen und die Spuren eines Mosaikbodens zwischen ihnen. „Wusstest du, dass dies einst ein Palast war, erbaut von einem alten Kaiser des Römervolkes? Einer von zwölf, die er auf dieser Insel erbaute, weil er sie so liebte. Das war vor über achthundert Jahren und die Leute hier reden immer noch über ihn, als wäre es gestern gewesen. Hund sagt, sein echter Name war Tiberius, aber hier nennen sie ihn Timberio, wie ein Mitglied ihrer Familien."

„Möchtest du, dass man sich so an dich erinnert?"

„Vielleicht. Aber es macht keinen wirklichen Unterschied, oder? Wenn die Welt auf einen besseren Pfad geführt wurde, wie Farman sagte, einen Pfad, der von der Skuldwelt der Christen wegführt, dann bin ich glücklich. Aber am meisten …", er tätschelte seine grobe Tunika, „… bin ich glücklich, weil ich jetzt kein Emblem mehr trage. Kein Sklavenhalsband, keine Königskrone, kein Symbol eines Gottes. Und das ist genug für mich."

„Für mich auch." Sie hielt seinen Arm und lehnte sich eng an ihn. „Selbst Hund scheint seinen Frieden gefunden zu haben.

Sein Ruf als Heiler hat sich bis Neapel und darüber hinaus verbreitet. Sie kommen, um ihn zu sehen und seine Heilung zu suchen. Er schreibt jetzt alles nieder. Sagt, dass er ein Buch schreibt, in dem er all sein Wissen aufzeichnet. Er will es eines Tages gedruckt sehen."

Shef fasste in seinen Mantel, weil ihn das Erwähnen des Druckens an etwas erinnert hatte, und nahm ein gefaltetes Papier heraus.

„Hund bittet immer um Nachrichten aus der Welt und zieht diese gedruckten Papiere sogar Bezahlung in Gold vor. Bis jetzt waren alle in dem lateinischen Dialekt, über den er rätselt. Aber nun sieh dir das an."

Sie lächelte und berührte das Federemblem von Edda, der Urgroßmutter, das sie immer noch trug. „Alte Geschichten sind mein Fach. Nicht Nachrichten aus Rom oder Gerüchte aus Neapel."

„Aber das ist auf Englisch – in London gedruckt. Es erzählt von wichtigen Handlungen, großen Ereignissen …"

„Erzählt es von Krieg?"

„Nein. Der Frieden hält."

„Dann reicht es, das zu wissen. Und wir haben hier ebenfalls Frieden. Unser Sohn wird groß und stark. Endlich Frieden, nach einem Leben voller Krieg. Das ist genug für mich. Aber ist es genug für dich?"

Shef antwortete nicht. Vielleicht konnte er nicht antworten. Er blickte auf die Rauchsäule aus dem Vesuv, die jetzt im Wind abflaute und sich ausstreckte. Dann nickte er.

Unter ihnen kehrten am Ende des Winters die ersten Störche aus Afrika nach Europa zurück und flogen mit gleichmäßiger Anmut übers Meer.

Michael Moorcock

Elric – Der Blutthron

Erster Band der *Elric von Melniboné* Fantasy-Saga

Der Thron ist sein…

Elric entstammt einem Geschlecht von mächtigen und erbarmungslosen Kriegern. Jahrtausende lang herrschten sie über die finsteren Dracheninseln. Einst verliehen ihnen die Götter übermenschliche Kräfte, doch nun scheinen die glorreichen Tage seines Herrscherhauses vorüber. Die Macht der Melnibonés schwindet, denn Elric ist der letzte seiner Art. Er selbst ist schwach. Nur Opiate halten den blutarmen Prinzen am Leben. Er ist des Kämpfens und Mordens müde, doch seiner Bestimmung kann er nicht entkommen…

Der mehrfach preisgekrönte Autor **Michael Moorcock** *erschuf mit der Elric-Saga eines der einflussreichsten Werke der fantastischen Literatur und inspiriert bis heute Autoren weltweit.*

Erhältlich im Buchhandel oder direkt auf ***www.manti-shop.de***

WWW.RPC-GERMANY.DE
Role Play Convention
RPC
WELTGRÖSSTES FANTASYEVENT!
A FANTASY GAMING &
ENTERTAINMENT EVENT
Find us on
Facebook
FACEBOOK.COM/ROLEPLAYCONVENTION
WWW.RPC-GERMANY.DE